REGRESO A LA VILLA DE LAS TELAS

ANNE JACOBS

REGRESO A
LA VILLA DE LAS TELAS

Traducción de
Mateo Pierre Avit Ferrero y Ana Guelbenzu de San Eustaquio

PLAZA JANÉS

Papel certificado por el Forest Stewardship Council®

Penguin
Random House
Grupo Editorial

Título original: *Rückkehr in die Tuchvilla*

Primera edición: septiembre de 2021

© 2020, Blanvalet Verlag, una división de Penguin Random House
Verlagsgruppe GmbH, Múnich, Alemania
Derechos negociados a través de Ute Körner Literary Agent – www.uklitag.com
© 2021, Penguin Random House Grupo Editorial, S. A. U.
Travessera de Gràcia, 47-49. 08021 Barcelona
© 2021, Mateo Pierre Avit Ferrero y Ana Guelbenzu de San Eustaquio, por la traducción

Printed in Spain – Impreso en España

ISBN: 978-84-01-02665-2
Depósito legal: B-10.585-2021

Compuesto en La Nueva Edimac, S. L.

Impreso en Rodesa
Villatuerta (Navarra)

L026652

Los habitantes de la villa de las telas

Katharina, Kitty, Scherer (1895), Melzer de soltera, viuda de Alfons Bräuer, hija de Johann y Alicia Melzer
Henny (1916), hija de Kitty Scherer y Alfons Bräuer
Robert Scherer (1888), segundo marido de Kitty Scherer

Otros miembros de la familia

Gertrude Bräuer (1869), madre de Alfons Bräuer y viuda de Edgar Bräuer
Tilly von Klippstein (1896), Bräuer de soltera, hija de Edgar y Gertrude Bräuer
Ernst von Klippstein (1891), marido de Tilly von Klippstein
Elvira von Maydorn (1860), cuñada de Alicia Melzer, viuda de Rudolf von Maydorn

Los empleados de la villa de las telas

Fanny Brunnenmayer (1863), cocinera
Else Bogner (1873), criada
Maria Jordan (1882-1925), doncella
Hanna Weber (1905), chica para todo
Humbert Sedlmayer (1896), criado
Gertie Koch (1902), doncella
Christian Torberg (1916), jardinero
Gustav Bliefert (1889-1930), jardinero
Auguste Bliefert (1893), antigua doncella
Liesl Bliefert (1913), ayudante de cocina, hija de Auguste Bliefert
Maxl (1914), hijo de Auguste y Gustav Bliefert
Hansl (1922), hijo de Auguste y Gustav Bliefert
Fritz (1926), hijo de Auguste y Gustav Bliefert

PRIMERA PARTE

1

Marzo de 1930

Fanny Brunnenmayer dejó de remover la masa en el cuenco y prestó atención al martilleo penetrante que llegaba desde el patio hasta la cocina de la villa de las telas.

—Ya estamos otra vez —gruñó indignada—. Creía que los golpes habían terminado.

—Ni mucho menos —comentó Gertie, que estaba sentada a la mesa larga con un café con leche—. Hay dos ventanas que no cierran bien, y el baño aún no ha quedado como quiere la señora Elisabeth.

Hacía unos dos años que habían empezado a construir un ala de dos plantas en la parte trasera de la villa de las telas, para que se instalaran Elisabeth, la hija mayor de los Melzer, y su marido, Sebastian Winkler, con sus tres hijos y todo el personal. Habían incluido salones y dormitorios y, en la buhardilla, varios cuartos para los empleados. La cocina, en cambio, seguía estando en la parte principal de la villa, y el comedor en la primera planta. Allí la familia comía toda junta, había sido la condición de Alicia Melzer antes de acceder a la reforma. Sin embargo, por cómo iban las cosas con los obreros, que incluso con la familia ya instalada no paraban de hacer retoques, la señora Elisabeth se lamentaba de que sería una obra eterna.

Fanny Brunnenmayer negó con la cabeza y volvió a la masa para la pasta. Se necesitaba una buena cantidad para cuatro comensales adultos y cinco niños; además estaban los empleados, que también tenían buen apetito. Para los señores había gulash de ternera, y el servicio tendría que contentarse con una salsa de tocino como acompañamiento para la pasta casera. Se imponía el ahorro en la villa de las telas, no era una época boyante, ni mucho menos: tras perder la guerra, la pobre Alemania no se había recuperado. Por supuesto, la culpa era de las elevadas compensaciones que el Reich alemán debía pagar a los vencedores de la Gran Guerra.

—¿Qué tipo de baño quiere la señora Elisabeth? —inquirió Else, que había despertado de su duermevela al escuchar la conversación. Hacía unos años que la anciana había adquirido la costumbre de dormirse en la mesa de la cocina cuando terminaba su trabajo, apoyada en el brazo.

—¿Que qué quiere la señora? —exclamó Gertie, y se echó a reír—. Es una locura. Robert se lo ha metido en la cabeza. Quiere un baño por goteo.

Fanny Brunnenmayer dejó de batir porque le dolía el brazo. La cocinera ya había cumplido sesenta y siete años, pero no quería ni pensar en retirarse. Una vez dijo que sin su trabajo se iría al garete, por eso estaba resuelta a continuar hasta que, si Dios así lo quería, un día cayera muerta. Lo más bonito sería poder preparar antes uno de sus magistrales menús de cinco platos y que los señores se deshicieran en elogios ante sus artes culinarias. Luego se sentiría satisfecha y seguiría sin rechistar a la descarnada muerte. De todos modos, hasta entonces aún quería darse un tiempo.

—¿Qué es un baño por goteo? —preguntó Else.

Gertie se había levantado de un salto para limpiarse una mancha de café con leche de la falda oscura. Desde que trabajaba con la señora Elisabeth como doncella, prestaba mucha atención a la ropa. La mayoría de los días vestía toda de negro, de vez en cuando de azul marino con cuello de encaje. Además, se recogía el cabello rubio y llevaba zapatos de tacón para parecer un poco más alta.

—Un baño por goteo —dijo entre risas—. Te caen gotas de agua desde arriba. En Estados Unidos lo tienen. Lo llaman ducha.

—¿Desde arriba? —insistió Else, extrañada—. ¿Como si estuvieras bajo la lluvia?

—Exacto. —Gertie se rio entre dientes—. Puedes plantarte desnuda en el parque, Else. Así tendrás también un baño por goteo.

Else, que salvo en el hospital nunca se había quitado el corsé de día, se puso como un tomate solo de pensarlo.

—Ay, Gertie —dijo con un gesto de rechazo—. ¡Siempre con tus bromas estúpidas!

Entretanto, Fanny Brunnenmayer se había sentado en una silla de la cocina para mezclar bien la masa con una cuchara de madera, lo que la hizo sudar bastante.

—¡Ven aquí, Liesl! —gritó hacia los fogones, donde Liesl Bliefert estaba colocando dos briquetas para poner a hervir el agua para la pasta de huevo.

—¡Ya voy, señora Brunnenmayer!

Hacía dos años que Liesl, la hija de Auguste, era ayudante de cocina en la villa de las telas. Era rápida, lo entendía todo a la primera y sabía lo que había que hacer, así que rara vez tenían que darle instrucciones. Además, no era nada ambiciosa, como era antes Gertie, sino obediente, siempre amable, nunca hacía preguntas. No le hacía falta porque tenía buena memoria y recordaba cómo se preparaban los platos. De hecho, era la ayudante de cocina más hábil que había visto Fanny Brunnenmayer en su larga trayectoria como cocinera. A excepción, claro está, de la joven Marie Hofgartner, que hacía tiempo que era la esposa de Paul Melzer. Desde el principio había algo en ella, tenía madera de señora, y eso que cuando llegó a la villa de las telas solo era una pobre huérfana.

—Vamos, sigue batiendo la masa, Liesl —ordenó la cocinera, y dejó la pesada cuchara en la mesa, delante de la chica—. Dale con ganas para que quede bien esponjosa. Y pruébala para ver si está bien de sal.

Liesl cogió una cucharita de té del cajón de la mesa y probó un poco de masa. Desde el primer día en la villa de las telas aprendió que no se metían los dedos en la comida, sino que se usaba una cuchara para probarla.

—Está bien así —afirmó, y la cocinera asintió satisfecha.

Por supuesto que estaba bien, Fanny Brunnenmayer no se equivocaba nunca al sazonar, solo quería que Liesl lo aprendiera. Le encantaba enseñar todo tipo de cosas a la chica porque en su fuero interno albergaba la esperanza de que algún día Liesl la sucediera en la cocina.

Gertie hacía tiempo que se había dado cuenta y, pese a haber ascendido a doncella, le fastidiaba.

—Si sigues meneando así la masa parecerá que estás furiosa con alguien —comentó mordaz—. ¿No será con Christian?

—¿Por qué precisamente con él? —preguntó Liesl, cohibida, y se metió debajo de la cofia un mechón de pelo que se le había salido.

Gertie soltó una risa burlona y se alegró de ver a Liesl ruborizada.

—Pero si todo el mundo sabe que hay algo entre vosotros dos —aseguró—. A Christian lo huelo yo a la legua. Siempre que te ve parece muy enamorado.

—¿No tienes nada mejor que hacer que estar aquí diciendo bobadas, Gertie? —intervino la cocinera—. Pensaba que eras imprescindible arriba, con la señora Elisabeth.

Ofendida, Gertie retiró la taza vacía y se levantó.

—Por supuesto que soy imprescindible —aseveró—.

Ayer mismo la señora dijo que no sabía cómo se las arreglaría sin mí. Además, estoy aquí porque luego bajaré a planchar las cosas que me quedan y no quiero que usted deje que se apague el fuego de los fogones.

—Podrías habértelo ahorrado —gruñó la cocinera—. En mi cocina seguro que no se apaga el fuego de los fogones.

Gertie se dirigió con marcada lentitud hacia la escalera de servicio. Dejó allí la taza usada para que Liesl la metiera en el fregadero.

—¿Dónde está Hanna, por cierto? —preguntó como por casualidad—. No la he visto en todo el día.

Fanny Brunnenmayer se levantó de la silla para echar un vistazo al gulash, que estaba al lado del fuego y solo había que mantenerlo caliente. Le costó un poco dar los primeros pasos, las piernas le daban problemas: si tenía que pasar mucho tiempo de pie, se le abotagaban.

—¿Dónde quieres que esté? Arriba, en el salón, ayudando a Humbert a poner la mesa —contestó, y cogió una cuchara de palo.

—Sí, los preferidos de la villa —calumnió Gertie—. Humbert y Hanna, y ahora, encima, Liesl con el jardinero Christian. Hay que ir con cuidado, no sea que se contagie, ¿verdad, Else?

Se oyó un golpe sordo. A Else se le había resbalado la cabeza del brazo que tenía apoyado en la mesa.

—¡Fuera de aquí ahora mismo! —la reprendió la cocinera, y Gertie subió a toda prisa la escalera.

—Es incapaz de cerrar esa bocaza que tiene —gruñó Fanny Brunnenmayer, enfadada—. Antes Gertie era una buena chica, pero, desde que es doncella, cada día me recuerda más a Maria Jordan. Que Dios la tenga en su seno, pobre, pero era un tormento.

Liesl solo tenía un vago recuerdo de la doncella porque cuando Jordan perdió la vida de aquella forma tan horrible, ella todavía era una niña. La mató su marido, un oficial venido a menos. Según se rumoreaba, aún seguía en prisión pagando por su espantoso crimen.

—Yo creo que Gertie no es feliz aquí —le comentó Liesl a Fanny Brunnenmayer—. Por las tardes va a un curso para aprender a escribir a máquina.

Incluso para la cocinera, que lo sabía todo sobre el servicio, aquello era una novedad. Mira por dónde, Gertie quería entrar en una oficina. Y eso que había ascendido a doncella. Seguramente era una de esas que nunca se sentían satisfechas.

—Es una vergüenza —gruñó Fanny Brunnenmayer, que estaba junto a los fogones con la tabla de madera y el cuchillo porque el agua iba a romper a hervir y se disponía a echar la pasta. Se calló lo que tenía en la punta de la lengua porque se oyeron pasos presurosos delante de la puerta de la cocina—. Jesús y María, esa es Rosa con los niños —le dijo a Liesl—. Vigila que ninguno se acerque a los fogones cuando eche la pasta al agua.

—¡Yo vigilo, señora Brunnenmayer!

La chica tuvo el tiempo justo de darle la masa ya preparada antes de que la puerta de la cocina se abriera de golpe y la banda de pillos entrara en tromba.

Hubo épocas en la villa de las telas en que los hijos de los señores tenían terminantemente prohibido pisar la cocina. La señora Alicia Melzer lo recordaba de vez en cuando. También más tarde, cuando la institutriz Serafina von Dobern hacía gala de su severidad, los niños no pintaban nada en la cocina. Pero cuando Elisabeth Winkler, la hija mayor de los Melzer, volvió a instalarse en la villa y dio a luz a su tercera criatura, esta vez una niña, se adoptaron otras costumbres. Además, Marie Melzer, su cuñada, no tenía nada en contra de que Kurt, de cuatro años, su queridísimo benjamín, se metiese con sus primos Johann y Hanno en la cocina.

—¡Tengo sed! —rugió Johann, de cinco años, que fue el

primero en llegar a la mesa larga—. Mosto de manzana, Brunni. ¡Por favor!

Johann resultó ser pelirrojo, lo que al principio asustó a su madre Elisabeth, pero ya se había acostumbrado. Sobre todo porque su hijo mayor destacaba por ser fuerte y tener un carácter enérgico. El delicado Kurt, de cuatro años, seguía a su primo como si fuera su sombra; los dos eran inseparables, así que Kurt pasaba muchas noches en casa de su tía Lisa, en el anexo de la cara norte de la villa de las telas, porque prefería dormir con Johann que con sus dos hermanos mayores, Dodo y Leo.

Detrás de Johann y Kurt entró en la cocina Rosa Knickbein, la rolliza y simpática niñera, con Hanno, de tres años, agarrado de la mano. Había dado un paseo con los niños por el parque y, por supuesto, los tres quisieron pasar un momento por la cocina antes de subir a lavarse las manos y cambiarse.

—Está bien, os daré un mosto de manzana —confirmó la cocinera—. Pero solo medio vaso, si no luego no os entrará la pasta de huevo porque tendréis el estómago lleno.

Esa explicación nunca había impedido que un niño bebiera hasta saciarse antes de comer, pero Fanny Brunnenmayer quería estar a bien con los señores, por eso le dio a cada niño medio vaso de mosto de manzana. Ni más, ni menos.

—Yo tengo un estómago muuuy grande —refunfuñó Johann y, al demostrar que tenía una barriga enorme, volcó la taza de café vacía de Gertie.

—La mía es aún más grande —exclamó Kurt, que levantó los brazos.

Else, que se había despertado con el ruido, pudo retirar a tiempo la jarra del zumo.

—¿Eso son fideos, Brunni? —Johann levantó la cabeza porque la cocinera partió la masa en la tabla de madera con el cuchillo a toda prisa y la echó al agua hirviendo.

—Son como gorriones —dijo Fanny Brunnenmayer—. Luego darán saltitos en vuestros platos.

Kurti quiso saber si los gorriones podían cantar en el plato.

—Eres tonto —dijo Johann—. Los gorriones no cantan, solo pían.

—¡Pío, pío! —exclamó Hanno, sentado en el regazo de Rosa, que le sujetaba el vaso para que no se manchara.

—Así que eres un gorrión —le dijo Johann a su hermano pequeño con una sonrisa pícara—. Un gorrino es lo que eres.

—¡Nooo! —se defendió Hanno—. No soy un gorrino.

El pequeño Hanno aprendió pronto la palabra «no» porque había comprendido que tenía que defenderse de su hermano mayor y de su primo. A esas alturas, Johann lanzaba su «no» siempre que tenía ocasión, aunque no entendiera en absoluto a qué se oponía. Mejor ir sobre seguro.

Entretanto en los fogones había mucho ajetreo. Liesl pescó de la cazuela los «gorriones» que estaban listos y los puso en una de las fuentes de porcelana para los señores, mientras la cocinera seguía echando más, infatigable. El sirviente Humbert apareció en el pasillo de la cocina para ponerse la americana de color azul marino con los botones dorados que llevaba cuando servía las comidas arriba. Tras su incursión en los escenarios de los cafés teatro berlineses, Humbert regresó arrepentido a la villa de las telas y le confiaron encantados el puesto de criado que acababa de quedar libre. Con Hanna, a la que Marie Melzer contrató en la villa después del grave accidente que tuvo en la fábrica, hacía años que había entablado una profunda amistad. Eran como hermanos, aunque algunas víboras afirmaran otra cosa.

—¿Puedes llenar dos cuencos con el caldo de ternera, Hanna? —ordenó la cocinera—. Y echa por encima un poco del perejil cortado que hay en la tabla de madera.

Hanna se apresuró a obedecer. Era una persona de buen corazón y cariñosa, jamás se le ocurriría pensar que como criada no estaba obligada a ayudar en la cocina. Pero echaba una mano allí donde se la requería, se ocupaba de los niños, llevaba a su venerada Alicia Melzer los polvos para el dolor de cabeza y sacudía las alfombras con Else.

—¡Pero date prisa! —gritó Rosa Knickbein—. Acábatelo, Kurti, tenemos que subir.

Los tres críos salieron de la cocina malhumorados detrás de la niñera hasta el vestíbulo y subieron por la escalera señorial a la planta superior. Lavarse las manos, cambiarse de ropa, peinarse: ninguno soportaba esos procedimientos superficiales, pero la abuela Alicia exigía que sus nietos se sentaran a la mesa bien vestidos y con las manos limpias. Así fue en su juventud, así lo había mantenido ella con sus propios hijos y, si bien los tiempos y la moda habían cambiado, ella quería cuidar esa bella tradición. Humbert llevó la sopera al montaplatos. Pese a su herida de guerra en la mano derecha, servía con una elegancia y seguridad que ningún sirviente de la villa de las telas había alcanzado jamás. Pero cuando estallaba una tormenta caía presa del pánico y, al recordar las trincheras y la lluvia de acero, se metía debajo de la mesa y era incapaz de hacer su trabajo. La Gran Guerra, en la que participó en contra de su voluntad, había hecho mella en las personas sensibles, como en muchas otras.

Mientras él subía para empezar con el servicio, Fanny echó al agua la última parte de la pasta y se puso a rehogar en una sartén el tocino cortado y la cebolla para la salsa. Gertie apareció de nuevo en la cocina para almorzar con los empleados, pero levantó la nariz e hizo una mueca.

—Puaj, qué peste. Ese tocino impregna toda la cocina.

—Si no es del agrado de la señora, puede comer en la lavandería —replicó la cocinera.

—No lo digo por decirlo —replicó Gertie, y se sentó en su sitio—. Luego la señora me dirá otra vez que mi ropa huele a cocina.

—Podría oler a cosas peores que a mi deliciosa salsa de tocino.

Liesl sacó de la nevera el postre para los señores y se lo preparó a Humbert. Era un dulce de requesón y nata, con compota de cereza en conserva del año anterior. Pero no se reservaba un poco del dulce para los empleados, solo la probarían si los señores dejaban algo. Tenían pocas esperanzas porque las cerezas estaban muy solicitadas, sobre todo por los tres niños. Y si quedaba una manchita en el cuenco se la comería Rosa Knickbein, que podía sentarse con ellos a la mesa porque sujetaba en el regazo a Charlotte, de un año, y tenía que vigilar a Hanno. Después de colocar la comida para los señores en el montaplatos, Hanna y Liesl pusieron los platos y los cubiertos en la cocina para el servicio. Else se levantó para sacar del armario las tazas para el mosto de manzana, y el jardinero Christian entró por la puerta del patio para almorzar con ellos. Tiempo atrás había trabajado para la difunta Maria Jordan, que tenía una tienda en Milchstrasse. Tras el horrible suceso que tuvo lugar allí, encontró trabajo durante una temporada en el vivero de Gustav Bliefert, donde conoció a Liesl y se enamoró en el acto de ella. Con el tiempo, el muchacho delgado y rubio se había convertido en un joven de buena presencia; gracias al trabajo en el vivero ahora tenía la espalda ancha y unos brazos fuertes, por lo que algunas chicas le ponían ojitos. Sin embargo, Christian solo tenía a Liesl en la cabeza, sobre todo desde que Paul Melzer le ofreció el puesto de jardinero en la villa de las telas. Entonces se mudó a la vieja y destartalada casa del jardinero, donde antes vivían los Bliefert, y la había arreglado con mucho amor y destreza; ahora todos esperaban con gran expectación a ver si Liesl tenía ganas de mudarse allí como esposa de Christian. No obstante, nadie sabía con seguridad si el joven ya le había propuesto matrimonio porque era terriblemente tímido, se cohibía con facilidad y era poco comunicativo. Por eso, después de un breve «que aproveche a todos», se sentó en silencio en su sitio, en un extremo de la mesa, justo al lado de la nevera, y clavó sus ojos anhelantes en Liesl, que puso la pesada sartén con la salsa de tocino en la mesa.

—Hola, Christian —le dijo Gertie—. Has colgado unas preciosas cortinas de flores en la ventana del dormitorio. Tu novia se alegrará.

A Christian se le pusieron las orejas muy rojas, y Liesl removió con tanta fuerza la salsa de tocino con la cuchara de palo que unas cuantas gotas salpicaron a Gertie.

—¡Ten cuidado! —gritó, y se limpió un poco de salsa de la manga—. El vestido está limpio de esta mañana.

—Lo siento mucho —se disculpó Liesl, con una sonrisa pícara—. Es que soy muy torpe.

El almuerzo siguió su curso. Humbert era el único que faltaba, se uniría más tarde, cuando los señores ya no lo necesitaran arriba. Gertie llevaba la voz cantante, hablaba dándose importancia de que al señor Winkler, el marido de la señora Elisabeth, le preocupaba mucho el futuro del Reich.

—Porque ya ha tenido que dimitir un gobierno tras no haber llegado a un acuerdo en el Reichstag.

A nadie en la mesa le inquietaba esa noticia. Else se sirvió otra cucharada de salsa de tocino en la pasta de huevo y Hanna se llenó de mosto de manzana la taza, con toda tranquilidad. Los cambios de gobierno y las incesantes disputas en el Reichstag eran el pan de cada día en la República. Eran mucho peores los desfiles en las calles de los comunistas y del NSDAP, el Partido Nacionalsocialista Obrero Alemán; también daba miedo la organización Stahlhelm porque sus miembros vestían de uniforme y llevaban porras. Cuando dos grupos enemigos se encontraban, saltaban chispas. Se golpeaban unos a otros sin fundamento, y quien tuviera la desgracia de entrar en semejante riña acababa no pocas veces en el hospital con alguna extremidad rota o el cráneo sangrando.

—Antes, con el emperador, esto no pasaba —comentó

Else—. Reinaba la ley y el orden. Pero desde que tenemos una república, ya nadie vive con seguridad.

Nadie la contradijo. La República de Weimar tenía pocos seguidores entusiastas entre los empleados, y lo mismo entre los señores. Sobre todo Paul Melzer, el jefe de la empresa, estaba descontento con la República. Se lo habían contado Rosa Knickbein y Humbert, que oían muchas cosas en la planta de arriba.

—Así no se puede seguir —exclamó el señor el otro día—. No se toman decisiones urgentes y necesarias porque ningún partido concede un éxito a los otros.

El único que defendía la República era Sebastian Winkler, al que a Gertie llamaba «el marido de la señora Elisabeth». Sin embargo, ni siquiera él estaba contento porque los comunistas ya no tenían mayoría en el Reichstag.

—¿Por qué tanto alboroto? —preguntó Fanny Brunnenmayer en tono despectivo, y rascó los restos de salsa de tocino de la sartén—. Al final siempre se sale adelante de alguna manera, ¿o no?

Con estas palabras, el tema de la política quedó zanjado. Hanna contó que Leo, de catorce años, ahora daba clases con una célebre pianista rusa en el conservatorio y que su hermana Dodo revisaba todos los días la prensa por si aparecía alguna noticia sobre aviación.

—Dodo tiene un álbum donde pega todo lo que encuentra sobre aviones. La vuelven loca.

—Pero no es normal que una mujer pilote un avión —replicó Else mientras se hurgaba con un palillo entre los dientes—. ¡Eso es cosa de hombres!

Gertie estaba a punto de llevarle la contraria cuando Humbert entró en la cocina y dejó sobre la mesa, para sorpresa de todos, el cuenco con un poco de compota de cereza.

—¡Jesús! —exclamó Fanny Brunnenmayer—. ¿Es que a los señores no les ha gustado la compota?

—Claro que sí —contestó Humbert con una sonrisa—. Johann ha volcado una de las copas de vino y su abuela le ha dejado sin postre.

—Pobrecillo —suspiró Hanna—. Es muy buen niño, pero tiene demasiado ímpetu.

Fanny Brunnenmayer, que era quien mandaba en la cocina, paseó la mirada por la mesa y tomó una decisión.

—La compota será para Christian. Es el que hace el trabajo más duro, tiene que tomar algo dulce. Ten, Christian, que lo disfrutes.

Al chico le daba vergüenza tener un trato preferente, pero no quería rechazar la oferta de la cocinera, y aunque habría preferido ofrecérsela a Liesl, no se atrevió.

Entretanto Humbert ya se había sentado a la mesa, donde Hanna le sirvió una ración de pasta de huevo con salsa de tocino, que no le entusiasmó, como casi toda la comida. Al poco rato se agarró el bolsillo del chaleco con un suspiro.

—Ten —dijo, y sacó un sobre que entregó a Hanna—. Me lo ha dado el señor. Esta mañana estaba en el correo de la fábrica. Es para ti.

—¿Para mí? —preguntó Hanna, incrédula—. Seguro que es un error.

—Sí, mira —dijo Gertie, que tenía los ojos y los oídos atentos siempre que había algo interesante que saber—. Seguro que es de Alfons Dinter, del departamento de impresión, que hace años que se muere por nuestra Hanna.

Hanna no había prestado atención a las palabras de Gertie porque intentaba descifrar el nombre del remitente a la vez que movía los labios en silencio. Fanny Brunnenmayer vio que la chica palidecía de pronto y creyó leer un nombre en sus labios. «Grigori.»

2

—¿Ves, tía Lisa? —dijo Dodo, entusiasmada—. Messerschmitt seguirá construyendo el M-20 pese a todo. Aquí dice que han mejorado de forma notable la unidad de control.

Elisabeth Winkler estaba sentada en el sofá con la pequeña Charlotte en el regazo mientras le daba una papilla de sémola. La niña abría la boca con avidez y con cada cucharada movía encantada sus bracitos regordetes. Marie ya había advertido varias veces a su cuñada de que no debería darle tanto de comer, Charlotte siempre tenía hambre. Sobre todo le gustaban los postres, y a Lisa se le rompía el corazón al negarle la comida a su única hija. Seguro que esa redondez de bebé desaparecería con el tiempo, o eso esperaba.

—¿Me has oído, tía Lisa? —insistió Dodo—. El M-20 es un avión de pasajeros que se construye aquí, en Augsburgo, en los talleres aeronáuticos bávaros. Y puede trasladar a diez pasajeros. Es fantástico, ¿no te parece?

—¿No sufrió un accidente aéreo en algún momento? —preguntó Lisa, dispersa. Debía vigilar que Charlotte, que llevaba unos días queriendo comer sola, no le quitara la cuchara de la mano.

—Sí, en el vuelo inaugural de hace dos años. Se rompió la unidad de mando —añadió Dodo—. Pero eso no volverá a pasar, por eso Lufthansa quiere comprar tres aviones. Imagínate, pronto se podrá volar como pasajero. Cuando sea piloto, os llevaré a todos a América, tía Lisa.

Mientras hablaba, estuvo a punto de recortar un artículo del *Augsburger Neuesten Nachrichten*. Era para el cuaderno donde pegaba todo lo relacionado con la aviación.

—Espera, Dodo —dijo Lisa—. Sebastian aún no ha leído la prensa, podrás recortarlo esta tarde.

Su sobrina dejó caer las tijeras y suspiró.

—El tío Sebastian seguro que no tiene nada en contra.

—Depende de lo que haya en el dorso.

Dodo pasó la página con cara de pocos amigos.

—Son las esquelas, no creo que le interesen.

—Bueno, por mí recorta la fotografía.

Lisa apuró el resto de papilla del plato, se la dio a la criatura y luego le limpió la boca con el babero. Después la puso de pie y la pequeña Charlotte se tambaleó por el salón. Con su vestidito blanco de volantes parecía un ángel de rizos dorados metido en carnes.

Dodo había cumplido catorce años en febrero, era alta para su edad, pero en su cuerpo esbelto aún no se adivinaban formas femeninas, y siempre procuraba remarcar que para ella era una alegría. Llevaba el cabello rubio y ondulado con un corte a lo *bob* que le quedaba fenomenal y encajaba a la perfección con su carácter decidido.

Acababa de recortar la fotografía del periódico cuando Hanna entró en el salón.

—Dodo, tienes que ir a ver a su abuela, por favor. Le gustaría dar un pequeño paseo por el parque y necesita que la acompañen.

Dodo torció el gesto. Los paseos con la abuela no era una de sus ocupaciones favoritas, se aburría porque había que caminar con una lentitud horrible y con ella no se podía hablar de aviones. Al contrario, si Dodo empezaba a hacerlo, tenía que escuchar que una chica joven debería interesarse por los vestidos bonitos y la buena conducta en sociedad.

—¿Por qué no va Leo con ella al parque?

—Tu hermano tiene que practicar con el piano. La señora Obramova quiere que toque dentro de poco en un concierto en el conservatorio.

—Leo siempre tiene una excusa —gruñó Dodo, que cogió con resignación el apreciado recorte de prensa y le dio a Hanna las tijeras para que las guardara en el cajón del escritorio.

—Ah, sí. —Hanna se volvió hacia Elisabeth Winkler—. Disculpe, señora, por poco se me olvida. La señora Grünling la espera abajo, en el vestíbulo.

—¡Por el amor de Dios, Hanna! —exclamó Lisa en tono de reproche—. ¿Por qué no me lo has dicho antes? Acompáñala hasta aquí y avisa en la cocina. Pide té y galletas. El té que no sea demasiado fuerte, si no a Serafina le dan palpitaciones.

Hanna recogió a toda prisa el plato y la cuchara de la niña, guardó las tijeras y salió de la sala. De pronto a Dodo también le entraron las prisas, no le apetecía encontrarse con la señora Grünling. Aún tenía un recuerdo muy triste de la antigua institutriz Serafina von Dobern.

—Entonces que lo pases muy bien tomando el té, tía Lisa —dijo ya en la puerta—. ¡Cuidado que no te muerda!

—¡Serás mala! —dijo Lisa riéndose, y se levantó del sofá para coger a su niña, que estaba toqueteando con los dedos pegajosos la cómoda Biedermeier. Le dio uno de los animales de peluche que había esparcidos por todo el salón y Charlotte, que al principio refunfuñó, acabó abrazando al osito de peluche blanco.

Lisa observó emocionada a su pequeña y sintió un profundo agradecimiento hacia la vida porque, tras un largo camino equivocado, ahora disfrutaba de una existencia plena. Sebastian era un marido y padre cariñoso que le había dado tres hijos sanos, y todos vivían protegidos en el seno de la gran familia de la villa de las telas. Sí, Lisa incluso era el centro de la familia, ahora que Marie se pasaba todo el día en su salón de modas, y mamá, que se iba haciendo mayor, estaba encantada con que Lisa se hiciera cargo de la organización de la casa. En la villa la necesitaban y la querían, y ella transmitía ese amor a todas las personas que lo necesitaban.

Entre ellas estaba su amiga Serafina, de soltera Von Sontheim y viuda del comandante Von Dobern. Tras la muerte de su marido, Serafina pasó por una época difícil, ella y su madre se quedaron prácticamente sin recursos, y Serafina se había visto obligada a buscarse la vida como institutriz.

Su estricto concepto prusiano de la educación aún generaba un mal recuerdo en los gemelos de Marie, Dodo y Leo, y también rompió la amistad con Lisa, que, lejos de aceptar instrucciones de su amiga de la juventud, forzó su despido como institutriz. A raíz de eso perdieron el contacto durante unos años.

De hecho, Lisa ya no contaba con volver a ver a Serafina en la villa de las telas, pero ahora era distinto. La antigua institutriz había aceptado un puesto de ama de llaves en casa del abogado Grünling, y al poco tiempo se convirtió en la señora Grünling. El matrimonio no tenía hijos, pero, según parecía, no era en absoluto infeliz. Grünling había dejado atrás sus años turbulentos y se sometía de buen grado al control de Serafina, le parecía muy bien que ella le organizara la vida y lo hubiera devuelto con mano firme a la senda de la virtud. Como señora Grünling, pretendía recuperar su antigua posición social, de ahí que hubiera retomado el contacto con su vieja amiga Lisa. Por supuesto, Serafina pensaba sobre todo en el vínculo con la respetada familia Melzer, que desempeñaba un papel importante en la sociedad de Augsburgo. Y como Lisa estaba contenta con su vida y no era rencorosa, después de que ambas se explicaran, había invitado a Serafina en dos ocasiones a tomar el té. Sin embargo, había rechazado devolverle la visita.

—¡Mi querida Lisa! —exclamó Serafina con aire teatral cuando le abrieron la puerta—. ¡Estás fantástica! Y ese precioso angelito que tienes en brazos. Dios mío, parece que la haya pintado el mismísimo Rafael. ¡Tan rosada y regordeta, como su mamá!

En anteriores ocasiones Serafina ya había colado pequeñas pullas en sus exaltados cumplidos, pero Lisa se había propuesto pasarlas por alto. Solo hacía dos meses que no le daba el pecho a Charlotte y las formas de su cuerpo aún podían considerarse turgentes, pero durante los meses siguientes se desharía de algunos kilos sobrantes, se lo había propuesto en firme. Así que se armó de paciencia y dejó que su amiga la abrazara, aunque la pequeña Charlotte se puso a llorar en cuanto Serafina le acarició la mejilla con los dedos fríos.

—Qué bien que vengas de visita, Serafina. Perdona, últimamente la pequeña Charlotte se muestra un poco tímida con los desconocidos. Siéntate, por favor, quita el perro de peluche de la butaca y déjalo en el sofá. Ay, también está el mordedor rojo, me preguntaba dónde estaba.

Serafina esbozó una sonrisa indulgente, lanzó el peluche y el mordedor al sofá y pasó la mano por el tapizado antes de acomodarse. Desde que era la señora Grünling llevaba ropa cara y moderna y había engordado un poco, lo que le sentaba muy bien. Nada que ver con la institutriz flaca y vestida de gris: ahora tenía maneras de dama adinerada que dejaban entrever su origen noble.

—Este salón es un paraíso para los niños —continuó—. ¿Es que la pequeña Hanna nunca ordena?

—En realidad Hanna no se ocupa de mí, Fina. Pertenece al servicio de mi cuñada. Ahora mismo la niñera está con los niños en el parque.

A Lisa le molestaba tener que dar explicaciones a Serafina del desorden en su salón. Por suerte, Hanna entró con el té y se dispuso a poner la mesa.

—Siento que haya tenido que esperar, señora Grünling —dijo con mala conciencia, y se ganó una sonrisa displicente.

—Por lo menos he tenido ocasión de observar los maravillosos cuadros del vestíbulo, querida Lisa —repuso la señora Grünling—. ¡La madre de tu cuñada era una artista extraordinaria! Sin duda, no es para todos los públicos. Paul ha sido muy valiente al colgar esos cuadros en la entrada.

—Marie está muy orgullosa de su madre —defendió Lisa a su cuñada, aunque en el fondo de su corazón algunas de esas obras de arte le parecían muy excéntricas. Incluso Marie había puesto en manos del museo de la ciudad, como préstamo a largo plazo, aquellas que no quería exponer a la mirada de los niños, y otras que eran más tolerables colgaban en zonas menos llamativas como el despacho o el dormitorio de Marie y Paul. En todo caso, Alicia no admitía en el comedor ni un solo cuadro de esos, por lo que Paul se había llevado tres a la fábrica, donde decoraban su despacho.

Hanna sirvió el té, dejó un plato con galletas sobre la mesa y se llevó a la pequeña Charlotte.

—Qué vida más apacible llevas —comentó Serafina, y se puso leche y azúcar en el té—. Tan retirada con tus encantadores niños. En realidad esperaba encontrarte en el círculo de bellas artes. Hubo una inauguración que seguro que te habría interesado.

—Ya sabes que salgo poco —contestó Lisa—. La vida social ahora me resulta extraña, no me gustan esas conversaciones sin sentido, ese saltar de una persona a la siguiente, todo ese teatro superficial que se representa. Hay cosas en la vida más importantes.

—Claro, querida —coincidió Serafina—. Tienes un marido maravilloso que aborrece la vida social y prefiere ocuparse de su familia. Además, hasta encuentra tiempo para interceder por los desfavorecidos que no tienen trabajo. Tu Sebastian es un idealista. Esperemos que su compromiso con el Partido Comunista no le cause problemas en algún momento.

—Seguro que no, Serafina —replicó Lisa, que se inclinó hacia delante para acercarle el plato de galletas—. Sebastian es muy consciente de la responsabilidad que tiene con su familia.

—Estoy convencida —se apresuró a decir Serafina, aunque el semblante revelaba que mentía—. Imagínate: ayer me contó mi querido Albert que había visto a tu marido en una de esas horribles concentraciones de la unión de combatientes rojos. Caminaba junto a los uniformados con una pancarta.

Se detuvo un momento para beber un sorbo de té y elogió el sabor. Lisa casi no la escuchaba. La idea de que Sebastian hubiera participado en uno de esos peligrosos desfiles fue como una puñalada. Dios mío, ¡pero si le había prometido que nunca haría algo así!

—Eso es del todo imposible, Serafina —dijo a duras penas.

—Yo le dije lo mismo a Albert, que tenía que ser una equivocación —exclamó Serafina—. Es fácil confundirse porque, por la ropa y la manera de comportarse, Sebastian apenas se diferencia de los trabajadores. Es una persona de principios sólidos y eso tiene un valor incalculable, querida.

No, Serafina no había cambiado nada, conseguía meter el dedo en la llaga y se regodeaba en ello. La decisión de Sebastian de renunciar al puesto de contable y entrar en la tejeduría como empleado provocó en su momento grandes desavenencias con Paul. Al fin y al cabo, antes era profesor y bibliotecario. A esas alturas, en la ciudad todo el mundo hablaba de que el cuñado del director de la fábrica se vestía como un obrero. Además, Sebastian nunca aparecía en reuniones sociales, era miembro del Partido Comunista y pertenecía al comité de empresa de la fábrica, donde no hacía más que plantear nuevas exigencias para mejorar la vida de los trabajadores. Para Paul era un fastidio constante, y Alicia aseguró, afligida, que eso era lo que pasaba por casarse con alguien de una posición social más baja. Solo Marie opinaba que no se podía obligar a una persona como Sebastian a llevar una vida con la que no estaba conforme, sería un fracaso. Lisa compartía su opinión. Quería a su marido y lo defendía como una leona contra todos los que lo criticaban.

—Nuestro mundo sería mejor si todos tuviéramos en cuenta los ideales de hermandad y altruismo. Como proclamó Nuestro Señor Jesucristo en el Sermón de la Montaña. En ese sentido, la idea del comunismo es un concepto profundamente cristiano.

Así le había explicado Sebastian una vez la relación entre el cristianismo y el comunismo, y ella lo memorizó bien para soltárselo a quienes le criticaban cuando tuviera ocasión. Al fin y al cabo, nadie podía decir nada en contra del Sermón de la Montaña. Por desgracia no logró más que una sonrisa de desprecio de su interlocutora, esto hizo que se enfureciera aún más con Serafina y la empujó a adoptar viejas costumbres menos amables. En caso de necesidad, Lisa también sabía repartir.

—Mi querida Serafina, quién habría imaginado en su momento que volveríamos a encontrarnos las dos como felices esposas para tomar el té —comentó con falsa alegría—. Hace poco, Paul dijo que el abogado Grünling se ha convertido en una persona completamente distinta desde que se casó contigo.

Saltaba a la vista que Serafina estaba encantada por el elogio; a fin de cuentas, se había esforzado mucho en lograr esa transformación. Se rumoreaba que al principio Grünling no se mostraba nada contento con su ama de llaves, incluso había coqueteado con la idea de separarse de esa arpía. Pero por lo visto Serafina supo convencer a su patrón de sus cualidades, sobre todo en el plano erótico, sobre lo que también corrían rumores.

—Qué bonitas palabras de tu hermano, Lisa. En el fondo de su corazón, Albert es una persona bondadosa y cariñosa.

Solo necesitaba alguien de confianza a su lado que hiciera prosperar sus buenas intenciones.

Con un gesto afectado, cogió una de las galletas de frutos secos y se la metió en la boca. Lisa le dedicó una sonrisa y lanzó la flecha.

—Lo que Paul comentó es que Albert se ha vuelto un poco demasiado manso para hacerse cargo de la asesoría jurídica que lleva los asuntos de la fábrica. Ya sabes que un abogado debe representar con vehemencia la postura de su cliente.

Oyó un leve crujido, Serafina había mordido la galleta y algo pasó porque se llevó la mano a la boca.

—¡Oh, Fina! —exclamó Lisa, asustada—. ¿No te habrás hecho daño? Las avellanas están un poco duras al salir del horno.

Serafina no contestó. Masticó un poco, sacó un pañuelo del monedero y se dio la vuelta para que Lisa no viera lo que hacía. Parecía que escupía la galleta.

—Dura como una piedra —masculló, y se limpió la boca—. ¡Es increíble que el personal ponga algo así sobre la mesa!

—¡Lo siento muchísimo, Fina!

Lisa estaba asustada de verdad por el incidente, pero su empatía era limitada. Le sirvió té a Serafina, prometió hablar seriamente con la cocinera y pidió a la invitada que no echase a perder una tarde tan bonita.

—¿Quieres usar el baño? Aún no está terminado, pero hay un gran espejo y un lavamanos de mármol.

Serafina la interrumpió para rechazar su oferta.

—Lo siento, pero tengo que irme —anunció sin vocalizar—. Aún tengo que hacer algunas visitas y no quisiera distraerte más de tus obligaciones domésticas.

—Por supuesto. —Lisa asintió con hipocresía y no hizo amago de retener a Serafina—. Ya nos volveremos a ver en otro momento —dijo con frialdad.

—Seguro, querida… Y Paul solo bromeaba respecto a Albert, ¿verdad?

—Ah, no, lo decía muy en serio.

No era del todo cierto, porque Paul hizo el comentario medio en serio, medio en broma, pero Lisa no estaba dispuesta a transigir pese al pequeño incidente con la galleta. Serafina había alimentado sus miedos con demasiado ímpetu. Ahora su amiga estaba pálida, se despidió a media voz y se dirigió a la puerta de la sala.

—¡Hanna! ¡La señora Grünling se va!

En vez de Hanna apareció Gertie, que hizo una educada reverencia ante la invitada y se dirigió con ella al edificio principal, donde bajaron la escalera hasta el vestíbulo y la ayudó a ponerse el abrigo. Acto seguido, volvió a aparecer en el salón de los Winkler para recoger la vajilla del té.

—Dios mío —exclamó sacudiendo la cabeza—. ¡Pobre señora Grünling! Ha perdido un diente. Tiene un hueco arriba a la derecha.

—Qué desagradable —comentó Lisa con gesto inocente—. Pero bueno, de todos modos los dientes son postizos, seguro que el dentista podrá arreglárselo. Y dile a la señora Brunnenmayer que las galletas le han quedado un poco duras.

—Con mucho gusto, señora.

Lisa se levantó para acercarse a la ventana y buscar con la mirada a Rosa y los niños. ¿Qué hacían tanto rato en el parque? Era un día soleado, la primavera se notaba en el aire y en los prados brotaban islas de azafrán silvestre de color violeta y narcisos amarillos. Con todo, aún hacía frío, y una capa blanquecina que había quedado de la helada de la noche cubría la tierra bajo los arbustos de enebro.

Cuando abrió las hojas de la ventana le llegaron a los oídos gritos de emoción. ¡Dios mío! Era Sebastian que jugaba a la pelota abajo con los niños. ¿Qué hacían ahí? ¡Ojalá su madre no lo viera! Según ella, el fútbol era cosa de trabajadores y el pueblo llano. Jugaban con ellos el jardinero Christian y Fritz Bliefert, de cuatro años, el benjamín de Auguste. Cómo correteaban por todas partes. Los niños ya tenían los pantalones tiesos por la suciedad porque no paraban de caerse. Incluso la ropa de Sebastian tenía un aspecto lamentable, lo que no le impedía quitarle la pelota a Christian. ¡Hombres! Eran todos como niños grandes.

Descubrió aliviada que Rosa sujetaba en brazos a Hanno, que pataleaba, y no lo dejaba en el suelo. Le daba un miedo horrible que quisiera estar en medio de semejante jaleo.

—¡Rosa! —gritó—. Sube a Hanno. Y también a los demás.

Sebastian, que la había oído, alzó la vista hacia ella y la saludó con alegría. Luego dio unas palmadas y dio por terminado el partido. Lisa cerró la ventana. En apenas una hora tendrían que cenar juntos, lavados y con ropa limpia: a su madre no le gustaba esperar. Hanna se ocupó de la caldera para el baño y Gertie, de la ropa.

Cuando sonó el gong en el edificio principal, Sebastian se puso a toda prisa la chaqueta de estar por casa gris que Lisa le había comprado. Era un acuerdo al que acababan de llegar ante la mirada crítica de Alicia, ya que el yerno se había negado en redondo a presentarse en las comidas vestido de traje, como era habitual en la villa de las telas. Ya le parecía bastante mal que al principio de su matrimonio Lisa le pusiera los trajes de su padre, con los que se sentía fatal. Entonces le dijo que no estaba dispuesto a renegar de sus orígenes ni de sus convicciones, o no podría mirarse en el espejo con la conciencia tranquila.

Mientras Rosa y Hanna iban con los niños, Lisa se dirigió a su marido con una pregunta que la carcomía por dentro.

—Dime, cariño, ¿podría ser que ayer participaras en uno de esos desfiles de tu partido con una pancarta en la mano?

Sebastian no sabía mentir. Enseguida adoptó una expresión culpable.

—Fue un favor de amigo —le aseguró, cohibido—. Pasaba por allí cuando ellos avanzaban; un conocido se quejó de un dolor horrible en el brazo y me pidió que llevara un momento su pancarta. Como comprenderás, no quise decirle que no.

—¿Y qué decía en la pancarta?

Se encogió de hombros y sonrió, vacilante.

—Creo que decía: «Todo el poder para el pueblo trabajador». Pero te lo juro, Lisa, unas calles más allá se la devolví.

—Oh, Sebastian —dijo ella en tono de reproche—. Te pedí que nunca participaras en esos desfiles. Ya sabes el miedo que paso por ti.

Él la abrazó con cuidado y le dio un beso en la frente.

—Tienes que entenderlo, cariño. Pronto saldrá elegido un nuevo Parlamento. Tenemos que exhibir presencia y fuerza. Los demás también lo hacen.

—No, Sebastian —replicó ella con energía—. No quiero de ninguna manera que tú…

El gong de la cena sonó a media frase y su marido aprovechó la ocasión para cogerla de la mano y llevarla hacia el edificio principal.

—Vamos, rápido. No podemos hacerlos esperar.

3

—¿Doctora? ¿Tendría usted un momento?

Tilly von Klippstein se paró en el pasillo y asomó la cabeza a la sala de enfermos, cuya puerta estaba abierta. La mujer mayor y delgada de la cama del medio había levantado la mano, como si fuera una colegiala que pidiera la palabra con timidez. Ya se habían recogido los restos del almuerzo.

—La doctora tiene cosas que hacer, señora Kannebäcker —reprendió la enfermera Martha a la paciente—. ¡Los médicos de esta clínica no están solo a su disposición!

Tilly hizo caso omiso del reproche y entró en la sala de enfermos. Había cuatro camas muy juntas, a la izquierda una ventana, a la derecha la pared con el lavamanos. Al lado de la puerta, dos sillas de madera para las visitas: ese era todo el mobiliario. Las bolsas y maletas con las pertenencias de los enfermos estaban guardadas bajo las camas.

—¿Qué pasa, señora Kannebäcker? ¿Tiene dolores? —preguntó Tilly.

La anciana lo negó. Tenía una dolencia grave en el corazón y le costaba respirar, pero nunca se quejaba por eso. Solo los grandes ojos de color azul claro, con un aire tan amable y desvalido en su rostro enjuto, transmitían algo de su sufrimiento. Tilly ya había conversado un poco con ella en varias ocasiones, y vio que le sentaba bien.

—Quería decirle algo, doctora —susurró la anciana, y le indicó con un gesto que se acercara.

Tilly dudó, la esperaban para un caso que había ingresado con una herida en el cráneo. El doctor Heinermann, un colega, estaba al cargo, pero por lo visto algo no iba bien. Sin embargo, decidió dedicar unos minutos a la señora Kannebäcker y luego ir a la unidad masculina. La cama de la izquierda estaba vacía, la paciente había fallecido por la mañana. Las otras dos camas las ocupaban campesinas que se habían herido trabajando.

—¿Qué quería decirme, señora Kannebäcker? —Tilly se inclinó sobre la anciana y le cogió la mano. Estaba fría, se le notaban los huesos bajo la piel arrugada.

—¿Sabe, doctora? —susurró—. No me importa nada, ¿entiende? No me da miedo la muerte.

Tilly sabía que estaba mal, pero aun así le dolían sus palabras. Tras los cinco años que llevaba como médico en la clínica de Schwabing aún no podía permanecer imperturbable ante la muerte.

—Señora Kannebäcker —dijo en tono animado—, quién está hablando ahora de la muerte. Al fin y al cabo, está usted aquí para recuperarse.

La anciana sacudió la cabeza con obstinación y sonrió como si ella supiera lo que se decía. Seguramente tenía razón, pero eso Tilly se lo guardó.

—Está bien así, me alegro de que haya terminado —dijo en voz baja—. ¿Para qué voy a seguir viviendo? Mi querido marido y mis dos chicos hace tiempo que se fueron, me dejaron sola…

Le había contado a Tilly que su marido y sus dos hijos murieron en la Gran Guerra. El marido justo al inicio, y poco después los dos chicos con dieciocho años recién cumplidos. Murieron el mismo día, como si lo hubieran acordado. Uno en Rusia, el otro en Francia. La madre se quedó sola y sin recursos porque la tienda de pinturas del marido quebró tras la guerra.

—Pero seguro que tiene amigos o familiares —comentó Tilly, que se sentía impotente—. Siempre hay un motivo para vivir, señora Kannebäcker.

La campesina de la cama de al lado empezó a roncar, en el pasillo tintineaba la vajilla que habían recogido de las habitaciones y esperaba en el carro a que la llevaran a la cocina.

—No tengo a nadie —dijo la anciana—. Trabajé diez años en la fábrica. Turno de noche, turno de mañana. Me quedé dos veces sin trabajo, estuve en los comedores populares y en invierno quemé los muebles del salón. La vecina venía a veces a prestarme un huevo o una taza de harina. Ya está. Por lo demás estaba sola. Pero tenía los recuerdos, vivía con ellos. «Has caminado por el lado alegre de la vida. Ahora te toca ir por el lado oscuro», me decía.

Le costó susurrar las últimas frases, respiraba con dificultad y calló. Tilly apretó su mano y le dijo al oído que seguro que las sombras no podían durar eternamente, que llegarían tiempos mejores. La paciente asintió y sacó la otra mano de debajo de la manta.

—Me gustaría regalarle esto, doctora —susurró—. Porque es usted una persona bondadosa y me ha escuchado. —Abrió el puño y dentro brilló algo dorado.

Tilly miró confusa el pequeño colgante de piedra roja engastada en una delicada cadena de oro.

—No puedo aceptarlo, señora Kannebäcker —dijo en voz baja—. No puedo aceptar regalos de mis pacientes.

—¡Cójalo, por favor! Cuando me muera, me lo arrancarán del cuello. Y quiero que lo tenga usted. Me lo dio mi marido como regalo de compromiso. Seguro que le trae suerte.

A Tilly se le partió el corazón por no poder cumplir ese deseo de la anciana, pero la dirección de la clínica era estricta: le habría costado el puesto. Por suerte, en ese momento se abrió la puerta y la silueta fornida de la enfermera Martha apareció en el umbral.

—Señora Von Klippstein, por favor, la reclaman en la unidad masculina —anunció, y se quedó esperando en la puerta.

—Ya voy, Martha.

Tilly se inclinó para despedirse de su paciente, le acarició la frente con ternura y prometió ir a verla más tarde. Luego pasó junto a la enfermera Martha y subió corriendo la escalera que llevaba a la unidad masculina.

El trabajo en el hospital no era fácil. Aparte de Tilly, había dos doctoras más. Las dos entraron el año anterior, pero ya tenían su doctorado, y una de ellas era la hija del jefe de cirugía. En su momento Tilly renunció a hacer el doctorado. Para ella era más importante trabajar de médico y prestar ayuda a los enfermos que sacarse un título. Ahora se arrepentía de esa decisión porque sin él no la tomaban del todo en serio, sobre todo las enfermeras. En la clínica imperaba una estricta jerarquía, y las enfermeras eran implacables con las áreas de trabajo que tenían asignadas, incluso se permitían dar instrucciones a los médicos jóvenes. En cambio, ante los médicos mayores o los médicos jefe se mostraban solícitas, se inclinaban ante ellos y competían por sus simpatías. Porque eran hombres. De vez en cuando, una joven enfermera guapa conseguía pescar a un médico de la clínica como marido, aunque era raro. Lo más común eran las aventuras amorosas breves y casi siempre infelices, sobre las que todo el personal cuchicheaba tapándose la boca.

Una mujer con bata blanca era sospechosa para las enfermeras, despertaba los celos y la envidia. En los cinco años que llevaba de médica en la clínica, Tilly solo había conseguido imponerse con algunas enfermeras. La mayoría se habían convertido más bien en sus acérrimas enemigas, entre ellas Martha.

Tilly echó un vistazo al gran reloj de pared y vio que eran las tres, dentro de media hora terminaba su turno normal. No era de extrañar que se sintiera tan cansada. Apenas había comido desde primera hora de la mañana, no paraban de llamarla de un paciente a otro y entretanto había ido a urgencias, de las que también se hacía cargo junto con un colega. Una hora antes entró un chico joven con una herida en el cráneo del que se ocupaba el doctor Heinermann. Por lo visto ahora tenía dudas y la hizo llamar.

En el número 14, donde estaba el joven, el médico se encontraba junto a la cama examinando al paciente.

—Tiene trastornos visuales y se siente mareado —le explicó, muy escueto.

—¿Le han hecho una radiografía?

—Por supuesto. Sin diagnóstico. Seguramente son consecuencia de la conmoción cerebral. Se ha levantado y ha caminado un poco, incluso ha intentado abrir la ventana.

El joven parecía fuerte, trabajaba como repartidor de cerveza. Se había hecho la herida en una pelea con un amigo en estado de embriaguez, tras recibir un puñetazo cayó hacia delante y se golpeó la cabeza contra un poste. Los que tenían el cráneo duro solían sufrir las secuelas de ese tipo de golpes al cabo de unos días.

—¿Le ha sangrado la nariz todo el tiempo? —le preguntó Tilly al chico, que no paraba de usar un paño para contener la sangre que le salía de la nariz.

—Pues sí. No para.

Tilly pidió un pañuelo de celulosa, recogió con él unas cuantas gotas de sangre y vio que alrededor se formaba un borde transparente. ¡Líquido cefalorraquídeo!

—Mire, doctor Heinermann.

El médico observó el pañuelo y la miró enfadado, como si fuera culpa suya. Fractura de la base craneal. Debería haberse dado cuenta él.

—Túmbese y quédese tranquilo, señor Kugler —ordenó el doctor—. Y no camine más bajo ningún concepto. Ahora volverá a examinarlo nuestro médico jefe.

—¿Qué? ¿Otro médico? Pensaba que mañana podría irme a casa. Mariele, mi novia, quiere hacerme albóndigas de patata y carne ahumada.

—Probablemente no sea mañana, señor Kugler. Su novia puede venir a visitarlo a la clínica.

—¿Y si otro se come las albóndigas de patata?

Cuando los médicos salieron de la sala de enfermos, el doctor Heinermann se detuvo un momento y miró el reloj de pulsera.

—Menuda tontería —comentó—. Enseguida se termina su turno, ¿no? Qué suerte. Ya me ocupo yo del caso. Al profesor Sonius no le entusiasmará tener que operar ahora.

Tilly estuvo de acuerdo, estaba demasiado cansada y ya eran las tres y media. Sin embargo, le habría encantado ver la radiografía, no para colgarle el muerto a su colega, sino por interés propio. ¿Habría reconocido la fractura de cráneo?

—Estas cosas siempre pueden pasar —le consoló ella—. Aún no es demasiado tarde para una operación.

—Por supuesto que no —comentó, y sonrió más tranquilo—. Que tenga un buen día, señora Von Klippstein.

Dio media vuelta y se fue con la bata ondeando. Tilly se dirigió a la sala de médicos para cambiarse. Sin embargo, cuando se encontraba frente a su taquilla volvió a pensar en la señora Kannebäcker y, aunque se sentía agotada y tenía ganas de salir de la clínica, se pasó por la sala de mujeres. La puerta estaba abierta y dos jóvenes enfermeras salían de la sala.

—Ay, señora Von Klippstein, qué bien que haya venido.

—¿Qué pasa?

—La señora Kannebäcker ha fallecido. Ha sido muy rápido, las pacientes de al lado ni siquiera se han dado cuenta.

Fue una muerte dulce. Cuando Tilly la examinó, vio en el

rostro de la anciana una sonrisa de liberación. Ya había terminado, las sombras habían desaparecido, viviría para siempre en la luz.

Con paso lento y cansado, regresó a la sala de médicos para expedir el certificado de defunción. Allí se quitó la bata blanca y, cuando la iba a guardar en su taquilla, notó un bultito en uno de los bolsillos. Lo palpó con la mano: era la cadena con el colgante de rubí. Un corazón pequeño, engastado en oro y con un corchete.

«Seguro que le trae suerte», había dicho la anciana. Esa mujer astuta se lo metió en el bolsillo de la bata mientras hablaba con la enfermera Martha.

Tilly dudó, luego se colgó la cadena. Era un recuerdo de una persona querida, por eso lo llevaría. Además era precioso. Ernst le regalaba joyas con frecuencia, sobre todo al principio de su relación, pero por desgracia casi nunca eran de su agrado. A ella le gustaban sencillas y no se sentía atraída por los collares ostentosos y caros con pendientes a juego. Todos esos regalos bienintencionados se quedaban en su joyero y rara vez se los ponía.

El trayecto en tranvía hacia Pasing se le hizo interminable. Se alegraba de haber conseguido al menos un asiento y no tener que ir de pie. Poco antes de las cinco por fin llegó a la imponente villa de Menzinger Strasse que su marido Ernst adquirió unos años antes. Estaba muy orgulloso de esa propiedad, había llevado a cabo una costosa reforma de la villa y del parque y solía contar a sus conocidos que vivían en las inmediaciones del castillo de Nymphenburg.

En la entrada, el olor de la cena era tentador. La criada se acercó a ella para cogerle el abrigo y el sombrero.

—¿Qué hay para cenar que huele tan bien, Bruni? —preguntó con una sonrisa.

Bruni era rolliza y siempre estaba de buen humor. Llevaba el cabello espeso y crespo recogido en la nuca, pero siempre se le salía un mechón que le daba en la cara.

—Hay albóndigas de patata con asado de cerdo, señora. El plato preferido del señor. De primero crema, y el postre no puedo desvelarlo o la señora Huber me mata.

Su risa era tan contagiosa que Tilly no pudo más que unirse a ella.

—Entonces será mejor que nos dejemos sorprender —comentó—. ¿Mi marido está en el despacho?

—Sí. El señor está hablando por teléfono.

Tilly entró en la biblioteca que había justo al lado del despacho, allí se sentía a gusto. A través de tres ventanas estrechas y altas se veía el parque, donde en esa época del año brillaban los primeros narcisos amarillos en los bancales. Los abetos azulados que Ernst ordenó plantar alcanzaban ya una altura considerable y había que podarlos porque le quitaban demasiada luz al parque. Tilly respiró hondo y se dejó caer en una de las mullidas butacas orejeras de cuadros, cerró un momento los ojos y procuró ahuyentar las angustiosas sensaciones de la clínica. No lo consiguió. Con un suspiro, cogió el correo que el sirviente Julius le había dejado como siempre sobre la mesita. La factura anual de una revista médica a la que estaba suscrita, una invitación a tomar el té que fue directa a la papelera y una carta de Kitty. Por lo menos algo le haría sonreír.

> Mi querida e infiel Tilly, has olvidado a todos los de Augsburgo…

Vaya, a su cuñada no le faltaba razón. La semana siguiente su madre cumpliría sesenta años. ¿Cómo podía ser que lo hubiera olvidado? Estaba tan entregada a sus asuntos que había desatendido de un modo imperdonable a sus seres queridos de Augsburgo.

Mientras leía las divertidas historias de Kitty sobre las últimas fechorías de su hija Henny, oyó la voz de Ernst desde la habitación contigua. Sonaba alterado, como casi siempre en esos últimos meses. Durante unos años había hecho crecer su fortuna gracias a inversiones inteligentes y compras de acciones, luego invertía los beneficios en participaciones de empresas y le iba bien así. Ahora, el Viernes Negro en la bolsa de Nueva York se había extendido a Alemania y todo había cambiado. Los financieros estadounidenses exigían el reembolso de sus créditos y los bancos y las empresas alemanes pasaban dificultades. Tilly recordó horrorizada la quiebra del banco de los Bräuer durante la Gran Guerra, que provocó que su padre, Edgar Bräuer, se quitara la vida por desesperación. «Tonterías», se dijo para calmarse. Ernst no era banquero, había invertido su dinero con astucia y superaría la crisis sin pérdidas.

Poco después Ernst entró en la biblioteca.

—Aquí estás, Tilly —comentó, y sonrió un poco despistado—. ¿Has tenido un día agotador? ¡Cuántas veces tengo que decirte que dejes el trabajo en la clínica! Realmente a mi mujer no le hace falta ganar dinero.

«Cómo ha cambiado en los últimos años», pensó Tilly. ¿Acaso no la había apoyado con cariño durante los estudios y los primeros años de carrera profesional? ¿No la animaba una y otra vez a seguir su camino como médico? Ernst le despejaba el camino de obstáculos, les contaba a todos los conocidos lo orgulloso que estaba de ella.

Ahora se consideraba un empresario de éxito, se codeaba con la alta sociedad de Múnich, con la nobleza y los ricos, y le decía que debería dejar su profesión y ocuparse de la casa y de su esposo como las demás mujeres casadas.

—No trabajo por el dinero, Ernst —contestó en voz baja—. Lo sabes perfectamente.

—Sí, claro, claro —dijo, y se frotó las manos. Era un gesto

al que se había acostumbrado y que expresaba su desasosiego—. Vayamos a la mesa. Tengo hambre.

El comedor estaba decorado con muebles al estilo inglés antiguo que tanto le gustaba a Tilly. Transmitían en parte el ambiente hogareño de las casas de campo británicas que había visto en Kent durante el viaje de novios. El mundo podía irse al garete, los pueblos podían desmoronarse: *My home is my castle*, esa era la fe inquebrantable de los ingleses.

Pese a la agradable decoración del comedor, Tilly no notaba el «bienestar» esperado. Echaba de menos la vida, la familia, la alegre ingenuidad de los niños que conocía de Frauentorstrasse en Augsburgo. En cambio, ahí estaba sola con Ernst en esa gran mesa tan bonita; dejaban que Julius sirviera la comida, bebían vino mezclado con agua y los dos se esforzaban por entablar una conversación estimulante que la mayoría de las veces degeneraba en dos monólogos. Tilly le informó de lo sucedido en la clínica mientras Ernst hablaba de sus negocios y de los compromisos sociales a los que debía acompañarlo. Le costaba un horror cumplir los deseos de su marido en ese sentido. Las visitas a la ópera y al teatro que iban asociadas a importantes reuniones comerciales todavía las hacía con gusto. Le resultaban mucho más difíciles los actos oficiales en los que uno debía estar si quería formar parte del mundillo. Lo peor para ella eran esas invitaciones aburridas en extremo y las eternas preguntas que tenía que aguantar.

«Supongo que trata exclusivamente a mujeres, ¿no?» «¿No es repugnante ver a tanta gente enferma todos los días?» «Seguro que ahí tiene trato con personas muy sencillas, de esas que no pueden lavarse todos los días.» «¿Puede poner usted inyecciones, o eso solo lo hace el médico?»

Era prácticamente imposible explicarles a esas damas descerebradas que ella era doctora y no enfermera, no lo entenderían. Ayudaría si contara con el título de médico, pero había renunciado a él porque era consciente de que un doctorado le exigía tiempo, pero no la iba a convertir en mejor médico.

Después siempre llegaba la misma pregunta: «¿Tiene hijos, señora Von Klippstein?». «Por desgracia, no.»

Esa manera de asentir con la cabeza. Por supuesto que no tenía hijos. Trabajaba y no podía ocuparse de las criaturas en absoluto. Tilly jamás mencionaba, por respeto a su marido, que si no tenía hijos se debía a la herida de guerra de Ernst.

«Pero el cometido más importante de una mujer es la maternidad, ¿verdad?», le replicaban luego.

Poco a poco, con distintas excusas, había ido reduciendo las obligaciones que le imponía Ernst y ahora solo lo acompañaba en ocasiones importantes en las que quedaría mal presentarse sin su esposa. Eso requería cierta abnegación por su parte, pero lo hacía por amor a él.

Durante el postre, que hoy consistía en helado, Ernst le relató los acontecimientos políticos más recientes. De nuevo había dimitido un gobierno, esta vez el segundo gabinete de Hermann Müller. Siempre el mismo juego en esta República, los señores diputados se dedicaban a sus intrigas, se dejaban unos a otros fuera de combate y malgastaban el tiempo en discusiones inútiles.

—¿Quién gobierna Alemania en realidad? —exclamó Ernst—. Eso me gustaría saber. ¿Quién se ocupa del futuro de Alemania mientras los diputados y los ministros se enzarzan en sus enfrentamientos verbales? ¡Es un crimen, teniendo en cuenta los problemas a los que ha tenido que enfrentarse el castigado Imperio alemán!

Tilly tenía poco que decir sobre el tema, así que se quedó sentada en su sitio en silencio, removiendo el helado derretido que se había convertido en nata con sabor a vainilla. Intentó unas cuantas veces formular una pregunta, pero a Ernst no le gustaba que lo interrumpieran en sus monólogos. Todos los terminaba de la misma manera:

—Así no se puede gobernar un país. Es como en el estamento militar: cuando los soldados empiezan a discutir con los oficiales en vez de obedecer órdenes, el ejército no puede avanzar. ¡Necesitamos a alguien que diga lo que hay que hacer! Alguien con madera de líder que se imponga. Tú puedes decir lo que quieras, Tilly: Adolf Hitler, ese es mi hombre. Confío en él para nuestro futuro.

Tilly había visto fotografías de ese hombre en la prensa y, en efecto, daba la impresión de ser una persona muy resuelta y decidida. Sin embargo, dudaba de si contaba también con la experiencia y el buen juicio necesarios para semejante tarea. No le gustaba por pura intuición. Sin embargo, según Ernst, la política no era cuestión de intuiciones, sino un asunto que requería una mente clara que, por naturaleza, poseían los hombres. En ese sentido, no estuvo de acuerdo con que las mujeres obtuvieran el derecho de voto tras la Gran Guerra. Para Ernst era probablemente una de las causas de la terrible situación actual de Alemania.

Tilly no compartía su opinión, pero estaba cansada de discutir con él sobre el tema. No llevaba a nada porque Ernst no escuchaba sus argumentos y se limitaba a defender su postura con obstinación. Sí, había cambiado. Ernst von Klippstein ya no era el hombre con el que se casó hacía cinco años. Su éxito empresarial le había dado una excesiva seguridad en sí mismo con la que disimulaba sus carencias físicas. Compraba su ropa en tiendas caras, llevaba abrigos loden y de piel, tenía trajes de etiqueta según la última moda en corte, y en las ocasiones especiales vestía de frac. Rara vez se quejaba ya de dolores en las cicatrices que le cubrían el estómago y el pecho. Tampoco parecía sufrir la angustia de no poder engendrar jamás un niño. Era más bien Tilly la que quería tener hijos, pero nunca hablaba del tema.

—Por cierto, la semana que viene me han invitado a una velada en casa del doctor Breindorfer —anunció Ernst después de permanecer un rato callado—. Acudirán algunas personalidades importantes y sería conveniente que me acompañaras, Tilly.

—¿La semana que viene? —preguntó, y arrugó la frente—. Oh, lo siento muchísimo, Ernst. Voy a tomarme unos días libres en la clínica para ir a Augsburgo. Mi madre cumple sesenta años.

Ernst lanzó enfadado la cucharilla del té al plato de postre y sacudió la cabeza.

—¿De verdad es necesario?

Ella respiró hondo para no decir nada de lo que pudiera arrepentirse.

—¡Yo creo que sí, Ernst!

4

¡Qué tiempo más maravilloso! Marie abrió la puerta de su atelier y salió a Karolinenstrasse para tomar un poco de aire fresco y el sol. Era un día laborable y mucha gente paseaba por las calles y admiraba los escaparates de las tiendas. Todos llevaban aún el abrigo de invierno, pero los sombreros, igual que las gruesas bufandas de lana, ya se habían quedado en casa. Seguro que no para todos era un placer, muchos caminaban por la ciudad porque se habían quedado sin empleo tras una nueva ola de despidos, y en el vecindario incluso algunas tiendas habían tenido que cerrar. Marie también estaba preocupada, pero su ventaja era que no necesitaba los ingresos del atelier para vivir.

«Ya llega la primavera», pensó con aire soñador. El follaje brotaba de las yemas, la naturaleza cobraba una nueva vida. Ahora todo iba a ir mejor.

Dos chicas jóvenes se pararon, se susurraron algo y luego volvieron a mirarla. «Vaya», pensó ella, y quiso volver enseguida al atelier, pero ya era demasiado tarde.

—Buenos días —la saludó una de las dos con timidez—. Usted es la señora Melzer, ¿verdad?

Era la más alta de las dos, una morena y delgada que había sido la primera en hacer de tripas corazón. La otra llevaba un abrigo azul marino de buen corte y un sombrero que con toda seguridad era de su madre.

—Soy yo —contestó Marie—. ¿Qué puedo hacer por vosotras?

Ya había escuchado antes lo que se avecinaba, y le dolía en el alma no poder ayudar. Las dos chicas terminaron los estudios el año anterior, luego aprendieron mecanografía y taquigrafía, pero no encontraban trabajo de secretaria.

—Entonces pensamos que a lo mejor usted necesitaba dos costureras trabajadoras en su atelier.

La morena llevaba la voz cantante y tenía experiencia. Había aprendido a coser en casa de su madre, una modista que trabajaba a domicilio. Su amiga ayudaba y, dos veces por semana, cosía ribetes y dobladillos delicados. Además, siempre se cortaban sus propios vestidos.

—Volved a preguntar el mes que viene —las consoló Marie—. Ahora mismo, por desgracia, la situación de los pedidos no me permite contratar a más costureras.

De hecho, los pedidos se habían reducido de forma radical y tuvo que despedir a una de sus empleadas. Sin embargo, Marie no quería bajo ningún concepto despedir a las costureras que llevaban años con ella, así que casi siempre las mandaba a casa una hora antes cuando no había nada más que coser.

—¿El mes que viene? —repitió la chica, esperanzada—. Con mucho gusto. Y muchas gracias, señora Melzer. Su atelier es maravilloso, nos paramos a menudo en el escaparate para ver los vestidos.

Después de despedirse de las chicas, Marie volvió a la tienda. Tiritó, se dio cuenta de que en la calle aún hacía bastante frío y que la luz del sol engañaba porque el suelo todavía estaba helado en muchos puntos. Ese día se encontraba sola con las costureras, la señora Ginsberg, que por lo general se ocupaba con ella de las clientas, hacía semanas que sufría una tos insistente, así que la tarde anterior Marie le dijo que se quedara unos días en casa.

La señora Ginsberg, que había enviudado en la guerra, de primeras no aceptó la orden; le gustaba trabajar con Marie, era incluso su empleada de confianza, pero al final comprendió que Marie tenía razón. En una hora llegaría la señora Mantzinger a probarse el nuevo abrigo de primavera, que ya estaba montado. Era un diseño precioso de paño suave color verde oscuro, entallado en la cintura, con las mangas anchas y fruncidas en las muñecas, el cuello lucía un corte generoso y se podía llevar levantado. La clienta era una de las damas que hasta entonces pagaban todos los modelos en el acto y sin descuentos. Al contrario que algunas clientas, que hacían encargos y se llevaban las prendas terminadas, pero sin prisa por abonar la factura. Marie tenía un montón de facturas impagadas en su despacho, había enviado recordatorios, al final escribió requerimientos, pero en la mayoría de los casos no consiguió gran cosa. Las señoras no disponían del dinero, ella tendría que recurrir a un abogado y presentar una demanda en el juzgado. Se había acobardado; al fin y al cabo, casi todas eran clientas fijas y le pagarían en cuanto la situación económica se calmara.

Además, quería evitar la intervención de un abogado para que no fuera Grünling, al que Paul contrataba en esos casos, porque le resultaba extremadamente antipático. Por no hablar de su mujer, antes llamada Serafina von Dobern. Marie no entendía que Lisa hubiera recibido varias veces en la villa de las telas a una persona tan descarada para tomar el té. De todos modos, al parecer la amistad recuperada había sufrido un nuevo revés. Gertie le contó que hacía poco la señora Grünling había huido a toda prisa de la villa y en la casa se alegraron en secreto. Gertie no sabía con exactitud el motivo, pero Dodo le explicó con una sonrisita que la «víbora» se había mordido con un «diente venenoso». Su madre la reprendió por decir eso. Dodo era tan poco convencional que a Marie a veces le preocupaba que su hija tuviera dificultades en la vida. Se parecía a su abuela, la pintora Luise Hofgartner, la difunta madre de Marie. Una mujer joven que tomó su camino con coraje y sin inmutarse para luego sufrir una funesta muerte.

Marie asomó un momento la cabeza a la sala de costura, donde sus empleadas estaban trabajando en algunos encargos, entre otros para Lisa y Kitty, su joven cuñada. Luego no le quedó más remedio que irse a su pequeño despacho a ocuparse de las facturas impagadas y a escribir requerimientos. Quizá le sirviera de algo, necesitaba el dinero para comprar nuevas telas. Ese mes no pintaba bien. Una vez pagara a sus empleadas y descontara el coste del material, la corriente y el carbón, no le quedaría mucho más.

—¿Marie? ¡Ah, aquí estás, mi querida Marie! ¡Increíble! ¡Con este tiempo tan fantástico y te metes en este despacho lúgubre!

Kitty había abierto la puerta del despacho y se quedó en el umbral con los brazos en jarras y un gesto de desaprobación. Llevaba uno de esos conjuntos elegantes y deportivos que Marie le había cosido y, como de costumbre, estaba deslumbrante.

—¡Kitty! Me alegro de que vengas a verme —dijo Marie, contenta, ya que en presencia de su vivaracha cuñada pensaría en otra cosa que no fueran los requerimientos.

—Bueno, ya iba siendo hora —contestó Kitty con alegría—. Además, tengo que probarme mi nuevo vestido de noche. ¿Has podido conseguir las plumas de avestruz blancas?

No siempre era fácil cumplir los exquisitos deseos de Kitty, pero esta vez Marie tuvo suerte y había conseguido algunas plumas de avestruz blancas de América. No eran en absoluto baratas, pero Robert se ganaba bien la vida y pagaba con gusto todas las facturas de su exigente esposa.

—Lo he colgado en la terraza cubierta, puedes probártelo ahí con toda tranquilidad. ¿Te apetece un moka?

—¿Un moka? No, gracias, me he tomado dos cafés en el Brüning, si me tomo otro saldré disparada hacia el techo. Pero te necesito para la prueba, mi querida Marie, así que deja tu contabilidad y ven conmigo.

—Por supuesto, Kitty. Aunque está a punto de venir la señora Mantzinger a probarse su abrigo.

Kitty ya no la escuchaba. Había ido a la terraza cubierta, y Marie oyó unos gritos agudos de entusiasmo. Siguió con una sonrisa a su cuñada, que estaba en ropa interior de seda en la sala ajardinada, y la ayudó a ponerse el vestido negro que le llegaba hasta la pantorrilla, con lentejuelas blancas y penachos de delicadas plumas de avestruz cosidas a la cola acampanada.

—¡Dios mío, es precioso! —exclamó Kitty, exaltada—. Mira cómo flotan cuando giro. Parezco un ave del paraíso, Marie. De la alegría podría alzar el vuelo. ¡Y cuando lo vea Robert! Se quedará pasmado y me lo querrá quitar enseguida.

En efecto, el vestido de noche había quedado fantástico. Era una pieza única que no se podría volver a coser porque era casi imposible conseguir unas plumas tan caras de ese tamaño y calidad. Marie retocó algo en el escote de la espalda, que le pareció un poco demasiado pronunciado, pero Kitty lo quería justo así.

—Es un sueño, Marie —la elogió—. Se lo tendré que esconder a Henny. Imagínate, mi hija va a mis armarios y se pone mis cosas. Y por desgracia le quedan bien. ¿Te lo puedes creer? Tiene catorce años y ya usa mi talla. Y también en lo demás… —suspiró.

Marie escuchó con paciencia los lamentos de Kitty sobre su única hija. Era una vaga, sus notas eran lamentables, solo en cálculo eran sorprendentemente buenas. En cambio, desatendía su maravilloso talento para la pintura y el dibujo, y prefería pasear por la ciudad por la tarde para ir a visitar a una amiga, o eso decía.

—¡En realidad había quedado con un chico, imagínate! Pasó por el colegio a recogerla, y luego se fueron a pasear por las callejuelas. Gertrude pilló ayer a Henny en un banco al lado de la catedral. Estaba ahí sentada comiendo un pastel. Y lo que es peor: la acompañaban tres chicos. Uno llevaba su cartera de la escuela, otro la bufanda de cuadros y el tercero le había comprado el pastel.

Marie tuvo que esforzarse y poner gesto de enfadada para responder como era debido a la exasperación de Kitty. Henny tenía la misma edad que Dodo, pero era completamente distinta. Hacía más o menos medio año que le habían crecido unos pechos pequeños, tenía la cintura delgadísima y el trasero precioso y redondo. Henny comprendió enseguida que esos nuevos atributos femeninos reforzaban su poder de atracción hacia el género masculino, circunstancia que ella aprovechaba sin piedad.

Mientras Marie se lo tomaba con calma, Kitty se indignaba.

—No entiendo a quién ha salido. ¡A su padre, mi pobre Alfons, que perdió la vida tan pronto, seguro que no!

—Desde luego —confirmó Marie con una media sonrisa, antes de que Kitty volviera a tomar la palabra.

—No deberías dejarme sola por la bruja de la señora Mantzinger. No te creerás lo que me dijo hace poco…

—¡Kitty, te lo ruego! ¡No me gusta oír esos chismorreos!

El rechazo de Marie no causó mucha impresión en Kitty, que soltó una carcajada, satisfecha.

—Ah, ya sé que eres la persona más bondadosa del mundo, mi querida Marie. No es que te haya puesto verde, porque le habría arrancado los ojos ahí mismo. No, se trata de la señora Ginsberg.

—¿De la señora Ginsberg? —se asombró Marie, que conocía a su empleada y sabía que era una persona educada y lista, adorada por todas las clientas. Su hijo Walter era el mejor amigo de Leo, estudiaban música juntos en el conservatorio de Augsburgo.

—¡Exacto! —exclamó Kitty, y saltaba a la vista que estaba indignada—. Esa mujer dijo que esa escoria judía no era buena para la reputación del atelier. ¿Qué te parece?

Marie no se lo podía creer. La señora Mantzinger jamás había manifestado nada parecido en su presencia, y siempre se mostraba educada con la señora Ginsberg. Quizá un poco fría, pero educada.

—¿Estás segura de que lo dijo, Kitty? —preguntó afligida.

—¿Acaso crees que me inventaría algo así? —refunfuñó la cuñada—. Por supuesto, le dejé claro que yo no compartía su opinión. Se limitó a encogerse de hombros. Querida Marie, debo decirte que eres una ilusa. No todas las personas son tan sinceras y honestas como tú crees. ¡Yo soy la honrosa excepción, y espero que sepas valorarlo!

—¡Ay, Kitty! —Marie abrazó a su cuñada—. Por supuesto que lo sé. Te agradezco tu sinceridad, aunque no me traiga cosas bonitas.

Kitty, satisfecha, se colocó bien el vestido, lanzó otra mirada crítica al gran espejo de la pared y sonrió ante su imagen. Estaba en la mitad de la treintena, su silueta aún era delgada, la melena oscura le llegaba por los hombros, de vez en cuando se la recogía o se la rizaba al peinarse. Llevaba cuatro años casada en segundas nupcias con Robert Scherer, que hacía años se enamoró locamente de la joven Kitty cuando servía en la villa de las telas. Más adelante emigró a América, allí vivió una vida llena de vicisitudes y un amor trágico para luego regresar a Alemania, desilusionado pero rico. Se reencontró con Kitty, que vivía con su suegra y su hija en la casa de Frauentorstrasse que recibieron tras la quiebra del banco Bräuer. Fue en el momento adecuado, uno de esos instantes de felicidad que a veces ilumina el destino y que hay que atrapar antes de que sea demasiado tarde. Los dos se encontraron.

Marie oyó el timbre de la puerta, seguramente era la señora Mantzinger que llegaba para probarse. Qué desagradable. ¡Ojalá Kitty no le hubiera contado todo eso!

—Ve —dijo, y se encogió de hombros—. Mientras tanto miraré tus diseños. ¿Hay novedades?

Marie siempre tenía ideas nuevas que dibujaba con unas cuantas líneas rápidas y que guardaba en una de las carpetas que estaban sobre la mesa en la terraza cubierta para que las vieran las clientas.

—Por supuesto, Kitty. Mira en la carpeta azul, son los vestidos de tarde y de noche…

La señora Mantzinger había tomado asiento en una de las sillas blancas; estaba a punto de cumplir los setenta, pero se conservaba estupendamente y cuidaba su figura. Se quitó el guante y le dio la mano a Marie.

—Mi querida señora Melzer, siempre es una alegría encargarle algo. No hay otro atelier como este en Augsburgo, no sabría cómo arreglármelas sin usted.

Marie sonrió y se esforzó por que no se le notara la incomodidad.

—Por favor, señora Mantzinger, no exagere. Me está usted avergonzando. Adoro mi trabajo, pero no creo que sea única.

La hizo pasar a la sala de pruebas y le enseñó el abrigo, que estaba casi terminado salvo por unos cuantos detalles. Sobre todo había que fijar el largo, aunque los puños le parecieron demasiado estrechos a la clienta. Marie le propuso una selección de botones distintos.

—¿Sabe, señora Melzer? —dijo mientras observaba los botones—. No es una época fácil, pero yo le he dicho a mi marido: «Debemos procurar que la señora Melzer conserve su atelier a toda costa».

Encargó dos pantalones de montar y una chaqueta porque

iban a pasar el verano en la mansión de su cuñado en Brandemburgo y la señora Mantzinger quería montar a caballo. Marie le presentó varias telas adecuadas para ese fin y le prometió dibujar unos cuantos diseños.

—Volveré a pasar el martes por la mañana —prometió, y miró el reloj—. Seguro que entonces estarán listos los diseños y el abrigo, ¿verdad?

—Seguro, señora Mantzinger. Que tenga usted buen día.

Se despidió de Marie con un apretón de manos, sonrió con afecto y no se puso el guante blanco hasta que estuvo en la calle. No había preguntado por la señora Ginsberg, que siempre estaba en la tienda.

—Ya se ha ido —dijo Kitty al salir de la terraza cubierta—. A lo mejor se cae del caballo en verano, quién sabe.

—¡Kitty! No hay que desearle nada malo a nadie.

—Pero yo no lo he deseado —se defendió su cuñada—. Solo pensaba que podría caerse sin más del caballo…

La puerta de la entrada se abrió con tanto ímpetu que las campanillas sonaron con fuerza. Apareció Henny, con el cabello rubio desmelenado y la chaqueta clara llena de manchas.

—¡Mamá! ¡Gracias a Dios! —exclamó alterada—. He visto tu coche ahí fuera y he supuesto que estabas con la tía Marie.

—¿Qué ha pasado, Henny? —preguntó Kitty, asustada—. ¿Por qué tienes ese aspecto? ¿Eso de la manga es un desgarro?

—Deberías ver a Leo, mamá. Y a Walter —le salió de golpe—. Están esperando fuera, tienes que llevar a Walter al médico enseguida. Tiene la mano izquierda destrozada.

Las dos mujeres salieron corriendo de la tienda. Cielo santo, ¿qué había pasado? ¿Un accidente? Con la de veces que les habían dicho que se fijaran en los automóviles al cruzar la calle… En la acera de enfrente vieron a un grupo de cinco chicos, todos más o menos de la misma edad. Marie reconoció enseguida a su hijo Leo porque les sacaba una cabeza. Sangraba en la frente y no paraba de tocarse la herida con el pañuelo. A su lado estaba Walter Ginsberg, más bajo, con el rostro pálido y sucio por las lágrimas.

—¡Leo! ¿Qué ha pasado?

Era evidente que al chico le daba vergüenza ver tan alteradas a su madre y a su tía. Lanzó a Henny una mirada de reproche antes de contestar.

—No es para tanto, mamá. Pero Walter necesita ir al médico, tiene la mano izquierda entumecida. Se ha caído encima cuando lo han tirado al suelo.

—¿Quién lo ha tirado al suelo? —Kitty exigió una explicación.

La respuesta fue un caos de varias voces que Marie logró ordenar poco a poco. Por lo visto, al salir del conservatorio, Leo y Walter caminaban por Maximilianstrasse hacia la parada del tranvía cuando se enzarzaron en una pelea.

—Nos estaban esperando, mamá. Willi Abele, de mi clase, también estaba.

—Era por Walter, tía Marie. De Leo no querían nada. Querían pegar a Walter porque es judío —afirmó Henny.

—Eran seis. O siete. Y estábamos los dos solos frente a ellos…

—Solo al principio, Leo —le interrumpió Henny, exaltada—. Porque luego yo pasé por ahí con Rudi, Klaus y Benno. Les dije que eras mi primo y que tenían que ayudarte.

Henny estaba muy orgullosa de haber prestado esa ayuda porque adoraba a su primo y su talento musical. Leo era uno de los pocos chicos que se habían resistido hasta entonces a su atractivo.

—Es increíble —se lamentó Kitty—. Pegarse en la calle como si fueran cerveceros. No se lo cuentes a Paul, Marie, o le dará un ataque.

Marie ya se había vuelto hacia Walter y le examinaba la

mano izquierda. El joven sollozaba de pura desesperación porque no sentía los dedos.

—Ya, ya… ya no puedo tocar el violín.

—Qué tontería, Walter —lo consoló Kitty—. Seguro que solo es una torcedura y te recuperarás. Vamos, sube, que te llevo al doctor Greiner. O mejor directamente al hospital. Marie, mi querida Marie, tú ocúpate de esta panda de granujas. Dios mío, Henny, ¡tu chaqueta está destrozada! ¿No habrás participado en la pelea? Ve corriendo al atelier y tráeme el bolso. Dentro está la llave del coche.

En ese momento Marie se alegró mucho de no tener más clientas programadas. Así podía tratar los chichones y las heridas abiertas, poner esparadrapo, eliminar manchas, preparar té y repartir galletas de nueces de la villa de las telas.

Kitty llamó más tarde desde la clínica.

—Hazme el favor de llevar a Henny a casa cuando cierres el atelier —pidió—. Tardaremos en terminar aquí. Walter tiene la muñeca rota, puede que tengan que operarlo.

5

—¿Puedes, Maxl? Espera, que empujo.

Auguste se detuvo y dejó las bolsas en el carro del mercado para tener las manos libres. Sobre la calle asfaltada el carro rodaba muy bien, y Maxl, de dieciséis años, era fuerte y tiraba de la carga tan rápido que a Auguste le costaba seguir el ritmo. Sin embargo, en cuanto salieron de Haagstrasse y tomaron el camino que llevaba al vivero, las ruedas se hundieron en el suelo reblandecido y el chico pasó apuros para tirar del carro tambaleante hasta el vivero. Auguste empujó con todas sus fuerzas desde la parte trasera de madera y el lodo mojado la salpicó y le ensució la falda.

—Hay que tirar grava en el camino —apuntó Maxl, que, pese a que era un día fresco y lluvioso, tenía la frente empapada en sudor.

—Puedes esperar sentado —se quejó la madre con un gemido—. ¡Los señores del ayuntamiento antes construirán sillas de oro que ocuparse de nosotros!

Estaba de mal humor porque la venta en el mercado había sido mediocre una vez más. Los plantones de verduras tiernas, repollo, lombarda, puerro y colinabo, desaparecieron enseguida salvo algo que había sobrado, pero los pensamientos y las caléndulas seguían casi todas intactas en el carro. Con los tiempos que corrían, las flores eran un lujo. La gente reunía el dinero y como mucho compraba la verdura que no tenía en el huerto. De todos modos, ella misma tampoco habría comprado algunas de ellas, quedaban varios haces de puerros del invernadero, igual que el ruibarbo que a los clientes les parecía demasiado agrio. Encima, con los tres ramos de flores secas que había colocado tuvo que escuchar de nuevo que antes eran más bonitos, cuando los montaba su hija Liesl, que ahora era ayudante de cocina en la villa de las telas y, por tanto, la habían perdido como trabajadora del vivero.

Dejaron el carro al lado del nuevo invernadero que habían construido el año anterior para los pepinos, tomates y coliflores, donde la verdura siempre maduraba unas semanas antes que en los bancales. Así se adelantaba a la multitud de huertos domésticos del centro de la ciudad y podía servir a los clientes acaudalados.

Maxl era un chico formal y trabajador que en el colegio siempre sacaba malas notas, pero para Auguste eso no era obstáculo para que fuese un buen jardinero. Sacó del carro sin esfuerzo las cajas del género para guardarlas de nuevo en el invernadero, mientras su madre cogía el bolso con los ingresos del día al tiempo que echaba un vistazo a los campos de verduras, donde su marido estaba retirando los plantones de repollo con Hansl, de ocho años, y Fritz, de cuatro. Qué lástima que el día anterior hubiera empezado a llover; si ahora los dejaban en la tierra se echarían a perder, y eso no ayudaba nada, así que trabajaban bajo la lluvia. Al pobre Gustav le costaba especialmente porque, con la prótesis del pie que llevaba desde la guerra, se resbalaba con facilidad en el suelo fangoso.

—Deja la verdura y las hierbas en el carro, Maxl —le gritó Auguste a su hijo—. Luego lo comprará Liesl para la villa de las telas.

Dicho esto, se fue hacia su casa recién construida, que era su orgullo. Era pequeña, abajo estaban la cocina y el salón, y arriba, bajo el tejado, tenían tres dormitorios y un buen baño. No era tan elegante como el de la villa de las telas, claro, donde la bañera blanca descansaba sobre cuatro patas de león doradas y había dos lavamanos de porcelana blanca pegados a las paredes alicatadas. Sin embargo, tenía un inodoro de verdad, como debía ser; Auguste había insistido hasta la saciedad. Estaba harta de tener que cruzar el patio hasta la casita hiciera el tiempo que hiciera, y en invierno hacía tanto frío que se le helaba todo a una.

Para la casa y el invernadero tuvieron que pedir un cuantioso crédito al banco. Si bien las deudas apremiaban, hasta entonces siempre se las habían arreglado de alguna manera. Además, tenía una boca menos que alimentar porque Christian ya no vivía con ellos.

Se quitó el chubasquero y lo sacudió con fuerza antes de entrar en la casa. Dejó los zapatos sucios delante de la puerta, bajo la marquesina, para no dañar el suelo de madera. Dentro solo se podía caminar en zapatillas. Auguste era muy meticulosa con la casa nueva, todo estaba impoluto, los muebles sin polvo y en el viejo sofá había tapetes de ganchillo que ocultaban las zonas desgastadas. Los tejió en invierno, cuando no había mucho que hacer en el vivero y la señora Alicia le regaló un hilo precioso por Navidad. En invierno siempre podía ayudar unas horas en la villa de las telas, ya fuera haciendo la colada o en la limpieza a fondo. Era una bendición para su hogar al tener unas cuentas tan justas. Después de contar los ingresos del día, se dirigió a la cocina. En la estufa aún había ascuas de la mañana, añadió carbón, sopló el fuego y esperó a que rompiera a arder. Prepararía otra vez un guiso, así con un trocito pequeño de carne bastaría para sacar sopa para todos, además de patatas, cebollas y zanahorias del año anterior que guardaba en el sótano y unos cuantos tallos de puerro fresco para que tuviera sabor a primavera. Por la ventana de la cocina vio que Gustav se había sentado en el banco y se quitaba una bota. Probablemente la maldita prótesis del pie le volvía a rozar, le pasaba a menudo, a veces incluso le sangraba el muñón y tenía que untarse una pomada y ponerse una venda encima. Era molesto porque luego la prótesis no encajaba y Gustav caminaba muy de lado, lo que a su vez era malo para la espalda. La guerra, la maldita guerra; ya habían pasado doce años desde que terminó, pero a Gustav las secuelas le durarían toda la vida.

Esperó hasta el anochecer, luego llamó a los hombres a comer, se colocó en el pasillo y vigiló que todos se quitaran los zapatos y bajaran las chaquetas y los pantalones sucios al sótano, donde estaba el lavadero. Había que lavarse las manos y la cara antes de comer, peinarse y, a ser posible, limpiarse las uñas. En su propia casa tenían que comportarse igual que los señores en la villa de las telas: había que cambiarse para almorzar y cenar juntos, y la mesa se ponía bonita. Por eso siempre había un ramo de flores encima, y los domingos además ponía un candelabro.

Los hombres no habían terminado de plantar la lombarda y el repollo, así que al día siguiente tendrían que volver al campo de coles y Auguste solo podía ofrecer en el mercado lo que quedaba de los plantones.

—Ojalá Christian siguiera con nosotros —comentó Fritz—. Lo habríamos hecho sin problema.

Nadie le contradijo. Todos sabían que Christian merecía el puesto de jardinero en la villa de las telas, pero había sido una gran pérdida para el vivero de los Bliefert. Además, los tres chicos estaban tristes porque para ellos era como un hermano mayor.

Engulleron el guiso con hambre, Auguste se fijó en que todos tuvieran algo de carne en el plato. Fritz estaba tan cansado que casi se le caía la cuchara de la mano y se fue a la cama enseguida. Hansl aún tenía deberes que hacer, que según él eran fáciles, pero en días como esos casi siempre se quedaba dormido encima de los cuadernos. Maxl era el único que parecía fresco, hablaba con su padre de los árboles frutales que habían plantado en otoño y quería saber cuándo darían frutos.

—Aún tardarán un tiempo, chico —contestó Gustav, y torció el gesto mientras buscaba la postura correcta para la pierna—. Como muy pronto, en dos o tres años podremos recoger las primeras manzanas y peras.

Acababan de terminar de comer, y Auguste iba a llevarse la olla vacía a la cocina cuando llamaron a la puerta.

—Esa es Liesl —dijo Hansl, y dejó el cuaderno a un lado para abrirle la puerta a su hermana mayor.

Liesl venía envuelta en un paño de lana y había cogido prestado el gran paraguas de Fanny Brunnenmayer. La chica había hecho buenas migas con la cocinera, y Auguste estaba muy orgullosa porque Fanny Brunnenmayer era muy selectiva con sus simpatías.

—Llegas tarde, Liesl —dijo Auguste—. Ya creía que hoy no ibas a venir.

La hija se quitó obediente los zapatos y se puso las viejas pantuflas que había preparadas para ella en la puerta.

—Siempre tengo que hablar primero con la señora Brunnenmayer para saber qué necesita para el día siguiente —se disculpó—. Además, hoy había mucho jaleo en la villa y se me ha hecho tarde.

—Pues siéntate y dame la nota.

No era mucho lo que pedía la cocinera para el menú del día siguiente. Perejil y cebollino, eneldo y perifollo, además de tres manojos de puerro. Nada más. Envió a Maxl al invernadero a prepararlo todo y envolverlo en papel de periódico.

—Que no sean las hierbas que ya han estado en el mercado —le gritó Liesl por detrás—. Córtalas frescas, si no la cocinera no las querrá.

—No es para tanto —criticó Auguste—. Maxl las puso en agua, es como si estuvieran recién cortadas.

—Si sigues así, mamá, ya no nos comprará más.

Disgustada, Liesl se sentó al lado de su padre para preguntarle por el pie.

—Siempre es lo mismo, niña. Unas veces mal, otras peor. Ya estoy acostumbrado.

Auguste, en cambio, después de servirle a Liesl un vaso de sirope de frambuesa diluido, le preguntó por las novedades en la villa de las telas.

—Nada bueno, mamá. Kurti ha estado todo el día con fiebre alta y fuertes dolores de barriga. La señora Melzer estaba desesperada, ha llamado al doctor Greiner, pero no ha llegado hasta última hora de la tarde y para entonces ya tenía el sarpullido. Tiene escarlatina, el pobre.

—¡Jesús! —exclamó Auguste, y dio una palmada—. Seguro que contagiará a Johann y a Hanno. Qué suerte que todos hayan pasado ya la escarlatina.

Liesl le contó que el médico había afirmado que la escarlatina era una enfermedad infantil por la que todos teníamos que pasar. Era mucho peor si se sufría de adulto.

—¿Y cómo está Leo? —preguntó Maxl—. Si hubiera estado yo la semana pasada, les habría dado una paliza a esos canallas.

—No hables así, Maxl —le reprendió su padre—. Y tampoco tienes que pegar a nadie. Solo faltaría que recibiéramos una denuncia y tuviéramos que pagar una indemnización.

Auguste era de la misma opinión, pero Maxl le aseguró con obstinación que habría defendido a Leo Melzer incluso con su sangre.

—Ya lo hice cuando íbamos juntos al colegio. De todas formas, ya quería partirle las costillas a ese Willi Abele porque hace poco me sacó la lengua en el mercado, menudo miscrable.

Hansl había vuelto a sus deberes. Cuando calculaba un ejercicio pegaba la lengua a la comisura de los labios y alzaba la vista hacia el techo. Luego escribía el resultado en el cuaderno. Fritz se había quedado dormido en el sofá.

—Leo ya se ha recuperado, aún tiene un rasguño en la frente y un morado apenas visible —intervino Liesl—. Hoy han ido a visitar con Hanna a su amigo Walter a la clínica. Mañana podrá irse a casa, aunque su madre tiene un miedo horrible por él y no quiere ni dejarle ir al colegio.

—¿Y cómo tiene la mano? —preguntó Gustav, compasivo.

—Hanna dijo que le han enyesado la mano y el brazo hasta el codo. Por delante sobresalen un poquito los dedos, pero no puede moverlos. Ni aunque se esfuerce muchísimo. Leo le ha tenido que consolar porque está muy desanimado, el pobre Walter.

—Mira todo lo que puede pasar en una de esas peleas —le dijo Auguste a Maxl en tono de reproche—. Si a Walter se le queda la muñeca rígida, nunca podrá volver a tocar el violín.

—Eso no me da miedo —replicó Maxl, impasible—. Yo no toco el violín.

—Como jardinero necesitas todas tus extremidades sanas —le aleccionó Gustav—. Mírame —añadió, y torció el gesto al empujar el pie un poco hacia delante.

—Nosotros tenemos mucho que hacer —desvió el tema Auguste, y miró esperanzada a Liesl—. Nos irían muy bien un par de manos más. Mucha gente ha solicitado el trabajo, pero no nos queda ni un penique para eso.

Liesl asintió afligida y se disculpó diciendo que ella comía y dormía en la villa de las telas, así que no necesitaba más dinero para su manutención.

—No tienes motivos para quejarte —transigió Auguste—. Hay hasta luz eléctrica en los cuartos de los empleados. Cuando yo era doncella allí, de noche íbamos al retrete con la linterna.

A su juicio, había llegado el puro lujo a los cuartos del servicio. Los suelos estaban pulidos y recién barnizados, las paredes blanqueadas, y a Fanny Brunnenmayer incluso le cambiaron la cama porque la que tenía estaba rota.

—Has tenido suerte, Liesl —dijo Auguste—. ¿Te han pagado hoy la mensualidad?

Su hija recibía quince marcos todos los meses. Era más de lo que ganaba una ayudante de cocina en su época. No es que Auguste estuviera descontenta con la suerte que le había tocado, pero a veces pensaba con melancolía en los buenos tiempos. Cuando trabajaba en la villa, solo tenía que ocuparse de su trabajo y no la asolaban las constantes preocupaciones familiares y económicas.

—Sí, claro —dijo Liesl, y sacó el portamonedas del bolsillo de la falda—. Esta mañana a primera hora Humbert nos ha pagado a todos. Espera: diez, once, doce… Esto es para vosotros, mamá.

Todos los meses entregaba doce marcos de su sueldo a sus padres. Así lo habían acordado con ella. Le quedaban tres marcos que ahorraba para comprarse alguna tontería o a lo mejor un pañuelo para abrigarse en invierno. Del calzado y la ropa se ocupaban los patrones, ¿para qué necesitaba Liesl tanto dinero? Auguste dejó las monedas en la caja. Los intereses del crédito vencían, el dinero llegaba justo a tiempo.

—El domingo hay una gran celebración de aniversario —explicó Liesl mientras se guardaba el portamonedas—. Haremos una tarta de bizcocho con cobertura de chocolate. Y la señora Brunnenmayer me enseñará a hacer rosas de azúcar después de teñirlo de rosa.

—¿Y de quién es el cumpleaños? ¿Del señor Melzer?

—De nadie de la villa, sino de Gertrude Bräuer. Es la suegra de Kitty Scherer, es decir, la madre de su marido Alfons, caído al principio de la guerra, y la abuela de Henny. Kitty se casó más tarde con Robert Scherer…

—No hace falta que me lo expliques, Liesl —rezongó Auguste—. Conozco muy bien a Robert Scherer de la época en que trabajaba allí. Por aquel entonces ya iba detrás de la señorita Kitty. Por desgracia contaba con malas cartas porque ella tenía en mente a otro, el hijo de los Bräuer, que encima era dueño de un banco. La vida es así.

Auguste nunca había contado que ella le echó el ojo al imponente joven. Incluso se planteó endilgarle la criatura que esperaba, Liesl. Sin embargo, el guapo de Robert fue demasiado listo para caer en eso, así que se quedó con el jardinero Bliefert. Por supuesto, era muy feliz con su Gustav, que era un buen hombre, un espíritu leal, y hacía todo lo que ella le ordenaba. Se mataba a trabajar y nunca se quejaba. Pese a todo, a menudo se le pasaba por la cabeza que podría haber escogido mejor si hubiera jugado bien sus cartas. Cuando Robert regresó de América era un hombre rico, ella podría haber sido su esposa si hubiera sido más lista. Sobre todo le fastidiaba que el verdadero padre de Liesl, Klaus von Hagemann, la hubiera dejado tirada con su hija ilegítima. Otra en su lugar no habría sido tan boba. Habría atrapado a ese señor noble. Else le contó que el señor Von Hagemann luego se casó con una campesina en Pomerania. ¡Quién lo iba a decir! ¡Una campesina! Con Auguste habría quedado mucho mejor servido. Sí, a lo largo de su vida había cometido muchos errores, no supo aprovechar las oportunidades que se le presentaron y por eso no había conseguido más que un jardinero.

Por suerte, Gustav nunca le hizo reproches por Liesl y acogió a la niña como si fuera hija suya. De momento ella no sabía quién era su verdadero padre, pero tendrían que decírselo pronto, ya tenía diecisiete años, sobre todo por si Else o Brunnenmayer se iban de la lengua en la villa de las telas.

—¿Me lo has colocado todo, Maxl? —preguntó Liesl—. Vuelvo a la villa, que ya es muy tarde.

Justo cuando se estaba colocando el pañuelo llamaron a la

puerta de la casa. Fue un ruido educado, casi tímido, y Auguste enseguida supo quién se encontraba fuera, en la oscuridad, pidiendo entrar.

—¡Christian! Vienes en plena noche, ya queríamos irnos a la cama.

Era una exageración porque no eran más de las nueve, pero en realidad Gustav no iba a permanecer despierto mucho más.

Christian estaba muy avergonzado, se quitó el gorro mojado, se retorció las manos, se las pasó por el pelo empapado por la lluvia y asomó la cabeza por detrás de Auguste hacia el pasillo. Por supuesto, había visto que Liesl se dirigía al vivero y ahora esperaba acompañarla durante el camino de vuelta. No era tonto, Christian, aunque tampoco era el más valiente. Por suerte.

—Lo siento muchísimo, señora Bliefert. Yo… aún tenía que limpiar los aperos y se me ha hecho tarde —balbuceó—. Entonces he visto que había luz en la ventana de su casa y he pensado que habría alguien despierto…

En ese momento apareció Hansl detrás de ella en el pasillo.

—¡Ha venido Christian! —gritó—. Está calado hasta los huesos. Pasa, no te quedes ahí fuera bajo la lluvia.

El comentario de Auguste sobre que ya era hora de acostarse pasó desapercibido. Maxl apareció y esbozó una sonrisa de oreja a oreja de la alegría, y Fritz se despertó y saltó del sofá, corrió al pasillo y se lanzó al cuello del visitante tardío.

—¡Tengo que contarte algo, Christian! —exclamó Fritz—. Tenemos un nido de mirlos en las tablas, y dentro hay cuatro huevos de color verde azulado…

Los tres hicieron entrar al invitado en la casa, Auguste tuvo el tiempo justo para decir: «Quítate los zapatos», de lo contrario habría entrado en el salón con las botas sucias. Ahí estaba Liesl, que en realidad ya se iba.

—¿Qué haces deambulando tan tarde por la zona, Christian? —le preguntó, con una sonrisa pícara.

Auguste pensó que su hija era coqueta. Provocó al chico con su sonrisa y sus mejillas rosadas.

—He venido porque quería encargar pensamientos y tagetes para la glorieta que hay delante de la villa de las telas.

Sonaba bien, prometía cuantiosas ganancias. Seguía siendo una excusa porque en el bancal redondo de delante de la villa ya florecían los tulipanes y los narcisos, y como mínimo tardarían dos semanas en volver a plantar la glorieta. Sin embargo, le pasó la nota con el pedido a Gustav por encima de la mesa.

—La nota tienes que dársela a ella, Christian. —Gustav señaló a Auguste con una sonrisa—. La señora directora es la que coge los pedidos.

—Perdón —se disculpó Christian, y se le pusieron rojas las orejas cuando le entregó el papel. Después ya no supo qué hacer.

—Puedes acompañarme a la villa de las telas —propuso Liesl—. Me alegro de no tener que caminar sola en la oscuridad.

—Maxl también puede acompañaros —intervino enseguida Auguste—. Te llevará las cosas para Brunnenmayer, ya que tienes que cargar con el paraguas grande y una linterna.

Maxl aceptó encantado, pero Christian y Liesl intercambiaron miradas de decepción.

Auguste, en cambio, estaba exultante y acompañó a los tres a la puerta, les dio las buenas noches y agarró por el cuello de la camisa a su hijo Fritz, que quería salir corriendo al patio.

—Mira el sofá —le riñó—. Has descolocado todos los tapetes. Recógelos y vuelve a colocarlos. ¡Y luego a la cama!

De regreso en la casa, cuando el resto de la familia se subió arriba, miró por la ventana de la cocina y vio entre los arbustos aún pelados a los tres paseantes nocturnos iluminados por la luz amarillenta de la linterna. Liesl llevaba abierto el paraguas y se había agarrado del brazo de Christian, y Maxl agarraba la bolsa de las verduras y la linterna. ¿Acaso Christian estaba aprovechando la ocasión para darle un beso tierno a Liesl? Auguste aguzó la mirada hasta que empezaron a llenársele de lágrimas. No, se había preocupado en vano. Christian mantenía una conversación animada con Maxl y su hija caminaba a su lado en silencio.

Aliviada, empezó a secar los vasos y dejarlos en el armario. Christian no significaba nada para Liesl. Era un buen chico, cándido, no muy distinto de su Gustav. Era jardinero, y seguiría siéndolo hasta el fin de sus días. Su hija, en cambio, había nacido para ser alguien, tenía madera para llegar a lo más alto. Era guapa y nada tonta. En la villa de las telas estaba en buenas manos, solo tenía que salir lo antes posible de la cocina. Así conocería a todo tipo de gente y progresaría. Conseguiría lo que a ella le había sido negado: ascender a señora.

6

—Tienes que tocar los acordes con fuerza. No con dureza, pero sí con fuerza. ¿Lo entiendes, Leo? Con un sentimiento fuerte. Así...

Sinaida Obramova pasó el brazo derecho muy cerca de él y apretó las teclas. Leo temblaba tanto por dentro que apenas podía concentrarse en la música, porque con tanto entusiasmo la profesora le había rozado el pecho. Ocurría a menudo porque solía sentarse muy cerca de él en el banco del piano. Casi siempre le rozaba los codos o el hombro. Esta vez había notado con claridad su suave antebrazo bajo la blusa, y le llegó una nube de su perfume. Un aroma que le resultaba ajeno y ruso y se le subía a la cabeza cuando tenía clase con ella.

—¿Lo has entendido? —preguntó, y lo miró con sus ojos negros—. Quiero oírlo. Inténtalo otra vez.

Sí, tenía los ojos negros. No castaños, ni tampoco de color marrón oscuro. Negro absoluto. Igual que el cabello y las cejas espesas que bajaba cuando se enfadaba. Era capaz de enfadarse de repente, de un segundo al otro, nunca se sabía cuándo iba a ocurrir. Luego se veía un brillo de todos los colores del arcoíris en sus ojos negros y su voz retumbaba en la profunda oscuridad. En esos momentos, él se quedaba petrificado por el miedo, inmóvil en el taburete del piano, y soportaba fascinado el arrebato. La mayoría de las veces luego ya no se acordaba por qué se había alterado tanto, pero de camino a casa aún notaba la energía que había descargado en él hasta en la punta de los pies.

Leo asintió ante su requerimiento y tocó los acordes, intentó que la pulsación fuera fuerte pero no demasiado dura, y sin equivocarse cuando se inclinó hacia la derecha para usar los agudos. Entonces ella se retiró un poco para no ser un obstáculo.

—Demasiado débil —sentenció disgustada—. Así tocan los profesores de escuela. Música doméstica para chicas jóvenes. No un concierto. No Chaikovski. ¿Dónde está el fuego? Tienes que quemar con fuego a todos los que escuchan en la sala. Con el fuego de la gran música para piano.

—Lo intentaré otra vez, señora Obramova.

—No digas que vas a intentarlo —soltó—. Di: ¡quiero!

—Quiero intentarlo.

—¡No, no, no! —gritó ella, y dio un puñetazo en el teclado del inocente piano de cola. Sonó estridente como un grito de dolor.

Leo se encogió de hombros: ya estaban otra vez.

—¿Qué quieres hacer cuando estés en la sala de conciertos? —preguntó exaltada, y la voz se volvió grave, casi masculina—. Cuando haya más de cien personas que quieran escuchar un concierto de piano de Chaikovski. Entonces no puedes intentarlo, Leo. Tienes que desearlo con todas tus fuerzas. Con toda tu alma. Tienes que enseñar todo lo que hay en tu corazón. En los dedos, en el espíritu.

Al pronunciar las palabras «corazón» y «alma» se llevó la palma de la mano a su generoso pecho, lo que era particularmente evidente cuando se quitaba la chaqueta larga. Debajo siempre llevaba alguna blusa clara con un broche de porcelana en el escote con el retrato de una gran duquesa rusa, su abuela. Esa joya era uno de los pocos recuerdos que consiguió salvar su familia al huir de Rusia. Justo después de que estallara la revolución de 1917 habían huido de los bolcheviques, los comunistas rusos, por Finlandia y Noruega hasta Alemania, porque, si no, los habrían asesinado. Su padre le explicó una vez que con toda seguridad la señora Obramova y sus padres tuvieron que vivir atrocidades y que había tenido suerte de haber encontrado un nuevo hogar en Augsburgo.

—Quiero tocar ahora —dijo cuando ella hizo una pausa.

—¡Bien! —contestó la profesora, calmada, y se levantó para caminar por la sala.

Fue un alivio para él porque podía tocar con más libertad si ella no estaba sentada al lado. Entonces Leo era él mismo, solo con la música, sin las molestas sensaciones que ella le suscitaba. El célebre *Concierto para piano y orquesta n.º 1 en si bemol menor* de Chaikovski era una obra muy exigente para un pianista de catorce años en el que llevaba más de un año practicando y del que, según él, aún le quedaba muchísimo por descubrir y desarrollar a nivel musical. Por no hablar de la técnica, había partes que no lograba ejecutar como debería. Sin embargo, Sinaida Obramova había insistido al director del conservatorio, el señor Gropius, para que su alumno Leo Melzer tocara esa obra en un concierto de estudiantes en el auditorio, así que habían reunido una orquesta formada por alumnos y algunos músicos profesionales. Lo dirigiría el señor Gropius en persona, que ya ensayaba dos veces por semana con los alumnos.

«Es un gran honor. Y una gran oportunidad para jóvenes pianistas», le había dicho la joven rusa cuando le dio la noticia.

Esta vez la estricta profesora quedó bastante satisfecha con su ejecución, solo le interrumpió cuando hubo terminado la introducción con los fuertes acordes de piano y justo iba a pasar al primer tema.

—Mejor, mucho mejor… ¿Ves? Cuando quieres, puedes, Leo. Casi bien, aún falta brillo, pero es suficiente por hoy. Ahora el tercer movimiento. Toca el fragmento con los saltos… no marcando el tempo, despacio y con precisión… Es difícil. Pero ánimo, puedes tocarlo.

En realidad esos pasajes eran demasiado difíciles para él. Siempre era cuestión de suerte colocar bien los saltos. Las marchas rápidas quizá le resultaran fáciles en clase, pero en el concierto probablemente no, seguro que fallaría en los puntos de mayor virtuosismo. Su profesora no lo aceptaba y le insistía en que lo repitiera.

Una vez más, no lo consiguió. Por mucho que tocara a un ritmo más lento, se equivocó varias veces. Sinaida Obramova iba de un lado al otro de la habitación, siseaba con rabia con cada nota errónea y dejaba oír sus pasos inquietos, lo que aún irritaba más a Leo.

—Si tocas así —le interrumpió al final—, me moriré de la vergüenza. ¿Dónde tienes la cabeza? ¡Otra vez, por favor!

Utilizaba el «por favor» como si fuera una orden. Leo sacudió las manos y empezó desde el principio; esta vez las notas eran las adecuadas, pero a su interpretación le faltaba expresión musical. Era muy deprimente. Practicaba esos fragmentos a diario y seguía sin conseguirlo. Lo invadió el desaliento. El concierto era dentro de tres meses. ¿Y si fracasaba, se equivocaba de nota, quizá incluso se quedaba estancado o le daba un calambre en las manos? Y todo eso delante del público reunido en la gran sala. Estaría toda su familia, sus amigos y conocidos, además de los alumnos y los profesores del conservatorio y quizá incluso el alcalde. Daría una imagen lamentable y vergonzosa delante de todas esas personas. Aún peor: pondría en ridículo a Sinaida Obramova. Antes moriría que hacerle eso.

—Bien. Suficiente por hoy —dijo la profesora, y se acercó al piano—. Pasado mañana me tocarás esos fragmentos sin errores. No pienses, salta con coraje y tocarás la nota correcta.

Su voz se había vuelto dulce, y le acarició el cuello. Lo hacía con frecuencia, con él y con otros alumnos. A Leo le molestaba porque le parecía que le acariciaba como premio por una buena interpretación. En realidad le rondaban en sus sueños muchas otras ideas de cómo podía recompensarle por su buen trabajo. Por supuesto, solo eran sueños, pero ella aparecía muy a menudo. Casi todas las noches.

Leo guardó las partituras, el lápiz y el bloc de notas en la cartera de piel, se puso la chaqueta y se colocó el gorro.

—Hasta pasado mañana, entonces.

Ella se le acercó, era de su misma altura, y le tendió la mano para despedirse con un firme apretón de manos.

—*Do svidania*… Hasta entonces —dijo, y le sonrió.

Luego se dirigió a la ventana, apoyó las dos manos en el alféizar y miró hacia fuera. Siempre dirigía la vista hacia el nordeste, donde se encontraba su hogar perdido. Una vez le contó que pensaba con frecuencia en su infancia y su juventud y sentía una gran nostalgia de Rusia. Durante los días siguientes pensó en cómo podía consolarla. Cuando sacaba el tema a colación, ella no entraba en detalle. Probablemente su corazón escondía abismos y heridas que ocultaba a todos los demás. Era como la buena música, solo revelaba su belleza y su profundidad a aquellos que se comprometían del todo con ella.

El cielo se había cubierto con nubes de color gris como el mármol, el buen tiempo primaveral hizo una pausa y soplaba un viento frío en Maximilianstrasse. Leo se levantó el cuello de la chaqueta y entornó los ojos hasta convertirse en finas ranuras porque el viento levantaba mucho polvo. En sus oídos sonaban notas y melodías, sobre todo el concierto para piano de Chaikovski, además de otros que le salían solos y que él se apresuraba a contener. Era curioso porque en su cabeza las imágenes y los ruidos se convertían a menudo en sonidos, y a veces le daba miedo por si se trataba de alguna enfermedad. En todo caso, esos peculiares tonos no le gustaban cuando necesitaba poner toda su concentración en el concierto de Chaikovski.

En realidad debería haberse ido a casa en tranvía porque aún le quedaban deberes por hacer y luego quería practicar con el piano, pero no había tenido el coraje de dejar que su amigo Walter, que no podía tocar su querido violín, se quedara en casa desconsolado, así que se dirigió a paso ligero hacia Perlach para subir por Karolinenstrasse hacia Spengler-gässchen. Desde la pelea, Humbert llevaba a Leo en coche todas las mañanas al colegio y daba un rodeo para recoger a Walter. Para Marie Melzer era importante que la señora Ginsberg no tuviera preocupaciones. A Leo, en cambio, le daba cierta vergüenza porque sus compañeros se reían de él.

—El conde de las tonterías y su bufón —bromeó uno, y los dos amigos hicieron como si no lo hubieran oído.

—No vale la pena discutir con idiotas —fue el comentario de Walter, que llevaba el brazo doblado en una venda negra y seguía sin poder mover los dedos. Además de la fractura, había quedado dañado un nervio importante, según le contaron los médicos en la clínica, pero con suerte se recuperaría.

Por eso, después del colegio, Walter se quedaba solo en casa, leía libros, estudiaba partituras y procuraba practicar el arte de la paciencia. No era fácil porque nadie podía decirle con seguridad si el nervio se recuperaría de verdad o si se quedaría con los dedos inmóviles para siempre. Leo quería pasar por lo menos un rato con Walter para animarle, y de paso aprovecharía para copiar los deberes de matemáticas. Su amigo era bueno en matemáticas, una asignatura que para Leo siempre sería un misterio.

Tuvo mala suerte porque por Karolinenstrasse se le acercó

un automóvil en el que iban Robert y Kitty Scherer. Su tía lo vio enseguida, le hizo una seña para que se acercara y el tío se detuvo junto a la acera.

—Sube, nosotros vamos a la villa de las telas. ¿Has visto quién va con nosotros en el coche?

Leo no se alegró mucho con el encuentro porque en la parte trasera iba sentada su prima Henny, la hija de Kitty, y al lado la tía Tilly, que vivía en Múnich y había llegado el domingo para celebrar el cumpleaños de su madre.

—Es que quería ir a visitar a un amigo…

—Pero ¡Leo! —exclamó la tía Kitty, y sacudió la cabeza—. A tus padres no les gusta que deambules solo por la ciudad. Y me parece muy bien después de todo lo que ha pasado últimamente.

No sirvió de nada, tuvo que subir al asiento trasero y, para colmo, la tía Kitty empezó a contar toda esa vergonzosa historia de la pelea porque la tía Tilly aún no lo sabía. Henny, ese mal bicho, adornó el relato con detalles que no se correspondían en absoluto con la verdad, sino que destacaban sobre todo su papel de salvadora.

—Es horrible —comentó el tío Robert al final—. En cualquier caso, fue contra Walter Ginsberg, porque es judío. Tendré que hablar con su madre.

A Leo le caía bien su tío, sobre todo porque había vivido en Estados Unidos y conocía mundo. Hablaba inglés con fluidez, incluso español; además, le encantaba la música y le gustaba escuchar cuando Leo practicaba con el piano. No era muy mayor, solo algo más que Kitty, pero ya lucía unas cuantas canas en las sienes. El bigotito, en cambio, era muy oscuro, y según la malvada Henny se untaba una pomada de una lata redonda.

—¿De qué quieres hablar con la señora Ginsberg, tío Robert? —preguntó Leo, que recibió una respuesta tras una breve vacilación.

—No te asustes —dijo el tío por encima del hombro derecho—. Si yo fuera judío y hubieran atacado a mi hijo en plena calle, sacaría mis conclusiones y emigraría.

Leo abrió los ojos de par en par, horrorizado. ¿Acaso el tío Robert quería convencer a la señora Ginsberg de que se fuera de Augsburgo? Entonces perdería a su mejor y único amigo.

—¿Adónde van a irse? —balbuceó, disgustado.

—Robert tiene amigos en Estados Unidos —intervino la tía Kitty—. Acogerían a la señora Ginsberg y la ayudarían. Robert dice que no se puede emigrar sin amigos y un puesto fijo. Podría colocar a la madre de Walter de dependienta en una panadería, ¿verdad, Robert? Eso me dijiste, ¿no?

Su marido lo confirmó asintiendo.

—¿Y cómo lo harán? —se alteró Leo—. Walter necesita un conservatorio, quiere ser violinista.

—En Estados Unidos también hay buenos profesores de violín. Pero no te preocupes por ahora, Leo. Solo es una idea, y puede que la señora Ginsberg decida no irse de Augsburgo.

—Seguro que no lo hará —aseveró Henny—. Tendría que dejar a la tía Marie en la estacada, y ella siempre dice que sin la señora Ginsberg su tienda de moda estaría perdida.

Leo se calmó un poco al oírlo. Henny podía ser un incordio, pero esta vez había dicho algo muy sensato. No, seguro que la señora Ginsberg no emigraría.

El día le deparaba más desastres. Cuando el tío Robert detuvo el automóvil frente a la entrada de la villa, oyeron de repente la voz exaltada de Dodo en una de las ventanas de la primera planta:

—¡Mamá! ¡Mira! ¡Ha llegado la tía Kitty, y viene la tía Tilly en el coche!

A Leo le sonó casi como una llamada de auxilio. Mientras todos miraban hacia arriba, apareció su madre en la ventana.

—¡Tilly! —gritó ella—. ¡Llegas caída del cielo! Sube rápido. Kurti apenas respira… ¡tienes que ayudarnos, se ahoga!

Todos se bajaron a toda prisa del coche y corrieron hacia Humbert, que ya había abierto la puerta de entrada, tras la cual estaban reunidos los empleados, asustados. Brunnenmayer lucía una expresión como si hubiera muerto alguien, Else estaba llorando, por supuesto, y Liesl llevaba una palangana con pañuelos mojados y humeantes. La tía Tilly atravesó el vestíbulo corriendo como una velocista, se quitó el abrigo por el camino y se lo lanzó a Gertie, que lo atrapó junto con el sombrero.

—Dios mío —dijo la tía Kitty, que se había parado a hablar con los empleados—. ¿Por qué no ha venido el doctor Greiner? Siempre viene por cualquier bobada, ¿no lo habéis llamado?

Hanna salió de la cocina con los ojos rojos de haber llorado.

—Ha sido muy rápido —aclaró—. Ayer el niño tenía dolor de garganta, entonces la señora Melzer riñó a Rosa por haber estado en el parque con los niños y porque Kurti acababa de superar la escarlatina.

Costaba entenderla por el escandaloso llanto de Else, que no paraba de sonarse con el pañuelo.

—Eso es una irresponsabilidad —se indignó la tía Kitty—. Salir al parque con un niño que no está del todo sano… ¡Esa Rosa es más tonta que hecha de encargo!

—Entonces seguro que no es un resfriado normal —comentó el tío Robert—. Suena más bien a difteria. ¿Tosía? ¿Una tos rara, hueca, no como suelen toser los niños?

Fanny Brunnenmayer y Liesl no lo sabían bien, con Else no se podía hablar, pero Hanna en cambio estaba informada, había dormido con Kurti la noche anterior.

—Por la noche no, solo por la mañana. Tenía una tos extraña y la respiración ronca. Estaba muy quieto, no ha querido comer nada y no podía tragar el té caliente. Luego hemos ido a buscar al doctor Greiner, que le ha recetado unas pastillas para la garganta.

—¡Pastillas para la garganta! —exclamó la tía Kitty, que miró indignada al tío Robert—. ¿Has oído? Le ha recetado al niño pastillas para la garganta. ¿Sabes qué? El doctor Greiner se está haciendo mayor. Marie tendría que haberse buscado otro médico de familia mucho antes…

—El doctor Greiner ya tiene un sucesor, pero estaba fuera visitando a un enfermo, por eso ha vuelto a venir él —les informó Hanna.

De repente se oyó un tumulto por detrás, en la cocina, y oyeron la voz de Gertie que pedía agua hirviendo, además de un cuchillo afilado y un tubito…

—¿Qué tipo de tubito? —preguntó Brunnenmayer, nerviosa.

—Un tubito pequeño, de metal, como una pajita pero más firme… Mira en el cajón de la cocina.

—No tenemos nada parecido —gritó la cocinera, que volvió corriendo a la cocina.

La tía Kitty clavó la mirada en el tío Robert, presa del pánico, con los ojos desorbitados.

—Cielo santo —susurró—. ¿Un cuchillo? ¿Qué pretender hacer Tilly?

Su marido la rodeó con el brazo. Lo hizo con mucha ternura, la atrajo hacia sí y le susurró algo. Leo, que tenía muy buen oído, entendió las pocas frases que dijo.

—Le va a hacer una traqueotomía. Es la única opción. Si se lo hubieran hecho a mi hija pequeña, no habría…

Antes de que pudiera terminar, la tía Kitty se arrimó a él y le dio un fuerte abrazo. Leo se sintió cohibido al verlos tan abrazados y presenciar cómo la tía Kitty le daba un dulce beso en la mejilla a su marido. El tío Robert no había contado mucho sobre su primer matrimonio en Estados Unidos, salvo que fue muy desgraciado. Al parecer tuvo una niña que murió de difteria. ¡Era horrible! De pronto, Leo fue consciente de que la vida de su hermano pequeño pendía de un hilo. Kurti, esa criatura tan alegre, que iba por ahí tan contento con sus coches de juguete de colores y a veces se metía en su cama a primera hora de la mañana para pelearse un poco con él, ¡podía morir!

Ya nada pudo retenerlo en el vestíbulo, subió corriendo la escalera y quiso entrar en la habitación de Kurti, pero la tía Lisa le prohibió la entrada.

—Aquí molestas, Leo —dijo—. Ve a la cocina y di que traigan el agua hirviendo de una vez.

En ese preciso instante salió su madre de su habitación y lo apartó a un lado de un empujón.

—Aquí tienes un tubito, Tilly. ¿Puedes usarlo? Es una pieza para alargar un lápiz.

—Sí, eso tendrá que servir. ¿Dónde está el agua hirviendo? ¿Habéis vuelto a llamar al médico nuevo? Dile a Paul que lo intente desde la fábrica. Deja los paños encima de la cama, Gertie.

—Lisa, ¿sabes dónde está mamá? —preguntó su madre desde el interior de la habitación.

—Tiene migraña y está tumbada en la cama.

—¡Gracias a Dios!

Leo estaba en el pasillo, paralizado por el miedo, cuando Hanna apareció con una olla humeante, luego oyó los lloros roncos de su hermano pequeño y se imaginó que Kurti iba a morir. Se sintió mal, se tambaleó hacia atrás, hacia el gran armario ropero, y se desplomó en el suelo. Oyó a lo lejos la voz de Tilly que daba instrucciones, también que llamaban al timbre abajo pero nadie abría la puerta.

—¡Humbert! —gritó alguien—. ¿Dónde te has metido? Por el amor de Dios. Liesl, abre la puerta.

Era Fanny Brunnenmayer la que gritaba enfadada. Justo después apareció la ayudante de cocina en el pasillo de la segunda planta seguida de un joven con un maletín médico de piel en la mano.

—Por favor, por aquí, señor doctor —dijo ella, y llamó a la puerta de la habitación de Kurti.

El médico no esperó, apartó a la ayudante de cocina y entró sin más.

—¿Doctor Kortner? Soy la madre del niño —se presentó Marie—. Por fin. Una familiar mía le ha hecho una traqueotomía, es médico.

—Era lo único correcto, querida colega, no todo el mundo consigue mantener la calma y la visión de conjunto en semejante situación, es impresionante —la elogió el joven—. Lo lamento mucho, siento haber llegado tan tarde. Espere, que le echo una mano.

Leo no oyó nada más porque cerraron de nuevo la puerta de la habitación. Reconoció vagamente a su prima Henny, que estaba delante de él con un vaso en la mano.

—Bébete esto —ordenó, y se agachó hacia él en el suelo—. Los desmayados tienen que beber mucho, así recuperan la vida.

Obediente, Leo cogió el vaso y bebió un sorbo del mosto de manzana, incapaz de creer que fuese a sentirse mejor.

—¿Kurti se va a morir? —le preguntó a Henny.

—Aún no —contestó ella, y puso una cara como si fuera médico—. La tía Tilly le ha hecho un agujero en la garganta y le ha metido un tubito. Para que pueda volver a respirar. ¿Leo? ¡Hola! Madre mía, es verdad que los chicos no aguantan nada.

Leo escuchó esa última frase, luego de pronto todo quedó definitivamente a oscuras. Los fantasmas alborotaban en la negra noche, unos cánticos salvajes le aturdían los oídos, vio a Sinaida Obramova que daba vueltas sobre sí misma, cada vez más rápido y con los brazos extendidos.

Cuando volvió a abrir los ojos estaba tumbado en su cama. Sobre él pendía el rostro preocupado de su hermana Dodo.

—Vaya, hermanito, nos has dado un buen susto —afirmó—. En cuanto Kurti mejora un poco, tú apareces blanco como un cadáver en el pasillo y ni te mueves.

7

Tilly no se sentía tan feliz y protegida desde hacía mucho tiempo. ¡Cómo había echado de menos esa casa pequeña, caótica y al mismo tiempo acogedora de Frauentorstrasse! Su querida madre, que le había dado un abrazo muy tierno al llegar dos días antes, y Kitty, que la abordaba con su verborrea y transmitía tanta calidez y dulzura. Incluso Robert le dio un abrazo sin rodeos, como un hermano, a modo de bienvenida. Henny, que se había convertido en una joven adorable, no se apartaba de su lado, le había confiado que ella también quería ser algún día una mujer trabajadora y que en todo caso deseaba ganar su propio dinero. Tilly era su gran modelo porque había estudiado y era una doctora de verdad.

La tarde se fue alargando y disfrutó con esas personas queridas, en confianza; sintió una cercanía que había añorado muchísimo. Se sentía como si hubiera caminado durante años entre la nieve y el hielo y por fin hubiera encontrado un lugar donde ardía un fuego cálido. Más tarde, cuando su madre Gertrude y Henny se hubieron acostado y Robert se retiró a su despacho, se quedó sola con Kitty. Por supuesto, su cuñada tuvo la intuición correcta.

—Dime, mi pobre y querida Tilly, ¿por qué no has dicho ni una sola palabra sobre tu marido?

—No hay mucho que decir —contestó, y se encogió de hombros—. Ya sabes que nuestro matrimonio es de conveniencia. Ernst tiene sus intereses y yo tengo mi trabajo.

—No suena precisamente a pareja feliz.

Kitty se desperezó en el sofá, colocó bien los cojines y puso los pies en alto. Llevaba una blusa de seda y unos bombachos a juego, y sobre la alfombra descansaban unas bonitas zapatillas verdes. Tilly intentó imaginar lo que diría Ernst si se plantara delante de él con un atuendo tan pintoresco. Seguramente le daría un ataque al corazón.

—Bueno, nos hemos organizado —respondió con una evasiva—. Al fin y al cabo, yo sabía desde el principio dónde me metía.

Kitty puso los ojos en blanco y cogió su copa de vino tinto para beber el último sorbo con deleite.

—¿Sabes lo que creo, Tilly? Eres muy infeliz con Ernst. Y quizá él contigo. ¿De verdad quieres seguir así toda tu vida?

—¿Por qué iba a ser infeliz, Kitty? Tengo mi profesión, apoyo a mi marido en la medida de lo posible, vivimos en una casa bonita…

Su cuñada se inclinó hacia delante para dejar de nuevo la copa y la escudriñó con la mirada.

—¿De verdad? —preguntó mordaz—. A mí no me engañas, Tilly. ¡Pero mírate! Te has convertido en un ratón gris. Cara gris, vestido gris, gesto gris. En unos años serás una pasa gris y arrugada y empezarás a criar moho. No, no lo digo con mala intención, querida Tilly. Me pone muy triste verte así. ¿Sabes? Quédate un par de semanas con nosotros, seguro que consigo frenar tanta arruga. Te abriré los ojos, te sacaré los tapones de los oídos y liberaré tu corazón de esas cintas de hierro gris. Te convertiré en una princesa feliz y vivaracha.

Kitty siempre había sido muy exaltada, sobre todo cuando intervenía el vino, así que al final Tilly se rio de las pasas arrugadas.

—Es muy amable por tu parte, pero ahora será mejor que nos vayamos a la cama, estoy muy cansada del viaje.

—Piensa en mi propuesta, Tilly. Estoy decidida a salvarte —insistió Kitty, que se levantó del sofá de un salto y besó a su cuñada en las mejillas.

Al día siguiente hubo mucho ajetreo. ¡Qué sobresalto se llevó Tilly cuando Marie le gritó asustada por la ventana! Por supuesto, solo podía ser difteria. Era urgente, era demasiado tarde para llevar a la criatura a la clínica, habría muerto en el traslado. Sin embargo, era una locura hacer semejante operación sin instrumental médico, sin desinfectante y con una funda de lápiz metálica esterilizada en agua hirviendo. Pero era la única posibilidad de mantener con vida al niño. Ella misma se había quedado anonadada por cómo supo mantener la calma y dio instrucciones a sus ayudantes, como si estuviera en la clínica. Le gustó cómo se había comportado Gertie. Era una chica lista. Demasiado inteligente y con talento para trabajar en la villa de las telas de doncella o, mejor dicho, de chica para todo.

Luego ocurrió algo que no se esperaba. Ese joven médico, el doctor Kortner, irrumpió en la habitación y puso por las nubes su operación improvisada, fruto de la necesidad. Todo ello unido a los reproches hacia sí mismo por haberse retrasado y haber pasado demasiado tiempo con otro paciente cuyo ataque al corazón era falsamente urgente. Más tarde fue con ellos a la clínica y se quedó en la habitación hasta que Kurti estuvo bien atendido con una cánula médica.

—Ha sido para mí un placer conocerla, señora Von Klippstein —dijo al despedirse—. Espero que volvamos a vernos pronto. Seguro que visitará al niño en la clínica, ¿verdad?

—Mañana, y quizá pasado mañana —contestó ella, vacilante—. Luego me voy con mi marido a Múnich.

¿Por qué había sentido la necesidad de mencionar a su marido? ¿Estaba confundida por el elogio de Kortner y su mirada sincera y cálida? Era una persona increíblemente simpática y justo por eso no quería de ningún modo que se equivocara con ella. Era una mujer casada que se encontraba visitando a su familia. Quería dejarlo claro. Eso no cambiaba en nada el hecho de que a Tilly le gustara leer cierta decepción en su rostro. Le tendió la mano para despedirse con una sonrisa y él la retuvo más tiempo del necesario.

Al día siguiente era el sexagésimo aniversario de su madre Gertrude. A pesar de que Tilly había dormido poco esa noche, se levantó antes de las siete para preparar con Kitty el desayuno y dejar los regalos sobre la cómoda. Era insólito que Kitty se hubiera levantado de la cama tan pronto, antes no habría pasado. Había cambiado desde que se casó con Robert Scherer. Se había vuelto seria, como ella decía, ya no se pasaba las noches en vela con sus amigos artistas, sino que asistía con Robert a conciertos, inauguraciones o fiestas. O se quedaban en casa, Robert trabajando en su despacho y Kitty leyendo novelas para luego contarle el contenido con todo lujo de detalles.

—La vajilla azul sobre la mesa —susurró, y atravesó de puntillas la habitación para que su madre no se percatara de los preparativos secretos—. Voy a coger un ramo del parque, los tulipanes deben morir para celebrar el día.

La sorpresa salió a las mil maravillas. Por supuesto, Gertrude había notado que algo pasaba, pero esperó con paciencia hasta que Kitty cubrió la cómoda con un pañuelo indio y colocó todos los regalos. Luego entró completamente vestida en la planta baja y fingió que iba a prepararse el desayuno.

—¿Esto es para mí?

No continuó porque en ese momento Tilly y Kitty le dieron un abrazo y unos besos tan fuertes que le costaba respirar.

—¿Es que queréis matar a esta pobre anciana? —se lamentó.

—¿Qué anciana? —se rio Tilly—. Eres mi madre, cada día más joven y más guapa. Muchas felicidades.

—Sí, sí —contestó Gertrude, conmovida—. Unos años más y volveré al colegio con vestido corto, ¿eh?

—Podrás abrir los regalos después de desayunar —exclamó Kitty—. Antes vamos a tomar café… Dios mío, creo que se me ha olvidado poner el café antes de verter el agua.

Fue un desayuno animado que se prolongó toda la mañana. Mizzi, la criada, preparó más café, Robert fue corriendo a la panadería y les llevó una bolsa enorme de panecillos, cruasanes y bollos, Gertrude buscó en la despensa la mermelada de fresa que escondía para las ocasiones especiales y que ahora no encontraba. Henny apareció con el camisón de seda de su madre y, como Tilly pensaba que le quedaba estupendo, Kitty se dejó convencer y le regaló esa lujosa prenda a su hija.

—No pasa nada —comentó al cabo de un rato—. Es viejísimo, creo que Gérard me lo compró en París.

—Está claro que tenía buen gusto —comentó Robert con una sonrisa.

—Ese era tu amante, ¿verdad, mamá? —preguntó Henny con un brillo en los ojos—. El que se te llevó para luego vivir amancebados. Yo también quiero hacer algo así.

Kitty soltó un gemido y aseguró que fue un tremendo error y que no le aconsejaba a nadie hacer algo así.

—Vivíamos en una buhardilla minúscula y horrenda y no teníamos dinero…

No era tan fácil desanimar a Henny, y mucho menos su madre.

—¿No teníais dinero? ¿Y cómo te compró ese camisón de seda tan caro?

—Justo por eso no teníamos dinero. Se lo gastó todo en el camisón —afirmó—. No quedó nada para comer, beber y vivir.

—Qué tontería por su parte —replicó Henny, con la frente arrugada—. Si para una noche de pasión en realidad no hace falta camisón.

Gertrude dio una palmada tan fuerte sobre la mesa que los tulipanes temblaron en el jarrón.

—¿Qué son esas charlas tan libertinas en mi cumpleaños? ¿Qué pensará Tilly de nosotras?

La reprimenda fue seguida de risas a las que se unió Tilly. Mientras Robert contaba luego un episodio divertido que habían vivido Kitty y él en su luna de miel en América, Tilly pensó un poco afligida en que ella nunca había tenido una noche de bodas de verdad. Su gran amor, el joven doctor Moebius, cayó en la guerra, y no se les concedió más que un solo beso. Al principio compartía cama con Ernst, pero sus caricias eran fugaces y torpes y, pasados unos meses de la boda, montaron dormitorios separados.

—Cielo santo, Tilly —se inmiscuyó Kitty en sus pensamientos—. Pareces apenada. Robert, abre una botella de champán, hoy es el cumpleaños de Gertrude y hasta ahora solo hemos brindado por ella con café.

—Yo también quiero una copa de champán —reclamó Henny—. Por el cumpleaños de la abuela Gertrude puedo, ¿no?

El ruido que provocó Robert al descorchar la botella de champán se unió al sonido de la campanilla de la puerta. Fuera estaba Humbert, que hacía equilibrios con una enorme caja en sus manos.

—¡La tarta!

Con la ayuda de Robert, mientras se mantenía la expectación general, llevaron el gran paquete a la cocina, donde Humbert lo destapó con manos hábiles. Apareció una obra de arte de dos pisos hecha de nata y chocolate, decorada con rosas de glaseado y unas delicadas hojitas de mazapán. Se leía en color rosa: «¡Feliz cumpleaños!».

—¡Y eso que estamos en tiempos de escasez! —se emocionó la cumpleañera—. Estoy maravillada. Dale las gracias mil veces a los Melzer. Y mi respeto sobre todo para la señora Brunnenmayer.

Humbert rechazó con educación la copa de champán que Robert le alcanzó porque estaba a punto de llevar a los padres de Kurti a la clínica.

—Ay, Dios mío —exclamó Kitty—. Con tanto desayuno nos hemos saltado el almuerzo, pronto llegarán los invitados al café. Abre antes nuestros regalos, Gertrude.

Tilly le había comprado a su madre un fino brazalete trenzado de oro que se parecía a una joya que tenía en los buenos tiempos y luego tuvo que vender. El regalo de Robert era una radio Telefunken, el último modelo, en madera marrón, con revestimiento de tela y una rueda giratoria para sintonizar distintas emisoras. Kitty había encargado para Gertrude un abrigo de verano en el atelier de Marie y un sombrero a juego, con una forma parecida a una cazuela con velo. Henny, que siempre era tacaña con su dinero, se había animado con un dibujo: «La abuela Gertrude con las pieles de patata». La obra impresionaba sobre todo por los detalles: sobre la mesa de la cocina había pieles de patata enroscadas entre tazas de café, latas de azúcar, el periódico de la mañana, el manojo de llaves y la mantequera; detrás de Gertrude se veía una olla con leche hirviendo, y por la ventana abierta el cerezo en flor estiraba las ramas. Gertrude lo encontró extraordinariamente verosímil y recompensó a su nieta con un beso.

—¿De dónde habrá sacado esa afición a la caricatura?

—reflexionó Kitty, que veía por primera vez el dibujo—. No está nada mal, Henny. No entiendo por qué dejas que tu talento se marchite de esa manera.

Tilly vio el ajetreo y sintió una extraña inquietud. No, hoy no podría visitar a su pequeño paciente en la clínica. Hasta la mañana siguiente, antes de ir a la estación, no podría ver cómo estaba; sí, eso haría. Quizá encontraría la ocasión de despedirse del doctor Kortner. ¿No había preguntado si lo visitaría en la clínica? Qué boba era. ¿De verdad creía que estaría esperándola? Seguramente se le estaba subiendo el champán a la cabeza.

Los preparativos para los invitados iban viento en popa. Mizzi había recogido la mesa del desayuno, y Robert ayudó a su mujer a abrir la mesa del comedor para que fuera el doble de larga. Habían llevado sillas, el mantel de damasco que salvaron de los buenos tiempos de los Bräuer, y Mizzi tuvo que darse prisa lavando la vajilla porque necesitaban todas las tazas y los platos para tomar el café.

—A mamá le toca el sillón de mimbre español. Es el asiento de honor —decidió Tilly.

—Siempre y cuando le pongáis cinco cojines. De lo contrario, solo sobresaldrá la cabeza por encima del borde de la mesa porque es muy bajo.

—¡Henny! ¡Espero que no quieras recibir a nuestros invitados en camisón! Sube ahora mismo y ponte un vestido bonito.

—Pero si esto es la elegancia parisina, mamá.

—¡Ahora mismo!

Tilly disfrutó del maravilloso caos, las risas y las pequeñas riñas, el ir de aquí para allá de los preparativos, esa fantástica vida bulliciosa en una casa más bien pequeña. ¿Cómo había soportado el silencio paralizador de la gran mansión de Múnich? Quizá Kitty sí tenía algo de razón al decir que se sentía sola y se había vuelto retraída. Cuando se miraba en el espejo, veía a una mujer seria y delgada de ojos cansados.

Cuando Elisabeth y su marido Sebastian llegaron con Rosa y los tres niños, el nivel de ruido en el salón se dobló de repente. Lisa elogió la preciosa mesa de café, Johann quería beber algo sin falta, Hanno movía su coche de latón por el suelo y la pequeña Charlotte agarró con gritos de júbilo los tulipanes de colores. Sebastian fue el único que se mantuvo en un segundo plano, le dio a Gertrude un ramo de flores y se sentó con una sonrisa cohibida en el asiento asignado.

—Marie me ha dicho que os diga que podemos empezar —anunció Lisa—. Paul y ella están con mamá en la clínica y vendrán cuando termine la hora de consulta.

La mesa estaba llena. Mizzi sirvió café y Gertrude tuvo el honor de cortar la fantástica tarta de cumpleaños. Después de tomarse un pedazo, Tilly tuvo la sensación de que hacía tiempo que no comía tanto ni con tanta abundancia. También recibió muchos elogios por su intervención médica del día anterior, y Sebastian añadió que muchas más mujeres deberían desempeñar una profesión tan bonita e importante, y que era una vergüenza lo poco representadas que estaban las mujeres en el Parlamento. A Tilly le pareció una opinión fantástica, aunque no era compartida por todos en la mesa. El marido de Lisa podía parecerle un poco izquierdoso, pero sentía un gran respeto por sus convicciones. Hacia las cuatro y media los Melzer aparecieron por la puerta. Marie y Paul parecían exhaustos y preocupados, Alicia se quejó del corazón, Leo parecía ausente, con la mente en otra parte. Solo Dodo se mostraba animada y enérgica como siempre, se lanzó al cuello de Tilly, le preguntó por el trabajo en el hospital y desvió la conversación hacia la aviación. ¿Tilly ya había viajado alguna vez? Para una doctora debía de ser muy práctico. Por ejemplo, en caso de accidente ferroviario. O de accidente de tráfico. En avión llegaría al lugar en uno, dos, tres…

A diferencia de su elocuente hija, Marie se mostraba callada, aún se apreciaba en su rostro el miedo que había pasado por su hijo menor, igual que a Paul. Por suerte Kurti estaba mejor, la inflamación de la faringe había remitido y respiraba de nuevo con normalidad; al día siguiente los médicos querían quitarle el tubito. No estaban seguros de cuándo podrían llevárselo a casa. Más tarde las conversaciones giraron en torno a la fábrica. Por ahora no se habían producido despidos, las fábricas textiles habían pasado épocas duras unos años antes y tuvieron que reducir la plantilla, según les contó Paul. Pero esperaban poder aguantar mejor la crisis actual, si bien los pedidos no estaban en su mejor momento.

—Los comerciantes tienen miedo de comprar mercancía nueva porque las ventas están estancadas. Primero quieren vaciar sus almacenes y esperar. Y justo en este momento nuestro gobierno decide subir los impuestos. ¿Cómo va a comprar la gente si cada vez lleva menos dinero en el monedero?

Robert planteó que tal vez volvería a haber inflación como después de la guerra, algo que Paul no creía. Sebastian lamentó las elevadas cifras de desempleados, él mismo trabajaba en un puesto honorario en la casa de los obreros de Mittelstrasse y vivía a diario las necesidades de la gente. Gertrude le susurró a Tilly que la casa de los obreros de Mittelstrasse era una institución del Partido Comunista alemán, y que a Lisa le preocupaba mucho el compromiso de su marido con dicho partido.

—Para los Melzer es muy desagradable contar con un comunista en la familia —susurró—. Aunque debo decir que Sebastian no se parece en absoluto a un comunista porque es una persona encantadora…

Más tarde, cuando se sirvió el caldo caliente y se pasaron las bandejas de carne asada y verduras tiernas, los temas de conversación fueron vagando en la distancia. Dodo hablaba con entusiasmo de volar en avión de Augsburgo a Marruecos, allí llenar el depósito y atravesar el desierto. Lisa comentaba con pasión una nueva película que se exhibía en Berlín y que seguro que llegaría a los cinematógrafos de Augsburgo.

—Se llama *El ángel azul*. Con el fantástico Emil Jannings y una actriz joven de la que hasta ahora nadie sabía nada. Tiene las piernas largas y lleva una vida muy disipada. En una escena viste con un pequeño chaleco de frac, un sombrero de copa y unos pantalones muy cortos... se llama Marlene. Ahora mismo no recuerdo el apellido. ¿«Gancho»? No. ¿«Lima»? Tampoco. Es un objeto que usan los ladrones.

—¿Una palanqueta? —propuso Gertrude.

—No, más pequeño...

—¿Una horquilla? —probó Dodo.

—¡Qué disparate! Ahora me acuerdo: Dietrich, como «ganzúa» en alemán. Se llama Marlene Dietrich.

—No es un nombre muy original —comentó Gertrude.

Sonó el teléfono y Robert lo cogió. Se tapó un oído por el nivel de ruido que imperaba en el salón para escuchar mejor a su interlocutor, luego indicó con un gesto a Tilly que se acercara.

—Una llamada de larga distancia desde Múnich. Mejor ve al pasillo, aquí hay demasiado ruido.

¿De Múnich? Tilly pasó muy apretada junto a Gertrude y se llevó el aparato y el auricular. Robert había hecho instalar un cordón largo porque Kitty quería a toda costa tumbarse en el sofá cuando hablaba por teléfono y una vez arrancó sin querer el cable de la pared.

—Buenas tardes, Tilly —oyó la voz de su marido. Sonaba extraña en ese entorno, casi como si fuera la de un desconocido—. Disculpa si interrumpo vuestra celebración familiar.

—Seguro que quieres felicitar a mi madre por su cumpleaños.

—Por supuesto, luego. Por desgracia tengo una noticia muy desagradable que darte. Seguro que no es el momento adecuado, pero creo que deberías saberlo antes de que vuelvas mañana a Múnich.

De pronto el ambiente alegre de la celebración familiar se evaporó. La gris rutina, la casa vacía, la soledad se apoderaron de nuevo de ella.

—¿Qué ha pasado? Espero que nada grave.

Su marido se aclaró la garganta, como siempre que buscaba las palabras adecuadas en su cabeza.

—Han llamado del hospital. El profesor Sonius, médico jefe y director de la clínica. De momento te han suspendido de tus funciones.

Lo que estaba diciendo en frases breves y entrecortadas era una locura.

—No… no lo entiendo —dijo.

—Bueno —respondió él, cohibido—. Por lo que tengo entendido, te acusan de la muerte de un paciente. Una fractura de cráneo que no se detectó a tiempo. Dicen que tú eras la responsable de la admisión del paciente.

Enseguida comprendió que su colega le había dado la vuelta a la situación. El pobre cervecero había muerto y la culpaban a ella.

—¡Eso es una mentira infame! Yo no hice la radiografía, fue el doctor Heinermann.

—En ese caso, quizá deberíamos contratar a un abogado —propuso Ernst—. Sin embargo, no creo que tengas muchas opciones. Por lo visto las enfermeras han confirmado que tú ingresaste al paciente. De todas formas, tarde o temprano ibas a dejar el puesto, ¿no? Siendo mi esposa no necesitas trabajar.

No tenía mucho sentido discutir con él por teléfono. Tilly le dijo que al día siguiente lo hablarían con calma y colgó.

—¿Ha pasado algo, Tilly? —preguntó Robert, preocupado cuando ella volvió al salón y dejó el aparato con aire distraído sobre la cómoda, entre los regalos.

—¿Cómo? No, no pasa nada —mintió—. Mi marido os manda saludos a todos.

Estaba aturdida, su cerebro se negaba a aceptar la inaudita noticia. Le parecía mucho más probable que todo fuera un sueño.

8

Con el paso de los días, Paul comprobó que cada vez estaba más a gusto en la villa de las telas que en la fábrica. Eso le inquietaba porque antes iba todas las mañanas con mucho ímpetu y subía la escalera del edificio de administración deprisa y corriendo para llegar a su despacho, donde le esperaban sus dos secretarias con el correo matutino. Ahora se quedaba más tiempo del necesario en el comedor, desayunando, y tenía que obligarse a dejar el periódico. El motivo era que la vida en la villa seguía un ritmo establecido que proporcionaba paz y seguridad a sus habitantes, condiciones que ya no era fácil que se dieran fuera, en el país y en la fábrica. En la villa, en cambio, algo había cambiado. Hacía tiempo que ya no se reunían todos para el desayuno. Paul y Marie aparecían hacia las siete en el comedor, también Leo y Dodo, que debían irse al colegio. Sebastian rara vez estaba presente porque tenía el turno de mañana en la fábrica. Renunciaba al desayuno para no hacer uso de los empleados tan temprano. Alicia, que antes daba tanta importancia a la puntualidad de toda la familia para la primera comida del día, ahora prefería desayunar hacia las ocho y media con Lisa y los niños.

—A mi edad puedo permitirme cierta relajación —comentó con una sonrisa—. Y es una alegría tener a estas preciosas criaturas cerca. Ojalá el bueno de Johann hubiera podido vivirlo.

—Papá vivió con sus nietos Leo y Dodo y disfrutó de ellos —comentaba Paul en esas ocasiones.

Le molestaba un poco que su madre apenas prestara atención a los gemelos de catorce años y concentrara todo su amor y mimo en los pequeños. Sobre todo en Kurti, que era su debilidad. Ese tercer hijo que había llegado de forma tan inesperada supuso una experiencia especial para Paul y Marie. Su matrimonio ya había superado duras pruebas, las sombras del pasado estuvieron a punto de destruirlo, pero al final su amor fue más fuerte que todo lo que los separaba. El niño, que crecía sin problemas y al que, para gran alegría de Paul, le encantaba jugar con coches de latón y la vieja máquina de vapor, se había convertido en un símbolo de su felicidad conjunta.

De repente, los últimos días les hicieron ver lo fugaz que era esa felicidad, que la desgracia podía irrumpir en un segundo y arrebatarle a uno lo más querido.

A Paul le había afectado mucho el asunto de Kurti. Recibió la llamada telefónica de Marie en plena negociación importante con tres clientes, reaccionó demasiado tarde y dejó a su secretaria la búsqueda de un médico. No se dio cuenta hasta después de lo cerca que había estado su hijo de la muerte. Para colmo, luego Leo se desmayó. Gracias a Dios, no resultó ser nada grave, se vio superado por los nervios y el susto. Por la noche, cuando Kurti ya estaba bien atendido en la clínica, se quedó allí un buen rato sentado con Marie, Lisa y su madre, comentaron lo sucedido con todo lujo de detalles y agradeció la intervención divina, que hizo aparecer a Tilly en su casa en el momento de mayor necesidad. Cuando se acostaron, Marie perdió la compostura que tanto le había costado mantener y lloró largo rato apoyada en su pecho.

Si algo había entendido durante los últimos días era lo siguiente: todas las preocupaciones por la fábrica, por los créditos en peligro, por el mercado estancado, por el futuro económico de la villa de las telas y su familia no eran nada en comparación con ese miedo aterrador por su hijo. Lo habría sacrificado todo por la vida de su hijo.

Al día siguiente Paul apareció, como tantas otras veces, el primero en la mesa del desayuno y saludó a Humbert, que le sirvió el café y preguntó por Kurti con empatía.

—Va mejorando, por suerte. Mi mujer está hablando ahora mismo por teléfono con la clínica y espero que traiga buenas noticias.

Sabía que sus fieles empleados temieron por la vida del niño, Hanna aún tenía lágrimas en los ojos la noche anterior cuando volvieron de celebrar el cumpleaños de Gertrude.

—El señor Winkler se ha ido hacia las seis a la fábrica —informó Humbert—. Me ha pedido que le diga que tiene una reunión con el comité de empresa y que a lo largo de la mañana le comunicará el resultado.

La noticia no le gustó nada a Paul. Otra vez los banales fastidios del día a día, y comprobó disgustado que le resultaban desagradables. La actividad de Sebastian en el comité de empresa cada vez le parecía más molesta, incluso ofensiva; Paul opinaba que cuidaba mejor de sus trabajadores que muchos otros fabricantes de Augsburgo y alrededores. Por supuesto, habían tenido que reducir personal, pero sin llevar a cabo despidos reales. Con el número de trabajadores y empleados que se jubilaron por edad fue suficiente. Tampoco había impuesto limitaciones sociales. Seguía existiendo la cantina, que servía comida caliente una vez al día, aunque habían eliminado el postre y reducido las raciones. Sebastian, ferviente defensor de los derechos de los trabajadores, no se contentaba con eso. Exigía turnos de seis horas en vez de ocho por el mismo sueldo, bebida gratis y dos semanas de vacaciones pagadas para los obreros, igual que para los empleados. Además, era el momento de reformar las viviendas de los trabajadores, exigió. Faltaba lo básico, sobre todo la higiene dejaba mucho que desear, y se necesitaban con urgencia baños modernos.

—Hay que fijarse objetivos —afirmó sonriente en la última reunión con su cuñado Paul—. Sin objetivos no hay lucha.

—¿Qué te parecerían objetivos factibles? —contestó Paul, enfadado—. Con utopías no ayudas a nadie. Sabes perfectamente que con la situación actual paso apuros para pagar todos los salarios.

Además existía otro problema que superaba con creces todo lo anterior. Habían aparecido en la fábrica octavillas del Partido Comunista, y el portero Alois Gruber, que pese a sus sesenta y cinco años seguía trabajando, ayudado por un joven compañero, aseguraba que el señor Winkler era quien había repartido los panfletos. No quedaba claro si era cierto, el viejo Gruber no soportaba a Sebastian porque le había propuesto que aceptara una merecida jubilación.

—Buenos días, papá. ¿Hay novedades de Kurti?

Dodo lo arrancó de esos pensamientos sombríos con un abrazo impetuoso, así que estuvo a punto de caérsele la mitad del panecillo mordido sobre el mantel blanco.

—Mamá está hablando ahora por teléfono con la clínica. ¿Dónde está Leo? Espero que no se haya dormido otra vez.

Su hija retiró la silla de golpe y se sentó.

—Nada de cacao, Humbert. Café, por favor. Con mucha leche y un terrón de azúcar. No, papá, Leo está en el baño. Se está arrancando los dos pelos de la barba que le ha crecido en la barbilla.

—¿Pelos de la barba?

Dodo soltó una risita satisfecha y se sirvió de la cesta de panecillos que le ofreció Humbert.

—Ya le he dicho que solo es pelusilla que no se ve. Pero se planta delante del espejo y no para de toquetearse la barbilla... ¿Puedo coger el periódico?

—Lo estoy leyendo yo, Dodo.

—Solo la sección de internacional, por favor.

Mientras se cumplía el deseo matutino de Dodo, por fin llegó Marie para desayunar. En su rostro se leía el alivio cuando besó en la mejilla a su hija.

—Está bien, gracias a Dios. Ayer por la noche incluso pudo comer un poquito, la herida se le está curando y, lo más importante, respira bien. A las dos iré a visitarlo.

—Entonces tienes que llevarle sus coches, mamá —exclamó Dodo—. Y la locomotora roja que le regaló la tía Lisa por su cumpleaños. ¿Puedo ir contigo? Termino las clases a las doce…

—Claro, luego te pasas por el atelier y vamos juntas —decidió Marie.

El enfado por Sebastian había desaparecido, Paul observó con una sonrisa cómo Marie removía el azúcar en el café y cogía la mermelada de fresa. Qué guapa estaba otra vez, su Marie, las ojeras oscuras bajo los ojos casi habían desaparecido, tenía la mirada nítida y su voz sonaba tranquila y segura. Le acarició la mejilla con suavidad, donde se le había soltado un mechón del pelo recogido. A él le gustaba que llevara el pelo suelto y no imitara la absurda moda del pelo corto. En cierto sentido era un marido a la antigua, seguía viendo en ella a la chica delicada de ojos grandes y oscuros de la que se enamoró perdidamente cuando era un estudiante.

Poco después de su madre apareció Leo con dos manchas rojas en la barbilla, el cuello de la camisa sin abrochar y la cartera del colegio abierta y a medio llenar. Por lo que vio Paul, contenía más partituras que libros de texto. Saludó a sus padres con un gesto de cabeza fugaz; desde hacía un tiempo le daba vergüenza dar besos o hacer carantoñas parecidas.

—Un café, por favor, Humbert. Gracias, nada de azúcar… Creo que me he dejado arriba el atlas.

Humbert subió presuroso a la segunda planta a buscarlo,

entretanto Dodo le dejó a su hermano dos mitades de un panecillo untadas con mermelada y miel en el plato, que él engulló ensimismado.

—¿Vendrás a las dos a la clínica? —preguntó ella—. Después del colegio hemos quedado en el atelier de mamá.

—Tengo clase de piano con la señora Obramova —masculló—. No puedo hasta las cuatro…

—Para entonces ya habrá terminado la hora de visita —le explicó Marie.

—¡Por el amor de Dios! —se lamentó Dodo—. Podrías renunciar a una hora de piano por tu hermano pequeño.

Leo no contestó, estaba ocupado masticando y bebiendo café. Cuando apareció Humbert con el atlas, se levantó de un salto para guardar el grueso volumen en la cartera.

—Gracias, Humbert, tenemos que ir a recoger a Walter… Mamá, hay que afinar mi piano, además la capa de fieltro es demasiado fina en algunos tonos.

—No me extraña, si no paras de aporrearlo —bromeó Dodo.

Paul se indignó; a su juicio, Leo estaba tomando el camino de llevar una vida licenciosa de artista, como la que llegó a llevar Kitty. Con el tiempo había aceptado que Leo recibiera clases de piano, pero no le gustaba que se concentrara casi en exclusiva en la música y descuidara el colegio. Justo lo que siempre había temido.

—Me gustaría que por la mañana fueras puntual en el desayuno, Leopold —ordenó con dureza—. Con la cartera preparada. ¿Cuándo os dan las notas?

—La semana que viene, papá.

La Pascua estaba a la vuelta de la esquina, terminaba el curso escolar. En otoño Leo llevó a casa unas notas parciales lamentables. «El paso de curso está en peligro», decían las notas de las asignaturas individuales, así que Leo tuvo que aguantar una buena reprimenda de su padre.

Humbert liberó a Leo de la desagradable situación al anunciarle que el coche estaba frente a la escalera de la entrada. Leo cogió la cartera a toda prisa, miró de nuevo con timidez a Paul y asintió con la cabeza a su madre.

—Hasta luego, entonces. Saluda de mi parte a Kurti, mamá. Iré mañana a visitarle, no tengo clase de piano.

Paul miró a su hijo y sacudió la cabeza.

—Eso no me gusta, Marie.

—A mí tampoco —admitió ella con un suspiro—. Se exige demasiado con ese concierto de piano y practica como un poseso, y no me da la sensación de que progrese.

—Quizá deberíamos hablar con su profesora —propuso Paul—. La rusa. ¿Cómo se llamaba?

—Obramova —intervino Dodo en tono despectivo—. Sinaida Obramova. ¡Conocida como la mariscal de campo!

—Ah, ¿de verdad? —Marie arrugó la frente—. Creo que voy a tener una conversación con ella uno de estos días.

El grupo del desayuno se dispersó. Paul se fue a su despacho a recoger unos papeles, y Marie y Dodo acudieron presurosas al vestíbulo, donde las esperaba Hanna con los abrigos y los bocadillos. Marie llevaría a Dodo en coche hasta el atelier en Karolinenstrasse, y de ahí iría andando a St. Anna, el colegio femenino. Fuera, en el patio, Humbert arrancó el coche para llevar a Leo y a Walter al colegio St. Stefan, lo que significaba que Paul Melzer tendría que ir a pie a la fábrica. Daba igual, así lo había hecho su padre durante toda su vida mientras se fumaba su cigarrillo matutino. Su hijo seguía sus pasos, solo que sin cigarrillo.

Esa mañana lluviosa de abril los edificios de la fábrica le parecieron especialmente grises y descuidados. Vio desconchones en el revoque de las paredes, había que limpiar las piezas de cristal de la cubierta en forma de sierra, un trabajo peligroso que le daba miedo. En general le iría bien una buena capa de pintura clara a los tristes edificios, algo que en ese momento era un puro lujo que no podían permitirse.

—¡Buenos días, Gruber! —saludó al portero, que salió presuroso de su caseta para abrirle la puerta.

—¡Buenos días, señor director! —contestó Gruber, que saludó con la gorra mientras hacía una reverencia—. Vaya tiempo de perros hoy, ¿eh? Aún lloverá durante unos días, lo han dicho en la radio.

El receptor de radio era la última hazaña de Gruber, que había conseguido permiso para instalar ese valioso objeto en su caseta de portero, pagaba la tarifa de su propio bolsillo y proporcionaba con gusto a los empleados las últimas noticias de la emisora local de Augsburgo, el parte meteorológico y los resultados deportivos.

Arriba, en la zona de despachos, había calefacción porque la vieja herida de guerra de Paul en el hombro le causaba molestias cuando tenía frío. Las dos secretarias se ocupaban de que el despacho estuviera caldeado. Ottilie Lüders se estaba lavando el polvo de carbón de las manos en el lavamanos cuando entró, y Henriette Hoffmann ya estaba sentada frente a su máquina de escribir.

—¡Buenos días, señor director! —exclamaron al unísono.

—¡Les deseo una maravillosa mañana, señoras! —contestó, y dejó que Hoffmann le ayudara a quitarse el abrigo.

Las secretarias le preguntaron por su hijo pequeño y se alegraron al oír que Kurti estaba mejor. Paul se interesó por si Ottilie Lüders había superado bien el resfriado, y ella se lo confirmó.

—Infusiones de salvia y caramelos de eucalipto —le explicó—. Se lo recomiendo. Y por la noche unas friegas de manteca en el pecho.

Esto último Paul no quiso ni imaginarlo, se fue a su despacho donde se había sentado su padre muchos años antes y se dedicó al correo. El montón que Hoffmann le había dejado sobre el escritorio incluía, además de facturas, varias solicitudes de obreros cualificados que habían sido despedidos en la zona de Múnich por motivos relacionados con la falta de actividad. Además, tres anulaciones de grandes pedidos a la vez, un nuevo golpe que a la fábrica le costaría resistir. Entretanto vivían de las rentas, y tendría que pagar parte de los sueldos con el dinero que había pedido al banco para inversiones. Si la situación no mejoraba pronto, no le quedaría más remedio que parar de momento la hilandería. Aún no sabía qué pasaría con los trabajadores. A una pequeña parte la podría colocar en la tejeduría y en la estampación de tejidos, por supuesto no con las mismas condiciones. Los que se quedaran sufrirían reducciones del sueldo, pero al resto tendría que despedirlos. Lo único que podía hacer por ellos era dejar que se quedaran en las viviendas propiedad de la fábrica.

—El señor Winkler desea hablar con usted —le anunció Ottilie Lüders con el rostro avinagrado.

—Que espere en el despacho de al lado, ahora voy.

Pese a que movilizaba a todo el personal, los empleados de la administración observaban con desconfianza a Sebastian por estar tan comprometido en el ámbito político, no les gustaba su solidaridad con los obreros que protestaban y les molestaba su conducta inadecuada y su manera de vestirse. Hoy también llevaba su vieja chaqueta azul con el cuello abierto y los pantalones de trabajo sucios de las máquinas de la tejeduría. Henriette Hoffmann se había quejado hacía poco de que el señor Winkler dejaba manchas de grasa en el tapizado de las sillas.

Cuando entró Paul, el presidente del comité de empresa estaba absorto en un expediente que llevaba y alzó un momento la vista hacia él.

—¡Muy buenos días, Paul!

—Buenos días, Sebastian —murmuró su cuñado, que se

sentó enfrente—. Acaba pronto con tus peticiones, tengo poco tiempo y también quiero comentarte algo.

Lo observaron unos ojos de color azul violáceo, que detrás de las gafas siempre parecían un poco soñadores e ingenuos. No había que dejarse engañar por ellos: Sebastian Winkler sabía perfectamente lo que quería.

—He elaborado junto con los miembros del comité de empresa una lista de las condiciones en las que viven nuestros obreros y empleados —le informó, y empujó una carpeta sobre la mesa.

Se trataba de una tabla con nombres, direcciones, edades, antigüedad en la empresa, estado civil, hijos, otros familiares a su cargo y los ingresos. También había comentarios sobre el estado de salud, las condiciones de la vivienda, y también si contaban con un seguro médico. ¡Un trabajo considerable!

—Me interesa que, si llegamos a los despidos, ponderemos con precisión qué efectos tendrá el desempleo en los afectados y sus familiares —explicó Sebastian, que hojeó su lista—. La viuda de Gebauer, por ejemplo, tiene tres hijos y dos aún van al colegio, ¡en este caso un despido sería una crueldad que no vamos a tolerar!

Hablaba como si su comité de empresa de verdad tuviera algo que denunciar, pensó Paul, enojado. ¿Acaso no sabía que su jefe era quien mejor conocía a la gente y que, si la situación lo requería, pensaría muy bien qué empleados tendrían que irse? Pero claro, el señor comité de empresa se creía muy listo y sabía más que nadie.

—Bueno —murmuró al tiempo que revisaba la lista. Pese a todo, debía reconocer que esta vez Sebastian no planteaba exigencias utópicas, sino que se había ocupado de aspectos básicos y parecía muy orgulloso de ello.

—Los datos están actualizados —remarcó Sebastian.

Paul asintió y cerró la carpeta.

—Creo que deberíamos recurrir a la lista llegado el momento. Gracias por tu diligente empeño y por esta lista, Sebastian. De todos modos, quería comentar contigo algo desagradable…

Lo interrumpió la señora Hoffmann, que asomó la cabeza por la puerta entreabierta.

—¿Les traigo un café a los señores?

—Con mucho gusto —comentó Paul.

—Gracias, para mí no —rechazó la oferta Sebastian, y sonrió con timidez a la secretaria, que se retiró ofendida.

Luego Paul sacó el cuerpo del delito del bolsillo de la chaqueta, lo alisó y lo puso delante de él sobre la mesa.

—¡Se trata de estas octavillas, Sebastian!

Su cuñado le lanzó una breve mirada, soltó un leve gemido y se reclinó en la silla.

—Me temía que caerían en manos de la dirección de la fábrica.

A Paul se le ocurrió una maldad, pero se contuvo.

—Entonces ¿las conoces?

Su interlocutor asintió, se quitó las gafas y las limpió con un pañuelo de bolsillo con las iniciales «JM» bordadas, así que había sido de Johann Melzer, el padre de Paul. No le gustó que Sebastian lo usara.

—Sí, he visto que esas octavillas corren por la fábrica —empezó a explicar Sebastian—. Incluso me las enseñaron y pregunté de dónde salían. Pero no estoy dispuesto a decir el nombre de la persona en cuestión. Solo puedo asegurarte, Paul, que he tenido una conversación con ella y ha sido advertida de que no lleve a cabo más acciones de este tipo.

—Entonces ¿es una mujer?

—Yo no he dicho eso, hablaba de una persona.

Paul notó que la ira se apoderaba de él. Su querido cuñado conocía al culpable, pero en vez de revelarle el nombre, se había propuesto protegerle. ¿Qué debía hacer? Si presionaba en serio a Sebastian, se arriesgaba a provocar una disputa familiar. Lisa se pondría de parte de su marido y mamá los apoyaría por miedo a que a Lisa se le ocurriera irse de la villa de las telas con los niños.

—Te ruego que te ocupes de que no vuelva a pasar algo así, Sebastian —dijo con dureza.

Luego tuvo que moderarse porque la señora Hoffmann entró con su café.

—El compromiso con un partido político no tiene cabida en mi fábrica —continuó cuando volvió a cerrarse la puerta—. Si pillo a alguien, puede encontrarse con el despido sin previo aviso.

Sebastian aguantó en silencio el arrebato de ira de Paul. No se leía en sus rasgos que le hubiera impresionado. En cuanto su cuñado terminó de hablar, empezó a exponer su opinión, despacio y con todo detalle:

—Ya te he dicho que he advertido a la persona en cuestión. Por supuesto, debido a mi situación personal, comprendo muy bien cuando un trabajador intercede por deseo del Partido Comunista... —Paul hizo amago de protestar, pero Sebastian levantó la mano en un gesto de súplica—. Dado que yo, por así decirlo, me siento cómodo en dos mundos, en la villa de las telas, donde se vive a cuerpo de rey, y también en Mittelstrasse, donde intentamos conseguir que personas enfermas y sin recursos tengan alojamiento y una comida caliente.

—¿Has dicho a cuerpo de rey? —soltó Paul.

—Eso he dicho, querido cuñado. Me temo que no tienes claro que las copiosas comidas que se sirven en un solo día en la villa de las telas podrían saciar a varias familias sin recursos durante semanas. Piensa, por ejemplo, en el pastel de nata de ayer para celebrar el cumpleaños de la señora Bräuer, una señora a la que respeto mucho y que no tiene culpa ninguna del exagerado gasto en la celebración de su aniversario. En todo caso, con lo que cuestan los ingredientes del pastel, la nata, los huevos, la harina, el azúcar, el mazapán y el chocolate, podrían vivir varias familias con hijos durante días.

—Entiendo —le interrumpió Paul con sarcasmo—. Quieres que en la villa no tomemos más que agua y pan y que con el dinero que ahorremos financiemos la casa de los obreros de Mittelstrasse, ¿es eso?

Sebastian hizo un gesto a la defensiva con las dos manos.

—No se me ocurriría nada semejante, Paul. Pero sí se podría ahorrar un poco en la gestión de la casa para dar complementos salariales a algunos trabajadores que tienen familias numerosas que alimentar…

Unas voces en el patio de la fábrica acabaron con el alegato de Sebastian de cubrir las necesidades de los pobres.

—¿Qué pasa ahí? —gritó Paul, que se levantó de un salto para mirar por la ventana.

En la entrada de la fábrica estaba el portero Gruber con su compañero Samuel Knoll, un joven demasiado delgado y moreno con los rasgos afilados. En medio había un hombre barbudo de aspecto harapiento que les hablaba sin cesar y hacía gestos de súplica con los brazos hacia el edificio de administración.

—Un vagabundo —elucubró Paul—. Querría colarse para robar a los empleados.

La suposición no era infundada, ya que los ladrones habían entrado dos veces en los edificios de la fábrica para llevarse abrigos de invierno, un monedero y varios pares de zapatos. Se acercó a las secretarias y envió a Lüders a preguntar si tenían que avisar a la policía.

—Enseguida, señor director —dijo ella, diligente—. Pero… no sé si la señora Hoffmann es de la misma opinión.

—¿Y de qué opinión se trata, si puede saberse?

Henriette Hoffmann se retorció las manos al ver que podía disgustar a su venerado director Melzer.

—Creemos que conocemos al hombre de ahí abajo. Estuvo aquí hace años como prisionero de guerra ruso.

Paul se acercó de nuevo a la ventana y observó con atención. ¿Un ruso? ¿Un prisionero de guerra que había sido empleado en la fábrica? ¿Era el tipo del que le habló Marie? ¿El que tuvo algo con la pobre Hanna?

Decidido, abrió las contraventanas, se inclinó hacia fuera y gritó al patio:

—¡Subídmelo aquí!

Dos trabajadores que empujaban un carro lleno de paquetes por el patio dejaron la carga y ayudaron a Alois Gruber a llevar al desconocido a los edificios de administración. Las dos secretarias cuchicheaban entre sí exaltadas, y Sebastian preguntó si en su momento obligaron a trabajar a muchos prisioneros de guerra en la fábrica. Paul hizo un gesto de rechazo.

—Yo estuve en la guerra. Mi padre dirigió la fábrica con el firme apoyo de Marie. No tengo ni idea, así que vamos a ver, quizá las señoras estén equivocadas.

No hizo falta llevar al ruso, él caminaba por voluntad propia delante de los tres hombres que lo acompañaban. Cuando entraron en el despacho, Ottilie Lüders se tapó la nariz. El desconocido llevaba tiempo sin cambiarse de ropa; el pelo oscuro, atravesado por algunos mechones grises, le caía incontrolado y pegajoso, y la barba corta lucía erizada, como si se la hubiera cortado con un cuchillo.

El vagabundo comprendió enseguida que el que tomaba las decisiones era el hombre rubio y bien vestido situado en medio de la sala. Por eso se inclinó ante él y juntó los talones de sus zapatos desgastados en un gesto casi militar.

—Grigori Shukov —dijo, y se señaló el pecho—. Por favor, dar asilo. Soy de Siberia. Preso de Stalin. Gran asesino. Camaradas todos muertos en Siberia. Solo yo huir. Camino hasta Germania. Alemania, Augsburgo… porque aquí está mi Jana.

Se hizo el silencio. Paul notó la mirada de súplica de ese

hombre muerto de cansancio clavada en él. Sebastian quiso saber qué quería decir con «Jana».

—Se refiere a Hanna, de la villa de las telas —aclaró la señora Hoffmann, que acto seguido recibió un codazo en el costado de su compañera.

—¡Calla!

Entonces Alois Gruber no aguantó más y tomó la palabra:

—Es verdad que es Grigori, señor director. Lo he reconocido enseguida. Puede preguntárselo a Bernd Gundermann, también lo conocerá. O a Alfons Dinter, por aquel entonces andaba por aquí porque estaba herido.

—Está bien, Gruber —dijo Paul—. Puede volver a su puesto.

—Pobre tipo —dijo Sebastian, compasivo—. ¿Por qué lo enviaron a Siberia? Debió de cometer un delito grave. ¿Un asesinato?

Paul estaba indeciso, y la cháchara de Sebastian solo conseguía ponerle de los nervios.

—Hasta tú deberías saber que el gran Stalin envía a miles de personas inocentes a Siberia. Según dicen, distribuirán de nuevo la tierra. En Rusia lo están haciendo de tal manera que los antiguos propietarios, hacendados y boyardos, son víctimas de brutales asesinatos. ¡Esas son las bendiciones del comunismo, querido cuñado!

Sebastian hizo un gesto de enfado y calló, luego Paul reflexionó un momento antes de tomar una decisión sobre qué hacer con el ruso.

—Por desgracia, tenemos que entregarlo a la policía, señor Shukov. Primero deben comprobar su identidad. Luego pensaremos si podemos conseguirle un alojamiento y un puesto en mi fábrica.

El ruso retrocedió, asustado.

—*Niet polizia* —suplicó—. *Pozhalusta niet*, cárcel no... Asilo, por favor.

—Hay que comprobarlo —intentó calmarlo Paul, al tiempo que hacía una señal a las secretarias para que llamaran a la policía.

Shukov dejó de resistirse. Estaba demasiado débil para arriesgarse a huir, se sentó en el suelo y rompió a llorar.

—Dele a este hombre una taza de café —le dijo Sebastian a Ottilie Lüders, que interrogó con la mirada al director, su jefe.

Paul asintió.

—Y algo de comer.

9

Fanny Brunnenmayer sacó las gafas del bolsillo del delantal y se las colocó en la nariz para estudiar el plan semanal que la señora Elisabeth acababa de entregarle. ¡No podía ser cierto!

—Tenemos que ahorrar, señora Brunnenmayer —dijo Lisa mientras daba a la pequeña Charlotte una galleta de vainilla—. Con los tiempos que corren, con comer carne tres veces por semana es suficiente. Por lo demás, sopas con tropezones, pasta con queso y platos de patata… el viernes, un guiso de verduras y algo casero de postre.

—No puedo cocinar una sopa sin un trozo de carne —intervino la cocinera—. Y los domingos hay que poner en la mesa un asado de cerdo con albóndigas de patata.

—Por mí, lo del domingo está bien. Pero durante la semana, arroz con leche o pastas al vapor, tal y como le he apuntado. De todos modos a los niños les gusta más.

—Pero no a los adultos —replicó la cocinera—. El señor Melzer no soporta el arroz con leche, y Leo tampoco.

—Todos debemos hacer sacrificios en esta época aciaga —comentó la señora, que recogió una muñeca del suelo para dársela a su hija, que tenía las manos tendidas—. Por favor, de ahora en adelante nada de opulentos pasteles de nata —continuó—. Ni mucho menos de dos pisos con chocolate y mazapán, como el del cumpleaños de la señora Bräuer. Ya no podemos permitirnos semejante despilfarro, señora Brunnen-mayer.

A Fanny Brunnenmayer le costaba mantener la calma. Cuando volvió a hablar, su tono era tenso:

—Si la señora lo desea, puedo hacer un buen guiso de co-linabo, como cuando había guerra. O una sopa de agua con una piedrecita dentro.

Por supuesto, la señora captó la mordaz ironía, le lanzó una mirada airada y llamó a Hanna porque había que cam-biarle el pañal a la niña.

—No es necesario —dijo con frialdad—. Usted cocine lo que le he apuntado. Ahora puede volver a la cocina.

Fanny Brunnenmayer se estiró. Pronto cumpliría cincuen-ta años al servicio de la familia, no podían sermonearla así.

—El pastel para la señora Bräuer lo pagaré de mi bolsillo, señora —anunció con vehemencia—. Por lo demás, me gus-taría saber si las nuevas instrucciones se han acordado con el señor y la señora Melzer, para que luego no me vengan con quejas.

No fue una respuesta muy inteligente porque a la señora le molestaba que dudaran de sus competencias. A decir ver-dad, llevaba algo de razón porque la cocinera no podía ima-ginar que Paul Melzer quisiera comer arroz con leche, pero como empleada no le correspondía hacer ese tipo de pre-guntas.

—Si quiere pagar la tarta de su propio bolsillo, nada se lo impide —contestó Lisa con frialdad—. Ahora no quiero dis-traerla más de su trabajo, señora Brunnenmayer.

—Como quiera, señora —contestó la cocinera, y se fue del salón.

En la escalera de servicio le subió la bilis. Por supuesto que Lisa no había acordado nada con los señores Melzer, era evidente. También lo era de dónde salía esa repentina afición por ahorrar. Solo podía habérsela inculcado su marido con inclinaciones revolucionarias. Hasta entonces, Fanny Brunnenmayer no tenía nada en contra de Sebastian Winkler y de vez en cuando incluso lo defendía cuando Gertie o Else lo ponían verde. Sin embargo, si no le permitía a la señora Bräuer un buen pastel de nata y quería que en la villa escaseara la comida, se acabó la buena opinión que tenía de él. Un tacaño, eso es lo que era. Le parecía increíble que Lisa, que antes era una persona tan caprichosa y enérgica, estuviera tan sometida a ese tímido profesor. La cocinera suspiró. Era una lástima la deriva que tomaba a veces el amor. En su fuero interno se alegró de su condición de soltera, pues ocupaba una buena posición y solo se debía a los señores. Tiempo atrás tuvo pretendientes, pero decidió seguir siendo cocinera en la villa de las telas. Fue una decisión inteligente: ya había visto en numerosas ocasiones adónde podía conducir un matrimonio desdichado.

Abajo, en la cocina, Liesl estaba limpiando las verduras para el caldo de ternera, el gratinado de pasta para la noche tenía que entrar ya en el horno, además quería preparar una ensalada de col con panceta y cebolla. Else, que ya había sacudido las alfombras con Gertie y Hanna, se sentó a la mesa larga y se echó una siestecita. A su lado estaba Dörthe tomando un café con leche, y se puso delante un plato con restos de la comida que casi estaba vacío. Dörthe, que había llegado a la villa de las telas con los Winkler desde la mansión Maydorn, no servía para las tareas domésticas. Era una chica de campo, sabía trabajar mucho y comer aún más.

—Té y pastel de nueces para las señoras Alicia y Elisabeth —ordenó Humbert, que entró a paso lento en la cocina y se sirvió un café.

Justo después apareció Hanna con una bandeja llena de vajilla: Dodo había invitado a dos amigas y las había agasajado con chocolate y pastas.

Fanny Brunnenmayer pensó en lo suyo. Ordenar medidas

116

de ahorro y al mismo tiempo pedir pastel de nueces con el té. En adelante los señores tendrían que quitárselo de la cabeza. Las nueces eran caras, y la harina, los huevos y la mantequilla también costaban dinero. A partir de ese día solo haría galletas de avena con margarina; sentía curiosidad por lo que dirían los mimados Melzer. En verdad era un escándalo la cantidad de dinero que derrochaban. Solo en la ampliación se habían gastado una fortuna. Una bañera de mármol y una ducha que ocupaba todo el espacio hasta el techo. Eso no se lo habían ahorrado, ahí se gastaron el dinero a manos llenas.

—¿Por qué pones esa cara, Fanny? —preguntó Humbert en tono cariñoso—. ¿Qué mosca te ha picado?

Al oír esas palabras el enfado que sentía estalló. Sacó el plan de comidas del bolsillo del delantal y lo lanzó sobre la mesa.

—Eso me pasa —dijo enfurruñada—. A partir de ahora solo habrá carne tres veces por semana. Tengo que preparar arroz con leche, guisos y sopas de harina.

La indignación que recorrió la mesa no fue tan intensa, ni mucho menos, como esperaba. Humbert leyó la nota y se encogió de hombros; Gertie calló, disgustada; Hanna suspiró para sus adentros. Else no se había enterado de nada porque seguía durmiendo, y a Dörthe le daba igual lo que le dieran de comer, lo principal es que fuera mucho. Solo a Liesl le parecía una verdadera lástima porque quería aprender a rellenar el ganso de Navidad.

—Bah, eso es una locura —tomó la palabra Gertie en tono de desdén—. Ya pasará. Los Melzer tienen dinero suficiente. Dios sabe que no les hace falta comer sopas de harina.

Humbert subió corriendo con el té y dos pedazos de pastel de nuez, y entonces entró Christian en la cocina. Obediente, había dejado fuera las botas de jardinero mugrientas que llevaba para trabajar en el parque.

—Si sigue lloviendo así, los arbustos de enebro que hemos

117

trasplantado crecerán muy bien —comentó, y dejó que Liesl le sirviera un café.

—Por desgracia Dörthe se ha comido los pasteles —dijo Liesl en tono lastimero—, a lo mejor aún quedan galletas.

Fanny Brunnenmayer decidió darle un poco del pastel de nuez, que en realidad había preparado para los señores. Le apetecía devolvérsela a Elisabeth.

—¿Esta noche vas a tu curso de mecanografía, Gertie? —preguntó Liesl, que se había sentado al lado de Christian.

—Te pica la curiosidad, ¿eh? —contestó con acritud Gertie—. Si quieres aprender mecanografía, no vale la pena. He hecho el examen, hasta me han dado un diploma. ¿Y de qué me ha servido? De nada, porque no hay puestos de trabajo. Por eso.

Por fin Liesl comprendía por qué últimamente Gertie estaba de tan mal humor. Había pagado un curso caro y no le servía para nada.

—¿Por qué quieres trabajar de secretaria en una oficina teniendo un puesto tan bueno con la señora? —le preguntó Hanna.

—Porque quiero progresar —gruñó Gertie, escueta.

Hanna no lo entendía y Christian también sacudió la cabeza sin comprender; Liesl, en cambio, quiso saber si era muy difícil aprender a teclear en una máquina de escribir, y si una mecanógrafa ganaba mucho dinero.

—Como secretaria puedes alquilar tu propia habitación, comprar ropa bonita y salir todas las tardes —explicó Gertie con desdén—. Pero no es para ti, Liesl, porque tú ya tienes a Christian.

En ese momento Christian debería haber dicho: «En eso tiene razón Gertie», o incluso: «Cuando seas mi esposa, me ocuparé de ti». Sin embargo, tenía la boca llena de pastel de nuez y no podía hablar, pero se le pusieron las orejas rojas. Masticó a conciencia el pastel, se lo tragó con el café con leche y, cuando por fin se dispuso a decir una frase, oyeron que llamaban a la puerta del patio.

—Seguro que es Sedlmair, que trae la harina y los guisantes secos —supuso Fanny Brunnenmayer.

Sin embargo, cuando Hanna abrió la puerta se encontró a Auguste con sus botas de goma y el agua cayéndole del abrigo y el sombrero.

—Saludos a todos —dijo—. ¿Está Christian? ¿O Dörthe? Traigo los pensamientos. Lo demás llegará mañana.

Christian se levantó de un salto para descargar junto con Dörthe la carretilla.

—Sí que son bonitos los pensamientos —comentó la chica cuando volvieron—. Hay muchos capullos. Espero que no se nos congelen. Podrías haberlos traído una semana más tarde, Auguste.

Entretanto Auguste se había quitado las botas y aceptó agradecida un café con leche que Fanny le dio para combatir el frío, además de invitarla al último trozo de pastel de nuez. Entre mordiscos y sorbos explicó que ya no tenían carbón en su casa y que no podía calentarla.

—Ojalá parara de llover de una vez —suspiró, y le dio a Hanna la taza para que se la llenara otra vez de café con leche—. Maxl está en la cama con gripe, y Hansl empieza a toser. Y con esta lluvia las malas hierbas no paran de crecer y cubren los plantones. —Hizo una pausa y miró esperanzada a la cocinera—. ¿No necesitarás unos cuantos puerros y apios más?

—Claro —contestó Fanny Brunnenmayer—. Además de cebollas, hierbas para la sopa y perejil. También me quedaré con la col verde, trae todo lo que tengas.

Auguste no podía creer su suerte, la cocinera le estaba comprando todo lo que no había despachado en el mercado. Y no era poco, porque debido al mal tiempo habían tenido pocos clientes.

—Ahora aquí no se va a comer carne cuatro veces por

semana —informó Fanny Brunnenmayer—. Mañana habrá un guiso de verduras, puedes traerme también algunas zanahorias del año pasado.

—¿Y qué hacemos con el caldo de ternera? —preguntó Liesl—. ¿Se puede guardar hasta pasado mañana?

—Me temo que no —contestó Fanny Brunnenmayer—. Será mejor que nos lo comamos nosotros para que no se ponga malo.

Humbert volvió con la vajilla del té a la cocina y comentó con una sonrisa:

—Al final las medidas de ahorro quedarán en nada.

—¿Por qué? —preguntó Gertie.

Humbert lanzó una mirada de desconfianza a Auguste, que cogió con timidez su taza de café para vaciarla. No le gustaba compartir información reservada sobre los señores cuando había una persona ajena en la cocina. Sin embargo, como Auguste había trabajado antes allí y además era la madre de Liesl, continuó en voz baja:

—Porque la señora Alicia está discutiendo ahora mismo con la señora Elisabeth. Cuando Kurti vuelva a casa el sábado tiene que tomar caldo de carne, según ella. Para recuperar las fuerzas. Y le da igual si es un día con o sin carne.

—Lo sabía —exclamó Gertie en tono triunfal—. Esto no es más que una majadería. Aunque sobre todo a la señora Elisabeth le sentaría muy bien un ayuno a base de sopa de harina y pan. Todo el rato tengo que ensanchar sus vestidos.

En ese momento todos tuvieron motivos para reír. Incluso Else se despertó de su duermevela y sonrió al grupo sin saber de qué iba en realidad. Solo Auguste esbozó una sonrisa amarga y dejó la taza sobre la mesa con un suspiro.

—Ya me gustaría a mí tener esas preocupaciones —comentó, y se inclinó hacia su hija—. En el vivero se nos sale el trabajo por las orejas. Ya no puedo ver cómo Gustav se mata a trabajar. Justo ahora que hay tanto que hacer, nos falla Maxl por la gripe. Se ha pasado todo el día bajo la lluvia para enterrar los plantones de colinabo y col de Milán. Y aún queda la lombarda, el repollo y las cebollas…

—Ya pasaré la semana que viene —prometió Liesl, que sentía una vergüenza horrible cuando su madre se quejaba en la villa de las telas—. Tendré mi día libre y puedo ayudar.

—La semana que viene es demasiado tarde, Liesl —se quejó Auguste, que se volvió hacia Christian—. Bueno, si un hombre fuerte pudiera ayudarnos sería la gloria.

Christian, que captó la indirecta, asintió, solícito.

—Hay mucho que hacer en el parque —le dijo a Auguste—. Pero podría echar una mano a primera hora y por la tarde.

—Sería muy amable por tu parte, Christian —lo engatusó Auguste—. ¿Sabes? Sobre todo es por Gustav. No dice nada porque no es de los que se quejan, pero yo sé que sufre dolores. El maldito muñón siempre está inflamado.

A Fanny Brunnenmayer ese reclutamiento ahí, en su cocina, le pareció una impertinencia y se arrepintió de haber sido tan complaciente con Auguste. Christian trabajaba como una bestia todos los días muchas horas en el parque, abría nuevos caminos, plantaba árboles jóvenes y podaba los que estaban viejos y podridos. ¡Y ahora encima iba a trabajar más porque Auguste hacía como si no pudiera permitirse ayudantes remunerados! Y el bueno de Christian le haría el favor. Por Liesl.

—Si has venido a contratar trabajadores gratis, siento mucho haberte servido café y pastel —exclamó la cocinera, furiosa—. Puedes traerme las verduras que te he pedido, pero ya no serás bienvenida a partir de mañana.

Auguste se tomó la expulsión con calma y tuvo el descaro de preguntarle a Christian si esa noche tenía algo de tiempo.

—Aún puedes dar un pequeño paseo con Liesl —propuso, la muy astuta.

Sin embargo, Liesl estaba igual de furiosa que Fanny Brunnenmayer por semejante comportamiento. Además, su madre la avergonzaba delante del resto de los empleados.

—Esta tarde no tengo tiempo. Aún hay que limpiar a fondo los fogones y la nevera.

—Pues no pares —comentó Auguste, incansable, y luego recogió sus cosas y se fue. En el patio intentó convencer también a Dörthe para que la ayudara, que entretanto había salido de la cocina.

—Eres tonto si lo haces —le dijo Liesl a Christian—. En el vivero hacen cola los desempleados. Por supuesto, mi madre tendría que soltar unas cuantas monedas…

—Lo haré con mucho gusto —repuso él, cohibido—. Porque Gustav me da pena. Y porque me cae muy bien tu hermano.

—Entonces no te puedo ayudar —dijo Liesl, resignada, y se encogió de hombros.

—Cada hora nace un tonto —comentó Gertie cuando Christian se fue—. Yo no trabajaría gratis en ningún sitio.

Fanny Brunnenmayer podría haberle dicho unas cuantas cosas, pero se contuvo por Liesl. Sabía muy bien que tenía que dar casi todo su sueldo en casa. Era una vergüenza. La chica ni siquiera tenía un abrigo de invierno decente, y los calcetines los había zurcido varias veces. En cambio, Auguste había decorado la casa nueva con muebles bonitos y tenía hasta un baño con una bañera grande. Quería vivir como los señores, y por eso su marido y los chicos tenían que trabajar hasta el límite de sus fuerzas. Maxl lo hacía con gusto porque estaba hecho para el trabajo. Hansl no tanto, era una mente brillante y bueno en los estudios, podía aspirar a algo mejor, pero apenas conseguía hacer los deberes de tanto trabajo como hacía en el vivero. Hasta el pequeño Fritz tenía que trabajar. Pero bueno, no era asunto suyo. Lo único que quería era estar pendiente de Liesl. Le había cogido mucho cariño, tenía que llegar a ser algo decente. A lo mejor algún día incluso llegaba a ser la cocinera de la villa de las telas, su sucesora.

En la villa sonó la campanilla del salón rojo y Humbert se levantó de un salto para acudir. Fanny Brunnenmayer metió la cazuela en el horno y encargó a Liesl que sazonara la ensalada y la mezclara bien.

Al poco tiempo, Humbert llamó a Hanna desde el pasillo del servicio:

—Tienes que subir al salón rojo.

La criada se quedó pálida del susto. Cuando citaban a un empleado arriba, casi siempre era por una queja, y Hanna estaba convencida de que era la persona más torpe del mundo.

—No tengas miedo —le susurró Humbert cuando pasó corriendo por su lado—. Ya sabes que Marie Melzer te tiene mucho aprecio.

Para Else, eternamente cansada, ya era hora de preparar el dormitorio de los señores para la noche, correr las cortinas y abrir las camas. Luego tenía que arreglar el baño, que habían usado varias veces ese día. Subió la escalera de servicio a paso lento, indignada por tener que hacer ese trabajo tan pesado sin Hanna.

Se hizo el silencio en la cocina, la cazuela chisporroteaba en el horno, Liesl mezcló la ensalada, la repartió en tres ensaladeras de la vajilla buena y las dejó en el montaplatos. Fanny Brunnenmayer había rehecho el plan semanal y escribía disgustada lo que tenía que comprar.

Afuera seguía lloviendo, se oía cómo caía la lluvia por los canalones desde el tejado. Los cristales de las ventanas de la cocina estaban cubiertos de laberintos transparentes donde las gotitas de agua buscaban su camino hasta el alféizar. Los sufridos jardineros se estarían empapando. Como recompensa, para cenar había caldo de ternera con guarnición de huevo y pan con mantequilla con paté de hígado. Justo cuando la cocinera iba a buscar los huevos a la despensa, Hanna volvió a la cocina.

—¿Y? —preguntó Fanny Brunnenmayer con una sonrisa de satisfacción—. ¿Te han puesto en tu sitio?

Hanna no contestó. Se sentó a la mesa, apoyó la cabeza en los brazos y rompió a llorar.

—Eh, niña, ¿qué pasa? No puede haber sido tan grave.

Liesl ya estaba con ella, la abrazó e intentó consolarla.

—No te lo tomes tan a pecho, Hanna. Esas reprimendas hay que asimilarlas. Mañana todo volverá a ir bien, créeme.

Hanna se secó las lágrimas y quiso decir algo, pero apenas podía pronunciar palabra por el llanto, y costaba entenderla.

—Él está aquí... Me lo imaginé porque me escribió... desde la cárcel, que está ahí... y que está enfermo.

Fanny Brunnenmayer tuvo una vaga idea sobre de qué podía estar hablando.

—¿En la cárcel? ¿Qué ha hecho?

Hanna tenía hipo y se llevó el pañuelo mojado a la cara.

—Nada... comprueban... si podría ser un espía... pero cuando terminen podrá irse.

—Pero ¿quién? —preguntó Liesl con impaciencia.

—La señora y el señor me han preguntado si tengo algo en contra... porque quiere trabajar en la fábrica.

—¿Y tú qué has dicho? —preguntó la cocinera.

En vez de contestar, Hanna rompió a llorar de nuevo.

—Ha dicho que sí —dijo Humbert desde la entrada del pasillo del servicio—. Y por eso Grigori Shukov pronto se presentará aquí, en la villa de las telas. Estoy seguro de que nadie se alegrará de verlo. Tampoco tú, Hanna.

Estaba furioso, rara vez habían visto así a Humbert. Hanna seguía presa de un llanto descontrolado. ¡Vaya! Así que esa era la desgracia que la cocinera se temía. Ese ruso había vuelto. El gran amor de Hanna que estuvo a punto de llevarla a la tumba.

—¿Cómo estás tan seguro, Humbert? —se asombró Liesl. Por supuesto, estuvo escuchando tras la puerta.

10

—¡Debería haberse ocupado del paciente en vez de irse a casa!

El despacho del director de la clínica estaba decorado con muebles pesados y oscuros, tras el escritorio había unas librerías acristaladas con obras médicas, aquí y allá una fotografía con marco de plata, huesos humanos, la representación de una oreja con los canales auditivos. Con ese telón de fondo, el profesor Sonius parecía un gnomo canoso con gafas doradas y media calva. Sin embargo, era el hombre que hacía temblar a todo el personal de la clínica.

—Mi turno había terminado, señor profesor. Aun así, me quedé en la clínica más tiempo del necesario y pasé el paciente al doctor Heinermann.

Tilly se sentía como una acusada, sobre todo porque iba vestida con ropa de calle, sin la bata blanca que la identificaba como médico de la clínica de Schwabing. La habían expulsado, ya no pertenecía a ese lugar. Por eso no fue a escuchar reproches, sino a aclarar los hechos.

—¿Y por qué no estuvo presente en la admisión del señor Kugler? A fin de cuentas, ese día estaba al cargo de la unidad de urgencias.

—Junto con el doctor Heinermann. Él realizó el primer examen del paciente y me llamó después.

El director de la clínica hojeó un montón de formularios escritos que tenía delante sobre el escritorio.

—Según la declaración de la enfermera Martha, mantuvo una conversación privada con una paciente en vez de acudir de inmediato a urgencias cuando el doctor Heinermann la llamó.

Tilly estaba indignada. Ella no mantenía conversaciones privadas con los pacientes, la señora Kannebäcker tenía molestias, por eso fue a verla.

—Considero que esa conversación era importante, señor profesor. No duró más que unos minutos. Es imposible que esa demora fuera la causa de la muerte del paciente. La encefalitis de la que murió se produjo, según tengo entendido, después de la operación.

Sonius apenas la escuchaba, pasaba las hojas con el gesto helado, imperturbable.

—Sabe perfectamente, señora Von Klippstein, que en esos casos cada minuto cuenta. Sea como sea, los familiares del señor Kugler amenazan a la clínica con tomar medidas legales. Se podría haber evitado si usted hubiera estado en su puesto a su debido tiempo.

—Confié en el diagnóstico de mi colega. El doctor Heinermann es un médico con experiencia, señor profesor.

—Pues en este caso, por desgracia, se le pasó algo por alto. Por supuesto, puede pasar, no somos dioses. Si usted hubiera llegado a tiempo, como requiere su oficio, habría salvado una vida humana con el diagnóstico correcto y habría librado a la clínica de consecuencias desagradables. Así están las cosas ahora mismo.

Tilly supo que no tenía opciones. Parecía decidido a echarle la culpa a ella, era el sacrificio del peón que necesitaba el señor profesor para salvar su posición. Como director de la clínica, había suspendido y despedido de inmediato al médico que estaba de servicio, en este caso, una doctora. Seguro que eso impresionaría a los familiares. Ella ni siquiera tenía fuerzas ya para repetirle una vez más que había terminado su turno ese día.

—Lo siento, no puedo hacer nada más por usted.

No lo sentía en absoluto, se le notaba claramente. Se alegraba de poder resolver la situación así. Se decía que ambicionaba hacerse cargo de la dirección de una clínica grande de Berlín, y esa horrible mancha en su currículo se interponía en su camino. Tilly comprendió de pronto que había estado fuera de lugar en aquella clínica desde el principio, porque para ella no se trataba de hacer carrera, sino de curar a los enfermos, aliviar sus dolores, darles esperanza y acompañarlos en la muerte, cuando era inevitable, con ternura y cariño.

—Hice un diagnóstico correcto y usted lo utiliza en mi contra —protestó, y se puso en pie—. En cualquier caso, debo aceptar su decisión. Envíeme los papeles a mi dirección, por favor.

Él sonrió, aliviado.

—Le deseo lo mejor, señora Von Klippstein. El despido ha sido por motivos disciplinarios, no ha tenido nada que ver con su competencia médica, que sigo apreciando igual que antes.

Tilly se acercó a la puerta sin prestar atención a su palabrería.

—¡Mucha suerte en el camino, señor profesor!

Dicho esto, salió del despacho del temido jefe de la clínica y, mientras recorría el largo pasillo hasta la salida, se sintió liberada de una pesada carga. Ya no tenía poder sobre ella. Era libre. Los jefes médicos, que pasaban a toda prisa con su bata blanca y su gesto importante, las pérfidas enfermeras, incluso su colega, el doctor Heinermann, que había tenido suerte y se había salvado de la expulsión, todos le resultaban indiferentes. Ya no formaba parte de aquello, nunca había formado parte.

En el tranvía su buen humor desapareció cuando otras ideas pasaron a un primer plano. Estaba sin empleo, su cualificación médica por la que llevaba tanto tiempo luchando seguía sin llegar y las perspectivas de conseguir un puesto en otra clínica no eran buenas. El motivo de su despido figuraría sin duda en sus papeles, no hacía falta ni que presentara candidaturas. Cerró un momento los ojos de puro agotamiento y pensó en Ernst.

—De ahora en adelante, por la tarde estarás descansada y animada porque tendrás para ti todo el día —le había dicho muy contento—. Yo te daré dinero para que te compres unas cuantas cosas bonitas para el verano. Tienes que ir bien vestida siendo mi esposa.

No dijo ni una palabra más sobre su intención de contratar a un abogado para impugnar el despido, como propuso al principio. Entretanto había llegado a la conclusión de que ella no era del todo inocente en ese «lamentable accidente». Aunque, por supuesto, su colega, el que realizó el diagnóstico incorrecto, se llevaba la peor parte de la responsabilidad.

—Seguro que sabes que el doctor Heinermann está casado con una sobrina del profesor Sonius. Ese tipo de alianzas son difíciles de romper.

—¡La responsabilidad es de la clínica y de quien ha llevado a cabo la operación!

—¿Y quién fue?

—El profesor Sonius.

Luego él se encogió de hombros y cambió de tema.

Eso había ocurrido unos días antes. Cuando se bajó del tranvía en Pasing y se dirigió a la mansión de Menzinger Strasse estaba profundamente abatida. La bonita sensación de libertad se había desvanecido, más bien tenía la angustiosa impresión de ser prisionera. «Yo te daré dinero», fueron sus palabras. No era nada fuera de lo común ni escandaloso, todas las esposas que conocía se compraban vestidos con el dinero de sus maridos. Sin embargo, ella siempre insistió en tener su propio dinero y pagarse todo lo que fueran sus necesidades personales. Eso se había acabado.

La preciosa mansión en la que vivían estaba rodeada por un seto de carpe que empezaba a brotar. ¿De verdad allí se sentía en casa? No, era la casa de su marido, su parque, su propiedad. Igual que ella era su mujer. Cuando se inclinó para sacar la llave del bolso, de pronto notó un roce, algo le hacía cosquillas en el cuello. Se tocó y palpó un pequeño bulto bajo la tela del abrigo. El corazón rojo que llevaba colgado de la fina cadena de oro, el regalo de la pobre señora Kannebäcker. Vaya, no le había dado suerte, a lo mejor debería regalárselo a alguien.

Ernst la esperaba en el comedor, donde a partir de ahora almorzarían juntos todos los días. Julius, que antes trabajaba en la villa de las telas, vestía con traje oscuro y fajín blanco, siempre servía primero al señor de la casa y decía el nombre de los platos. Luego se retiraba con discreción para no molestar a los señores mientras conversaban.

—¿Se va arreglando poco a poco esta situación tan desagradable? —preguntó Ernst mientras abordaba la sopa.

—Sí —contestó Tilly, escueta.

—Creo que necesitas reposo —dijo él con una sonrisa—. ¿Qué te parece si pasamos unos días junto al lago Ammer en un pueblo bonito? Podemos salir a pasear, ir en barca por el lago, a lo mejor incluso podemos bañarnos ya.

La idea de pasear con Ernst la horrorizaba. El año anterior estuvieron en St. Moritz para practicar deportes de invierno, a ella le hacía ilusión aprender a esquiar, pero pronto renunció a la idea. Debido a sus heridas de guerra, Ernst no estaba en condiciones de practicar ningún deporte y le lanzaba miradas de desaprobación. Hasta que ella, en consecuencia, se desapuntó del curso y le acompañó en sus paseos. Cuando caminaban, él solo hablaba de sí mismo, de sus malestares, de sus negocios y del dinero que ganaba y que quería invertir sin falta.

—No creo que necesite descansar —se apresuró a decir ella—. Quiero volver a ejercer la medicina lo antes posible, es la profesión que he elegido y que considero mi destino.

Ernst torció el gesto porque no le gustó la respuesta. Soltó un bufido, malhumorado, cogió la copa de vino y bebió un trago.

—¿Piensas abrir tu propia consulta?

—¿Por qué no?

En efecto, había coqueteado con esa idea. Era una posibilidad de trabajar sin la molesta jerarquía de la clínica, sin enfermeras testarudas ni colegas malintencionados, completamente sola. Nadie le diría cuánto tiempo ni con qué intensidad se dedicaba a cada paciente. Sin embargo, para alquilar y montar una consulta médica se necesitaba una gran suma de dinero; los ahorros que tenía de sus ingresos no bastarían.

Ernst no parecía oponerse a la idea.

—Yo esperaba que estuvieras a mi lado como mi esposa y compañera. Pero bueno, me dejo convencer. Consideras que tu profesión es tu destino, y estoy dispuesto a apoyarte.

Tilly no se lo podía creer. Ahí estaba de nuevo el hombre que una vez luchó por ella y la ayudó, al que se sintió infinitamente agradecida y aceptó su proposición de convertirse en su esposa.

—En los últimos tiempos he adquirido bienes inmuebles en el centro de Múnich —prosiguió—. Había que invertir el dinero, nunca se sabe si esta crisis económica acabará en inflación. Podrías abrir una consulta en uno de mis edificios. Y tengo muchos amigos y conocidos que podría enviarte como pacientes.

Así se lo imaginaba él: una consulta médica en el centro de

la ciudad para gente adinerada. Conocía ese tipo de consultas. Eran la residencia de los médicos de moda, que convencían a los pacientes de todo tipo de achaques, les recetaban medicamentos prescindibles y a cambio se embolsaban unos honorarios abultados.

—Creo que no me gustaría trabajar en esas condiciones —protestó ella, decidida—. Más bien había pensado en abrir una consulta en Giesing o Haidhausen y ayudar a aquellos que necesitan con urgencia un tratamiento médico y no tienen dinero para pagarlo.

—En Haidha… —Él se atragantó del susto con el vino y tuvo que toser, lo que le causaba dolor en el pecho y el estómago por las cicatrices de guerra.

Para Tilly la espera se había convertido en una tortura porque Ernst se concentró primero en comer. Necesitaba tiempo para formular con calma su respuesta, pero no lo consiguió.

—Si pretendes abrir una consulta en uno de esos barrios, no contarás de ningún modo con mi consentimiento. Con mi posición, no puedo permitir que mi esposa tenga trato con sucios trabajadores y borrachos.

Le lanzó una breve mirada para comprobar el efecto que habían tenido sus palabras, luego empezó a cortar las rodajas de asado en el plato. Tilly lo observó un rato, lanzó la servilleta sobre la mesa y se fue sin decir palabra. No reaccionó a sus gritos. Subió corriendo la escalera y se encerró en el cuartito que usaba como vestidor. Allí se hundió en su butaca tapizada y clavó la mirada al frente.

El asunto era muy sencillo: Ernst tenía la sartén por el mango. Una mujer no podía alquilar una vivienda ni abrir una consulta sin el permiso de su marido. Como esposa, apenas tenía más derechos que un menor de edad. Se quedó un rato sentada en el vestidor, era su único refugio en la casa, con una pequeña ventana, pero por lo menos era un sitio donde podía retirarse sola. Al cabo de un rato oyó pasos y alguien llamó a la puerta.

—¿Señora? ¿Está usted ahí dentro? El señor desea hablar con usted.

Había enviado a Julius, el muy cobarde.

—Dígale al señor que no voy a mantener más conversaciones.

—Pero… el señor está muy disgustado.

—Por favor, dígale lo que le he dicho, Julius.

Oyó cómo bajaba despacio la escalera y cuchicheaba con Bruni, que por lo visto se encontraba al pie de la escalera. Sin querer, Tilly oyó el secreteo entre ambos.

—Ahora se ha vuelto loca… Bueno, se va a llevar una buena sorpresa —se indignó Julius.

—Bobadas —masculló Bruni—. Si yo estuviera casada con alguien así, me iría corriendo. No puede hacer nada en la cama. No sé cómo la señora lo aguanta.

—Y yo pagaré los platos rotos —se lamentó Julius—. Seguro que se pondrá hecho una furia cuando se lo diga.

El servicio tenía su propia opinión sobre lo que hacían los señores. Sin embargo, el irrespetuoso comentario de Bruni había surtido efecto. Por supuesto, la rígida obstinación de Ernst, su búsqueda de reconocimiento, su manera de llevar los negocios, todo se debía a las dolencias físicas que le había causado la guerra: como hombre, sobre todo le pesaba la impotencia. Entonces Tilly se propuso permanecer a su lado para siempre, solícita y paciente, pero ahora se preguntaba si seguiría estando dispuesta a hacerlo después de que él se opusiera a una consulta para pobres. Quizá podría encontrar una solución intermedia entre ser la doctora de moda y abrir una consulta para pobres. Si los dos cedían un poco, tal vez no fuera tan difícil. Se levantó y caminó por la habitación sopesando la idea, hasta dónde estaba dispuesta a ceder, dónde establecía sus límites, qué podía aceptar. Cuando por fin se aclaró, abrió la puerta y bajó la escalera para hablar con él. Primero se disculparía por su tensa reacción en el comedor, se había dejado llevar por los nervios, y luego empezaría las negociaciones.

Julius estaba en el vestíbulo, a punto de colgar la bata de Ernst en una percha.

—Si busca al señor, acaba de irse a la ciudad.

«Bien», pensó Tilly. Así se le pasaría el enfado y por la noche hablarían con calma.

—Gracias, Julius, me gustaría tomar un café en la biblioteca.

—Enseguida.

Tilly intentó leer una novela, pero no logró concentrarse. Perdía el hilo una y otra vez, tenía que volver atrás, intentaba distinguir los personajes, seguir la trama. Al final dejó el libro. La historia del antipático trepa Georges Duroy en el París del siglo XIX no le interesaba.

Se bebió el café casi frío, caminó junto a las librerías en busca de otra lectura sin encontrar un solo título que le resultara atractivo. Durante un rato leyó el periódico, pero su mente no paraba de divagar. Necesitaba encontrar una solución aceptable. De ello dependía su futuro. Su matrimonio. Su vida entera.

En la casa reinaba un silencio infinito, de vez en cuando crujían los viejos muebles, el péndulo del reloj de pie se movía con su tenue tictac, de vez en cuando se oían los pasos de los empleados en el pasillo.

De pronto se apoderó de ella la añoranza del ajetreo en casa de Kitty y se dirigió al despacho de Ernst para hacer una llamada.

—¿Sí? Al habla Henriette Bräuer. ¿En qué puedo ayudarle?

Era Henny. Qué adulta sonaba al teléfono. Y qué importante se sentía. Si su situación no fuera tan triste, se habría echado a reír.

—Al habla tu tía Tilly, ¿estás bien?

—Tía Tilly —se alegró la chica—. ¿Llamas desde Múnich? ¿Cuándo vienes de visita? Imagínate, mamá me ha quitado el camisón de seda. Según ella soy demasiado joven para eso. ¿No te parece una canallada?

—Bueno, es una lástima —comentó Tilly, muy diplomática—. Es verdad que estabas muy guapa con el camisón.

De fondo se oyó la voz de Kitty.

—¿Es Tilly? Pásame el teléfono, Henny. Cuidado con el cable, se ha enrollado en la pata de la mesa… No, así no. Al revés.

Entonces se puso Kitty al aparato. La vida distendida envolvió a Tilly, que la acogió con avidez.

—¿Tilly? ¡Por fin! He llamado a tu casa dos veces, pero el gruñón de tu marido me dijo que no estabas. ¿Te lo llegó a decir? Henny, no te bebas mi café, por favor, y ve a buscar a Gertrude a la cocina. ¿Tilly, cariño? ¿Sigues ahí? ¡No dices nada!

—No puedo meter baza.

—No lo entiendo. Yo hablo sin más y siempre meto baza. Escucha, tengo que decirte algo importante antes de que tu estricta madre me oiga. ¡Ese médico rubio tan guapo y simpático nos llamó hace poco y preguntó por ti!

El doctor Kortner. Tilly notó cierta inquietud. ¿No había intentado hacerle la corte? No, eran imaginaciones suyas.

—Quería saber en qué clínica estabas porque conoce a un colega que también trabaja en una clínica de Múnich… Era una excusa, claro. Yo creo que ese hombre está loco por ti. ¿No es maravilloso?

—No sé qué tiene de maravilloso que un soltero se interese por una mujer casada.

—Nunca está de más que un hombre se interese por una mujer. Sobre todo si es guapo y tiene lo que hay que tener.

Tilly no pudo evitar sonreír de nuevo. Dios mío, cómo le gustaba la charla alocada de Kitty. Su empuje. Su actitud positiva y feliz ante la vida.

—¿Tilly? ¿Cómo estás, mi niña? —dijo su madre, que cogió el teléfono—. ¿Te ha hecho enfadar Ernst? Me da la sensación de que con este matrimonio cada vez estás más delgada y pálida.

Era típico de Gertrude, que rara vez tenía pelos en la lengua y que mandó callar a Kitty, que hacía ruido de fondo.

—Estate en silencio de una vez, Kitty. No entiendo ni una palabra.

—Estoy bien, mamá —dijo Tilly al auricular—. Y te prometo que pronto engordaré. Quiero abrir mi propia consulta aquí, en Múnich.

—¿Una consulta? ¿Tú sola? ¿Lo has pensado bien? Kitty, ¿has oído? Quiere abrir una consulta médica. Ella sola.

—Es una idea genial —anunció Kitty—. Dile que tiene que abrir la consulta en Augsburgo. Aquí hay una cantidad horrible de enfermos. Además, le precede la fama de ser una doctora fantástica que le salvó la vida a un niño con un cuchillo de cocina y el tubito de un bolígrafo.

Se oyó un motor. Tilly dejó el auricular sobre el escritorio y corrió a la ventana. Era él. ¡Por fin!

—¿Mamá? Lo siento pero tengo que colgar, Ernst acaba de llegar a casa. Te llamo mañana.

—¿Por qué tienes que colgar? —preguntó su madre, enfadada—. Permites que tu marido te exija demasiado. Ese hombre es un tirano enmascarado, siempre lo he sabido.

—Hasta pronto, mamá.

Llegó demasiado tarde, Ernst ya había subido la escalera cuando ella salió del despacho al pasillo.

—Señora —le dijo Bruni—. Debo comunicarle que el señor quiere cambiarse y luego tiene que irse otra vez. Le han invitado a una velada. No hace falta que le espere, puede que vuelva muy tarde.

Hizo una reverencia y se fue sin esperar respuesta de Tilly.

11

—¡Señora Melzer! ¡Cómo me alegro de verla!

Marie estaba subiendo la persiana que protegía las prendas expuestas en el escaparate del sol matutino cuando la señora Ginsberg entró en la tienda. Saltaba a la vista que había caminado deprisa desde la parada del tranvía hasta el atelier, llevaba el abrigo abierto y el pañuelo de seda ondeaba al viento.

—¿Y Walter? —preguntó Marie, preocupada—. ¿Acaso puede volver a…?

La señora Ginsberg asintió, con lágrimas en los ojos.

—Sí, desde esta mañana a primera hora. Me ha dicho que anoche ya notó un cosquilleo. Cuando estaba conmigo sentado a la mesa del desayuno, de pronto podía mover el dedo corazón. Luego también el dedo índice y el anular. Solo el meñique no acaba de decidirse.

Marie vio los ojos iluminados de felicidad de su empleada y no pudo evitar abalanzarse sobre su cuello.

—Es una bendición, señora Ginsberg. He pensado tantas veces en su Walter… Y Leo también. Ha sufrido muchísimo por Walter.

—Ahora todo irá bien —comentó la señora Ginsberg, que se limpió las lágrimas con el dorso de la mano—. Espero que le quiten pronto el yeso, así podrá ejercitar la mano y recuperar el retraso en los ensayos.

Marie asintió. Sabía que la interrupción implicaba un retroceso. Quien no podía ensayar con regularidad por algún motivo perdía lo aprendido en muy poco tiempo, era terrible.

—Seguro que lo conseguirá, señora Ginsberg. Por cierto, nosotros también tenemos buenas noticias. Mañana podremos llevarnos a Kurti a casa, la herida está bien curada.

Mientras la señora Ginsberg dejaba el sombrero y el abrigo y se arreglaba rápidamente el peinado frente al espejo, Marie le contó que Kurti era muy impaciente y se aburría, aunque tenía la cama llena de juguetes que le habían llevado las visitas.

—Esta tarde mi cuñada Lisa quiere ir a visitarlo otra vez con sus niños, así está distraído y no se subleva —le contó relajada—. Y mañana por fin se habrá terminado.

Con la emoción le entraron ganas de hablarle de los regalos y las sorpresas que tenían para Kurti, del cartel de bienvenida que le había pintado Dodo, del pastel de chocolate que había preparado la cocinera por indicación de la abuela. Sin embargo, se detuvo a tiempo. El sueldo que pagaba a la señora Ginsberg era decente, pero no abultado, solo los costes del conservatorio suponían un duro golpe para sus cuentas. Seguramente, cuando se recuperara, Walter no tendría regalos ni recibiría un pastel de chocolate.

—Voy a echar un vistazo a la sala de costura —cambió de tema—. Luego vendrá la esposa del director Wiesler a probarse, la falda tendrá que estar lista.

La esposa del director era muy amiga de Kitty. Era la presidenta del círculo de bellas artes y antes le hacía muchos encargos a Marie. Ahora le encargaba más bien modificaciones, llevaba prendas antiguas para arreglar y siempre lo justificaba diciendo que era una lástima descartar una prenda tan bonita, para luego preguntarle a Marie si no se le ocurría cómo modificarla para que se ajustara a la última moda. El auténtico motivo era que el director de instituto Wiesler hacía un tiempo que estaba jubilado y las acciones que adquirió para mejorar su pensión habían perdido su valor.

Las dos costureras, la señora Schäuble y la señorita Künzel, estaban charlando y cuando Marie abrió la puerta volvieron presurosas al trabajo. Tampoco es que hubiera mucho que hacer, dos trajes de primavera que ya estaban casi terminados, y un vestido de noche para la señora Überlinger, que de momento no se había puesto en contacto para probárselo. No era buena señal. Marie decidió que al día siguiente daría a sus costureras algunas prendas de Lisa que había que ensanchar. Prefería que las dos mujeres tuvieran algo que hacer.

—Será mejor que cosa ese dobladillo a mano —le recomendó a la señorita Künzel—. Cuando termine, dedíquese al vestido de noche, por favor. Las mangas solo hay que ensartarlas, quiero ver cómo cae la tela.

Hizo un gesto con la cabeza para animar a las mujeres, y cuando, muy a su pesar, se iba a ocupar de las facturas, oyó una voz conocida desde la tienda.

—Hace una mañana estupenda, ¿verdad, señora Ginsberg? Por supuesto que nos conocemos… ¿Puedo hablar con la jefa del atelier?

—¿La señora Melzer? Sí, no sé… Siéntese, por favor, voy a ver.

Marie notó que se le revolvía el estómago del asco. Esa desvergonzada se atrevía a entrar en su atelier. Qué desfachatez.

La señora Ginsberg apareció en el despacho y cerró con cuidado la puerta.

—La señora Grünling está aquí —susurró—. ¿Qué hago? ¿Le digo que no está?

—No, ya voy —contestó Marie, y respiró hondo—. En todo caso es mejor que decir que no estoy.

Serafina Grünling se había sentado en una de las sillas blancas y observaba los maniquís con unos impertinentes.

Marie, que hacía mucho que no la veía, comprobó que la antigua institutriz estaba muy cambiada. Algo más gruesa, llevaba el pelo corto, cuando antes siempre lo lucía recogido y estirado, lo que le suavizaba los rasgos, y se había maquillado y empolvado.

El vestido verde oscuro era de un tejido caro, aunque cosido sin imaginación, sin ese toque a la moda.

—Buenos días —saludó Marie con frialdad, y Serafina se volvió y esbozó una sonrisa que quería parecer amable pero se veía falsa.

—Mi querida señora Melzer —gorjeó la señora Grünling, y se levantó para saludar—. Hacía mucho que no nos veíamos. Siempre que he pasado por este atelier he admirado sus modelos en el escaparate, y hoy he pensado: voy a entrar sin más. Al fin y al cabo, la señora Melzer es una mujer de mundo, no es mezquina ni rencorosa.

¡Qué charlatana tan pérfida! Marie tenía ganas de echarla, pero era la esposa de un influyente picapleitos con el que siempre había que tener cuidado. No quería de ningún modo poner en apuros a Paul, que lo contrataba de vez en cuando.

—¿En qué puedo ayudarla, señora Grünling? —preguntó con frialdad.

Serafina en realidad tenía la intención de darle la mano, pero Marie no se acercó ni un paso y su pregunta sonó fría, así que guardó la distancia.

—Hace poco le dije a mi querida amiga Lisa que necesitaba unos cuantos vestidos bonitos y también un abrigo. Y ella me comentó que para eso no había en toda la ciudad un sitio mejor que el atelier de su cuñada en Karolinenstrasse.

Sin duda era mentira, porque Lisa sabía muy bien que Marie jamás le perdonaría a esa intrigante la desfachatez que había cometido con ella hacía un tiempo. Marie lamentaba no ser tan deslenguada como Kitty. En vez de contestar a Serafina como se merecía, guardó silencio.

Por desgracia, Serafina no se dejó impresionar por el silencio de Marie ni por su semblante frío y ausente.

—¿Sabe, señora Melzer? Últimamente estamos todos en el mismo barco y deberíamos permanecer unidos en estos tiempos difíciles. Se ve que en todas partes todo va de mal en peor. Según dicen, en la empresa MAN pronto despedirán a doscientas personas porque no tienen pedidos. Estoy muy bien informada porque mi querido marido ahora mismo se ocupa de asuntos tan desagradables como el cobro de deudas y de mercancías impagadas. En realidad apenas puede hacerse cargo de tantos clientes, la gente está nerviosa y preocupada por su dinero.

¿Adónde quería ir a parar esa víbora? ¿Quería explicarle lo bien que se ganaba la vida su marido a costa de la necesidad de la gente? ¿Que ya no necesitaba trabajar para la fábrica de telas de los Melzer?

—Pensé que justo ahora era oportuno encargar en su atelier un traje y un abrigo a juego. Mi marido opina que soy demasiado conservadora en mi estilo y que me falta algo a la moda.

En eso no le faltaba razón, la señora Grünling era una anticuada. Solo que Marie no tenía ganas de cambiar esa situación, aunque en principio Serafina pagara al contado.

—Lamentablemente, ahora mismo mis existencias de tejidos son muy escasas, señora Grünling.

Esa mujer era muy insistente. Dijo que aun así quería ver las telas que tenía para escoger una.

—Por supuesto —contestó Marie en tono desagradable—. La señora Ginsberg, mi empleada, la atenderá. Debe disculparme, tengo una cita importante.

Dicho esto, dio media vuelta y salió de la tienda. La señora Ginsberg la estaba esperando delante del despacho y la miraba angustiada.

—¿Qué hago con ella, señora Melzer?

Marie necesitaba aire fresco, así que cogió el abrigo y el sombrero para no tener que aguantar más a esa pesada que no se daba por aludida con ningún desaire.

—Enséñele las telas y dele los cuadernos de muestras. Cuando se decida de verdad por un modelo, tome las medidas. Lo habitual. Prueba dentro de tres semanas.

—¿Quiere que le exija un pago?

—No. —Atravesó la tienda sin despedirse de Serafina y salió del atelier. Si la señora Grünling aún no quería darse cuenta de que no era bienvenida, entonces no había nada que hacer.

Mientras salía a Karolinenstrasse, Marie pensó que elaboraría junto con Paul una estrategia para que esa mujer no volviera a colarse en la villa de las telas. Caminó sin rumbo y sus pasos la llevaron en dirección al ayuntamiento, pero de pronto se sintió ridícula por haber emprendido la huida de Serafina Grünling. Aminoró el paso, se paró en la plaza del ayuntamiento y escuchó a un orador en torno al cual se había reunido un grupo de personas. El hombre movía con vehemencia los brazos, tenía la cara roja del esfuerzo mientras lanzaba sus lemas a la multitud. ¿Qué decía? Hablaba del «fatal bloqueo de los ciudadanos», de «los de la cruz gamada» y de la «política catastrófica» que quería una nueva guerra. ¿Era del Partido Comunista? No, lo ponía en los carteles: un mitin del SPD, el Partido Socialdemócrata de Alemania. Los presentes no parecían estar todos de acuerdo con el orador, le llovían protestas, en una esquina incluso se dieron puñetazos. Marie rodeó con cuidado el grupo y acabó en Maximilianstrasse, cerca del conservatorio. De todos modos quería tener una conversación con la profesora de Leo, así que por lo menos con su huida cumplió un objetivo.

La zona de entrada del viejo edificio era estrecha y tenebrosa, pero en el interior se ensanchaba hasta formar un bonito vestíbulo con las paredes revestidas de madera. Durante un momento se quedó ahí parada, confundida, escuchando los sonidos deslavazados procedentes de las aulas, la mayoría de piano, se oía también un violín, en algún lugar alguien tocaba el clarinete. Entonces se abrió una puerta y salió un profesor de música, un señor mayor, que vio a la visitante sola en el vestíbulo y se acercó a ella.

—Buenos días, señora. ¿Espera usted a alguien? ¿Puedo ayudarla en algo?

—Esperaba encontrar aquí a la señora Obramova —explicó—. Aunque no tengo cita con ella, pasaba por aquí de casualidad.

—¿La señora Obramova? Si espera usted un momento, voy a ver.

—Es usted muy amable.

Tuvo suerte. Al cabo de unos minutos se abrió otra puerta, salió una chica joven con una carpeta de partituras bajo el brazo y tras ella apareció Sinaida Obramova. Era evidente que la habían informado de que la señora Melzer quería hablar con ella porque sonrió a Marie.

—Señora Melzer —dijo con su voz grave—. Me alegro de verla. Pase, tengo una pausa de un cuarto de hora.

En el aula hacía frío porque las ventanas estaban abiertas. Marie observó el piano de cola en el que Leo recibía clases tres veces por semana. Un Bösendorfer que había vivido épocas mejores. En casa, Leo practicaba con un piano de pared. La señora Obramova le ofreció una silla y se apresuró a cerrar de nuevo la ventana, luego se sentó frente a ella en el taburete del piano.

—Siempre necesito tomar aire fresco después de clase —confesó—. Necesito notar el viento en la cabeza. ¿Viene usted a preguntar por los progresos de Leo? Tiene mucho talento. Es un alumno magistral. Un chico maravilloso.

La pianista volvió a ponerse su chaqueta gris larga, debajo

llevaba una blusa de seda de color crema y una falda gris hasta las pantorrillas. En la velada de concierto en el conservatorio llevaba la misma ropa.

—En efecto, he venido a hablar con usted de mi hijo Leo, señora Obramova. Practica a diario varias horas ese concierto de Chaikovski…

—Es una obra maravillosa y una música fantástica —la interrumpió la profesora—. Y Leo es un gran intérprete, aunque aún es joven. Ese concierto será un gran éxito para él.

—Precisamente esa es la cuestión —intervino Marie—. Mi marido y yo somos de la opinión de que Leo está desbordado con esa obra tan difícil.

Su interlocutora frunció las espesas cejas oscuras sin querer.

—¡Nunca! Desbordado no, señora Melzer. El concierto es un desafío, implica un gran esfuerzo, pero Leo es capaz de hacerlo. Los jóvenes artistas deben crecer con grandes encargos, señora Melzer. Leo tiene un don especial, será un gran pianista.

La forma de hablar de esa rusa se parecía un poco a un cañonazo, era casi imposible protegerse de él o intervenir. Seguramente eso también había ayudado a que se ganara el apodo de «mariscala de campo». Marie tenía pocas ganas de dejarse ametrallar con palabras por esa señora.

—No ha entendido lo que quiero decir, señora Obramova —interrumpió a la profesora levantando la voz—. He dicho que mi hijo está desbordado con ese encargo. Todos los días practica hasta ocho horas en el piano, desatiende el colegio. Y lo que más me angustia es que no ha avanzado en las exigencias técnicas del concierto.

La señora Obramova la escuchó reacia, su gesto era hosco y prácticamente atravesaba a su interlocutora con su mirada de ojos negros. Poco a poco Marie comprendió por qué Leo practicaba como un poseso: había caído en las garras de una tirana.

—Ese es un criterio pedagógico, señora Melzer —protestó—. En este caso, es mi decisión. Tengo experiencia, usted no, por lo que no puede emitir un juicio de valor. ¡Soy pianista, estudié música en Petrogrado en el conservatorio con profesores reputados!

Qué mujer tan soberbia. ¿Por qué no se había dado cuenta hasta entonces? ¿Por qué todo el mundo hablaba con tanto respeto de la célebre pianista rusa? Marie decidió tomarle un poco el pulso.

—¿Estudió en Petrogrado? ¿Y también dio conciertos allí?

—¡Por supuesto! ¡Allí di muchos conciertos con la sinfónica de la ciudad! ¡Muy famosa! Fui una niña prodigio, con doce años ya di un concierto.

Marie no se dejó impresionar por el tono de desdén y la arrogancia de la rusa. Petrogrado ahora se llamaba Leningrado, no era fácil viajar allí porque las relaciones habían cambiado mucho desde la revolución de 1917.

—Sin duda terminó el conservatorio con un diploma de profesora, ¿verdad? A mí me gustaría un final parecido para mi hijo.

Era una pregunta capciosa, y Sinaida Obramova cayó en la trampa.

—¡Un diploma! —exclamó—. ¿Qué es un diploma? Nadie necesita un diploma cuando se trata de música y artistas. Leo tiene que dar conciertos, eso es un diploma. Es el billete para tener una carrera.

¿No había hecho el examen final del conservatorio? Bueno, seguramente le habría sido fácil encontrar una excusa. Con los tumultos de la revolución se habían perdido muchos papeles.

—En eso tiene razón, por supuesto —interrumpió a la señora Obramova—. ¿En Alemania también da conciertos? Me encantaría escucharla alguna vez.

Por lo visto la rusa había notado que la estaba poniendo a prueba y reaccionó, como esperaba, con un arrebato de ira.

—En Alemania nadie nos ha ayudado —exclamó furiosa—. Mi madre, mi padre y mi hermano pequeño llegamos a Alemania y nos trataron como si fuéramos basura. Yo tenía solo diecisiete años. Ni casa, ni dinero, ni piano. Los conciertos los dan los pianistas alemanes, nadie quiere oír a una pianista rusa. Tengo que dar clases, necesito ganar dinero para que mis padres vivan...

Al parecer tenía diecisiete años cuando llegó de Rusia. ¿A esa edad ya podía ser una afamada pianista? ¿Quizá una estrella en ciernes en el cielo de los conciertos? Tal vez. Luego la revolución destruyó todas sus esperanzas. Era trágico. Pero sin duda no había sido una célebre pianista rusa.

—Lo siento mucho —dijo Marie levantando la voz para hacerse oír en plena verborrea de su interlocutora—. No dudo de sus capacidades pedagógicas, pero opino que sería mejor que Leo cancelara ese concierto.

Ella entornó los ojos negros, parecía un gato a punto de atacar.

—¿Cancelarlo? ¿Quiere cancelar el concierto de Leo? ¡Es imposible! *Bozhe moi!* ¡Quiere que ese chico con tanto talento sea director de una fábrica! Leo tiene que sacar buenas notas en el colegio. *Zachem?* ¿Para qué? La música, esa es la vida de Leo, ¿quiere prohibírsela? Eso es un gran pecado hacia su hijo, señora Melzer. ¡El Señor la castigará por ello! Y yo, Sinaida Obramova, no permitiré que se lo prohíba. Leo es mi alumno. Voy a convertirlo en pianista.

Marie ya estaba harta. Esa señora era incorregible, habría que ir por otras vías. Aunque fuera necesario sacar a Leo del conservatorio, iba a proteger a su hijo de esa mariscala de campo.

—No quiero abusar de su tiempo más de lo necesario —dijo, y se levantó—. Tendrá noticias nuestras, señora Obramova. ¡Buenos días!

La rusa lanzó a Marie una última amenaza:

—¡Tiene que preguntarle a su hijo! Le dirá que quiere dar el concierto. Si se lo prohíbe, la odiará.

Marie cerró la puerta con firmeza. Fuera esperaba un chico pelirrojo con el cuaderno de partituras bajo el brazo. Cuando Marie cerró la puerta, él la miró asustado con sus grandes ojos infantiles de color azul claro.

—Espera un momento antes de entrar —le recomendó con una sonrisa—. La señora Obramova tiene que ventilar el aula.

Cuando volvió a salir a la calle, notó hasta qué punto la había alterado la conversación. ¡Menuda bruja! Parecía sentirse muy segura de su poder sobre Leo. «¡La odiará!» Era una amenaza terrible para una madre que quería a su hijo. A esa mujer le era indiferente si Leo se desmoronaba ante una tarea tan abrumadora. Quería convertirlo en pianista. ¿Por qué? Esa joven ambiciosa tuvo que renunciar a su sueño y buscaba reafirmarse. Si no como gran pianista, por lo menos como reputada pedagoga que formaba a niños prodigio. Y para ello había escogido justo al pobre Leo. ¿Cómo podía estar tan ciega? ¿Qué ganaba ella si Leo fracasaba en el concierto? ¡Absolutamente nada!

Tenía que hacer algo antes de que se produjera la catástrofe. Pero ¿qué? Paul querría solucionar el problema a su manera y prohibiría terminantemente a Leo dar el concierto. Punto. Era la solución más fácil, pero en absoluto la mejor. Marie prefería hablar con Leo, apelar a su sentido común. El joven tenía que ver que ese concierto escapaba a sus posibilidades, debía tomar él la decisión. Sin embargo, tampoco sería fácil. Llegó al atelier justo a tiempo para saludar a la esposa del director Wiesler y hacer las pruebas de la falda modificada. Se la había estrechado y le había añadido un plisado.

—Seguro que no le importa que le pague la semana que viene, ¿verdad? Estoy tan ocupada que no tengo tiempo de ir al banco.

—Por supuesto que no… Se lo apunto, señora.

¡Vaya día! Luego se enteró por la señora Ginsberg de que Serafina Grünling no se había decidido por ningún modelo y volvería más tarde para que la aconsejara la señora Melzer en persona. Así que aún le esperaba otra confrontación.

—Lo siento muchísimo —suspiró la señora Ginsberg, que tenía mala conciencia—. He hecho lo que he podido, pero a todo le ponía pegas.

—No es culpa suya, señora Ginsberg. Ahora váyase a casa, le doy el resto del día libre. Hoy es un día muy feliz para usted y para Walter.

La señora Ginsberg estaba perpleja. Al principio dudó si aceptar la oferta, pero cuando Marie insistió, cedió.

—¡Señora Melzer! ¿Cómo puedo agradecérselo? Voy a comprar unas cuantas cosas y prepararé un almuerzo para Walter y para mí. Se llevará una sorpresa cuando llegue del colegio.

Marie se quedó junto a la puerta y siguió con la vista a su empleada, que se fue a toda prisa. Luego suspiró y se dirigió a su despacho para revisar las facturas impagadas y escribir recordatorios inútiles.

12

Liesl estaba junto a la ventana de la cocina contemplando la ventisca. Durante la noche el tiempo primaveral había cambiado, una fina capa blanca cubría el parque, le daba un aire pintoresco a las viejas coníferas y en el parterre de flores de delante de la villa de las telas solo sobresalían unas cuantas flores de colores con las cabecitas cansadas.

—No es para tanto, Liesl —dijo Christian, que se estaba tomando su café matutino en la mesa de la cocina—. El suelo no está helado, y esta tarde seguro que vuelve a salir el sol. Enseguida se derretirá la poca nieve que hay.

Liesl soltó un profundo suspiro. Era todo un detalle que Christian quisiera tranquilizarla, pero por desgracia ella sabía lo que se decía.

—A los plantones de col no les irá bien tener nieve encima antes de haber crecido del todo. Entonces mi madre volverá a discutir con mi padre por haber plantado demasiado pronto.

Cuando algo iba mal en el vivero, Auguste siempre culpaba a su marido, que era el cabeza de turco de todas las desgracias. Liesl se ponía de su parte muchas veces porque le parecía que su madre era injusta con él. Sin embargo, solo conseguía que la ira materna se dirigiera a ella. Por eso su padre le dijo una vez, cuando estaban solos, que no hacía falta que discutiera por él. Solo había que callar, luego en algún momento su madre dejaba de echar pestes.

Christian dejó la taza vacía sobre la mesa, se limpió la boca con el dorso de la mano y se levantó.

—Hasta luego, Liesl. Quiero barrer el patio porque hoy llega Kurti a casa.

¡Sí, claro! Recogió presurosa los restos del desayuno del jardinero, lavó los platos, lo colocó todo en su sitio y frotó la superficie de la mesa con el polvo limpiador. Cuando apareciera la señora Brunnenmayer, se fijaría especialmente en esto. Aún no había terminado cuando oyó los pesados pasos de la cocinera en la escalera de servicio.

—Lo sabía —dijo Fanny Brunnenmayer con satisfacción—. Al final siempre es la señora Alicia la que tiene la última palabra en la villa de las telas. Se acabaron las prohibiciones absurdas. Nada de días sin carne, en general habrá que comer menos carne, y a cambio haremos más platos con harina. El pastel de chocolate para Kurti, eso es innegociable, ahí no hay nada que decir. Y también tenemos que preparar un buen caldo de ternera.

Liesl frotó la mesa hasta dejarla reluciente y preguntó si podía ayudar con el pastel de chocolate.

—A eso me refería, niña. Sobre todo la decoración, tendrás que encargarte tú sola, mi mano ya no trabaja con la misma seguridad que antes.

Liesl se puso a hacer el pastel mentalmente. Una base de bizcocho, dejar enfriar y cortarlo con un hilo. Luego era el turno de la mermelada de cereza y la crema de vainilla entre las bases, y al final había que derretir el chocolate al baño maría para cubrir el pastel. Para la decoración quería pintar cochecitos con glaseado de colores y a lo mejor un osito de peluche.

—¡Ahora, a trabajar! —ordenó la cocinera—. Las albóndigas de patata las puedes preparar tú sola, pero primero corta la lombarda en rodajas finas y bonitas.

A Liesl le encantaban esos días en los que había mucho ajetreo en la cocina, tenía que pensar en mil cosas a la vez y la larga mesa estaba cubierta de verdura, hierbas, pescado sin espinas, especias y carne mechada. Cuando una pensaba bien en el tiempo que necesitaban los platos para que todo cuadrara y que, por ejemplo, la carne no estuviera demasiado blanda o el postre no se quedara duro. Fanny Brunnenmayer rara vez tenía que darle instrucciones, Liesl estaba atenta y se entendían sin muchas palabras.

A veces entraban Gertie o Hanna en la cocina para preparar té, cacao o bocadillos porque alguien había pedido un segundo desayuno en casa de la señora Elisabeth. O Rosa Knickbein asomaba la cabeza con los niños, que querían beber un mosto de manzana y Liesl tenía que andarse con cuidado para que los pequeños no se acercaran al horno caliente. Aunque esas interrupciones eran molestas, formaban parte del trabajo de una cocinera, y a Liesl no se le podía pasar bajo ningún concepto el momento de sacar la base de bizcocho del horno.

Ese día Else provocó otro problema cuando entró en la cocina arrastrando los pies y agarró la jarra metálica que se mantenía caliente en los fogones. Le dio un golpe sin querer a Fanny Brunnenmayer, que estaba removiendo el chocolate al baño maría, y se cayó un poco de agua hirviendo en el chocolate líquido.

—¿No puedes ir con cuidado, boba? —la regañó—. Ahora has echado a perder la cobertura de chocolate. ¡Justo hoy!

Else se quedó quieta, asustada, con la jarra en la mano, y balbuceó que no lo había hecho queriendo.

—¡Ve a la mesa y no vuelvas a molestarme!

A Liesl le dio pena la anciana Else, le cogió la jarra y le sirvió a toda prisa una taza de café con leche que dejó en el extremo de la mesa. La cocinera podía ser muy bruta cuando algo le salía mal, aunque a esas alturas todos supieran que

Fanny Brunnenmayer no lo decía con tan mala intención como parecía cuando estaba enfadada.

Acababa de cubrir el pastel con el chocolate y lo estaba extendiendo cuando oyó a Gertie arriba, junto a la ventana, que gritaba:

—¡Que vienen! ¡Que vienen!

—Justo ahora que empieza a hervir el agua para las albóndigas de patata —gruñó la cocinera, que quitó la olla del fuego y la puso en el borde.

En esas ocasiones el servicio se colocaba en el pasillo, junto a la puerta de la cocina, para demostrar que participaban de la celebración familiar de sus señores. Hubiera agua hirviendo o no. Por supuesto, esta vez lo hicieron con especial gusto porque querían saber si su pequeño amor ya se encontraba bien.

Humbert había abierto de par en par las puertas del vestíbulo, Gertie y Hanna estaban preparadas para recibir los abrigos y los sombreros; fuera, al pie de la escalera, esperaban Christian y Dörthe con un ramo de pensamientos bastante perjudicados porque seguía nevando.

—El niño está muy pálido —comentó Fanny Brunnenmayer cuando Kurti bajó del coche.

—En cambio vuelve a correr como una gacela —se alegró Else.

—Espero que no se caiga, ese torbellino —se angustió la cocinera.

Kurti subió corriendo los escalones y le dio a Humbert el ramo que acababa de recibir. Iba a entrar en la cocina cuando Johann y Hanno se abalanzaron sobre él con un gran «hola». Por la escalera señorial bajaba la abuela Alicia, seguida de la señora Elisabeth, y tras ellas Rosa Knickbein con la pequeña Charlotte en brazos. De pronto el vestíbulo de la villa de las telas estaba lleno de personas alegres. Kurti tuvo que darle besos a la abuela, y la tía Elisabeth le dio un abrazo maternal.

Los adultos también se abrazaron. Marie besó a su suegra Alicia, Lisa se echó al cuello de su hermano Paul, y todos empezaron a hablar antes de subir a la primera planta.

—El almuerzo se retrasará una hora —anunció Hanna—. Kurti quiere ver los regalos primero. Y cuando Leo llegue del colegio quiere tocar algo en el piano para su hermano.

A Fanny Brunnenmayer no le entusiasmó la idea, ahora tenía que pensar en cómo mantenía caliente el asado.

—Si Leo vuelve a tocar esa música rusa, a Kurti no le alegrará mucho —gruñó—. Ya nadie en la casa la quiere oír más.

Todos regresaron a la cocina. Además de la comida, por la tarde estaba previsto que llegaran invitados a tomar café. Los señores de Frauentorstrasse irían, por supuesto, y Gertrude Bräuer, la cuñada de Kitty y abuela de Henny, no había querido renunciar a prepararle un bizcocho a Kurti.

De pronto oyeron sonidos del piano.

—¿Qué está tocando? —se sorprendió Humbert.

—Eso no es la música rusa —comentó la cocinera, que volvió a poner la olla con las albóndigas de patata a un lado porque hervía el agua.

—Es precioso —dijo Gertie—. No tan pomposo.

—Yo sé qué es —le dijo Hanna a Liesl—. Lo ha compuesto Leo. En el cajón del escritorio guarda partituras con su propia música. Pero no debe saberlo nadie. Salvo Dodo, que lo sabe y me lo contó.

—¿Y por qué no puede saberlo nadie? —se asombró Fanny Brunnenmayer.

—Creo que porque su padre no quiere que sea músico —elucubró Humbert.

Liesl terminó la decoración del pastel muy satisfecha. Debajo de «Bienvenido a casa» escrito con letras de azúcar había varios coches de colores, un camión y hasta un tranvía. Ahora quería pintar un osito de peluche marrón y quizá un corazón rojo.

Estaba tan absorta en su trabajo que no oyó que se abría la puerta del patio.

—¿Liesl? —la llamó alguien—. Por favor, no te asustes. Tienes que ir a casa ahora mismo.

Era Christian, con sus botas de goma y la chaqueta de jardinero; se había quitado el gorro y lo sujetaba en la mano. Estaba muy raro, como si hubiera llorado, y hablaba en voz tan baja que al principio Liesl no sabía quién era.

—Ahora no puede ser —quiso enviarle de vuelta la cocinera—. ¿No ves que tenemos trabajo?

Christian sacudió la cabeza.

—Tiene que ir. Ponte el abrigo, Liesl, y un pañuelo en la cabeza. Está nevando.

La chica lo miró y comprendió que había ocurrido una desgracia. Algo más importante que el trabajo en la villa. Empezaron a temblarle las manos, se le cayó la cuchara al suelo, el corazón le latía con tanta fuerza que se mareó.

—¡Cielo santo! —exclamó Fanny Brunnenmayer—. Pero ¿qué ha pasado, Christian?

El joven no reaccionó, no contestó, así que la mujer dejó que se fueran los dos.

—Si me necesitas, ven a buscarme. ¿Me has entendido, Liesl?

—Sí, señora Brunnenmayer. Muchas gracias, señora Brunnenmayer —tartamudeó la chica, y siguió a Christian hasta la ventisca.

Cuando solo había dado unos pasos notó que el aire frío penetraba el fino abrigo. Christian se paró y se quitó la chaqueta.

—Ten. Póntela, Liesl. Yo no tengo frío, después de haber trabajado a la intemperie.

—Dime de una vez qué ha pasado —le atosigó ella.

Él no dijo nada, la cogió de la mano y la llevó por el parque, abrió la portezuela, siguió a toda prisa sin soltarla sobre palos y piedras, entre charcos y la nieve arremolinada.

—¿Le pasa algo a Maxl? —preguntó temerosa—. Es el tercer día que tiene fiebre.

—No. Maxl se encuentra mejor. Es...

Llegaron al vivero. La nieve se acumulaba sobre los cristales de los invernaderos porque habían calculado mal la inclinación de los tejados; durante todo el invierno Maxl y Hansl tuvieron que barrer la nieve hacia abajo para que no se rompiera el cristal. Cuando estuvieron delante de la casa les faltaba el aliento.

—Ahora tienes que ser fuerte, Liesl —dijo Christian—. Piensa siempre que estoy contigo, ¿sí? Pase lo que pase, estoy contigo.

La puerta de casa estaba entornada, algo que no le gustaba nada a su madre. Cuando entró con el corazón acelerado, Maxl fue a su encuentro, pálido como una sábana.

—Liesl —dijo entre sollozos, y la abrazó—. Me alegro de que hayas venido. Madre está desesperada y dice cosas raras.

Los tres subieron la escalera, arriba estaba Hansl sentado en el suelo abrazado al pequeño Fritz. Los dos lloraban de una forma desgarradora. Cuando vieron a su hermana, se levantaron de un salto y se pegaron a ella.

—Papá está muerto. No se despierta —sollozó Hansl.

—No es verdad, ¿no? Liesl, tú sabes que no es cierto. Solo tiene un sueño muy profundo. —Fritz la miraba con los ojos abiertos de par en par.

Ella se quedó petrificada, abrazando a los dos hermanos que lloraban, intentando comprender en vano lo que le habían dicho. Su padre estaba sano la víspera.

—Dejad pasar a Liesl —intervino Christian—. Vosotros dos venid a la cocina. Os prepararé un té y veremos qué hay en la despensa.

Así distrajo a los dos niños mientras Maxl, el primogénito, rodeaba a Liesl con el brazo y se la llevaba con él.

—No deberíamos dejar sola a mamá. Creo que tiene la cabeza muy confusa.

Abrió la puerta del dormitorio de los padres y se apartó para que entrara Liesl. La habitación era pequeña, la amplia cama de matrimonio la llenaba casi por completo, a derecha e izquierda había sendas mesitas de noche, y junto a la ventana estaba el armario ropero. Liesl miró primero a su madre, sentada en el borde de la cama de espaldas a ella, luego vio el cuerpo de su padre. Parecía extrañamente menudo, tumbado entre las mantas revueltas y las almohadas. Llevaba el pijama azul, y tenía las manos juntas sobre el pecho. Liesl tuvo que adentrarse unos pasos en la habitación para pasar junto a su madre y ver la cara de su padre. Estaba como siempre. Tenía las mejillas hundidas y cubiertas por rastrojos de barba, la boca un poco abierta y los ojos cerrados salvo por una ranura estrecha. ¿Así era un muerto? No lo sabía porque nunca había visto uno.

—¿Mamá? —dijo en voz baja.

Auguste se estremeció y se dio la vuelta. Estaba horrible. El pelo le caía alborotado, tenía los ojos rojos y la mirada perdida.

—Aquí estás —dijo con voz ronca—. ¡Míralo! Se ha ido. Nos ha dejado en la miseria, se ha ido como un cobarde y me ha dejado sola con todo.

Su hermano tenía razón, estaba completamente ida por la desesperación. Liesl se acercó a ella y quiso abrazarla, pero Auguste se la quitó de encima.

—Ya no hace falta que te acerques —la reprendió—. ¿Por qué no has venido antes? Se ha matado a trabajar, el pobre. Pero tú eres demasiado delicada para ayudar en el campo. Te crees mejor porque eres ayudante de cocina en la villa de las telas. ¡Nadie nos ha ayudado! ¡Nadie! Y ahora todo se ha terminado. Ya no necesitamos a nadie. Todo acabará en una subasta. Todo por lo que llevamos años trabajando.

Liesl tuvo en cuenta el consejo que le había dado una vez su padre. Calló y dejó hablar a su madre. Podría decir muchas cosas en su defensa porque Christian les estuvo ayudando durante muchas horas y ella misma había estado en el campo para enterrar los jóvenes plantones. Clavó la mirada en su difunto padre y la angustia se apoderó de ella. Sin embargo, no llegaban las lágrimas, no podía llorar porque su madre no paraba de hablar.

—Ayer por la noche empezó a tener escalofríos y un poco de fiebre —explicó, y se dio unos golpecitos en las mejillas con un pañuelo—. Entonces le comenté que Maxl le había contagiado la gripe. Le preparé una infusión de salvia y le puse miel, luego él se la bebió. No sirvió de nada, tenía el rostro muy gris. Cuando se acostó en la cama, pensamos que necesitaba dormir y que al día siguiente seguro que estaría mejor.

Sin embargo, por la mañana Auguste lo encontró muerto a su lado y lo zarandeó porque no quería creerlo, luego sacó a Maxl de la cama, enfermo de gripe, para que fuera a buscar al médico. Era un tal doctor Kortner, que acudió enseguida. Durante el examen del difunto le asustó lo inflamado que estaba el muñón, que prácticamente supuraba.

—¿Por qué no me han avisado antes? —dijo sacudiendo la cabeza—. Deberíamos haber tratado una inflamación así.

Su padre había fallecido de septicemia. La inflamación de la pierna le había intoxicado la sangre y le había envenenado todo el cuerpo. Así se lo explicó su madre.

—¿Cómo iba yo a saber que era tan grave? —se lamentó—. Él siempre decía que se encontraba bien.

—¡Es verdad, mamá!

Por fin su madre soltó toda la rabia y la desesperación y se calmó. Liesl se sentó a su lado en el borde de la cama y pudo llorar también. Por su padre, que siempre había sido tan bueno y comprensivo. Lo soportó todo en silencio, rara vez se quejaba. ¿Por qué nadie le prestó ayuda? Lo había perdido para siempre.

—Tú eres mi única esperanza, mi niña —le susurró su madre al oído—. Todo se viene abajo. He generado deudas que no puedo pagar si el vivero no aporta nada. Nos van a quitar la casa. Los invernaderos. El terreno. Todo. Nos quedaremos desnudos y pobres. Tienes que ir a Pomerania a conseguir dinero. En caso de necesidad, tiene que darnos dinero. ¿Me entiendes?

Liesl asintió y guardó silencio. Su madre volvía a estar confundida y no decía más que insensateces. Tendría que cuidarla bien o al final se haría algo por desesperación.

SEGUNDA PARTE

13

El cielo sobre Augsburgo estaba cubierto de nubes grises suspendidas como el plomo sobre las venerables torres y tejados, aunque parecían pesar más sobre la parte oriental, donde se hallaban los grandes talleres industriales, entre la ciudad y el Wertach, un afluente del Lech. Durante décadas, las fábricas textiles y de papel, así como los talleres de maquinaria, aseguraron prosperidad a la ciudad. Ahora, en cambio, parecía que había pasado su momento.

Paul se dio la vuelta en la ventana del despacho y escuchó los ruidos habituales. El tecleo irregular de las máquinas de escribir de la sala contigua, el traqueteo de una carretilla que atravesaba el patio, el zumbido y el estruendo amortiguados de las salas de la fábrica. Entre las conversaciones en voz baja de sus secretarias llegaban órdenes a gritos desde el patio y el chirrido de la puerta de hierro cuando el portero autorizaba la entrada a un coche en el recinto. La fábrica era como un ser ruidoso que respiraba, una estructura de edificios, máquinas y personas donde cada uno sabía cuál era su sitio y colaboraba para dar vida a todo el conjunto. Así la había conocido cuando aún era un niño, así era cuando ocupó el puesto de su padre, y creía que esa actividad en las salas y los edificios lo acompañaría hasta el fin de sus días. Se sentó agotado y miró el escritorio que ya fue de Melzer padre. ¿Qué habría hecho él en su situación? ¿Habría dejado que la fábrica siguiera funcionando como de costumbre hasta su amargo final? El fundador de la empresa era testarudo, por eso en tiempos de guerra, pese a la escasez de materia prima, se negó con todas sus fuerzas a producir tejidos baratos de papel. Como a Paul lo llamaron a filas al principio de la guerra, Marie se encargó de convencer a su padre de dicha necesidad y así salvar la fábrica.

Ahora las cosas eran distintas. No era la materia prima lo que escaseaba, sino el dinero. Apenas entraban pedidos, por supuesto no del país, ya que en Alemania quebraba una empresa tras otra. Sin embargo, la exportación también se había reducido de forma drástica.

Paul se enfrentaba a una decisión difícil. ¿Qué debía hacer? ¿Parar la hilandería, despedir a los trabajadores? En principio era inevitable. Las cajas de hilo se acumulaban en el almacén, y no tenía sentido seguir produciendo si no agotaban las existencias. Ahora mismo lo mejor era centrarse en la tejeduría, en los preciosos patrones de impresión, únicos en Alemania. Más adelante, cuando la situación económica se hubiera recuperado, podrían volver a poner en funcionamiento la máquina de hilar de anillos y contratar de nuevo a los empleados. ¡Ojalá!

Por lo menos se informó a los trabajadores una semana antes de los inminentes despidos, tras una dura lucha con Sebastian, que los combatió a la desesperada. En vano, porque no era él quien tenía la sartén por el mango, algo que, a diferencia de sus compañeros de lucha, no entendía. Incluso en casa, en la villa de las telas, continuó la discusión con su cuñado con obstinación.

—No hace falta que despidas a la gente, pueden ocupar otro puesto en la fábrica.

En algunos casos, pocos, cabía esa posibilidad, pero no para la gran mayoría. Casi trescientos trabajadores tenían que irse.

—¿Qué harán las mujeres cuyos maridos están desempleados? ¿Morirse de hambre con sus hijos? En muchos casos tienen que alimentar también a sus padres y parientes —le insistió Sebastian, porque sabía que el seguro de desempleo no bastaba, las prestaciones se habían reducido ese año por el decreto de emergencia pero las cotizaciones habían aumentado—. No tienen para alimentar a una familia —argumentó—. Ni siquiera los que reciben las ayudas por la crisis pueden sobrevivir, y de todos modos se agotan a los tres meses y no queda más que el servicio de beneficencia. Es una humillación insoportable para un trabajador que ha desempeñado su labor durante veinte años o más aquí, en la fábrica, con fidelidad. Combustible, ayudas al alquiler y otros subsidios, para todo hay que rellenar solicitudes y aguantar inspecciones. Comer por veinte peniques una sopa del comedor popular. Llevar ropa donada que ni siquiera se ha lavado…

Para concederle un pequeño éxito, Paul había accedido a una reducción drástica del alquiler en las viviendas propiedad de la fábrica, una medida que ya contemplaba desde hacía tiempo. No iban a dejar en la calle a nadie si se retrasaba con el alquiler. Tampoco se haría ningún tipo de reforma, faltaban recursos para eso. La situación era más grave de lo que admitía porque había firmado un crédito con un banco americano para comprar nuevas máquinas de tejer y, debido a la situación económica, le exigían su devolución.

Tenía otro préstamo personal para financiar la reforma de la villa de las telas, y también tendría que devolverlo. Todo estaba establecido de forma legal por contrato.

Además, Sebastian no paraba de hacer alusiones a la dramática situación que vivían los barrios obreros de Augsburgo. La miseria y la pobreza más extrema asolaban los suburbios de Jakober, en Lechhausen, en Hochzoll u Oberhausen, enfermedades como la anemia y la tuberculosis se extendían, la delincuencia aumentaba. Paul no era ajeno a todo eso.

—¿Y qué debería hacer, según tú? —le rugió a su cuñado—. ¿Vender la villa de las telas? ¿Te gustaría vivir con tu familia en una casa de obreros?

—Yo estoy dispuesto a hacerlo en cualquier momento —aclaró Sebastian con orgullo.

Paul le creyó a pies juntillas, solo que su capacidad de sacrificio cedía cuando entraban en juego Lisa y los niños. Sebastian jamás permitiría que su querida esposa tuviera las condiciones de vida de una familia trabajadora. Tampoco sus hijos.

—Por cierto, esta mala situación ha aportado a tu partido un montón de votos en las elecciones al Parlamento de ayer —añadió Paul con sarcasmo.

Sebastian reaccionó indignado al humor negro.

—¿De qué le sirven al Partido Comunista ciento siete diputados? El Partido Nacionalsocialista Alemán es ahora el segundo grupo parlamentario después del SPD. ¡Es una catástrofe! No entiendo cómo alguien puede votar a ese Adolf Hitler.

Por la mañana se publicó en la prensa que se había producido un terremoto en las elecciones al Reichstag. El SPD perdió votos, como cabía esperar. Los resultados estremecedoramente altos del NSDAP supusieron una sorpresa para Paul. En Augsburgo se pudo confirmar el Partido del Pueblo de Bavaria, pero allí también había subido el NSDAP.

Estaba de acuerdo con Sebastian en que el partido de Hitler era un peligro para Alemania, por eso al final había adquirido un compromiso, tras duras discusiones en el despacho de la villa de las telas. Sebastian accedió a los despidos, pero condenaría enérgicamente las reducciones del salario y además vigilaría que la dirección de la fábrica tuviera clemencia con los casos más extremos. Paul podía afrontarlo.

—Además, yo mismo renuncio voluntariamente a mi puesto de trabajo —concluyó Sebastian, dando por zanjada la conversación.

—¡Por favor!

Paul cerró la carpeta que había dejado delante sobre la mesa. Se sentía agotado, exhausto. Apenas pudo pegar ojo la noche anterior y se había levantado a primera hora para repasar otra vez el discurso a sus trabajadores. No debía sonar definitivo, quería darles la esperanza de una recuperación, aunque ni él mismo supiera si era posible ni cuándo sería eso.

Poco antes de las dos la sirena anunció el final del turno de mañana y llegó el momento de dar el paso más amargo que había tenido que dar como director de la fábrica textil Melzer. La secretaria Hoffmann abrió la puerta de su despacho una rendija. Vio un brillo en sus gafas cuando se acercó a él.

—Señor director, los trabajadores esperan en la cantina…

En realidad hacía dos meses que ya no había cantina, los empleados se llevaban la comida y la sala grande servía de almacén o sala de reuniones.

—Gracias, señora Hoffmann. Voy…

Dobló la hoja de su discurso, se la guardó en el bolsillo de la chaqueta y entró en la antesala. Allí le esperaba Sebastian.

—Te acompañaré —anunció—. Debo rendir cuentas ante los trabajadores…

Estaba alterado, y Paul lo entendía muy bien. Por muy insistente que pudiera ser Sebastian a veces, era valiente optar por ese difícil camino y defender sus principios, y él lo respetaba en cierto modo.

Ottilie Lüders les abrió la puerta y puso una cara como si el mundo se viniera abajo. Por supuesto, las que habían sido sus secretarias durante tantos años temían por sus puestos, con una de ellas bastaría. Por eso las dos procuraban aparentar que estaban muy ocupadas. Clasificaban carpetas antiguas, quitaban el polvo de las estanterías, elaboraban listas innecesarias de las existencias de material de oficina, escribían la misma carta incluso dos veces porque supuestamente habían olvidado poner papel carbón y hacer una copia.

En la antigua cantina los trabajadores y trabajadoras de la hilandería estaban muy apretados porque una parte servía de almacén de cajas y cartones. El aire estaba enrarecido, nadie había pensado en abrir una ventana, se hablaba en voz baja.

Cuando entraron Paul y Sebastian enmudecieron los murmullos y se impuso el silencio. Se apartaron para dejar paso a los dos hombres hasta la tribuna que había montado Josef Mittermaier. Era uno de los tres trabajadores que se jubilaría en pocos meses y, por tanto, no se veía tan afectado por los despidos. Para los demás, la mayoría mujeres, sería duro. Mientras Paul se acercaba al podio, notó sus miradas vagas. Sabían lo que se avecinaba, casi nadie albergaba esperanzas. Sin embargo, como de costumbre, vio la súplica en sus ojos para que les ahorrara lo inevitable.

—Hoy es un día duro para todos nosotros —empezó su discurso y vio que el último brillo de esperanza se apagaba en sus miradas—. En la hilandería se harán los últimos turnos de momento, y tendremos que cerrar. No me ha resultado fácil tomar la decisión, pero en la situación actual es el mal menor…

Dijo que llegarían tiempos mejores y que volvería a contratar a sus fieles trabajadores. No se olvidaría de nadie, daba su palabra. Su intento de dar una visión edulcorada de los despidos fue un fracaso estrepitoso, algunas mujeres rompieron a llorar, otras se dieron la vuelta y salieron de la sala antes de que terminara de hablar. Ni siquiera el discurso de su cuñado encontró algo del eco esperado, y Sebastian, como miembro del comité de empresa, fue objeto incluso de miradas hostiles y víctima del enfado más que el respetado señor director, que acabó rodeado enseguida de personas que pedían favores, buscaban recomendaciones o querían saber qué iba a pasar con ellos.

Los despidos o las reducciones de salario se enviarían a los afectados por escrito, por eso las secretarias tendrían mucho trabajo durante los días siguientes, y seguramente nada placentero. Paul volvió al edificio de administración para darles los textos preparados con los nombres. Los casos más delicados los había comentado con Sebastian y seguirían trabajando, pero tendrían que aceptar una clara reducción del sueldo.

—Dios mío —dijo la señora Hoffmann cuando le entregó las carpetas—. ¡Son muchos!

—Por desgracia.

Dudó un momento, luego decidió ir a la hilandería para asegurarse de que se seguían sus instrucciones como era debido. No era plato de buen gusto, pero entraba dentro de sus funciones como director de la fábrica implementar todas las medidas hasta el amargo final. En el patio vio a Sebastian, que estaba con un grupito de trabajadoras y les recomendaba afiliarse al Partido Comunista. ¡Como si eso fuera a aliviar su miseria!

En la sala, Josef Mittermaier, que había atendido las máquinas durante años con total fiabilidad, estaba desconectando la última hiladora de anillos. El zumbido potente y regular empezó a parar, la tracción se ralentizó, traqueteó, martilleó, algunas piezas vibraron con fuerza, y al final la máquina dejó de funcionar con un silbido suave y arrastrado. Sonó como si alguien diera su último suspiro.

—Ya está —le dijo Mittermaier a su jefe—. Espere, quiero engrasarla. Deberían poner en funcionamiento la hiladora de anillos de vez en cuando, de lo contrario la grasa se solidifica y luego da problemas.

Habían tenido que parar las máquinas en varias ocasiones,

pero solo para dejar descansar la hilandería unos días y luego retomar el trabajo. Ahora las cosas eran distintas. La hiladora de anillos, que se había construido siguiendo los planos del padre de Marie, el difunto Jacob Burkard, quedaría silenciada durante una buena temporada.

A Paul le resultaba insoportable la falta de ruido en la gran sala. Allí donde antes apenas se oía uno a sí mismo con el estrépito de las máquinas, ahora se oían todos los pasos, la lluvia que empezaba a caer en el techo, los golpes de Mittermaier con la lata de grasa. El olor a grasa de mecánico aún impregnaba la amplia sala, y el del algodón que habían hilado, y el de las personas que estaban junto a las máquinas. Sin embargo, pronto llegaría el invierno y todo se enfriaría, la oscuridad y el vacío se apoderarían de todas las salas. Igual que había ocurrido en otras fábricas del sector.

Paul esperó a que Josef Mittermaier terminara su trabajo y le dio la mano a modo de despedida.

—Le deseo todo lo mejor, a usted y a su familia, señor Mittermaier.

El supervisor se limpió rápidamente las manos sucias en los pantalones antes de estrecharle la mano y se le saltaron unas cuantas lágrimas, como si fuera una despedida para siempre.

—A veces ha sido duro, señor director —comentó emocionado—. Y aunque no siempre hemos sido de la misma opinión, ha sido bonito. Tanto, que echaré de menos todo esto.

Cuando Paul cerró la sala caía una llovizna fina que seguramente derivaría en una intensa lluvia y cubriría la fábrica con su manto lúgubre. Se obligó a descartar los pensamientos sombríos. ¿Por qué se dejaba abatir de esa manera? A fin de cuentas, en la tejeduría aún se trabajaba, la impresora tenía trabajo y la administración seguía activa, como de costumbre. Se subió el cuello de la chaqueta, vio dos cajas olvidadas en el patio y llamó al mozo del almacén. Luego subió, hizo un gesto con la cabeza a las secretarias al pasar, que tecleaban a toda prisa, y en su despacho se sirvió un coñac. Cuando apenas había bebido un sorbo de ese líquido estimulante, sonó el teléfono del escritorio.

—Schmitt y Kummer de Heidelberg. ¿Le paso, señor director?

—¡Por supuesto!

Una gran sastrería a la que le gustaba comprar las telas directamente a la fábrica. ¡Por favor! Hacía unas semanas que les había hecho llegar unas muestras.

—Saludos, señor Melzer. —Se oyó en el auricular—. ¿Cómo está con este tiempo de perros?

Hablaron un poco del tiempo, comentaron de pasada las elecciones al Parlamento y la situación económica general antes de que Theodor Kummer fuera al grano:

—Se trata de un gran encargo, señor Melzer. Por supuesto, espero que nos haga un buen precio…

En total eran diez balas de franela estampada y el hilo de coser a juego; no era una exageración, pero tampoco estaba mal. Regatearon el precio, Kummer era un usurero y aprovechó la ocasión, así que Paul salió perjudicado. Al final llegaron a un acuerdo y Kummer prometió confirmar el pedido al día siguiente con un telegrama.

Bueno, Paul suspiró aliviado ante esa pequeña brizna de esperanza. La tejeduría tendría trabajo hasta nuevo aviso y al mismo tiempo liquidarían las existencias de hilo para coser. Avanzaban, lo único era no perder la confianza y el optimismo. Se terminó el coñac y llenó el vaso, hoy se lo tenía más que merecido. Hacia las cinco y media pidió el sombrero y el paraguas y recomendó a sus secretarias no hacer horas extra, mañana sería otro día. Ya llovía a cántaros, así que se alegró de haber cogido el coche; a pie habría llegado empapado a la villa de las telas pese al paraguas. Saludó con un gesto al portero, que le abrió la puerta y le deseó una buena tarde. Pero cuando giraba en la entrada hacia el parque y apareció la villa al fondo de la avenida entre una capa brumosa de lluvia, regresaron los pensamientos sombríos.

El maldito crédito del banco americano. Le ofrecieron el dinero en unas condiciones favorables y habría sido una estupidez no aceptar. Además, la reforma era urgente porque Alicia Melzer opinaba que los seis dormitorios de la segunda planta no eran adecuados para once personas. La reforma había sido una buena decisión, entonces la fábrica iba bien, se avecinaban tiempos mejores.

Ahora la situación era distinta: tenía que reunir el importe en relativamente poco tiempo y no tenía ni idea de cómo hacerlo. De momento las negociaciones con el banco le habían dado pocas esperanzas de conseguir mejores condiciones. Si no pagaba, le podían embargar la propiedad.

En el parque vio a Christian tapando con un hule el nuevo cortacésped que habían encargado en Inglaterra. El pobre chico se mataba a trabajar porque, además de sus tareas en el parque de la villa, ayudaba todos los días en el vivero de los Bliefert debido a que Auguste se encontraba en una situación grave tras la muerte de su marido. Marie incluso les había proporcionado dos trabajadores capaces para que siguieran con el vivero y Auguste no acabara con sus hijos en el asilo de pobres. Todavía no. Por desgracia, Paul temía que la buena de Auguste había aprendido poco.

Detuvo el coche delante de la escalera de la entrada y subió los peldaños bajo la lluvia. Hanna le sujetó la puerta, le cogió el sombrero mojado y le preparó las zapatillas.

—¿Mi mujer está en casa? —preguntó.

—La señora le está esperando en la biblioteca.

En la escalera, Marie se acercó a él y le dio un abrazo.

—¡Paul! Hoy he pensado mucho en ti. ¿Cómo ha ido? ¿Ha sido difícil?

Por supuesto, estaba al corriente de todo, incluso se había reprochado haberse quedado dormida la víspera en vez de esperarle.

Paul la consoló:

—Todo ha ido bastante bien. No, no ha sido agradable. Por desgracia, no había más remedio, pero, pese a todo, me siento aliviado.

Se dirigieron a la biblioteca cogidos de la mano, cerraron la puerta y se acomodaron en el sofá. Marie era la persona más próxima a Paul en el mundo, compartía sus penas y doblaba sus alegrías, apelaba a su conciencia y al mismo tiempo le ofrecía consuelo, ánimos y confianza.

—La verdad es que no es nada fácil tratar con Sebastian —comentó Marie con un deje de indignación—. Ya tienes bastantes preocupaciones, ¿es necesario discutir con tanta vehemencia cada detalle?

El enfado de Marie con Sebastian le hizo bien a Paul, para variar se sentía comprendido e incluso estaba dispuesto a interceder con suavidad por Sebastian.

—Puede que sea un exagerado, aunque por otra parte es de respetar su esfuerzo por los trabajadores.

Ella le acarició la mejilla.

—Deberías cuidar más tu salud, Paul, estás muy pálido —comentó preocupada—. Cuando lo hayas arreglado todo en la fábrica, podrías tomarte uno o dos días libres. Salgamos un poco, alquilaremos una casita en el campo e iremos a pasear, nos sentaremos en un banco solitario en el borde del camino o…

Paul sonrió satisfecho al oír su propuesta.

—Quizá más adelante, cariño. Ahora mismo no estoy disponible, y tengo que cerrar algunas cosas.

Marie suspiró y bromeó con que otra vez la decepcionaba y, si seguía rechazando sus propuestas bienintencionadas, tendría que buscarse otra compañera de viaje. Él la abrazó con fuerza y le demostró con un beso que no estaba en absoluto de acuerdo.

El gong que los llamaba a comer acabó con su intimidad. Sus planes de reposo tenían que aplazarse porque su madre se disgustaría si toda la familia no se reunía puntual en torno a la mesa. En el comedor ya esperaba su madre, como siempre vestida y peinada con pulcritud, con Lisa y su hijita en el regazo al lado. Kurti salió corriendo hacia su padre y le contó algo de un «tren de pavor» que Dodo le había encendido y con el que a partir de entonces quería jugar todos los días.

—Se refiere al viejo tren de vapor, papá —le aclaró Dodo, entre risas—. Le he enseñado cómo funciona y creo que lo ha entendido.

Como siempre, los niños hacían demasiado ruido, Lisa tuvo que ponerse dura, Paul llamó al orden al pequeño Kurt, Johann tuvo que oír a su padre Sebastian decir que tenía que ser un ejemplo para los pequeños. Afuera la lluvia caía con fuerza, el parque y todo lo que quedaba fuera de la villa se hundió en la niebla. En el comedor, en cambio, el ambiente era cálido y claro, se encontraban todos sanos, contentos, bromeaban entre sí, se reían de los cuentos de Kurti. Sobre todo, Marie estaba sentada a su lado, le lanzaba miradas de soslayo, sonriente, y a veces sus manos se buscaban, ocultas por el mantel, como si quisiera decirle: «Estoy contigo, cariño. Estaré a tu lado, pase lo que pase».

¿Acaso no era un hombre feliz?

14

Franz Schubert, *Improvisación en la bemol mayor*. Leo dejó que gotearan los arpegios de la mano derecha y evocó la imagen de un rayo de luz que se deslizaba sobre un recipiente de cristal y provocaba un brillo multicolor. Luego introdujo el contramotivo en el bajo, valiente, avanzando como un barco en plena tormenta, no era una pieza difícil pero era muy bonita. Le encantaba Schubert porque su música conmovía el corazón, podía hacer feliz y entristecer al mismo tiempo.

Sinaida Obramova no le interrumpió ni una sola vez, le dejó tocar hasta el final, luego se hizo el silencio. Aún tenía las manos sobre las teclas del piano, escuchó el eco de los sonidos, les encontró un nuevo significado y sonrió.

—Lo has tocado sin ganas, soso —sentenció la profesora.

Fue como un viento frío que se llevó la música de su cabeza para dejar una profunda decepción. Era la tercera clase de piano después de las vacaciones de verano, había practicado esa pieza en casa con gran pasión y creía haberla tocado bien. Como las exigencias técnicas eran medias, podía concentrarse por completo en la música.

Observó en silencio cómo Sinaida Obramova daba vueltas por el aula, sacaba un caramelo de menta del bolso y se lo metía en la boca. Luego se dirigió a la ventana y miró fuera, aburrida.

—Czerny —ordenó sin darse la vuelta—. *Estudio en do mayor*. Despacio. Quiero oír cada sonido.

Buscó la partitura en su cartera y abrió el *Estudio*, que era para principiantes y lo tocaban niños de cinco años. Leo no tenía ni idea de qué pretendía la señora Obramova con eso. Aun así, tocó despacio y a conciencia, como le había exigido. Era increíblemente aburrido.

La profesora rusa ya le había hecho tocar esa pieza la última vez, y la penúltima. ¿Por qué lo hacía? ¿Quería mejorar su técnica? Para eso tendría que haber elegido ejercicios de nivel, eso era ridículo.

Tampoco entonces lo interrumpió, se quedó junto a la ventana, chupando el caramelo de menta. Cuando Leo terminó, se quedó callada un momento y luego ordenó:

—Otra vez.

—¿Por qué? —se atrevió a preguntar.

—Porque lo digo yo —fue su respuesta.

—Pero ¿para qué sirve?

La profesora se dio la vuelta y Leo vio que tenía los ojos negros entornados. Por lo demás, el semblante era inexpresivo.

—Si no quieres hacer lo que dice la profesora, la lección no es posible.

A regañadientes, Leo empezó a tocar el *Estudio* desde el principio. Sin embargo, solo eran sus dedos los que tocaban las teclas, apenas oía las notas porque algo se partió en su interior. Algo valioso, que antes era grande y bonito, que llenaba sus sueños. Unos sueños de los que de pronto se avergonzaba mucho. Su profesora no era bondadosa ni comprensiva, era malvada y se vengaba de él por haberla dejado en la estacada. Su venganza era la indiferencia. Dolía más que un arrebato de ira o un largo discurso de indignación. El alumno de piano Leopold Melzer ya no le interesaba, para ella había terminado.

Y eso que él creía que le hizo un favor con su decisión de cancelar el concierto. Lo reflexionó mucho antes de tomarla, hasta que estuvo seguro de que era lo correcto.

Tuvo una conversación con sus padres una tarde, después de sentarse al piano para practicar un fragmento difícil y volver a fracasar. Como mucho a la tercera le salía sin errores, y solo si no le fallaban los dedos en los puntos con mayor complejidad técnica porque se le entumecían y tenía que parar.

—¿Leo? —le interrumpió su madre con suavidad—. A papá y a mí nos gustaría hablar contigo.

—¿Tiene que ser justo ahora? —preguntó nervioso, y empezó de nuevo el fragmento.

—Ya es muy tarde, mi niño. Papá espera en la biblioteca, ven, por favor, yo voy delante.

Aunque quería volver a tocar sin errores ese maldito fragmento, no había réplica ni excusa si su padre le estaba esperando. Resignado, cerró la tapa sobre el teclado y bajó la escalera. El gran reloj de pie del pasillo tocó nueve veces, era más tarde de lo que creía, con la luz de junio uno perdía la noción del tiempo. En la biblioteca, en cambio, las cortinas estaban corridas y las dos lámparas de pie encendidas. Sus padres estaban sentados juntos en el sofá, saltaba a la vista que hablaban de él porque se callaron cuando entró.

—Siéntate, Leo —le indicó su padre al tiempo que señalaba una de las butacas.

Leo obedeció y tuvo la desagradable sensación de enfrentarse a un conflicto parental.

—Últimamente te has esforzado mucho en practicar con el piano —tomó la palabra Paul Melzer, y se inclinó hacia su hijo—. Por favor, no creas que no apreciamos tu empeño y dedicación. Al contrario: es digno de elogio que alguien se dedique a lo suyo con tanta energía. Sin embargo…

Hacía tiempo que el chico sabía lo que venía a continuación, al fin y al cabo no era su primera conversación.

—Sin embargo, considero que inviertes tus fuerzas en el lugar equivocado. Tocar el piano puede ser una ocupación de tiempo libre bonita y muy razonable, pero lo más importante para ti debería ser el colegio. ¡Las notas de Pascua fueron lamentables, Leo!

—Es cierto, papá —admitió él, arrepentido—. Si puedo seguir practicando, prometo recuperarlo todo en cuanto pase el concierto.

Aún quedaban tres semanas para la fecha del concierto y por las noches Leo ya casi no podía dormir, lo atormentaban pesadillas horribles, se despertaba empapado en sudor y se quedaba mucho rato despierto en la almohada. Nadie podía saberlo, ni siquiera sus padres.

Paul sacudió la cabeza.

—No, creo que no deberías dar ese concierto, Leo. Te está llevando por mal camino, hijo mío. Además, mamá y yo tenemos serias dudas de que estés preparado para un reto de esa magnitud.

Su padre fue al meollo de la cuestión. Leo no opinaba en absoluto que la música lo llevara por mal camino, aunque por desgracia era verdad que no era capaz de tocar Chaikovski sin cometer errores, algo que tampoco quería admitir.

—La señora Obramova cree que lo conseguiré —repuso con obstinación.

En ese momento intervino Marie, a la que prácticamente nunca podía engañar y que leía el corazón de su hijo. A menudo sabía más de él que él mismo.

—¿Y tú, Leo? —le preguntó en tono muy serio—. ¿Tú también crees que puedes hacer justicia a esa gran obra?

—Me esforzaré —insistió al cabo de un rato, cohibido.

Su padre fue a decir algo, pero su madre le puso una mano en el brazo y calló.

—Tienes que pensar en algo, Leo: en el escenario estás solo. Ni tu profesora, ni tus padres ni ninguna otra persona en el mundo puede ayudarte entonces. Por eso tienes que tomar la decisión tú solo. ¿Tocarás ese concierto porque tú, Leo Melzer, quieres hacerlo? ¿O lo haces por tu profesora?

No hubo respuesta. ¿Qué iba a decir? Estaba metido de lleno. Al principio a propuesta de su profesora, luego en algún momento pensó que sería fácil salvar los obstáculos técnicos. Fue un error fatal que limitaba su libertad de acción, lo tenía atrapado y cada vez pasaba más apuros. No quería decepcionar a Sinaida Obramova bajo ningún concepto. Sí, eso era. En realidad tocaba el piano porque era lo que ella esperaba de él. En cambio, lo que él esperaba y cada día veía más claro era una catástrofe inminente.

—Creo que… son las dos cosas… —tartamudeó, y notó que su madre lo había entendido.

—No queremos imponerte nada, Leo —le dijo con una sonrisa—. Pero confiamos en que tengas el valor de ser sincero. Piénsalo todo bien otra vez. Sea cual sea tu decisión, la respetaremos. Te lo prometo.

Dicho esto, lo enviaron a la cama y quedó claro que esa noche tampoco iba a pegar ojo. Empezó a darle vueltas, sin saber qué hacer. Su madre había dicho que debía tomar una decisión. ¿Por qué nunca se le había ocurrido hasta entonces que tenía derecho a decidirlo? Sinaida Obramova ordenaba y él obedecía. Al fin y al cabo ella era su profesora, además de una afamada pianista rusa que seleccionaba a sus alumnos para el conservatorio. Entonces algunos compañeros le envidiaron porque quiso darle clases a él, mientras que otros alumnos mayores que también tenían mucho talento tuvieron que quedarse atrás. ¿Por qué no veía ella que iba a fracasar? «Puedes permitirte una o dos meteduras de pata —le había dicho hacía poco—. Es normal porque eres muy joven.» Sin duda habría más errores. Probablemente hasta tendría que interrumpir el concierto. Y lo peor era que no podría expresar bien la música, esa maravillosa música de Chaikovski, porque sus malditos dedos inútiles no daban de sí.

Ser sincero. Ser valiente. Mamá tenía razón: él mismo estaba más que descontento con su rendimiento, jamás se habría atrevido a exponerse así al público por iniciativa propia. Si algún día subía a un escenario, tendría que ser mucho mejor. Para tocar ese concierto necesitaba como mínimo un año más, incluso dos si hacía falta. Esa era la verdad. Cuando decidió que se lo comunicaría a Sinaida Obramova al día siguiente por la mañana, se sintió en paz consigo mismo y no que fuese a decepcionarla, al contrario. Sí quería tocar ese concierto, pero solo cuando pudiera hacerlo de manera que ella se sintiera orgullosa. Se lo explicaría y al final ella le entendería, estaba seguro. Aunque a menudo fuera brusca con él en clase, solo era para ayudarle a progresar. En el fondo de su corazón era buena y compasiva, ¿no?

Eso creía, de verdad.

En la clase de piano del día siguiente le explicó a Sinaida Obramova que había decidido aplazar dos años el concierto. Al principio ella no le tomó en serio.

—¡Eso es pánico escénico, Leo! Ya se te pasará. Hoy has tocado bien. Sé que puedes ejecutarlo.

Sin embargo, su decisión era firme. Solo tocaría el concierto de Chaikovski cuando ya no supusiera para él una laboriosa acrobacia de los dedos, cuando pudiera sentir la música del compositor y darle vida al mismo tiempo que la creaba de nuevo. Antes, su interpretación no sería más que una chapuza y no quería hacerle eso a su apreciada profesora.

—Vete a casa y piénsatelo —le ordenó ella—. No puedes anularlo porque estés de mal humor. La orquesta está ensayando. El director espera a una gran cantidad de espectadores. La prensa ha sacado un artículo en el periódico. ¡Tocarás el concierto, salvo que quieras poner en ridículo a tu profesora delante de todo el mundo!

Lo estaba poniendo realmente difícil. Ya ni siquiera escuchaba sus explicaciones, no quería saber nada de un aplazamiento de uno o dos años. Ahora o nunca. No había otro camino.

—Vete a casa. ¡Mañana quiero oír que vas a tocar, Leo!

De pronto, Leo pensó que ella siempre quería tener la razón. Le daba órdenes como si fuera un niño pequeño. No, no iba a obedecer porque, al fin y al cabo, si hacía lo que se había propuesto era por su propio bien. En vez de irse a casa, llamó a la puerta del director y le explicó a ese hombre desconcertado que no iba a tocar el concierto.

—¿Por qué, Leo? ¿Sabes lo que estás diciendo? —El señor Gropius tenía delante una partitura abierta en el escritorio y la batuta aún en la mano. Estaba ensayando su dirección—. Ha salido en la prensa —añadió asustado—. Todos lo esperamos con ilusión, y hay mucha gente que te quiere oír.

Los quevedos se le resbalaron de la nariz y cayeron sobre la partitura. Cuando se los colocó de nuevo en el puente de la nariz, clavó la mirada en Leo a través de los cristales, seguramente para averiguar si lo decía en serio.

—Lo he comentado con mis padres —explicó Leo—. Respetan mi decisión.

El director del conservatorio no le contradijo, asintió para sus adentros y volvió a bajarse los anteojos.

—Tus padres, los Melzer —murmuró apesadumbrado—. Bueno, bueno… chico, entonces vete a casa y tranquilízate.

Leo sintió un enorme alivio cuando volvió a la villa de las telas. Acababa de hacer lo que se había propuesto, pero resultó mucho más fácil de lo que pensaba. Liberado, se sentó al piano en casa y tocó todas las piezas que había aparcado durante tanto tiempo para practicar como un poseso una obra demasiado exigente. Bach. Mozart. Brahms. Beethoven. Haydn. Schubert. Todo le parecía nuevo, se sumergió en la música, sintió la respiración de los grandes músicos y fue feliz. Por la tarde su padre le dio un golpecito en el hombro y le comunicó que le había llamado el director Gropius para pedirle que influyera en Leo. Sin embargo, su padre le contestó que respetaba la decisión de su hijo y le apoyaba.

—¿También te ha llamado a ti, mamá?

—Sí, al atelier, y le dije lo mismo. Creo que es una buena decisión, Leo. Seguro que no te ha resultado fácil, ¿verdad?

—Así es… —se jactó él, y por una vez se dejó dar un beso en la mejilla.

Al cabo de tres días apareció en la prensa que el concierto del conservatorio con el joven pianista Leopold Melzer había tenido que cancelarse por enfermedad.

Pasados unos días, en la puerta de la sala de ensayo apareció colgada otra nota: «La señora Obramova está enferma, se suspenden las clases hasta nuevo aviso».

Preocupado, se dirigió hacia la secretaría para preguntar, pero allí la secretaria, una excantante corpulenta y conocida del director Gropius, lo despachó con vaguedades.

—¿Es grave?

—No puedo dar información sobre eso. Esperamos que se recupere pronto.

¿Eran imaginaciones suyas o le había lanzado una mirada de reproche? ¿Eso significaba que la enfermedad de Sinaida Obramova tenía algo que ver con él?

Regresó a casa, pensativo, y se sentó al piano sin poder concentrarse del todo en la música.

Al cabo de un rato Dodo llamó a su puerta.

—¿Te apetece venir al cine? La tía Kitty nos quiere invitar. Henny también viene.

—No —contestó apático.

Su hermana advirtió enseguida que algo iba mal. El día anterior estaba de un humor excelente.

—¿Qué te pasa?

—Está enferma.

—¿Quién?

—La señora Obramova, mi profesora.

—¿Y qué? —Dodo no estaba muy impresionada, se encogió de hombros—. Seguro que tiene la gripe de verano, hay más gente. En mi clase ya la han cogido tres chicas. Julia, Charlotte y desde ayer la pobre Bettine.

Leo soltó aire. Si Sinaida Obramova estaba enferma de gripe, no tenía nada que reprocharse por el concierto. No podía hacer nada.

—¿Vienes al cine o no? —insistió Dodo.

En realidad tenía ganas de ir, pero no con Henny, que era un incordio.

—Hoy no, tengo que hacer cosas del colegio. Ya sabes.

Se puso a empollar vocabulario de latín, a repasar aburridas reglas gramaticales y por la noche se sintió satisfecho. Le había prometido a su padre mejorar las notas del colegio, y quería hacerlo. De vez en cuando tenía que parar entre fórmulas matemáticas y traducciones latinas porque la música que oía en su interior se volvía incontenible. Ahora que ya no practicaba Chaikovski como un loco, las ideas musicales propias volvían a un primer plano. Eran tantas notas e instrumentos que ni siquiera sabía cómo escribirlo, y usó casi todo su papel musical.

La señora Obramova siguió enferma hasta las vacaciones de verano; luego, según decían, continuaría con las clases.

Durante las vacaciones quedó con frecuencia con Walter, que ya no llevaba la muñeca enyesada y podía tocar de nuevo el violín. En teoría, porque le costaba mucho, así que Leo tenía que animarlo sin parar porque Walter estaba al borde de la desesperación.

—Se ha terminado todo —se lamentó—. Ni siquiera puedo tocar las piezas más fáciles. Los dedos no hacen lo que deberían.

—Ya volverá, Walter —le consoló Leo—. Y no te excedas. Si te duele, tienes que parar, si no acabarás rompiéndote algo.

Al cabo de dos semanas Walter había avanzado tanto que por fin podían tocar juntos, y se lo pasaban muy bien. Los moradores habituales de la villa de las telas también les hacían comentarios amables cuando la música de piano y violín llenaba las estancias. Se oía incluso en la cocina y en la ampliación de la casa.

—Suena precioso —comentó la tía Lisa—. Charlotte estaba bailando. Creo que esa niña es muy musical.

—En noviembre tenéis que actuar en el cumpleaños de la abuela —añadió Marie.

Dodo se llevó la palma.

—Si tocáis eso en la plaza del ayuntamiento, yo pasaré el sombrero. ¡Luego seremos todos ricos!

Pese a las distracciones, Leo pensaba a menudo en Sinaida Obramova. Le preocupaba de verdad si había entendido bien su negativa. Sin embargo, ella ni le escuchó ni le dio muestras de comprensión. Y ahora no tenía ocasión de hacerlo porque estaba enferma.

—¿Y si le escribo una carta? —le preguntó a Walter.

—¿Y adónde quieres enviarla? Ni siquiera sabes su dirección.

—Podría entregarla en el conservatorio.

—Está cerrado durante las vacaciones de verano.

—Una semana antes de que terminen las vacaciones abre la secretaría. Entonces llevaré la carta.

—Si tantas ganas tienes... —comentó Walter, vacilante.

Era inútil hablar con su amigo de la profesora, a Walter no le gustaba. Le parecía que había profesores mejores, solo que no se daban tanta importancia. Leo invirtió tres tardes en una larga carta dirigida a Sinaida Obramova y la volvió a escribir varias veces. Al final adjuntó con el corazón palpitando una de sus composiciones, se la dedicó y metió la carta en un sobre. Al día siguiente, por la mañana, la dejó en el buzón del conservatorio y esperó a la primera clase de piano después de las vacaciones.

Se llevó una profunda decepción. Sinaida Obramova no dijo ni una palabra de su carta, y cuando él venció la timidez y quiso hablar sobre el concierto cancelado, ella le cortó con rudeza:

—¡Lo pasado, pasado está! Tuviste tu oportunidad y la desperdiciaste. Volvemos a la clase normal. ¡El *Estudio* de Czerny! ¡Es bueno para los dedos débiles!

Después de la primera clase de piano se sintió abatido, tras la segunda estaba como paralizado. Hasta la tercera clase no fue consciente.

Lo estaba despreciando. No le interesaban sus explicaciones. Para ella se había desentendido del asunto como un cobarde, salió corriendo en vez de enfrentarse al desafío. La había dejado en evidencia delante de todo el cuerpo docente, de todos los alumnos y sus familias. De toda la ciudad de Augsburgo. Por eso se vengaba de él y le hacía tocar el *Estudio* de Czerny. Una y otra vez. Muy despacio. Debía fijarse en la posición de los dedos. Relajar la muñeca. Enderezar los hombros.

—No tocarás en el concierto de los alumnos dentro de tres semanas. Tienes los dedos demasiado débiles. Necesitas practicar todos los días.

Leo sintió un profundo sufrimiento al ver que era una persona muy distinta a lo que él creía. Era como si se hubiera quitado una máscara y debajo apareciera un rostro desconocido y feo.

—Es muy sencillo —apuntó Walter—: necesitas otra profesora. Mejor un profesor. Habla con tus padres.

Ahí quedó todo. Era extraño, pero no se animaba a comentar el problema con sus padres. En casa no le contó a nadie sus penas, se encerraba en su habitación, estudiaba para el colegio y solo cuando lo visitaba Walter se sentaba a desgana al piano. Dos veces por semana iba al conservatorio a recibir clase de piano y soportaba con actitud estoica la indiferencia fría y destructiva de Sinaida Obramova. Ni siquiera él entendía qué lo obligaba a buscar su cercanía pese a todo. Quizá fuera una última brizna de esperanza que aún albergaba en lo más profundo de su corazón.

Asistió al concierto de los alumnos con sentimientos encontrados. Walter había progresado mucho; de hecho, esperaba que le pidieran que acompañara a su amigo al piano, pero no fue así. Eligieron a una alumna mayor.

Leo, que solía ser uno de los platos fuertes de la velada en semejantes eventos, ahora se sentía a disgusto. Ninguno de los profesores le había saludado, lo seguían con la mirada, algunos alumnos intercambiaron miradas maliciosas, la mayoría ignoraban su presencia. Sinaida Obramova estaba sentada junto al director en primera fila. Por lo visto no advirtió la presencia de Leo, en cambio se esmeraba con dos chicos que daban clase con ella y tocaban por primera vez en público.

La velada transcurrió como siempre en estas ocasiones. Algunos alumnos brillaron ante unos padres ilusionados por la buena actuación, otros hicieron el ridículo, otros tocaron como si fueran marionetas y parecían encantados de haber pasado la desagradable experiencia con dignidad. Walter fue uno de los mejores, tocó con pasión, se le veía feliz de volver a tocar música.

En la pausa se abrió el abismo para Leo. Se levantó para

salir a tomar el aire cuando de repente oyó su nombre en el vestíbulo. Un grupo de alumnos estaba hablando de él.

—¿Leo Melzer? No pudo tocar porque no era capaz.

—¡Ese fanfarrón merecía que le bajaran los humos!

—Su profesora dijo que tuvo que prohibirle tocar en el concierto para que no hiciera el ridículo.

—¿Eso dijo?

—Claro. Y Gropius también lo dijo. ¡Estaba muy sobrevalorado, el bueno de Leo!

—Y eso que él quería ser a toda costa el nuevo niño prodigio.

—Sí, cuanto más alto, más dura es la caída.

Leo sintió que se mareaba. Pensó que solo eran habladurías. Lo habían tergiversado todo. Era imposible que Obramova hubiera dicho eso porque no era verdad. Y no mentiría de una forma tan vulgar.

Salió a la calle en camisa y cuando estuvo en la parada del tranvía se dio cuenta de que el monedero estaba en la chaqueta que seguía colgada en el conservatorio, y que no podía comprar el billete. Así que se fue andando a la villa de las telas, calló cuando Hanna le preguntó por la chaqueta en el vestíbulo y se encerró en su habitación. Jamás volvería a tocar el piano.

15

Liesl estaba muy confusa. Creyó que lo que dijo su madre de Pomerania y de «tiene que darnos dinero» eran alucinaciones. Que su madre había perdido la cabeza por la angustia de la repentina muerte de su padre. Sin embargo, más tarde, en el entierro, Else se fue de la lengua y habló de cosas muy raras, así que de repente Liesl no sabía qué pensar.

El entierro había sido una celebración. Su madre invirtió el último dinero que les quedaba en comprar un ataúd bonito para que no llevaran a la tumba a su padre como a un pobre perro. Para la decoración floral que confeccionó Christian, la señora Melzer le había enviado flores del vivero del cementerio municipal. Allí lo compraban todo en el mercado grande y ofrecían rosas, claveles y lirios de todos los colores. En la capilla del cementerio de San Miguel el ataúd de madera marrón yacía sobre los peldaños, y luego todo el mundo comentó que nunca había visto una corona de flores tan bonita.

Liesl tuvo que sentarse en primera fila con su madre y sus hermanos, le daba vergüenza porque los asistentes no paraban de mirarlos. Hanna le había prestado una blusa negra, la capa oscura era de su madre y le quedaba grande. Los hermanos iban vestidos con normalidad, no lucían prendas negras, y Auguste llevaba un vestido de la época en que era criada en la villa de las telas que no le abrochaba por detrás.

Mientras el cura hablaba, ella se iba secando los ojos con un pañuelo de encaje blanco. Maxl era un baño de lágrimas y se las limpiaba con el dorso de la mano porque no tenía pañuelo. Fritz y Hansl no lloraban, solo miraban fijamente el ataúd marrón, donde estaba encerrado su padre bajo las bellas flores. El discurso del cura era como un ruido de fondo para Liesl, más tarde solo recordaría que mencionó las palabras «fiel», «recto» y «temeroso de Dios». Cuando cargaron el ataúd en un carro y salieron de la capilla hacia el cementerio, brillaba el sol y los arbustos habían brotado, las flores de colores de las tumbas brillaban por todas partes y en los árboles brincaban los paros y los pinzones. Maxl y su madre seguían al cura, luego iba Liesl con Fritz y Hansl cogidos de la mano. Tras ellos se movía una multitud vestida de negro que a ella le resultaba muy inquietante, pese a conocer a la mayoría. Lo que sucedió después fue horrible. Tuvo que agarrar de la mano muy fuerte a Fritz porque no quería que bajaran a su padre a la fría zanja. Empezó a dar patadas y a gritar hasta que al final el cura se acercó a él y le puso una mano en el hombro.

—Tu padre se va a la eternidad con Dios —le dijo al niño—. Deberías alegrarte por él y no llorar.

—¡Vete! —gritó Fritz, que le dio una patada al cura.

Entonces se acercó su madre y le dio una bofetada a su hijo. Fritz se quedó quieto al instante. Cuando todo terminó en el cementerio, la casa se llenó de invitados, a los que se ofreció café y pasteles. Liesl había hecho los pasteles en la villa de las telas, porque el horno era mejor y Fanny Brunnenmayer le había regalado la harina y la mantequilla. Hicieron cinco bandejas grandes y se comieron hasta la última migaja.

Su madre estaba muy orgullosa porque asistieron el señor y la señora Melzer, además de la señora Elizabeth y su marido, el señor Winkler. La señora Alicia Melzer se había disculpado porque tenía migraña, y tampoco estuvo ninguno de los niños. A cambio había ido Kitty Scherer con su marido, que conocía a Gustav de cuando era criado en la villa de las telas. De los empleados fueron Hanna y Humbert, y Gertie y Dörthe se quedaron solo a tomar un café porque tenían que volver al trabajo, lo mismo que Fanny Brunnenmayer, que tampoco tenía tiempo de quedarse más rato en el salón con ellos. Solo la vieja Else tuvo la paciencia suficiente y habló mucho con Auguste de los viejos tiempos. Luego fue a la cocina, donde Liesl lavaba las tazas y los platos que había cogido prestados en la villa de las telas.

—Os habéis gastado un dineral —comentó Else con admiración—. ¡Ahora que el café es tan caro!

—Hoy da igual. Según mi madre no hay que ser tacaño con un entierro decente —contestó la chica.

Else asintió despacio.

—Gustav era un hombre de buen corazón —dijo—. Nadie pensaba que todo acabaría tan rápido para él.

—No —contestó Liesl mientras guardaba un montón de platos en una cesta que más tarde llevaría a la villa de las telas. Luego se detuvo porque Else dijo algo curioso:

—Gustav ha sido como un padre para ti.

—Por supuesto —contestó Liesl, un tanto confusa—. Porque era mi padre.

—Dios mío —exclamó Else, que se llevó la mano a la boca—. En ese caso, ojalá no hubiera dicho nada.

Al ver que Liesl la miraba aturdida, Else se inclinó enseguida hacia la cesta.

—Esta me la llevo yo ahora, no puedes arrastrarlo todo tú sola.

Antes de que Liesl pudiera hacerle más preguntas, se fue al salón con la cesta para despedirse de su madre y salió de la casa con tanta prisa que se podía oír el golpeteo de los platos.

Liesl se quedó en la cocina pensando en qué había querido decir Else. ¿«Como un padre»? ¿Es que no lo era? Por supuesto, sabía que ella nació antes de la boda de sus padres, lo supo cuando aún iba a la escuela de primaria.

En ese momento se abrió la puerta de la cocina. Auguste entró con una bandeja llena de vajilla y la dejó al lado del fregadero.

—Lávalo rápido, luego puedes llevártelo todo.

Su madre parecía cansada. Había sido un día largo y duro para ella, y se quejaba de dolores en las piernas, eran las varices que tenía después de tantos embarazos.

—Me gustaría preguntarte algo, mamá.

—Ahora no, Liesl. Tengo que volver. El cura está ahí dentro con Loni y Magda, del mercado. Me gustaría que se fueran a casa de una vez, estoy tan cansada que me voy a caer redonda.

La puerta se cerró y Liesl se dirigió con un suspiro a la nueva montaña de vajilla. Entretanto entró Maxl en la cocina pidiendo una bolsa de agua caliente porque Hansl estaba arriba acostado en la cama con unos terribles retortijones.

—Se ha comido doce trozos de pastel. No me extraña.

—Pobre —comentó Liesl, al tiempo que sacudía la cabeza—. Ahora subo con una infusión de manzanilla.

Auguste seguía sentada con los últimos invitados en el salón. Les había servido un chupito de licor, luego un segundo y un tercero, y las conversaciones giraban en torno a los pecados mortales de la codicia, que a juicio del cura se extendían sobre todo en Estados Unidos, por lo que Dios nuestro Señor había castigado a los estadounidenses con el Viernes Negro. Cuando su madre mencionó que el último tranvía pasaría dentro de un cuarto de hora, los tres se fueron a casa.

—Me alegro de poder quitarme el vestido por fin —gimió—. Por delante me aprieta y por detrás tengo frío. Liesl, ¿recoges un poco antes de irte a la villa de las telas?

—Lo haré encantada, pero antes tengo una pregunta que hacerte...

Su madre soltó un gemido.

—¿Qué pasa? Estoy muerta de cansancio.

La inseguridad se apoderó de Liesl. ¿Le habían ocultado algo? ¿Algo que no solo Else, sino todos los empleados de la villa de las telas sabían sobre ella?

—Siempre has dicho que Gustav era mi padre... —empezó—. Sin embargo, creo que no es verdad.

Auguste clavó la mirada en ella, cerró los ojos un instante y soltó un bufido.

—¿De dónde sacas eso? ¿Te lo ha contado alguien de la villa de las telas? ¿Brunnenmayer?

Así que era cierto, se lo notó a su madre.

—Else ha dicho algo...

—Esa vieja chismosa y boba —maldijo, furiosa, antes de darle la espalda—. Bueno, Gustav y yo hacía tiempo que queríamos decírtelo y no encontrábamos el momento. Ahora lo has descubierto de otra manera. Es verdad, Gustav no era tu padre. Es otro.

Otro. A Liesl el corazón le latía con tanta fuerza que tuvo que sentarse en una silla.

—¿Quién? —preguntó temerosa.

Parecía que a su madre le molestaban tantas preguntas, y le hizo un gesto malhumorada.

—Fue una historia muy tonta —dijo mientras daba vueltas por la cocina para colocar bien las sillas—. Yo era joven e ingenua, creía de verdad que se casaría conmigo. ¡Puedes reírte de mí si quieres! ¡Un noble que se casa con una criada! Eso no existe. Por eso me quedé con una hija bastarda...

La hija bastarda que Auguste consideraba una desgracia era ella. Liesl. «Qué horrible», pensó. Volvió a mirarla y, al ver su cara afligida, su madre lamentó haber pronunciado esas palabras.

—No estés triste, niña. Gustav te crio como si fueras hija suya. Tuviste un buen padre. Y el otro, tu padre de verdad, pagó por ti. No siempre, porque a menudo no tenía dinero suficiente...

—Dime quién es —interrumpió Liesl la verborrea—. ¿Es que lo conozco? ¿O ya no está vivo? Dime su nombre.

La madre se retiró un mechón de pelo de la frente y miró a Liesl con disgusto.

—Tenías que salir con eso justo hoy —gruñó irritada—. Está bien: se llama Klaus von Hagemann y vive lejos de aquí, en Pomerania.

—¿En Pomerania?

¿No había hablado su madre de Pomerania hacía poco? ¿Que tenía que ir a recoger dinero? Entonces, ¿su padre era rico?

Ahora que la historia de su amorío echado a perder y la hija ilegítima había salido a la luz, su madre hablaba con ella de un modo muy distinto.

—Es noble, el señor Von Hagemann. Ahora lo sabes, y no debes olvidarlo. Eres mi hija, Liesl, pero por tus venas corre sangre noble, la de los Von Hagemann. Por eso algún día llegarás más lejos que yo. A Christian déjalo a un lado, no es para ti, niña. En la villa de las telas puedes progresar. Por supuesto, no en la cocina, apunta más alto. Por cierto, ¿sabes que Marie Melzer también fue ayudante de cocina?

Su madre hacía gestos elocuentes con la cabeza, luego se quejó porque no podía aguantar el vestido ni un segundo más y se fue. Liesl esperó un rato por si volvía a la cocina, pero por lo visto su madre se había acostado. A Liesl no le quedó más remedio que meter el resto de la vajilla en una cesta, apagar todas las luces de la cocina y el salón y marcharse a la villa de las telas, un camino tenebroso porque había oscurecido y en la calle ya no ardía ni una sola farola. Hasta que no atravesó la portezuela lateral del parque de la villa no apareció una lucecita entre los arbustos. Era el cobertizo, donde se guardaban todos los aparejos del parque. Por lo visto Christian aún estaba trabajando. Por un momento tuvo la tentación de ir a verlo para contárselo todo. Lo descartó porque su madre antes había dicho cosas que seguro que no eran del agrado del jardinero. Caminó presurosa por la hierba húmeda hacia la villa y comprobó con alegría que en el anexo aún había luz. Llamó a la puerta del servicio sin aliento, que por la noche estaba cerrada con pestillo por dentro.

—¿Eres tú, Liesl? —oyó la voz de la cocinera.

¡Fanny Brunnenmayer estaba despierta! No era lo habitual en ella, normalmente se acostaba pronto.

—Sí, soy yo, señora Brunnenmayer. He traído las tazas y los platos.

La cocinera retiró el pestillo con un chirrido y su ancha figura apareció en el pasillo. Encima del camisón llevaba una chaqueta de punto. Se había quitado la cofia blanca que usaba cuando trabajaba y se le veía el pelo, gris y un poco ralo.

—Por fin has vuelto, niña —dijo, y le cogió la cesta—. Ya es noche cerrada. ¿Por qué no te has llevado una linterna?

—Se me ha olvidado.

La mujer sacudió la cabeza y dejó la cesta en un taburete, luego se sentó, agarró la jarra marrón y se bebió su cerveza.

—Ha sido un día duro, ¿verdad? —preguntó—. He pensado mucho en ti. Me ha quitado el sueño, por eso he bajado a la cocina a beber algo para dormir. ¿Quieres?

Liesl rechazó la oferta, pero se sentó y esperó a que Fanny Brunnenmayer hubiera bebido un trago largo de la jarra.

—Lo sabíais todos, ¿verdad? —dijo Liesl en voz baja y tono de reproche—. Todos sabíais que Gustav no era mi padre. Pero nadie me lo dijo.

La cocinera se limpió la espuma de la cerveza con el dorso de la mano.

—¿Por fin te lo ha confesado tu madre?

Liesl dudó en la respuesta porque no quería hablar mal ni de su madre ni de Else. Sin embargo, le contó la verdad.

—Else se ha ido de la lengua. Luego se lo he preguntado a mi madre y me lo ha contado. Mi padre se llama Klaus von Hagemann y vive en Pomerania.

Enmudeció y esperó a que la cocinera dijera algo. Arriba, junto a la lámpara, dos moscas volaban juntas, chocaban contra la pantalla, zumbaban enfadadas, incapaces de abandonar el vuelo salvaje alrededor de la luz.

—¿Y qué más te ha contado de tu padre? —preguntó Fanny Brunnenmayer al final.

—Nada.

—Bueno, entonces ahora estarás bastante confundida, niña. ¿Tengo razón?

Liesl asintió mientras hacía garabatos con los dedos en la superficie de la mesa, impaciente. La cocinera bebió otro trago de cerveza antes de tomar de nuevo la palabra:

—Liesl, tienes que saber que el señor Von Hagemann estuvo casado con Elisabeth Melzer. No fue una historia feliz, para ninguno de los dos. Todo esto terminó hace mucho tiempo, están divorciados, la señora encontró al hombre adecuado y tu padre por lo visto está a gusto en Pomerania.

Liesl se enteró de más cosas de su padre de lo que esperaba. La mansión en Pomerania donde vivía pertenecía en realidad a una tal Elvira von Maydorn, la cuñada de Alicia Melzer y esposa de su difunto hermano Rudolf.

—Por aquel entonces nombró a Elisabeth, miembro natural de su familia, como única heredera tras su muerte, pero con el divorcio Lisa cedió sus derechos al señor Von Hagemann. No sé por qué razón.

Liesl comprendió que su padre gestionaba una mansión que un día heredaría. Así que era rico. Además, la cocinera le contó que tras separarse de la señora se casó con una chica del pueblo.

—Seguro que no heredarás nada —afirmó Fanny Brunnenmayer—. No te hagas ilusiones con eso porque ya tiene descendencia con Pauline. Además, Elvira es la propietaria mientras viva, y el señor Von Hagemann rinde cuentas ante ella como administrador.

Vaya, las cajas de salchichas, jamón y carne ahumada que de vez en cuando llegaban a la villa procedían de la mansión Maydorn. Seguramente las enviaba su padre desde Pomerania a Augsburgo, ¿o no?

—¿Me ha visto alguna vez? —preguntó—. Si soy su hija, en algún momento me habrá visto, ¿no?

La cocinera dudó antes de contestar.

—Puede ser —admitió a continuación—. Pero no lo recuerdo bien. Tienes que preguntárselo a tu madre, ella lo sabrá.

Liesl bajó la cabeza, afligida. Si el señor Von Hagemann la hubiera visitado, seguro que su madre se lo habría contado. Solo dijo que pagaba por ella. Y de vez en cuando. Sin embargo, había otra pregunta que la consumía por dentro.

—Señora Brunnenmayer…

—¿Qué más quieres saber? —dijo ella, afable.

—¿Mi padre es buena persona?

No parecía una pregunta fácil de contestar porque la cocinera respiró hondo y parpadeó pensativa hacia la lámpara.

—Por lo menos no es malo, niña. En aquella época, cuando venía de visita a la villa, era un tipo atractivo. Alto, gallardo, con un bigotito sobre el labio superior. Muchas se enamoraron de él, no solo tu madre. Pero él solo tenía a una persona en la cabeza…

—¿Elisabeth Melzer?

—No, ella no. La hermana menor, la señorita Kitty. Le propuso matrimonio. Por aquel entonces todos los jóvenes le iban detrás.

La cocinera sonrió, por lo visto evocó un montón de buenos recuerdos. ¡Cuánto sabía de los señores! Bueno, ya hacía casi cincuenta años que era cocinera en la villa, seguro que había vivido muchas cosas.

—La señorita Kitty es la señora Scherer, ¿verdad? —se

aseguró Liesl—. Hoy en día sigue siendo muy guapa. ¿Por qué mi padre se casó con Elisabeth si quería estar con Kitty?

—Muy fácil: porque le dio calabazas.

Liesl se quedó consternada. Debía de haber sido una mala experiencia para él. Era noble, pero la mujer de la que estaba enamorado no quiso estar con él.

—Se casó con Elisabeth por su dinero. Por eso fue un matrimonio infeliz. Además, el destino lo castigó porque una granada le destrozó la cara en la guerra.

—¡Dios mío, es horrible! —exclamó Liesl.

—Se curó bien —le restó importancia Fanny Brunnenmayer—. Le operaron. Puede estar contento de haber salido con vida. Muchos hombres no tuvieron tanta suerte.

Liesl lo sabía, por supuesto. Muchas de sus compañeras de clase se habían criado solo con sus madres, o tenían un padrastro que no siempre era bueno con ellas.

—No le va mal allí, en Pomerania —siguió explicando la cocinera—. Parece que es buen agricultor, ha recuperado la mansión y ha formado una familia. Creo que se ha convertido en una buena persona. Así es la vida, niña. Algunos tardan en encontrar su camino y primero cometen errores, hacen tonterías, se juntan con la pareja equivocada y se dan cuenta tarde de cuál es su sitio. Por eso a menudo lo más inteligente es no casarse. Como hice yo.

Liesl escuchó con atención la filosofía de vida de la cocinera y una sensación de desánimo se apoderó de ella. Así era. Casi todos se enamoraban primero de la persona equivocada. Su madre lo hizo, y su padre también. Por eso había pena y sufrimiento, hijos ilegítimos y separaciones; la vida le daba fuertes sacudidas a uno hasta que en algún momento pescaba un poco de suerte.

—Ahora estoy muerta de cansancio. —Fanny Brunnenmayer bostezó con ganas—. Vamos a la cama. Mañana será otro día.

Arriba, en el dormitorio, Dörthe dormía bajo el plumón; roncaba tanto que las paredes se movían. Liesl estaba acostumbrada, por lo general conseguía dormirse pese al concierto, pero hoy tenía demasiadas cosas en la cabeza. Seguro que Dörthe no había estado nunca casada, ni parecía necesitar ni querer marido. Eso ahorraba muchas penas a una mujer. De pronto pensó en Christian. Tenía unos ojos sinceros y una sonrisa tímida preciosa. No era un chico guapo como lo había sido su padre. Las orejas grandes y abiertas no ayudaban. En cambio, era una buena persona, eso seguro, y quizá incluso estaba un poco enamorada de él. Pero ¿y si era la persona equivocada?

Su madre le había dicho que se olvidara de él y apuntara más alto. No conseguía entenderlo del todo. ¿Adónde debía mirar? ¿Al cielo?

Le encantaría mirar hacia Pomerania, donde vivía su padre. Le encantaría verlo por lo menos una vez. Era raro tener un padre al que no habías visto en la vida. Sin embargo, Pomerania estaba lejos y ella no tenía dinero. Además, él no quería saber nada de ella.

16

—¡No me siento tranquila con eso, cariño!

—¡Elisabeth, por favor! Es un gran honor para mí.

Sebastian puso un terrón de azúcar en la taza de finísima porcelana china, sirvió té y le dio a su mujer la tacita llena. Ella sentó a la pequeña Charlotte en el suelo, que estaba en su regazo, y el angelito rubio caminó entusiasmada hacia su padre. Sebastian apenas pudo dejar la tetera humeante en el calientaplatos de porcelana y ya tenía a la niña agarrada a sus pantalones.

—¡Baba! ¡Baba! Dada. Brrrrr.

—Todos los días aprende una palabra —comentó Elisabeth con alegría—. Ayer dijo «Anna», y se refería a Hanna.

Sebastian no entró en los avances de su hija, tenía otras preocupaciones.

—En cuanto a mi conferencia en Múnich, Elisabeth, opino que...

—¿Otra vez me has puesto solo un terrón de azúcar en la taza, cariño? Así el té está muy amargo... Dame otro, por favor.

—Perdona, estaba pensando.

Lisa había cogido sus instrumentos de ganchillo, estaba tejiendo con hilo fino blanco lo que en principio era una cortina para la ventana del baño.

—Volviendo a la conferencia, cariño —insistió, y levantó la obra para observarla con ojo crítico—, creo que en esos mítines a menudo hay discusiones demasiado acaloradas. Lo dice la prensa. No me gustaría que te pasara nada.

—¡Pero Elisabeth! ¿Es que no confías en mí?

—Mi confianza en ti no tiene límites, pero poco podrás hacer contra una tropa de matones del NSDAP.

—No tientes al diablo.

Por supuesto que le gustaba que se preocupara por él. Era una señal de amor, que apreciaba más que nada en el mundo. Su mujer, sus hijos, ese era el centro de su vida. Ahora que ya no trabajaba en la fábrica, sus seres queridos eran más importantes que antes. Por otra parte, como padre de familia le pesaba no tener en ese momento un trabajo y no ganar dinero. Había decidido dejar su puesto en la fábrica sobre todo porque se avecinaban más despidos y desde su posición en el comité de empresa no podía hacer nada para impedirlo. Desde entonces estaba más comprometido con su partido, iba a reuniones y daba pequeñas conferencias. Incluso aunque no fuera un orador brillante, lograba aportar conocimientos sólidos y tal vez así podría impedir que se repitieran los errores del pasado.

El hecho de que un grupo local de Múnich lo invitara a dar una conferencia lo llenaba de orgullo y estaba resuelto a asumir la tarea. Sin embargo, seguía sentado a la mesa intentando disipar las absurdas preocupaciones de su mujer.

—Es una reunión pequeña en un hostal normal y corriente. Me han dicho que allí nunca ha habido alborotos y nadie ha armado escándalo, sea cual sea el grupo que haya alquilado la sala.

Elisabeth suspiró, dejó la labor de ganchillo a un lado y bebió un sorbo de té. Cuando se inclinaba hacia delante, él le veía el escote. Lisa sabía que le encantaban sus formas voluptuosas, y por eso a veces lo hacía a propósito.

—¿Volverás a hablar sobre esa horrible república de los consejos? —preguntó.

—Por supuesto, cariño. Expondré por qué los primeros intentos de implantar un sistema de consejos en Alemania se consideraron un fracaso. Es importante porque solo un sistema así puede eliminar la miseria que causará el inminente derrumbe del sistema capitalista.

Vio la duda en los rasgos de Elisabeth. Por mucho que se esforzara, de momento no había conseguido convencer a su mujer de las bondades de la ideología marxista. Sin duda era porque en ese sentido compartía la opinión de su hermano y su madre, diametralmente opuesta a la suya.

—¿Te parece que el sistema de consejos que Stalin está implantando en Rusia a base de sangre y terror es bueno? —preguntó al tiempo que le lanzaba una mirada provocadora.

—¡Cielo santo, no! —exclamó horrorizado, y le aseguró que una república de consejos en Alemania solo podía crearse de forma pacífica y ordenada. Además de basarse en una clara mayoría de la población—. Las empresas y las plantas industriales deben nacionalizarse, cada trabajador recibe una participación en la empresa para poder beneficiarse de la plusvalía generada. Una parte de los beneficios hay que invertirla en la empresa, por supuesto, tanto para máquinas nuevas como para instalaciones que mejoren las condiciones de los trabajadores, como una cantina, una piscina o guarderías.

Ella asintió a sus comentarios y le dio a Charlotte una cucharilla de plata para que estuviera ocupada mientras ella volvía a la ardua discusión.

—¿Qué pasa con las acciones? ¿No pueden los trabajadores utilizarlo para comprar una parte de su empresa?

—Es un paso por el buen camino —concedió—. Siempre y cuando esas participaciones no se vendan ni se comercialicen por un mezquino beneficio. La bolsa es la raíz de todos los males capitalistas.

Por una vez, en eso su esposa estaba de acuerdo. Esa terrible crisis económica que se había extendido desde Estados Unidos hacia Europa la había provocado la bolsa. Y todo porque los malvados especuladores recogieron sus beneficios justo a tiempo, dejando en la ruina a los inversores menos listos.

Sebastian se alegró de esa rara coincidencia y se sentó a su lado, le sirvió más té y le puso dos terrones de azúcar en la taza. Él no quería té, pero se concedió el capricho de una galleta que compartió como un padre con Charlotte, que se quejaba. Luego empezó a hablar del objetivo real de una participación en la empresa, que era una responsabilidad y una obligación y no un objeto de especulación. Acto seguido, pasó a la enfermedad del sistema capitalista, que debía autodestruirse necesariamente porque cada vez menos personas poseían una proporción mayor del capital y las masas se empobrecían. De todos modos, los capitalistas estaban condenados a la ruina porque ya no podrían vender más productos...

—Querido, ¿puedes coger a Charlotte y llevarla a la habitación de los niños? —interrumpió Elisabeth su discurso—. Acaba de manchar el pañal.

—¡Por supuesto, cariño!

En la habitación de los niños se había desatado el caos. Rosa Knickbein intentaba convencer a Kurti y a Johann de que dejaran jugar a Hanno, de tres años, a construir un castillo de caballeros con piezas de construcción, y los dos mayores no estaban por la labor.

—¡Lo va a destrozar todo!

Sebastian dejó a la niñera el cambio de pañales y llamó al orden a su hijo mayor. Tenía que encontrar la manera de hacer partícipe del juego a su hermano pequeño.

—Aún es demasiado tonto, papá, no sabe cómo es un castillo feudal.

—Pues se lo enseñaremos, Johann.

Se sentó en el suelo y dirigió el juego. Kurti y Johann eran los directores de obra que colocaban las piezas formando un muro circular. Hanno era el cantero encargado de buscar las piezas adecuadas. El sistema funcionó de maravilla, el muro del castillo creció a lo alto, construyeron una puerta y Hanno se sintió orgulloso de haber buscado él las piezas. Pero cuando Rosa fue a dejar a Charlotte en el suelo, recién cambiada, el bello orden se tambaleó y al final se desmoronó.

—¡Esa vaca tonta lo ha derribado todo!

Por suerte apareció Hanna, a las once había paseo por el parque con la abuela y los niños tenían que cambiarse. Hacía unos años que instalaron en el parque un espacio de juegos con un cajón de arena, dos caballos de madera y un tiovivo al que podían subirse los niños pero que solo se movía si empujaba un adulto. Alicia Melzer, que antes valoraba tanto la limpieza de sus hijos, era menos estricta con los nietos. Casi siempre toda la pandilla volvía cubierta de arena y con los pantalones llenos de manchas verdes de la hierba.

Sebastian miró el reloj y comprobó que era hora de irse a su conferencia. Su intervención estaba prevista para la tarde, pero no podía subestimar el trayecto en tren y en tranvía.

Arriba, en el salón, Elisabeth había tenido tiempo para reflexionar sobre el tema y dio instrucciones a Gertie de que le preparara su ropa de viaje.

—Te acompañaré.

—No es necesario, Elisabeth. Seguro que te aburrirías.

—No te preocupes, nunca me aburro cuando te escucho.

Sebastian tuvo que ponerse duro, y no le gustaba hacerlo, pero no iba a permitir actitudes paternalistas, ni siquiera por una preocupación amorosa.

—Prefiero que no, cariño.

Lisa cedió, soltó un profundo suspiro y sacudió la cabeza, afligida.

—¿De verdad vas a ir a Múnich con esa ropa harapienta?

—Creo que voy vestido de forma muy adecuada para la ocasión.

—Pero tenemos ese abrigo tan bonito de papá...

—¡No, gracias!

Se dirigió al cuartito que usaba de despacho. Cogió del escritorio el borrador del discurso y lo guardó en la cartera de piel desgastada que lo acompañaba desde hacía tantos años. Apenas la había cerrado cuando Elisabeth apareció detrás de él.

—Humbert te llevará a la estación, cariño.

—Gracias, cogeré el tranvía.

—Necesitarás algo de dinero.

—Llevo suficiente encima.

La despedida estuvo llena de ternura, se abrazaron e intercambiaron besos; Elisabeth no quería soltarlo de ninguna manera. Cuando Humbert apareció en el pasillo y se retiró con discreción al verlos, se separaron.

—¿Cuándo volverás?

—Tarde, cariño. Vendré en el tren nocturno.

Bajó la escalera a toda prisa, como si huyera, agarró en el vestíbulo de la entrada el abrigo y el sombrero y salió de la villa a paso ligero. Cuando llegó a la mitad de la avenida se paró para lanzar una mirada rápida a la zona de juegos donde Hanna empujaba el tiovivo y Charlotte hacía pasteles de arena bajo la supervisión de Rosa. Salió hacia la parada sintiendo un gran cariño en el corazón. Le habían prometido unos pequeños honorarios por la conferencia, y le animó poder ganar algo de dinero para su familia.

Para estirar su escaso presupuesto compró un billete de tercera clase, también llamada «la clase de madera» porque los pasajeros se sentaban en bancos de madera sin acolchado. Los incómodos asientos le importaban poco, pero le costó concentrarse en su borrador durante el trayecto de hora y media porque el entorno hervía de vida. Un matrimonio mayor tomaba un tentempié con panecillos de salchicha de hígado y pepinillos, dos chicos se habían bebido varias cervezas y se proferían insultos indecentes, una anciana preguntaba en todas las paradas cuándo llegarían de una vez a Francia y un tipo corpulento con unos pantalones de piel como Dios manda llevaba un perro salchicha con correa que no paraba de olisquear los pantalones de Sebastian.

—¡Mira eso! Cómo husmea Poldi. ¿Tienes perro en casa?

—¡Por desgracia, no!

—Debes de tener perro, si no Poldi no husmearía todo el tiempo.

Sebastian, que no había conseguido echar un vistazo al borrador, se alegró de llegar a la estación central de Múnich, que le pareció grande y lúgubre. Las altas bóvedas de hierro fundido y cristal estaban negras por el hollín, las palomas revoloteaban por allí, los ruidos de trenes, los silbidos y las voces de los viajeros creaban una mezcla ensordecedora que le provocaba mareos. Pasó los controles en el andén y se abrió paso entre los apresurados viajeros para buscar su plaza. Entre puestos de flores y carritos de salchichas había hombres y mujeres con hojas de periódicos en las manos en las que buscaban vacantes laborales. En el otro lado se repartía sopa caliente. La gente, entre la que había muchos niños y ancianos, guardaba una larga cola, cada uno con un cuenco de hojalata, y algunos, en el mejor de los casos, con una lata.

Sebastian notó que una ira desesperada se encendía en su interior. ¿Qué mundo era ese en el que los ricos estaban sentados en habitaciones calientes bebiendo té, mientras los pobres y débiles tenían que suplicar un poco de alimento? Vivía en un dilema que solo podía soportar porque se estaba empleando a fondo para lograr una gran transformación eficaz; si era necesario, incluso una revolución.

Le habían explicado el camino desde la estación central hasta el lugar donde se celebraba el acto: tenía que coger el tranvía y hacer trasbordo dos veces, pasar por el Isar hacia Giesing, donde le esperarían en la pensión Zum alten Thor. En el barrio obrero, la mayoría de la gente vivía en las mismas condiciones deplorables que antes de la crisis económica, eso apenas había mejorado. Les abriría los ojos, les indicaría dónde buscar el origen de su miseria y les señalaría el camino hacia un futuro mejor.

Hacia las cinco se plantó delante de la pensión, alojada en un edificio no muy alto que parecía sólido. En ese entorno era bastante común que el revoque se desconchara en algunos puntos de la pared gris, casi todas las casas estaban en ruinas, los techos hundidos de forma alarmante y en algunas ventanas los cristales habían sido sustituidos por un trozo de cartón. El comedor estaba amueblado con modestia, vio mesas rectangulares sin mantel, sillas destartaladas, de las paredes colgaban impresiones amarillentas con vistas de la ciudad de Múnich. El camarero, un hombre flaco medio calvo, estaba tomando una cerveza con dos amigos, y en la mesa de al lado un obrero comía fideos con col, por lo visto se habían ahorrado la habitual carne ahumada.

—¡Saludos! —dijo Sebastian, afable—. Soy el ponente de esta noche.

Aparte del posadero, nadie parecía entender de qué hablaba. Mientras se quitaba el abrigo y lo colgaba del gancho de la pared junto con el sombrero, lo observaron intrigados.

—Vaya —dijo el camarero—. Entonces hay cerveza gratis durante la noche.

Sebastian pensó que sonaba bien y se instaló en una mesa al fondo de la sala, sacó el borrador de la conferencia del bolsillo y se lo puso delante. El camarero le llevó la cerveza y le comunicó que el acto tendría lugar en el salón y que allí no estaba permitido escupir al suelo.

—¿Quiere comer algo?

Sebastian hizo un cálculo mental de su presupuesto y pidió un par de salchichas con pan. En vista del esfuerzo que se avecinaba era mejor engullir algo, sobre todo porque desde el desayuno solo había comido media galleta. Al parecer, el camarero esperaba un pedido mayor porque se encogió de hombros y desapareció tras la puerta de la cocina. El obrero rascó con el tenedor los últimos restos del plato, se bebió el litro de cerveza y gritó:

—¡La cuenta!

No le prestaron más atención, así que tuvo tiempo para leer su borrador y tomar algunas notas. Hacia las seis se puso nervioso, se preguntó si no aparecería pronto alguien del grupo local para saludarle. Para su sorpresa, no ocurrió, solo dos mujeres entraron en el bar con idea de recaudar dinero para buenas causas, y un anciano se instaló en la mesa del camarero para tomar la última copa. Se hicieron las siete y Sebastian temió que sus conocidos de Augsburgo lo hubieran entendido mal.

¿Seguro que el acto era hoy? ¿O al día siguiente? ¡Sería un desastre!

A las siete y media entraron tres hombres, buscaron con la mirada y se acercaron al desconocido que estaba sentado solo.

—¿El señor Winkler, de Augsburgo? Sí, es perfecto que ya esté aquí. ¿Le han dado algo de beber?

¡Por fin! Los camaradas del grupo local de Giesing se sentaron con él a la mesa, pidieron un litro cada uno y lo atosigaron con preguntas curiosas. Si conocía a Max Brunner, que había ido de Múnich a Augsburgo. Si había oído hablar de su mitin, donde apareció dos semanas antes Julius Grantinger, que dio un discurso fantástico, incluso la prensa lo decía. Sebastian no conocía ni a uno ni a otro, pidió ver el salón para hacerse una idea.

—No hay mucho que ver —dijo el jefe del grupo local,

que era de complexión gruesa y tenía manos fuertes de obrero. De hecho, el espacio al que el camarero había llamado «salón» era relativamente pequeño, cabían cincuenta personas, con suerte setenta. Delante del todo había una mesa, el resto lo llenaban sillas y taburetes de distintos tipos, incluso una butaca orejera. No existía tribuna donde Sebastian pudiera dar su conferencia.

Hacia las ocho llegaron los primeros asistentes, entre ellos varias mujeres. Primero hicieron un alto en el bar, bebieron una cerveza y pidieron unos cuantos *bretzel* que se repartieron a trozos. Poco a poco la excitación se fue apoderando de Sebastian. Enseguida hablaría y tendría que arengar al público, y no estaba en absoluto seguro de conseguirlo.

—¡Pues muy bien! —exclamó el jefe del grupo local, que dio un puñetazo en la mesa de madera—. ¡A por ello!

La sala se fue llenando poco a poco, la mayoría se llevó la jarra de cerveza, se buscó un sitio y dejó la jarra bajo la silla. Las mujeres se juntaron, se oyeron gritos burlones y respuestas ingeniosas, nadie tenía pelos en la lengua. El jefe del grupo local y sus acompañantes se sentaron delante, en la mesa, junto con Sebastian.

—Esos tres de atrás son del Partido de Baviera, y no hay problema con esos, uno es mi cuñado —le susurró el que estaba a su lado—. El gordo de las gafas es diputado del SPD en el consejo municipal. Puede que quiera espiarnos.

Hacia las ocho y media la sala estaba hasta la bandera y el aire se podía cortar con un cuchillo. Olía a cerveza, sudor y ropa sin lavar, a cera de suelo vieja y a colillas de cigarrillo que fumaban algunos de los asistentes. La emoción de Sebastian fue en aumento, dentro de unos minutos iba a hablar. Delante de toda esa gente.

El jefe del grupo local se hizo oír con varios silbidos agudos, se impuso una calma esperanzada, se levantó y sus leales compañeros de partido lo saludaron con una sonora ovación y gritos de ánimo. A Sebastian le pareció que lo que contaba el jefe de grupo local era de una sencillez terrible, pero a sus oyentes por lo visto les gustaba porque no paraban de interrumpirle con exclamaciones de aprobación. «¡Abajo la chusma! ¡Necesitamos una Baviera de los trabajadores y campesinos! ¡Hay que destruir el sistema criminal, solo el comunismo nos salvará a todos! ¡No dejéis que os quiten la mantequilla del pan, camaradas!»

Sebastian conocía esos lemas, en Augsburgo también se gritaban en los mítines. Siempre le había molestado. ¿Por qué trataban a los camaradas como si fueran niños pequeños? ¿No era mucho más necesario transmitirles saber y conocimientos para que vieran la verdad con nitidez?

—Por recomendación del camarada Leukel, hoy hemos invitado al compañero Sebastian Hinkler, que tiene muchos seguidores en Augsburgo.

La impetuosa presentación fue recibida con aplausos. Sebastian se levantó, saludó con un gesto de la cabeza al público y se aclaró la garganta.

—Agradezco de corazón al anterior orador y me alegro de poder hablar con vosotros aquí, en Múnich —empezó—. De todos modos, debo aclarar un pequeño error: mi apellido es Winkler, no Hinkler…

Las risas se sucedieron a la corrección. La distorsión del nombre les parecía de lo más graciosa.

—Winkler o Hinkler —comentó una mujer corpulenta de la primera fila—, lo principal es que no se llame Hitler.

Sebastian tuvo que esperar un momento a que se calmara la algarabía del público, luego empezó con su conferencia. Al principio lo escucharon con atención, luego algunos de los asistentes se levantaron para ir a buscar una cerveza fresca, otros estaban de brazos cruzados y con la barbilla baja sobre el pecho; a su lado, en la mesa, el jefe del grupo local cuchicheaba con sus compañeros. Sebastian no dejó que le molestara, pasó a un tema nuevo, a describir la decadencia del capitalismo y la necesidad de un sistema nuevo. Entonces empezó un ir y venir constante a los lavabos, los oyentes se levantaban para salir, otros volvían, y hablaban sin tapujos en el trayecto. Sebastian empezó a sudar, hacía un calor insoportable en la sala pero le parecía inadecuado quitarse la chaqueta. Cuando pasó a la parte final hubo una interrupción porque alguien se cayó de la silla y rompió dos jarras llenas. Decidió acortar el discurso, llegó al final antes de lo previsto y agradeció la atención al público. Le concedieron escasos aplausos, muchos ni siquiera estaban ya, se habían ido a charlar al bar. Se oían las carcajadas desde el salón, el ambiente era de exaltación y alegría.

El jefe del grupo local le estrechó la mano y comentó:

—Ha divagado con su discurso.

Sebastian le dio las gracias y explicó que tenía que irse enseguida porque quería coger el tren nocturno a Augsburgo. No tuvo valor para pedir honorarios.

—Que le vaya bien —le deseó el jefe del grupo local, que agarró su jarra y desapareció en el bar.

Sebastian guardó el borrador en la carpeta y se planteó beber algo porque tenía la boca seca y la lengua se le pegaba al paladar. Sin embargo, en el bar no había un solo asiento libre, los camaradas que bebían muy juntos en las mesas prestaban la misma atención al orador de Augsburgo que a una mosca que pasara por allí. Sebastian tardó un rato hasta que encontró su abrigo entre la multitud de chaquetas, su sombrero estaba en el suelo.

Así que eso era todo. Una vez fuera, respiró el frío aire nocturno y sintió una gran desilusión. No, no era un gran orador, lo sabía, pero se había esforzado, y a lo mejor había quedado algo en alguna cabeza. Se colocó el sombrero muy hundido en la frente y se dispuso a ir hacia la parada de tranvía cuando tras él se abrió la puerta de la pensión y tres hombres jóvenes salieron a la calle.

—¿Se va tan pronto, señor Winkler? —le preguntó uno—. Sería una lástima. Me gustaría charlar un poco con usted.

El chico no parecía un obrero, y su ropa tampoco encajaba en ese barrio. ¿Era estudiante? Sebastian aclaró que quería coger el tren nocturno a Augsburgo y por eso tenía prisa.

—También podría ir en el tren de primera hora, señor Winkler —le aconsejaron, y otro añadió que él también se dirigía a la estación central, así que podían ir juntos.

—Su conferencia ha sido muy interesante —dijo el tercero—. Nunca había oído un resumen del tema tan conciso y convincente.

Sebastian se alegró de recibir el elogio, se lo tomó como una prueba de que sus palabras no habían pasado desapercibidas para todos los asistentes. Se sintió bien. Resultó que los tres chicos eran estudiantes de Teología, dos de ellos estudiaban en Múnich, el tercero en Erlangen. Se dedicaban a comparar las tesis marxistas con las enseñanzas cristianas y estaban juntos de viaje para completar la gris teoría con experiencias vivas.

—Sobre todo lo que se refiere a la recepción del marxismo —aclaró uno—. ¿Qué le llega al simple trabajador? ¿Y por qué esa teoría atea tiene un éxito tan arrollador?

Sebastian tenía la sensación de haber ido de mal en peor, pero, como tras el escaso éxito de su discurso andaba necesitado de una buena conversación, se dejó convencer para ir a otro sitio a charlar. Doblaron juntos unas cuantas esquinas, nadie conocía bien el barrio, pero al cabo de un rato vieron una taberna donde aún había luz. El bar era pequeño y con mesas redondas y oscuras, aunque no había nadie sentado. Solo en la barra quedaban borrachines tardíos, el camarero limpiaba vasos y lanzó una mirada de desconfianza a los clientes que entraban.

—Vamos a cerrar ya...

—Solo una cerveza —dijo uno de los estudiantes.

—De acuerdo.

Se instalaron en una de las mesas y enseguida iniciaron la conversación que versó sobre principios: ¿una ideología sin Dios podía sobrevivir? ¿La teoría de Karl Marx no había tomado como modelo el cristianismo original? Los chicos se esmeraban en señalar que existía un error de base en la teoría marxista y él argumentó en contra, disfrutaba con el juego intelectual y el desafío.

Estaban tan absortos en su discusión que apenas notaron que se abría una puerta y varios hombres entraban en el bar.

—Dejadlos en paz —oyó Sebastian que decía el camarero—. De todas formas ya se iban.

—¡Son cerdos comunistas! —rugió alguien—. No se les ha perdido nada aquí.

Los tres chicos se volvieron perplejos hacia el fanático.

—¡Se lo ruego! —dijo el estudiante de Erlangen.

—Cierra la boca o te vas a llevar una buena —le respondió.

Detrás de los hombres aparecieron otras siluetas desde la sala contigua. Sebastian comprendió que había tenido lugar una reunión y se encontraban en el bar habitual de una agrupación de derechas. Sacó el monedero a toda prisa y dejó unas monedas sobre la mesa.

—¡Vámonos! —les gritó a los tres estudiantes.

En ese momento notó un puñetazo en el hombro que lo tiró al suelo. Se golpeó la cabeza contra el canto de la mesa y por un instante se quedó aturdido, oyó gritos, golpes amortiguados, luego el estruendo de madera rota. Cuando hizo amago de levantarse del suelo alguien le dio una patada en la espalda, cayó hacia delante sobre una silla y empezó a correrle sangre caliente sobre la cara. Se levantó con mucho esfuerzo y agarró un vaso de cerveza vacío. Un puñetazo le dio en la mano, se tambaleó hacia la pared y observó horrorizado el tumulto de hombres que se peleaban. Utilizaban porras y cuchillos: habían caído en manos de un grupo de las SA.

Quiso intervenir en el forcejeo para ayudar a los estudiantes, tal vez incluso salvarles la vida, pero al dar el primer paso las paredes empezaron a dar vueltas a su alrededor y cayó al suelo.

—¡Policía! —oyó de forma imprecisa.

De pronto se impuso el silencio, alguien gimió, una mesa se volcó, un agente se inclinó sobre él y le pidió los papeles. No entendió la pregunta hasta la segunda vez, y buscó a tientas el monedero, donde guardaba su documento. Sin embargo, no lo encontró ni en la chaqueta ni en el bolsillo de los pantalones.

—Entonces también se viene a comisaría —ordenó el agente—. ¡Andando!

17

Marie se despertó y se sentó en la cama. ¿Había sonado el teléfono en el despacho de su marido? No, porque cuando escuchó la casa en silencio solo oyó la respiración regular de Paul a su lado. O bien lo había soñado o la persona que llamaba había desistido. Pero ¿quién iba a llamar a la villa en plena noche?

De pronto se oyeron pasos tenues. Alguien llamó a la puerta del dormitorio; así que no eran imaginaciones suyas.

—¿Mamá?

—¿Qué pasa, Dodo?

—La tía Tilly acaba de llamar.

Marie salió de la cama a toda prisa y buscó a oscuras su bata.

—Espera —susurró—, ahora voy.

Cuando abrió la puerta del dormitorio, la luz del pasillo entró en la habitación e iluminó a su marido dormido, con el pelo alborotado y cogido con los dos brazos a la almohada. Cerró la puerta con cuidado para no despertarlo. Seguro que se había quedado hasta tarde en su despacho con sus expedientes y necesitaba dormir. Dodo se había puesto un jersey encima del camisón y llevaba calcetines hasta la rodilla y las zapatillas.

—¿Qué haces despierta, Dodo? —preguntó Marie en

tono de reproche, y consultó el reloj de pie—. ¿Sabes qué hora es?

—Estaba leyendo...

Había cogido prestado un libro del célebre piloto de combate Ernst Udet de la biblioteca municipal. *Cruz contra escarapela*, decía el título. Marie suspiró y miró el reloj de pie: ¡las dos y cuarto!

—¿Qué quería Tilly en plena noche?

Su hija se hizo la importante, dio un paso adelante, algo que hacía casi siempre cuando creía que podía instruir a alguien.

—Es por el tío Sebastian. Ahora está con ella. Deberías decírselo a la tía Lisa con mucho cuidado.

—¡Dios mío! —exclamó Marie, asustada—. Creía que había vuelto en el tren nocturno y hacía tiempo que estaba en casa. Seguramente la pobre lo estará esperando. ¿Por qué no ha llamado él?

Dodo se encogió de hombros.

—La tía Tilly ha dicho que le dolía mucho una muela y que quería ir a primera hora al dentista. Por eso se quedará unos días en Múnich.

La explicación no convenció del todo a Marie. El dolor de muelas era desagradable, pero podría habérselo dicho a su mujer a su debido tiempo.

—A lo mejor ya no puede abrir la boca por el dolor —elucubró Dodo.

—Sea como fuere, ahora mismo te vas a la cama, ¡y nada de leer ya!

—Sí, mamá. Buenas noches.

Marie abrazó a su hija y le dio un beso en la mejilla. La niña estaba creciendo, se dio cuenta mientras la seguía con la mirada hasta que desapareció en su habitación. Había llegado el momento de que se vistiera como una dama, las faldas a cuadros que prefería Dodo eran demasiado infantiles.

Se apretó el cinturón de la bata y se dispuso a bajar la escalera para ir al edificio anexo a ver a Lisa cuando Paul apareció en el resquicio de la puerta, adormilado.

—¿Qué pasa? —preguntó con voz ronca—. ¿Ha ocurrido algo?

—Sebastian se queda a pasar la noche en casa de Tilly. Tengo que decírselo enseguida a Lisa.

—¿Aún lo está esperando?

—Eso parece.

—¡Vaya! ¿Te acompaño?

—No —contestó con una sonrisa—. Sigue durmiendo, cariño. Esto es cosa de mujeres.

Su cuñada estaba hecha un mar de lágrimas en el salón, la mesita que tenía delante estaba abarrotada de tazas de té usadas, latas de galletas, vasos de agua y distintos botecitos marrones con tinturas calmantes. En medio destacaba el teléfono negro, y al lado había una libreta empapada de lágrimas y un lápiz.

—¡Marie! —sollozó, y se levantó de un salto para desahogar el llanto en su pecho.

—Tranquila, Lisa —susurró Marie, y le acarició el cabello largo para consolarla—. Todo va bien. Está en casa de Tilly, acaba de llamar.

Lisa no podía hablar al principio debido al ataque de llanto y le temblaba todo el cuerpo, de manera que Marie consideró oportuno sentarse con ella en el sofá.

—¿Me has entendido? —insistió—. No hay de qué preocuparse, Tilly cuidará de él.

Lisa dejó de llorar y soltó una sonora carcajada que espantó a Marie.

—¿Que cuidará de él? ¿Eso ha dicho? ¿También te ha contado por qué?

—Porque tiene dolor de muelas —contestó Marie, vacilante.

Lisa se rio de nuevo, sonó estridente y desesperada.

—¿Dolor de muelas? ¡Ja! Ha perdido tres dientes. Le han destrozado la cara. Le han hecho daño en la rodilla. Se cortó la mano derecha con un vaso de cerveza roto...

Marie observó a su cuñada con incredulidad, y se preocupó por si se había tomado una sobredosis de esos remedios supuestamente inofensivos que había cogido del armarito de medicamentos de su suegra.

—Pero ¡Lisa! ¿Qué dices? Creo que has tenido una pesadilla.

La respuesta que recibió fue la libreta empapada de lágrimas delante de las narices. Estaba llena de notas que había apuntado a toda prisa con el lápiz. A Marie le costó descifrar algunas palabras.

Pelea, bar habitual del NSDAP, provoca a tres compañeros, golpe con un vaso de cerveza, herida en la frente...

—Al ver que era la una y aún no había llegado a casa, llamé a la policía —explicó Lisa, que se sonó la nariz—. Me dieron el número de la comisaría de Giesing. Y entonces... entonces... me... Ay, Marie, me lo imaginaba todo el tiempo. Si hubiera ido yo con él a Múnich, no habría pasado todo esto.

—Es realmente horrible —susurró Marie—. Lisa, lo siento mucho. ¿Cómo ha podido ocurrir eso? Sebastian es una persona dulce y pacífica.

La desesperación de la esposa llorosa se transformó en rabia. ¿Cómo que dulce? Su marido era un testarudo. Ella le advirtió, pero no quiso escucharla.

—¿De verdad Tilly habló de dolor de muelas? ¡Será cobarde! No se atreve a confesarme la verdad y mete a alguien ajeno. ¿Dolor de muelas? ¡No me hagas reír! ¡Tuvo que ir a recogerlo a la comisaría! Lo metieron en una celda porque no llevaba la documentación encima.

—Es terrible —la consoló Marie—, pero podría haber sido peor. Por lo menos sigue con vida, y la anécdota le servirá de advertencia en un futuro.

Lisa ni siquiera la escuchaba. Seguía indignada, maldijo a los camaradas de Giesing, a toda esa panda de comunistas, a los malditos hitlerianos y a las borracheras que provocaban esas peleas.

—Y me sienta muy mal que Tilly participe en su teatro. En vez de llamarme y decirme la pura verdad, me cuenta una sarta de mentiras.

Calló cuando se abrió la puerta del salón. Apareció Alicia con su bata de seda de color musgo, el cabello recogido con cuidado en un moño y cubierto con un tocado.

—¿Qué ha pasado, Lisa? —preguntó en tono de reproche—. Se te oye gritar hasta en la casa de enfrente.

Para que la anciana no se pusiera nerviosa, Marie la distrajo.

—No es nada serio, mamá —dijo con una sonrisa tranquilizadora—. Sebastian está en Múnich, se quedará a dormir en casa de Tilly y Ernst.

Alicia Melzer recibió la noticia con extrañeza.

—¿Y por eso estás histérica, Lisa? No seas tonta. ¿De verdad crees que tu marido te engaña justo con Tilly?

Marie vio que Lisa abría los ojos de par en par del asombro, aunque ella estuvo a punto de echarse a reír, pese a la gravedad de la situación. Mamá vivía en otro mundo.

—A un marido hay que darle de vez en cuando sus libertades —continuó Alicia—. Recuérdalo, Lisa. Y deja de gritar como una vulgar verdulera. Vas a despertar a los niños.

Dicho esto, dio media vuelta y volvió a sus aposentos mientras Marie y Lisa se quedaban sin habla en el sofá.

—Por el amor de Dios —murmuró Lisa.

Marie le acarició el hombro a modo de consuelo.

—¿Quieres que duerma contigo esta noche para que no estés tan sola?

—Sería todo un detalle por tu parte —suspiró su cuñada—. La sola idea de la cama vacía a mi lado...

Ya faltaba poco para las tres, no quedaba mucha noche. Como todo el servicio dormía y Marie no quería despertar a nadie, fue un momento a ver a Paul para decirle que pasaría el resto de la noche con su hermana.

—¿No exageras un poco? —refunfuñó, descontento—. Es una mujer adulta y ella escogió a ese hombre.

—Sigue durmiendo, cariño —dijo Marie, y le dio un beso en la mejilla.

Una hora después se convenció de que Paul no iba desencaminado. Lisa estaba demasiado nerviosa y alterada para dormir, su imaginación dibujaba las escenas más horribles y se las describía a la pobre Marie con todo lujo de detalles. Cuando al final Marie le explicó que al día siguiente tenía que llegar pronto al atelier y necesitaba dormir un poco, Lisa soltó un profundo suspiro, ofendida, y se dio la vuelta.

—No podré pegar ojo —susurró—, pero no quiero ser egoísta. Que duermas bien.

Marie apenas había conciliado el sueño cuando la despertaron los gritos de los niños en el cuarto de al lado. Por lo visto Charlotte había tenido una pesadilla y Rosa Knickbein tuvo que consolarla, luego se quedó con ellos a pasar la noche. Lisa no se enteró de nada porque estaba durmiendo a pierna suelta. Hacia las seis se despertaron los niños y fueron a la habitación de sus padres como era su costumbre, donde Sebastian cuidaba de ellos. Observaron sorprendidos a su tía ocupando su lugar.

—¿Dónde está papá? —preguntó Johann.

—¡Chis! —susurró Marie—. Vuestro padre está en casa de la tía Tilly en Múnich. Dejad dormir un poco más a mamá.

—Nos prometió construirnos un castillo…

Marie no tenía ganas de discusiones, estaba agotada.

—Vosotros dos a vuestro cuarto, a dormir un rato más —ordenó con vehemencia.

Johann se fue en silencio, obediente, con el hermano pequeño a remolque. Marie oyó que se peleaban y Hanno rompía a llorar desconsoladamente, luego, por suerte, Rosa Knickbein acudió y se llevó a los gallos de pelea a la habitación de Charlotte. Como Lisa dormía profundamente y ya no precisaba sus cuidados, Marie decidió irse y tal vez dormir un rato seguido en su cama. No lo consiguió, en la casa olía a café recién hecho.

Abajo, en la cocina, Fanny Brunnenmayer ya estaba preparando el desayuno. En el pasillo Marie se encontró a su hijo Kurti, descalzo y con el camisón largo, con un coche en cada mano, y lo estrechó entre sus brazos.

—Suéltame, mamá. Quiero ir con Johann a jugar con los coches.

Hanna salió del pasillo del servicio, le hizo una reverencia y le deseó unos «buenos días, señora» antes de dirigirse a la puerta de su hija.

—¡Señorita Dorothea, despierte! Son las siete.

Leo salió medio dormido de su habitación, parpadeó ante su madre y llamó a la puerta del baño.

—¿Te falta mucho, papá?

—Ahora acabo —fue la respuesta.

Marie renunció definitivamente a dormir un poco más y empezó a vestirse. Cuando Paul entró en la habitación poco después, le contó en voz baja lo que Lisa había averiguado por la policía de Giesing.

—¡Cielo santo! —exclamó—. Seguro que a Ernst no le ha hecho ninguna gracia. Mi viejo amigo es conocido en Múnich y le preocupa mucho su reputación.

—Ese es el menor de los problemas en una situación tan

triste —opinó Marie—. Lo principal es que Sebastian esté más o menos sano y no sufra daños permanentes.

Paul aseguró que él también lo esperaba, aunque Marie vio que su compasión hacia el cuñado tenía sus límites. Como representante del comité de empresa le había dado la lata demasiadas veces en la fábrica.

El desayuno, que tuvo lugar sin Alicia, Lisa y los niños, fue más silencioso de lo habitual. Paul ya estaba con la mente en la fábrica, Marie intentaba levantar los ánimos cansados con café, pero por desgracia no lo consiguió, y Leo llevaba días callado e inaccesible. Hasta el piano, que antes inundaba la casa desde por la mañana, había enmudecido.

Dodo apareció en el último momento, engulló un panecillo y se bebió un café de pie.

—¿Quieres venir al atelier después del colegio? —preguntó su madre—. Creo que necesitas algo de ropa bonita.

—¡Un traje de aviadora de lino blanco, mamá, por favor!

—Pensaba más bien en un vestido.

—¿Un vestido? ¿Es necesario?

Leo fue el primero en levantarse de la mesa, hacía un tiempo que iba al colegio en tranvía porque, por lo visto, le daba vergüenza que sus compañeros vieran que lo llevaba un chófer, no quería parecer un «fanfarrón». Dodo acompañaba con frecuencia a su hermano. Paul, en cambio, esa mañana no tenía prisa. Se sirvió café y le sirvió a su mujer una última tacita.

—Pareces cansada, Marie —comentó compasivo—. ¿La egoísta de mi hermana no te ha dejado dormir?

—Está muerta de miedo por Sebastian, como es lógico.

Él asintió y añadió azúcar al café. Se quedó un rato callado, el comedor estaba tan silencioso que se oía el tictac del reloj de la cómoda. Marie pensó que su marido lidiaba con un asunto desagradable que a ella también le afectaba.

—Dilo ya, Paul —le exigió.

Él sonrió porque ella siempre sabía interpretar su actitud y le leía los pensamientos.

—Marie, siento mucho tener que decírtelo justo hoy, después de una noche en vela…

—Nada de excusas, Paul. Ya sabes que no soy de azúcar.

Paul respiró hondo y se reclinó en la silla.

—No hay otra solución —empezó afligido—. He estado negociando con el banco, pero me piden que devuelva todo el crédito. Si quiero conservar la fábrica, tengo que vender las casas de alquiler del centro.

—Entiendo —dijo Marie a media voz—. Afecta, entre otros, al edificio donde está mi atelier, ¿verdad?

—Por desgracia… Intentaré encontrar un comprador que exija un alquiler moderado. Pero no puedo prometer nada, claro.

—Por supuesto —contestó ella, pesarosa—. Tienes que dárselo a quien ofrezca más. Haz lo que tengas previsto, Paul. La fábrica es más importante que mi atelier. De todos modos, últimamente va muy mal.

—La fábrica no va mucho mejor —suspiró él—. Tenemos que superar esta crisis de alguna manera, Marie. No puede durar para siempre, un día seguro que las cosas mejorarán.

—Lo conseguiremos, Paul —susurró ella cuando se separaron—. ¡Siempre lo hemos conseguido!

—¡Solo si tú estás conmigo, Marie!

Sin embargo, cuando subió al coche para ir a la ciudad volvieron las tribulaciones. Ni siquiera sabía si el nuevo propietario querría tener como arrendatario el atelier, y encima a un precio que pudieran permitirse Paul y ella. Solo así podría mantener a las costureras, a las que ya había reducido el sueldo. Poco antes de que el coche parara en Karolinenstrasse se le ocurrió que podía llamar a Kitty y preguntarle si Robert querría comprar el edificio. Según decían, los negocios le iban tan bien como antes. ¿Por qué no se le había ocurrido antes? Aún estaba a tiempo.

También la señora Ginsberg, que acababa de decorar de nuevo el escaparate del atelier, la esperaba con una mala noticia. Tenía que comunicarle dos cancelaciones. La mujer del director Wiesler ya no quería arreglar su abrigo de invierno, lo recogería más tarde sin cambios, y otra clienta llamó para anular el vestido que había encargado. Con las costureras en cambio hubo un rayo de esperanza: era el cumpleaños de la señorita Künzel y había llevado un pastelito para la merienda.

Marie se dirigió al teléfono para llamar a Kitty. La línea estaba ocupada, seguramente su cuñada mantenía una de esas conversaciones con una amiga que duraban horas. Pensando en la factura del teléfono, al cabo de un rato decidió no llamarla y esperar a la siguiente reunión para preguntarle a Robert sobre el edificio.

Pasó a ocuparse de la contabilidad. Sus avisos por fin dieron frutos en algunos casos: varias clientas habían pagado por lo menos una parte de sus deudas. Por desgracia, los importes que probablemente no iba a recibir en un futuro próximo eran cada vez más abultados. La única que pagaba con puntualidad, con un descuento del tres por ciento, era...

—Buenos días, señora Grünling —oyó la voz de la señora Ginsberg en la tienda—. Hace un maravilloso día de otoño, ¿verdad?

Ahí estaba de nuevo, la única que pagaba con puntualidad. Serafina Grünling visitaba el atelier de Marie con bastante frecuencia; había encargado varios vestidos y trajes, además de un abrigo de invierno, y la tela ya estaba pedida. Era una clienta que cualquier atelier de moda se alegraría de tener, si no fuera tan malvada. En todas las pruebas presentaba alguna queja, tenían que modificar varias veces todas las prendas hasta que la señora quedaba satisfecha. Y eso que las modificaciones eran del todo innecesarias, luego siempre ordenaba que las deshicieran sin motivo. Era pura mala baba. La institutriz, despedida tiempo atrás, utilizaba su poder y se vengaba por humillaciones vividas o inventadas. Si Marie no necesitara el dinero con tanta urgencia para seguir adelante con el atelier, con gusto habría echado a esa mujer insufrible.

—Me hace ilusión ver si por fin ha conseguido adaptar la falda a la figura —oyó que le decía Serafina a la señora Ginsberg—. Es la tercera vez que vengo y temo que siga sin ajustarse. En realidad hace tiempo que debería haber cancelado el encargo.

A Marie le daba pena que la señora Ginsberg quedara expuesta a los caprichos de esa clienta, pero ella temía perder los estribos tarde o temprano en una situación como esa.

—¡Ya estamos! —exclamó Serafina triunfal desde el probador de la tienda—. Mire usted misma, esto es demasiado ancho. No, la falda no puede quedar así.

—Querida señora Grünling, yo creo más bien que la falda va bastante justa.

—¿Quiere darme lecciones, señora Ginsberg? ¿Cree que no sabría…?

Se oyó el timbre de la tienda, alguien había entrado. Quizá una clienta nueva. Marie se levantó a toda prisa del escritorio para evitar que la desagradable Serafina le ahuyentara a la clientela, pero era su hija Dodo.

—Buenos días, señora Ginsberg. Buenos días, señora Grünling. ¿Mamá está en su despacho?

—Sí, Dodo —contestó la señora Ginsberg con amabilidad—. Ve detrás, hay incluso pastel.

Marie iba a preparar una taza de té y un trozo de pastel para Dodo cuando en la tienda se inició un diálogo de lo más peligroso.

—Ah, aquí está la pequeña Dodo —dijo la señora Grünling en tono de suficiencia—. Estás delgada, niña. ¿Es que no te dan bien de comer en la villa de las telas? Dicen que ahora se ahorra mucho allí.

«Qué descaro», pensó Marie, que volvió a dejar la taza para salir a la tienda antes de que Dodo se pusiera insolente. Llegó demasiado tarde.

—De momento no se ha muerto nadie de hambre, señora Grünling —oyó decir a su hija—. Tampoco me hacen falta esos michelines que luce usted en la barriga.

—¿Michelines? —exclamó Serafina, indignada—. ¿Qué te has creído, mocosa descarada? Ya se ve cómo termina una educación laxa. El hermano se considera un niño prodigio y se pone en ridículo delante de toda la ciudad, y la hermana hace gala de malos modales.

Marie vio una imagen grotesca. Serafina había corrido la cortina del probador y estaba delante del espejo grande con una falda demasiado estrecha y la blusa medio abierta mientras Dodo, con el rostro encarnado, tomaba aire para contestar.

—¡Dodo! —gritó Marie—. ¡Ven conmigo al despacho, por favor!

—¡Vaya! —exclamó Serafina—. Por fin ha salido la señora madre de su escondrijo. Exijo una disculpa de su hija, señora Melzer. ¡Ahora mismo!

Podía esperar sentada. La respuesta de Dodo había sido impertinente, sin duda, pero Marie no estaba dispuesta a exigirle nada. Además, conocía a su hija y no se iba a disculpar. Era un callejón sin salida, no cabía una solución amistosa.

—Ni lo sueñe —dijo Dodo—. Discúlpese usted primero. Ha ofendido a mi familia. Y a mi hermano Leo. ¡Usted sí que no tiene modales!

—Dodo —intervino Marie en tono calmado—. Eso ha sido de muy mala educación. Por favor, vete a mi despacho y espérame allí.

Su hija obedeció, pasó orgullosa por el medio, consciente

de que su madre luego le echaría una buena reprimenda. Durante unos segundos se impuso en la tienda un silencio de consternación. La señora Ginsberg se había quedado petrificada del susto, Serafina Grünling estaba reuniendo energías para la gran intervención.

—Entonces, ¿aprueba la insolencia de su hija? —dijo en tono amenazador hacia Marie—. Es muy grave. ¡Vengo a este atelier por pura compasión, sin mí habría quebrado hace tiempo, y me tratan así!

—No necesito compasión, señora Grünling. ¡Por favor, salga de mi tienda!

—Con mucho gusto, es lo que más ganas tengo de hacer.

Serafina corrió la cortina para cambiarse rápido. En cuanto terminó, le dio a Marie la falda y quemó el último cartucho que tanto tiempo llevaba guardando.

—Ni siquiera sabe coser bien —soltó con malicia—. Pero bueno, de todos modos pronto cerrará el atelier. ¿Ya le he dicho que mi marido va a comprar este edificio? El contrato ya está firmado.

Disfrutó del silencio horrorizado de las dos mujeres y salió del atelier con la cabeza alta.

—¿Qué ha dicho? —susurró la señora Ginsberg, asustada.

—Mentiras. Nada más que mentiras —contestó Marie—. Olvídelo.

18

La animada cháchara de la tía Tilly penetró desde el vestíbulo hasta el dormitorio de la planta de arriba. Dodo cogió su bolsa de viaje y quiso bajar corriendo la escalera, luego se detuvo y abrió la puerta de la habitación de Leo. En efecto, su hermano estaba en su escritorio, con la cabeza metida en los libros de texto.

—¿De verdad no quieres venir? —preguntó—. Al fin y al cabo la tía Tilly nos ha invitado a los dos a pasar unos días en su casa.

—¡No! Tengo que estudiar latín. —Ni siquiera se volvió hacia ella, en cambio hojeaba la gramática latina y murmuraba para sus adentros palabras incomprensibles—. ¡Son las vacaciones de otoño!

—Sí, ¿y? —Dodo sacudió la cabeza, confundida—. Nadie medio normal estudia durante las vacaciones.

—Tengo mucho que recuperar —insistió—. Ahora déjame tranquilo. Que te lo pases muy bien en Múnich. Puedes escribirme una carta.

—Puedes esperar sentado —gruñó ella, decepcionada, y cerró la puerta.

En el comedor se encontró a la tía Kitty con la abuela y la tía Lisa tomando un té y unas pastas que les servía Humbert.

—No, Kitty —se lamentó la tía Lisa, y se limpió la cara con el pañuelo de bolsillo—. De ningún modo iré con vosotros a Múnich. No soporto la escena, seguro que empiezo a llorar, lo sé, y no pararía durante todo el trayecto. No, no quiero pedirle eso a nadie.

—Cielo santo. ¡Sigue vivo, Lisa! Un poco maltrecho, sí. Sobre todo en la cabeza, como ha dicho Tilly. Pero en eso siempre ha sido un poco peculiar. El resto sigue intacto, solo la rodilla está un poco perjudicada. Piensa en el pobre Klippi. Él tiene otras partes perjudicadas…

—¡Kitty, por favor! —la reprendió la abuela—. *Pas devant les enfants!*

Dodo conocía esa frase desde que tenía uso de razón, su abuela la decía siempre que la conversación se ponía interesante.

—¡Ah, Dodo, ahí estás! —exclamó la tía Kitty, que estiró el brazo hacia su sobrina para atraerla hacia sí y besarla—. ¿Ya has hecho el equipaje? ¿Cómo? ¿Solo esa bolsita? Pero si ahí no cabe nada. Necesitarás un vestido de tarde bonito. Ropa para la ópera. Una bata… Bueno, para Navidad te regalaré un *déshabillé* maravilloso de color turquesa. Con encaje. Estarás arrebatadora. Ya he escogido las zapatillas a juego.

«Dios mío», pensó Dodo, horrorizada. Como no quería disgustar a la tía Kitty, hizo como si se alegrara, pero aclaró que le gustaría tener además unos pantalones largos y una chaqueta a juego.

—En mi época, las damas nunca llevaban pantalones —comentó la abuela—. Ni siquiera en una excursión a caballo. Usábamos una silla de montar para damas.

—Unos pantalones largos es una buena idea, Dodo —intervino la tía Kitty—. Te quedarían estupendos. Bueno, ¿y ahora qué, Lisa? ¿De verdad no quieres venir? Está bien. Tampoco yo quiero tus lloriqueos en mi coche; ya me encargo de traer a tu maltrecho caballero a Augsburgo. ¡Qué cosas se les ocurren a los hombres! Una cree que ha atrapado a un ejemplar pacífico y luego se pelea como si fuera un repartidor de cerveza.

La abuela Alicia dejó la taza de té que iba a llevarse a la boca en el platillo.

—¿Qué dices, Kitty? ¿Sebastian se ha peleado? ¿No se suponía que solo tenía un mal dolor de muelas?

Lisa fulminó con la mirada a su hermana y esta se mordió el labio inferior, asustada. Ya se había ido de la lengua otra vez.

—Tienes razón, mamá. Tiene dolor de muelas. ¿Sabes? Se tropezó. Fue en un bar, y había un cervecero...

—¿En un bar?

La abuela abrió los ojos de par en par, y la tía Kitty dejó las explicaciones, confusa.

—Dios mío, se ha hecho tarde —exclamó al tiempo que miraba el reloj de péndulo sobre la cómoda—. Tenemos que irnos sin falta, mi cochecito no es el más rápido del mundo. Lisa te explicará con exactitud qué le ha pasado a Sebastian, ¿verdad, hermanita? ¿Las cosas de Tilly están fuera, en la puerta? Pues que Humbert las coloque en el maletero. Dodo, ponte el abrigo, hace frío. Querida mamá, mañana volveré con Sebastian. A primera hora de la tarde, creo... ¡Dame un abrazo, mi queridita mamá! ¡Y dales un beso a los niños de mi parte! Y tú, Lisa, mañana tendrás aquí a tu amado y podrás cuidar al pobre inválido.

A Dodo le pareció muy elocuente la mirada de despedida de la tía Lisa. Seguramente tenía ganas de apuñalar a su lenguaraz hermana, pero la tía Kitty obvió con naturalidad y alegría su metedura de pata, y enseguida se la oyó hablando abajo en el vestíbulo con Gertie y Humbert de esto y de aquello.

—¡Este bolso de mano es un desastre! Todo lo que busco está en el fondo de todo. ¿Dónde está la llave del coche?

Dodo puso cara de desesperación, abrazó primero a la abuela y luego a la tía Lisa, prometió obedecer mucho en casa de la tía Tilly, no contestar con insolencias y hacer una reverencia siempre que saludara a un adulto. Luego bajó tan rápido la escalera hasta el vestíbulo que estuvo a punto de caerse con las papeleras que Else había dejado al pie de la escalera para vaciarlas en el cubo de la basura. Dodo sorteó el obstáculo con un audaz salto, pero volcó una cesta y el contenido se desparramó.

Observó las hojas de papel esparcidas ante ella en el suelo y no podía creerlo. Eran notas escritas a mano. Las composiciones de Leo. Su hermano lo había tirado todo a la basura.

—No hace falta que lo recojas ahora —la reprendió la tía Kitty, impaciente—. Deja que lo haga Else. No sé por qué deja las cestas delante de la escalera. ¡Vamos, tenemos que irnos!

—¡Ahora voy, tía Kitty!

Dodo recogió las hojas del suelo y las puso unas encima de otras. ¡La maravillosa música de Leo! ¿Cómo podía tirarlo todo? ¿Qué había hecho con su hermano esa bruja rusa del piano?

Enrolló el legajo con la bufanda de lana roja y se lo llevó. Esas hojas no podían quedarse bajo ningún concepto en la villa de las telas. Si caían en manos de Leo, al final las quemaría. No, iba a depositar las valiosas composiciones de su hermano donde estuvieran a salvo. Y ya sabía dónde.

Subió al coche con un suspiro. Ir en coche con la tía Kitty era un tormento porque maltrataba su pobre vehículo con tal crueldad que a Dodo le producía un dolor casi físico.

—Podrías poner una marcha menos, tía Kitty.

—¿Por qué, Dodo? Va estupendamente, y el petardeo es encantador.

—El motor se sobrecalienta cuando conduces a tantas revoluciones.

—Vamos, niña. Seguro que el viento frío lo refresca.

En el camino tuvieron que parar cuatro veces en una gasolinera porque el motor se estropeó, pero daba igual lo que el mecánico de coches le dijera a la tía Kitty, ella asentía con alegría, sonreía al hombre y seguía igual que antes.

«Si un mal pecador va al infierno, podría convertirse en un coche conducido por la tía Kitty», pensó Dodo. Sería un castigo terrible.

Llegaron a Múnich-Pasing a última hora de la tarde, y si Dodo no hubiera tenido el mapa en el regazo para guiar a su tía por la dirección adecuada, seguramente no habrían llegado hasta medianoche.

—¡Cielo santo! —exclamó la tía Kitty al ver la villa—. Ernst se ha hecho construir un buen parque. La casa parece la villa de las telas en miniatura. Baja, pequeña Dodo. Hemos llegado. ¿Ese no es Julius, el que mató a la pobre Maria Jordan? Ah, no, no fue él, solo tenía algo con ella, creo… ¡Julius, me alegro de volver a verte! Por favor, primero las tres bolsas, hay regalos para mi querida Tilly y para Ernst. Luego mi maleta. El bolso de mano lo llevaré yo. ¿Qué llevas envuelto en esa bufanda roja, Dodo? ¿No serán libros?

Su sobrina sacudió la cabeza y metió la bufanda y el contenido en su bolsa de viaje.

La tía Kitty corrió como una gallina exaltada para poner el equipaje en el lugar adecuado. En el vestíbulo de la entrada se lanzó al cuello de la tía Tilly, habló sin ton ni son y besó al tío Ernst en las dos mejillas. El tío le dio a Dodo la mano con educación. Le pareció aún más huraño que antes, aunque tal vez fuera porque estaba mayor, más flaco y más canoso.

—Me alegro de volver a verte, Dorothea —dijo mientras ella le hacía una reverencia, obediente—. Sí que has crecido.

Luego desapareció en su despacho y cerró la puerta tras él. La tía Tilly estrechó a Dodo entre sus brazos, parecía muy contenta de que ella y la tía Kitty hubieran llegado de visita.

—Vosotras traéis vida a la casa —aseguró con una sonrisa—. Lástima que Leo no haya venido. Tenemos un piano en el salón que no se usa prácticamente nunca.

El tío Sebastian estaba sentado en una butaca en la biblioteca, con una manta de lana sobre las piernas. A Dodo le pareció que tenía un aspecto horrible: la cara llena de rozaduras, un chichón en la frente, rojizo y reventado, los labios partidos y la mano derecha envuelta en una venda.

—Lo *siensho mushísimo*, querida *Kishi* —masculló cuando se acercaron a saludarlo.

La tía Kitty, que por lo general no tenía pelos en la lengua, lo trató con un cariño y una comprensión insólitos.

—¡Ay, pobre! —exclamó, y le apretó la mano izquierda—. ¡Lo que has sufrido! Por lo que veo, Tilly te ha cuidado bien y estás mejor, ¿verdad?

—Es un ángel. Le *eshoy infinishamente* agradecido.

—Mañana volverás a estar en casa —le consoló la tía Kitty.

Sin embargo, el tío Sebastian no parecía muy contento por su regreso. Seguro que cuando su mujer lo viera así al día siguiente le daría otro ataque de histeria. Más tarde tampoco participó de la cena, sino que la criada le llevó la comida a la biblioteca. No quería quitarles el apetito con su imagen. Dodo se alegró cuando escuchó eso, sobre todo el chichón reventado era una visión horripilante. Pobre tío Sebastian, debía de sufrir fuertes dolores.

Así, la cena fue incluso divertida porque la tía Kitty habló sin parar y se rio, y sorprendentemente al tío Ernst le gustó. Su tía se había cambiado a propósito para la cena, llevaba uno de sus vestidos negros ceñidos con un escote abierto por delante y por detrás y con brillos en algunas zonas. Tenía un armario lleno de modelos así, algunos incluían plumas, y otros, sobre todo los blancos, llevaban bordadas unas perlitas. Su prima Henny estaba loca por poder ponerse los vestidos de su madre, ella en cambio no se pondría uno de esos trapitos ni por todo el oro del mundo.

Aunque sí parecían ser del agrado del tío Ernst.

—Qué lástima, querida Kitty —dijo—. Mañana nos han invitado a un banquete de gala en la ópera. ¿Qué te parece si te quedas un día más con nosotros?

La tía Kitty rechazó la oferta. Por la pobre Lisa, que esperaba a su marido en Augsburgo, y por su marido. Lógico. Dodo también habría escogido al tío Robert de haber podido elegir. Era un tipo muy simpático.

De pronto el tío Ernst dijo que se había hecho tarde y que los niños debían acostarse pronto. Por eso Dodo tuvo que subirse a las ocho al dormitorio que esa noche compartiría con la tía Kitty. Se alegró de tener en la bolsa de viaje dos libros de la biblioteca municipal que podía leer hasta que llegara su compañera de habitación. La tía Kitty tardó en aparecer. Se tambaleaba un poco cuando entró justo antes de la medianoche, probablemente había bebido vino en abundancia.

—Aún estás despierta, mi niña —dijo asombrada—. ¡Leyendo en la cama! Te convertirás en una cuatro ojos si sigues así.

Dodo dejó el libro del piloto de combate Manfred von Richthofen en la mesita de noche y sacó de la bolsa de viaje los papeles envueltos en la bufanda roja.

—Tienes que llevarte esto a Frauentorstrasse —le pidió—. Guárdalo bien y no se lo enseñes a nadie.

—Madre mía —exclamó la tía Kitty cuando Dodo sacó las partituras de la bufanda de lana—. ¿Qué es eso?

—Las composiciones de Leo. Imagínate: las ha tirado todas.

Su tía era la persona adecuada. Observó las partituras y tarareó unas cuantas melodías, le pareció todo fantástico y afirmó que Leo era un artista y un día sería un célebre compositor. Siempre lo había sabido. Solo Paul, ese ingenuo, creía que un día se haría cargo de la fábrica.

—El pobre componía en secreto —se indignó—. No se ha atrevido a enseñárselo a nadie. ¡Ay, Dodo! Me alegro de que te fijaras. Esas valiosas partituras han estado a punto de perderse. No quiero ni imaginar lo que ha ocasionado esa Obramova, esa canalla.

—Pero ¿cómo puede ser que Leo lo tire todo por eso? —se lamentó Dodo—. Hasta ahora la música era lo más importante para él.

La tía Kitty arqueó las cejas y aclaró que seguramente Leo se había enamorado.

—El primer amor es algo muy grande, Dodo. Olvidas todo lo que es importante en la vida y haces cosas terribles y estúpidas. Yo me escapé con Gérard a París... y cuando ese primer amor tiene un final infeliz, es como si te hundieras en un abismo oscuro.

Dodo pensó que la tía Kitty estaba achispada y se iba por las ramas. Leo no podía haberse enamorado de una mujer tan fea y gorda como Obramova. No, era mucho más probable que lo hubiera embrujado.

—Me llevaré su obra y la esconderé bien en mi casa —prometió la tía Kitty, y envolvió el fajo de papeles en la bufanda roja—. Al fondo del todo de mi armario ropero. Ahí nadie lo encontrará.

Al día siguiente, durante el desayuno, reinaba en el ambiente una extraña tensión. La tía Kitty acaparó como de costumbre la mayor parte de la conversación, y el tío Ernst, para variar, no paraba de dedicarle cumplidos, mientras la tía Tilly apenas hablaba; parecía enfadada por algo. El tío Sebastian estaba en la biblioteca y mojaba los panecillos en su café con leche.

Poco después, Julius y Bruni lo llevaron al coche; no fue tan fácil con la rodilla enyesada, y encima el tío Ernst no ayudó y desapareció sin más en su despacho sin decirle adiós al herido.

«Pobre tío Sebastian», pensó Dodo. Ya era bastante duro ir en coche con la tía Kitty estando sano, pero con todo el cuerpo dolorido debía de ser espantoso.

—Que os vaya bien, que os vaya bien a todos en el precioso Múnich —gritó la tía Kitty desde el volante—. Dodo, sé buena con tu tía, se lo merece. Tilly, espero verte pronto, cariño. A decir verdad, no entiendo qué haces aquí todavía. ¡Ups!

El coche dio una sacudida hacia delante porque el motor se había parado de nuevo, y Sebastian, que estaba atravesado en el asiento trasero, se dio un golpe en el hombro contra el asiento delantero y soltó un grito ahogado.

—¡Se ha calado! —gritó Dodo desde fuera.

—Ay, este coche hace lo que quiere —se lamentó la tía Kitty.

Al segundo intento consiguió arrancar y el coche se fue haciendo ruido. Tilly, la doctora, comentó con preocupación:

—A lo mejor no ha sido buena idea que Kitty recoja a Sebastian. Tendría que haber conducido yo.

Cuando la tía Kitty y el tío Sebastian se marcharon a Augsburgo, el ambiente en la casa cambió. De pronto a Dodo los muebles le parecían más oscuros, las cortinas más gruesas, y Julius y Bruni más antipáticos. De repente la tía Tilly tenía arrugas alrededor de la boca y en la frente, y contestaba con monosílabos.

—¿Al aeródromo de Oberwiesenfeld? Es demasiado tarde, tal vez mañana, ¿de acuerdo?

En el programa del día figuraba un aburrido museo de arte que olía a cera y cuadros viejos y donde todo el mundo susurraba. Caminaron por salas grandes y altas que siempre desembocaban en otras salas grandes y altas, y por todas partes colgaban cuadros de las paredes. La tía Tilly le dijo a Dodo que su padre le había pedido que le transmitiera un poco de cultura a su hija y le enseñara la pinacoteca.

La cena en la mansión fue aún peor que el museo de arte. El tío Ernst se sentó en un extremo de la mesa, en el otro la tía Tilly; el sitio de Dodo estaba en un lateral entre los dos y se sentía como un barquito solitario en un océano glacial. Desde que la tía Kitty se había ido, el tío Ernst mostraba un carácter aún más avinagrado que antes, a veces era incluso malvado.

—Espero que me acompañes al banquete de gala, Tilly —exigió, y penetró con la mirada a su mujer.

—Lo siento, Ernst, pero tengo que ocuparme de mi invitada.

La invitada era ella, Dodo. Así que ella era el motivo por el que él contestó indignado que no era la primera vez que su esposa lo dejaba en la estacada.

—Puedo quedarme sola, tía Tilly —se ofreció Dodo en voz baja, pero nadie la oyó.

El tío Ernst hablaba ahora del tío Sebastian.

—No entiendo que tengas que acoger en nuestra casa a esa persona después de haberlo llevado a distintos médicos. A mi costa, claro. Un comunista que da problemas en un bar frecuentado por el NSDAP y que ha herido a un hombre de las SA. Pero a ti te da igual mi reputación. Ya me han mencionado el tema en varias ocasiones, y seguro que mis enemigos aprovecharán el incidente.

—Es una persona decente y necesita mi ayuda —se defendió la tía Tilly—. Era importante para mí, Ernst. Por cierto, no entiendo tu compromiso con ese partido.

—Ya lo he notado —contraatacó él con dureza, y cortó el bocadillo de jamón con el cuchillo.

Dodo miraba a uno y a otro sin entender nada. Era horrible. Ojalá se hubiera quedado en la villa de las telas. Pasar unos días de las vacaciones en Múnich había sido una ocurrencia absurda.

Al día siguiente cambió de opinión. La tía Tilly fue con ella al aeródromo de Oberwiesenfeld, situado entre los distritos de Moosach y Schwabing. A lo lejos pronto avistaron las grandes terminales blancas. Una construcción nueva con torres de antenas en el techo y un reloj enorme sobre la entrada. El recinto estaba rodeado por una valla para que ninguna persona no autorizada caminara sobre el césped, era una lástima porque había varios aviones. Dodo los conocía todos por la prensa y sus libros, era increíble poder ver esos aviones en la realidad.

—Mira, tía Tilly. ¡Ese es el D-1784! Dos asientos. ¡Hay tres! Y ese de al lado es el 1831. Y esos de ahí detrás son biplanos...

La tía Tilly ya no estaba tan nerviosa como en casa. Ahora se la veía mucho más alegre, tenía muchas preguntas y hasta le impresionaron los conocimientos de Dodo. A veces incluso se reía y comentaba que tenía muchas ganas de surcar los cielos algún día con uno de esos pájaros. Sin embargo, el punto álgido del día fue el momento en que entraron sin permiso en el hangar. Había varios aviones muy juntos, y delante del todo un D-1712. Tres hombres vestidos con ropa de trabajo oscura se esforzaban en empujar el avión un poco hacia delante y movían las hélices.

—Es él —murmuró Dodo con veneración.

Estaba tan emocionada que por poco se cae al tropezarse con una manguera negra cuando cruzó la sala. Apenas oyó las advertencias de la tía Tilly para que volviera enseguida. Sin aliento, se paró delante del D-1712 con la mano estirada, en la que llevaba la libreta escolar.

—¡Por favor, por favor, me encantaría un autógrafo, señor Udet!

El as de la aviación le soltó una buena reprimenda. ¿Qué se le había perdido allí? Estaba prohibida la entrada.

—Ahora mismo me voy —balbuceó ella—. Por favor, he leído mucho sobre usted. Su libro *Cruz contra escarapela*. Y los informes de su época en la aviación acrobática. Y he visto todas sus películas… Yo quiero ser piloto algún día. Por favor, deme un autógrafo.

En ese momento el piloto sonrió. Lo había conseguido. No parecía tan apuesto como en las películas, donde seguro que lo maquillaban. Ya sabía por las fotografías de la prensa que era un poco calvo porque en algunas no llevaba sombrero. En realidad no tenía aspecto de héroe, sino más bien de padre simpático. ¡Y era el mejor piloto del mundo! Dodo habría dado cualquier cosa por recibir clases de aviación de él.

—Está bien, joven —accedió—. ¿Tienes lápiz? Espera, yo tengo uno.

Se sacó un bolígrafo del bolsillo de la pechera y escribió su nombre con letras grandes y enérgicas en la libreta escolar. ¡«Ernst Udet»!

—¿Quieres ser piloto? —se interesó mientras le devolvía el cuaderno—. ¿Cuántos años tienes, si se puede preguntar?

—Casi quince.

Él sonrió de nuevo y la observó, para disgusto de Dodo. Con ese absurdo abrigo seguro que parecía una alumna ejemplar y obediente.

—Bueno —dijo él, y le guiñó el ojo—. Dentro de unos años puedes volver a verme.

—¿De verdad? —dijo ella, con el corazón acelerado de tanta felicidad.

—Claro. Y ahora fuera de aquí. Tu madre te está esperando ahí fuera.

—No es mi madre, es mi tía Tilly.

Udet ya no la escuchaba, les estaba explicando a los dos

mecánicos que el motor se encontraba en un estado lamentable y que quería volar al día siguiente.

Dodo se pasó el resto del día hablando de ese gran acontecimiento, algo que deseaba en secreto y se había hecho realidad. Había visto al afamado piloto Ernst Udet en persona e incluso había hablado con él. Y tenía un autógrafo que conservaría hasta el fin de sus días.

—Ha dicho que dentro de unos años podía ir a verlo, tía Tilly. ¿Tú qué crees? ¿Lo intento el año que viene? Ya tendré casi dieciséis años…

—Hasta que no seas mayor de edad, eso tienen que decidirlo tus padres —frenó su entusiasmo su tía.

«Mamá quizá me dejaría, pero papá no —pensó Dodo—. Y la abuela seguro que no.» De todos modos, a ella no se lo iba a preguntar.

Por la noche guardó la libreta con la valiosa firma bajo la almohada, convencida de que iba a soñar con aviones. Con deslizarse sobre el océano irisado y avistar a lo lejos la costa africana. O con un peligroso despegue en un altiplano en la montaña, al borde de un precipicio, y un aterrizaje de emergencia en el desierto en plena tormenta de arena… Pero por la mañana no recordaría ningún sueño de ese tipo. Solo que había oído una acalorada discusión y arrebatos de ira procedentes de la biblioteca: la tía Tilly y el tío Ernst habían discutido a gritos.

Esa mañana la criada Bruni llamó a su puerta.

—¿Señorita Dodo? Los señores ya están desayunando abajo.

Se había quedado dormida, qué tonta. Se aseó un poco, se vistió deprisa y corriendo y en la escalera se peinó con tres dedos. La tía Tilly le había prometido acompañarla al museo de la técnica, que sin duda le gustaría más que la pinacoteca. Allí quería comprar dos postales, una para Leo y otra para mamá y papá. ¡Les sorprendería lo que tenía que contarles!

Por desgracia el día fue distinto a como había imaginado. En el comedor, la tía Tilly la saludó con un amable «buenos días, dormilona», y el tío Ernst masticaba pensativo un panecillo con mantequilla y ni siquiera pareció advertir su llegada.

—Es justo eso, Tilly. Creo que esas investigaciones son muy importantes para el futuro de todos.

—A mí me parecen prescindibles, Ernst —rebatió la tía Tilly, más enojada de lo habitual—. No consiguen más que crear mala sangre. Personas que viven pacíficamente entre nosotros de pronto serán estigmatizadas. ¿Para qué puede ser bueno?

Dodo no entendía de qué hablaban, pero la conversación tenía un tono amenazador y hubiera preferido volver a su cuarto de invitados. Por supuesto, no podía, así que se quedó en silencio en su sitio y dejó que Julius le sirviera café.

—¿Por qué te enfadas, Tilly? —El tío Ernst esbozó una sonrisa burlona a su mujer—. La familia Bräuer es aria hasta los bisabuelos y seguramente más allá. La familia de tu madre tampoco tiene problemas. De Mecklemburgo, sus antepasados eran comerciantes y se hicieron a la mar.

—¿A quién le interesa? —le interrumpió la tía Tilly, enojada—. Coge panecillos, Dodo. Aquí tienes mermelada o jamón...

Dodo se puso un panecillo en el plato del desayuno, con la esperanza de que el tío Ernst se levantara y se fuera a su despacho. Pero prefirió seguir hablando:

—En cuanto a la familia Melzer, en cambio, ahí sí veo problemas. Jacob Burkard era un judío converso, y la madre de Luise Hofgartner era judía. Así, Marie tiene tres cuartas partes de judía, y los niños son mestizos judíos...

De pronto, todo ocurrió muy rápido.

La tía Tilly se hartó y se levantó de un salto, y barrió su taza junto con el platillo de la mesa con un tintineo.

—¡Dodo! Recoge tus cosas. Nos vamos dentro de media

238

hora. —Pronunció esas palabras en voz baja, pero con una resolución extraordinaria.

Cuando el reloj de la iglesia marcó las diez, las dos estaban en el coche, y en el asiento trasero había dos maletas grandes y la bolsa de viaje de Dodo.

—¿Adónde vamos, tía Tilly?

—A casa.

19

La niebla de noviembre cubría el parque de la villa de las telas, se extendía en forma de vapores lechosos sobre los prados y solo dejaba entrever de vez en cuando la silueta negra de un enebro o el esqueleto desnudo de un arbusto sin hojas donde descansaba un cuervo solitario.

—Parece que estemos solos en el mundo —comentó Else, afligida—. Ni siquiera se ve Perlach y la cúpula, la niebla lo ha engullido todo.

—Estamos en otoño —protestó Fanny Brunnenmayer—. La estación de las brujas de la niebla y los fantasmas.

—¡Virgen santa! —exclamó Else, asustada, y se santiguó—. No digas eso, cocinera. Me da miedo cuando tengo que ir al retrete de noche por el corredor.

—¿Por qué no enciendes la luz eléctrica? —preguntó Fanny Brunnenmayer sacudiendo la cabeza—. El señor la hizo instalar para no tener que andar a tientas con la linterna en el corredor.

Else hizo un gesto de desdén.

—¿La luz eléctrica? ¡Jamás en la vida! ¿Para que todo esté deslumbrante y se me vea en camisón?

—Sí, claro —contestó Fanny Brunnenmayer con una sonrisa—. Podrían confundirte con un fantasma, Else. Coge de la despensa la caja con los utensilios para limpiar la plata y el trapo. El trabajo es el mejor remedio contra la melancolía y los espíritus de la niebla.

Era domingo por la tarde, la cocinera había preparado una gran cafetera para los empleados, además comerían pan con mantequilla y mermelada de ciruelas para endulzar el trabajo. Liesl ya tenía instrucciones de fregar los fogones y se estaba dejando el alma para que brillara la placa negra. Después Hanna limpiaría la nevera, la cocinera ya se lo había anunciado, y ella quería dedicarse a la despensa. El día antes Liesl se topó con el claro legado de un ratón, por eso había que revisar con atención las alacenas protegidas con alambre por si el roedor se había comido algo. Fanny Brunnenmayer sacó enseguida una ratonera del cajón de la mesa y puso un trocito de tocino para atraer al ratón.

Hanna tardaría en aparecer. La anciana señora Melzer la había llamado para que le frotara las sienes con aceite de menta porque la pobre volvía a sufrir una maldita migraña, condicionada por esa niebla asfixiante.

En cambio Gertie llegó por el pasillo del servicio, llevaba una bandeja con la tetera grande y varias tazas.

—La señora Elisabeth mima a su marido como si fuera una gallina clueca —se quejó, y se puso a imitar su forma de hablar—: «Ay, mi tesorito, ¿el asiento es lo bastante blando? ¿Te has tomado las pastillas? Deja que te cambie la venda, mi amor»…

—Pobre señor Winkler, la verdad —comentó la cocinera con empatía—. A quien cae en manos de esos asquerosos se le acabaron las risas. Los de la extrema derecha esperan la ocasión para armar jaleo y pegarse.

Gertie estaba de mal humor, como siempre últimamente. Se encogió de hombros y dijo que seguro que el señor Winkler tampoco era un corderito.

—Le ha caído una demanda —le informó—. Por haber herido a un hombre de las SA con una jarra de cerveza.

—¿El señor Winkler? No me lo imagino —comentó Fanny Brunnenmayer, con un gesto de impotencia.

—Es una caja de sorpresas —le instruyó Gertie, que se sentó a la mesa con Else a tomar un café—. A primera vista, ningún hombre enseña lo que esconde en su interior. Algunos no se descubren hasta que no miras con más atención. Pero vosotras dos, como respetables solteronas, no sabéis nada de eso.

La cocinera se contuvo de hacer un comentario mordaz y prefirió irse con la ratonera a la despensa para colocarla en un buen sitio. Sabía que Gertie últimamente tenía sus amoríos, incluso la habían recogido dos veces en automóvil en su día libre y la habían traído de vuelta. Sin embargo, el conductor ya no iba a la villa, pero sí un ciclista, un chico de buen ver con el cabello castaño y rizado. A la cocinera le parecía que Gertie era una imprudente. Era muy fácil que le pasara como a Auguste, que de repente se vio con una hija y tuvo que buscarle un padre. A Gertie, en cambio, no se le podían dar consejos, era respondona y creía saberlo todo. En el edificio contiguo se oyó que los señores la reclamaban de nuevo.

—No llevo ni un minuto sentada —se quejó—. Que se prepare ella el té, la muy vaga. Además, la señora Elisabeth me contrató como doncella, pero no puedo ocuparme de sus vestidos porque me manda llamar por cualquier tontería.

Estuvo a punto de chocar con Humbert, que llevaba una enorme cesta de mimbre llena de objetos de plata que se habían puesto negruzcos.

—Los cubiertos están abajo del todo —aclaró, y dejó la carga en el suelo—. La señora Alicia quiere que se limpien lo primero.

—Entonces eso significa que lo vamos a necesitar —intervino Else, que se encogió de hombros—. Hace tiempo que no hay grandes celebraciones en la villa de las telas. ¡Cuando pienso en los preciosos bailes que se organizaban aquí, cuando la señorita Kitty y la señorita Elisabeth aún estaban solteras! ¡Era todo resplandor! Las señoras con sus elegantes vestidos de noche y los jóvenes señores vestidos de frac, que bailaban por toda la sala.

—Se diría que tú también bailabas —se burló Humbert.

—Tonterías —protestó ella, sonrojada—. Yo miraba después de recoger los abrigos de los invitados. Y a veces subía cuando las damas necesitaban algo en el baño.

—Los buenos tiempos ya pasaron —suspiró la cocinera—. La señora Elisabeth me ha recortado otra vez el presupuesto. Ha autorizado el menú habitual para Navidad, pero por lo demás hay que ahorrar. Pronto me hará contar uno por uno los trozos de carbón para la cocina.

—Mejor así que otra cosa —intervino Humbert en voz baja—. ¿Leyó usted ayer la prensa?

No dijo nada más porque Gertie entró con Hanna en la cocina. Las dos se sentaron a la mesa con Else y Hanna sirvió café con leche en las tazas. La cocinera calló, sabía muy bien a qué se refería Humbert. Acababan de vender la villa Mantzinger, y habían despedido a todos los empleados. Fanny Brunnenmayer los conocía, eran quince, algunos hacía más de veinte años que trabajaban al servicio de la familia, y ahora estaban en la ruina. ¡Qué tiempos! Gracias a Dios parecía que la fábrica de los Melzer aún funcionaba. Mientras se trabajara allí, la villa de las telas también saldría adelante, de eso estaba convencida.

En ese momento se abrió la puerta que daba al patio y entró Christian, y tras él Dörthe, que se quitó las botas de goma en el pasillo.

—Que viene Dörthe —bromeó Gertie—. Vigilad vuestros panecillos con mantequilla.

Christian se acercó a los fogones para intercambiar unas palabras con Liesl. Sin embargo, la joven estaba tan concentrada en su trabajo que solo contestaba con monosílabos. Por eso se acomodó en la mesa con cara de decepción y se reconfortó con un café con leche y un panecillo untado con una gruesa capa de mermelada de ciruela.

Fanny Brunnenmayer le llevó lo mismo a Liesl.

—Vamos, niña —dijo, y se lo dejó sobre los fogones—. Come o te quedarás en nada.

En la mesa empezaron a hablar sobre el cambio de situación de los Melzer.

—¿Tilly von Klippstein sigue de visita en casa de la señora Kitty? —le preguntó la cocinera a Humbert, que estaba más informado por ser el chófer—. Ya han pasado tres semanas.

—Ya no le hace falta trabajar en el hospital —comentó Hanna—. Así que tiene tiempo para visitar a su madre.

A Gertie le parecía una situación curiosa, sobre todo porque Humbert le había contado que Tilly vino de Múnich en coche y no en tren, como solía hacer.

—Algo no va bien —elucubró—. La próxima vez que vea a Mizzi en la ciudad la tantearé.

—¿Qué es lo que no va bien? —se asombró Hanna.

Gertie, en cambio, puso cara de saber algo y se encogió de hombros.

—No es fácil estar casada con un hombre que no puede hacer nada en la cama…

No encontró mucha aprobación en la mesa. Humbert contestó con frialdad que últimamente solo tenía una cosa en la cabeza, y Fanny Brunnenmayer sentenció con severidad:

—En mi cocina no se habla de los señores con tan mala baba. ¡Recuérdalo, Gertie!

Como era de piel dura, Gertie esbozó una sonrisa despectiva y pronosticó:

—Lo ha dejado y se queda en Augsburgo. Ya veréis como tengo razón.

—Aunque así fuera —argumentó la cocinera—, no es asunto tuyo.

—Es que me da pena el pobre señor Von Klippstein —respondió Gertie, incansable—. Primero ella accede a un «matrimonio de conveniencia» con él y luego lo deja tirado.

—Vigila que nadie te deje en la estacada a ti, Gertie —le advirtió Humbert, muy serio—. Con esa lengua tuya no me extrañaría.

Hanna le dio un suave codazo.

—Vamos, Humbert. Estate tranquilo. Gertie no lo dice en ese sentido.

—Pero es cierto —insistió él, que cortó su panecillo con mermelada de ciruela en trocitos para no mancharse el traje al comer.

Se hizo un silencio durante un rato, la cafetera pasó por todos, los cuchillos arañaban los platos y se oía a Dörthe masticar a placer. Al final Else mencionó que echaba de menos que Leo no tocara el piano.

—El chico ha adelgazado mucho —comentó Fanny Brunnenmayer.

—Y siempre está solo en su habitación.

—Eso no es sano —opinó Else—. Ni siquiera quiso ir a Frauentorstrasse. Y a su amigo Walter hace semanas que no lo veo en la villa.

—Va camino de convertirse en un ermitaño, el joven Leo —añadió Humbert—. Su madre, la señora Marie Melzer, está muy triste. No como su padre, que hace poco dijo durante el desayuno que se alegraba de que Leo por fin hubiera entendido de qué iba la vida.

—Claro —intervino Gertie—. Un día Leo se hará cargo de la fábrica. Si es que aún existe la fábrica de telas de los Melzer.

—¿Qué tonterías dices, Gertie? —la reprendió la cocinera—. Por supuesto que la fábrica seguirá existiendo hasta que sea adulto. Existe desde 1882, superó la guerra y perdurará después de esta crisis.

Como siempre, Gertie sentía un placer furtivo difundiendo malas noticias.

—Para que lo sepáis y luego no me reprochéis que no os lo avisé: anteayer el señor estuvo en casa de la señora Elisabeth y, cuando les llevé el té, oí unas cuantas palabras...

—Con la oreja pegada a la puerta, como siempre —apuntó Humbert.

—Puedo callarme si no queréis saberlo —repuso Gertie, arisca.

—Habla de una vez —gruñó la cocinera—. Si no, al final te vas a ahogar con tus novedades.

Gertie bebió un trago largo de café y dijo muy afectada que no tenía por qué contarles lo que sabía, y que solo lo hacía como un favor a todos.

—¿Es algo malo? —preguntó Hanna, angustiada.

—Depende de cómo te lo tomes. El señor le pidió a su hermana que escribiera una carta a Pomerania. Para pedirle a la tía Elvira que les prestara dinero. Eso oí. Y también sé por qué el señor Melzer necesita dinero con tanta urgencia. —Hizo una pausa y miró al grupo. Al ver que todas las miradas estaban pendientes de ella, asintió satisfecha y prosiguió—. El señor necesita el dinero porque pidió un crédito al banco y ahora quieren que lo devuelva todo.

—¿Qué tipo de crédito? —quiso saber Humbert.

—Pidió prestado dinero al banco para la reforma —aclaró Gertie—. Y como la reforma se hizo para la señora Elisabeth y su familia, ella debe ayudar a reunir el dinero. Pero ahí no acaba todo, ni mucho menos...

—Y todo eso lo oíste mientras servías el té —comentó Humbert con ironía—. ¿Contaste los terrones de azúcar y limpiaste las tazas varias veces?

Todos sabían que los señores nunca hablaban de esas cosas en presencia de un empleado: estaba claro que Gertie escuchó tras la puerta. Sin embargo, salvo Humbert nadie se indignó porque las noticias eran preocupantes. Liesl también se sentó con ellos a la mesa a escuchar, solo Dörthe cogió con indiferencia el último panecillo y lo untó con mantequilla.

—¿Qué más? —preguntó Fanny Brunnenmayer, acongojada.

Gertie hizo una pausa teatral porque estaba enfadada por el comentario de Humbert, reunió unas cuantas migas de pan en la mesa y formó una bolita.

—Parece que la fábrica va muy mal —anunció—. El señor Melzer ha tenido que vender tres edificios en Augsburgo para invertir el dinero en la fábrica.

—¿También la casa donde está el atelier?

La información de Gertie tenía sus límites, no podía contestar a la pregunta de Hanna. Los Melzer eran propietarios de varios edificios en Augsburgo, ni ella ni nadie en la mesa sabía de cuántos.

—¿Y si la fábrica quiebra igualmente? —Hanna preguntó lo que todos estaban pensando—. Entonces puede que vendan incluso la villa de las telas.

—Claro —confirmó Gertie—. Y nos quedaremos sin trabajo.

Un horror mudo se propagó por la mesa. Christian se quedó boquiabierto y con los ojos como platos del susto.

—¿Eso podría pasar de verdad? —susurró Liesl, atemorizada.

—Bueno, también podría ser que el nuevo propietario se quedara con algunos de los empleados —dijo Humbert.

La idea de trabajar para otro propietario de la villa de las telas completamente desconocido fue para todos como una bofetada. Ni siquiera Gertie quería. Para Fanny Brunnenmayer y Else era del todo impensable, y Hanna aseguró que prefería cobrar el subsidio. Humbert se resguardó en un sombrío silencio, Christian miraba desesperado el plato vacío, solo Dörthe hizo un comentario lacónico:

—Entonces volveré a Pomerania. Ahí hay trabajo de sobra.

Dicho esto, salió arrastrando los pies para volver a ponerse las botas de goma. Cuando abrió la puerta exterior con el empujón acostumbrado, fuera se oyó una furiosa maldición.

—¿No puedes ir con más cuidado?

—No veo a través de la madera —dijo Dörthe, y salió a la niebla para cortar los últimos árboles.

Auguste entró dando tumbos en la cocina, con la mano en la frente.

—No hay en el mundo una persona más torpe —se quejó—. Me ha dado con la puerta en la frente. Dame un trapo frío, rápido, Liesl, si no me saldrá un chichón.

Liesl se levantó de un salto para poner un paño de cocina bajo el agua, los demás miraron a su madre con recelo porque sabían perfectamente que había ido a gorronear.

—¿Os queda un poco de café? —preguntó de inmediato, y se quitó la chaqueta húmeda—. Estoy helada. Y en casa apenas queda carbón. Solo Dios sabe cómo vamos a pasar el invierno. Hansl tiene bronquitis, y Fritz también tose.

Cogió el paño húmedo que le dio Liesl y se lo apretó contra la frente, luego se dejó caer en una silla en un gesto dramático.

—Puedes colgar la chaqueta mojada en la entrada, Auguste —la reprendió la cocinera, hostil.

—Que lo haga Liesl —contestó Auguste, y soltó un gemido—. Una vez que me siento, me cuesta volver a levantarme. Y fuera tengo una cesta de hierbas frescas que he cogido en el invernadero. Hay repollo, además de un manojo de puerros para la sopa.

—No puedo comprártelo todo —replicó la cocinera—. Salvo que bajes el precio. Aún me queda puerro de ayer, y el repollo de hace poco estaba congelado.

—Siempre tienes algo que criticar. Y eso que sabes lo difícil que lo tengo desde que murió Gustav. En los invernaderos hace frío cuando hiela. ¿Cómo quieres que los caliente? Vamos, Liesl, sírveme un café.

—El café se ha terminado —dijo la cocinera con resolución—. Hazlo con el poso de la cafetera, Liesl.

Entretanto, Humbert había puesto la cesta con los objetos de plata sobre la mesa en un gesto ostensible, y Hanna llevó un montón de periódicos viejos para poner debajo y que el sobre de la mesa no se manchara. Else cogió la jarrita de la nata, pero Humbert se la quitó de la mano y abrió la caja de la cubertería. Gertie sacó los tenedores y le dijo a Auguste, que sorbía su café:

—Puedes ayudarnos si quieres, Auguste. Ya que estás aquí.

Ella se rio del comentario y dijo que ya tenía bastante trabajo en casa, no le hacía falta limpiar plata en la villa de las telas.

—Al menos no gratis. Si la señora Elisabeth, que ahora dirige la casa, me contratara unas horas a la semana, me ayudaría a mí y a los chicos. Por desgracia no quiere.

Nadie le contestó. Si andaban tan justos de dinero, la señora Elisabeth no podía contratar a más empleados, pero no se lo iban a contar a Auguste. Sería una traición a los señores, esas cosas no debían saberse fuera. La semana anterior la señora le había regalado una cesta de ropa usada, y Marie Melzer añadió pantalones y jerséis para sus hijos que ya le iban pequeños a Leo. Sin embargo, Auguste nunca estaba contenta, ni siquiera en vida de su marido. Siempre había animado a trabajar al pobre Gustav, ahora vería cómo se las arreglaba sin él.

—Puedes enviarme a tus chicos mañana al mediodía —dijo Fanny Brunnenmayer—. Hay fideos de patata con repollo, siempre sobra algo.

—Está bien —dijo Auguste, no muy contenta—. Necesitamos con urgencia madera para el invierno. Y carbón —añadió exigente.

Fanny Brunnenmayer se encogió de hombros. ¿Qué se creía? ¿Que podía llevarse a escondidas un poco de carbón de las provisiones de la villa?

—Entonces tendrás que comprar madera y carbón —replicó sin compasión.

Auguste miró alrededor en busca de ayuda, pero nadie estaba dispuesto a apoyarla; todos se fueron a trabajar.

—¿Comprar? —se lamentó Auguste—. ¿Con qué voy a pagar la madera y el carbón? Tengo que liquidar un crédito, y en invierno los invernaderos no generan nada. Vamos a morir de hambre y frío. Aquí, en la villa, viven todos a cuerpo de rey. Tenéis carne en el plato y carbón en el horno. Vais todos los domingos a misa a rezar por vuestras pobres almas. Al mismo tiempo, la avaricia os supura por todos los poros de la piel y ni siquiera sois capaces de conceder a una pobre viuda un pedacito de madera para la estufa.

—Mamá, por favor —la interrumpió Liesl, que ya no quería seguir escuchándola—. Para de quejarte, es una vergüenza.

De pronto Auguste dirigió toda su rabia contra su hija. Que si era una insolente, una soberbia, que si Gustav siguiera con vida hacía tiempo que le habría parado los pies.

—Este mes no has llevado a casa ni un penique —continuó—. ¿Qué has hecho con tu sueldo? Maxl necesita zapatos nuevos, y cuestan dinero.

Fanny Brunnenmayer hervía de rabia, pero antes de que pudiera responder, Gertie abrió la boca.

—¿Por qué tiene que darte la chica el sueldo entero, Auguste? ¿Qué gastos te supone Liesl? ¿Duerme en tu casa? ¿Come en tu casa? Si yo fuera Liesl, no te daría ni un penique.

Por una vez, Gertie dijo algo sensato. Auguste era la culpable de su miseria por no haber seguido el consejo de Marie Melzer. En vez de ahorrar una cantidad para el invierno, se había comprado, entre otras cosas, varios manteles de damasco, además de finas copas de vino y un decantador de cristal.

Quería que su casa fuera muy elegante. Lo que había visto en la villa de las telas, igual debía ser en su casa.

—Trae la cesta de la verdura —ordenó la cocinera con vehemencia para evitar más riñas—. Voy a ver qué necesito y te lo pago.

Auguste se apresuró a ofrecer sus productos porque no quería volver a casa sin unos ingresos. Regateó un rato con la cocinera por un repollo, pero al final tuvo que ceder y recibió el dinero en mano.

—Con esto no tengo ni para el camino —se quejó, se puso la chaqueta y se fue dando zancadas con su cesta.

En la cocina trabajaban en silencio. Sobre todo Humbert y Gertie tenían ganas de despotricar de Auguste, pero no lo hicieron por no herir a Liesl. Al fin y al cabo, Auguste era su madre. Más tarde, cuando la merienda de los señores estuvo preparada y en la cocina solo quedaron Fanny Brunnenmayer y Liesl, la cocinera intentó consolar a la chica.

—No te tomes en serio lo que diga Gertie, Liesl. Seguro que no venderán la villa. Y la fábrica ya se recuperará.

—Quería preguntarle algo, señora Brunnenmayer —titubeó ella.

—Pregunta…

Liesl enjuagó el último plato y se secó las manos en el delantal, luego miró a la cocinera con los ojos bien abiertos, suplicante.

—Yo… necesito un poco de dinero. Cincuenta o sesenta marcos imperiales. ¿Podría usted prestármelos?

Fanny Brunnenmayer no estaba segura de haberla entendido bien. ¿Liesl necesitaba dinero? Eso no había pasado nunca.

—¿Para qué necesitas tanto dinero? —preguntó confusa—. Para un buen abrigo bastan diez marcos, si lo compras de segunda mano.

Liesl apretó los labios y sacudió la cabeza con fuerza.

—No quiero comprar ningún abrigo, señora Brunnenmayer. Quiero ir a Pomerania. A ver a mi padre.

—Quítatelo de la cabeza —exclamó la cocinera, asustada—. Seguro que no te está esperando. —Al ver que la chica miraba al suelo y callaba, añadió—: Mejor vete a la cama y olvídate de esas tonterías, Liesl.

—Voy a ir de todas formas —contestó ella a media voz, decidida—. Aunque no tenga dinero. Porque quiero verlo. Si no, no encontraré la calma en la vida.

20

En cuanto Tilly colgó el auricular, Kitty irrumpió en el salón y se abalanzó sobre la butaca de mimbre.

—Era la tercera llamada hoy —dijo indignada—. ¿Qué se cree ese tipo? ¿Piensa que va a recuperarte practicando el terror, llamando cada media hora y leyéndote la cartilla? ¿Por qué no le dices que así no va a conseguir nada, pero absolutamente nada?

—Hace días que se lo digo, Kitty —suspiró Tilly—. Pero no le interesa lo más mínimo. Es como hablar con la pared.

Dejó el aparato sobre la cómoda y soltó un profundo suspiro. No, no se había imaginado que fuese a ser tan difícil. Creía que Ernst se comportaría como un caballero. Cierto, estaba enfadado por su precipitada huida, era comprensible porque hasta entonces no había sido una mujer de tomar decisiones por su cuenta. No obstante, ella le llamó esa misma tarde, le dijo que estaba en Augsburgo en casa de su madre y que tenía intención de separarse de él. Al principio recibió la noticia sin comentarios, pero al día siguiente le dejó claro por teléfono que no lo aceptaba y que lucharía por su matrimonio con todos los medios que estuvieran en su mano. Al cabo de unos días recibió una carta donde le explicaba, en cinco pliegos con una letra minúscula, su visión de las cosas. Le recordaba sus promesas conyugales, así como su acuerdo para contraer un matrimonio de conveniencia que él siempre había respetado. Al final enumeraba todas sus faltas por las que incumplía dicho acuerdo: su exagerada ambición profesional, su desinterés por sus actividades, sus escasos esfuerzos por llevar el hogar, que era tarea suya como esposa, su frialdad de espíritu, su insistencia en abrir una consulta médica en un barrio de trabajadores y... por cierto, opinaba que no vestía adecuadamente, no quería tener un aspecto femenino y deseable, y además hacía gala de un ostensible aburrimiento cuando se encontraba con las damas de la alta sociedad de Múnich en las ocasiones importantes.

Tilly leyó las hojas varias veces y, aunque podría haber puesto algunas objeciones, se acabó deprimiendo. En cierto modo Ernst tenía razón. Había sido una mala esposa para él, y tenía motivos para quejarse. Por eso le sorprendió tanto la reacción de Kitty. Cuando le enseñó la carta tras algunas vacilaciones, su cuñada se hundió en el diván después de una breve lectura y casi se muere de la risa.

—Debe de estar loco... ¡no me lo puedo creer! ¡Frialdad de espíritu! No me hagas reír. Ja, ja, ja... ¡Llevar la casa! Ja, ja, ja... Klippi siempre fue un tipo raro...

Esa risa desenfrenada, completamente exagerada, le sentó bien a Tilly en ese momento. Era liberador ver que una mujer era capaz de reaccionar a todos esos reproches con una carcajada.

—¿Por qué pones esa cara, Tilly, cariño? —preguntó Kitty, que dejó caer la carta a su lado en el diván—. ¿Acaso encajas en esa descripción? ¿El señor Von Klippstein se planta ante ti con toda su severidad masculina y tú tienes mala conciencia?

—Por supuesto que no —protestó Tilly, molesta—. Por desgracia, no puedo negar que hice la promesa de vivir con él en un matrimonio de conveniencia...

Kitty puso cara de desesperación, como hacía siempre que alguien decía algo que no correspondía a su opinión. Su cuñada admiraba esa seguridad: Kitty estaba convencida de que tenía razón y todos los demás no.

—Esa promesa se la hiciste al hombre que fue —la instruyó Kitty con el dedo índice levantado—. Lamentablemente, con el tiempo se ha convertido en un idiota desagradable, megalómano y descerebrado. Una persona que ha definido a mi querida Marie, ¿cómo lo dijo?, como una judía en tres cuartas partes. No, para mí ese tipo ya no es el que era. ¡Ya no lo conozco! Y siento muchísimo haberlo conocido alguna vez.

Tilly le había contado la conversación que fue la gota que colmó el vaso, y Kitty se horrorizó de tal manera que le dieron ganas de ir a Múnich en ese preciso instante para arrancarle los ojos a Ernst von Klippstein.

—Además, me parece aún peor que lo dijera delante de Dodo —añadió Tilly, asqueada—. La niña me hizo todo tipo de preguntas durante el trayecto sobre qué había querido decir el tío. Y si era malo ser mestiza judía, porque ahora podían darle una paliza en la calle a su madre, como le había pasado al amigo de su hermano. Dios mío, no sabía qué contestar de lo horrorizada que estaba…

—¡Ni una palabra más! —dijo Kitty, y reforzó la frase con un gesto decidido—. ¡Te quedas con nosotros y punto!

Acto seguido Tilly le dio un abrazo, agradecida. A esas alturas ya estaba convencida de haber hecho lo correcto, y se preguntaba por qué no lo hizo mucho antes. Cada duda, cada prolongación de esa situación insostenible le resultaba imperdonable. Ahora, en Frauentorstrasse, estaba rodeada de amor y calor, una vida familiar alegre, personas amables, todo lo que había echado de menos durante años. En particular, su madre estaba feliz de volver a tener a su hija al lado, poder mimarla y, por supuesto, como no podía ser de otra manera, transmitirle su sabiduría:

—Te lo dije desde el principio, Tilly. Ese hombre no es para ti. Quien sufre una herida tan delicada, que deja fuera de juego su virilidad, con el tiempo se vuelve raro.

—Tonterías, Gertrude —se inmiscuyó Kitty—. Klippi siempre fue raro. Pregúntale a Paul, él puede contarte unas cuantas cosas. Y mi querida Marie también sabe de él.

—Puede ser —replicó Gertrude—. Además, yo siempre quise nietos y en ese sentido no cabía esperar nada.

Por la noche, Robert, el marido de Kitty, también entró en la conversación. Conocía a Ernst von Klippstein muy por encima, habían coincidido en reuniones familiares y habían intercambiado algunas palabras, pero le resultaba desagradable que el señor Von Klippstein tuviera debilidad por su mujer y por Marie. En ese sentido no le tenía mucho cariño.

—Si estás decidida a separarte, querida Tilly —dijo cuando se sentaron—, deberías contratar lo antes posible a un abogado y pedir el divorcio.

—No contrates bajo ningún concepto a Grünling con su Serafina, esa tarántula venenosa —le interrumpió Kitty, y Robert hizo un gesto de rechazo entre risas.

—Si estás de acuerdo, Tilly, yo me ocupo —propuso.

Tilly dudó un momento. Sentía una resistencia en su interior que tenía que superar. ¡El divorcio! Se casaron por la iglesia a petición suya, y eso significaba que ante Dios ese matrimonio era indisoluble. Así lo veía Tilly, que, como Ernst, había sido educada en el catolicismo. Le costaba romper una promesa que había hecho ante el altar. Y, aun así, no tenía opción. Aunque solo fuera porque no quería vivir a costa de Kitty y Robert, ni de su madre. Tenía que buscarse un trabajo, y para firmar un contrato laboral necesitaba por ley el permiso de su marido, que Ernst seguramente usaría como prenda mientras estuviera casada con él.

—Si pudieras hacer eso por mí, Robert, me harías muy

feliz —dijo—. Me gustaría acabar con esas horribles formalidades lo antes posible.

—Bravo. Brindemos por ello —exclamó Kitty en tono triunfal—. ¿Dónde está el champán que he comprado, Gertrude?

—En la nevera, dónde iba a estar. ¡Ay, Tilly! Podrías haberte ahorrado todo este asunto tan desagradable si me hubieras hecho caso… Pero bueno, dejémoslo…

Dos días después Tilly tenía una cita con un joven abogado, un tal señor Spengler, al que Robert conocía personalmente y apreciaba. Solicitó el divorcio, el lugar de jurisdicción era Augsburgo, porque fue donde se casaron. Con eso superaba lo peor, esperaba Tilly, y todo seguiría su curso legal. Pero se equivocaba. Ernst se negó a aceptar el divorcio y contrató a un abogado para agotar todas las opciones legales. Se enviaron cartas y escritos amenazadores, y además Ernst von Klippstein se dedicó a llamar varias veces al día a Frauentorstrasse.

—Ya no contestaremos al teléfono —decidió Kitty—. Estoy harta de oír su «me gustaría hablar con mi mujer».

Kitty lo despachaba cada vez con un frío «no le conozco» y colgaba. Sin embargo, eso no le impedía a Ernst intentarlo de nuevo al cabo de un rato. La víspera, a Robert se le acabó la paciencia y amenazó con dar parte a la policía la próxima vez y denunciar a Ernst por acoso. A fin de cuentas, él necesitaba su teléfono por su trabajo, y le estaba perjudicando que el señor Von Klippstein tuviera la línea siempre ocupada.

—Ándate con cuidado, Robert —le advirtió Tilly—. Es vengativo y conoce a gente importante en Múnich.

—¿Debería darme miedo? —se burló Robert.

—Por supuesto que no. Solo que hay que tenerlo en cuenta.

Ese día Ernst había llamado solo tres veces, así que ya era un avance. Kitty lo atribuía a la amenaza de Robert; Tilly esperaba en su fuero interno que su marido por fin hubiera entrado en razón.

—Se ha comportado como un niño obstinado, y ahora se da cuenta del ridículo que está haciendo.

—Dios te oiga, niña.

Gertrude sirvió té con pastas de Navidad, que desprendían un delicioso olor a nueces y almendras, y llamó a Henny y a Dodo para que bajaran. Desde que su tía Tilly se había mudado a Frauentorstrasse, Dodo iba casi todos los días de visita.

—¿Qué hacen las dos chiquillas? —se sorprendió Gertrude—. Están muy calladas. Me temo que se están disfrazando otra vez.

—Seguro que no. —Kitty cogió una estrella de chocolate—. Henny tiene terminantemente prohibido abrir el armario.

Las galletas navideñas olían de maravilla porque Gertrude utilizaba mucha mantequilla, nueces y almendras. Allí, en Frauentorstrasse, se notaba poco la crisis económica: Robert se retiró justo a tiempo de los negocios bursátiles y había invertido su dinero en otro sitio. Kitty no sabía cómo ni dónde, y le preocupaba poco porque tenía plena confianza en él y lo consideraba un hombre de negocios inteligente. Por lo menos le había explicado bien las causas de la crisis bursátil en Nueva York.

—¿Sabes, Tilly? Robert me dijo que solo los ignorantes han perdido su dinero en la bolsa. Los accionistas más experimentados sabían desde hacía tiempo que la situación no podía seguir así mucho tiempo y vendieron sus acciones cuando aún podían conseguir un buen precio. Imagínate: en Estados Unidos cualquier limpiabotas o cualquier dependienta había adquirido acciones. Los bancos les regalaban el dinero, y ellos calcularon que los dividendos de las acciones superaban los intereses del crédito, de manera que harían un buen negocio. Sin embargo, eso solo funciona siempre y cuando la economía no entre en números rojos.

Tilly asintió y se bebió el té en sorbitos nerviosos. En ese momento seguía por encima el discurso de Kitty porque, por una parte, siempre estaba pendiente de que sonara el teléfono y, por otra, tenía que pensar dónde conseguir un puesto de trabajo. Por cómo estaban las cosas, en Augsburgo no era fácil. Cuanto antes empezara a buscarlo, más opciones habría de tener un golpe de suerte. Sin embargo, tenía claro que la suerte no se había prodigado mucho en su vida hasta entonces. Tuvo que obligarse a volver a escuchar a Kitty.

—Y cuando la gente luego se dio cuenta de que las firmas y las empresas no podían repartir dividendos, de pronto todos quisieron vender sus acciones a la vez. Así se hundieron las cotizaciones y a esos pobres ingenuos les decían: «Tenéis que comprar aún más acciones para sostener las cotizaciones»… Entonces algunos gastaron hasta el último penique y sin embargo no…

—¿Qué os parece? —interrumpió Tilly el complejo discurso de su cuñada—. ¿Debería intentarlo en el hospital central de los suburbios de Jakober, aunque aún no tenga el permiso de mi marido?

Gertrude hizo un gesto de desaprobación con la cabeza, ella creía que su hija debía abrir su propia consulta. Kitty frunció el entrecejo y estaba a punto de decir algo cuando se oyó un griterío furioso que provenía de arriba, donde por lo visto se había desatado una discusión enconada.

—¡Dámelo, no es tuyo!

—¡Tampoco tuyo!

—¡Es de mi hermano!

—¿Y por qué está en el armario de mamá debajo de los camisones?

Kitty dejó la pasta de vainilla a medio comer y se levantó de un salto.

—Henny —rugió—. ¡Baja ahora mismo!

Tras sus palabras se impuso un silencio. Luego se oyó la voz tenue de Dodo:

—¡Mira lo que has conseguido!

—¿Vas a venir ya? —gritó la madre de Henny.

Tilly estaba tan sorprendida como impactada por el volumen de voz de Kitty. Parecía increíble que en ese cuerpo tan delicado se alojara un órgano tan potente.

Las dos chicas de catorce años bajaron la escalera y abrieron despacio la puerta del salón. La imagen que ofrecieron era un poema. Henny se había puesto un sofisticado vestido de baile de color verde irisado que colgaba olvidado en el armario. Dodo llevaba un traje de Robert: pantalones de rayas, un chaleco amarillo y encima una chaqueta azul marino que le iba demasiado ancha.

Tilly y Gertrude tuvieron que esforzarse para mantenerse serias; Kitty miraba horrorizada y furiosa el fardo que llevaba Dodo en la mano.

—Me dijiste que ibas a esconderlo bien —le reprochó su sobrina.

Durante tres segundos Kitty se quedó sin habla, luego se volvió hacia su hija, hecha una furia.

—¿Qué buscabas en el armario debajo de mis camisones, Henriette? ¿No te había prohibido revolver entre mis cosas?

—Necesito un vestido para la obra de Navidad en el colegio, mamá —se excusó Henny—. Para el ángel de la Anunciación.

—No creo que las camisolas de encaje de Kitty sean adecuadas —intervino Gertrude.

—¡Basta! —exclamó Kitty, enojada—. Dodo, dame las partituras. Las guardaré en otro sitio. Y subid las dos ahora mismo a cambiaros...

—Es una tontería esconder las partituras, mamá —protestó Henny, indignada—. Así no ayudamos en nada a Leo.

Tenemos que enviárselas a alguien que le anime. A un músico. Muy famoso. Para que luego le escriba una carta a Leo y le explique que sabe componer muy bien.

Kitty seguía con el brazo estirado delante de su hija, el dedo índice señalaba la puerta.

—¡En marcha!

Henny puso los ojos en blanco y en ese momento el parecido con su madre era increíble.

—Sois todos tan tontos —se lamentó, y se dio la vuelta con un movimiento rígido, se levantó la falda ancha con ambas manos y salió pavoneándose. El vestido le sentaba como un guante, aunque le iba un poco largo.

—¿Qué partituras son esas? —preguntó Gertrude cuando las dos chicas estuvieron en la escalera.

—Las composiciones de Leo. Las tiró a la basura y Dodo las salvó —explicó Kitty.

Tilly ya sabía por Marie que Leo había dejado de tocar el piano y en cambio estudiaba con un ahínco desesperado para el colegio. Marie también le mencionó lo ocurrido en el conservatorio y a Tilly le daba mucha lástima porque siempre había creído que la música era el destino de Leo.

—A lo mejor Henny tiene razón —comentó Tilly, pensativa—. ¿Las composiciones merecen la pena, Kitty?

—Por supuesto —contestó su cuñada con el do de pecho de la convicción—. Son geniales. Por lo menos para un crío de catorce años. Tal vez deberíamos enseñárselas a alguien. A Klemperer, Furtwängler o Strauss…

—¿El rey del vals de Viena? Murió hace tiempo —aseguró Gertrude.

—No Johann, Richard Strauss. Sigue vivo.

Tilly le recomendó que lo pensara bien y que hiciera copias de las partituras antes de enviarlas. Para que no se perdieran si el señor director no consideraba necesario devolverlas.

El teléfono se inmiscuyó en su conversación, y las tres dieron un respingo del susto.

—No lo aguanto más —exclamó Tilly—. Ahora mismo me voy a la clínica de los suburbios de Jakober a preguntar si necesitan a alguien.

—Como quieras. —Kitty lanzó una mirada nerviosa al teléfono—. Puedes llevar a Dodo a la villa de las telas, vas en la misma dirección.

Gertrude se puso en pie y se dirigió al teléfono. Levantó el auricular con calma y escuchó un momento.

—¿Hola? Hola, ¿Tilly? ¿Eres tú? —sonó la voz estridente en el aparato.

—Se ha equivocado —dijo Gertrude, y dejó caer el auricular en la horquilla—. Así se hace —dijo satisfecha, y volvió a la mesa a tomarse la cuarta taza de té.

—A partir de ahora serás nuestra secretaria —anunció Kitty entre risas, y salió presurosa al pasillo a comprobar que las chicas hubieran seguido sus órdenes.

Afuera hacía frío y el tiempo era desapacible, un auténtico día de noviembre. El cielo estaba encapotado y lluvioso sobre la ciudad, en las calles y los parques se amontonaban las hojas mojadas, y muchos transeúntes ya llevaban abrigo de invierno. Dodo estaba sentada al lado de Tilly en el asiento del copiloto y observaba todos sus movimientos.

—El indicador de gasolina está muy bajo, tía Tilly —afirmó—. Y creo que hay que rellenar el aceite. ¿Quieres que lo haga mañana? Sé cómo funciona.

Era raro que los mellizos tuvieran cada uno un talento tan pronunciado. Leo era músico por naturaleza, Dodo se inclinaba por la técnica. En cambio Henny, la hija de Kitty, no mostraba ningún talento especial salvo su capacidad para engatusar a chicos de diferentes edades.

—Creo que no será necesario, Dodo. No usaré el coche en los próximos días, iré en tranvía.

—¿Por qué?

—Porque, por desgracia, está a nombre de mi marido y quiere recuperarlo.

Dodo no dijo nada más y Tilly se concentró en el tráfico. Había oscurecido y el brillo amarillento de las farolas le daba un aire irreal a la ciudad, como si fuera un telón de fondo borroso de un teatro. Los transeúntes encapuchados corrían por la calle, en las tiendas se hacían las últimas compras, el tranvía iluminado avanzaba con su traqueteo, se reconocían los rostros pálidos de las personas. Cuando se acercaron a los imponentes edificios de ladrillo del hospital central, Tilly se desanimó. El edificio se alzaba enorme y poderoso en la oscuridad. Infinidad de ventanas iluminadas indicaban que se estaba repartiendo la cena, luego prepararían a los pacientes para la noche y el jefe médico se reuniría con el resto de los doctores para comentar el plan de operaciones para el día siguiente o los tratamientos complicados. No, no era buena idea preguntar por un puesto justo a esa hora. Sería mejor esperar al día siguiente por la mañana, de todos modos con las prisas se había olvidado los papeles. ¡Los papeles! Entre ellos estaba la carta de despido del hospital de Schwabing, que distaba mucho de ser una recomendación. De repente tuvo la sensación de estar ante un muro infranqueable. ¿Cómo podía ser tan ingenua y presentarse tan pronto en una clínica? Seguro que allí también estaban al corriente de su deshonroso despido, esas cosas corrían entre colegas.

—Vamos a la villa de las telas, Dodo.

—¿No vamos a la clínica?

—No.

Dodo se llevó una alegría con el cambio de opinión, no tenía ganas de esperar en el aburrido pasillo del hospital, con ese olor tan raro.

—Puedes ir a ver al tío Sebastian —propuso—. Aún no se encuentra bien porque no puede doblar la rodilla.

Tilly estaba al corriente del problema, había visitado varias veces a Sebastian y escuchado las quejas de Lisa de que su marido no fue bien atendido y ahora se quedaría con la rodilla rígida. Ella aconsejó a Sebastian que la moviera a diario con cuidado y, creía Tilly, con el tiempo se recuperaría. No recomendaba operar. La rótula necesitaba un tiempo para curarse, había que tener paciencia. Sebastian asintió a su diagnóstico con resignación; él no era el problema, sino Lisa, que lo cuidaba como una gallina clueca y no paraba de torturarlo con mantas de lana, paños en la rodilla y bolsas de agua caliente. Al final lo convertía en alguien más enfermo de lo que estaba.

—Mira, tía Tilly, han encendido las luces.

El edificio de ladrillo de la villa de las telas les dio una bienvenida acogedora con el brillo de la iluminación exterior. También había luz en algunas ventanas. Arriba, en el comedor, Humbert estaba poniendo la mesa para la cena, la habitación de los señores estaba a oscuras, pero en el despacho de Paul había alguien. Tras las ventanas de la cocina se veían pasar sombras, los empleados corrían ajetreados de aquí para allá para preparar los platos. Tilly rodeó el parterre circular que el jardinero se había esmerado en cubrir con hojas de abeto y aparcó frente a la entrada principal.

—No te olvides del freno de mano —le recordó Dodo antes de bajar del coche y subir dando brincos los peldaños hasta la puerta de entrada.

Arriba se abrieron las dos hojas de la puerta y al trasluz apareció Gertie con vestido oscuro y delantal blanco. Tras ella apareció la silueta de un joven.

—Buenas noches, Dorothea —dijo una voz conocida que provocó un estremecimiento en Tilly.

—Buenas noches, doctor Kortner —contestó Dodo con educación—. ¿Estaba usted con el tío Sebastian?

—Chica lista —respondió él con una sonrisa—. Lo has adivinado.

—Podría habérselo ahorrado, ahora que está aquí mi tía Tilly —comentó Dodo, sabihonda.

—¿La señora Von Klippstein está en Augsburgo? —exclamó en tono alegre—. No lo sabía. —Miró alrededor—. Ah, ya la veo —dijo, y bajó los peldaños de la escalera que daban a la explanada—. ¡Qué maravillosa sorpresa, señora! —Le sonrió y le tendió la mano—. Espero que esta vez se quede un poco más en el precioso Augsburgo para que pueda enseñarle la consulta que acabo de abrir.

Tilly estrechó la mano que le ofrecía y notó su gesto cálido y firme. Algo la atravesó, una sensación olvidada, se le aceleró el pulso y se le nubló la mente.

—Buenas noches, doctor Kortner. Sí, esta vez me quedaré más tiempo en Augsburgo.

—¡Me alegro muchísimo! ¿Dónde puedo localizarla, señora?

—De momento me alojo en casa de mi madre y mi cuñada en Frauentorstrasse.

Dodo estaba delante de la puerta de la entrada esperando a Tilly. Movía las piernas con impaciencia. Luego soltó de repente:

—Debería saber que mi tía busca un puesto de médico. Si no recuerdo mal, hace poco usted dijo que tenía mucho trabajo.

A Tilly le dio un vuelco el corazón. ¿Cómo podía esa niña soltar semejante tontería? Sonaba como si quisiera congraciarse con el médico.

—¿Eso es cierto? —preguntó él enseguida, y se acercó más con la emoción—. ¿Significa eso que se va a instalar en Augsburgo?

Su cercanía asustó a Tilly porque había algo de él que la atraía y que le parecía, más que inadecuado, inquietante.

—No haga caso a mi sobrina —dijo cohibida—. Dodo es un poco descarada. No quería entretenerle, doctor Kortner. Que pase una buena noche…

Subió los escalones, confusa, y no se sintió segura hasta que Gertie cerró la puerta tras ella.

—Estás rara, tía Tilly —dijo Dodo, y sacudió la cabeza.

21

—¡Allí! —El cochero barbudo le señaló con el brazo una colección de tejados cubiertos de nieve que apenas destacaban en el paisaje blanco. Unos árboles pelados rodeaban la propiedad como hilados negros, de vez en cuando se elevaban unos penachos de humo finos y grises que se mezclaban en el cielo lúgubre de diciembre.

—¿Qué es eso? —preguntó Liesl.

—Es Maydorn, señorita.

No podía creerlo.

—¿La mansión Maydorn?

—¿Cuál si no?

Liesl guardó silencio e intentó mover los dedos helados, pero los tenía completamente entumecidos. Nunca había pasado por tantas dificultades y fatigas, dos noches en salas de espera congeladas sentada en bancos de madera, horas entre desconocidos en ferrocarriles que traqueteaban, un hambre atroz y el constante miedo a que le robaran. Ahora había llegado a su destino y se llevó una profunda decepción. La mansión Maydorn no se parecía en nada a lo que había imaginado. No era una ostentosa vivienda parecida a un castillo, nada de torres puntiagudas ni muros fortificados, nada de una entrada señorial con una ancha avenida que llevara a la casa. Unos cuantos edificios bajos agolpados en el paisaje nevado como un pueblo abandonado de la mano de Dios, nada más. ¿Cómo podía ser que el lugar desde donde les enviaban unas salchichas y un jamón tan deliciosos, donde vivían los gordos gansos de Navidad y el paté de hígado con pimienta, tuviera un aspecto tan mísero?

—Siga sentada, señorita —anunció el cochero—. Tengo dos cajas ahí detrás para el señor Von Hagemann. Las perras ya me las dará cuando hayamos llegado.

¡El señor Von Hagemann! Ya no cabía duda, era la mansión Maydorn y en menos de media hora se plantaría delante de su padre. Daba igual si vivía en un castillo o en un pueblecito feo, lo importante era que iba a verlo. Con la emoción ya no notaba el frío punzante en la cara y las manos, ni tampoco el agotamiento que la había llevado a echar varias cabezadas y estar a punto de caerse del coche. ¡Se había acabado! El gran momento que llevaba imaginando en sus sueños de todos los colores y formas posibles por fin se haría realidad. ¿O no? Sacó una mano del bolsillo del abrigo de piel y se pellizcó la pierna con todas sus fuerzas. No, no era una alucinación, era real.

Igual que el abrigo de piel que le había regalado Fanny Brunnenmayer y que mandó arreglar a un peletero.

—Es piel de conejo, nada del otro mundo —dijo la cocinera cuando le dio el abrigo enrollado—. Pero abriga. Para que no te congeles ahí arriba, en Pomerania.

Ese regalo tan generoso había sido toda una sorpresa porque la cocinera estuvo echando pestes hasta el último momento sobre la «locura» de ese viaje y no le dio ni un penique.

—De ahí no va a salir nada bueno —no paraba de repetirle—. Nada más que tristeza y lágrimas. Sé lista, niña, y quédate.

Liesl no quiso ni planteárselo, se habría puesto en camino sin un penique en el bolsillo, con un abrigo agujereado y zapatos de verano con suelas malas. Desde que se enteró de que

Gustav Bliefert no era su padre se pasaba todo el día cavilando qué tipo de persona sería ese Klaus von Hagemann, por qué no había querido verla nunca y si le caería bien ahora que era mayor. Pronto todos los empleados de la casa conocieron sus intenciones, hablaron y discutieron del tema: Fanny Brunnenmayer se posicionó en contra, Gertie opinaba que solo una loca se iría por voluntad propia a las llanuras, pero los demás estaban de parte de Liesl. No podía creérselo cuando Humbert le dio una bolsita con una pequeña cantidad que habían recaudado para ella. Salvo la cocinera, todos habían aportado algo, aunque la mayor parte era de Else, algo que no esperaba.

—Porque eres una chica muy buena —dijo—. Y porque el señor Von Hagemann es tu padre. Siempre me gustaba verlo. Salúdalo de parte de Else de la villa de las telas.

Humbert le aconsejó que dirigiera su petición mejor a la señora Alicia Melzer porque seguramente el nombre de Klaus von Hagemann le suscitaba malos recuerdos a la señora Elisabeth. Fue un buen consejo, porque la señora Melzer se entusiasmó cuando Liesl mencionó la mansión Maydorn.

—Qué bien —dijo con una sonrisa ensimismada—. Ahí me crie, en un paisaje maravilloso y amplio. Pienso en él muchas veces, y se me saltan las lágrimas de nostalgia por mi infancia…

Liesl escuchó con paciencia sus historias, le habló de paseos a caballo por los bosques de las inmediaciones, de las excursiones en trineo, de las aventuras amorosas de sus nobles hermanos y de las largas tardes de invierno, cuando se sentaban junto a la chimenea a jugar al dominó. Por supuesto, le habló de las grandes fiestas en las que la mansión se llenaba de invitados ruidosos, de los asados de ganso y los buñuelos de queso quark, de mesas engalanadas y banquetes alegres. Sin duda esos relatos nostálgicos habían contribuido a que Liesl se imaginara la mansión como un castillo principesco.

Al final, la anciana recordó que la chica le había hecho una petición y le aseguró que cuando regresara volverían a contratarla como ayudante de cocina. Por supuesto, solo si el puesto no estaba ya ocupado.

—Será mejor que en la mansión Maydorn te dirijas a mi cuñada Elvira —le aconsejó a Liesl cuando se despidió con una profunda reverencia—. Le escribiré diciéndole que le envío a una pequeña hada de la cocina a Pomerania. Que tengas un buen viaje.

No recibió dinero, pero Humbert le pagó el sueldo que tenía pendiente, y además dijo de pasada que la señora Elisabeth también le deseaba un buen viaje.

—Tu madre estará furiosa, ¿no? —preguntó preocupado.

Como Liesl también se lo temía, no le confesó sus intenciones hasta poco antes de partir. Sin embargo, para su sorpresa, su madre se mostró entusiasmada.

—Eres una chica lista. Vas por buen camino, Liesl. Eres la hija de un noble, tu padre tiene que verlo de una vez, eres sangre de su sangre, tienes sus ojos y la complexión fina de los Von Hagemann. Te observará con atención y sabrá qué hacer.

Liesl estaba muy confusa porque su madre nunca le había hablado así.

—¿De verdad me parezco a mi padre, mamá?

—Por supuesto. ¡Mírate en el espejo!

De poco le servía porque Liesl solo había visto a su padre en una fotografía amarillenta. Aparecía vestido de uniforme militar con un bigotillo, pero apenas se le adivinaban los rasgos de la cara.

—¿Tienes dinero suficiente, niña? El viaje en tren es caro.

Liesl titubeó, luego confesó que con sus ahorros llegaba hasta Berlín. Ahí quería buscar trabajo para ahorrar dinero y continuar el viaje.

—No puede ser —exclamó Auguste, enfadada—. No

quiero que mi hija se presente ante su padre andrajosa como una mendiga. Espera a mañana y te daré dinero.

—¿Y de dónde vas a sacar tanto dinero, mamá?

—¡Eso déjamelo a mí!

En efecto, al día siguiente su madre entró en la cocina de la villa de las telas, sacó a su hija al pasillo y le dio una bolsita llena de dinero, y también su vieja bolsa de viaje.

—Ten —le susurró—. Son cien marcos imperiales para que puedas comprar los billetes, y seguro que sobra algo para comida y bebida. Y ponte guapa. Te daré mis zapatos buenos, deberían irte bien. Y un pañuelo de seda que los señores me regalaron un año en Navidad. Y sé educada con tu padre. No le repliques, no lo soporta. Sobre todo no olvides que tienes sangre noble, que vales mucho, mi niña. Recuérdalo siempre.

A Liesl esos generosos obsequios la pillaron completamente por sorpresa. Hasta entonces su madre nunca le había hecho regalos, al contrario. La hija tenía que dar su sueldo y encima soportar que le dijeran que no fuera vanidosa, que la ropa vieja y los zapatos sin suela aguantarían una temporada más.

—¿De dónde has sacado tanto dinero, mamá? ¿No será del banco? —susurró temerosa.

—He vendido algunas cosas que ya no necesitaba. El decantador de cristal, las copas y otros trastos.

—¡El decantador que tanto te gustaba!

Auguste abrió la puerta del patio para marcharse porque oyó los pasos pesados de la cocinera.

—¿Dónde te has metido, Liesl? —gritó Fanny Brunnenmayer, enfadada—. ¿Ya te has ido a Pomerania y me dejas sola con el trabajo?

—Ahora voy, señora Brunnenmayer.

—Acuérdate —dijo su madre—. Si tu padre te acoge como a una hija y te casa con un acaudalado propietario, se lo agradecerás a tu madre, Liesl. Prométemelo.

—Mamá, pero ¿qué te crees?

—Levanta la mano —exigió Auguste, que estrechó la mano de su hija y la apretó tres veces—. Y que vaya bien, mi niña —dijo, y se fue a toda prisa para no encontrarse con la cocinera.

Fanny Brunnenmayer siguió a Auguste con una mirada hostil, vio la bolsa de viaje y se hizo su composición de lugar.

—Me da que se cree que el señor Von Hagemann te pondrá una alfombra roja. Ten cuidado, niña, no sea que te lleves una desilusión. Sube la bolsa rápido a tu cuarto y baja para que te enseñe a asar el pollo en el horno sin que se seque.

Durante los días anteriores al viaje, Liesl averiguó más sobre las personas de su entorno que en todos los años que llevaba allí. La conversación más difícil la había dejado para la última noche, cuando los empleados de la villa se reunieron en la cocina para despedirla con una botella de vino diluida con un poco de agua. La había pagado Humbert. Cuando brindaban por que tuviera un buen viaje y regresara pronto a la villa de las telas, apareció Christian. Se sentó en silencio ante su jarra y ni siquiera brindó, se limitó a mirar al frente, afligido. Después, casi todos habían subido a sus cuartos y él fue a ponerse la chaqueta y el gorro, pero Liesl lo detuvo.

—Aguarda —le dijo—. Te acompaño un rato.

Él esperó fuera, en el patio oscuro, con las manos hundidas en los bolsillos de la chaqueta y la gorra calada hasta la cara. Cuando Liesl se acercó a él con una linterna, él se dio la vuelta en silencio en dirección a la casita del jardinero, y caminaron un rato juntos sin decir palabra. El silencio le pesaba a la chica, le tenía cariño a Christian y justo por eso no se le ocurría cómo empezar la conversación. Al final él se paró en el camino de grava y comenzó a hablar.

—Así que quieres irte, Liesl —dijo en voz baja, sin mirarla—. Lejos, quieres irte a Pomerania, y no sé si volveré a verte.

—Volveré seguro, Christian —le aseguró—. No te creas

lo que diga mi madre. No soy una dama noble, como ella espera. Soy Liesl, la que conoces, y seguiré siéndolo.

Al final él se atrevió a mirarla a la cara y ella vio que le brillaban lágrimas en los ojos.

—Todo ha salido muy distinto a como yo esperaba —admitió con voz ronca—. Monté la casita, lo puse todo nuevo y bonito y esperaba… bueno, siempre pensé que…

Se interrumpió porque no había manera de que le saliera la confesión. Llevaba demasiado tiempo guardándoselo, no encontraba el valor para hablar, se reprochaba ser un cobarde y ahora todo carecía de sentido.

—¿Qué esperabas? —preguntó Liesl, y levantó un poco la linterna para ver mejor la expresión de su rostro.

Christian se echó a un lado y respiró hondo, como si tuviera una cinta metálica en el pecho.

—Que tú… que un día nos mudaríamos los dos juntos, eso esperaba, Liesl —confesó, y la miró abatido—. Pero empecé la casa por el tejado. Si al final venden la villa de las telas, seguro que tendré que abandonar la casita y otro se mudará allí.

¿Hablaba de matrimonio? En realidad no. Como mucho, de que quería vivir con ella en la casita del jardinero. Liesl decidió que no era una petición de mano, sino más bien una triste afirmación. Se alegró porque no habría podido dar una respuesta a una propuesta de matrimonio.

—Eso no es seguro, Christian —le consoló—. En primer lugar, no creo que los Melzer renuncien a la villa de las telas, le tienen demasiado cariño. Además, aunque lo hicieran, seguro que el nuevo propietario te contrataría como jardinero.

Christian lo negó con la cabeza.

—No he aprendido el oficio, Liesl. Me lancé sin más, pero no soy jardinero de verdad, como Gustav.

Liesl dejó la linterna con resolución en el camino de grava y le sacó las manos de los bolsillos de la chaqueta.

—Ahora vamos a despedirnos, Christian —dijo, y le cogió las manos—. Y prométeme que no te vas a desanimar. Volveré contigo, eso seguro. Te doy mi palabra.

De pronto Christian se movió. Apretó con fuerza las manos de Liesl y se atrevió, vacilante, a atraerla hacia sí.

—Entonces quiero esperarte —le susurró—. Y si no vuelves conmigo a tiempo, iré a Pomerania a buscarte.

Tenía la cara tan cerca de la de Liesl que notaba su aliento. De pronto parecía una persona muy distinta, tan ansioso, y ella se estremeció de un modo maravilloso y fue consciente de que quería a ese joven tímido.

—¿Harías eso, Christian? —preguntó a media voz, y le sonrió.

—Sí —contestó él con una decisión poco habitual, y la besó.

Tenía los labios secos y las mejillas ásperas, pero ese beso fue lo más emocionante que había sentido Liesl jamás. Por eso le ofreció su boca para repetir. Él se animó enseguida. Y como le había salido tan bien, lo hicieron muchas veces hasta que por fin Christian recuperó el habla.

—Quiero que seas mi mujer, Liesl. Dime si me quieres.

Ya estaba dicho, y ella tenía que darle una respuesta.

—Dame tiempo a que vuelva, Christian. Entonces te lo diré —susurró, y le besó por última vez antes de coger la linterna y levantarla para que viera el camino hasta la casita del jardinero.

Al día siguiente por la mañana, ella salió de la villa de las telas antes de que se levantaran los demás y recorrió la avenida hasta la entrada. Llevaba el abrigo de piel, regalo de Fanny Brunnenmayer, y como caminaba tan deprisa hacia el tranvía empezó a sudar.

«Qué abrigo más absurdo y pesado», pensó. No sería más que una carga, ¿por qué no lo había dejado en su cuarto?

274

Sin embargo, cuando conoció el gélido invierno del este, agradeció de todo corazón a Fanny Brunnenmayer su regalo. El abrigo le dio calor en las estaciones de tren expuestas a las corrientes de aire, fue su nido protector durante las noches que pasó en salas de espera sin calefacción y también en el pescante junto al cochero, que la llevó por un buen precio de Kolberg a Maydorn, y sin ese abrigo de piel se habría congelado. El camino que conducía de la carretera a la mansión era estrecho y desigual, encima estaba helado, así que los caballos resbalaban, el coche se tambaleaba de un lado a otro y el conductor soltaba maldiciones de vez en cuando. Liesl tuvo que sujetarse con ambas manos al pescante para no caer a la nieve que se acumulaba a ambos lados del camino. Cuando se acercaban a la mansión vio a mozos y criadas haciendo tareas en el patio, perros que correteaban sueltos, una bandada de gallinas que picoteaban el suelo y, delante de algunos edificios bajos, montones humeantes de estiércol de color marrón amarillento.

Liesl pensó que serían los establos. Seguro que ahí guardaban los cerdos con los que hacían las deliciosas salchichas. Cuando el cochero paró en medio de los perros que ladraban, vio por fin la casa. Estaba apartada del patio, era de ladrillo rojo y parecía antigua, y tenía un porche en el medio con un frontón cubierto de hiedra. No era un castillo ni una casa señorial como la villa de las telas, pero seguía siendo un edificio decente que destacaba de las casas normales. No, la mansión Maydorn no era tan miserable como se temía.

El cochero bajó sin preocuparse más por ella. Liesl observó cómo se acercaba a los dos mozos que estaban al lado de los montones de estiércol hablando entre ellos. Uno llevaba un chaleco sucio y desgreñado hecho con piel de oveja, y en los pies se había atado unos harapos. El otro iba vestido con una chaqueta de cuero grasienta, llevaba un viejo gorro de piel y las piernas enfundadas en unas botas marrones sucias.

Este hombre parecía tener un rango mayor que el de la piel de oveja. Liesl vio que levantaba el brazo furioso y el otro se encogía de hombros.

Su conversación quedó interrumpida por el conductor, que hizo una pregunta a la que el hombre de las botas altas contestó mirando el coche y comprendió que tenían un invitado. Era el momento de que Liesl cogiera su bolsa de viaje y bajara. Le costó un poco. No era fácil bajar del pescante con los pies entumecidos y las manos heladas, pero aún era más difícil exponerse a los ladridos y gruñidos hostiles de los perros que la rodeaban, aparentemente con ganas de arrancarle la bolsa de las manos. En realidad le gustaban los perros, pero estos eran completamente distintos a los animales bien educados que iban con correa en la ciudad. No parecían de una raza concreta, eran amarillos o marrones, algunos tenían el pelaje lanudo y, por lo visto, nadie los había domesticado.

Sin embargo, se engañaba. Salieron dos mujeres de un edificio y una de ellas gritó con voz estridente:

—Largaos. ¡Fuera!

Los perros se dispersaron con timidez en distintas direcciones.

Ninguna de las dos mujeres se preocupó por Liesl, castigando a la chica desconocida con una mirada de desconfianza; luego cogieron las cajas que el conductor les bajó del coche. Iban vestidas con una ropa muy rara, esas campesinas de Pomerania. Las faldas de lana, anchas y pesadas, llegaban hasta el suelo, debajo llevaban botas forradas y alrededor de la cabeza y los hombros, un paño de lana. Seguro que eran criadas, de lo contrario no tendrían que llevar las cajas al salón.

—Son tres marcos imperiales, señorita —dijo el cochero, y le tendió la mano cóncava—. En realidad cobro más por un trayecto tan largo, pero como tenía que venir igualmente, así está bien.

Liesl sacó la bolsita de dinero que llevaba colgada del cuello con un cordón. Las monedas llegaban justo para pagar el precio que le exigía y solo le quedaron unos peniques en la bolsa. Los billetes habían sido caros, aunque fuera en tercera clase, no entró en cafeterías y solo una vez se permitió un dulce de una vendedora de la estación.

El cochero se guardó el dinero en el bolsillo del abrigo, subió al pescante y chasqueó la lengua para incitar a los dos caballos. Al girar, el coche pasó muy cerca de los montones de estiércol sin tener en cuenta a los perros, las gallinas o las personas de alrededor que le gritaban algo que no entendía. Seguramente era un insulto.

Liesl se quedó sola en el ancho patio, agarrando con fuerza la bolsa de viaje, y miró alrededor en busca de ayuda por si había alguien que quisiera ocuparse de ella. Las dos mujeres se habían dirigido a la mansión con su carga y allí les dejó pasar una empleada con un vestido negro y una cofia en el pelo. Era parecido a la villa de las telas, con empleados que hacían su trabajo en el ala de las faenas y los que eran responsables de las salas elegantes y cálidas de los señores. Seguro que ahí encontraría a su padre.

Con cuidado de no resbalar con el adoquinado helado del patio, se dirigió a la casa mientras repasaba en su mente lo que le diría a la criada que le abriera la puerta de entrada: «Me envía la señora Alicia Melzer de Augsburgo, y me gustaría hablar con el señor barón Von Hagemann para darle una noticia».

Hacía tiempo que se planteaba cómo se las arreglaría para que le permitieran acceder a su padre, que era el administrador de la finca al servicio de Elvira von Maydorn, que tras la muerte de su marido se convirtió en la señora de todo aquello. Los señores no recibirían enseguida a una desconocida. Al principio pasaría a la cocina y después acabaría con el administrador o la señora baronesa. Sin embargo, si hacía referencia a la noble Alicia Melzer, que procedía de esa finca, tal vez sus perspectivas fueran buenas y la recibieran enseguida. Ya había cruzado el patio cuando se abrió la puerta en la mansión y la joven con la cofia bajó corriendo los escalones.

—¡Señor barón! —llamó a voz en grito, y pasó corriendo con la falda plisada junto a Liesl—. Señor barón, pare el coche...

Liesl se dio la vuelta, asustada. El señor barón tenía que ser su padre.

¿Dónde estaba? ¿Por qué no lo había visto?

—Ya se ha ido —dijo el hombre de las botas altas—. ¿Qué pasa? ¿Falta algo?

La empleada se paró y asintió.

—El juego de café con las flores pintadas que encargó la señora no ha llegado. Está hecha una furia.

El hombre no parecía muy impresionado, se limitó a encogerse de hombros, impasible.

—Dile que ya llegará la próxima vez. Lo principal es que el vino esté aquí. Y los vestidos que ella pidió. ¡Ve a darle el recado!

—Sí, señor —dijo la empleada, aunque puso cara de pocos amigos. Luego se fue de brazos cruzados a la mansión y cerró la puerta.

Liesl se quedó petrificada en el sitio, no podía creer lo que era evidente. Ese hombre de la chaqueta de piel mugrienta, que estaba junto a los montones de estiércol como un mozo de cuadra, era el señor barón, su padre. No llevaba un traje verde de loden, como los ricos en Augsburgo, ni tan siquiera un abrigo de paño bonito, sino que parecía un cochero que se protegía las orejas del frío con un viejo gorro de piel. Por fin advirtió su presencia y llegó a sus oídos su voz aguda y penetrante.

—¡Eh, tú! ¡Ven aquí!

Sonaba antipático, como si ella fuera una vagabunda que se hubiera colado en la casa, una mendiga que tuvieran que expulsar. Mientras Liesl se acercaba con el corazón acelerado y resbalaba varias veces, de pronto se le olvidó lo que quería decir. Todo era tan distinto de como lo había soñado y esperado… Desanimada, se paró a varios pasos de distancia de él y lo miró. Era un poco más alto que el mozo de la piel de oveja, pero estaba erguido como un señor. Cierto, ya se había fijado antes. Ahora veía también que llevaba una fusta corta en la mano derecha. No era fácil reconocerle la cara porque el gorro de piel le llegaba hasta la frente. No llevaba barba, tenía la nariz roja por el frío, en las mejillas lucía un dibujo extraño y sus labios eran muy finos.

—¿Cómo te llamas y qué haces aquí?

Así que ese era su padre. Los edificios de alrededor parecían dar vueltas, tuvo que intentarlo dos veces para que le saliera una respuesta.

—Yo… me llamo Liesl…

Por lo visto ni su nombre ni su aspecto le decían nada. ¿Su madre no había dicho que se parecía a él? Por lo visto él no lo notaba.

—Liesl —repitió con impaciencia al ver que no decía nada más—. ¿Y qué haces aquí, en Maydorn? ¿Buscas un trabajo? Pues ve a la cocina y entra en calor.

Dicho esto, dio media vuelta y se dirigió a los establos. Entonces por fin Liesl recobró el juicio.

—¡Espere, por favor! Yo… tengo que decirle algo más.

Su grito debió de sonar muy angustiado, porque él se dio la vuelta.

—¿Qué pasa? —preguntó con impaciencia.

Liesl reunió todo el valor y se acercó a él.

—Soy Liesl de Augsburgo, señor Von Hagemann. La hija de Auguste de la villa de las telas.

Su reacción no fue la que esperaba. Se plantó delante de ella y le clavó la mirada. Entonces Liesl vio que tenía muchas cicatrices y cortes en la cara, y recordó que le habían contado que una granada le hirió en la guerra.

—Eres… —dijo a media voz, y se interrumpió para echar al mozo de la piel de oveja—. ¿Qué haces ahí, Leschik? ¡Vete a trabajar!

Esperó a que la puerta del establo se cerrara detrás de Leschik y luego la observó de nuevo, la miró de reojo y finalmente lanzó una breve mirada de recelo a la mansión.

—Liesl —murmuró—. ¿Te ha enviado tu madre a Pomerania?

—No. He venido por voluntad propia. Porque… porque quería ver a mi padre.

—Vaya, vaya… —dijo, sin saber muy bien qué hacer—. Liesl. Pues sí que has crecido. ¿Cuántos años tienes?

—Diecisiete años.

—Diecisiete años —repitió él, que miró de nuevo hacia la casa como si tuviera que reflexionar sobre un asunto difícil—. ¿Y qué tienes pensado? ¿Quieres quedarte aquí?

Sonaba a amenaza: «Espero que no quieras quedarte aquí, Liesl».

—No —dijo asustada—. No, no, quiero volver a Augsburgo. Quería… bueno, quería ver a mi padre una vez en la vida.

Notó que se le llenaban los ojos de lágrimas porque todo era triste, infeliz, y ella sentía una decepción desmedida.

—Escucha —dijo con suavidad—. Puedes pasar la noche en la casa del servicio. Pero no le digas a nadie quién eres, ¿entendido? Mañana nos volveremos a ver.

Liesl se limpió las lágrimas y asintió.

—Gracias. No se lo diré a nadie, lo prometo. Nadie sabrá por mí…

Él le hizo un breve gesto con la cabeza y de pronto tuvo mucha prisa por irse a la casa.

Liesl se sentía tan intimidada que no se atrevió a calentarse en la cocina ni a pedir comida. Una moza de los establos le indicó dónde estaba la casa del servicio, un edificio alargado con un tejado de paja. Allí buscó un cuarto libre, pasó el cerrojo y se sentó en un rincón del suelo de madera que le pareció más caliente que el húmedo catre de paja que apestaba a orina y podredumbre. Se acurrucó con las piernas dobladas como un animalito bajo el abrigo de piel y el agotamiento se apoderó de ella, oscuro y liberador. Antes de que el sueño la acogiera entre sus brazos, recordó las palabras de Fanny Brunnenmayer: «Nada más que tristeza y lágrimas...».

¿Y si llevaba razón?

22

—¡Qué bonito! —exclamó Lisa, y apretó la nariz contra la ventanilla del coche—. Nieva, Humbert. No conduzcas tan rápido, quiero contemplar el parque.

Obediente, Humbert moderó la velocidad para que la señora pudiese admirar la fina nieve sobre los viejos árboles y los campos salpicados de blanco. La nieve caía del pesado cielo invernal en copos gruesos y algodonosos, se pegaba a las coníferas y a los troncos de los árboles, pero en los campos y los bancales desaparecía rápido, puesto que el suelo no estaba lo bastante frío.

—Cuánto se alegrarán los niños si en Nochebuena hace este tiempo invernal. Sobre todo porque Hanno recibirá su primer trineo. Y Charlotte estará adorable con el abriguito rosa y las botitas de piel.

—Por supuesto, señora —dijo Humbert.

Lisa se preguntó por qué estaba tan callado ese día. Ojalá no se pusiese enfermo justo antes de Navidad.

—Humbert, no estarás acaso…

Se interrumpió asustada cuando divisaron el parque infantil y vio a Sebastian en el prado luchando por una pelota con los tres muchachos. ¡Qué rebelde! ¿No había dicho expresamente el doctor Kortner que debía cuidarse la rodilla? Ponerla en alto y mantenerla caliente, como mucho, someterla a un esfuerzo limitado, no practicar deporte, incluso tener cuidado al subir las escaleras.

—¡Alto! —le gritó a Humbert—. Baja y ve hasta mi marido. Dile que por favor deje de hacer tonterías ahora mismo. Si no tendré que informar al doctor Kortner.

—Pero, señora… —fue a objetar Humbert; sin embargo reflexionó, apagó el motor e hizo lo que le ordenó.

Lisa observó a Sebastian detenerse un instante y hacer un gesto apaciguador en dirección a Humbert. Luego recogió la pelota y se la lanzó a su hijo Johann.

Enfadada, sacudió la cabeza ante semejante insensatez y se cerró el abrigo de piel, ya que Humbert no había cerrado la puerta del conductor y los copos de nieve entraban en el coche.

—Su esposo quiere acabar rápido el partido, señora. Luego volverá enseguida a la casa.

Humbert se sacudió la nieve del abrigo antes de volver a sentarse al volante; aún tenía unos copos en el pelo, lo que a Lisa le pareció muy bonito. Condujo hasta la entrada principal de la villa de las telas, luego salió del coche y le abrió la puerta a la señora. Gertie y Hanna bajaron corriendo los escalones para recoger los numerosos paquetes que estaban en el coche. Esa mañana Lisa había hecho las compras de Navidad.

—Gracias, Humbert —dijo un poco sofocada cuando la ayudó a bajar. Por desgracia, no había llevado a la práctica su intención de adelgazar unos kilos. Era culpa de su pasión por las salsas cremosas, la pasta casera y los dulces entre horas. Por suerte, estaba Marie y su taller, donde podía mandar que le arreglasen la ropa.

En el vestíbulo olía a agujas de abeto rojo y a resina: habían colocado el gran árbol de Navidad y las cajas con las bolas ya estaban preparadas.

—¡No! —gritó Lisa, y juntó las manos aterrada—. ¡No

puede ser verdad! ¡Ese árbol achaparrado no puede estar en nuestro vestíbulo!

Todas las Navidades solían colocar un majestuoso abeto rojo mucho más grande en la entrada. Sobre todo antes, cuando Lisa y sus hermanos aún eran niños, siempre parecía que el árbol llegaría hasta el techo y sus ramas eran tan espesas que podían esconderse los tres.

—Aquí estás —oyó decir a Marie—. Te estaba buscando.

Lisa se sorprendió de que su cuñada no estuviese en el atelier. Al mismo tiempo se alegró de poder charlar con ella sobre ese extravagante arbusto, que probablemente habían llevado por error.

—Es una vergüenza, Marie —se irritó—. Le pedí al comerciante un árbol especialmente bonito. Cómo pudo ese miserable inútil…

—Esto era lo que quería decirte esta mañana, Lisa —la interrumpió Marie—. Paul y yo hemos devuelto el árbol. Por los gastos. En su lugar Christian ha talado este abeto del parque y creo que cuando esté adornado…

Lisa no se lo tomó nada bien. Paul y Marie habían actuado a sus espaldas. Hacía años que ella y su madre eran responsables de todo lo que se refería al gobierno de la villa de las telas… ¡y ahora esto!

—¿Por los gastos? ¿Precisamente en las Navidades queréis ahorrar? ¡No, Marie! Esto ya es demasiado.

Su cuñada guardó silencio porque Else y Hanna empezaron a colgar las bolas rojas del árbol y Humbert llegó con la gran escalera para asegurar la estrella dorada en la copa. Nunca se comentaban esos temas controvertidos delante del personal.

—Vayamos a tu casa, Lisa —propuso Marie—. Seguro que quieres un té caliente.

—Si insistes —replicó su cuñada, ofendida—. Hanna, coge por favor mi abrigo. Y las botas. Ah, sí: cuando mi marido venga del parque, dale las zapatillas forradas.

—Con mucho gusto, señora.

Lisa subió las escaleras detrás de Marie sin volverse ni una sola vez. Si esa horrible monstruosidad se quedaba en el vestíbulo, solo pasaría por delante con los ojos cerrados.

—¿Por qué estás en casa? —le preguntó a Marie—. ¿Le confías mientras tanto el atelier a la señora Ginsberg?

Agotada, Lisa se dejó caer en una silla. Luego llamó a Gertie y pidió té con una fuente de pastas.

Marie esperó a que Gertie se fuera para responder.

—Mi atelier está cerrado hasta después de Navidad —dijo, y quitó del sofá una muñeca de trapo para poder sentarse—. De momento no hay encargos, por eso les he dado vacaciones por Navidad a mis costureras.

—¿No hay encargos? —preguntó Lisa, incrédula—. ¿Cómo es posible? Al menos tres de mis amigas me han contado que te dejarían trabajo.

Marie suspiró, se veía que no le resultaba fácil responder.

—Me he expresado mal. Sí que había encargos, pero esas señoras tienen cuentas pendientes desde hace meses y no estoy dispuesta a trabajar sin que me paguen.

—¡Madre mía! ¿Qué sucede si pagan un poco después? En algún momento recibirás el dinero.

—¿Y qué les digo a mis empleadas? —replicó Marie—. ¿Que no puedo darles su sueldo hasta dentro de unos meses? ¿Que trabajen gratis hasta entonces?

Lisa lo comprendió. Por supuesto, sabía de la difícil situación económica y estaba dispuesta a contentarse con un presupuesto bastante inferior para la casa. De todos modos, no se podía pensar en viajes o lujos semejantes. Pero que Marie hubiese tenido que cerrar el atelier le pareció preocupante.

—¿Ya lo sabe mamá? —preguntó angustiada.

—No —confesó Marie—, aunque se sobrepondrá. Mamá siempre creyó que era mejor que me quedase en casa antes que dirigir un atelier de moda.

Eso era cierto, pero a Lisa no le gustaba nada que en lo sucesivo Marie estuviese de sol a sol en la villa de las telas.

—¿Acaso planeas ocuparte de la casa? —preguntó con tono desconfiado—. Creo que mamá y yo lo resolvemos bastante bien.

—Lo sé, Lisa —dijo Marie, y se inclinó para ponerle la mano en el brazo y apaciguarla—. Todos estamos muy contentos de que hayáis asumido esa carga.

Guardó silencio porque Gertie llamó y entró con el té. Después de dejar la bandeja, hizo una reverencia y se explicó conteniendo la indignación:

—Por desgracia la cocinera me ha prohibido abrir las latas con las pastas. La señora Brunnenmayer opina que las galletas no se deben comer hasta Navidad. Y, además, recuerda que se servirá el almuerzo dentro de una hora escasa.

—Esto es el colmo —se exaltó Lisa—. Dígale a la señora Brunnenmayer que me gustaría hablar con ella después de la comida. Gracias, no se moleste. Ya nos servimos.

—¡Con mucho gusto, señora!

Desde que Liesl, la ayudante de cocina, tuvo la absurda idea de viajar a casa de su padre en Pomerania, la cocinera estaba aún más gruñona que antes. Lisa suspiró. Antes de Navidad tan solo había enojos. Con todo, se alegraba mucho por esa bonita fiesta familiar.

Marie se esforzó por retomar el hilo.

—No me voy a inmiscuir en la administración doméstica, Lisa —dijo con amabilidad—. Solo tengo que ocuparme de nuestro presupuesto, que de momento es muy limitado. Evidentemente, se acordará contigo y con mamá. Siento mucho que no haya salido bien lo del árbol. Quería hablarlo contigo, pero estabas fuera.

—Por supuesto. He comprado los regalos de Navidad. Como siempre por estas fechas —respondió Lisa, enfadada, porque sentía que la atacaba—. Y por si estás pensando que he despilfarrado nuestro menguante presupuesto, has de saber que lo he pagado todo con mi dinero.

Marie asintió. Al igual que los demás, sabía que Lisa recibía un pago mensual de Pomerania: eso había convenido Elvira von Maydorn con ella tras su divorcio.

«En caso de que no heredes la finca, sino que quieras dejársela a tu marido, al menos debes llevarte algo antes de que yo muera», le había hecho saber Elvira cuando le comunicaron las opciones de divorcio. Lisa se llevó una gran alegría, aunque Klaus von Hagemann se enfadó para siempre por esa renta vitalicia y aseguró que él y su familia tendrían que reducir gastos.

—Pero, Lisa... —dijo Marie sacudiendo la cabeza—. Nadie va a reprochártelo. Al contrario, es muy amable y generoso por tu parte que nos des regalos a todos. Paul y yo pasaremos estas Navidades con un poco más de modestia. Sobre todo es importante que nuestros empleados no sufran la crisis; les haremos regalos, como es tradición en esta casa.

Impasible, Lisa se encogió de hombros y sirvió el té. Según Marie, había que hacer regalos a los empleados y para ello ahorrar en la familia: bueno, era su opinión. Ella creía que en las Navidades había que ser generoso con todas las personas, sobre todo con las más próximas.

—¡Perdón, señora!

Hanna estaba en la puerta, parecía hecha polvo y, como siempre, tenía la capota ladeada. La muchacha era amable, pero no tenía talento para ser buena empleada. Cuando tenían invitados, a Lisa le gustaba que Hanna trabajase en segundo plano.

—Los niños están en el vestíbulo y quieren ayudar a adornar el árbol.

Lisa lanzó una mirada fulminante a Marie. Ahora tendrían que decorar junto con los niños y los empleados esa birria con bolas y luces. En cambio, los panes de especias no se colgarían hasta Nochebuena, esa era la tradición.

—Enseguida vamos, Hanna.

Si Lisa esperaba que los niños se llevaran una decepción con el insignificante árbol de Navidad, se equivocó por completo. En el vestíbulo, Johann y Kurti estaban repartiendo con fervor las bolas rojas y doradas por las ramas y Rosa había cogido a Hanno en brazos para que pudiese colgar una estrella de papel dorado en una de las ramas superiores. El niño no tenía ganas de deshacerse del bonito y brillante objeto y clamó con fuerza que quería conservarlo. Charlotte estaba en el cochecito y también se quejaba porque no la dejaban participar.

—Mamá, es el árbol de Navidad más bonito del mundo —dijo Johann cuando bajaron las escaleras.

—Ay, ¿de verdad te lo parece, cariño?

—Claro. Porque lo talé yo mismo ayer. Christian solo me ayudó un poco.

—Yo también —intervino Kurti, orgulloso—. A traerlo. Christian dijo que sin nosotros no lo habría conseguido.

Todos hablaron a la vez:

—Mamá, quiero subirme a la escalera...

—Mamá, tu bola está torcida...

—Mamá, Hanno ha mordido la estrella...

Era el maravilloso caos que se producía siempre que adornaban el árbol en el vestíbulo. Todos los empleados se unían porque cada uno quería colgar al menos una bola o una estrella dorada. En cambio, Humbert era el único responsable de las velas rojas. Había que colocarlas con cuidado para que en Nochebuena, cuando las encendiesen todas, no se llevasen una sorpresa desagradable. Como precaución, un gran cubo con agua estaba preparado junto a la puerta de la cocina.

—¡Mamá, quiero cabello de ángel! —exclamó Kurti, y tiró de la manga de Marie.

Cogió en brazos a su benjamín con cariño.

—No hasta que todas las bolas y estrellas estén colgadas... Rosa, quítale la estrella a Charlotte, se la está metiendo en la boca.

Lisa abordó a Fanny Brunnenmayer, que también participaba en la decoración, y, como la cocinera se mantenía firme en cuanto a las pastas de Navidad, Lisa solo pudo negociar que le permitiese al menos coger para los niños uno de los panes de especias recién hechos. Después de la comida, por supuesto.

En ese momento apareció con sombrero y abrigo Paul Melzer, que llegaba de la fábrica a la villa de las telas para comer.

—Me gustaría hablar contigo antes de comer, Lisa —le dijo a su hermana, y luego se dirigió a Christian, que había entrado con cierta timidez detrás de él—. No hacía falta que fuera tan horroroso —le dijo en voz baja al joven jardinero—. ¿Por qué no escogiste un árbol más bonito?

—Pues pensé que, como de todas formas habría que quitarlo en primavera, era práctico cogerlo como árbol de Navidad —se justificó el joven jardinero, afligido.

Paul hizo un movimiento desdeñoso con la mano y dijo:

—Bueno, ahora ya está ahí. Vuelve a tu trabajo.

—Claro, señor Melzer —dijo Christian, y salió a toda prisa.

Paul le dio a Gertie el abrigo y el sombrero, contempló la colorida animación en el vestíbulo, intercambió miradas con Marie y sonrió un momento. Cuando se volvió hacia Lisa, estaba de nuevo muy serio.

«Me equivoco o mi hermano tiene ojeras», se preguntó ella.

—Vamos a mi despacho, Lisa.

No le apetecía nada, era probable que allí la esperase una conversación desagradable. Ese año no dejaban pasar ninguna oportunidad de estropearle la fiesta de Navidad.

—¿Qué es tan importante? —preguntó con impaciencia mientras Paul cerraba la puerta y se sentaba a su escritorio.

—Bueno, ayer por la noche le comunicaste a Marie deprisa y corriendo que la tía Elvira ha rechazado mi solicitud —dijo, y la miró con aire de reproche.

—Sí, me ha escrito una carta…

¿Por qué la miraba tan enfadado? ¿Acaso tenía la culpa de que la tía Elvira no quisiese prestarle esa suma? Ella se lo imaginó desde el principio, pero como Paul se lo había rogado, al final se prestó a enviar a Pomerania una carta con la solicitud.

—¿Ha justificado su decisión?

Lisa hizo memoria. ¿Qué había escrito la tía Elvira? Sería más fácil acordarse si Paul la mirara con menos severidad. ¡Se sentía como una acusada!

—Dice que le duele la espalda y que desde hace días ya no puede montar a caballo. En general, me parece descontenta en las últimas cartas. Ya conoces a la tía Elvira, siempre se mantuvo firme, nunca se ha quejado…

Guardó silencio porque Paul hizo un movimiento de impaciencia.

—Ese no puede ser el motivo para negarse.

—No, no —reconoció Lisa—. Solo lo decía de pasada. Dice, espera… Ah, sí. Ya lo recuerdo. Dice que la finca le cuesta un dineral porque su administrador quiere poner corriente eléctrica por todas partes y los cables son muy caros…

Paul resopló y se reclinó contra el respaldo de la silla, que había sido de su padre.

—Es ridículo —criticó—. Los hacendados del este tienen privilegios fiscales y todo tipo de ventajas. De ello se ocupa el presidente del Reich. Aquí tenemos que ver cómo nos las arreglamos, nos suben los impuestos, nos reducen los salarios…

Lisa se alegró de que él hubiese encontrado a otro culpable. Hindenburg, el presidente del Reich, tenía buenas espaldas y estaba muy lejos, en Berlín; podía insultarlo con toda tranquilidad.

—Te puedo dar la carta, Paul —propuso ella—. Así podrás hacerte una idea.

—Sí, por favor, Lisa. —Paul suspiró y pareció abismarse.

«Por lo visto, mi pobre hermano tiene grandes preocupaciones», pensó Lisa.

—Pensaba que habías vendido las casas de Augsburgo —comentó casi con timidez.

—Así es, todas salvo una. No venderé la casa en la que se encuentra el atelier de Marie.

«Lo hace por amor a Marie», pensó Lisa, y durante un momento se conmovió. Luego recordó que por ese motivo había tenido que mendigarle a la tía Elvira y su estado de ánimo cambió de manera brusca. Así que era eso. Tenía que rogar y sufrir un desaire para que su querida Marie pudiese conservar el atelier, que de todos modos habría tenido que cerrar. ¡Eso sí que era llevar el amor demasiado lejos!

—Creía que ya se la habías vendido al abogado Grünling —dijo con cierta suficiencia—. Serafina mencionó algo… Nos encontramos cuando acompañé a Sebastian al dentista.

—Probablemente era una ilusión que nada tiene que ver con la realidad —replicó Paul, sombrío—. Bien, Lisa, damos por zanjada la conversación, pronto servirán la comida. No me tomes a mal que esté un poco nervioso y disgustado, tenía muchas esperanzas puestas en Elvira y se han esfumado.

Se levantó y la abrazó; al mismo tiempo sonó el gong, al que todos en la villa de las telas atendían.

—Ay, Paul —suspiró ella, reconciliándose—. Siento que tengas tantas preocupaciones. Todo por culpa de esta horrible crisis económica.

—Sí, Lisa. Por desgracia, tenemos que resolverlo.

En el pasillo se toparon con Sebastian, que acababa de subir del vestíbulo y, como Lisa enseguida notó, no llevaba las zapatillas forradas que había encargado expresamente para él.

—¡Aquí estás por fin! —exclamó ella con aire de reproche—. ¿Cómo puedes ser tan imprudente?

Sebastian no la escuchó, sino que agarró a Paul del brazo para apartarlo un poco.

—Querido Paul —oyó Lisa decir en voz baja a su marido—. Estoy al tanto de la amenaza que se cierne sobre la fábrica y me gustaría ofrecerte por enésima vez mi mano de obra. Sin retribución, por supuesto, no quiero ningún salario. No. Sin embargo, me encantaría hacer algo para afrontar esta crisis contigo y todos los interesados.

Paul no sabía qué decir, ya que no valoraba mucho las ideas de su cuñado.

—Tus buenas intenciones te honran, Sebastian, pero en la fábrica no falta mano de obra sino pedidos. En ese sentido, no puedo aceptar tu generosa oferta. Disculpa, mamá me está llamando.

En efecto, Alicia había bajado al vestíbulo para ver el árbol de Navidad adornado y Lisa sospechó por qué estaba tan alterada.

—Ve al comedor, Paul —le dijo rápidamente a su hermano—. Deja que yo hable con mamá.

—Gracias, Lisa —dijo en voz baja, y le hizo un guiño.

Se le llenó el corazón de gozo: ¡Paul le había guiñado un ojo con la misma picardía que cuando era un chiquillo! No, la situación no podía ser tan grave.

Su madre estaba desconcertada ante el abeto mutilado, que incluso con bolas de colores, estrellas y cabello de ángel plateado no había ganado mucho en esplendor navideño.

—¡No creo que este sea el árbol que encargamos! —gritó a su hija—. Este lamentable arbusto en nuestro vestíbulo es una deshonra. ¡Mi querido Johann está retorciéndose en la tumba!

—Déjalo estar, mamá —dijo Lisa, y sonrió apaciguadora—. Los niños se han divertido mucho, enseguida te lo contarán. Johann y Kurti han ayudado a Christian a talar el árbol y a llevarlo a la entrada.

Alicia sacudió la cabeza.

—¡Aun así, Lisa! Es vergonzoso para con nuestros invitados. E incluso para con los empleados. Esto parece una casa de caridad.

—Seguro que no. El abeto está derecho y las ramas…

En ese momento la voz aguda de Kurti resonó desde las escaleras:

—¡Hurra, abuela! ¡Es el árbol de Navidad más bonito del mundo! ¿Y sabes por qué?

La expresión de Alicia se calmó con ese arrebato de alegría infantil. Sonriendo, se apartó un poco del árbol para ver las escaleras. Allí estaba Marie con Johann y Kurti, impecablemente vestidos y peinados para la comida.

—¿Por qué es el árbol más bonito, cariño mío? —preguntó mientras subía las escaleras.

—Porque por fin pude coger el hacha —le gritó Kurti—. ¡Pesa muchísimo!

23

—El maestro tiene que quitárselo de la cabeza —arguyó Auguste, colérica—. Diez marcos al mes. ¿De dónde los saco? No, la cosa quedará en nada, Hansl.

El chico puso una cara tan triste que a su madre le llegó al alma. Era culpa de ese maestro, Bogner, que le había metido a Hansl esa idea en la cabeza.

—El señor Bogner dijo que, como soy muy bueno en cálculo y tengo talento para las ciencias naturales, debería terminar la secundaria —replicó Hansl en tono suplicante—. Cree que soy demasiado bueno para la horticultura. Eso dijo, mamá.

Auguste no daba crédito a lo que oía. ¡Qué maestro tan descarado! ¿Le incumbía lo que pensaba hacer con sus hijos? Hansl y Maxl deberían encargarse en algún momento del vivero, así estaba decidido, así tenía que ser, de lo contrario nunca saldrían adelante. Pero había nuevas leyes en la República. En cuanto un chico sacaba buenas notas, lo mandaban de inmediato a estudiar la enseñanza secundaria e incluso el bachillerato. Con el emperador eso no sucedía: entonces un obrero no necesitaba estudiar o ir al instituto, reinaba el orden y cada cual permanecía en su sitio. Ahora era una auténtica desgracia cuando alguien como ella tenía un hijo que supiese calcular y mostrase «talento», como se decía. Con Liesl no hubo problema: como era una chica, el maestro se había desentendido.

—Dile al señor Bogner que un horticultor también tiene que saber calcular y que necesita tener talento para la naturaleza.

Hansl miraba el suelo y asentía afligido. Luego hizo un último intento para que su madre cambiase de opinión.

—El señor Bogner también ha dicho que puedo ser ingeniero o inspector.

Auguste dudó. No le importaría tener a un ingeniero o incluso a un inspector en la familia, sobre todo porque Liesl también estaba ascendiendo socialmente. Sin embargo, dejar estudiar al muchacho costaría mucho dinero. ¿Quién trabajaría en el vivero mientras tanto?

—Dile a tu maestro que no tengo dinero —resolvió Auguste—. Y esta noche estarás de guardia con Maxl. Para que los pillos no nos roben las coles rizadas y las de Bruselas.

Por la noche unos ladrones habían entrado en uno de los invernaderos, rompieron un cristal y cogieron un montón de verduras cultivadas a duras penas. Los muy desgraciados lo hicieron en silencio y a escondidas. Nadie los oyó, ni siquiera Fritz, que tenía el sueño ligero y se despertaba al mínimo ruido, sobre todo cuando tenía pesadillas. Debían de tener una carretilla, se veían las rodadas en el camino reblandecido.

Era desoladora porque estaban ganando un poco de dinero con las coronas de Adviento y los centros de mesa. Christian había talado en el parque de la villa de las telas unos abetos que estaban demasiado juntos y eran demasiado achaparrados. Por eso había montones de ramas y ella hizo coronas con Dörthe. Ahora la mayoría estaban destrozadas. Qué gentuza. Andaban por todas partes, entraban en las tiendas, en las casas, vaciaban las despensas, robaban las patatas y las remolachas, las salchichas y el jamón, la harina y los huevos. En el mercado tenían que permanecer ojo avizor porque incluso los niños empezaban a robar. El otro día la policía atrapó a dos que se habían escondido debajo de la chaqueta manzanas y colinabos, además de una salchicha ahumada. Lloraron y dijeron que su madre no tenía nada para cocinar y que hacía días que no tomaban sopa caliente. ¡Como si no hubiese comedores populares!

Hansl acababa de salir con un profundo suspiro cuando Fritz entró en casa con la cartera que había heredado de Maxl y olfateó hambriento.

—¿Hay salchicha en la sopa hoy? —quiso saber, y tiró la mochila en un rincón.

—Desde luego —respondió Auguste—. Pero no una para cada uno... Tienes que compartirla con Hansl.

—¿Fraternalmente? —preguntó Fritz con desconfianza.

Eso significaba dejar a su hermano el trozo más grande. Liesl estableció esa norma y desde entonces nadie quería ser el hermano que compartía.

—Yo troceo la salchicha —decidió Auguste—. ¿Has mirado el buzón, Fritz?

—Se me olvidó...

—Pues hazlo ahora. La comida aún no está lista.

Obediente, Fritz fue de mala gana a la puerta para volver a ponerse los zapatos e ir hasta el buzón, que estaba fijado a un poste en la entrada del vivero. Auguste suspiró. Tenía que estar constantemente detrás de sus dos hijos pequeños, animarlos a que cumpliesen con sus obligaciones, decirlo todo dos veces. Fritz tenía que traer el correo cuando volvía del colegio, Hansl debía poner la mesa para comer, pero el muy bobo lo olvidaba a menudo y se escapaba. El único que siempre estaba atento era Maxl. Si no estuviese, Auguste lo pasaría muy mal. Él había sustituido el cristal del invernadero por unas tablas para que el viento y el frío no entrasen con tanta fuerza. Por suerte la nieve se había derretido, ya no helaba y les quedaba un poco de madera para cocinar. Al menos la cocina estaba calentita.

—¡Mamá! ¡Mamá! —gritaron fuera en ese instante.

Era Fritz, que venía corriendo con un fardo de cartas. Auguste se asustó. Seguro que no eran más que facturas y reclamaciones. «Los muy tacaños no podían esperar hasta después de Navidad», pensó furiosa.

—Mamá, pone «May». ¿Se refiere a Karl May?

Auguste le cogió el fardo de cartas y descifró la dirección en la parte superior: «Klaus von Hagemann. Finca Maydorn. Pomerania».

—Pone «Maydorn», tonto —reprendió a su hijo—. ¡Vas desde Pascua al colegio y aún no sabes leer bien! ¡Karl May! Ese es el de las historias del Oeste que siempre te lee Hansl. Las novelas pervierten a la humanidad. Tenlo bien presente.

Ordenó al chico que subiese a lavarse las manos, removió rápido la sopa hirviendo y rasgó el sobre. Le había escrito una larga carta a Klaus von Hagemann poco después de la marcha de Liesl: era de su misma sangre y por lo tanto tenía que ocuparse de ella, era una muchacha hermosa e inteligente y Auguste daba mucha importancia a la buena educación de su hija. Ahora le tocaba a él ser el padre de la joven y creía firmemente que Liesl había nacido para algo mejor que ayudante de cocina.

La hoja que sacó del sobre contenía pocas líneas.

Estimada señora Bliefert:

Hace algunas semanas que su hija se encuentra en la finca Maydorn. Como no tengo intención de incorporarla al servicio, le solicito que le envíe a la muchacha dinero para que regrese a Augsburgo.

Atentamente,

KLAUS VON HAGEMANN
Administrador

Casi se le quemó la sopa por lo mucho que la afectaron esas escasas palabras. Así la despachaba tras todos esos años. En su día estaba loco por una cita con ella. Hasta que se quedó embarazada y él perdió todo el interés. ¡Menudo asqueroso! Un egoísta sin escrúpulos, sin sentimientos, sin un ápice de amor por su propia hija. Bueno, tendría que haberlo sospechado. También había engañado con todas las de la ley a la pobre señora Elisabeth Melzer, que desde entonces estaba felizmente casada con Sebastian Winkler, mientras ella iba de penuria en penuria.

—¿La carta es de Liesl? —quiso saber Hansl cuando se sentaron a comer.

—No.

—Pero Fritz ha dicho que la carta viene de Maydorn. Y Liesl está allí…

—Come la sopa, que si no se te enfría.

Hansl y Fritz intercambiaron unas miradas confundidas, guardaron silencio y comieron la sopa. Hansl dispuso su salchicha de manera que aún le quedase un trozo para la última cucharada. Fritz se comió primero toda la salchicha y luego la sopa.

—Después me tenéis que ayudar a recoger los cristales del invernadero —anunció Maxl—. Y esta noche estaremos al acecho. Cogeré el garrote y tú, Hansl, el rastrillo.

—Yo quiero participar —intervino Fritz.

—Tú te irás a la cama —ordenó Auguste—. Y vosotros tened cuidado. Si vienen varios, la cosa puede acabar mal.

—Cuando les muela los huesos ya no sabrán ni cómo se llaman —se jactó Maxl, que se había pasado la mañana arreglando los daños.

—Prepara la cesta —le pidió Auguste—. Quiero ir a la villa de las telas.

—No compran nada ya, los muy tacaños.

Maxl hizo una mueca despectiva. Auguste creía que cada

día se parecía más a su padre. Unos días atrás le había visto una pelusa suave y clara en el mentón y el labio superior. Su chico se estaba haciendo un hombre. Quizá debía ocuparse a tiempo de que encontrase a una mujer decente. Una que fuese dócil, encajase en la casa y no pretendiese disputarle la autoridad a su suegra. De todas formas, Maxl había mostrado hasta el momento poco interés por las chicas de su edad. Mejor así. No le corría prisa tener a una nuera en casa. Antes preferiría volver a casarse. Se sentía sola en la cama matrimonial sin un hombre; al fin y al cabo, aún tenía necesidades. Por desgracia, no había nadie a la redonda que le gustase y, además, el pobre Gustav había muerto hacía solo ocho meses.

—Aun así voy —le dijo a Maxl—. Siempre hay novedades. Y seguro que compran un par de cosas.

—¿Hay algo después? —preguntó Hansl con una sonrisa, refiriéndose al postre.

—Puedes servirte —respondió Auguste, y agitó la palma de la mano.

—Mejor no… —rio Hansl, y se agachó.

Por supuesto que no había postre. La compota que preparó la reservaba para Navidad. También haría un par de galletas dulces; en cambio, el tema de los regalos no pintaba bien. Ese año no consiguió más que chaquetas y pantalones de Leo Melzer, que Auguste había arreglado para Hansl y Fritz. Además, dos pares de buenos zapatos, que le valían a Maxl. Quizá comprase en el mercado un pollo para la comida de Navidad, ya se vería. Mientras iba a la villa de las telas con una cesta llena de coles, apio y puerro, volvió a pensar en la carta que llegó de Maydorn. ¿Debía enviarle dinero a Liesl para la vuelta? Su padre podía esperar sentado: Auguste estaba a dos velas. Si tanto quería deshacerse de la pobre muchacha, debía pagarle él el regreso a Augsburgo, el muy tacaño. ¿Y a qué se refería con «incorporar al servicio»? Liesl era su hija y tenía derecho a vivir en la mansión con él y su familia.

Auguste se detuvo y dejó la cesta para atarse el pañuelo porque había empezado a llover. Le vendría bien que ese año tampoco nevase el día de Navidad. La nieve se acumulaba en los tejados de los invernaderos y temía que se hundiesen. Pero el frío era bueno para los árboles frutales porque acababa con los bichos. Al menos eso decía Gustav. ¡Pobre hombre, cómo lo echaba de menos! Sus pensamientos volvieron a vagar hacia Liesl. Quizá todo fuese distinto y Klaus von Hagemann no fuera el que no quería acoger a la muchacha, sino esa campesina con la que se había casado. ¿Cómo se llamaba? Paula o Pauline o algo así. ¡Claro! Esa tortura de mujer tuvo hijos con él. Así que no quería que la joven heredera fuese a la casa. Esa bruja lo reclamaba todo para ella y sus retoños. Era muy astuta, ¿quién si no lograba pasar de campesina a esposa del administrador? Nadie habría creído posible que Klaus von Hagemann tuviese trato con esa. Al fin y al cabo, había estado casado con una Melzer, pero en el fondo iba detrás de todas las faldas.

En la cocina de la villa de las telas estarían tomando el café vespertino y seguro que lo acompañaban con un buen bizcocho. Llegaba en el momento adecuado, ya que la sopa de verduras les había llenado el estómago, pero no saciado. Delante de la entrada de servicio a la cocina se quitó el pañuelo mojado y lo sacudió. Luego llamó. Una vez. Dos veces. ¿Qué sucedía, nadie quería abrirle? Justo cuando levantó el índice doblado por tercera vez, la puerta se abrió y apareció la cara rolliza y la nariz respingona de Dörthe.

—Ah, eres tú, Auguste. Entra.

Lo primero que vio fue a Christian, que estaba lívido en una silla con los brazos colgando. A su lado, Gertie y Hanna trasegaban con botes de ungüento, frascos de medicina marrones y vendas blancas que le ponían en las manos. Delante de él, en el suelo, había una palangana en la que relucía el agua teñida de rojo.

—¡Virgen santa! —exclamó Auguste—. ¿Es que te han asaltado?

Christian fijó los desorbitados ojos azules en la mujer que tenía delante, sin reconocerla realmente. En su lugar respondió Fanny Brunnenmayer, que estaba a los fogones y preparaba el café. Auguste lo olió enseguida: era recalentado.

—Siéntate, Auguste, ya que estás ahí —ordenó la cocinera, malhumorada—. El muy estúpido quiso afilar el cortacésped y luego resbaló y cayó con las manos sobre las cuchillas afiladas. Es lo que pasa cuando uno ya no sabe lo que hace por mal de amores.

¡Las manos! ¡Lo que faltaba! Auguste se dejó caer en una silla y miró horrorizada cómo Gertie y Hanna le vendaban las manos al pobre chico. Ojalá cicatrizasen rápido. En febrero había que cambiar los plantones de maceta, Christian siempre había ayudado con diligencia, y tenían que podar los árboles frutales.

—Has tenido suerte de conservar al menos todos los dedos —se burló Gertie—. Cómo se puede ser tan torpe.

Hanna le acarició el pelo a Christian para consolarlo.

—Te curarás, no te preocupes. Y, de todas formas, ahora en invierno no hay mucho que hacer en el parque.

Alterada, Else recorrió la cocina.

—No puedo mirar —susurró—. Con tanta sangre me pongo mala. Hanna lo ha fregado todo, qué maja es.

A Auguste no se le ocurrió nada salvo que ella también se estaba mareando un poco.

La cocinera llevó el café y llenó hasta arriba las tazas, Else las repartió y también Humbert se presentó en la cocina. Esquivo, miró a Christian, luego se sentó todo lo lejos que pudo, en la otra punta de la mesa, y tomó el café. Humbert era muy sensible, se desmayaba con solo ver una araña o un ratón. Y, cuando había tormenta, se escondía temblando debajo de la larga mesa de la cocina. Le pasaba porque no podía olvidar las granadas de la Gran Guerra y tenía los nervios irritables.

—¿Has recibido una carta de Liesl? —preguntó Fanny Brunnenmayer, que se había sentado por una vez a su lado.

Auguste dijo que no. No diría ni una sola palabra de la desagradable carta de Von Hagemann, a esa gente no le incumbía.

La cocinera sacudió la cabeza.

—Pobre muchacha. Pienso siempre en ella. Ya hace tres semanas que se fue y no ha escrito. Ni siquiera sabemos si ha llegado.

Auguste podría haberla tranquilizado a ese respecto, puesto que Liesl había llegado, pero entonces tendría que mencionar la carta. Por eso prefirió dejarlo estar.

—Seguro que le han pasado muchas cosas —dejó caer Humbert—. No habrá tenido tiempo de escribir cartas.

Llamaron del anexo. Era Elisabeth Winkler pidiendo el té, que ya estaba listo en los fogones.

—La señora volverá a recriminarme que no le llevo pastas con el té —se lamentó Gertie—. Es culpa suya, señora Brunnenmayer, porque es muy tacaña con el pan de especias. Siempre me llevo la reprimenda.

—Pues así es —dijo la cocinera con toda tranquilidad.

Para evitar la disputa que comenzaba, Hanna se ofreció a servir el té y Gertie aceptó con mucho gusto.

—¡Eres un encanto, Hanna!

—¡No dejes que se aprovechen de ti! —exclamó Humbert con enfado, pero Hanna ya había puesto las tazas, el azucarero y las jarritas de leche en la bandeja y se dirigía a la puerta de servicio.

Auguste comprendió que en ese momento no era oportuno ofrecer a la cocinera el contenido de la cesta, así que se volvió hacia Christian, que bebía el café con las manos vendadas.

—No sé cómo ha sucedido —dijo en voz baja—. Fue tan rápido. Por favor, no se lo cuente a Liesl. Seguro que usted le escribe, ¿no?

—Desde luego —mintió Auguste, que en realidad no le había escrito una sola carta a Liesl.

—Yo le he escrito dos veces —reconoció Christian, apenado—, y no he recibido respuesta. Y ahora ya no puedo escribir porque tengo las manos hechas polvo.

Quién lo habría dicho, le había escrito a Liesl. Cartas de amor. Eso desagradó a Auguste. Si Klaus von Hagemann veía esas cartas, a lo mejor pensaba que Liesl tenía novio o incluso un amante. No era de extrañar que no quisiese saber nada de ella.

—Escucha, Christian —dijo con severidad—. No deberías escribirle cartas a…

Se interrumpió porque alguien llamó a la puerta. Dörthe, que estaba sentada más cerca, se levantó con calma y arrastró los pies por el pasillo para abrir.

—Buen día —dijo una voz masculina—. Venir porque buscar una mujer, chica, *dévochka*…

Todos los que estaban sentados a la mesa se miraron asombrados. De repente Humbert palideció. El hombre tenía un acento extraño. Le recordó a la Gran Guerra, entonces hubo en Augsburgo hombres que hablaban así.

—Pase primero —respondió Dörthe—. Deje la capa fuera, si no lo mojará todo.

El hombre entró en la cocina. Auguste lo examinó con interés. Era de estatura mediana, llevaba una chaqueta vieja, pantalones desgastados, zapatos raídos. Tenía las mejillas bien afeitadas y simétricas, la nariz fina, los labios flácidos. Era apuesto. Solo el revuelto pelo negro, por el que se extendían mechones plateados, resultaba grotesco y recordaba a un gitano.

«Seguro que quiere vender algo —pensó Auguste—. Hay que cuidarse de esta gente.»

Humbert se había levantado de la silla, se acercó despacio al desconocido y se detuvo no lejos de él con los brazos cruzados.

—¿Quién es y qué quiere? —le soltó.

Sonó más que desagradable, muy distante y hostil.

—Ser Grigori Borisovich Shukov… No querer molestar, buscar muchacha llamada Janna…

El desconocido hablaba con voz grave y un poco cascada, aunque a Auguste le parecía agradable. De repente comprendió quién era: Grigori, el obrero ruso de la fábrica del que Hanna se enamoró locamente. ¿No dijo alguien que había vuelto a Alemania y estaba en la cárcel porque se suponía que era un espía ruso?

—Aquí no hay ninguna Hanna —lo reprendió Humbert con decisión—. ¡Váyase!

Fanny Brunnenmayer estaba petrificada en la silla, Else tenía la boca abierta y los ojos clavados en el ruso, Gertie contemplaba su ropa andrajosa con horror creciente, y a Christian tampoco parecía gustarle mucho el desconocido. Dörthe no mostró ningún interés, había vuelto a sentarse en la silla con toda naturalidad y se bebía el café tranquilamente. El ruso sonrió avergonzado, miró a su alrededor, y detuvo los ojos en Auguste, que era la única que lo observaba con curiosidad.

—¿Janna ya no en villa de telas? Muy triste. Janna ser amiga, muy conocida. La buscar porque querer reencontrar… Señor Melzer me dar antes trabajo y alojamiento. Ahora ya no tengo trabajo. Fábrica funcionar poco.

Humbert hizo un gesto impaciente. Quería deshacerse del ruso lo antes posible porque Hanna podía volver en cualquier momento.

—A nadie le importa, señor Shukov —dijo con tono estridente—. ¡Por favor, márchese!

«Qué desagradable puede llegar a ser Humbert, que normalmente es tan educado —se extrañó Auguste—. Bueno, quiere evitar que la pobre Hanna vuelva a colgársele del cuello. Lo que en realidad no es asunto ni suyo ni mío.»

—Mucha lástima. —El ruso seguía sonriendo. Le pareció que era atractivo. Casi comprendió que Hanna estuviese a merced de ese tipo—. Necesitar trabajo, ¿comprender? Sentarse todo el día en casa, no bueno. Trabajar solo para comer mejor que nada de trabajo…

—Aquí no hay trabajo para usted —insistió Humbert—. ¡Busque en otro lugar, señor Shukov!

Como el ruso no daba muestras de irse, Gertie estiró el cuello.

—¿Crees que acogemos a cualquier vagabundo? Lárgate de una vez, gitano. ¡Aquí no hay sitio para gente de tu clase!

No quedó claro si comprendió todo lo que Gertie le soltó, pero la sonrisa se le desvaneció, hizo una breve reverencia, se volvió y salió. Poco después se oyó cómo la puerta se cerraba de golpe tras él y casi en ese preciso instante entraba Hanna en la cocina.

—Figuraos, no ha preguntado por las pastas —contó sonriendo.

Cuando todos la miraron fijamente, dudó.

—¿Qué pasa? ¿Ha ocurrido algo?

—Vino uno buscando trabajo. Le hemos dicho que los Melzer ya no contratan —respondió Humbert con naturalidad.

—Dios mío. —Hanna suspiró y se sentó junto a él, que le había guardado una taza de café con leche—. Pobre hombre. Ojalá encuentre algo en otro lugar.

—Esperemos —respondió Humbert.

Nadie intervino porque no se sintieron autorizados a entrometerse en ese asunto que solo incumbía a Humbert y Hanna.

Auguste consideró que era el momento oportuno para ofrecer sus verduras y de hecho la cocinera agradeció la distracción. Compró varios manojos de puerros, todas las coles y el apio. Para Auguste era un día de suerte. Si los días de mercado iban un poco bien, podría comprar el pollo para Navidad.

Se marchó de la villa de las telas de buen humor y tomó el atajo por el parque para llegar al vivero por la puerta lateral, que daba al estrecho sendero. No muy lejos descubrió una forma oscura. Un hombre estaba bajo un haya, con la espalda apoyada contra el tronco, y gracias a un breve resplandor distinguió que fumaba un cigarrillo. Se detuvo asustada hasta que él se separó del tronco y apagó el pitillo.

—¡No tener miedo! —exclamó—. Yo Grigori… Yo aquí estar y pensar…

Auguste dudó e hizo un esfuerzo. Si Paul Melzer le había dado trabajo, debía ser digno de confianza. Además, le gustaba su voz. Poco a poco se acercó, se detuvo ante él y le dio las buenas tardes.

—Buenas tardes —replicó él—. ¿No trabajar en villa de telas?

—No. Tengo un vivero. Justo allí. —Señaló con el dedo el lugar en el que se veía el tejado de su casita a través de las ramas peladas.

—Ser… ¿agricultora? —preguntó—. Quizá… ¿necesitar trabajador?

No se sorprendió, en ese momento le vino el mismo pensamiento. Una ayuda que se contentaba con trabajar solo por comida era muy rentable.

—Ahora en invierno, como mucho un par de horas… ¿Sabes podar árboles frutales, Grigori?

Él esbozó una amplia sonrisa y pareció muy contento por la oferta.

—¡Grigori saber hacer todo!

24

Volvió a sonar el teléfono, ese tormento perturbador y malicioso que no los dejaba en paz. No había duda de quién llamaba por segunda vez ese día.

—Ojalá no fuese una carga para vosotros —dijo Tilly, y suspiró.

Kitty había llevado el caballete al salón, estaba delante con el pincel en la mano y pintaba paisajes fantásticos en formato pequeño.

—Tonterías —replicó dando dos pinceladas al cuadro—. No eres una carga, sino un enriquecimiento maravilloso para todos nosotros, querida Tilly. Y el pesado del señor Von Klippstein ya se cansará. No me gustaría tener que pagar su factura de teléfono.

—La nuestra tampoco es precisamente barata —observó Gertrude, que se probaba una bufanda de lana a rayas que quería regalar a Robert por Navidad y había adoptado una forma extraña. Un problema que esperaba solucionar con un enérgico planchado.

—No te alteres —le aconsejó Kitty mientras retrocedía dos pasos para examinar su obra—. Robert aún no ha dicho nada de pequeñeces como las facturas de teléfono. Además, he vendido siete cuadros. Eso son por lo menos cien facturas de teléf... Brrrrr... Voy a lanzar el aparato contra la pared.

—¡Yo lo cojo! —exclamó Tilly, y apartó su libro.

—Dile que es un psicópata y que dentro de poco lo vamos a encerrar en una celda acolchada sin línea telefónica —le gritó Kitty.

—Casa de los Scherer.

—Perdón —contestaron—. Es posible que me haya equivocado, quería hablar con la señora Von Klippstein.

Tilly se asustó. Era el doctor Kortner. Y ella había hablado con un tono tan frío que no la había reconocido.

—Al habla —dijo en voz baja—. Disculpe, por favor. Esperaba otra llamada.

—Lo siento, no quería molestarla en absoluto, señora.

—No me molesta —respondió deprisa—. Al contrario.

Ante el caballete, Kitty la miró con curiosidad, y Gertrude estaba ocupada cogiendo varios puntos que se le habían soltado.

—Quisiera volver sobre mi oferta, señora Von Klippstein. ¿Se acuerda? Mi nuevo consultorio. Me encantaría enseñárselo y saber su opinión.

A Tilly le dio un vuelco el corazón: probablemente se había levantado demasiado rápido de la silla. La circulación.

—Lo haría con mucho gusto —admitió—. ¿Quizá después de las fiestas?

—Pensaba más bien en el domingo por la tarde. Sería más oportuno porque a esa hora no habrá pacientes en el consultorio. Podría recogerla sobre las dos.

Qué decidido estaba. El corazón le palpitó aún más; tuvo que reconocer que esa llamada le aceleraba el pulso.

—¿El domingo? Ay, por desgracia no puede ser. Bueno, tendremos visita.

Vio cómo Kitty ponía los ojos en blanco. Casi tenía la sensación de hacer algo prohibido.

—Qué lástima —respondió el interlocutor con pesar—. ¿Quizá mañana? Tengo que hacer visitas a domicilio y luego podría pasar por Frauentorstrasse.

308

—¿Mañana? —pensó en voz alta, insegura.

Kitty movió en círculos la mano derecha, en la que aún sostenía el pincel.

—¡Di que sí! ¡No te hagas de rogar tanto!

Gertrude lanzó a Kitty una mirada severa porque Tilly parecía más insegura que nunca.

—¿Mañana? Sí, quizá… Pero iré yo, no hace falta que venga a buscarme.

—Entonces mejor por la tarde, porque por la mañana haré visitas a domicilio. Me haría muy feliz, señora Von Klippstein. ¿La espero entonces mañana por la tarde?

El doctor Kortner era muy terco. Un poco pesado quizá, pero de forma amable. Y ella se sentía halagada.

—Está bien. Mañana por la tarde visitaré un momento su consultorio. Repítame la dirección, por favor.

—Lange Gasse, número 7. No a pie de calle, tiene que atravesar la puerta que da al patio. En la primera planta. Dos tramos de escaleras. De veras que es un placer, señora Von Klippstein.

—Muchas gracias, doctor Kortner. El placer es mío. Hasta mañana, pues.

—Hasta mañana.

Siguió a la escucha un par de segundos hasta que él colgó.

—¡Dios mío! —soltó Kitty—. Te comportas como una solterona mojigata. ¿Qué pasa si te lleva el domingo a su consultorio? ¿Crees que se abalanzará sobre ti y te violará en la camilla para pacientes?

Tilly necesitó un momento para zafarse del efecto de la conversación telefónica, que esa vez le había resultado excitante y agradable.

—Claro que no —rehusó—. Aunque… Al fin y al cabo, como mujer casada no puedo quedar a solas con un hombre en un consultorio vacío. ¿Qué pensarán los vecinos de mí?

El rostro de Kitty mostraba con claridad lo que pensaba ella de esa respuesta.

—Si sigues comportándote como una tonta, echarás a perder todas las oportunidades, mi querida Tilly. Imagínate que te enseña el consultorio y luego te invita a un bonito café. Charláis tranquilamente y después te lleva a casa. Y al despediros ya está oscuro… ¿Comprendes? Créeme, Tilly, conozco a los hombres. Ese es un romántico. Como mucho un besito, no intentará más la primera vez. Y en realidad esos son los momentos más bonitos del amor. Tan llenos de expectativas. Con palpitaciones y las mejillas coloradas. Y por la noche sueñas cosas disparatadas…

A Tilly esa descripción le pareció más bien desagradable, pero Kitty trataba a los hombres con una falta de complejos admirable. Por desgracia, ella era muy distinta y se consideraba una persona sensata y racional. Lo romántico solo había sido importante una vez en su vida. Y ya era agua pasada. Un recuerdo que se llevaría a la tumba.

—Sobre todo sería desagradable que Ernst se enterase —se justificó—. Podría utilizarlo en mi contra durante el proceso de divorcio.

—Dios mío, Tilly —se rio Kitty de ella—. Si llegáis a divorciaros, serás culpable de todas formas. Es tan cierto como que dos y dos son cuatro. ¿Qué más te puede pasar? Don Avaricioso se quedará con todo su dinero. ¡A cambio serás libre y eso vale mil veces más que su vil metal!

Tilly lo sabía. Sin embargo, insistía en no provocar a Ernst en ningún caso.

—Muy acertado —intervino Gertrude—. Mujer prevenida, vale por dos.

Al día siguiente la ciudad estaba llena de gente. Bajo el sombrío cielo invernal, los habitantes de Augsburgo arrastraban por las calles árboles de Navidad, paquetes y cestas de la compra repletas, pasando por delante de los inválidos de guerra y los mendigos, que estaban sentados en todas las esquinas y a los que los policías desalojaban una y otra vez. Delante de los escaparates mucha gente miraba con ojos ansiosos las salchichas, el jamón y los pescados ahumados, manjares que le resultaban inasequibles. Los niños se quedaban embobados ante las jugueterías, miraban fijamente a los adinerados que entraban y salían de las tiendas cargados con bolsas y paquetes pequeños. Tilly se esforzó en conducir a través del hervidero de ciclistas y vehículos; más de una vez tuvo que pisar el freno para no atropellar a un peatón que caminaba entre los coches. «Qué extraño —pensó—. La gente tiene que reducir gastos porque la mayoría lucha por el pan de cada día, pero quiere celebrar las fiestas de Navidad por todo lo alto, olvidar la crisis económica, hacer como que no existe.»

Tuvo que buscar un momento hasta que encontró la dirección en Lange Gasse. Vio varias casas de dos plantas muy juntas que habían vivido mejores tiempos. Algunas partes de los tejados estaban cubiertas de musgo, aquí y allá se desconchaba el revoque dejando ver la mampostería rojiza. El doctor Greiner, el anterior propietario del consultorio, ya había tenido que vivir con los daños de la casa, que antaño fue vistosa. Aparcó el coche junto a la acera y cruzó la ancha puerta hacia el edificio trasero, en el que se encontraba el consultorio. En la entrada brillaba un letrero recién colocado.

DOCTOR JONATHAN KORTNER. MÉDICO GENERAL
Segunda planta a la izquierda.
Horario de consulta: de lunes a sábado,
de 8 a 12 h y de 15 a 17 h
Domingos por la tarde solo en casos de urgencia

Le gustó, puesto que el doctor Greiner no pasaba consulta los domingos. Mientras leía el letrero, pasaron por su lado dos mujeres que llevaban a un chiquillo entre las dos. El pequeño tosía mucho, lo que indicaba una enfermedad grave, probablemente tuberculosis. Angustiada, las siguió, subió las escaleras y constató que habían pintado recientemente la puerta de entrada con ventanas de cristales enrejadas. Además, alguien había anudado un trocito de tela entre los pomos, de modo que la puerta no se cerraba y se podía entrar sin llamar. Una luz agradable inundaba el ancho pasillo, las paredes estaban pintadas de blanco, colgaban varios grabados con marco. Bosques verdes, montañas, el mar. A Tilly le pareció tranquilizador y estético. Ya no estaban los armarios oscuros y tallados que había antes. La puerta de la sala de espera estaba entreabierta, de modo que pudo echar un vistazo dentro. Allí se agolpaban los pacientes, tantos que las sillas no eran suficientes. En la época del doctor Greiner era distinto: aceptaba a un número determinado de pacientes y mandaba de vuelta a casa a quien llegaba tarde, a no ser que fuese una urgencia.

Tilly se decidió a llamar a la puerta con el cartel de NO PASAR. Era un acceso a la consulta que utilizaban el médico y su asistente; los pacientes entraban por una puerta que comunicaba con la sala de espera.

Tras llamar, apareció una señora fuerte y de pelo oscuro en bata blanca, la examinó con insistencia y no demasiada amabilidad.

—¿Qué pasa? ¿No sabe leer? —preguntó arqueando las oscuras cejas con aire de reproche.

—Perdón. Soy Tilly von Klippstein. El doctor Kortner me espera. Si ahora mismo lo interrumpo, puedo sentarme en la sala de espera hasta que tenga tiempo para mí.

La auxiliar asintió y abrió un poco más la puerta.

—Señora Von Klippstein. Exacto, estoy avisada. Pase, por favor. Han llamado al doctor para una emergencia, pero tiene que estar a punto de volver.

—Muchas gracias.

La señora puso cara severa, sus gestos eran enérgicos, casi groseros. Se parecía a una de las enfermeras con las que Tilly trabajó en la clínica de Schwabing y que en parte habían sido muy despóticas con ella.

—Puede colgar el abrigo allí. —La auxiliar señaló dos ganchos. De uno colgaba un abrigo oscuro y semilargo, y un sombrero de señora anticuado; el otro estaba libre.

—Gracias, muy amable.

—Siéntese en ese taburete. ¿Quiere una infusión de menta?

En efecto, el aroma a menta recorría la sala y sustituía al habitual olor a consultorio, que era una mezcla de desinfectante, linóleo, cera para el suelo y sal amoníaco.

—Muchas gracias.

Tendría que haber añadido un «no», ya que la auxiliar comprendió que su respuesta era afirmativa. Sirvió una taza y se la llevó a Tilly. Odiaba la infusión de menta. Por supuesto, no quería ser descortés, así que aceptó agradecida la taza.

—Bébalo enseguida, aún está caliente —le indicó—. ¿Quiere azúcar?

—No, gracias.

Tilly bebió un sorbo del caldo amarillento que le recordaba a la orina, tragó y sintió asco. ¿Por qué era tan sensible? La infusión de menta era saludable, estimulaba la circulación y depuraba la sangre.

—Por cierto, soy la señora Kortner —aclaró, y añadió con ligera ironía—: La mano derecha del doctor y chica para todo.

«Está casado», concluyó Tilly, y dejó la taza en un carrito para instrumentos. ¿Por qué nunca lo mencionó? Sintió una profunda decepción y se avergonzó por ello. ¿Qué se había imaginado, que podría estar interesado en ella? ¡Menudo disparate! Su interés era puramente profesional, estaba casado e incluso trabajaba con su mujer en el consultorio. Todo lo que ella había considerado cortejo, los cumplidos, la amabilidad, eran para la doctora, no para la mujer.

—Entonces el doctor Kortner seguro que cuenta con una ayuda eficaz —dijo, y sonrió.

—Se intenta —fue la respuesta.

La conversación se terminó y Tilly observó la consulta. Como las paredes del pasillo estaban pintadas de blanco y las cortinas de ambas ventanas eran claras, toda la sala parecía inundada de luz. En las altas vitrinas blancas había libros de fecha reciente, los anticuados mamotretos que el doctor Greiner guardaba allí habían desaparecido. También eran nuevos dos armarios para instrumentos con muchos cajones y la camilla de tratamiento. En cambio, el biombo revestido de tela colorida y el lavabo, así como el ancho armario de acero en el que se guardaban los tóxicos bajo llave, eran antiguos. Entre otras cosas, ese armario contenía el arsénico, la morfina y el cloroformo.

Estaba casado, era completamente normal. Cómo pudo suponer otra cosa. Debía de haberse vuelto loca.

Se asustó cuando se oyeron pasos rápidos en el pasillo y resonó una voz alegre:

—¡Buenas tardes a todos! Enseguida estoy con ustedes.

Antes de que ella pudiese concentrarse, la puerta se abrió y el doctor Kortner estuvo delante de ella con abrigo y sombrero. Su rostro brilló al verla.

—Señora Von Klippstein —dijo, y se dirigió hacia ella con la mano extendida—. Qué alegría que haya podido venir. ¡Bienvenida a mi nuevo domicilio, señora!

Desconcertada, se levantó para saludarlo, de lo que él tomó buena nota con una cálida sonrisa. El doctor le apretó la mano con ímpetu, luego señaló a su mujer.

—Ya os habéis presentado, ¿me equivoco? Doris es mi mano derecha, ella organiza, hace el papeleo molesto, la contabilidad y todo lo demás de lo que soy incapaz.

«Qué bien que sea tan agradecido con ella —pensó Tilly, y de pronto se sintió angustiada—. ¿Le molestará a su mujer

314

este exaltado saludo a una colega desconocida?» Seguro que estaba acostumbrada: él era una persona sociable.

—Bueno, ¿qué le parece el consultorio? —le preguntó a Tilly con cierto orgullo altanero.

—Ahora es luminoso y agradable. Ya veo que ha hecho varias adquisiciones y se ha quedado con lo funcional.

Contento, asintió y aclaró que le había comprado a un colega la silla de reconocimiento, además de la lámpara de calor y el tensiómetro.

—Tengo previsto adquirir un aparato de electroestimulación que es muy útil para las contracturas, pero de momento voy poco a poco. Me he quedado sin ahorros y no quiero pedir un crédito mientras los intereses estén tan altos.

Tilly evitó mirarlo: el entusiasmo que mostraba era fundado, solo vivía para su trabajo. Un joven simpático que se ganaba todo el reconocimiento de Tilly. Si pese a todo estaba apocada y no daba con las palabras adecuadas, se debía a sus estúpidas y ridículas fantasías.

—Lo comprendo perfectamente, doctor Kortner —asintió esforzándose por esbozar una cálida sonrisa—. Me gusta mucho el consultorio, pero no quisiera retenerlo más. Sus pacientes están esperando.

—Tiene toda la razón, señora Von Klippstein. Doris, ¿me das la bata, por favor? Creo que está en mi silla…

—No, la habías tirado sobre la varilla de medición de la báscula —replicó la señora Kortner sacudiendo la cabeza—. Te lo digo por enésima vez: la bata se cuelga en el armario.

Se quedó un poco cohibido porque lo reprendían como a un colegial. De todos modos, dio las gracias antes de ponerse la bata que su mujer le tendió. No era una nueva adquisición, pero estaba lavada, blanqueada y planchada con cuidado. Doris, la mujer imperturbable e insustituible, estaba a su lado. Tilly sintió que sus pensamientos se volvían sarcásticos.

—Si aún tiene unos minutos, señora Von Klippstein —comentó cuando ella le tendió la mano para despedirse—, me gustaría volver sobre nuestra conversación del otro día. Realmente necesito un sustituto, hago muchas visitas a domicilio, luego hay poco tiempo para las consultas y no tengo la costumbre de no recibir a los pacientes. ¿Puedo hacerle una propuesta en pocas palabras, estimada colega?

«No —dijo algo en su interior—. No está bien. Te has enamorado. De un hombre casado. Admítelo. Si trabajas aquí, serás infeliz.»

—Por supuesto —respondió ella, pasando por alto su voz interior.

De pronto el doctor Kortner se alteró, fue hasta el escritorio y rebuscó, revolvió en un cajón hasta que su mujer le gritó algo:

—Lado izquierdo, el segundo por arriba. En la carpeta azul.

—Qué haría sin ti —contestó sonriendo, luego sacó la carpeta y la abrió—. Me he permitido redactar un borrador de contrato, señora. Léalo todo con calma y hágame saber si aceptaría ese puesto. Tres días a la semana por la tarde o por la mañana, según le convenga. La remuneración depende de las horas de trabajo. Por ahora no puedo ofrecer mejores condiciones. Por supuesto, sé que usted debería cobrar mucho más por su cualificación profesional y sus capacidades.

Tilly recibió las hojas, les echó un vistazo, luego las dobló y las metió en el bolso. Era una buena oferta, habría aceptado de inmediato si no se interpusiese un inmenso obstáculo.

—Estaría de acuerdo, doctor Kortner —dijo—. Pero necesito, como seguro que sabe, el consentimiento de mi marido para firmar un contrato. Por ello le tengo que pedir que espere unos días.

—Desde luego. Será un placer que su marido venga al consultorio y lo vea todo. En caso de que influyese para bien en su decisión.

«Más bien no —pensó Tilly—. Es probable que Ernst reventase de celos sin motivo.»

—Recibirá noticias mías. —Le tendió la mano, se despidió cortésmente de la señora Kortner, agradeció la amable acogida y abandonó el consultorio.

Cuando se subió al coche, empezó a hacerse reproches. ¿Por qué le había dado falsas esperanzas? No iba a aceptar la oferta. No debía. Si tenía un ápice de autoestima, debía rechazarla. Había echado a perder esa oportunidad porque se había enamorado como una niña de un hombre muy amable, pero que de ningún modo correspondía a sus sentimientos ridículos y cursis. Estaba tan confusa que se perdió dos veces en su ciudad natal, en la que había crecido; dio la vuelta y estuvo a punto de chocar con el guardabarros de un camión aparcado.

Estaba atardeciendo cuando se detuvo delante de la casa de Frauentorstrasse y salió del coche aliviada. Un viento desagradable sacudía los tejados, lo acompañaba una llovizna que parecía atravesar la ropa hasta la piel. Tilly tiritó de frío y se apresuró a entrar para esconderse en la cama, taparse con la manta y olvidarlo todo cuanto antes.

Sucedió algo distinto. Cuando entró, le llegó un aroma a agujas de abeto y pan de especias, en el salón se oían las agudas voces de Henny y Kitty, y, entremedias, las serenas advertencias de Robert:

—¡Cuidado, Henny! ¡Casi te caes sobre el árbol con el cabello de ángel! Kitty, cariño, si cuelgas así esa vela, prenderá fuego a la rama de encima…

—¡Pues hazlo tú, don Sabelotodo!

—¡Con mucho gusto, doña Sabihonda!

—¿Quién ha puesto ahí ese cubo? Se me ha caído dentro todo el cabello de ángel —le oyó decir a Henny.

Estaban adornando el árbol de Navidad. Cuánto se alegraba Tilly de pasar esas fiestas en Augsburgo con sus allegados, ya que su familia la ayudaría a superar su triste historia. Era maravilloso no estar sola, tener a personas queridas que mostraban compasión, daban consuelo y alegría. Entró sonriendo.

—¡Mi querida Tilly, aquí estás! —exclamó Kitty, que estaba sobre una escalera y sostenía varios candeleros en las manos—. Bueno, ¿cómo ha ido? ¿Te ha invitado? ¿Habéis tomado café y tarta?

—¡Por desgracia, no! Debía ocuparse de sus pacientes. Por cierto, tiene a una auxiliar muy capaz. La señora Doris Kortner.

Kitty se quedó boquiabierta.

—¿Está casado?

—Exacto.

—Cuidado, tía Tilly —dijo Henny—. ¡No pises la caja con las bolas del árbol!

—¿Casado de verdad? —insistió Kitty, molesta—. ¿Con una mujer? ¡Menudo descuidado! Una siempre se lleva sorpresas con los hombres. ¡No! Habría puesto las manos en el fuego por que…

—¿Por qué, mamá? —preguntó Henny con curiosidad.

Kitty carraspeó con fuerza:

—Por que el doctor Kortner estaba soltero. Y saca del cubo ahora mismo el cabello de ángel y cuélgalo en el cuarto de baño para que seque.

—Pensaba que ibas a decir que estaba loco por la tía Tilly, mamá.

—El cabello de ángel —ordenó Kitty desde lo alto de la escalera, y Henny se sentó rezongando delante del cubo que había preparado Gertrude por si el árbol se quemaba—. ¿Quieres ayudarnos, Tilly? —quiso saber—. En esa caja están los pájaros plateados y las campanillas.

Como la conversación no había sido de gran consuelo, asintió. No tenía sentido encerrarse en sí misma, al final eso solo empeoraría las cosas.

—Ha llegado una carta para ti, Tilly —intervino Robert,

que miraba cómo adornaban el árbol de Navidad desde un sillón y al mismo tiempo leía el periódico—. Está en la escalera. Quizá sea mejor que la leas después.

Tilly suspiró. Sin duda la carta era de Ernst, que volvía a comunicarle que no quería divorciarse bajo ningún concepto, puesto que ni él ni ella podían alegar un motivo válido. Hacía unos días que la había presionado con un asesoramiento cristiano que les aclararía el significado del matrimonio y la fundación de una familia. Bueno, probablemente era mejor que leyese la carta enseguida.

Esta vez el remitente era el abogado de Ernst, un tal Dröhmer. Nerviosa, rasgó el sobre y sacó a la luz una carta.

Estimada señora Von Klippstein:

Por orden de su marido le comunico que el señor Ernst von Klippstein no consentirá de ningún modo un contrato de trabajo de cualquier índole con el señor Jonathan Kortner.
Atentamente,

ARTUR DRÖHMER
Abogado y notario

Tuvo que sentarse en los escalones para releer esa breve frase. Luego fue corriendo con la carta en la mano al salón, donde Robert estaba subido a la escalera y aseguraba por indicación de su mujer las velas del árbol.

—¿Cómo es posible? —exclamó tendiéndole la carta a Kitty—. ¿Cómo puede siquiera saberlo?

Kitty echó un vistazo a la carta, luego se la arrancó de las manos.

—Es increíble… Robert, más a la izquierda, si no queda un hueco. Más. Así… Bueno, Tilly, no lo comprendo. Debe de ser clarividente. O ha contratado a un detective para que te vigile. ¡Lo creo capaz! A un agente que te observa a cada paso.

Una sospecha que a Tilly le parecía improbable, aunque no imposible. En todo caso, sonaba amenazante.

—¿Qué ha pasado ahora? —quiso saber Robert.

—Figúrate, cariño: Ernst quiere prohibir a Tilly que trabaje con el doctor Kortner.

Robert frunció el ceño sin comprender, colgó el candelero de una rama cualquiera y bajó de la escalera.

—¿Le has comunicado a Ernst que quieres trabajar allí?

—¡Por supuesto que no!

—Entonces no entiendo por qué tiene noticia de ello.

Henny volvió del cuarto de baño con una tira de cabello de ángel en el pelo y se entrometió.

—¡Lo sabe por mamá! —exclamó, contenta—. Se lo ha contado por teléfono.

—¿Yo? —preguntó Kitty, escandalizada, alargando la vocal—. En la vida.

—Sí que lo hiciste —insistió Henny—. Dodo nos dijo que el doctor Kortner necesita ayuda en el consultorio y que quiere contratar a la tía Tilly. Y el mismo día se lo contaste por teléfono al tío Ernst.

Enfadada, Kitty miró de hito en hito a su hija, parpadeó y se frotó pensativa la nariz.

—Dios mío, ya ni me acuerdo —suspiró—. Tuvo que ser hace una eternidad. Y en ese caso, como mucho diría que quizá podía trabajar allí…

—Doña Cotilla —afirmó Robert lanzándole una mirada serena y represiva—. Ahora tenemos un problema.

Decidida, Kitty pasó al contraataque:

—Aunque lo hubiera dicho, fue únicamente porque hace semanas que ese hombre nos aterroriza y perdí los nervios.

Tilly le tomó la mano y la apretó para tranquilizarla.

—Por favor, no te alteres, Kitty. Nadie te lo reprocha.

No obstante, Kitty sí lo creía. Se enderezó y miró a su alrededor con ojos centelleantes.

—Bueno, me he ido de la lengua. Así que voy a ponerle remedio. Me marcho a Múnich y llamaré a capítulo a ese señor. Y cuando haya terminado con él, firmará todo lo que le presente. ¡De rodillas y de mil amores! ¡Os lo prometo!

25

Se había olvidado de ella. Hacía días que Liesl solo veía a su padre de lejos, no le prestaba atención, no le hablaba, hacía como que no existía. Intentó dos veces entrar en la mansión, pero la despidieron en la misma puerta.

—El barón no tiene tiempo y la señora Von Maydorn no recibe a nadie.

La segunda vez, la hermosa sirvienta la había insultado:

—¿Qué buscas aquí? Piérdete en el establo, ese es tu sitio.

Liesl no podía ni quería comprenderlo. Al fin y al cabo era su hija. ¿No se alegraba de verla? Quizá tenía que pensarlo y necesitaba tiempo. Después de todo, había aparecido en la finca por sorpresa, lo había pillado desprevenido. Así que decidió esperar y hacer lo que le pedían. De todos modos, no le quedaba otra opción, sin recursos como estaba. A lo sumo podría caminar hasta Kolberg y pedir allí trabajo.

Ya al día siguiente de que hubiese llegado, cuando aún era noche cerrada, una criada golpeó su puerta.

—¡De pie! ¡A ordeñar!

Asustada, se despertó de un sueño profundo y al principio no supo dónde se encontraba. ¿En su cuarto de la villa de las telas? ¿En una sala de espera desconocida? No, estaba en la finca Maydorn, en la buhardilla estrecha y húmeda de un cobertizo donde apestaba a boñiga. La criada había bajado la escalerilla, Liesl se ciñó el abrigo de piel y escuchó los extraños ruidos que venían de abajo. Las cadenas entrechocaban con suavidad, el bufido y el gruñido de animales grandes atravesaba el delgado techo de madera del cuchitril que estaba justo encima del establo.

¿Qué acababa de decir la criada? ¿«A ordeñar»? ¿Acaso se refería a las vacas? Su voz era bronca y autoritaria. En todo caso, era mejor que se levantara para no buscarse problemas ya desde el principio. Anduvo a tientas hasta la abertura mal alumbrada en el suelo junto a la puerta, en la que estaba la escalerilla. Bajó con cuidado, los peldaños tenían restos de boñiga fresca, que probablemente estaba pegada a los zapatos de la criada. Abajo colgaban de las paredes varias lámparas de petróleo, a la luz amarillenta se veían los cuartos traseros de las vacas, encadenadas a ambos lados del establo. Sus oscuros cuerpos avanzaban, luego retrocedían, movían las colas con mechones de pelo negro pegados. Lo que había sobre el enlosado apestaba. Eran boñigas aún líquidas y calientes. Se tapó la nariz y quiso salir al oscuro patio cuando de pronto apareció a su lado una criada que llevaba un delantal tosco y sucio.

—Ahí —ordenó tendiendo a Liesl un taburete de una sola pata, luego se marchó por el pasillo central y la dejó desconcertada con el extraño objeto en las manos—. ¡Ven aquí! —exclamó la criada, arisca.

Liesl miró a su alrededor y vio entre las vacas, aquí y allí, a una mujer sentada en un taburete de esos que se afanaba en ordeñar una ubre rosada sobre un cubo de chapa. Algunas de las formas agachadas no se distinguían en la penumbra, pero todas llevaban pañuelos en la cabeza y largas y anchas faldas, y apretaban los cubos entre las piernas.

—No… sé ordeñar —reconoció Liesl con timidez.

La cara rolliza de la criada estaba surcada por arrugas, como una bola de papel; le dijo algo que no comprendió, se agolpó entre dos vacas, apartó a una con una fuerte palmada y se sentó junto a la otra.

—¡Agarra!

Liesl comprendió que debía sujetar la sucia cola de la vaca, lo que le costó. Luego miró con curiosidad cómo la señora ordeñaba rítmicamente las tetillas y la leche clara caía con un chorro débil y regular en un cubo de chapa. Parecía muy fácil. Un trabajo sencillo si no hubiese vacas enormes y agitadas que podían aplastarla y colas sucias que le golpeaban las orejas.

—Ahora tú —ordenó la criada cuando terminó—. Coge a Lonni, es buena.

Lonni tenía manchas blancas y negras como las demás, solo que su parte trasera era un poco más huesuda, lo que indicaba que ya tenía una edad. Liesl le acarició el cuello, luego la cabeza, le rascó detrás de las orejas y constató que las vacas tenían unos ojos preciosos y grandes. En cambio, ordeñarla resultó complicado, no por culpa de Lonni, que estaba quieta y apacible y pocas veces le dio con la cola. Se debía a que Liesl necesitó un momento para comprender que la leche no salía así como así. Había que tirar suavemente de arriba abajo, hacer salir la leche y apretar en el momento adecuado. Seguro que Lonni era el animal más paciente de todo el establo, puesto que aguantó hasta que la tonta y joven ordeñadora por fin le cogió el tranquillo.

A Liesl le dolía la espalda cuando acabó y vertió la leche en un gran depósito que llevaban a la lechería. Se alegró de que después del trabajo hubiese un buen desayuno en una habitación contigua, donde también estaban los mozos de labranza. Había leche caliente, pan, tocino e incluso longaniza sobre una gran mesa de madera. Parecía que no conocían los platos: les daban un cuenco para la leche y cada cual cortaba el pan, el tocino y la salchicha con su propio cuchillo. La criada le dejó a Liesl uno de cocina, viejo y oxidado. Tenía hambre, apenas podía dejar de comer porque desde la mañana anterior no había vuelto a probar bocado y, cuando por fin estuvo satisfecha, sintió un pesado cansancio.

Sin embargo, no podía pensar en dormir, había que dar de comer a las vacas, limpiar el establo. Sacar el estiércol era la peor parte. Le dieron un bieldo para que primero echase heno a los animales, y luego se puso con el estiércol. Liesl sintió asco al coger las boñigas marrones y malolientes que tuvo que cargar en una carretilla y llevar a uno de los montones humeantes del patio. Pobre de aquel que no llevase la carretilla recta y con brío sobre la tabla inclinada y resbaladiza: podía volcarla y derramar su contenido por el adoquinado del patio, en el peor de los casos sobre sus zapatos y sus piernas. Nadie mostró compasión por la torpe criada que el primer día tuvo semejante accidente: se rieron de ella a carcajada tendida y, además, la reprendieron. Por suerte, no comprendía todas las palabrotas que le soltaban porque no conocía el dialecto de Pomerania. Cuando por fin salió el sol, tuvo la sensación de que se iba a desplomar de agotamiento; apoyó la espalda contra la fría pared, respiró hondo el aire matinal y deseó con todas sus fuerzas poder dormir de una vez.

Cuando estaba allí, agotada y sin apenas mantenerse derecha, pasó por delante de la mansión un gran trineo tirado por dos caballos. La puerta de la casa se abrió y aparecieron dos mujeres, una con un abrigo de piel, la otra con una toquilla, probablemente una empleada. La señora con el abrigo de piel era joven. Tenía el pelo envuelto en un suave pañuelo de lana, los labios pintados de rojo; llena de envidia, Liesl vio que calzaba unas delicadas botas de cuero cuyo borde estaba recubierto con la piel del abrigo.

—¿No puedes acercarte más, Leschik? —gritó enfadada—. No quiero romperme una pierna en el pavimento helado porque no sabes conducir como es debido.

El cochero se tomó el grito con serenidad y dio una vuelta por el patio para detenerse más cerca de la mansión. «Debe de ser su mujer», pensó Liesl, y observó, pese al cansancio, cómo la señora de la casa se subía al trineo y se ponía una manta de piel en las piernas. Apenas le dejó a su empleada un trocito de manta. La hermosa sirvienta metió dos bolsas en el trineo, de las que sobresalían jarras envueltas en toallas, provisiones para el trayecto.

—¡En marcha, Leschik! —exclamó la señora—. Si no, llegaremos demasiado tarde al mercado.

El trineo se deslizó casi en silencio por el hielo, solo los caballos se esforzaban por no patinar sobre la superficie resbaladiza. Lo que el sol había derretido el día anterior volvía a helarse por la noche. Cuando se dirigían a la salida, Liesl distinguió un momento su rostro. Correspondía al de la antigua campesina. Tenía las mejillas gordas y la frente baja, así como una nariz pequeña y gruesa: no era una cara bonita, sino que demostraba fuerza de voluntad y despotismo. Sin dignarse a dirigir una sola mirada a la nueva criada, que estaba apoyada en la pared del establo, la joven señora atravesó el patio en el trineo por delante de ella y trató de persuadir a su acompañante.

—Dame la lista que ha hecho la cocinera. Para Navidad necesitamos pimienta y nuez moscada —oyó que decía.

«Si está yendo al mercado de Kolberg, ya no habrá mucho que comprar», pensó Liesl. En Augsburgo, los mejores productos se agotaban a primera hora de la mañana.

Los días transcurrían con el trabajo duro y monótono, pero Liesl no era de las que se rendían fácilmente: en casa había aprendido a trabajar, aunque nunca se había dedicado a una tarea tan sucia e innoble como esa.

Pronto comprendió que la curtida criada no solo debía ponerla al día, sino que tenía instrucciones para que los mozos no se la acercasen. Liesl tenía mucho miedo de esos jóvenes sucios y rudos, que por las noches se emborrachaban con aguardiente, bailaban de manera grotesca y agarraban a las criadas por debajo de la falda. También a las criadas del establo les gustaba beber después del trabajo. Luego había ruido en el cobertizo del servicio, los rostros se enrojecían, el tono era vulgar y picante. Aparte de la señora mayor, que era parca en palabras y seca, ninguna criada hablaba con Liesl: evitaban a la nueva, la rehuían y la ponían verde a sus espaldas. Cuando después de cenar subía corriendo a su diminuto cuarto, se envolvía en su abrigo de piel e intentaba imaginarse que estaba en su habitación de la villa de las telas y que Dörthe estaba a su lado. Pero en vez de los ronquidos de su compañera de Augsburgo, oía los gritos y las risas de los borrachos, acompañados del ruido metálico de las cadenas y los bufidos de las vacas.

Le empezaban a gustar esos animales grandes y desvalidos, tan fuertes y que sin embargo se sometían de buena voluntad a las cadenas. Antes de empezar a ordeñarlas, les acariciaba las suaves y peludas orejas, les rascaba el mechón de pelo de la frente, hablaba con ellas en voz baja y estaba convencida de que los animales la reconocían. Eran compañeras de fatiga, tenían que aguantar y obedecer al igual que ella, pocas veces oían una palabra agradable, y encima les quitaban a sus terneros justo después de que naciesen.

Liesl se sentía infinitamente sola y se preguntaba por qué había querido emprender ese viaje y adónde llevaría todo aquello. No pocas veces le venía a la cabeza la promesa de la cocinera de darle el dinero para la vuelta, solo que dudaba en escribirle una carta. Aunque solo fuese porque no tenía dinero para el franqueo y, además, era demasiado orgullosa para reconocer que Fanny Brunnenmayer había acertado con su sombrío vaticinio.

Su padre no era buena persona. No se preocupaba por ella, pasaba a su lado con indiferencia, les hacía la vida imposible a los mozos y a las criadas, y utilizaba sin vacilar el látigo cuando algo no salía como quería. En cambio, cuando estaba con su mujer era completamente distinto. Entonces era apocado, aguantaba en silencio sus gritos, dejaba que lo reprendiese delante del servicio y procuraba con temor satisfacer todos sus deseos. Tenían tres hijos, dos muchachos y una chiquilla de tres años que a veces paseaba por el patio con su niñera; entonces las criadas tenían que inclinarse ante ellas y los mozos, hacer una reverencia. Así lo había ordenado la señora de la casa y quien no se atuviese recibía un latigazo. Los tres hijos llevaban chaquetas y pantalones de lana buena y botas forradas de piel. Del mismo modo que su madre no ahorraba en ropa cara, ellos tenían varios abrigos de piel y botas de cuero de todos los colores. Liesl no llegó a ver lo que ella llevaba debajo, ya que seguía sin tener acceso a la mansión. Seguro que había mandado coser muchos vestidos bonitos y su joyero estaba lleno de piezas valiosas.

Si Liesl tenía un cuarto de hora de descanso, a menudo iba a la caballeriza para contemplar a los hermosos animales, que estaban en compartimentos de madera y a los que daban de comer buen heno, zanahorias y un poco de avena. Aunque debía tener cuidado con Leschik, el mozo con abrigo de piel, puesto que no toleraba a nadie en la cuadra que no pintase nada allí. Pero como cojeaba, Liesl oía si llegaba y podía escapar a tiempo.

Al principio le costó un gran esfuerzo acercarse a esos animales grandes y nerviosos. Eran distintos a las tranquilas vacas; esos animales se movían deprisa, los ojos les brillaban de un modo inquietante, seguían a la visitante con la mirada y relinchaban. No todos se dejaban tocar, en especial el oscuro semental, que a veces golpeaba colérico las paredes de su compartimento y emitía unos sonidos extraños e impetuosos: era inaccesible e incluso le mordía la mano al mozo de cuadra. En cambio, si Liesl le hablaba en voz baja parecía escuchar, se

328

tranquilizaba, sacudía la cabeza de un lado a otro y las orejas, que normalmente estaban caídas, se le levantaban.

Poco antes de Navidad, unos jóvenes de los pueblos vecinos fueron caminando por la nieve hasta Maydorn, se plantaron delante de la mansión e interpretaron canciones navideñas. A Liesl le sonaron muy bien porque cantaban a varias voces y las melodías eran claras y sencillas. Sin embargo, la señora de la casa los echó del patio y les reprochó que solo querían mendigar y que no les daría ni regalos ni dinero por cantar.

Liesl escuchó las canciones rebosante de alegría y no se dio cuenta del frío que hacía. Con su fino vestido, que no servía para el invierno de Pomerania, se quedó completamente helada y por la tarde se sintió que tenía fiebre. Por la noche empeoró, los escalofríos se convirtieron en accesos febriles, el cuello se le hinchó, la cabeza le dolía muchísimo, a veces veía imágenes fantásticas en la oscuridad, unos jinetes de colores volaban a su alrededor, unas telas de seda ondeaban al viento. Luego volvió a aparecérsele el rostro de su padre y las cicatrices y los labios azulados y delgados la asustaron. Por la mañana estuvo un poco mejor, hizo un esfuerzo y bajó la escalerilla. En el cobertizo del servicio bebió un sorbo de leche caliente, más no pudo tomar.

—Estoy enferma —le dijo a la veterana criada.

—Ve a trabajar —fue su hosca respuesta.

Apretó los dientes, cogió el taburete y un cubo, y empezó a ordeñar. Primero fue bien, echó dos cubos de leche al depósito, luego se mareó y tuvo que apoyarse en un poste de madera.

—¿Qué haces ahí? —la reprendió la criada.

Liesl hizo un esfuerzo y fue con el cubo y el taburete a la siguiente vaca, se sentó y apretó el cubo entre las piernas. De pronto el cuerpo con manchas de la vaca empezó a darle vueltas, algo la arrolló y la precipitó a la oscuridad infinita. Cien, mil años, una eternidad estuvo Liesl flotando allí abajo, disuelta en la nada, sumergida en el apacible mar de la inconsciencia. En algún momento oyó voces, primero ininteligibles, luego cada vez más claras.

—Quítale las manos de encima o tendrás que sufrir mi látigo.

—La he sacado de debajo de la vaca, señor. Nada más.

—¿Qué le pasa?

—Es epiléptica, señor. Estaba debajo de Meta con la cara en la paja.

—¡Apártate de ella! La voy a subir. Greta, lávale la cara y las manos con agua caliente. ¡Dejad paso!

¿Era su padre? Conocía su voz aguda y autoritaria, lo oía jadear como si subiese la escalerilla. ¿La llevaba en hombros? ¿La estaba metiendo en la cama?

—¿Por qué no tiene manta, Greta? ¿No te había ordenado que le trajeses una manta caliente? ¡Maldita sea! ¿Así se cumplen mis órdenes? Date prisa, vieja bruja. Si no, te arrepentirás.

Liesl volvió a sumirse en una penumbra ardiente y febril, le ardía todo el cuerpo, apenas notó que alguien le pasaba un trapo áspero por la cara.

—¡Traga!

Esa persona le puso una pastilla en la boca y le dio agua. Sabía amarga, tosió y tuvo arcadas. Tomó la segunda pastilla con mayor dificultad, apuró sedienta el vaso y volvió a caer en el lecho.

Por la noche la fiebre cesó, Liesl durmió y soñó que caminaba de la mano de Christian por el parque de la villa de las telas en verano. Luego lo perdía y lo buscaba por todas partes, miraba detrás de los arbustos, iba corriendo a la casa del jardinero y llamaba sin que nadie le abriese. Cuando se despertó, la luz se filtraba por las hendiduras de los tabiques de madera. Debía de ser mediodía. Junto a su cama había un cuenco con leche, y al lado un plato con pan, tocino y un botecito con miel. También había dos pastillas sobre un trozo de papel.

«Una por la mañana, otra por la noche», estaba escrito con lápiz en la nota. A Liesl no le apetecía, prefirió mojar el pan y beber la leche, comer un poco de tocino y lamer el bote de miel hasta que no quedó nada. Luego se enrolló en su abrigo de piel y se tapó con la manta de lana suave. Era la primera vez que la veía y calentaba mucho. Durmió como un bebé y, cuando se despertó por la tarde, encontró junto a la cama un cuenco con puchero y una jarra de mosto de manzana. Hambrienta, se lo comió todo, se tomó las dos pastillas y escuchó un momento los ruidos de las vacas debajo de su cuarto, que ya le resultaban familiares. No volvió a tener fiebre; es cierto que aún se sentía débil, pero estaba sana de nuevo.

Al día siguiente había cosas extrañas junto a su cama: una falda de lana gruesa, una blusa de lana tejida a mano que raspaba, medias largas también de lana, un pañuelo colorido y un par de botas de piel que eran dos números más que el suyo. ¿Quién le había llevado esos regalos? Le costó ponerse la incómoda ropa, lo hizo porque para el frío todo aquello calentaba más que el vestido fino y raído con el que había llegado. Bajó la escalerilla y llegó justo a tiempo para el desayuno en el cobertizo del servicio. La recibieron miradas desagradables y cuchicheos; unos mozos la examinaron con una sonrisa, se levantaron y se fueron a trabajar.

Cuando se sirvió leche en el cuenco y cogió un trozo de pan de la cesta, la veterana criada recogió todo lo demás que había en la mesa y la miró con malicia.

—¿Estás sana? ¡Entonces puedes ayudarme a sacar el estiércol!

Había vuelto a nevar, dos mozos despejaron el camino a la mansión, en el patio se veían las huellas del trineo: al parecer, la mujer de su padre había ido de nuevo a comprar a Kolberg. Liesl hizo su trabajo lo mejor que pudo, luego fue a la caballeriza para ver si sus animales favoritos aún se acordaban de ella. La saludaron con relinchos alegres; ella les acarició los suaves ollares y el cuello, robó un par de zanahorias del cubo y les dio de comer. Qué extraño que en esa finca los seres inocentes le demostrasen amistad y afecto, mientras que las personas la trataban con hostilidad.

Siempre había tenido cuidado de que ningún mozo de cuadra estuviese en la caballeriza cuando ella iba porque de lo contrario la echarían. Por eso se asustó cuando oyó pasos tras de sí.

—¡Aléjate del semental, te va a morder! —ordenó una voz autoritaria de mujer.

En la puerta de la caballeriza había una señora con un abrigo de loden verde, una piel sobre los hombros y en la cabeza llevaba un sombrero de fieltro verde, como los hombres en las fiestas de Augsburgo. Se dirigió hacia Liesl a paso lento apoyándose en un bastón.

—No me muerde —se justificó con timidez—. Se deja acariciar. Mire.

Primero el semental se espantó, luego le cogió el trozo de zanahoria de la mano y ella le acarició el cuello mientras masticaba.

—Mira por dónde. —La mujer del abrigo de loden se acercó cojeando—. ¿Tú quién eres? Nunca te he visto aquí.

Liesl pensó lo que tenía que decir. Esa señora no podía ser más que Elvira von Maydorn, la cuñada de Alicia Melzer. ¿Debía presentarse?

—Soy Liesl Bliefert, de Augsburgo —dijo con prudencia—. Vengo de la villa de las telas y la señora Alicia Melzer le manda saludos.

Perpleja, la señora la miró; contempló el vestido de lana que seguro no se había confeccionado en Augsburgo.

—¿Vienes de Augsburgo? ¿De la villa de las telas? ¿Y qué haces en Maydorn?

La hacendada hablaba con tono seco. No altivo como la joven, más bien frío. Liesl tuvo que reunir todo el valor para responder.

—Estoy aquí porque quería conocer a mi padre.

—¿A tu padre?

—El barón Von Hagemann, el propietario de la finca. Es mi padre.

La señora frunció el ceño.

—No es barón —replicó Elvira von Maydorn, malhumorada—. Aunque le guste ese tratamiento. Y tampoco es el propietario de la finca. Tiene mucho pico. —Tras decir esas palabras, se volvió y regresó cojeando a la puerta—. No les des más zanahorias a los caballos —le gritó amenazante a Liesl—. Les provocan cólicos.

—No lo sabía —balbuceó la muchacha, que salió corriendo al patio y se esfumó en el establo de las vacas, puesto que de ningún modo quería encontrarse a Leschik.

La señora cerró con un portazo tras de sí y Liesl la oyó llamar al mozo de cuadra.

«Es mayor y excéntrica —pensó Liesl, víctima del desaliento—, seguro que no me ayudará.» Era su última esperanza y la había perdido. No quedaba más remedio, tenía que escribir una carta petitoria a Fanny Brunnenmayer para poder volver a casa. Era probable que ya hubiesen contratado a otra ayudante de cocina y no recuperase su trabajo. Y su madre la reprendería porque todo había salido de forma muy distinta a como esperaba. Pero cualquier cosa era mejor que quedarse más tiempo allí, donde era una extraña y todos la odiaban.

Por la tarde hubo que ordenar y limpiar el establo de las vacas para que tuviese un aspecto navideño. Ataron haces con ramitas de abeto a los postes de madera porque en Nochebuena el administrador, que ya se creía el propietario de la finca, iba con su familia por los establos para dar zanahorias y gavillas de heno a los animales. Después, eso oyó decir a las criadas, repartían entre el servicio regalos y, como todos los años, un barrilete de aguardiente.

«Vaya —pensó Liesl—. Por la noche volverán a estar borrachos como cubas y tendré que echar el pestillo de la puerta porque los hombres ya no sabrán lo que hacen.»

No obstante, se ahorró ese susto. A primera hora de la tarde, cuando empezaba a atardecer y había que volver a ordeñar, Leschik apareció con un tiro de caballos en el patio.

—¡Liesl! —exclamó una voz aguda y cortante hacia el establo.

Ella puso el cubo con la leche en el suelo y salió al patio con el corazón palpitante. Allí estaba su padre esperándola.

—Recoge tus cosas —dijo escuetamente—. Aquí tienes dinero para el viaje. Leschik te llevará a Kolberg, allí te comprarás un billete de tren. Date prisa. No te quedes ahí plantada. ¡Coge tus cosas, pronto oscurecerá!

Estaba atónita. Sin duda pensaba marcharse lo antes posible de la finca, pero era amargo que la echasen de ese modo.

—Ya voy —balbuceó mientras subía precipitadamente la escalera hasta el oscuro y frío cuarto del cobertizo, que había sido su alojamiento durante unas semanas.

Se quitó la ropa de lana y se puso su vestido, se cubrió con el abrigo de piel y metió sus pocas cosas en el bolso de viaje. Abajo los caballos restregaban el suelo con los cascos, su padre estaba junto al trineo y hablaba con el cochero.

—Sube —ordenó cuando ella llegó con su bolsa—. Dile a tu madre que no te envíe una segunda vez. No es lugar para ti. Que te vaya bien.

No le respondió porque se le saltaron las lágrimas. Era la despedida del hombre que nunca sería un padre para ella. Su padre había sido Gustav Bliefert, pero yacía en su tumba y ella ya no podía agradecerle todo el amor que le había dado.

Cuando ya estuvo sentada en el trineo y se puso la manta de piel sobre las piernas, oyó de pronto un grito que resonó en todo el patio.

—¡Para, Leschik! ¡Que se baje!

Desconcertada, miró a la mansión. Allí había una figura en las escaleras, envuelta en un abrigo largo y apoyada en un bastón.

—¡Dale, Leschik! —ordenó su padre, enfadado, e hizo restallar el látigo para que los caballos se asustasen y tiraran con fuerza.

—¡Sigo siendo la propietaria de Maydorn y mis órdenes prevalecen! —exclamó la hacendada desde las escaleras—. ¡Ven aquí, Leschik!

El cochero no dudó un instante. Frenó los caballos, dio una vuelta por el patio ante la mirada del servicio, que había acudido corriendo con curiosidad, y se detuvo delante de la mansión.

—¡Baja! —ordenó Elvira von Maydorn señalando a Liesl con el bastón—. Ven conmigo. Se lo debo a mi cuñada Alicia.

26

«Apud Helvetios longe nobilissimus fuit et ditissimus Orgetorix...»

Leo alzó la cabeza y murmuró la oración en latín. El ritmo se asemejaba a unas pequeñas descargas que le recorrían el cuerpo a la vez que surgían los sonidos.

«Apud Helvetios longe nobilissimus fuit et ditissimus Orgetorix...»

Lo oía a varias voces, los sonidos se elevaban por encima del ritmo, lo seguían, lo atravesaban, le ponían contrapuntos, lo adornaban. Primero oyó los violines, luego las violas y los violonchelos, a veces también flautas, en ocasiones oboes, incluso una trompeta. No ayudaba taparse los oídos porque los sonidos venían de su interior, solo podía levantarse, recorrer la habitación y golpearse las orejas con las palmas de las manos. Luego se desordenaban, perdían su poder sobre él y, si además bebía un sorbo de agua fría, se convertían en un zumbido atonal, un ruido que recordaba a una orquesta que afinaba los instrumentos antes del concierto. Algunos días irrumpían con fuerza en él, sin importar si leía un texto en alemán o latín; en griego era aún peor, enseguida necesitaba una jarra de agua helada sobre el escritorio. Solo si reflexionaba sobre una fórmula matemática, las melodías en su interior lo dejaban en paz, pero las matemáticas eran de todos modos una faena terrible y, como de momento estaba enfadado con su amigo Walter, tenía que arreglárselas solo. A veces Dodo intentaba ayudarlo, pero ella no estudiaba cosas tan complicadas como las fórmulas binómicas y primero él debía explicarle de qué se trataba. La mayoría de las veces se lo explicaba mal, luego ella refunfuñaba y quería ver el libro de matemáticas, pero él se enfadaba y ya se habían peleado dos veces.

—Pues apáñatelas tú solito —le dijo antes de salir dando un portazo.

Nunca habían reñido. De todos modos, en los últimos tiempos Dodo no pensaba más que en Ernst Udet y hablaba de unos aviones que no tenían nombre sino letras y números, y él no los distinguía. Se había vuelto una idea fija, y a Leo le entró mucho miedo porque Dodo ya no hablaba de otra cosa. Dentro de tres años a más tardar quería tomar clases de aviación y volar algún día sola sobre el Atlántico. «Las mujeres son los mejores pilotos, está demostrado», afirmaba ella; solo Udet era la excepción. Leo le había dicho a su hermana que tuviera cuidado de no convertirse en una sabihonda o una sufragista, pero ella se rio de él y afirmó que se comportaba como un empollón y que siguiese quemándose las cejas estudiando.

—En el fondo de tu corazón eres músico, Leo. Aunque empolles matemáticas sin parar, has nacido para la música. Igual que yo para el vuelo.

—Estás chiflada, Dodo.

No quería ser músico, la música le había acarreado envidia, maldad y desprecio. Más aún: le había hecho sufrir un dolor profundo e irreparable que permanecía en el corazón, clavado en el alma como una flecha en la carne. En cuanto Leo tocaba, lo sentía. Un único tono en el piano, una tecla lentamente presionada y apenas audible bastaba para que el alma le estallara de dolor, desesperación y decepción. No, no era músico. Haría el examen de bachillerato y sería un buen hijo. Era importante, sobre todo ahora que sus padres tenían tantas preocupaciones. El dinero escaseaba, él y Dodo lo notaban si tenían que comprar cuadernos, lápices y tinta para la escuela. Antes su madre les daba dinero para que sobrase una pequeña cantidad y se comprasen golosinas. Ahora quería saber con exactitud lo que necesitaban y contaba el dinero.

La abuela y a veces la tía Lisa financiaban las salidas de Dodo al cine. En cambio, su madre había aclarado que no tenía que ver una película tres veces, aunque actuase Ernst Udet. A veces Dodo iba también al cine con Henny, entonces la tía Kitty les pagaba la entrada. Leo nunca las acompañaba. El cine no le interesaba, además Henny le resultaba pesada porque le preguntaba sin cesar si había compuesto algo nuevo. ¡Ojalá no hubiese tocado esa sonata cuando Kurti regresó de la clínica! Entonces a nadie se le habría ocurrido que a veces apuntaba la música que oía mentalmente. Pero eso era antes. Ahora intentaba acallar esos molestos sonidos para deshacerse de ellos.

El día anterior su abuela le dio dinero para dos cuadernos de vocabulario y dos de matemáticas, y Leo fue a la pequeña tienda de la viuda Rosenberg, donde había de todo: periódicos, golosinas, tabaco, cigarrillos, así como libretas y lápices. La dueña era conocida de la madre de Walter, por eso compraba allí. Cuando entró estaban su prima Henny, que compró un montón de papel pautado, y dos muchachos de penúltimo curso del instituto.

—¿Para qué quieres eso? —le preguntó él.

Como siempre, Henny lo saludó con un incómodo abrazo y Leo se dio cuenta de que los dos estudiantes lo miraban con malicia. Aunque sabían perfectamente que Henny era su prima, estaban celosos. Si Henny seguía así, en algún momento la cosa acabaría mal.

—Ah, esto es para mamá. Lo necesita para sus cuadros.

Henny sonrió igual que la tía Kitty. Era una sonrisa que decía: «¡Soy feliz y me pareces maravilloso!».

—Se lo puedo dar yo. Aún tengo un montón en el escritorio.

—Pero lo necesitas, ¿no?

—No, lo puede coger —replicó con sobriedad, y luego compró los cuadernos.

La señora Rosenberg le regaló tres caramelos de frambuesa, los metió en una bolsita y la cerró.

—Porque mañana es Navidad —dijo ella—. Y saluda a tus padres de mi parte. El nuevo propietario de la casa ha subido el alquiler, así que no sé si podré mantener la tienda.

—Lo siento mucho, señora Rosenberg —respondió él educadamente y se despidió con una reverencia.

Antes eran los dueños de la casa, pero su padre, al igual que otros, había tenido que venderla porque la fábrica no iba bien y necesitaba el dinero para otra cosa. Era grave, aunque algunos de sus compañeros de clase estaban aún peor: sus padres no tenían trabajo y no podían pagar la matrícula. Leo esperaba que nunca se llegase a ese punto en la villa de las telas. No ahora que estudiaba tanto para la escuela y había ascendido al tercer puesto de la clase. Sin la maldita asignatura de Matemáticas sería el primero desde hacía tiempo.

Henny lo esperaba delante de la tienda y, cuando él salió, uno de los dos estudiantes le preguntó de modo ofensivo:

—¿Por qué compras en la tienda de Rosenberg? Es judía, no hay que comprar ahí.

Henny miró a su compañero de clase con ojos entornados.

—Eres un descerebrado, Anton. La señora Rosenberg vende el papel pautado un céntimo más barato por hoja que el señor Abel. ¿Crees que me sobra el dinero?

Esta chica era increíble. Era una verdadera tacaña, en el mercado conseguía rebajar los precios sin compasión, lo sabía por Dodo, que se violentaba cuando lo hacía. Además, su hermana le había contado que Henny pintaba dibujitos de algunos héroes del cine que vendía a buen precio a sus compañeras de clase. Así como otros de los que Dodo no quería hablar.

—Hoy vamos al cine, ¿de acuerdo? —preguntó Anton.

—Quizá —respondió Henny con soberbia—. Solo si escribes sin errores unas notas decentes en las hojas. También vale para ti, Emil.

Este asintió obediente y la reina Henny le permitió que le llevase el paquete de papel pautado junto con tres lápices. Leo no entendía cómo esos muchachos podían ser tan tontos y caían de buena gana en la trampa de su prima. ¿Y qué era eso de las notas? Henny y sus ideas; además, era una explotadora nata. Quizá algún día tuviese un banco como su padre, Alfons Bräuer.

—¡Ay, Leo! —le gritó Henny cuando pasó delante de ella en dirección a la parada del tranvía.

Le habría gustado fingir que no la había oído, pero Henny era insistente.

—¿Qué pasa? —preguntó de mala gana.

—Tengo que darte un recado de parte de Walter. Dice que lo siente y que le gustaría…

¿Qué pretendía esta vez? ¿Por qué se las daba de pacificadora y se entrometía en cosas que no le incumbían?

—Que me lo diga él —contestó con parquedad, y echó a correr porque, por suerte, el tranvía estaba llegando.

La disputa con Walter le daba mucha pena, pero era un asunto entre él y su amigo, Henny no pintaba nada. Walter insistía una y otra vez en que Leo tenía que tocar el piano, era una verdadera lástima que olvidase lo que había conseguido con esfuerzo. Valía el viejo dicho: «Detenerse es retroceder». ¡Como si no lo supiese! Lo que más le afectó a Leo fue lo que Walter contó de refilón: Obramova tenía otro alumno, de solo diez años, al que por lo visto consideraba un gran talento. Al año siguiente interpretaría un movimiento del *Concierto para piano en re menor* de Mozart con la orquesta del conservatorio. Decía que ya había un anuncio y que incluso se vendían las entradas. Eso avivó todo el dolor que Leo tenía clavado en el corazón como una flecha.

—Déjame en paz de una vez, ¿vale? —le había gritado a su amigo—. ¡Ahora vete! ¡Y no hace falta que vuelvas!

Fue desproporcionado y se sintió bastante mal durante el resto del día. Lo dicho, dicho estaba, y Walter salió de la villa de las telas hacia su casa muy afectado. Su madre le preguntó qué pasaba, al fin y al cabo nunca se habían peleado. Leo se encogió de hombros: no podía ni quería aclararlo. A su madre mucho menos. Quizá se lo habría dicho a su padre, pero tenía muchas preocupaciones y apenas tiempo para él. Cuando se encontraban, a veces Paul le acariciaba el pelo medio en broma, medio con cariño, y decía cosas como: «Ya casi eres tan alto como tu padre», o: «¿Qué tal en la escuela, Leo? ¿Sobre ruedas?». Apenas escuchaba la respuesta porque volvía a meterse en el despacho y cerraba la puerta tras de sí.

Era Nochebuena. Leo no se alegró ni un ápice. Envidiaba a su hermano pequeño Kurti, que con tantos nervios estaba fuera de sus casillas y vagaba junto a Johann por el parque mojado para ver si encontraban al Niño Jesús. Hanno lloraba porque no querían llevárselo y Rosa regañó a ambos cuando pasaron con los pantalones mojados y los zapatos sucios por el vestíbulo recién fregado. Eso también formaba parte de las Navidades: de niño, Leo hacía lo mismo con Dodo. En realidad antes todo era más bonito y sencillo, no había preocupaciones ni tenía flechas en el corazón, las Navidades eran unas fiestas maravillosas llenas de misterios y sorpresas.

Ese año se alegraba de que se acabasen y la escuela volviera a empezar. Entonces esa ociosidad tendría fin y no le preguntarían sin cesar por qué ya no tocaba el piano. El otro día, incluso Else dijo que echaba de menos su bonita música. ¡Era para volverse loco! Hasta el asunto de los regalos de Navidad se había complicado. El año anterior Dodo y él ahorraron para comprarles unos regalitos a sus padres, pero ese año no había sido posible. Para Dodo compró un avión de hojalata que pagó a cuenta en noviembre y luego a plazos. Para su padre hizo un calendario con fotos de una revista. A su madre le entregaría un gran corazón de cartón que Henny había pintado para él y al que pegó unos coloridos envoltorios de caramelos. Para esas cosas su prima era de gran ayuda, aunque probablemente su madre adivinase que no lo había hecho él: era bastante torpe pintando. Daba igual, lo que contaba era la buena voluntad. La abuela tendría que contentarse con un poema de Theodor Storm; eso sí, estaba caligrafiado en el costoso papel de cartas del escritorio de su madre. Necesitó tres hojas porque cometía errores una y otra vez. La maldita música en su cabeza lo había perturbado, con los poemas era terrible.

Por lo demás, la Nochebuena fue como siempre. Para comer hubo pasta de patata con mantequilla, luego tuvieron que vestirse de gala porque sobre las cuatro darían los regalos a los empleados en el vestíbulo. Ese año el árbol de Navidad era bastante irrisorio; la culpa era de Christian, que no quiso cortar los hermosos abetos del parque y prefirió talar una birria para la entrada. En realidad, con las velas rojas y los aromáticos panes de especias tenía un aspecto más que aceptable, sobre todo después de que Humbert encendiese las velas y apagara la luz eléctrica. Su padre pronunció como siempre un breve discurso para los empleados, agradeció su lealtad y diligencia, aclaró que en la villa de las telas eran indispensables y parte de la familia. Esta vez el discurso fue bastante corto, Paul estaba resfriado y tosía. Luego los llamaron a todos por separado y la tía Lisa entregó los regalos. El tío Sebastian se quedó en las escaleras y sostenía a Hanno y a Johann de la mano para que no corriesen de la impaciencia por el vestíbulo. Su pobre tío tenía un dolor horrible de muelas y apenas podía comer: era por la prótesis que el dentista había elaborado para él y que no encajaba bien. Kurti le cogió la mano a su madre y clavó los desorbitados ojos en el árbol de Navidad.

Cuando acabaron de repartir todos los regalos, Humbert dio las gracias en nombre de los empleados y aclaró que estaban orgullosos y felices de poder trabajar en la villa de las telas y esperaban seguir muchos años con la familia. Todos aplaudieron y, como Rosa no estaba atenta por la emoción, Charlotte tiró de un pan de especias, por lo que el abeto estuvo a punto de prenderse. Por suerte, Dodo sujetó rápido la rama oscilante sobre la que ardía una vela y Christian puso en funcionamiento la bomba de agua por precaución.

—¡De verdad, Rosa! —dijo la tía Lisa con aire de reproche, y lo dejó estar para no estropear el ambiente navideño. Se alegró de que la abuela no se hubiera enterado, puesto que la familia temía siempre que le diese un ataque cardíaco.

Tras el reparto de regalos, los empleados tenían el resto del día libre para que pudieran celebrar la Nochebuena en familia. Else y Hanna fueron a la iglesia, Gertie visitó a una parienta y los demás organizaron una pequeña fiesta en la cocina. Antes habían preparado en el comedor unas bandejas con ensalada de arenque, sándwiches y bebidas para la familia: el banquete no se celebraba hasta el día de Navidad. De camino al salón rojo, donde tendría lugar el reparto de regalos de la familia bajo un pequeño abeto, Leo entró un momento en el comedor para echar un vistazo a las bandejas frías que Fanny Brunnenmayer siempre cubría con paños de cocina limpios. Era menos que de costumbre: medio huevo duro por persona, sin caviar encima; sobre todo faltaba el habitual asado frío. En cambio, había jamón ahumado y un sustancioso pastel de Pomerania, que también estaba rico. Además, en el salón rojo había dos platos con pastas navideñas: no iba a morirse de hambre. Luego el destino lo sorprendió porque la tía Lisa pidió que cantasen todos juntos *Oh, alegre* y Leo los acompañase con el piano.

—Menos cuento, es Navidad —lo llamó al orden.

No tenía sentido explicar algo que nadie entendería, así que se sentó al piano haciendo de tripas corazón y tocó el acompañamiento. Habría preferido taparse los oídos mientras tocaba, pero sus temores eran infundados: la flecha en el corazón no se movió.

—Has tocado mejor —le murmuró Dodo cuando acabaron.

—Gracias, hermanita —respondió con ironía.

Al canto siguió el discurso de la abuela a sus queridos hijos, yerno, nuera y nietos, que todos los años era el mismo, y a continuación cada cual podía abrir sus regalos. Era una novedad, porque normalmente su padre se encargaba de repartir los paquetitos; ese día parecía demasiado cansado, estaba sentado en un sillón sin hablar y bebía una copa de vino tinto. En cambio, su madre corrió de un lado a otro, admiró los regalos, les dijo a todos algo agradable, acarició las cabezas de los pequeños, preguntó al tío Sebastian si quería unos polvos contra el dolor de muelas y jugó un momento con Kurti, al que le regalaron una gasolinera de hojalata para sus coches. A veces iba hasta su marido y le ponía la mano en el hombro, se inclinaba y le decía algo que Leo no comprendía. Luego su padre le sonría y decía:

—Todo en orden, amor.

Los regalos de Leo no eran precisamente magníficos. Su madre y Dodo le regalaron unas partituras que enseguida apartó; su padre, un libro sobre la tejeduría mecánica: fue el mejor regalo, empezaría a leerlo esa misma noche. La abuela le entregó un reloj de bolsillo de oro que perteneció a su marido, pero que por el momento debía conservar y no utilizar hasta más adelante; y la tía Lisa le regaló un pisapapeles de vidrio azul, que tenía muchas burbujas de aire fundidas. Si miraba su interior, era como si estuviese sumergido en un luminoso mar azul claro y, por supuesto, volvía a oír sonidos, delicados y hermosos como finos hilos de agua. Un contraste con el ruido infernal que los pequeños hacían al abrir los juguetes. Solo Johann estaba un poco confuso ante su regalo, un trineo nuevo, porque fuera no había nieve y no podía probarlo de inmediato. En cambio, Charlotte golpeaba su xilófono de colores con tanta fuerza que a todos les dolían los oídos y al final Dodo preguntó si las copas de vino buenas no iban a estallar. En consecuencia, el tío Sebastian le quitó a su hija el carillón y le puso en la mano una estrella de canela. La tía Lisa estaba radiante de alegría navideña, iba de uno en uno preguntando:

—¿Y bien? ¿Te gusta? ¿He acertado?

Por supuesto, todos decían que estaban muy contentos con su regalo y daban las gracias de todo corazón; incluso Dodo lo hizo, aunque el collar de perlas rosa le parecía horrible.

En algún momento el tío Sebastian apagó las velas del árbol y todos fueron al comedor para cenar; los adultos bebieron vino, para los niños había limonada y mosto de manzana. Hanno tenía en brazos su nuevo osito de peluche, del que no quería separarse bajo ningún concepto; Johann arrastró el trineo por la alfombra del pasillo; solo Kurti escuchó a su madre y dejó la gasolinera bajo el árbol de Navidad.

—Ay, qué bonita es la Navidad si hay niños en casa —suspiró la abuela, feliz—. Lisa, ponme a Lotti en el regazo. Bueno, tesoro, ¿te gusta el Niño Jesús? Dios mío, cuánto pesas ya, angelito…

La madre de Leo se sentó junto a su padre y le ofreció una

y otra vez ensalada de arenque y sándwiches, pero él comió muy poco y conversó con el tío Sebastian. Leo no oía lo que hablaban, pero era probable que se tratase de la fábrica. Le habría gustado sentarse cerca porque quería demostrar que se interesaba por la fábrica de telas, pero entonces su abuela empezó a hablar de los viejos tiempos y habría sido muy descortés no escucharla.

—Cuando todavía era una chiquilla y vivía con mis queridos padres en la finca Maydorn, en Pomerania, nos subíamos en Navidad al gran trineo de caballos e íbamos a Kolberg para oír la misa…

Dodo estaba sentada junto a la tía Lisa y también tuvo que escuchar, aunque hacía mucho que conocía esos relatos porque la abuela hablaba de Maydorn todas las Navidades. A veces leía en voz alta cartas antiguas que sus hermanos o sus padres le habían escrito.

—Perdón, mamá —la interrumpió la tía Lisa con cierta impaciencia—. Creo que deberíamos ir acostando a los niños, han jugado mucho.

—Tienes razón, Lisa. Venid y dadle las buenas noches a vuestra abuela, tesoros míos.

Leo se alegró de que hubiese más silencio cuando se llevaron a los pequeños. La abuela Alicia aprovechó la oportunidad para satisfacer su curiosidad y le preguntó a Dodo por la tía Tilly.

—En mi familia, los Von Maydorn, nunca ha habido un divorcio —dijo sacudiendo la cabeza—. De la vergüenza, no habría osado salir a la calle si me hubiese sucedido algo así…

A Leo no le interesaba y se alegró cuando su padre le preguntó si le gustaba el libro.

—Lo leeré enseguida. Si algún día voy a la fábrica, tendré que saber esas cosas, ¿verdad?

Su padre sonrió.

—No estaría mal. Me alegro de que te interese, muchacho.

Leo tuvo la sensación de que su sonrisa era diferente; parecía cansada, casi forzada. ¿Tan mal iba la fábrica? Por lo visto, sí, puesto que su padre estaba pensativo y de vez en cuando daba sorbos al vino tinto.

—No os enfadéis conmigo si me retiro. Estoy bastante cansado, he dormido poco las últimas noches.

Le acarició el pelo a Leo, saludó con la cabeza al tío Sebastian y fue hacia la abuela y Dodo para explicarles también que estaba cansado y que se iba a dormir. No dejó que su madre lo retuviese pese a los intentos de persuasión.

—No os molestéis, nos vemos mañana temprano en misa.

Cuando su madre y la tía Lisa volvieron, la abuela se tranquilizó y todos se acercaron para charlar otro poco. Leo escuchó un rato y notó cómo una profunda tristeza se apoderaba de él. La Nochebuena, de la que tanto se alegraba cuando era niño, había pasado; no tenía muchas expectativas, aunque ahora le daban ganas de llorar.

—También me voy a dormir, mamá. Buenas noches.

—¿Tan pronto, Leo? ¿No quieres quedarte otro poco con nosotros?

Dijo que estaba cansadísimo porque no había dormido la noche anterior. Sonó poco convincente y su madre volvió a poner cara de preocupación, pero dejó que se fuera. Salió al pasillo y se detuvo ante las escaleras para volver a mirar el vestíbulo.

No fue buena idea. La débil y lechosa luz de la luna penetraba por una ventana y hacía que todo pareciese irreal, como en un sueño. Una estrella dorada resplandeció un momento en el seco ramaje del abeto, los muebles antiguos estaban allí como extrañas reliquias del pasado, una silla caída en la que nadie había reparado aún tenía las patas hacia arriba, como un animal mitológico muerto. ¿De verdad era el vestíbulo de la villa de las telas, el que conocía como la palma de la mano desde la infancia? En ese instante le pareció una tierra desconocida llena de oscuros secretos y peligros. ¿No se acababa de mover algo debajo del ramaje? ¿Un ratón? ¿Una sombra? ¿La luz azulada de la luna que tomaba cuerpo en el crepúsculo, que se convertía en un tintineo delicado e irreal? Un sonido en el que se mezclaba una melodía, triste y pesada primero, luego más suave, ascendente, reluciente como la luz de la luna…

«Basta», decidió, y se golpeó las orejas. «¡Se acabó!» Se dio la vuelta, corrió por las escaleras hasta la segunda planta y entró en su cuarto. No supo explicarse cómo acabaron las hojas de música en el escritorio y él con un lápiz en la mano trazando como poseído varias claves. Primera voz, segunda voz. Aún faltaba el bajo, pero antes de nada tenía que sacarse esa melodía de la cabeza. De la cabeza al papel. Muy fácil. Era la solución. Anotarla. Solo así se desharía de esos molestos sonidos.

27

Enero de 1931

Kitty quería a Robert por encima de todo, aunque a veces podía ser un tremendo cabezota.

—¡Por el amor de Dios! ¿Qué pasa si voy a casa de mi cuñado en Múnich?

—Nada, cariño. Solo que no quisiera que fueses sola.

Kitty quería morirse de la risa. Robert tenía celos. Era maravilloso y molesto al mismo tiempo.

—Madre mía, Robert. Ernst no es precisamente el hombre más seductor con el que me he cruzado. Y, además, ya sabes que es...

Solo le preocupaba que fuese sola en coche, se justificó él. Podría tener una avería y por eso era mejor que la acompañase.

—Si tengo una avería, siempre viene mucha gente a ayudarme.

Era la pura verdad, solo omitió que eran sin excepción jóvenes y que la mayoría atendía menos al coche que a su conductora.

—Está bien, dejémoslo, de todos modos tengo mucho que hacer —cedió él—. ¿Por qué no te llevas a Marie?

—¿A Marie? De ninguna manera. Ayer mismo me contó

por teléfono que Paul no está bien y que no le gusta dejarlo solo. ¿Qué opinas si me llevo a Mizzi?

La idea tampoco gustó a su preocupado marido porque, como todos sabían, la criada no era la más atractiva. Frunció el ceño y propuso a Gertie.

—¿Gertie? —dijo Kitty encogiéndose de hombros—. Por mí bien. Un poco de aire muniqués le sentará de maravilla. Está algo pálida últimamente. Llamaré enseguida a Lisa.

A su hermana no le agradó mucho tener que prescindir de la doncella durante todo un día, pero como estaba apacible al final cedió. Aunque solo lo hizo porque le daba pena la pobre Tilly, que se encontraba en un aprieto por el divorcio y no podía firmar el contrato de trabajo.

Cuando a la mañana siguiente Kitty pasó delante de la villa de las telas, Gertie estaba preparada con el sombrero y el bolso. Se había puesto muy guapa para el viaje a Múnich, el pelo corto y rizado con tenacillas, el sombrero y el abrigo bien cepillados, las pestañas pintadas de negro y los labios, de rojo cereza.

—Bueno, Gertie, ¿a quién quieres seducir en Múnich? Ten cuidado: en caso de que tengamos una avería, nos rodearán caballeros jóvenes. ¿Qué llevas en ese bolso tan grande? ¿Tu ajuar?

Gertie enrojeció.

—Pensaba que en Múnich las mujeres son más cosmopolitas que en Augsburgo. ¿Le parece el pintalabios demasiado llamativo, señora?

—Un poco chillón. Pero va bien con tu pelo. Pon el bolso en el asiento trasero, delante hay poco sitio. Y mejor que no te quites el abrigo, hay corriente en el coche porque el techo tiene dos fugas. Y cuando estemos allí y hable con mi cuñado, te retiras, ¿entendido? Seguro que le resultaría desagradable que alguien escuchase nuestra conversación.

—Desde luego, señora. De todos modos quería... Bueno,

tengo un conocido en Múnich y, si usted pudiese prescindir de mí un rato, me gustaría reunirme con él.

«Mira tú —pensó Kitty, divertida—. La chica no es tonta, aprovecha la oportunidad para ocuparse de sus propios intereses. Ni hablar de conocidos.» Al fin y al cabo, todos sabían que buscaba un puesto de secretaria y querría presentarse en algún lugar. Si salía bien y conseguía el puesto, probablemente Lisa la culparía por haberse llevado a la doncella. Aunque era imperturbable, la muchacha era demasiado buena para Lisa. Gertie merecía algo mejor que bregar con los chiquillos y servirle a su hermana té con pastas cada cinco minutos.

—¿Sabes leer el mapa de carreteras? —le preguntó a Gertie—. Está en la guantera. Por desgracia está arrugado y tiene un par de manchas de café. Tienes que alisarlo, con eso bastará. Primero vamos a Lechhausen y luego a la derecha...

—Querrá decir al este, señora...

—A Múnich.

—Entiendo, señora.

—Y no digas siempre «señora», me pone nerviosa. Llámame sencillamente Katharina, ¿de acuerdo? Al fin y al cabo, estamos solas.

—Con mucho gusto, se... Con mucho gusto, Katharina.

Con el paso del tiempo Gertie perdió la timidez y charló despreocupada. Tenía una hermana en Augsburgo, que estaba casada con un funcionario de la autoridad escolar, una persona horrible, seco como el papel secante. Su hermana era muy infeliz, por eso Gertie se había propuesto no casarse jamás, sino convertirse en una mujer trabajadora. Por eso se matriculó en el curso de secretaria y lo aprobó con mención de honor. Desde entonces había solicitado siete empleos, pero para que la contratasen había que tener enchufe, «hoy por ti, mañana por mí», o debía acostarse con el tipo...

—¡Dios bendito! —exclamó Kitty, horrorizada—. ¿Con un vejestorio? ¡Repugnante!

—También los hay más jóvenes, pero de todos modos yo no hago esas cosas. Porque se aprovechan. Resulta que una amiga mía se ha…

—Mira el mapa, Gertie. ¿Allí tendré que doblar a la izquierda o a la derecha?

—¡Todo recto!

A medida que el tiempo avanzaba a Kitty empezó a molestarle el palique. ¿Qué le importaban los amoríos de Gertie o las preocupaciones de su hermana, que llevaba diez años sin hijos? Tampoco el hecho de que en su día fuese la mejor en taquigrafía causaba la menor impresión a Kitty.

—Calla un poco, tengo que concentrarme en conducir.

—Perdón, Katharina. No pretendía aburrirla —replicó Gertie, irritada.

¡Maravilloso, la había ofendido! Y precisamente ahora empezaba a llover y la carretera se volvía cada vez más desigual.

—Es inconcebible que nadie haga nada para arreglar estos baches —se quejó Kitty—. El volante se me escapa de las manos.

—No son baches, señora.

—Que me llames Katharina.

Un fuerte estallido recorrió el silencioso paisaje, el coche torció a la izquierda y se detuvo justo al lado de un árbol.

—¿Qué ha sido eso? —balbuceó Gertie.

—Ha reventado uno de los neumáticos. El delantero derecho —aclaró Kitty por su experiencia con las averías—. Tranquila, tenemos una rueda de repuesto.

La lluvia golpeaba el techo del coche, corría por las lunas, goteaba a través de una fuga sobre el hombro derecho de Gertie. Con toda tranquilidad, Kitty buscó un pañuelo en el bolso, le echó un poco de perfume y se humedeció la frente y las sienes.

—¿Y ahora qué? —preguntó su acompañante, perpleja.

—Esperaremos hasta que los jóvenes vengan a cambiar el neumático.

Gertie miró por las lunas mojadas. Campos grises, praderas verdiblancas, aquí y allí una vaca marrón, muy a lo lejos la torre bulbiforme de una iglesia.

—Pero no viene nadie, Katharina.

Kitty buscó su espejo de bolsillo y se repasó los labios.

—Siempre viene alguien, Gertie. Quizá tengamos que esperar un poco.

Pasaron tres coches sin detenerse. Un camión lechero se acercó de frente, torció y les empapó el radiador con un montón de agua sucia.

—Menuda cara. ¡Voy a denunciar a ese tonto de la leche!

—¿No decía que tenemos una rueda de repuesto, Katharina?

—Por supuesto que la tenemos. En algún lugar del maletero.

Gertie giró la manilla, la lluvia salpicó el interior del coche.

—¿Qué piensas hacer? Nos vamos a mojar —se enfadó Kitty.

—Voy a cambiar el neumático, si no mañana por la mañana seguiremos aquí. ¿Quiere ayudarme, Katharina?

—¿Yo? ¿Crees que estoy loca?

Kitty no daba crédito. En efecto, la muchacha bajó y abrió el maletero. Revolvió, sacó a la intemperie toda clase de cosas que se acumulaban allí y fue a la ventanilla del conductor.

—Pesa demasiado para mí, tiene que echarme una mano.

Kitty miró en busca de ayuda a ambos lados sin encontrar a ningún hombre. ¡Qué fastidio! Tendría que haberse llevado a Humbert. Bajó furiosa, pisó un lodazal y maldijo como un carretero.

—Coja esto, Katharina. Ya he desatado la correa. Así está bien. ¡Maravilloso! Con esto casi está. Ahora necesitamos una llave cuadrada y un gato.

Kitty se limpió los dedos embadurnados de negro con su pañuelo perfumado.

—¿Un gato? No veo ninguno.

—No el animal. El aparato.

¡Gertie era de gran utilidad! Se parecía a Tilly, que en esas situaciones también actuaba rápido y con sensatez.

—¡Póngase ahí, Katharina! Allí no. Aquí. Muy bien. Otra vez. Y ahora bajemos la rueda. ¡Cuidado, su abrigo claro! Coja la rueda de repuesto. ¡Agárrela bien! Un poco más arriba. A la izquierda. La otra izquierda…

En efecto, consiguieron cambiar la rueda. Jadeando, Gertie apretó los tornillos, luego tuvieron que guardar el gato, la llave cuadrada y el neumático pinchado en el maletero. Hechas una sopa y agotadas, con los zapatos embadurnados de barro y los sombreros empapados, ya iban a subirse cuando un coche se detuvo a su lado.

—¿Puedo ayudar a las señoras? —preguntó el apuesto chófer por la ventanilla.

—Gracias —respondió Kitty muy digna mientras escurría un extremo del abrigo—. La mujer moderna se basta a sí misma.

—No se lo tome a mal —dijo él, y aceleró.

Habría estrangulado a Gertie. Media hora de paciencia y estarían secas y limpias en el coche, mientras el amable chófer se ensuciaba las manos y el traje para cambiar el neumático.

Hasta Múnich no cruzó una sola palabra con Gertie; solo cuando se sumergieron en el laberinto de calles de la gran ciudad y Kitty se perdió por completo, rompió su silencio:

—Mira, por favor, el mapa, Gertie, creo que nos hemos equivocado… Tenemos que ir a Pasing.

Gertie sonrió, llevaba esperando la orden con paciencia.

—Con mucho gusto, Katharina.

Apenas un cuarto de hora después, Kitty detuvo el coche delante de la villa Klippstein. En ese momento el sol apareció entre las nubes y les levantó el ánimo.

—Buen trabajo, Gertie —la elogió—. ¡Ahora, a la boca del lobo!

Julius, que parecía un poco dormido, abrió la puerta y se le salieron los ojos de las órbitas cuando vio a Kitty Scherer con una empleada. Por motivos tácticos no había anunciado su llegada.

—Querido Julius —dijo Kitty, y le dedicó una sonrisa radiante—. Informe al señor Von Klippstein de que hemos llegado, pero antes llévenos al cuarto de baño: tenemos que retocarnos un poco.

Julius hizo una solícita reverencia, pero se le veía que no sabía muy bien qué hacer.

—Con mucho gusto, señora. Por aquí, por favor. De todos modos, tengo que indicarle que el señor Von Klippstein está indispuesto y no recibe a nadie.

—Ya veremos.

En el cuarto de baño comprobaron que las marcas que había dejado el cambio de neumático no desaparecían del todo. Ya fue bastante laborioso lavarse hasta cierto punto las manos. Gertie se limpió los zapatos e intentó volver a darle forma al sombrero mojado, pero fracasó por completo.

—Madre mía —suspiró Kitty—. Así no puedes presentarte ante tu conocido. Toma mi sombrero, ha estado menos tiempo bajo la lluvia y combina con tu abrigo.

—¿Lo dice en serio, señora? Dios mío, es un sombrero muy caro.

La muchacha estaba entusiasmada, cogió el sombrerito a la moda y dejó que Kitty le aconsejara cómo ponérselo.

—¡No tardes mucho! —advirtió Kitty.

—Volveré pronto, señora… Katharina, quería decir.

Kitty se miró por última vez al espejo, se peinó el pelo húmedo y salió del cuarto de baño. No se veía a Julius ni a Bruni en el vestíbulo, ni siquiera se oía nada. En esa casa reinaba un silencio terrible. Sobrecogedor. No era de extrañar que la pobre Tilly allí se sintiese sola y desamparada. ¿Dónde estaba el señor de la casa? Julius dijo que el señor se encontraba indispuesto. Eso podía significar muchas cosas. Lo encontraría o en su despacho o en la biblioteca. En realidad, esa persona era agua pasada para ella, se había propuesto no volver a hablar una sola palabra con él. Pero bueno, al fin y al cabo se trataba de su querida Tilly, y luego estaba esa historia, que por supuesto no era culpa suya, pero todos sabían que llevaba el corazón en la mano.

Llamó a la puerta de la biblioteca y entró sin rodeos. ¡Allí estaba! Sentado en la butaca, con un cojín en la espalda, la manta de lana sobre las piernas, la esperaba con semblante melancólico.

—Habría sido mejor que hubieses llamado antes de venir, Kitty —dijo en voz baja y tosió—. Estoy muy resfriado y tengo fiebre alta.

—Lo siento por ti —replicó ella, y se sentó en un sillón—. Habría venido de todos modos porque tengo algo que hablar contigo.

Él se inclinó a duras penas hacia delante, cogió el vaso que estaba a su lado en una mesita y bebió un sorbo. Por encima del borde del vaso miró a Kitty con aire de reproche.

—Considerando mi estado, te agradecería que evitases ciertos temas —afirmó, posó el vaso y luego se sonó la nariz.

Sí que estaba tocado. Sin embargo, Kitty no sintió compasión y fue derecha a su objetivo. Y lo hizo a su manera.

—Querido Ernst —dijo con énfasis—. Te considero un hombre listo y realista. Por eso siempre te he tenido en gran estima. Lo que ahora veo ante mí, horrorizada, es que estás hecho una calamidad. ¿Cómo has podido llegar hasta este punto?

La miró fijamente y pareció tener que asimilar primero lo que le acababa de decir. Luego recobró el gesto apenado y, al parecer, se autocompadeció.

—Pregúntale a tu cuñada —gruñó secándose el sudor febril de la frente—. ¿Es de extrañar que sufra? Me ha abandonado con mala intención, me ha ridiculizado, ha minado mi reputación, ha herido mis sentimientos más íntimos…

A Kitty casi se le exalta la bilis. Pensó en lo que había dicho de Marie, de su origen judío, en su acoso telefónico y en las cartas de su abogado. No, no le objetaría todo eso nada más empezar, aunque estuviera a punto de estallar de ira. Claro que llevaba el corazón en la mano, pero no siempre.

—No te entiendo, Ernst —continuó—. ¿Dónde está tu autoestima? ¿Por qué te aferras con semejante desesperación a algo que te causa tanto daño? El matrimonio con Tilly fue un error desde el principio porque no hacéis buena pareja. ¿Qué podría ser más liberador que poner término a esta desastrosa situación?

Antes de responder, Ernst buscó el pañuelo en la chaqueta.

—Kitty, si has venido para convencerme de que nos divorciemos, has hecho el camino en vano… Julius, maldita sea, ¿dónde estás?

El sirviente debía de estar escuchando en la puerta, porque entró en el acto.

—Pañuelos y un café para la señora Scherer. ¿O prefieres un té, Kitty?

—Nada, gracias.

—Como quieras. Entonces pañuelos limpios y un té caliente para mí.

—Muy bien, señor Von Klippstein.

Julius le lanzó una mirada desagradable a Kitty, cogió el vaso vacío y salió de la biblioteca.

Como buen lacayo, estaba de parte de su patrón. Pero Kitty ni mucho menos se había desanimado, y lo volvió a intentar:

—Entiendo que se vean las cosas de otra manera si uno está implicado en un asunto; en cambio, yo lo veo desde fuera y me da pena que te estés convirtiendo en un triste gruñón. ¿Es necesario? Acaso no lo dice la Biblia: «Si un dedo de la mano te hace pecar, córtalo. Es mejor perder el dedo que estropear todo el cuerpo…».

La cita de la Biblia era cierta, al menos en cuanto al sentido. La contracción de la boca de Ernst le reveló que probablemente él supiese cómo rezaba con exactitud.

—Tienes la maravillosa cualidad de influir en todo a tu gusto, querida Kitty —dijo con ironía.

—Solo pienso en ti —rectificó ella— y, por supuesto, en Tilly.

—Seguro —respondió levantando el mentón con amargura—. Quieres convencerme para que nos divorciemos y que así ella pueda estar con su nuevo admirador, ¿no es cierto?

—¿Con el doctor Kortner? Es un hombre casado, cuya mujer trabaja en el consultorio.

—¡Ah! —se le escapó a Ernst von Klippstein—. No me dijiste eso por teléfono. ¿Es verdad?

—¡Por supuesto! ¿En serio crees que Tilly es el tipo de mujer que se echa en brazos del primero que pasa?

Ernst tosió mucho, cogió uno de los pañuelos recién planchados que Julius le había llevado y se secó el rostro sudado.

—Bueno… —dijo, y carraspeó porque le faltaba la voz—. Por mí puede trabajar allí, al menos eso me ahorrará gastos. —Tuvo que notar a Kitty triunfante, puesto que la miró consternado y añadió una salvedad—: Pero no significa ni mucho menos que apruebe el divorcio. Lo pensaré. Tengo que darte la razón en algo: mi mujer ya me ha hecho sufrir bastante, es hora de que me reencuentre a mí mismo.

Kitty estaba segura de no haber dicho algo así. Fuera como fuese, había conseguido una victoria parcial y ahora tenía que afianzarla.

—Sería bueno para todos que me entregases esa autorización por escrito para no dar lugar a malentendidos.

Ernst von Klippstein se resistió, afirmó incluso que estaba demasiado enfermo para ir a su despacho, pero Kitty no aflojó.

—Voy a coger de tu despacho una hoja de papel para redactar el texto.

—No, voy yo. ¡Julius, mis zapatillas! —exclamó.

¡Qué desconfiado! ¿Acaso pensaba que iba a revolverle los expedientes o robarle documentos importantes?

—Señor, ha llegado una empleada de la señora Scherer —informó el lacayo.

—¡Gertie! —exclamó Kitty, contenta—. Mi empleada tiene formación de secretaria, le puedes dictar para que lo escriba a máquina.

Ernst von Klippstein apartó con resignación la manta de lana, se puso las zapatillas y se levantó quejándose. Mientras tanto, Julius había llevado a la sorprendida Gertie al despacho y Kitty vio por un resquicio que ya estaba sentada con expectación ante la máquina de escribir.

—¿No nos conocemos? —le preguntó Von Klippstein de mal humor.

—Es muy posible… Quizá me haya visto durante alguna visita en Augsburgo. Trabajo en la villa de las telas. Pero he terminado un curso de secretaria y pienso cambiar de empleo.

Ernst se sentó en una silla y cerró la puerta con un puntapié. De manera bastante desagradable, según le pareció a Kitty. Pero lo principal era que dejase de comportarse como un chiquillo obstinado.

Se oyó el tecleo y la voz ronca de Von Klippstein, luego cambiaron la hoja de la máquina y siguieron tecleando.

—Otro error —protestó Ernst—. ¿Dónde ha aprendido a escribir a máquina? ¿En una tertulia de ganchillo? ¡Otra vez desde el principio!

Pobre Gertie. Era muy inteligente y hábil, pero tanta corrección había conseguido confundirla por completo. Pasó casi media hora hasta que Ernst von Klippstein volvió a la biblioteca con el escrito y la copia, y se sentó exhausto en el sillón.

—Toma —dijo tendiéndole a Kitty la hoja firmada—. Espero que estés contenta. Esa es una inepta. ¡Guapa y tonta, combinación fatal!

—No es en absoluto tonta —respondió Kitty, enfadada—. La has intimidado, por eso ha perdido los nervios.

—Al fin y al cabo, no se me dan bien las mujeres —aseguró mordaz, y miró cómo Kitty leía el documento con semblante crítico.

Ella no tenía ganas de aguantar su mal humor ni sus insinuaciones irónicas; dobló la hoja y la metió en el bolso.

—Espero de veras que en los próximos días haya una solución aceptable para ti y Tilly —afirmó y se levantó—. Ya va siendo hora.

—Tiempo al tiempo —respondió parcamente—. ¡Buen viaje!

—¡Buena convalecencia!

Cuando salió de la casa, primero tuvo que respirar hondo. Era un psicópata, su sitio era el manicomio. Pobre Tilly, ojalá se deshiciese de él pronto. Al menos había dado el primer paso, tenía el escrito en el bolso. Tilly podía firmar el contrato y trabajar como médica.

Ya en el coche, se intercambió el sombrero con Gertie y le preguntó cómo le había ido con su conocido.

—No estaba en casa —respondió Gertie, deprimida. En otras palabras: ya habían adjudicado el puesto—. No tengo más que mala suerte. Todo lo que toco se va al traste.

Otra vez alguien autocompadeciéndose: Kitty ya tenía bastante ese día.

28

—Solo podemos encender la cocina, doctora. Una o dos horas al día.

Tilly asintió comprensiva al oír las palabras de la joven. Era igual en todo el casco antiguo: había poco carbón para calentar, las ventanas no cerraban bien, las paredes se enmohecían y todos, desde los lactantes hasta los abuelos, estaban juntos en una única habitación. El mejor caldo de cultivo para las enfermedades contagiosas. Casi nadie tenía idea de los principios básicos de higiene: los pañales se lavaban en el fregadero, las abuelas moribundas cogían en brazos a los lactantes, la gente se bañaba muy poco por el frío y la estrechez, lavarse las manos con jabón regularmente no entraba en consideración. Sobre todo estaban desnutridos, por lo general no podían permitirse más de una única y frugal comida al día, lo que los hacía, en especial a los niños, propensos a todo tipo de infecciones.

Tilly lo explicaba todo con tenacidad, daba instrucciones para mantener a los familiares enfermos alejados de los niños y reducir así el peligro de contagio, ordenaba ventilar a diario e insistía en que no dejaran tirada mucho tiempo la ropa sucia de los enfermos, sino que la hirvieran con los pañales.

—Prescríbanos una medicina, doctora —escuchaba a diario, y recetaba jarabe contra la tos y remedios antipiréticos, aunque no ayudasen mucho. Por si fuera poco, habían reducido las prestaciones de las mutuas por el decreto de emergencia y los enfermos tenían que pagar una parte de los medicamentos.

—No hay remedios milagrosos —aclaraba a los pacientes—. Es mucho más importante que sigan mis consejos.

—Sí, sí, eso hacemos.

Tilly sabía que era palabrería, pero ¿qué debía hacer? ¿Por qué no podía recetar pan y carne, grasa y huevos? Eso libraría de la enfermedad y la muerte a la mayoría de la gente. Ahora esperaba que mejorasen con un poco de jarabe contra la tos, febrífugos y polvos contra el dolor de cabeza. Ese día ya visitaba a la séptima paciente, la anciana Treffner, que a todas luces tenía tuberculosis. No podía ingresarla en el sanatorio porque la mutua no pagaba por una octogenaria. La pobre mujer estaba tumbada en un colchón en la cocina y tosía hasta ahogarse: no le quedaba mucho tiempo.

—Muchas gracias, doctora. Estamos muy contentos de que haya venido.

—Faltaría más, señora Treffner. Volveré la semana que viene. ¿Dónde puedo lavarme las manos, por favor?

La gratitud de los pacientes era conmovedora y a Tilly le remordía la conciencia porque podía hacer muy poco por ellos. A menudo solo consolarlos, decirles buenas palabras, escuchar con paciencia sus quejas y preocupaciones, y animarlos un poco. Por suerte, en algunos casos lograba curar a un paciente: momentos ilusionantes de su trabajo a los que se aferraba.

La última paciente a la que iba a visitar ese día era una muchacha de dieciocho años con fiebre alta repentina. Era probable que la hubiese contagiado su hermana pequeña, que tenía escarlatina, pero parecía haberse recuperado. Su familia gozaba de una situación más desahogada. Su padre era funcionario municipal en el ayuntamiento, habitaban un amplio piso de cuatro habitaciones en Ludwigstrasse, parecía limpio y ordenado, la estufa de azulejos estaba encendida. Tilly esperó que lo peor hubiese pasado, puesto que en la última visita le pareció que la muchacha se encontraba estable.

Había refrescado, un viento glacial recorría las calles de Augsburgo, algunos sitios eran resbaladizos, de modo que tenía que conducir despacio. Sin embargo, había muchas personas en la plaza del ayuntamiento para escuchar un mitin, los mendigos seguían delante de las tiendas y algunos se habían envuelto en mantas mugrientas para combatir el frío. Delante del ayuntamiento, un empleado esparcía arena por el paso de peatones para que nadie sufriese un accidente, en una de las salas de sesiones había luz, seguramente deliberasen sobre la disminución de los ingresos fiscales y las arcas municipales vacías.

Tilly tiritaba de frío cuando se detuvo delante del edificio. Se enrolló al cuello la colorida bufanda de lana, un regalo navideño de su madre, cogió el maletín y se apresuró a llegar a las escaleras, donde había un programa que asignaba a los vecinos las tareas de barrer, fregar y encerar las escaleras. Tilly se sintió agotada tras subir los dos primeros tramos de escaleras. No era de extrañar, llevaba desde las ocho de la mañana trabajando: primero había suplido al doctor Kortner durante dos horas en el consultorio y luego se había encargado de las visitas a domicilio. Ni siquiera había tenido tiempo para tomarse un tentempié.

Tocó el timbre y esperó a que abriesen. Esta vez tardaron más de lo normal, oyó pasos suaves y cuchicheos, y ya estaba pensando si debía llamar una segunda vez cuando descorrieron la cadena de seguridad y abrieron la puerta.

Un hombre de unos cuarenta años apareció en el umbral, probablemente el padre de la muchacha, al que no había visto el día anterior. Tilly le observó la cara pálida, el pelo oscuro y revuelto, la expresión incrédula y desesperada de los ojos, y comprendió aterrada que la suerte se había torcido.

—¿Qué hace aquí? —balbuceó el hombre—. Ya no necesitamos médicos. Ha muerto. Mi pequeña Elisa ha muerto. ¿Por qué no la ayudó?

Tilly necesitó un momento para serenarse. La muerte era omnipresente en su profesión: tanto en la clínica como durante las últimas dos semanas que llevaba en el consultorio, había visto morir a jóvenes y a ancianos, había expedido partidas de defunción y consolado a los parientes. Sin embargo, cada vez volvía a sentir el horror y la impotencia frente a la despiadada obra de lo efímero.

—Lo siento muchísimo —dijo en voz baja—. Mi más sincero pésame, señor Pageler.

—Ha sucedido esta noche —respondió pasándose la mano temblorosa por el pelo—. Mi mujer fue a darle algo de beber y pensó que Elisa dormía profundamente…

Rompió a llorar, se volvió y le hizo una seña a Tilly para que lo siguiese. La puerta del salón estaba entornada, vio un momento por el resquicio la cara llorosa de la hermana menor, luego alguien la metió en la habitación y cerró la puerta. La pequeña Elisa yacía en su cama del dormitorio infantil, las manos juntas sobre el pecho, el rostro relajado: parecía dormir. Su madre estaba sentada en el borde de la cama y tenía los ojos clavados, como aturdida, en su difunta hija.

—Llamamos por la noche al doctor Thomas, él expidió la partida de defunción —afirmó el padre.

Tilly guardó silencio y no sintió más que una profunda tristeza por esa joven. ¿Por qué había muerto? No encontró explicación alguna porque la muchacha parecía completamente sana dos días antes. ¿No era escarlatina? ¿Había hecho un diagnóstico erróneo y quizá debiese cargar con la culpa de esa funesta muerte?

Era posible que los padres albergasen esa sospecha. ¿Por qué si no habían llamado a otro médico y no al doctor Kortner?

—Entonces no me queda más que volver a darles mi más sincero pésame —aseguró afligida.

No obtuvo respuesta. El señor Pageler fue en silencio junto a su mujer y le acarició el pelo. Tilly sintió que estaba de más.

—Les deseo lo mejor —dijo en voz baja, fue por el pasillo hasta las escaleras y cerró la puerta tras de sí.

Bajó poco a poco, se sentía pesada y rígida, como si cargase con una tonelada. En la calle, el glacial viento del norte se abalanzó sobre ella, le tiró del abrigo y casi le arrancó la bufanda. Eso no la molestaba, la lucha contra los elementos la trajo de nuevo a la vida. Había sucedido, ella ya no podía remediarlo. No debía abatirse, aunque fuese duro digerir esas experiencias. Al fin y al cabo, había elegido esa profesión y hacía su trabajo con toda la fuerza y la pasión que estaban a su alcance. Había podido ayudar a muchos, estaba orgullosa de ello y, al mismo tiempo, sabía que debía lidiar con errores y derrotas amargas.

Deprimida, se subió al coche y fue hasta el consultorio para redactar un breve informe y, en caso necesario, atender a algunos pacientes más. El doctor Kortner le había amueblado un antiguo trastero como sala de consulta provisional, que al menos bastaba para los casos sencillos. Ya estaba atardeciendo cuando atravesó el patio hacia el consultorio, y de repente tuvo mucho anhelo de primavera, tardes luminosas, luz y pájaros cantando en árboles cubiertos de hojas verdes. En cambio, el temporal silbaba en las esquinas y le recordó que era mediados de enero y el invierno no iba a cesar ni mucho menos. En efecto, aún había pacientes en la sala de espera. Mientras Tilly iba a su pequeña consulta, una anciana la saludó con un alegre «buenas tardes, doctora» y ella le devolvió el saludo sonriendo. Era agradable que los pacientes le mostrasen confianza. Sí, incluso había algunos que la preferían al doctor Kortner. Sobre todo para las cuestiones femeninas, las muchachas se confiaban más a la doctora que al apuesto doctor.

A nadie le molestaba que no tuviese título. La trataban automáticamente de doctora. La señora Kortner le había dicho que no debía generar inseguridad en la gente. Un médico es «doctor» y punto.

Al principio le costó aceptar el puesto, pero acabó cediendo ante la insistencia de Kitty.

—He hecho un esfuerzo para ir a casa de tu horrible marido en Múnich y darle coba —le había explicado Kitty, nerviosa—. Lo hice solo por ti, mi querida Tilly, y por eso no debes escurrir el bulto bajo ningún concepto.

Qué persona tan insólita y maravillosa era Kitty. Podía ser caótica y muy emocional, alocada, juguetona, meditabunda, pero eso solo era la fachada. Kitty era una esposa tierna, una madre comprometida y una amiga fiel y combativa.

Los primeros días en el consultorio fueron un infierno para Tilly. Los pacientes tenían que acostumbrarse a ella porque la mayoría desconfiaba de una médica. El doctor Kortner se la presentó a todos, no escatimó en alabanzas y le prometió todo tipo de apoyo profesional y personal. Tilly sufría cuando él le sonreía con esos ojos radiantes y ese rostro ilusionado. Recordó que su sonrisa no iba dirigida a ella, sino a la médica Tilly von Klippstein, y que ponía celosa a su mujer. ¿Por qué lo hacía? ¿No era ese simpático hombre un marido fiel? ¿Le gustaba flirtear con otras mujeres y por eso su esposa andaba con cuidado? Daba igual cómo fuese: para Tilly, un hombre casado era tabú, aunque por desgracia se hubiese enamorado de él.

Sobre todo era su trabajo lo que la ayudaba a soportar esa delicada situación. Estaba bien sentirse útil y, aunque en muchos casos no podía ayudar mucho, notaba la gratitud de sus pacientes. No los dejaba solos, iba y los consolaba, les daba consejos, se ocupaba de ellos y hacía todo lo que estaba en su mano. Quizá Doris Kortner también lo apreciaba y por eso se dirigía a ella con menos reservas.

—¿Hay algún motivo por el que no se haya doctorado? —quiso saber un día—. Es cierto que el título sirve poco para el trabajo con los pacientes, pero aumenta la reputación.

Al principio las conversaciones eran breves: por lo general, la mujer del médico hacía una pregunta y Tilly se esforzaba por responder adecuadamente. No tenía ganas de hablar de su vida privada, aunque las preguntas a menudo iban en esa dirección.

—¿Sigue adelante con el divorcio?

—Está en camino.

La curiosidad de su compañera sacaba de quicio a Tilly, que decidió contestar a una pregunta con otra.

—¿Hace mucho que trabaja con su marido?

Resultó que la señora Kortner se mostraba igual de reticente con las cuestiones privadas.

—Hace unos años. Hacemos un buen tándem.

Tilly lo confirmó y la señora Kortner se alegró por el elogio. Por desgracia, eso la animó a seguir invadiendo la intimidad de Tilly.

—Parece que su marido es una persona complicada —supuso ella, y Tilly notó su mirada escrutadora.

—No hay nadie sencillo.

De vez en cuando a la señora Kortner le gustaba hablar de su marido.

—Jonathan es muy distraído y poco hábil. Siempre con grandes planes en la cabeza, siempre lleno de entusiasmo y ningún escrúpulo con los gastos.

Tilly sonrió pensando en el pequeño crédito bancario que el doctor Kortner había pedido para adquirir un inhalador moderno y un calentador infrarrojo.

—Entonces está bien que la tenga a su lado y usted lo enfrente a la realidad —respondió.

—Claro. Una chica para todo, que prepara las facturas, ajusta las cuentas con las mutuas, lleva la contabilidad y se ocupa de que el doctor coma algo. Por mencionar solo algunas tareas.

Más tarde, la señora Kortner empezó a llevarle a Tilly té y sándwiches, aunque al principio fingía que no eran para ella.

—Mire, ha sobrado un poco. Quizá quiera paté con pepinillos en vinagre... Sírvase sin problemas.

—Gracias, muy amable.

La señora Kortner comprendió tarde el asunto de la infusión de menta, ya que Tilly seguía sin reconocer su rechazo a la saludable bebida. Se dio cuenta porque el lavabo olía muy a menudo a la tisana.

—¿Por qué no me lo ha dicho? —exclamó enfadada—. ¡Lástima por la infusión!

—Lo siento mucho. De niña siempre me daban infusión de menta cuando estaba enferma, así que debo de haber desarrollado una enorme aversión.

—Pasa a menudo. Por ejemplo, a Jonathan no le gusta el comino y yo odio el ajo.

El doctor Kortner siguió siendo igual de amable, pero los cumplidos exagerados cesaron; además, ya no mostraba ningún interés por la vida privada de Tilly, preguntaba como mucho cómo estaba su madre y se contentaba con respuestas breves como «Gracias por preguntar». En cambio, siempre estaba dispuesto a conversar sobre los pacientes, lo que era de incalculable valor para Tilly. A diferencia de la clínica, donde hablaban con desgana de los errores y los fracasos, ella podía confiarle con toda sinceridad sus preocupaciones. Él tampoco ocultaba las dudas relativas a sus decisiones y no pocas veces encontraban una salida si debatían un caso juntos y cada cual aportaba su opinión y experiencia.

Ese día también fue así. Después de atender a todos los

pacientes, Tilly seguía con los informes cuando el doctor Kortner abrió la puerta y entró.

—¿Molesto? —preguntó con su seductora sonrisa, a la que ella se resistía porque ya no se daba por aludida.

—No, no. De todos modos, enseguida termino.

Descontento, miró a su alrededor.

—Necesita sin falta una mesa: no puede ser que tenga que escribir los informes sobre la mesilla de instrumentos.

—No estaría mal una mesita. Quizá podamos cogerla de la sala de espera, así tendríamos sitio para otra silla.

No le entusiasmó la idea, dijo que cojeaba; necesitaba una mesa decente y una buena silla. Prometió comprar ambas cosas.

—¿Cómo ha ido hoy? —preguntó después.

Tilly apartó los informes suspirando.

—Una chiquilla murió por la noche. Elisa Pageler, ¿la recuerda? Es probable que su hermana la contagiara de escarlatina.

Sentaba bien poder exponer ese trágico caso. No escatimó en detalles, mencionó las dudas sobre sí misma, la posibilidad de haber hecho un diagnóstico equivocado y con ello haber cometido un error fatal y horrible. Él la escuchó con paciencia, la observó con mirada seria y, cuando ella terminó, se movió de forma impulsiva haciendo un gesto como para cogerle la mano. Pero no lo hizo, solo asintió y dijo con amabilidad que entendía perfectamente su preocupación.

—Creo que en este caso habría procedido de la misma manera. Fiebre alta, disfagia y amígdalas inflamadas, además de una hermana pequeña con escarlatina…

—Bueno, no tenía la lengua roja. ¿Podría haber sido otra infección?

Sacudió la cabeza y opinó que no lo creía.

—Es posible que tuviese una malformación cardíaca que no se había detectado.

Debatieron un rato, comentaron las distintas posibilidades, compararon casos parecidos y no llegaron a ninguna conclusión.

—Quítese de la cabeza la absurda idea de que es culpable de esa desgracia —recomendó al final con rotundidad—. No ayuda a nadie y perjudica nuestro trabajo.

—Al menos en el futuro diagnosticaré con más cuidado y detenimiento —respondió ella en voz baja—. Eso me propongo.

La expresión afligida de Tilly pareció llegarle al alma. Con la misma impulsividad de antes, esta vez sí le cogió la mano y la mantuvo agarrada a la suya un momento.

—Piensa demasiado, señora Von Klippstein. Tenemos que aprender a seguir trabajando con ánimo y esperanza pese a todas las derrotas.

Tilly no retiró la mano. Era demasiado bonito sentir su calor y su actitud positiva; en ese momento no era más que una persona que la entendía y la alentaba, y a ella le resultaba infinitamente cercano. Como un pariente querido. Un hermano.

—¿Sabe qué? —dijo él de repente—. La invito a cenar esta noche. Iremos a un buen restaurante y así se despejará.

—Quizá su mujer tenga otros planes para la noche —señaló ella.

—¿Doris? Estará ocupada con la declaración de impuestos.

Tilly se quedó de piedra cuando se dio cuenta. Cielos, ¿por qué era tan ingenua? No estaba proponiendo una velada para tres, sino una cita para dos. No era un pariente querido o un hermano. Era un hombre casado que aprovechaba su oportunidad. Ella estaba separada y él lo sabía. Probablemente pensase que podía satisfacer ciertas necesidades.

—Lo siento mucho —aseguró ella, y se levantó para ponerse el abrigo—. Me esperan en casa. ¡Que pase buena noche, doctor Kortner!

En el pasillo se encontró con su mujer, lo que en ese momento le resultó especialmente incómodo. Tras un breve saludo, pasó a su lado y salió del consultorio corriendo, pero no pudo evitar oír un grito de enfado.

—¡Jonathan! ¿Qué ocurre?

—Nada, Doris, una tontería por mi parte.

—¡Te lo había advertido!

Tilly abandonó el consultorio a toda prisa.

29

Liesl dudó en obedecer la orden de Elvira von Maydorn y bajarse. No quería quedarse allí, sino irse lo antes posible a casa, lejos de esa horrible finca, de esas personas hostiles, de ese padre que no quería saber nada de ella. Pero Leschik tranquilizó los caballos y, en las escaleras de la mansión, la anciana golpeó su bastón con impaciencia.

—¡Vamos! —increpó colérica a Leschik—. ¿A qué estás esperando?

Liesl cogió su bolsa de viaje y bajó del trineo. Con timidez, tomó el camino hasta la mansión y notó a su espalda la mirada de los empleados, que habían acudido casi todos para contemplar la disputa entre la anciana propietaria y el administrador. Era como verse expuesto a la vergüenza pública, ya que también en las escaleras de la mansión se presentaron otros espectadores curiosos: la criada estaba junto a la puerta con la boca abierta, dos ayudantes de cocina miraban desde la esquina, la niñera sujetó a un chiquillo curioso que intentaba correr hacia el patio.

—Por fin —le gruñó Elvira von Maydorn—. Sube la escalera, luego a la derecha.

En el instante en que Liesl pisó el vestíbulo, hubo movimiento en la zona de la entrada. Las ayudantes de cocina se retiraron enseguida, la criada le volvió la espalda e hizo una reverencia, la niñera desapareció por la esquina con el chico. El motivo no era Liesl, que daba unos pasos tímidos en dirección a la escalera. Una mujer estaba en medio del vestíbulo.

—¿Qué ocurre?

Liesl se quedó de piedra al oír el autoritario tono, se detuvo angustiada y no supo qué debía hacer. Ante ella estaba la mujer de su padre, que por lo visto mandaba mucho en la casa. Por primera vez la vio sin el abrigo de piel ni el pañuelo de lana con el que se cubría el pelo. Era rubia, tenía formas voluptuosas y llevaba un vestido gris oscuro de tela brillante. En el amplio escote se apreciaban unos abultados pechos, que al estar enfadada parecían dos fuelles.

—No es de tu incumbencia —dijo tras ella una voz no menos autoritaria, la de la anciana Elvira von Maydorn—. Qué haces ahí plantada, Liesl. ¡Sube la escalera!

—¡Te arrepentirás! —gruñó la joven.

—¡Ocúpate de tus asuntos! —vociferó la anciana.

Liesl sintió de repente la punta del bastón en la espalda y se dirigió a toda prisa hacia la escalera como le habían ordenado, subió los escalones y fue a la derecha, donde se detuvo ante una puerta. Tras ella subía cojeando la hacendada, que tuvo que descansar un par de veces y estirar la espalda.

—¿Qué hacéis ahí plantados con la boca abierta? —gritó la joven rival desde la entrada—. ¡Volved a vuestro trabajo si no queréis que os dé! Greta, ve a buscar a mi marido. Que venga inmediatamente. ¡Inmediatamente! ¿Lo has entendido?

En la primera planta, Elvira von Maydorn abrió en silencio una puerta y empujó a Liesl dentro. Era como si se abriese otro mundo ante ella. Tres ventanas iluminaban la habitación llena de muebles. Estaba encendida una estufa de azulejos y sobre el entarimado se extendían coloridas alfombras. Liesl se mareó con toda aquella suntuosidad, y el calor que la rodeó tras semanas de frío glacial hizo el resto. La bolsa de viaje se le cayó de la mano y tuvo que sentarse en el suelo.

—Estás muy débil, muchacha. ¿No te han dado nada de comer? Quítate el abrigo y ve a la mesa. En mi casa nadie se sienta en el suelo.

Liesl obedeció, e iba a tomar asiento cuando un grito estridente se lo impidió.

—¡Alto! No te sientes. Vas a mancharme el tapizado. ¿No tienes otra cosa que ponerte que esos harapos?

—Solo tengo este vestido —balbuceó—. Estaba limpio cuando llegué.

—De eso hace mucho.

La anciana propietaria la interrumpió con un colérico gruñido y fue hacia un armario alto tallado. Cuando lo abrió, se propagó por la habitación un intenso aroma a bergamota y Liesl vio que el armario estaba lleno ropa. La señora Von Maydorn dejó a un lado el bastón y rebuscó en los cajones antes de sacar varias prendas y un montón de vestidos.

—Toma, cógelo. Esto lo usaba cuando aún era joven y delgada. Te quedará bien. Allí hay un palanganero, lávate bien antes. El pelo también. Si olieses a caballo, no me molestaría. Pero no me gusta el hedor de los establos.

Enfrente había una pequeña habitación contigua en la que había una cama con mesilla de noche, una silla y un antiguo palanganero con una placa de mármol y un espejo. Había que verter el agua de un cubo a una jofaina de porcelana, el jabón estaba en un platillo floreado que tenía forma de concha. Liesl se quitó el vestido y esperó que la hubiera dejado sola. En vano. Su bienhechora estaba delante de la puerta abierta.

—La manopla y la toalla están en el cajón. ¿Qué haces ahí parada? ¿Te avergüenzas? No le vas a enseñar nada nuevo a esta anciana. ¡Ten cuidado de no salpicar todo el espejo!

Aunque a Liesl no le resultó fácil desvestirse delante de

una desconocida, hizo un esfuerzo; al fin y al cabo, no tenía otro remedio.

—Eres una muchacha bien guapa —observó la hacendada—. Supongo que tu madre no era fea, ¿no? Quítate la camisa, te voy a lavar el pelo.

Hacía mucho de la última vez. Antes, cuando era pequeña, su madre le lavaba el pelo, pero no le resultaba agradable porque era impaciente y le hacía daño. En cambio, las manos de la anciana eran suaves y la espuma olía estupendamente a rosas y miel, de modo que Liesl casi estuvo triste cuando todo terminó con un buen chorro de agua caliente. Con una toalla envolviéndole la cabeza y un anticuado vestido de lana negro, Liesl se sentó de nuevo a la mesa; delante tenía los restos del opulento desayuno que habían servido a la hacendada.

—Come hasta que estés satisfecha. Si no es suficiente, traerán más —dijo su protectora, que la miraba comer con una sonrisa—. Antes me comía todo esto y estaba delgada como un fideo. Ahora, aunque coma como un pajarito, echo carnes.

Liesl se sirvió pan blanco con mermelada, jamón jugoso, huevos revueltos y café con leche. Estaba en la gloria, nunca habría creído que ese día le sucederían tantas cosas buenas. Lo tomaba según venía, disfrutaba del calor, del bonito entorno, de la ropa suave, y fue una verdadera lástima que el estómago ya no admitiese más de esos sabrosos alimentos.

—Me avergüenzo ante mi cuñada Alicia de que te hayan mandado trabajar en el establo —se lamentó la baronesa—. Tu padre es un cobarde redomado. No quiso decirle a su mujer quién había llegado a la granja. Hubo un buen escándalo ayer por la noche cuando le dije cuatro verdades a ella.

Liesl por fin comprendió por qué esa mañana su padre le había entregado dinero para que se marchara. Elvira von Maydorn relató, rebosante de alegría maliciosa, que la noche anterior la campesina puso el grito en el cielo, luego tuvo un ataque de histeria, lloró, chilló y al final se encerró en el dormitorio. Llamaba a la mujer de Klaus von Hagemann únicamente «la campesina».

—Por la mañana ella creyó haberlo ablandado, pero no se salió con la suya porque yo se lo impedí. Puedo serte de gran ayuda, Liesl. Maydorn se ha vuelto un nido de ratas desde que esa gentuza se mudó aquí. Dios nos asista. Pero me opongo, aunque la espalda me atormente. No soy de las que se doblegan.

Tras el copioso desayuno Liesl se sintió muy cansada. Se le cerraban los ojos una y otra vez mientras escuchaba con indolencia a la anciana terrateniente, que se acaloraba por la descarada campesina y ponía por las nubes los viejos tiempos, cuando Rudolf, su marido, aún vivía. Por fin la señora Von Maydorn se dio cuenta de que su interlocutora estaba a punto de dormirse sobre la mesa y se levantó quejándose.

—¡Dame el bastón, muchacha! Y luego abre el arca. Despacio, tiene casi cien años, era de mi madre. Contuvo su ajuar y el mío también. Saca la manta marrón y la almohada de plumón. Tienes que sacudirlas con fuerza en la ventana.

La almohada estaba rellena de plumón y dobló el volumen cuando la sacudió; la manta era de lana suave y tenía un ribete de terciopelo.

—Eres un tesoro, Liesl —la elogió su bienhechora—. Haz tu cama en el sofá, seguro que tienes mucho sueño que recuperar.

A Liesl le costaba creer que esos agasajos fueran para ella. En la villa de las telas, solo los señores disponían de una almohada de plumón tan suave, los empleados tenían que contentarse con ropa de cama más sencilla.

—Y ten cuidado de no caerte del sofá —la advirtió la anciana mientras Liesl se acurrucaba en el suave y caliente lecho y se cubría con la manta.

—Muchas gracias, señora. Le estoy muy agradecida.

—¡Bueno, muchacha!

Antes de dormirse, a Liesl se le ocurrió de pronto que todo podía ser un sueño y al despertarse volvería a estar en su cuarto del establo, pero el cansancio se apoderó de ella con fuerza y aplacó todas las preocupaciones.

La despertaron un sonido metálico y un golpe que dieron al limpiar una estufa; se incorporó asustada. ¿Dónde se encontraba? La habitación estaba en penumbra, a la débil luz de una linterna vio sentada en una butaca a una anciana con un periódico en el regazo. Delante de la estufa estaba de rodillas una criada, aún tenía la pala en la mano y soplaba con cuidado la brasa. Cuando llameó, cerró la puerta de la estufa y se levantó.

—Y di en la cocina que suban la cena para dos —ordenó desde la butaca—. Cuatro rodajas de paté, que no las corten demasiado finas. Al mediodía el pollo estaba demasiado correoso, apenas se podía comer. Y ahora vete.

—Sí, señora. A propósito, la cocinera ha dicho que se ha acabado el paté.

—Trae cuatro rodajas gruesas. O bajo yo misma y compruebo si realmente se ha acabado el paté.

—Sí, señora Von Maydorn.

La criada hizo una reverencia, cogió el cubo y la pala, y salió. Liesl se destapó y se pasó la mano por el pelo revuelto. Así que no había sido un sueño, se encontraba en la mansión, vestía con ropa de la propietaria de la finca y había dormido sobre suaves plumones.

—¿Por fin despierta? Ya pensaba que querías hibernar, como hacen los osos en el bosque.

—De repente estaba cansadísima… Ahora estoy espabilada y me encuentro bien.

—Me alegro.

Sirvieron la cena según los deseos de la anciana propietaria, que permitió a Liesl sentarse con ella a la mesa y comer todo lo que quisiese. No estaba en absoluto acostumbrada, ya que nunca se había sentado a la mesa con los señores, a nadie se le permitía excepto a Rosa, que cuidaba de los niños. Esas normas parecían traer sin cuidado a la señora Von Maydorn, que cenaba despreocupadamente con la hija de una doncella y se preocupaba de que su plato no estuviese vacío. Sin embargo, era una maestra severa, a la que no se le escapaba que su nueva protegida no tenía ni idea de cómo comer en sociedad.

—¡No apoyes el brazo! ¡Y siéntate derecha! Pero ¿cómo coges el tenedor? ¿Acaso es un bieldo? ¡Al revés! Mira cómo lo hago yo. Y hay que pasarse la servilleta por la boca con suavidad, no frotar como si estuvieses limpiando el granero.

Liesl se esforzó por hacerlo todo bien, pero cuando cogió el tenedor al revés, el trozo de paté cayó en el plato y la elegante servilleta fue a parar a la alfombra.

—¡No hagas el tonto!

Por suerte, la baronesa pasó pronto a su tema favorito, sus Trakehner. Llevaba cincuenta años criando a esos bellos animales, algunos de los mejores caballos de carreras del país procedían de Maydorn. Hasta hacía medio año seguía montando varias horas al día, domando caballos jóvenes y cumpliendo con un cronograma duro. El semental Gengis Kan era la nueva adquisición para renovar su cría, pero había demostrado ser un hueso duro de roer y aceptó a la amazona de muy mala gana.

—Entonces sucedió —contó señalando el bastón—. Se escapó, pasó bajo una rama baja y tuve suerte de no romperme la crisma, menos mal. Cuanto mejor es el jinete, más dura es siempre la caída...

Tenía una vértebra dorsal dañada, pasó varios días en la cama sin moverse y, cuando volvió a levantarse con cuidado, los dolores seguían ahí.

—Me va como a Riccarda, que está en su cuarto porque la cadera ya no le responde.

Liesl supo que Riccarda von Hagemann no era otra que su abuela carnal. En su día, los padres de su padre, Riccarda y Christian von Hagemann, llegaron con él a la granja a vivir. Hacía dos años que su marido había muerto y su abuela arrastraba un grave problema de cadera que la obligaba a guardar cama.

—En realidad me llevé bien con ella mientras mi sobrina Lisa estuvo con nosotros. Solo cuando Klaus von Hagemann trajo a la campesina a casa, todo fue a peor. No he tenido más que problemas y disgustos desde que gobierna aquí.

Al final Riccarda, la abuela de Liesl, se enfrentó a Elvira von Maydorn y por amor a su hijo apoyó a su nueva conquista, poco adecuada a su posición social.

—La campesina no se lo recompensó. Ahora Riccarda tiene que estar sola allí arriba y, si su hijo no cuida de ella de vez en cuando, puede ir a menos. Su mujer no quiere tener a su suegra enferma en el cuarto de estar. Así es ella. Ni siquiera quiere saber de sus padres porque se cree superior. Se hace llamar «la hacendada». Aunque no es más que la mujer de un administrador. —Elvira von Maydorn resopló con desprecio—. Sigo siendo la propietaria de la finca. Solo después de que muera recaerá en Klaus von Hagemann y por eso todos esperan que estire la pata, pero no les hago ese favor. ¡Prefiero cumplir cien años para que no reciban la finca!

«Qué horrible —pensó Liesl—. ¿Cómo puede vivir aquí si todos esperan que muera?»

—Háblame de Augsburgo, Liesl —le pidió Elvira von Maydorn—. De mi cuñada Alicia, sobre todo. ¿Es cierto que tiene una salud delicada?

Liesl contó con franqueza todo lo que sabía; se alegró de poder animar a la amargada señora y se esforzó mucho por describir con dulzura a los habitantes de la villa de las telas.

—Así que migrañas… —dijo su interlocutora sacudiendo la cabeza—. No la matarán, ya las sufría antes. Háblame de los niños. ¿Leo sigue tocando tan bien el piano? ¿Y qué es de Dodo?

La noche se alargó. La anciana parecía apreciar mucho la compañía de Liesl. La muchacha tuvo que sacar de la cómoda una cajita y jugaron al tres en raya. Al principio, la señora Von Maydorn ganaba casi siempre porque Liesl no conocía el juego, pero comprendió rápido en qué consistía y pronto acabó con la racha de la hacendada.

—¡No importa! —exclamó—. Recoge. ¿Me puedes frotar la espalda antes de acostarme?

—Lo haré con mucho gusto, señora Von Maydorn.

Al día siguiente, Liesl estuvo ocupada sobre todo en facilitarle la vida a su bienhechora y animarla. La acompañó a la caballeriza para que saludase a sus animales favoritos y les diese manjares, le leyó el periódico, zurció calcetines y otras prendas, le llevó todo tipo de cosas que necesitaba de las habitaciones de abajo y, por último, le preguntó si podía ver a su abuela.

—Si es lo que quieres…, pero no te asustes, está bastante desconcertada.

Liesl tuvo cuidado cuando abandonó la habitación porque entraba en la esfera de influencia de la mujer de su padre. Cuando oyó su aguda voz, se escondió deprisa en la sala de estar de la baronesa, la verdadera señora de la hacienda Maydorn.

El cuarto de su abuela biológica, Riccarda von Hagemann, era el que ocupaba Elisabeth Melzer cuando aún estaba casada con Klaus von Hagemann. Liesl llamó con tiento a la puerta y, como no obtuvo respuesta, giró con cuidado el picaporte. Se asustó con la vista que se le brindó. Riccarda von Hagemann yacía vestida sobre la cama, el pelo gris colgaba en mechones por el delgado rostro, los ojos vagaban por la habitación y se detuvieron en la joven que estaba en la puerta.

—¡Por fin! —exclamó agitando los brazos—. Tráeme algo de beber, Greta. Casi me muero de sed. ¡Rápido, date prisa!

—Enseguida, señora Von Hagemann.

Liesl comprendió que la había tomado por otra y pensó si debía explicarle quién era en realidad. No, la enferma no lo entendería. Era mejor llevarle una taza de té o una limonada. Bajar a la cocina fue peligroso porque Liesl tenía que contar en todo momento con que la campesina subiese de una de las habitaciones de abajo a la primera planta. Se inclinó con cuidado sobre el pasamanos y comprobó que no había nadie. Pero cuando estaba en el último tramo, abrieron la puerta principal y alguien entró en el vestíbulo con paso firme. Era su padre. Liesl se quedó de piedra y esperó con el corazón palpitante a que tomase otra dirección, pero fue derecho a la escalera. Tres, cuatro peldaños y estuvo ante ella. No llevaba gorro, de modo que le vio el pelo ralo y las cicatrices de la frente. No tenía la cara bonita, estaba cubierta de cortes y rasguños. No tenía que ser fácil vivir desfigurado para siempre.

—¿Liesl? —preguntó perplejo—. ¿Por qué vas así? ¿Qué vestido es ese?

Ella había retrocedido y se preparaba para que la insultase, pero la voz de su padre sonó más bien sorprendida, también hablaba en voz más baja que de costumbre.

—Me lo ha dado la señora Von Maydorn.

Él dio un paso atrás para escrutarla.

—Eres una muchacha hermosa. No te pareces nada a tu madre. —Era la primera vez que le decía algo más o menos amable—. Me has acarreado muchos problemas —continuó, y miró escaleras arriba como si le preocupara que hubiese alguien.

—No lo pretendía, lo siento mucho.

—No es culpa tuya. Sin embargo, sería mejor que te marchases. Por desgracia, la vieja se ha encaprichado contigo, ¿no?

No consiguió dar una respuesta porque arriba abrieron una puerta y la imperiosa voz de su mujer resonó por la casa.

—Dile a Leschik que enganche a los caballos. Tengo que ir a la modista en Kolberg.

Su padre le hizo señas para que bajase y él subió rápido las escaleras.

—Espera, cariño —lo oyó exclamar—. Necesito unas cosas que podrías traerme.

¿Siempre hablaba con tanta sumisión? No supo qué pensar de él, pero un sentimiento de alegría se apoderó de Liesl. Al fin y al cabo, fue amable con ella, incluso admitió que todo aquello no era culpa suya. No era tan mala persona como había creído.

Cuando entró en la cocina, ese bonito sentimiento desapareció: dos criadas y la cocinera la recibieron con hostilidad.

—¿Quieres una taza de té para la señora Hagemann? La atendemos nosotras, no tienes que entrometerte.

—Pero está sedienta.

—Siempre quiere algo —dijo con desprecio una de las criadas—. Puedes estar todo el día subiendo y bajando.

—Por favor, dadme una taza de té. O agua —insistió Liesl, lo que no sentó bien.

—¡Serás engreída! Te paseas con la ropa de la señora y quieres darnos órdenes.

—¡No hay nada! ¡Te puedo dar una buena torta! —exclamó la otra criada mostrándole la palma de la mano.

En ese momento, un hombre que estaba sentado a la mesa comiendo sopa se volvió. Era Leschik, el cochero.

—Baja la mano —ordenó el lacayo—. Haz lo que dice o te arrepentirás.

La estúpida criada soltó una carcajada, pero obedeció y le tendió a Liesl una taza de té, que subió por las escaleras y de la que dio de beber a su desconocida abuela.

—Gracias, Greta —dijo la enferma, y acarició la mano de Liesl—. Eres una buena muchacha.

30

Auguste fue a la villa de las telas por el parque a paso ligero. Bien es cierto que en su cesta apenas había un manojo de cebollas, un apio seco y dos repollos, pero eso no afectó a su buen humor. La gente de la cocina quizá se asombrase. Ella lo supo enseguida.

El parque hibernaba, las sombrías coníferas y los pelados matorrales se elevaban sobre los prados cubiertos de nieve, que al derretirse había dejado grandes charcos en los caminos. Si esa noche helaba, tendría que prestar atención para no caerse. Era lo que le faltaba, además de todas las preocupaciones que la atormentaban. No se le daba bien llevar el dinero al banco o meterlo en el calcetín de los ahorros. Los marcos de su monedero solían ir y venir, echaban a correr y ya no los volvía a ver. En verano no era tan grave porque el vivero rendía, pero en invierno las perspectivas no eran nada halagüeñas. En las Navidades consiguió vender un par de centros de mesa, ahora en febrero había poco movimiento.

Si Maxl no llevara a casa algo de dinero, ni siquiera tendrían una comida caliente por la noche. Trabajaba a destajo para el abogado Grünling, que había comprado varias casas y mandó arreglarlas para ponerlas en alquiler. Su pobre chico revocaba paredes con cal o quitaba agujeros en el entarimado por un sueldo de miseria. El abogado Grünling era un usurero, una de las pocas personas que se hacían cada vez más ricas en esa época en que todos sufrían la crisis económica.

En el patio de la villa de las telas se resbaló y estuvo a punto de caerse pese a todas las precauciones, mantuvo el equilibrio y dio un fuerte grito del susto. La cesta de verduras voló por los aires hasta el arriate cubierto con ramas de abeto.

—¡Jesús! —gritó Hanna, que barría la escalera exterior—. ¿Te has hecho daño? Espera, te ayudo.

Auguste se ajustó la pañoleta de lana.

—No me ha pasado nada, pero la cesta…

Hanna, una persona encantadora, ya estaba de rodillas en el bordillo del arriate y recogía la cesta y su contenido de las ramas.

—Muchas gracias. ¿Vienes a la cocina a tomar un café con leche?

—Cuando haya terminado —respondió Hanna, y cogió la escoba que había apoyado contra la pared.

En la cocina de la villa de las telas acogieron a Auguste sin gran entusiasmo. Else estaba sentada a la mesa, con la cabeza apoyada en los brazos, y descansaba del trabajo como de costumbre. Se encontró a Dörthe acurrucada junto al horno porque tenía un resfriado. Christian estaba en la ventana y miraba fuera. Fanny Brunnenmayer troceaba un pollo cocido para la sopa.

—¿Otra vez por aquí? —preguntó de mal humor cuando entró su proveedora de verduras—. Las cebollas no hace falta que las saques, tenemos de sobra. Y el repollo, no lo sé. Ayer estaba mohoso, tuve que tirarlo casi todo.

Auguste colgó el pañuelo del gancho del pasillo y dijo con toda tranquilidad a la cocinera que le regalaba un repollo.

—Entonces siéntate. Pero no habrá café con leche hasta que Hanna y Humbert terminen de trabajar.

—¡Está bien!

De todos modos, aquel café con leche apenas se podía beber porque lo recalentaban dos o tres veces y escatimaban en azúcar. Para hacerse la importante, Auguste puso enseguida el as sobre la mesa.

—¡Liesl ha escrito!

Christian se volvió como si una abeja lo hubiese picado, la cocinera soltó en la sopera el muslo de pollo del que estaba rascando la carne.

—¿Necesita dinero para el viaje de vuelta? —preguntó—. Pues escríbele que yo se lo doy.

Auguste soltó una carcajada al oír la oferta. Era increíble lo que Fanny Brunnenmayer estaba dispuesta a hacer para que Liesl se convirtiera en cocinera… No, aquello no llegaría a ninguna parte.

—Lo mejor es que os lea la carta —dijo, se la sacó de la blusa y alisó cuidadosamente el papel con la mano.

Querida madre:

Seguro que te has preocupado porque hace mucho que no escribo. Era porque no tenía dinero para el franqueo. Por suerte, ahora todo ha cambiado para bien. Vivo con la propietaria de la finca, Elvira von Maydorn, duermo sobre una almohada de plumón y bajo una suave manta de lana y no tengo otra cosa que hacer que ocuparme de dos ancianas. La señora Von Maydorn y la señora Von Hagemann, mi abuela. Por desgracia, está muy enferma y lo confunde todo. La señora Von Maydorn es muy amable conmigo, me ha regalado vestidos e incluso zapatos, y tengo que leerle el periódico todos los días. Hay abundante comida, no puedo acabar todo lo que me sirven. Por la tarde, la señora Von Maydorn y yo jugamos al tres en raya y a las damas.

Por favor, saluda a mis hermanos. También a Fanny Brunnenmayer y a todos los demás empleados, en especial a Christian. Espero que estéis sanos y os llevéis bien en la villa de las telas, como siempre.

Tengo que acabar la carta porque la hoja está llena.
Tu hija,

LIESL

Auguste lanzó un suspiro alegre cuando terminó y esperó con impaciencia a ver qué decían. Primero reinó el silencio. Else daba cabezadas, la cocinera rascaba el hueso del pollo, Christian miraba por la ventana. Dörthe sacó el pañuelo y se sonó.

—La señora Von Maydorn sabe lo que hace —dijo Auguste asintiendo—. Bueno, ha visto que Liesl ha nacido para ser algo más que ayudante de cocina.

—¿Ha dicho alguien que tenga que ser ayudante de cocina toda la vida? —replicó la cocinera, mordaz.

—No —respondió Auguste, y volvió a doblar la carta—. Ahora mi hija es acompañante de la baronesa Von Maydorn, lleva vestidos bonitos y le lee el periódico. No debéis olvidar que el padre de Liesl tiene abolengo.

—De su padre no escribe una sola palabra —observó la cocinera, y lanzó el hueso de pollo raspado a un cubo—. Y si he oído bien, lleva vestidos y zapatos desechados.

Auguste sonrió con desprecio. Por supuesto, Fanny Brunnenmayer estaba enfadada porque sus planes no cuajaban y por eso le buscaba tres pies al gato.

—¿Y qué? Habrá encargado a una modista que adapte la ropa. Al fin y al cabo, viven en el campo, allí no se consiguen buenas telas con tanta facilidad como en Augsburgo. Seguro que esos vestidos le quedan estupendos a Liesl porque tiene muy buen tipo. Probablemente reciban visitas o acepten invitaciones, quizá incluso vaya a un baile, quién sabe. Y con un vestido de baile mi hija encantará a más de un joven.

—Picas muy alto con Liesl —se mofó la cocinera—. Ten cuidado de no llevarte un chasco.

La insinuación ofendió a Auguste. Tenían envidia, no querían alegrarse de que Liesl ascendiese en la escala social.

—No olvides que es la hija de un barón —dijo con arrogancia, y guardó la carta—. Eso la diferencia de todos los que trabajan en la villa de las telas.

—Si tú lo dices... —respondió Fanny Brunnenmayer, y rio en voz baja—. Lo que no quita que su madre fuera doncella cuando la niña nació. De lo que la muchacha, desde luego, no tiene la culpa.

Auguste casi estalló de ira, estuvo a punto de levantarse y marcharse haciendo aspavientos, pero en ese momento Else se despertó del duermevela y también opinó:

—Liesl es una muchacha refinada y algún día llegará lejos.

—Eso digo yo —exclamó Auguste—. ¡Os vais a sorprender!

La cocinera echó la carne de pollo en la sopa y pareció no tener nada más que decir sobre el tema. En cambio, Christian se sentó en una silla y apoyó la cabeza en las manos.

—Ahora lo tengo claro —dijo apenado—. Se casará con un noble y a mí ya me ha olvidado.

—Eso aún está por ver —lo contradijo Fanny Brunnenmayer.

—No, está visto. Tres o cuatro cartas le he enviado desde que se me curaron las manos; ni una sola vez ha respondido. Se acabó, jamás volveré a ver a Liesl.

A Auguste su pesar le llegó al alma. El mozo se había enamorado de la muchacha, pobrecillo. Ella quiso evitar esa triste historia, pero no le hicieron caso.

—Así es la vida, Christian —dijo resuelta—. Uno no siempre consigue lo que le gustaría. Lo principal es que eres un mozo joven y guapo. Cuando una puerta se cierra, ciento se abren.

Las palabras bien intencionadas no surtieron efecto, Christian ocultó el rostro en las manos y no respondió.

—Ten cuidado de no pillarte los dedos —se burló Fanny Brunnenmayer, furiosa, mientras removía la sopa en el fuego—. Y tú, Christian, no deberías andar por ahí como un alma en pena, sino ponerte en camino hacia Maydorn y casarte con tu chica.

Auguste se puso a reír porque esa propuesta no tenía pies ni cabeza. Christian parecía pensar lo mismo, ya que miró a la cocinera con rostro desesperado.

—Si no me quiere…

—Desde luego que no querrá a un cobarde y mosquita muerta —replicó Fanny Brunnenmayer, colérica, y tapó la sopera con un golpe—. Quien no lucha, ha perdido desde el principio.

Auguste estaba abriendo la boca para decirle a la cocinera por interés propio que no le pusiera la mosca detrás de la oreja al pobre mozo cuando oyeron que alguien bajaba las escaleras de servicio. Auguste, que conocía esos pasos, se levantó de golpe.

—¿Qué haces tú aquí? —preguntó Humbert cuando la vio—. No necesitamos tus verduras marchitas.

Auguste ya se había puesto el pañuelo, prefería evitar una disputa con Humbert.

—Ya me voy —aclaró cogiendo la cesta—. Esto os lo regalo. No hace falta insultarme.

Puso los repollos, las cebollas y el apio sobre la mesa y quiso salir, pero Humbert le cerró el paso.

—¿Sigue yendo a tu casa?

—Déjame —exigió ella, e intentó en vano apartarlo.

Humbert estaba plantado delante de la puerta como una piedra.

—¡Responde!

—¡No sé de qué hablas!

—¡Claro que lo sabes!

Por supuesto que sabía que se refería a Grigori. Hacía un

tiempo que iba con regularidad al vivero una o dos horas, arreglaba el cobertizo, serraba las tablas para hacer leña, ordenaba las herramientas: trabajos que Maxl de momento no podía hacer porque estaba demasiado cansado por la tarde. Grigori era una persona simpática. No le pedía dinero, trabajaba solo por la comida e incluso llevaba salchichas o un trozo de carne. ¿Por qué debía echarlo?

—Por lo visto Hanna te da igual, ¿no? —espetó Humbert—. Te trae sin cuidado que la pobre muchacha sea infeliz si tienes a ese ruso como mano de obra barata.

—¿Qué es lo que quieres? ¡Piénsalo, viene a mi casa y no a la de Hanna!

Furioso, Humbert hizo aspavientos.

—Siempre cruza el patio de la villa de las telas para ir al vivero. No me digas que no lo sabes. Ronda por aquí, mira a través de las ventanas, silba una canción. ¿Por qué?

Auguste se encogió de hombros. No era culpa suya. Hansl le había contado al ruso que Hanna seguía trabajando en la villa de las telas. El astuto Grigori cerró filas con el muchacho. Hansl le caía bien, el otro día le había dicho a su madre que el *malchik* era listo, tenía que ir a una buena escuela y estudiar.

—Pues dile que no puede pasar por aquí porque es una propiedad privada —propuso ella.

—Ya lo he hecho, pero no se atiene.

Auguste estaba dispuesta a hacer concesiones; al fin y al cabo quería seguir vendiendo sus verduras y sus flores en la villa de las telas.

—Está bien, Humbert. Se lo diré cuando venga luego.

El efecto de sus palabras fue diferente al que había pensado. Humbert puso los ojos como platos.

—¿Hoy va a tu casa? ¿Cuándo?

—A mediodía —dijo Auguste, cohibida—. Está al llegar.

—¿Dónde está Hanna?

—Está barriendo las escaleras —intervino Dörthe—. En realidad es mi trabajo: lo hace hoy porque tengo fiebre.

Humbert se llevó las manos a la cabeza y corrió a la puerta que daba al vestíbulo.

—No te pongas nervioso —le gritó Auguste—. Hace mucho que Hanna habrá terminado.

—¡No, si no estaría aquí! —exclamó Humbert con voz quejumbrosa y el picaporte ya en la mano.

—Demasiado tarde —dijo Christian, que miraba por la ventana—. Ahí están.

Todos se asomaron a las ventanas de la cocina para contemplar el encuentro que Humbert llevaba tiempo evitando. En efecto, allí estaba el ruso, que trataba de persuadir a la pobre Hanna. A ella no le veían la cara porque se había apoyado en la pared. Sin embargo, la cariñosa sonrisa de Grigori y sus gestos no daban lugar a dudas sobre lo que le estaba contando a «Janna».

—¡Lo mato! —gritó Humbert, fuera de sí—. No le volverá a arruinar la vida a Hanna.

—¡Quédate aquí! —ordenó Fanny Brunnenmayer—. ¡Christian, retenlo!

La agitación estalló en la cocina, por lo común tranquila. Christian no consiguió agarrar a Humbert de la chaqueta para detenerlo. Antes de que saliera, Fanny Brunnenmayer reaccionó, lo apartó de la puerta y se puso delante.

—¿Te has vuelto loco, Humbert? —preguntó jadeando—. ¿Crees que Hanna estará contenta si tú acabas en la cárcel y Grigori en el cementerio?

—¡Déjame! ¡No lo soporto! —gritó Humbert, desesperado, y se precipitó hacia la escalera de servicio para salir por el vestíbulo.

Esta vez fue Auguste, que temía por el ruso, quien agarró a Humbert de la manga, y Dörthe y Else acudieron en su ayuda. Él se defendió con uñas y dientes, pero no pudo hacer nada para zafarse del agarre de Dörthe. Con la espalda contra la pared de la cocina, Humbert guardó silencio, jadeó y miró confuso a su alrededor.

—Siempre montando numeritos —se quejó Fanny Brunnenmayer—. ¿De verdad crees que a la larga podrías esconder a Hanna de Grigori? Entra en razón de una vez. Es una mujer adulta, no una niña, y tiene que saber lo que hace.

—Así lo veo yo también —intervino Christian, para sorpresa de todos—. Lo siento, Humbert, pero tenía que decírtelo.

—Ahí tiene razón Fanny —coincidió incluso la reservada Else—. Deja que hablen, ¿qué puede pasar de malo?

Para espanto de los presentes, Humbert volvió a la carga. Primero miró furioso a su alrededor como si estuviese rodeado de enemigos, luego se dio la vuelta y pasó junto a Dörthe en dirección a la escalera de servicio.

—¡Christian! —exclamó Fanny Brunnenmayer, horrorizada—. ¡Corre al vestíbulo y ciérrale el paso!

Sin embargo, la preocupación de la cocinera era infundada. Humbert no volvió a aparecer, había subido a su cuarto para encerrarse.

—¡Menudo chiflado! —La cocinera se secó el sudor de la frente y las mejillas con un trapo—. Jesús, seguro que entretanto se me ha recocido la sopa de pollo.

Apartó la olla del fuego a toda prisa y removió la sopa con cuidado. En realidad, Auguste habría podido volver a casa, dado que ya nadie le prestaba atención, pero se quedó delante de la ventana y miraba con curiosidad al patio. Por desgracia, allí ya no había nada emocionante que ver. Grigori había desaparecido y Hanna volvió a coger la escoba para barrer los últimos escalones. Lo hacía muy despacio y a conciencia, rascaba cada mancha y, con ayuda de un recogedor y una escobilla, echaba la suciedad en un cubo que vaciaba en la basura.

Cuando llegó a la cocina, reinaba un silencio tenso. Fanny Brunnenmayer cortaba el pan que servirían a mediodía con la sopa de pollo, Dörthe había vuelto a sentarse junto al fuego, la señora Alicia Melzer mandó llamar a Else, que subió enfadada la escalera de servicio.

—¿Sabéis quién acaba de estar en el patio? —preguntó Hanna con una sonrisa inocente mientras se quitaba el delantal.

—No estamos ciegos —respondió Fanny Brunnenmayer.

—Ah, ¿también lo habéis visto? Sí, era Grigori. Trabaja cerca y pasó por aquí para preguntar por mí.

—¿De verdad? —dijo la cocinera—. ¿Y qué te ha contado?

—Muchas cosas. Me ha hablado de Rusia y de que ha trabajado en la fábrica del señor. Y que quiere esforzarse para hacer carrera.

—¿Y no te ha dicho nada más? —preguntó Auguste, que se moría de la curiosidad.

Hanna estaba junto al fregadero y se enjabonó las manos, dejó correr el agua y miró soñadora los azulejos blancos y azules.

—Ha dicho que me sigue queriendo —contó por fin con voz entrecortada—. Figuraos. Después de tantos años…

Celosa, Auguste guardó silencio. Dörthe se sonó la nariz, Christian miró apenado por la ventana.

—Vamos, cámbiate, Hanna —dijo Fanny Brunnenmayer con tono severo—. Tendrás que servir el almuerzo. Humbert está indispuesto.

—¡Ay, Dios! —exclamó Hanna, asustada—. ¿Qué le sucede? Hasta hace nada estaba sano.

¡Esta Hanna! Era una muchacha adorable, pero no tenía muchas luces.

Auguste no pudo callar la boca:

—¿Acaso crees que Humbert se alegra de que estés fuera y flirtees con el ruso?

Hanna la miró con los ojos desorbitados y se le cayó el paño.

—¡Ay, qué estúpido! —exclamó consternada, y corrió a la escalera de servicio. De los nervios, ya no oyó los gritos de la cocinera pidiéndole que hiciese el favor de quedarse.

—¡Bravo, Auguste! —la reprendió Fanny Brunnenmayer—. Ahora se han ido los dos. ¡Y los señores esperan el almuerzo!

—No es de mi incumbencia —respondió Auguste con malicia—. ¿Quizá Dörthe quiera servir? —añadió mientras cogía su capa, y se marchó.

31

Paul se levantó bruscamente del escritorio para abrir la ventana. Qué sofocante era su pequeño despacho. Tan estrecho y lleno hasta arriba de expedientes que apenas podía respirar. Apoyó las manos en el alféizar y respiró hondo, miró el soleado parque, donde salían los primeros azafranes blancos y lilas en los prados. Era mediados de marzo, la primavera se acercaba y en esos días ya se podía oler la tierra que despertaba. Ese era su parque, que había heredado. Su casa. Su fábrica. Su padre había confiado mucho en él. Ojalá consiguiera demostrar que era digno de ello.

Por primera vez en su vida, deseaba poder mantener una conversación con su difunto padre. Para pedirle consejo. Fue un hombre fuerte. Hiciera lo que hiciese, estaba firmemente convencido de hacer lo correcto. Durante años Paul creyó haber heredado la seguridad de su padre, pero en esa difícil situación ya no sabía si sus negocios estaban bien o mal. La responsabilidad le pesaba en los hombros como una rueda de molino. Por todas partes cerraban empresas y fábricas; algunas familias de Augsburgo, antes pudientes, lo habían perdido todo y se veían en apuros: la preocupación de que ellos corriesen la misma suerte también erraba como un fantasma por sus noches.

Fue Marie, su amor y única confidente, quien finalmente le dio un consejo decisivo. Él se había resistido mucho tiempo. No era agradable tener que sincerarse, su padre jamás habría hecho algo así. Pero su querida esposa dijo que habían pasado los tiempos de los patriarcas que exigían todas las responsabilidades para sí.

—Se trata de la familia, Paul. De todos nosotros. Estoy segura de que te resultará más fácil si todos los afectados por nuestra situación están al corriente. Y, ¿quién sabe? Quizá encontremos una solución juntos.

Aunque no lo creía, al final cedió y convocó un consejo de familia por la tarde. En un aspecto Marie tenía razón: en caso de que el destino lo quisiese y llegara la catástrofe, a la familia no le pillaría por sorpresa. Todos tenían que estar preparados. Miró el reloj y comprobó que era hora de ir al comedor, donde tendría lugar la reunión.

Cerró con cuidado la ventana, vio que la madera del marco estaba hinchada y la pintura blanca se descascarillaba: eran renovaciones que llevaban pendientes desde hacía tiempo, pero que no podía encargar porque el dinero escaseaba. Por última vez, echó una ojeada al borrador que había redactado para la reunión y salió del despacho. Ahora todo dependía de encontrar las palabras adecuadas, para lo que esperaba el apoyo de Marie. En el comedor estaba puesta la mesa para el café, había una bandeja con tarta de cerezas recién hecha, además de nata montada en un cuenco de cristal de plomo. Un rayo de sol entró por la ventana y se descompuso en muchos colores al atravesar el cristal tallado. Paul sintió el brillo como un dolor y tuvo que cerrar los ojos un momento.

—¿Desean los señores té también? —preguntó Humbert.

—No. Puedes retirarte, no necesitamos servicio —respondió Paul.

—Muy bien, señor.

¿Se equivocaba o últimamente Humbert estaba muy pálido? ¿Y por qué sus movimientos, tan seguros y elegantes por lo general, eran torpes ese día?

—¿Humbert? —El lacayo se volvió y miró expectante a Paul—. ¿No estarás enfermo?

—No, señor. Estoy durmiendo mal por las noches, se debe sin duda a la luna llena.

—Ah. —Paul sonrió, aliviado—. Comprendo, a mí me pasa lo mismo.

Cuando Humbert se fue, apareció Marie. Abrazó a su marido y lo besó.

—Ánimo —susurró—. Resistiremos, cariño.

Su presencia le sentó bien. Era una gran ayuda que, desde el cierre de su atelier, tuviese más tiempo para él y lo apoyase.

—¿Has pedido tú la tarta y la nata montada? —quiso saber él.

—Claro que no —dijo sonriendo—. Tiene que haber sido Lisa.

En ese instante entró Sebastian y se sentó en su sitio.

—Lisa viene enseguida, aún quiere ponerle a Hanno unos calcetines limpios. En el parque infantil hay muchos charcos.

Paul carraspeó y se sentó a un extremo de la mesa, en el lugar que solía ocupar su madre. Apartó los cubiertos, esa reunión familiar no sería una tertulia, como por lo visto Lisa se había imaginado.

—Por supuesto, Kitty llegará tarde —suspiró sacudiendo la cabeza—. Mi hermana pequeña nunca ha conseguido ser puntual.

En cambio, Lisa se presentó a la hora acordada, jadeando de ira.

—Figuraos: ¡Gertie se ha tomado la tarde libre! ¿Qué es esto? Antes los empleados preguntaban con cortesía si tenían permiso para salir; hoy sencillamente se van.

Marie dijo con amabilidad que, por suerte, Hanna y Rosa estaban a disposición, lo que Lisa no aceptó de ningún modo. Aparte de las libertades que se tomaba, aseguró que Gertie era insolente, contestona y caprichosa.

—De hecho, ayer me dijo que no quería ponerle el pañal a Charlotte, que la habían contratado como doncella y no como niñera. ¿Qué os parece?

—Ahí tiene toda la razón —reconoció Paul con parquedad, puesto que la palabrería de Lisa lo sacaba de quicio.

Para su alivio, la aguda y alegre voz de Kitty sonó en el vestíbulo; por fin estarían todos y podría abordar el asunto.

—¿Dónde está mamá? —le preguntó Marie a Lisa en voz baja.

Aún ofendida, se encogió de hombros.

—Ha estado con Rosa y los niños en el parque y se ha acostado un poco. ¿Qué sucede exactamente?

La ruidosa llegada de Kitty le impidió responder. Como siempre, estaba en mitad de la frase, pero se interrumpió para abrazar a Paul, a Marie y a Lisa; contó nerviosa que la pobre Tilly no había podido ir porque solicitaron sus servicios con urgencia.

—Trabaja sin descanso de sol a sol. La he advertido varias veces de que al final será ella quien enferme. Puedo gastar saliva en balde, no hay manera de que me haga caso… ¿Es tarta de cerezas con masa de levadura? Solo a Brunni le sale tan esponjosa y aterciopelada, a Gertrude le queda muy pastosa.

Kitty venía acompañada de Robert, a lo que en el fondo Paul se oponía, aunque era el que comprendería la situación enseguida y posiblemente pudiese dar consejos.

—Sentaos, por favor —les pidió—. Os he convocado para hablar con vosotros de nuestra difícil situación actual… Lisa, te agradecería si pudiésemos dejar el café para más tarde.

Su hermana mayor ya tenía la cafetera en la mano y miró escandalizada a su alrededor.

—Nuestra difícil situación… Bueno, Paul, ¿no se puede tomar café y comer tarta al mismo tiempo?

Paul recibió el respaldo de su cuñado Sebastian, que le puso con suavidad la mano en el brazo a su mujer.

—Sé buena, cariño, y haz lo que dice tu hermano.

Con un profundo y molesto suspiro, Lisa dejó la jarra en el infiernillo.

—Bueno, pues hablemos de nuestra situación. Pero, por favor, ¡sin salirse tanto del tema!

Paul sintió una tirantez desagradable en el pecho, algo que le sucedía últimamente, y se sentó recto en la silla porque el dolor solía aparecer cuando apoyaba la espalda. Luego carraspeó y empezó a hablar:

—Para ser breve y claro: me planteo si en lo sucesivo podremos permitirnos esta casa o si sería mejor vender la villa de las telas...

Silencio absoluto. Lisa lo miró con los ojos desorbitados e incrédulos, Kitty sacudió horrorizada la cabeza. Sebastian y Robert dirigieron una mirada comprensiva a Paul: entendió que sabían mucho más de sus problemas financieros de lo que se imaginaba.

Poco a poco y buscando la claridad, explicó cómo habían llegado hasta ese punto: los créditos que tenía que reembolsar en su totalidad más los intereses, los pocos pedidos en la fábrica, los numerosos gastos, sin olvidar la administración doméstica y el personal de la villa de las telas. Era cierto que con la venta de las casas pudo devolver el crédito que pidió para la fábrica, pero el resto se desvaneció enseguida.

—Mientras tanto, en la fábrica sigue trabajando la tejeduría y también allí almacenamos la producción. Pese a los despidos y las jornadas reducidas, estamos en números rojos; los gastos de la casa y los salarios se descuentan de los ahorros, que casi están agotados. Según parece podré pagar los salarios del mes corriente en caso de apuro, luego costará si no hay una mejoría notable.

—Ya ahorramos en lo que podemos —intervino Lisa, angustiada.

Paul no tenía fuerza para contestar, pero Kitty lo sustituyó de forma inesperada.

—No basta, cariño. ¿No lo has oído? La villa conlleva un crédito tremendo que hay que devolver de golpe al banco y ahora Paul no gana ni un céntimo con la fábrica. A la larga no puede ir bien, ¿no es cierto, Robert?

El marido de Kitty asintió con semblante serio.

—Me gustaría ayudarte, Paul. Solo que en mi caso de momento tampoco pinta bien a nivel económico. Mis acciones estadounidenses están por los suelos, las conservo sin que rindan. Con otras inversiones la situación es igual de funesta.

—Madre mía —soltó Kitty—. Y no me lo habías dicho. Qué bien que me entere también de eso.

—Parece que es la hora de la verdad —dijo Robert con una sonrisa adusta, y abrazó a su mujer.

—Es una suerte que mis cuadros se vendan —suspiró Kitty.

—No te preocupes, querida. Seguro que no vamos a morirnos de hambre.

Lisa se decidió a coger la cafetera pese a la prohibición de su hermano porque del susto necesitaba beber algo.

—Si lo hubiese sospechado, Paul, habría vuelto a pedirle el dinero a la tía Elvira —se lamentó—. Enseguida le escribo…

—No tiene mucho sentido, Lisa. —Paul sacudió la cabeza—. Temo que ella tampoco dispone de liquidez. Sin embargo, te agradezco la buena voluntad.

Sebastian, que hasta entonces había guardado silencio, tomó la palabra y explicó que consideraba muy acertada la decisión de Paul de invertir el dinero de la venta de las casas en la fábrica. Según él, no solo era el sustento de la familia, sino también de muchos trabajadores.

—Pero no puedes vender la villa de las telas, Paul —intervino Kitty, nerviosa—. ¿Dónde vais a vivir? Además, mamá tiene derecho de habitación de por vida. ¿Acaso quieres venderla con la casa?

Marie mencionó que en ese caso tenían que hablar con ella tranquilamente.

—Por suerte no hemos llegado a ese punto, querida familia. Seguimos creyendo firmemente que podemos conservar la villa de las telas. En caso de que se nos ocurra algo.

Sebastian propuso vender una parte del parque, en lo que ya había pensado Paul, pero no llegó ninguna oferta razonable.

—El señor Grünling quería darme dos mil marcos por toda la propiedad.

—¡Menudo buitre! —soltó Kitty, y se dirigió a Lisa—: El otro día vi a tu querida amiga Serafina en un flamante Mercedes Benz con chófer. Llevaba un sombrero rarísimo.

—Ya no es mi amiga —se alteró Lisa.

—¿No? ¿Desde cuándo? ¿No tomabas el té con ella?

—Por favor, no discutáis —pidió Marie, y cogió a Kitty de la mano—. Mejor pensemos juntos lo que podemos hacer.

—Primero necesito un trozo de tarta —decidió Lisa—. Sería una lástima que se secara. ¡Ay, Dios! Sebastian, querido, ¿adónde iremos con nuestras tres criaturas? Es todo culpa mía, Paul. Esa estúpida ampliación nos ha arruinado.

Marie se apresuró a asegurarle que no era cierto. Lo cual se correspondía con los hechos. Cuando pidieron el crédito, aún no había crisis económica, la fábrica funcionaba a pleno rendimiento y podían afrontar fácilmente los gastos mensuales.

Un poco más tranquila, Lisa se entregó a la tarta. Entonces Kitty propuso vender algunos muebles de la villa y reducir el personal a lo imprescindible.

—Cierto —dijo Lisa—. Primero despediré a Gertie.

Al contrario que ella, Paul y Marie se negaron en redondo a realizar más despidos. En cambio, Marie también propuso vender la casa en la que se encontraba su taller.

—Los precios han bajado, Marie —aclaró Paul—. La malvenderíamos.

Lo que no añadió fue que pensaba que esa casa les podía servir de vivienda en caso de que la villa de las telas se pusiese a la venta. Si reducían mucho los gastos, podrían alojar incluso a Lisa y su familia, ya que los ancianos que vivían allí de alquiler murieron hacía un tiempo.

—Entonces el asunto es muy sencillo, Paul —bromeó Kitty, como hacía a veces, con poco tacto—. Vendes el parque y el atelier, también todo el mobiliario y lo que quede de valor. Además, despides a todos los empleados y alquilas la ampliación. Al menos así puedes salvar la villa de las telas.

—Gracias por esa propuesta magnífica y bastante antisocial, que ojalá no digas en serio.

Resignado, Paul miró a Marie. Así se había imaginado la reunión. Lo único que consiguió fue espantar los caballos, sembrar el pánico y buscar culpables. Habría sido mejor pasar esa tarde en la fábrica.

—Por desgracia tampoco se me ocurre una solución, Paul —dijo Robert—. Pero puedo intentar que tu banco prorrogue el reembolso del crédito.

Era la primera y única propuesta útil, y Paul lo agradeció. Le estrechó la mano a su cuñado, hizo a los demás una seña con la cabeza y explicó que ya podían tomar café y comer tarta tranquilamente, él tenía cosas que hacer en la fábrica.

Marie lo acompañó al vestíbulo y, cuando Paul estuvo con el abrigo y el sombrero en la puerta, lo abrazó con cariño.

—Por lo menos ha sido un pequeño éxito, ¿no te parece? Si la fábrica volviese a funcionar… ¿No decías que había llegado un pedido?

—Ayer llamó alguien, pero el asunto no es seguro mientras no se compruebe que pueden pagar.

—En algún momento tienen que volverse las tornas, Paul. ¿Hablo con mamá más tarde?

—No, lo haré yo, Marie. No tiene sentido ocultárselo, ella también tiene que encarar la realidad.

—Hasta luego, cariño.

Ese día le resultó especialmente difícil dejar a Marie en la villa e ir a la fábrica. Lo consideró una debilidad y se avergonzó por ello. A paso ligero atravesó la avenida hasta la puerta, se caló más el sombrero y se opuso al frío viento que le hacía frente en Haagstrasse. El viejo Gruber, que seguía de guardia en la puerta mientras que despidieron a su compañero más joven poco antes de las Navidades, tenía una noticia para él.

—Buenas tardes, señor director. ¿Ya lo ha oído? Han despedido a otras doscientas personas. Todos trabajadores que llevaban más de veinticinco años en la empresa.

Paul asintió, ya lo había leído en el periódico. En todas partes lo mismo: despidos, jornadas reducidas, quiebras. La mayoría de las veces afectaba primero a los jóvenes y las mujeres, ahora también a los trabajadores veteranos de MAN. Una mala señal.

—Lo importante es que usted siga en su puesto, señor Gruber.

—Trabajaré aquí hasta que caiga muerto, señor director. Y después me sentaré en una nube y vigilaré que mi sucesor no meta la pata.

Satisfecho, Paul le hizo una seña con la cabeza y cruzó el patio hasta el edificio de administración. Tanta tranquilidad resultaba inquietante, solo trabajaban en la tejeduría, apenas tres días a la semana. Todo lo demás estaba en silencio, a pesar de que poco antes de la crisis decidió adquirir por mucho dinero varios telares, una inversión desacertada. Mientras tanto, se habían establecido tanto en Augsburgo como en otros lugares pequeñas empresas que tejían como industria artesanal y no debían atenerse ni a tarifas de salarios ni a jornadas laborales fijas. Tenían menos costes que las grandes fábricas y por ello suponían una competencia que tener en cuenta. Algunos de sus antiguos trabajadores habían encontrado allí empleo, pero seguían en las casas de la fábrica. A expensas suyas, puesto que pagaban un módico alquiler o nada.

En contabilidad solo quedaba un empleado, Karl Stollhammer, de casi sesenta años, que celebraba sus cuarenta años de servicio. Estaba sentado con el abrigo puesto porque ya no había calefacción. Paul entró un momento para intercambiar con él un par de palabras irrelevantes.

—Llega la primavera, señor director —dijo—. Lo noto en los huesos.

—Tiene razón —respondió Paul—. Me pasa lo mismo.

Lo que no era cierto. Él tenía más bien la tirantez en el pecho y una incómoda dificultad para respirar que lo traían de cabeza. Mientras subía el último tramo de escaleras a las oficinas, tuvo que detenerse dos veces porque el corazón le latía de forma extraña. «Demasiado poco ejercicio», pensó. Al fin y al cabo, estaba sentado día tras día en el despacho; Marie tenía razón: debían darse un respiro. Más adelante, cuando las cosas empezaran a mejorar… En el despacho lo recibió Henriette Hoffmann con rostro inusualmente sereno, le quitó deprisa el abrigo y el sombrero y le dijo que tenía que llamar enseguida a Keller & Weingart: se trataba de un gran pedido.

—Maravilloso —dijo con alegría forzada—. ¿Ha mandado los recordatorios de pago?

—Lo resolvió ayer la señora Lüders, señor director.

Las dos veteranas secretarias se repartían el puesto, lo habían acordado así entre ellas para que él no tuviese que despedir a ninguna de las dos.

En el escritorio estaba el correo matutino abierto, varias negativas a sus ofertas, innumerables solicitudes de trabajo que ni siquiera había mirado y facturas de pequeños arreglos. El director de Keller & Weingart ya lo había llamado el día anterior, en principio estaban interesados en una cantidad bastante grande de hilo algodonero, tenían compradores en Austria. Paul le dio un muy buen precio, pero temía que la competencia ya lo hubiese mejorado. Probablemente Mühlstein quería negociar con él una rebaja que ni siquiera cubriría los costes de producción, pero como aún tenía un montón de hilo en el almacén era mejor vender barato que no tener ningún ingreso.

—¿El señor Melzer de Augsburgo? —dijo la secretaria de Keller & Weingart al otro extremo de la línea—. Un momento, por favor. Le paso.

—Mi querido Melzer —lo saludó Mühlstein afablemente como acostumbraba—. Qué bien que llame, si no habría insistido. ¿Qué tal en Augsburgo? Tiempos grises, ¿no? ¿Cómo está la familia? ¿Su esposa? ¿Tiene buena salud su señora madre? Me alegro, mi respeto y mis más cordiales saludos para ella.

Paul conocía a Mühlstein de los tiempos en que hacía negocios con su padre. Había que andarse con cuidado. No era mal tipo, lo que no quitaba para que fuese un astuto empresario.

—Todo marcha como la seda, querido Mühlstein. Excepto la situación económica, que ojalá pronto se recupere. En algún momento tiene que enderezarse.

Dijo toda clase de tonterías para mantener animado a su interlocutor.

—Tengo un asunto un poco espinoso para usted, querido Melzer. Hilo fino, de la mejor calidad. No se consigue en cualquier parte… En todo caso, con usted estaría en buenas manos. También puedo suministrar el algodón, le haré un buen precio.

Hilo fino. Antes lo producían allí mismo, no en grandes cantidades, sino para los buenos clientes que querían el hilo a juego con la tela.

—Podría ser —dijo con cautela—. Depende de la cantidad y el precio…

—Como he dicho, es un pedido bastante grande. En total una tonelada de hilo fino, color verde musgo. Puede haber otros pedidos. ¿Se ha quedado de una pieza, querido?

En efecto, Paul se quedó sin palabras. En su mente los números bailaban como en una calculadora. Si el precio era hasta cierto punto aceptable, ese pedido podría mantener viva la fábrica durante los meses siguientes.

—¿Tres por carrete? Demasiado poco. Cinco. ¿Tres y medio? Todavía tengo que poner la calefacción, repercute en los costes. Me tiene que dar cuatro. No necesito el algodón, aún me queda en el almacén…

Mühlstein no cedía respecto al algodón, insistía en su buena calidad: Paul tuvo que hacer de tripas corazón y comprárselo. Probablemente hubiese conseguido el algodón más barato en otra parte, porque lo cierto era que ya no tenía muchas existencias. Lo dijo como táctica comercial.

—Está bien. Cuatro. Y me regala el algodón. De los portes se encarga Keller & Weingart.

Tras lamentarse, Mühlstein accedió y se pusieron de acuerdo sobre la fecha de entrega. Tres meses, se podía lograr.

—Mañana le mando el contrato, querido Melzer. Ya puede poner en marcha la producción. Lo dicho. Verde musgo. Las muestras que tengo a la vista siguen valiendo, ¿no?

—Por supuesto.

—Entonces, mis más cordiales saludos a su familia. A su encantadora esposa. A los niños. Y especialmente a mi querida Alicia Melzer.

Paul le devolvió los saludos, colgó y permaneció sentado al escritorio. El corazón le latía otra vez de modo extraño, era probable que por la emoción. ¡Hilo fino! Para eso contaba con dos hiladoras de anillos que había concebido Jacob Burkard, el padre de Marie. Los malditos yanquis las robaron al final de la guerra, por lo que tuvo que mandar construirlas según los antiguos planos. De momento estaban paradas como las demás máquinas de la hilandería. Tenía que ponerle remedio de inmediato. En cuanto el corazón le volvió a latir con regularidad, se levantó de golpe y corrió a la antesala.

—Señorita Hoffmann, informe a Josef Mittermaier. Debe venir a la fábrica, tenemos que poner las hiladoras de anillos en funcionamiento. En caso de que no tenga teléfono, mande a alguien para que lo recoja.

A Henriette Hoffmann se le pusieron las pálidas mejillas de color rojo febril, sabía lo que esas instrucciones significaban.

—¿Un pedido, señor director?

—A la vista está, señorita Hoffmann.

Paul cogió del gancho las llaves de la hilandería, se puso el abrigo sobre los hombros y bajó las escaleras. Marie tenía razón de nuevo, se volvían las tornas. Si suministraba hilo decente, de lo que no tenía ninguna duda, esperaba que llegasen más pedidos. Precisamente retomaba el negocio con la hilandería que había dado por perdida hacía mucho.

La nave estaba helada, había un olor sofocante a aceite viciado, polvo, madera en descomposición. Por supuesto: el tejado en diente de sierra tenía una fuga en un cristal, se había filtrado agua del deshielo y goteaba en el suelo. Al día siguiente encargaría a alguien que limpiase los charcos y se ocupara de los arreglos del tejado.

Fue hasta las dos hiladoras de anillos y quitó la funda de tela gris que protegía las máquinas del polvo y la humedad. Primero tendrían que engrasarlas y luego hacer una tanda de prueba. Aún quedaba un poco de algodón, bastaba para un centenar de carretes.

Mittermaier apareció antes de lo esperado; llevaba su viejo mono, que se había llevado a casa.

—¿Quién lo habría pensado, señor director? —dijo estrechándole la mano a Paul—. Qué alegría volver a poner en marcha a mis viejas amigas. ¡Bueno, empezamos entonces!

Paul miró cómo limpiaba cariñosamente la primera máquina con un paño suave, preparaba la aceitera, recargaba con cuidado y al final asentía contento.

—¡Encendemos!

Paul pulsó el interruptor: no pasó nada.

—¡Apagamos!

Mittermaier murmuró unas palabras incomprensibles, se rascó detrás de la oreja y se puso a comprobar. Paul participó, hablaron del problema, probaron esto y aquello, conectaron la corriente varias veces y tuvieron que volver a desconectarla.

—No quiere —se desesperó Mittermaier—. ¡Menudo cacharro! Intentémoslo con la otra, siempre fue la más rápida de las dos. ¿Puede coger una lámpara?

Juntos trajinaron varias horas, engrasaron, limpiaron, lijaron, maldijeron, debatieron, incluso discutieron al final. Ninguna de las dos máquinas estaba lista para reanudar el trabajo.

—Están enfadadas. Las hemos abandonado y nos lo echan en cara. Así son las mujeres: si no les dices todo el día lo maravillosas que son, protestan y te cocinan una bazofia.

Paul apenas escuchaba. Se sentía muy cansado y decepcionado, al mismo tiempo se apoderó de él una gran preocupación. ¿Qué debía hacer si no ponían las máquinas en marcha? En realidad, no tenía sentido, habían funcionado a la perfección antes de desconectarlas.

—Déjelo por hoy, Mittermaier. Ya son más de las nueve. Mañana seguiremos.

Josef Mittermaier asintió malhumorado. Atentaba contra su honor como experto en hiladoras que no quisiesen obedecer. Se caló el sombrero y se limpió el aceite de las manos.

—Mañana a las diez —dijo—. Es ridículo. Probablemente se haya oxidado una bobina del manuar. Tenemos que desmontarlo. Será poca cosa.

—Eso creo. Gracias por su entrega, Mittermaier. Por supuesto, le pagaré por ello.

—Podemos tardar, señor director.

Gruber, el portero, seguía en su puesto a esas horas. Fue corriendo con una vieja linterna de petróleo y les abrió la puerta de la fábrica. Paul siguió la luz con la mirada y de repente sintió que se tambaleaba, tuvo que agarrarse a la hoja de la puerta forjada.

—No vale la pena encender el alumbrado del patio, señor director. Gasta electricidad. Buenas noches, señores. Hasta mañana si Dios quiere. ¿Señor director? ¡Santo cielo!

De repente el dolor se apoderó de él, le oprimió el pecho, le aceleró el corazón, le cortó la respiración. Cuando creía no poder aguantar más ese insoportable tormento, lo alivió un caritativo desvanecimiento.

32

Leo resistió la tentación de continuar trabajando en la nueva composición. En cambio, repasó los vocablos griegos y preparó sus útiles escolares para el día siguiente. En ese momento estaba tumbado en la cama y leía unas páginas del libro que le regalaron por Navidad. Le resultaba difícil, tuvo que releer algunos párrafos para comprender el significado porque los insistentes sonidos de su mente lo distraían.

Cuando por fin decidió dejar el libro y apagar la lámpara de cabecera, oyó de pronto unos susurros nerviosos. Se incorporó en la cama y aguzó el oído: venían del vestíbulo. Era su madre, luego Humbert, la tía Lisa, Gertie y la tía Tilly. ¿Qué hacía Tilly a esas horas en la villa?

Debía de haber pasado algo. Salió de la cama y se puso la bata, fue al pasillo y se topó con Dodo, que también había salido medio dormida de su cuarto.

—¿Qué pasa abajo? —susurró él.

—Ni idea.

La siguió escaleras abajo. En el pasillo de la primera planta había luz, la puerta de la biblioteca estaba abierta, pero en la sala no encontraron a nadie.

—Están abajo.

—Espera.

Le sobrevino un miedo impreciso, agarró del brazo a su

hermana, que quería bajar en camisón. Desde allí ya oían bien la conversación del vestíbulo.

—Tendríais que haber llamado inmediatamente a una ambulancia, Marie —oyeron decir a la tía Tilly.

—No podíamos dejarlo allí… Hacía demasiado frío. Por eso lo trajimos a casa.

—Lo entiendo, Marie. Pero ahora hay que actuar rápido.

—¡Aquí están! —exclamó Humbert—. Justo delante de la puerta de entrada.

—¡Gracias a Dios!

Algo horrible había sucedido. A Leo le temblaba todo el cuerpo y se sentó en el suelo, Dodo se acurrucó junto a él.

—Creo que es por papá —murmuró ella—. Por suerte la tía Tilly está aquí.

De repente Dodo se levantó y corrió a la biblioteca, y él oyó cómo abría las puertas correderas del balcón. A duras penas, Leo también se levantó y corrió tras ella. Un viento glacial los recibió en el balcón sobre el pórtico de la entrada. Se veían luces en el patio, se acercaron a la balaustrada, el viento les sacudió con fuerza los camisones.

—Sí que se trata de papá —dijo Dodo con la voz ronca—. Los sanitarios lo están trasladando. Ay, Dios, debe de estar muy enfermo si lo llevan a la clínica.

Leo no pudo decir ni una sola palabra, el horror le hizo un nudo en la garganta. En el patio había un vehículo iluminado y dos hombres metían en la parte trasera una camilla con una persona envuelta en mantas. Las puertas se cerraron de golpe.

—¡Puedes venir conmigo, Marie, en mi coche! —exclamó la tía Tilly.

—No —rehusó ella—. No lo dejaré solo. ¡Ni un segundo!

Se subió a la parte delantera de la ambulancia, el motor arrancó y se dirigió despacio por la rotonda hacia la avenida. Se veían las luces traseras rojas, que se iban empequeñeciendo y desaparecieron tras el portón.

—¿Qué hacéis en el balcón? —preguntó tras ellos el tío Sebastian—. ¿Queréis resfriaros?

Llevaba de la mano a Kurti, que se había despertado por el ruido y corrió hasta Dodo llorando porque unos hombres desconocidos habían metido a su papá en un coche grande y se lo habían llevado con su mamá.

—Serás tonto. —Dodo abrazó a su hermano pequeño—. Papá ha tenido que ir un momento al hospital y mamá lo ha acompañado.

—¿Ya no puede respirar como me pasaba a mí?

—Algo parecido —respondió Dodo, dudosa—. No te preocupes, los médicos lo curarán.

El tío Sebastian cerró las puertas correderas y les dio una explicación prudente a Leo y a Dodo.

—Vuestro padre se ha mareado en la fábrica, entonces la tía Tilly ha dicho que era mejor que lo examinasen en la clínica. No hay motivo para desesperarse. Por eso nos volveremos todos a la cama, mañana sabremos más.

Sus palabras no tranquilizaron ni a Leo ni a Dodo, ambos sabían que el tío Sebastian no les decía la verdad: la vida de su padre tenía que estar en peligro, de lo contrario su madre no habría dicho que no lo dejaría ni un segundo solo.

—Ven, Kurti —dijo Dodo, y cogió de la mano a su hermano pequeño—. Esta noche puedes dormir conmigo. ¿Quieres?

—Que Leo también duerma con nosotros —pidió el pequeño.

Su hermano estaba poco entusiasmado, pero no había nada que hacer. Nerviosa, Hanna llegó corriendo y le susurró al oído al tío Sebastian que Alicia Melzer, a la que no habían avisado, estaba despierta y pedía información.

—Un momento. Le mando a mi mujer.

Dodo le lanzó una mirada alentadora a su hermano, luego se fue con Kurti a su habitación y Leo se quedó de brazos cruzados en el pasillo.

—Coge tu ropa de cama y ven con nosotros —le gritó ella—. Vamos a montar un nido. ¿Qué te parece, Kurti?

—Mejor una madriguera.

Leo hizo un esfuerzo y arrastró la manta y la almohada hasta la habitación contigua. Vio cómo Dodo transformaba su cama en una especie de iglú con mantas y cojines. Mientras tanto se oían los pesados pasos de la tía Lisa, que jadeaba como siempre que debía moverse rápido. Fue hacia su madre, que apareció en el pasillo.

—Mamá, no hay motivo para preocuparse. Paul se encuentra un poco débil, probablemente por el resfriado que arrastra. Y entonces Tilly ha dicho…

—¿En mitad de la noche? ¿Y con una ambulancia? Me he llevado un susto de muerte cuando he mirado al patio.

—Ya conoces a Tilly, mamá. Es una médico concienzuda y le gusta exagerar.

—No voy a pegar ojo hasta primera hora de la mañana, Lisa. ¿Sigues teniendo esas gotas de valeriana?

—Por supuesto, Gertie te las llevará. Y ahora vuelve a acostarte. De verdad, no tienes que alarmarte.

«¿Por qué nos miente? —pensó Leo, indignado—. Solo empeora las cosas.» Deseó fervientemente poder subirse a un coche y poder llevar a su padre a la clínica. Pero no era posible porque nadie lo permitiría. No tuvo más remedio que arrastrarse hasta la madriguera de almohadas con sus hermanos. Era estrecha e incómoda, Kurti no paraba quieto y hacía bromas; pasó un rato hasta que el pequeño por fin se tranquilizó y se durmió.

—¿Crees que rezar ayuda? —preguntó Dodo en voz baja por encima de Kurti.

—En todo caso, no hace daño —dijo Leo, vacilante.

Entonces su hermana susurró el avemaría mientras que él no recordaba una sola oración, en su mente resonaban disonancias y escalas descendentes como un infierno terrible. Al final la respiración regular de Kurti y el calor de su cuerpo dormido le dieron tregua, los sonidos disminuyeron, los pensamientos cesaron y el sueño cayó con sus pesadas alas sobre los tres hermanos.

Por la mañana su madre los despertó y encendió la luz. Había abierto la puerta del cuarto de Dodo en silencio y miró dentro.

—¡Qué nido tan bonito han hecho mis polluelos! Ven aquí, Kurti, tesoro. Johann y Hanno te echan de menos.

Leo parpadeó por la luz. Estaba muy contento de ver a su madre y oír su voz. Sin embargo, estaba muy pálida, su rostro parecía más delgado, los ojos más grandes y oscuros. Dodo se sentó derecha en la cama y tiró del pijama de Kurti.

—Déjalo, Dodo. Aún no está del todo despierto. Humbert lo llevará.

Cogió en brazos al niño dormido y se lo entregó al lacayo, que esperaba atentamente en el pasillo.

—Escuchad, muchachos —dijo su madre cuando Humbert se marchó con Kurti. Se sentó en el borde de la cama y de repente se puso muy seria—. Vuestro padre está en el hospital central con miocarditis. Es una enfermedad muy peligrosa que se puede contraer por un resfriado mal curado. Ayer por la noche no estaba bien, desde entonces su estado ha mejorado, lo que no significa que esté fuera de peligro. Necesita mucho reposo, no debe excitarse y tiene que permanecer aún un tiempo en la clínica.

Hizo una pausa y sonrió un poco, en la mirada tenía ternura y esperanza.

—Me gustaría que hoy fueseis a la escuela. Por la tarde, si los médicos lo permiten, podréis hacerle una breve visita a vuestro padre. Enseguida vuelvo a la clínica con la tía Tilly, mientras tanto confío en que los hermanos mayores os portéis como es debido…

Se trataba de cumplir las instrucciones de la tía Lisa y el tío Sebastian, ocuparse de los pequeños y sobre todo no exaltar a la abuela.

—¿Y qué pasa con la fábrica, mamá? —preguntó Dodo—. ¿Quién se queda al frente mientras papá está enfermo?

—Por ahora todo sigue su curso —la tranquilizó su madre—. Lo importante es que papá se recupere, ¿no es cierto?

—¡Por supuesto, mamá!

La sincera conversación tranquilizó a Leo. Pintaba mal, pero todos estaban unidos, cada cual tenía una tarea. Fue a su habitación y se preparó para la escuela, se puso la cartera bajo el brazo y bajó corriendo al comedor, donde sirvieron el desayuno. Dodo había vuelto a ser más rápida, ya estaba sentada en su sitio y bebía café con leche, no quería comer nada, y había olvidado peinarse.

—Pareces una mopa, hermanita —dijo con una sonrisa irónica.

—Tú tienes abiertos dos botones de la camisa —replicó ella haciendo una mueca.

Humbert sirvió el desayuno con semblante grave, pero no era nada nuevo, hacía días que tenía esa cara. En el vestíbulo, Hanna esperaba como siempre con el almuerzo para el colegio; se puso muy seria y dijo:

—Seguro que vuestro padre se recuperará. Por favor, no os preocupéis por él. Coge la manzana, Dodo. Leo, deberías ponerte el gorro, hay viento frío.

En la cocina alguien sollozó: era Else.

—No volverá —se lamentó—. Nuestro señor no volverá.

—Cierra el pico —la riñó Fanny Brunnenmayer—. Tientas al diablo con tus lamentaciones.

Leo se alegró cuando salió y recorrió la avenida hasta el portón junto a Dodo para ir en tranvía al instituto. Deseaba que ya fuera por la tarde para visitar a su padre en el hospital. La villa de las telas estaba horriblemente vacía sin él, la casa le resultaba desconocida: era como si hubiese perdido el alma. De repente comprendió lo afortunado que había sido todos esos años, lo seguro y a salvo que se sentía y lo pequeñas que eran sus preocupaciones en comparación con el miedo que lo poseía en ese momento. ¿Y si su padre no se recuperaba, si lo perdía? ¿Cómo lo soportaría?

En clase se sentó con apatía en su sitio, dio respuestas absurdas o guardó silencio, y sus profesores negaron con la cabeza.

—¿Qué te pasa, Melzer? ¿Estás enfermo?

—No, no, solo me duele la cabeza.

La mañana pasó a duras penas, durante el recreo estuvo solo en un rincón y miró el oscuro y voluminoso edificio de ladrillos del hospital, que se veía desde el colegio. Allí estaba su padre luchando por su vida. ¿Por qué no podía ayudarlo?

Tras la última clase, se precipitó como un loco a la parada del tranvía, subió a la plataforma trasera con un temerario salto y recibió una colérica advertencia. Fue corriendo desde la parada hasta la avenida de la villa de las telas, saltó los escalones y, como nadie le abría, golpeó la puerta con impaciencia.

Por fin apareció Else con la cara llorosa y la mirada triste de un san bernardo.

—Sí, es Leo —respondió—. ¿No te ha abierto Gertie?

—No. ¿Está mi madre?

—Creo que está en la clínica con tu pobre padre.

Tiró la cartera, se quitó la chaqueta y el gorro, y subió corriendo las escaleras para preguntar a la tía Lisa las últimas novedades. En el pasillo se encontró con su hermana, que había llegado de la escuela antes que él... porque las chicas no necesitaban estudiar tanto.

—Está mejor —aseguró—. La tía Lisa ha llamado a la clínica y se ha enterado. Luego viene con nosotros.

—Gracias a Dios —susurró Leo, aliviado—. Se recuperará, ¿verdad?

—Seguro —afirmó Dodo con convencimiento.

Estaba tan contento que abrazó a su hermana, lo que no sucedía desde hacía años. Fue como antes, cuando eran inseparables: los gemelos Dodo y Leo, una unión confabulada contra el resto del mundo. Una voz desconocida, que salía de la biblioteca, los devolvió a la realidad. ¿Cómo podía ser? ¿No era el tío Ernst de Múnich?

—Lo que nos faltaba —susurró Dodo—. Está enfadado porque no ha localizado a la tía Tilly. Ha llegado hace un momento, se ha puesto a gritar muchísimo a la pobre Gertie y quería ver a la tía Tilly.

Leo pensó un momento, luego se acordó de que la tía Tilly se había separado de su marido. Quería divorciarse, pero por algún motivo no lo conseguía. Porque el tío Ernst no quería o algo así.

—¿Por qué ha venido a nuestra casa? —se extrañó Leo.

—Porque la tía Tilly se quedó a dormir aquí anoche cuando volvió de la clínica con mamá. Está furioso porque esta mañana tenían una cita. En el juzgado, creo.

¡Por Dios! Al parecer, con el susto, la tía Tilly lo había olvidado. No era de extrañar que su marido estuviese enfadado. Por otro lado, no era de recibo desfogarse con Gertie y gritarle. Ella no tenía la culpa.

—¿Sabe taquigrafiar? —se oyó la voz de su tío desde la biblioteca—. ¡Si le sale tan mal como la mecanografía, desisto!

—No, no. Dígame, escribo ciento ochenta sílabas por minuto...

—Que después nadie puede descifrar, ¿no?

—Siempre he escrito a máquina sin faltas y era la mejor del curso...

—¿Debo creérmelo?

—Por favor, se lo puedo demostrar.

—No me interesa.

—Es una verdadera lástima. ¿Le puedo traer otro café, señor Von Klippstein?

El tío de Múnich suspiró.

—¡Siéntese, por el amor de Dios, y escriba!

—Con mucho gusto, señor Von Klippstein. Cojo rápido cuaderno y lápiz.

Los hermanos se apartaron como alma que lleva el diablo cuando Gertie salió de la biblioteca con la falda al aire y las mejillas ardientes. Por suerte, no reparó en los dos fisgones, pasó corriendo junto a ellos y desapareció tras la puerta de servicio.

—Maravilloso —dijo Dodo con aprobación—. Quizá Gertie lo consiga.

—¿Conseguir el qué?

—Sí que vives en las nubes, hermanito —respondió mirándolo de forma irónica—. Gertie quería ser secretaria en casa del tío Ernst. La tía Kitty me lo contó.

Leo se encogió de hombros porque no le interesaba. Gertie no le caía especialmente bien, prefería a Hanna. Además, pronto sería la hora del almuerzo y después la tía Lisa iría con ellos al hospital para ver a su padre.

La comida fue un verdadero tormento. Kurti y Johann no pararon quietos en las sillas, Hanno no dejó de llorar y Charlotte tiró el plato de puré al suelo en cuanto Rosa se despistó un momento. Ernst von Klippstein, que se sentó a la mesa, tenía la mirada sombría y preguntó a Sebastian por qué sus hijos eran tan maleducados. Esto volvió a enojar a la tía Lisa, quien respondió que la gente que no tenía hijos no debía permitirse opinar. Después el tío Ernst ya no dijo nada más, se levantó antes del postre y se despidió.

—Los negocios de Múnich requieren mi presencia. ¡Le deseo una buena convalecencia a Paul y que todo le vaya bien en lo sucesivo al resto de la familia!

—Siempre fue una persona desagradable —comentó la

abuela cuando Humbert cerró la puerta tras el tío Ernst—. Qué bien que no tenga hijos.

—Es un juicio muy duro, madre —le reprochó en parte el tío Sebastian.

—Mamá tiene razón —replicó la tía Lisa—. ¡Menuda suerte para Tilly librarse de él! Por fin está conforme con el divorcio.

Leo apenas había probado la comida, se alegró cuando Humbert quitó la mesa y sirvió de postre compota de manzana. Casi no hablaron de su padre porque nadie quería alarmar a la abuela con novedades sobre el enfermo. Solo el tío Sebastian mencionó brevemente que su querido cuñado Paul tendría que permanecer unos días en la clínica.

—Arrastra un resfriado, mamá. Hay que curarlo por completo, sabes… ¿Te gustaría coger a Charlotte? Ya está tendiéndote los bracitos.

¡Pobre abuela! Nadie le decía la verdad porque al parecer tenía los nervios irritables. Quizá tuviese los nervios irritables porque nadie le decía la verdad. En todo caso, parecía bastante feliz con la rolliza Charlotte en el regazo. Si la pequeña seguía comiendo así, llegaría a estar tan gorda como su madre.

Tras el almuerzo, Leo y Dodo se sentaron impacientes en el vestíbulo para esperar a la tía Lisa. Ya se habían puesto los abrigos y los gorros, y como todo estaba en silencio oyeron cómo Humbert reñía a Hanna en la cocina.

—¿Por qué siempre tienes que acabar en sus brazos? ¿No te escribió que ya no quería saber nada más de ti? ¡Ni hablar de amor! ¡Es un pícaro!

Leo no sabía por qué discutían, le daba igual; solo deseaba con todas sus fuerzas que la tía Lisa llegase de una vez. Pero se retrasaba, era probable que le pasase algo a Charlotte o que a Hanno le doliese la barriga.

—¿Por qué mamá no vuelve? —comentó Dodo—. Es imposible que se pase todo el día con papá en el hospital.

—¿Y si papá ha empeorado? —preguntó Leo, angustiado.

—¡Calla! —exclamó su hermana empujándolo—. La tía Lisa ha dicho que papá está mejor.

Leo guardó silencio. No obstante, el miedo seguía ahí. Inquieto, caminó por el vestíbulo, miró por el cristal la desnuda terraza y fue de un lado a otro de la entrada. Del perchero colgaban el abrigo de papá y dos de sus sombreros, así como una chaqueta que llevaba en casa. Era para volverse loco. Sus cosas estaban ahí, pero él estaba en esa maldita clínica y nadie sabía si regresaría.

—¿Lleváis mucho esperando? —exclamó la tía Lisa desde la escalera—. Humbert, ¿has sacado el coche? ¡Figuraos lo que esa Gertie se ha permitido! En vez de ayudarme a cambiarme de ropa, para lo cual le pago, se va a la fábrica para pasar algo a máquina. ¿Hay palabras para describirla?

En realidad, Dodo habría podido aclarar que Gertie debía escribir algo para el tío Ernst y que probablemente no se había atrevido a utilizar la máquina que papá tenía en el despacho. Durante el trayecto en coche, Leo fue detrás junto a la tía Lisa, que llevaba su abrigo de piel y ocupaba casi todo el asiento; Dodo se sentó enseguida delante, al lado de Humbert, y le explicaba sin cesar cuándo tenía que cambiar de marcha y por qué era malo para el motor que fuese poco revolucionado. Humbert solo decía de vez en cuando:

—Desde luego, señorita Melzer. Tiene razón, señorita Melzer.

A veces su hermana podía ser insoportable, sobre todo si se trataba de coches o aviones. Se alegró cuando llegaron a su destino.

El hospital no era nuevo para él: no hacía mucho estuvieron allí para visitar a Kurti. Leo odiaba ese macizo edificio de ladrillo, que ya desde fuera parecía amenazante. Dentro los atendió una monja que estaba sentada en la puerta y que les preguntó quiénes eran y a qué enfermo visitaban. Tomaron el ascensor porque la tía Lisa no quería subir de ninguna manera a la cuarta planta por las escaleras. En cambio, Leo se mareó en el estrecho habitáculo, el corazón le latía como loco y en los oídos se embravecía un océano de retumbos y sonidos.

En el pasillo apestaba a desinfectante y otras sustancias nauseabundas; por suerte, la tía Kitty y Henny fueron a su encuentro.

—Gracias a Dios está mejor —aseguró, y abrazó a su hermana—. Cuando pienso que anoche colapsó y estuvo a punto de morir… Ah, Paul nunca ha querido escucharme. Siempre le he dicho que trabaja demasiado.

«Papá ha estado a punto de morir», repitió para sí Leo, horrorizado.

—Buenas tardes, Leo —lo saludó Henny echándosele a los brazos—. Siento mucho que el tío Paul esté enfermo. Cuando tengas tiempo, tengo una noticia estupenda para ti.

Henny era alucinante. Se zafó de ella con un movimiento brusco y murmuró:

—¡Déjame en paz!

Una enfermera con toca los condujo a la habitación y se llevó el índice a los labios. Eso significaba que no debían hablar alto.

—No todos a la vez y solo un par de minutos —advirtió.

Dodo y Leo entraron los primeros y atravesaron cohibidos la puerta. Su padre estaba solo en la habitación pintada de blanco, lucía un aspecto raro en la estrecha cama. Tenía la piel gris y, en vez de un pijama, llevaba una extraña bata blanca.

Sonrió un poco cuando se acercaron con timidez de la mano a su cama. Horrorizado, Leo se acordó de que ni siquiera le habían llevado flores u otra cosa; por suerte, en la mesilla de noche había un ramo de rosas blancas, seguro que de la tía Kitty.

—Bueno, ¿cómo estáis? —dijo su padre apenas sin voz—. Os he dado un buen susto, ¿no?

Asintieron a la vez: Leo se quedó de una pieza y Dodo preguntó vacilante cómo estaba.

—Mejor que ayer, pero aún no estoy del todo bien.

Leo no fue capaz de decir ni una sola palabra. Se alegraba muchísimo de que su padre estuviese vivo e incluso hablase con ellos. Al mismo tiempo, estaba muy asustado porque hablaba susurrando y parecía cansado y enfermo.

—Escuchad. —Su padre los miró sucesivamente—. Aún tendré que quedarme aquí un tiempo. Por eso me gustaría que tú, Dodo, obedecieses a tu madre y le eches una mano y la apoyes. ¿Quieres?

—Sí, papá.

—Tú, Leo, eres de momento el hombre de la casa y tienes que cuidar de tu madre, Dodo y Kurti hasta que me recupere. ¿Lo harás?

—Sí, papá.

Así se despidieron. Leo se sentía halagado y a la vez confuso por lo que su padre le había dicho. ¿Tenía que cuidar de su madre y sus hermanos? ¿Cómo lo iba a hacer?

33

Para Marie lo peor fue la espera por la noche en el pasillo del hospital. Habían llevado a Paul a una de las salas de curas, Tilly había entrado con ellos; en cambio, ella tuvo que quedarse fuera y no pudo hacer otra cosa que esperar y confiar. Y rezar. El miedo la oprimía como un manto pesado y el silencio en el largo y entreclaro pasillo la abrumaba. No podía hacer nada mientras la persona a la que más quería en el mundo agonizaba. ¡Qué calvario!

Hasta ese momento se había mantenido alejada del miedo y el pánico, simplemente reaccionó, conservó la sangre fría y se esforzó por tomar las decisiones correctas. Cuando el portero de la fábrica llamó y le comunicó tartamudeando por los nervios que el señor director estaba inconsciente en la puerta, es cierto que el miedo le recorrió todo el cuerpo, pero actuó deprisa y con cautela. Primero tocó el timbre para sacar a Humbert de la cama, luego llamó a casa de Kitty y pidió que Tilly fuese enseguida a la villa de las telas y, por último, despertó a Lisa. Cuando llegó con Humbert a la fábrica, Josef Mittermaier y Gruber ya habían llevado a Paul a la portería. Fue horrible verlo, tenía la cara desfigurada, la piel casi gris, gemía en voz baja, pero no era capaz de reaccionar.

Poco después estuvo sentada en la ambulancia al lado del conductor mirando fijamente el retrovisor, donde se veían las cabezas del joven médico y un sanitario. No comprendió lo que decían, el motor hacía demasiado ruido. Cuando se detuvieron delante de la clínica, se bajó deprisa y corrió junto a la camilla, mirando angustiada a su marido. Paul había abierto los ojos y alzó la vista hacia ella, confuso y desamparado.

—Marie… Marie… ¿Qué pasa? ¿Dónde estoy?

—Tranquilo, cariño… Todo irá bien, estoy contigo.

No la dejaron quedarse con él. Lo llevaron a una sala de curas; ella no supo lo que le hacían. Mientras tanto tuvo que rellenar un formulario: nombre, oficio, edad, enfermedades previas, número de teléfono…

—Le han dado un calmante —le explicó Tilly, que salió un momento al pasillo—. Ahora lo estabilizarán. Por suerte, no es un infarto. El miocardio está inflamado y hay peligro de que la inflamación se extienda al pericardio.

No era un infarto. Marie respiró aliviada, era una buena noticia, ¿o no? Pero seguro que la inflamación del corazón era un asunto grave.

Tilly volvió a la sala de curas y Marie se quedó sola. De vez en cuando una enfermera corría por el pasillo, luego llegó otro paciente en camilla: un accidente de tráfico. El accidentado estaba lleno de sangre, tenía la cabeza de lado y el cuerpo cubierto con una tela blanca. Poco después, Kitty y Robert aparecieron en las escaleras. Su cuñada no aguantaba en Frauentorstrasse, había llamado tres veces a la clínica sin obtener información y entonces se subieron al coche.

—¡Por el amor de Dios! —exclamó, nerviosa, y se tiró a los brazos de Marie—. ¿Qué le sucede a Paul? Por favor, no me digas que está muerto. No está muerto, ¿no? Solo un pequeño desmayo porque trabaja demasiado. Figúrate, Robert no quería que viniese sola a la clínica, tenía miedo de que pudiese provocar un accidente.

Marie se alegró de no tener que esperar más sola, aunque la verborrea de Kitty no alivió precisamente su nerviosismo.

—Tiene el miocardio inflamado —explicó—. Por suerte, ha recobrado el conocimiento. Tilly está dentro con él y me pone al corriente.

—Gracias a Dios —suspiró Kitty—. ¡Increíble! ¡La monja de la puerta no quería dejarnos pasar! Que no es horario de visita, decía la muy bruja. ¡Bueno, le he dicho un par de cosas!

Por fin se abrió la puerta de la sala de curas, sacaron una cama al pasillo; en ella estaba Paul, y tenía los ojos cerrados.

—No os preocupéis —los tranquilizó Kitty—. Está durmiendo. Mañana a primera hora podremos preguntarle al médico encargado, ahora es mejor que vayamos a casa.

Marie se acercó un momento a la cama y contempló a su marido durmiendo, pero como quería tocarle las manos le pidieron que se abstuviese.

—¿Y si esta noche empeora?

—Entonces nos llamarán por teléfono. Por si acaso, me quedo contigo y paso la noche en la villa de las telas.

Marie lo agradeció: el trato calmado y objetivo de Tilly le resultaba más llevadero que la caótica palabrería de Kitty. A la vuelta se sentó a su lado en el coche para que le explicase los detalles médicos. No lo entendía todo, pero era tranquilizador que los médicos supiesen qué le pasaba a Paul y cómo tenían que tratarlo.

—El tratamiento con medicación solo es factible hasta cierto punto. Necesita mucho reposo, debe evitar esfuerzos físicos y sobresaltos lo más posible. Con el tiempo se curará, pero no de la noche a la mañana…

En la villa de las telas, las luces exteriores seguían encendidas; Sebastian esperaba en la biblioteca para saber cómo estaba Paul. La conversación fue breve, Tilly explicó que Marie y ella necesitaban dormir sin falta y Sebastian corrió al anexo para transmitirle a Lisa la noticia de que, dadas las circunstancias, Paul evolucionaba satisfactoriamente.

Alojaron a Tilly en el cuarto de Kurti. Agotada, Marie se

fue a descansar. No conseguía conciliar el sueño, una y otra vez veía la cara gris y retorcida por el dolor de Paul, oía su pregunta: «¿Qué pasa? ¿Dónde estoy?», y se reprochaba no haberlo alejado del trabajo de oficina nocturno con más decisión. No era de extrañar que hubiese sucedido algo así. Durante el día Paul iba corriendo a los bancos, se ocupaba de las ventas de casas, estaba en la fábrica y, cuando llegaba a casa, se pasaba la noche en vela ocupado con toda clase de expedientes y cálculos. ¿Por qué había presenciado todo eso durante tanto tiempo sin intervenir? ¿Por qué *a posteriori* siempre se veía todo con más claridad?

La noche fue corta. Se despertó sobre la seis porque Tilly se había levantado para bajar en silencio las escaleras hasta el despacho y llamar por teléfono. Marie se echó la bata a los hombros y la siguió.

—Ha pasado una noche tranquila —informó Tilly, aliviada—. El horario de visita es solo por la tarde, pero ayer hablé con el doctor Peuser, el médico jefe. Como excepción, puedes hacerle una breve visita sobre las diez. Está en la segunda planta. Habitación 207.

—¿A las diez? ¿Tan tarde? —suspiró Marie.

—Exacto. Y no antes de que hayas desayunado como es debido, Marie. Parece que has pasado la noche con un fantasma.

Los empleados ya estaban en pie, Humbert puso la mesa de desayuno y preguntó preocupado cómo se encontraba el señor.

—Evoluciona satisfactoriamente, Humbert. Esperamos que se recupere pronto.

—Me alegro mucho, señora. Ayer me llevé un buen susto cuando lo vi desmayado en el sofá de Gruber. Enseguida informaré en la cocina, abajo están todos muy alterados.

Se sentaron las dos y Tilly procuró que Marie tomase un buen desayuno, luego se iría al trabajo y a visitar a sus pacientes.

—Si me necesitáis, llamad a casa de Kitty.

—Gracias por todo, Tilly. No sé lo que haríamos sin ti…

Marie se extrañó de no poder llamar al consultorio del doctor Kortner, donde era más rápido localizar a Tilly. De todos modos, no pensó más en ello, había cosas más importantes que hacer. Por ejemplo, tenía que avisar a las secretarias de Paul. Una de ellas, la señorita Lüders, estaba al borde de un ataque de nervios. Ya sabía por el portero que el señor director había sufrido un colapso.

—Hasta el momento no he informado de ello, señora Melzer, porque no quería sembrar el pánico entre los trabajadores. También le he pedido al señor Gruber que se abstenga de comentarlo.

—Ha sido muy prudente por su parte, señorita Lüders. Mi marido está razonablemente mejor, al mediodía le haré saber cómo procederemos de aquí en adelante.

Lüders dio las gracias y pareció sentirse aliviada porque no sabía lo que le había pasado al director. Dijo que el señor Melzer era una persona muy agradable y alegre, y que estaba muy afectada.

—¡Le deseo de todo corazón una pronta recuperación a su esposo, señora Melzer!

Marie colgó y fue al anexo para hablar con Lisa de los siguientes pasos. Encontró en el salón a su cuñada en bata, estaba llorando y se tapaba la cara con un pañuelo; Sebastian intentaba consolarla.

—¡Dios mío! —sollozaba ella—. Es culpa mía, Marie. Esta ampliación, que nos ha arruinado, se construyó por mí. Paul enfermó por los problemas financieros…

—Nadie tiene la culpa, Lisa —aclaró Marie con firmeza—. Es esta crisis en la que estamos inmersos. Debemos estar unidos para que Paul pueda recuperarse con calma. Cada uno de nosotros puede aportar algo.

Lisa estuvo dispuesta de inmediato. Por la tarde iría con

los gemelos a la clínica para visitar a Paul y, en caso de poder hablar con él, no lloraría ni se lamentaría, sino que intentaría irradiar optimismo y tranquilidad.

—Espero que me salga bien, Marie —suspiró buscando un pañuelo limpio en el bolsillo de la bata.

Sebastian le acarició el pelo y la nuca, y dijo que estaba muy orgulloso de ella porque en tiempos de escasez demostraba valor y fuerza. Lisa volvió a sollozar.

—Y yo iré a la fábrica si te parece bien —aclaró Sebastian—. Quizá pueda hacer algo útil allí.

—En todo caso, podrías ayudar a la secretaria a revisar el correo y a atender las llamadas.

—¡Eso mismo había pensado, Marie!

Antes de ir a la clínica en tranvía, se cambió y se miró con ojo crítico en el espejo. Tilly tenía razón: estaba muy pálida y apenada, no podía presentarse así ante Paul. Echó mano de la polvera, se recogió el pelo e intentó sonreír. Solo lo consiguió en parte: el optimismo y la felicidad tenían otro aspecto.

—No es horario de visita —le dijeron en la puerta de la clínica.

La religiosa llevaba gafas de metal con gruesos cristales, tenía la boca contraída. Miró un instante a Marie y volvió a dedicarse a su libro, encuadernado en negro.

—Por favor, pregúntele al doctor Peuser, tengo un permiso especial. Se trata de mi marido, el paciente Paul Melzer.

—Aquí no se hace rancho aparte, señora Melzer —replicó la portera sin alzar la vista.

Marie se quedó indecisa ante la vidriera de la puerta, la diligente monja había vuelto a sumergirse en su breviario. Parecía muy miope, ya que pese a los gruesos cristales tenía que sostener el libro a un palmo de los ojos. Marie se decidió a pasar de puntillas por delante de ella.

Tomó el ascensor para no toparse con otras religiosas ni médicos, subió a la segunda planta y en el pasillo se cruzó con tres jóvenes enfermeras que charlaban animadamente. Habitación 204... 203..., dirección equivocada. La 205..., una puerta en la que ponía NO ENTRAR, luego por fin la 207.

Llamó con suavidad. Como no hubo respuesta, giró el picaporte y entreabrió la puerta: una habitación pequeña y pintada de blanco, una ventana, una silla, una sola cama con mesilla de noche, accesible desde todas partes. Paul estaba bocarriba, con la cabeza a un lado, los ojos cerrados. Entró, cerró la puerta tras de sí con cuidado y se acercó en silencio a la cama. De ningún modo quería despertarlo, solo mirarlo, oír cómo respiraba, saber que el corazón le latía.

—¿Marie? —murmuró él volviendo la cabeza sin abrir los ojos—. ¿Por fin estás aquí?

—Sí, cariño. ¿Cómo sabes que soy yo?

Paul abrió los ojos y le sonrió. Cariñoso y pícaro como él solo, así le sonreía cuando ella aún era ayudante de cocina en la villa de las telas.

—Reconozco tus pasos, Marie. Ven, siéntate a mi lado. —Señaló el borde de la cama y apartó un poco la manta.

—No sé si debo, Paul —objetó—. Ayer ni siquiera me permitieron tocarte.

—Siéntate —insistió—. ¡Por favor!

Marie hizo lo que le pedía, y él tiró de ella, la abrazó y la besó.

—De ahora en adelante cuidaré de ti, cariño —le susurró al oído.

—¡Siempre lo haces, amor mío!

—He sido descuidada, Paul. Ay, Dios, estaba tan preocupada por ti.

Él le acarició la espalda y la estrechó.

—Pensaba todo el tiempo que no quería abandonarte, Marie, que hay algo que me liga a esta tierra: tú y nuestros hijos. Sobre todo tú, Marie. Me mantienes aquí abajo con las fuertes cadenas del amor.

Paul guardó silencio y ella no fue capaz de responder porque luchaba contra las lágrimas. No, no quería llorar. Y a pesar de todo le mojó esa maldita bata blanca que le habían puesto.

—Ahora necesitas mucho reposo —dijo por fin, y se secó las mejillas con toda la discreción que pudo.

Por supuesto, él se dio cuenta y la auxilió con la punta de la manta.

—Por desgracia, es un momento muy inoportuno, Marie. Aún no lo sabes. Hemos recibido un pedido de Keller & Weingart. Un gran pedido.

—No tienes que preocuparte más por la fábrica —protestó ella—. Me encargaré de ello y Sebastian me apoyará. Puedes estar muy tranquilo.

Él sacudió la cabeza para defenderse.

—Quieren hilo fino. A granel…

—Es maravilloso, cariño… Entonces empezaremos la producción.

—Eso es, Marie —confirmó él—. Ayer las malditas hiladoras de anillos no se pusieron en marcha. Hoy a las diez Mittermaier quería volver a intentarlo. Tienes que llamar a la fábrica y preguntar si ha conseguido que funcionen.

Asustada, se incorporó, ya que notó que él tenía palpitaciones. ¿Fue por eso? ¿El día anterior se alteró tanto por las malditas hiladoras de anillos que el corazón le falló?

—Yo me encargo, Paul —aseguró en tono conciliador—. No debes agobiarte con esas cosas, sino ponerte bien. Cuando estuviste en la guerra dirigí la fábrica, ahora también lo conseguiré.

Paul respiró con fuerza y no pareció tranquilizarse. Marie tuvo mucho miedo. Si se alteraba así, su estado podía agravarse.

—Tienes que mantenerme al corriente, Marie... —Empezó a toser—. Construimos las máquinas según los planos de tu padre. Huntzinger hizo la mayor parte, Mittermaier también estaba presente. Quizá necesiten los planos. Están en mi despacho, en la estantería de los expedientes.

—¡Basta! —respondió ella con firmeza—. La fábrica desde ya es tarea mía, Paul. Tu tarea es recuperarte. Porque te necesitamos, porque te necesito, cariño.

Paul quiso replicar algo, pero en ese momento oyeron voces en el pasillo, varias personas se acercaban a la habitación.

—Visita —dijo una enfermera mientras abría la puerta. Incrédula, miró a Marie—. ¿Qué hace aquí?

Antes de que pudiese contestar, el médico jefe entró con su séquito y se dirigió sonriendo a ella.

—Señora Melzer, bienvenida. Espero que no le haya causado demasiadas palpitaciones a su marido. Aunque tiendo a pensar que unos agradables latidos no perjudicarán al paciente.

Para sorpresa de la severa monja, el doctor le estrechó la mano a Marie antes de atender a su paciente.

—Puede estar tranquila, señora —aseguró mirando por encima del hombro—. Con nosotros está en buenas manos. Por cierto, dele recuerdos a su cuñada, la señora Von Klippstein. Una mujer impresionante.

—Muchas gracias, doctor Peuser —respondió Marie, aliviada—. Le daré recuerdos con mucho gusto. Y ahora me despido. De nuevo, gracias de todo corazón.

Sonrió con cariño a Paul para despedirse, de lo que él como mucho se dio cuenta a medias puesto que el doctor ya le estaba auscultando. Luego pasó por delante de la religiosa para salir de la habitación, cuya puerta se cerró de golpe tras de sí.

«Un gran pedido», pensó mientras bajaba las escaleras. Las máquinas tenían que funcionar, era lo más importante. Paul no debía seguir alterándose. Bueno, quizá Mittermaier hubiese solucionado ya el problema.

Fue en tranvía hasta la parada de la fábrica y Gruber, el viejo portero, la recibió con una profunda reverencia.

—¡Señora Melzer, buenos días! —exclamó quitándose la gorra—. Qué bien que esté aquí. Ahora todo volverá a encauzarse. Como antes, cuando el señor Melzer padre aún vivía.

Marie sonrió ante la sincera alegría. Ojalá pudiese estar a la altura de su confianza.

—¿Ha venido el señor Mittermaier?

Gruber asintió y señaló con el dedo la hilandería.

—Lleva trabajando desde las nueve y media. ¡Maldice como un carretero, pero no afloja!

No sonaba bien. Por lo visto, Mittermaier seguía sin poner en marcha las hiladoras de anillos. Marie pasó por delante de un grupo de trabajadoras de la tejeduría que estaban en la hora del almuerzo y entró en la nave, donde antes imperaba el ruido de las mulas de hilar y las hiladoras de anillos y ahora reinaba un silencio sepulcral. Hacía mucho que no limpiaban el techo de vidrio, de modo que el sol de marzo arrojaba una luz débil y gris en la gran sala. El olor a inactividad y a estancamiento estaba en el aire.

—¿Señor Mittermaier?

El viejo mecánico estaba sentado en el suelo junto a las dos hiladoras de anillos y alzó la vista, resignado.

—Nada —afirmó desanimado, y se limpió la frente con la mano embadurnada de aceite—. ¡Están en huelga! No lo comprendo...

Había desmontado, examinado, limpiado, engrasado y vuelto a montar varias partes: las máquinas se negaban a hacer su trabajo.

—Están ofendidas. Porque las hemos desconectado. Quizá solo tengamos que animarlas —dijo Mittermaier con una mezcla de humor negro y cinismo—. Decirles un par de cumplidos. Hablarles del buen tiempo. Tal vez dejarles un ramo de flores y una tableta de chocolate… ¡Por Dios! Yo mismo las ensamblé en su momento con Huntzinger.

Marie rodeó y contempló las dos máquinas. No eran las que su padre había construido, eran copias según su modelo. ¿Dónde estaba el fallo? En aquel entonces aún no se accionaban con electricidad sino con vapor. De todos modos, habían funcionado sin problemas ni grandes reparaciones durante años.

—El viejo Huntzinger, que en paz descanse, las conocía bien: seguro que él habría encontrado el fallo —continuó Mittermaier, desesperado—. Cuando su padre aún vivía, Huntzinger trabajó y aprendió de él, y siempre decía: «Burkard tiene una mente genial. Aunque a menudo necesita un trago, sin duda es genial».

Marie no le respondió. No conoció a su padre, pero sabía que había muerto a causa del alcoholismo.

—Descanse, señor Mittermaier —dijo ella—. No lo logrará por la fuerza. Suba al despacho, la señorita Lüders le dará un café y algo de comer. Mientras tanto, buscaré los planos de mi padre y los miraremos con calma. Quizá así resolvamos el misterio.

34

Liesl tenía pocos motivos para quejarse. La vida con Elvira von Maydorn era agradable, aunque un poco monótona. La señora se levantaba con las gallinas, ella la ayudaba a vestirse y la acompañaba a la caballeriza. Elvira von Maydorn era una apasionada de los caballos, todos los días de su vida iba a la cuadra antes del desayuno, ensillaba uno de sus caballos para dar un paseo y volvía refrescada.

—Sola con la naturaleza a primera hora de la mañana —dijo con entusiasmo—. Es impagable, Liesl. Cuando el viento te da en la cara, los cascos del caballo golpean el suelo y ves a los corzos paciendo aún en los prados... ¡Ay, cuánto lo echo de menos!

Un par de veces le prestó a Liesl sus pantalones de montar, que no se ponía desde hacía años, le dio sus botas altas y Leschik tuvo que ensillar a la vieja y mansa yegua para ella. Entonces se montaba mientras el mozo de cuadra dirigía a la yegua por el patio y la propietaria de la finca le daba instrucciones.

—¿Notas el ritmo, muchacha? Tienes que seguirlo. El trasero alto. ¡Eso! Así es. Siéntate recta, no te encorves. Afloja la rienda, no está para que te agarres. Con el muslo tienes que mostrarle a la yegua adónde quieres ir...

Liesl se esforzó por hacerlo todo bien. Le gustaba montar,

le encantaban los caballos, pero no podía relajarse porque las criadas y los mozos la miraban con envidia y le gritaban toda clase de bromas maliciosas mientras se preparaba. Fue muy difícil cuando la niñera llegó con los tres pequeños, ya que los chicos se dedicaron a arrojar a la yegua grumos de barro. Daba igual cuántas veces les gritara la señora que parasen, ellos se reían con descaro y la niñera ni siquiera intervenía.

—La campesina se lo ha inculcado a los pequeños —dijo la baronesa, furiosa—. Por suerte, Solianka es mansa como un cordero y no se altera por algo así.

Después de montar, desayunaron copiosamente. Ni siquiera en la villa de las telas Liesl había visto semejante profusión de alimentos nutritivos, tan solo el café era mejor en Augsburgo, y el pan, que siempre estaba recién hecho. En cambio, allí había pasteles ricos y jamón ahumado, huevos cocidos con tocino y paté con gruesos trozos de carne. Las hundidas mejillas de Liesl se redondearon y los vestidos de la juventud de su bienhechora le quedaban que ni hechos a medida. Ya no llevaba el pelo en trenzas gruesas, sino que se lo recogía como la señora Von Maydorn le había enseñado, y sus andares también cambiaron.

—¿Por qué te paseas por ahí con tanta timidez, Liesl? —le preguntó la anciana, descontenta—. Camina despacio y erguida. No rígida, sino con la cabeza erguida, y no con la espalda encorvada como una criada. No tengas miedo de pisar con fuerza, en mi casa no tienes que esconderte.

De hecho, según parecía, la situación en la mansión se había calmado. La campesina evitaba a la señora Von Maydorn y a su joven acompañante, y las criadas y las sirvientas seguían su ejemplo y rehuían a Liesl. Si tenía que ir a la cocina, se daban la vuelta y hacían como que no estaba. Además, todos en la casa sabían que la paz era quebradiza. Una y otra vez se oían discusiones a voces, los estridentes gritos de la señora Von Hagemann recorrían todas las plantas y la voz aguda y colérica de su marido también llegaba a todas partes.

—Se están peleando —dijo con satisfacción la propietaria de la finca—. Estaría bien que él se impusiese de una vez. No sienta bien cuando la mujer lleva los pantalones del marido. Sobre todo cuando es una persona simple que levanta demasiado la cerviz.

La mujer de Klaus von Hagemann, a la que la baronesa se refería con desprecio como «la campesina», tenía otra forma de hacerle la vida imposible a la familia y al personal. Cada dos días, Leschik tenía que enganchar los caballos al coche para llevar a la señora con una criada a Kolberg, donde iba de compras. A última hora de la tarde regresaban con el coche cargado al máximo y las criadas tenían que llevarlo todo a la casa. La mayoría de las veces las cosas estaban empaquetadas en cajas o cartones, de modo que no se sabía qué había dentro. De todos modos, el aroma a jabones y perfumes refinados recorría la mansión y una de las criadas más veteranas le hablaba a la anciana hacendada de pieles y guantes de encaje, ropa interior de seda, porcelana de Meissen y botitas de cuero rojas con adornos de piel blancos.

—Ahí va a parar el dinero —renegó Elvira von Maydorn—. En tonterías inútiles y baratijas de moda. Y para la línea eléctrica, que debería estar terminada desde hace tiempo, ya no queda dinero. Han levantado tres postes: están plantados en medio del paisaje y las cornejas se posan encima.

«Qué extraño —pensó Liesl—. La corriente es muy práctica, no se tiene que encender siempre una lámpara de petróleo o caminar por la casa a oscuras con una vela.»

—La campesina no conoce otra cosa, y eso que ahora tiene una bonita casa —se mofó la señora Von Maydorn—. La corriente le resulta inquietante, prefiere gastar en un sinfín de aceite para lámparas y velas caras. La soberbia y la estupidez siempre crecen en el mismo huerto.

Dos veces llamó su padre a la puerta de la señora Von Maydorn para hablar de negocios con ella. Entonces Elvira mandó a Liesl a la cocina y, cuando volvió, encontró a la hacendada de pésimo humor.

—Saca el estuche marrón del armario —le ordenó—. Ponlo sobre la mesa. ¡Y luego sal y no mires por el ojo de la cerradura!

Por lo que Liesl sabía, en el estuche guardaba el dinero y las joyas. Todo indicaba que su padre, en calidad de administrador, le había llevado dinero que procedía de la venta de madera u otros negocios y que le correspondía como propietaria. Él deducía los costes de la administración doméstica, los salarios y otros gastos, de modo que la suma que quedaba no era precisamente grande. Leschik llevaba una parte a Kolberg, donde lo ingresaba en el banco a nombre de Elisabeth Winkler; Elvira von Maydorn guardaba el resto en el estuche.

—Vuelve a ponerlo en su sitio —le ordenó a Liesl—. Y luego ven aquí. Quiero darte algo.

El regalo que le hizo ese día fue increíblemente valioso para la muchacha. Un precioso anillo de oro con una perla que desprendía destellos rosas.

—No le sirve a una anciana. Hace tiempo que me queda estrecho, ya ni siquiera me entra en el meñique. ¡Bueno! ¿Te gusta? Me lo trajo el menor de mis hermanos cuando yo tenía la misma edad que tú ahora.

—¿Quiere decir que puedo quedármelo? —preguntó Liesl, incrédula.

—Si tu padre no quiere darte nada, muchacha, yo sí quiero. Te lo has ganado.

Cuando su padre se mostraba generoso, era a su manera y nunca de forma desinteresada. Una noche, ella fue a buscar una taza de leche caliente con miel a la cocina y luego él estaba en la escalera esperándola. Liesl, que en una mano sostenía la vela y en la otra la taza, se llevó un susto de muerte porque su padre surgió de la sombra que proyectaba el gran armario del vestíbulo.

—¿Qué haces por ahí a estas horas? —preguntó él.

—He ido a la cocina rápido para cogerle una bebida a la señora Von Maydorn.

—Deja eso ahí —ordenó él, y le quitó la vela y la taza de las manos para ponerlas en un escalón—. Y ahora escúchame bien porque tengo algo que decirte.

A la trémula luz de la vela parecía muy alto e intimidatorio, y a Liesl le habría gustado pasar rápidamente a su lado para meterse en el cuarto de la hacendada. No se atrevió por miedo a que él la agarrase.

—No eres tonta, Liesl. Por eso sabrás que, a la larga, aquí no tienes futuro. Ahora la vieja te mima, pero cuando desaparezca vendrán malos tiempos para ti. Mi mujer no te admitirá aquí de ninguna manera.

Liesl guardó silencio. Lo que decía sonaba cruel y poco paternal, pero era la verdad. Klaus von Hagemann se dio cuenta de que sus palabras habían surtido efecto y continuó, contento:

—Mira, muchacha. No te quiero echar, sino proporcionarte un futuro seguro. Por eso te hago una generosa propuesta: te doy el dinero para el viaje y, además, quinientos marcos de dote si vuelves a Augsburgo en los próximos días. ¿Qué te parece?

Tardó en comprenderlo. Quinientos marcos era una fortuna. ¿A qué se refería con «dote»?

—¿Qué quiere decir?

—Seguro que en Augsburgo te espera alguien —dijo en voz baja, y esbozó una extraña sonrisa—. Uno que te escribe cartas apasionadas de amor.

Lo miró sin dar crédito a lo que escuchaba. ¿Cartas? ¿Christian le había escrito?

—¿Dónde están mis cartas? —preguntó con voz entrecortada—. ¿Por qué no las he recibido?

Él se dio cuenta de que había sido un error aludir a las cartas que le había quitado.

—Se perdieron durante el transporte y no han llegado hasta hoy. Como soy un poco distraído, las he abierto. Lo que de todas formas me corresponde por ser tu padre. Se trata a todas luces de un amorío. El joven me parece inexperto, pero honrado y trabajador; no tendría nada que objetar a una boda.

¿De verdad estaba tan preocupado por su futuro? Liesl no quiso pensar en ello.

—Me gustaría tener mis cartas, por favor —reclamó.

—Por supuesto, Liesl. Pero primero me gustaría saber qué opinas de mi propuesta.

Él seguía cerrándole el paso y ella no se atrevía a pasar por su lado y subir la escalera.

—Tengo…, bueno, tengo que pensarlo —tartamudeó—. Se lo digo más tarde.

De mala gana, asintió y añadió:

—Mañana, Liesl. Mañana quiero saberlo porque tengo que sacar el dinero del banco. Además, estaría bien que guardases silencio. De lo contrario, nuestro acuerdo se quedará en nada.

—Mis cartas…

La miró descontento, luego sacó del bolsillo de la chaqueta un fardo de sobres. Eran cinco o seis cartas, todas abiertas. Liesl se las metió debajo de la blusa, cogió la vela y la taza, y lo miró con gesto amenazador. Cuando su padre se apartó, subió la escalera como si una horda de fantasmas la siguiese.

—¿Dónde has estado tanto tiempo? —preguntó Elvira von Maydorn con tono severo.

Primero Liesl posó la taza en la mesa, cuyo contenido ya se había enfriado, luego sacó las cartas. Él le había mentido:

cuando se recibe un montón de cartas que con toda seguridad es para otra persona, puede ocurrir que se abra una por error, pero no todas. La ira se apoderó de ella: le había mentido. Su padre era un mentiroso.

—Mire —le dijo a la baronesa—. Me ha dado esto.

Tiró las cartas encima de la mesa y rompió a llorar. Sin sospechar nada, Elvira von Maydorn cogió los sobres abiertos, observó la dirección y el remitente, y su mano empezó a temblar.

—¿Así te ha entregado Klaus von Hagemann el correo? ¿Abierto?

Liesl asintió sollozando y se tapó la cara con las manos.

Su padre le había mentido. Y seguro que el asunto de la dote también era una gran mentira. Quería deshacerse de ella y no tenía escrúpulos. ¿Qué tipo de persona era? Creyó que se había equivocado con él porque la trató con amabilidad, pero no fue más que apariencia.

—Me ha hecho una oferta.

No fue buena idea confiarse a la señora Von Maydorn. La anciana ya estaba irritada por las cartas; cuando supo lo que hablaron al pie de la escalera, se enfureció.

—¡Mi bastón! ¡Y la lámpara! —ordenó—. Quédate aquí, Liesl, y no te muevas.

—Por favor, no se ponga así, señora Von Maydorn…

—No es asunto tuyo.

No pudo impedir que su bienhechora saliese cojeando del cuarto y bajase la escalera sin su ayuda. Angustiada, se quedó atrás, entreabrió la puerta y aguzó el oído.

—¡Tengo que hablar con vosotros! —gritó la señora Von Maydorn en el vestíbulo, y golpeó con el bastón la puerta de la sala de estar.

Liesl no oyó bien lo que pasó entonces porque dos criadas curiosas bajaron por la escalera y sus zapatos taconearon en los peldaños de madera. Mientras tanto, alguien debió de salir de la sala de estar, puesto que la señora Von Maydorn dejó de llamar y estaba sufriendo un ataque de ira.

—¡Me has dado una puñalada trapera! ¿Quinientos marcos? ¿De dónde ibas a sacarlos?

—Se lo ruego —oyó Liesl decir a su padre en voz baja y apaciguadora—. La muchacha le ha mentido… Nunca se habló de semejante cantidad.

¡Qué canalla era! Lo negaba todo.

—Por lo que a mí respecta, creo a Liesl a pies juntillas. En cambio, a ti ya te creo menos. ¡Es la gota que colma el vaso! Te lo digo claramente, Klaus von Hagemann: pensaré en cambiar mi testamento.

—¿Por qué se altera, señora? Piense con calma si merece la pena traicionar a sus leales empleados y amigos por culpa de una mentirosa. Todo lo que respecta a su testamento está establecido y firmado ante notario.

—¡Ya lo veremos!

Liesl tuvo mucho miedo cuando su protectora subió jadeante la escalera. Salió al pasillo para cogerle la lámpara y ayudarla, pero Elvira von Maydorn no la recompensó por su buena intención.

—¿Qué haces aquí? ¿No he dicho que te quedases en el cuarto?

—Me he preocupado, señora Von Maydorn —se justificó Liesl.

—¡No hace falta! ¡Aún no soy una piltrafa!

Esa noche Elvira von Maydorn pidió dos vasos del whisky añejo que estaba en el armario desde los tiempos de su difunto marido. Luego Liesl tuvo que ayudarla a desvestirse y Elvira se echó a dormir.

—Mañana será un nuevo día, muchacha —dijo de manera significativa y le dio las buenas noches.

Liesl se tumbó en el sofá, acercó la luz y empezó a leer las cartas de Christian. Le dolió el corazón. Le había escrito con frecuencia y ella no lo sabía, incluso sospechó que la había olvidado. Además, ella también le había enviado dos cartas después de que la señora Von Maydorn la hubiese acogido; al parecer, Christian tampoco las había recibido.

Querida Liesl:

Esta es la sexta vez que te escribo y será la última, ya que tu madre nos ha contado que ahora te has convertido en una elegante señorita y que te tengo que olvidar. No será fácil para mí, pero no te lo reprocho, sino que te deseo de todo corazón que seas feliz. Si algún día llega a la villa de las telas la noticia de tu compromiso con un hacendado de Pomerania, me alegraré porque te tengo cariño y siempre pensaré bien de ti.

Te vuelve a saludar tu fiel amigo,

CHRISTIAN

Desesperada, Liesl leyó todas las cartas una y otra vez, lloró y se reprochó con amargura no haber vuelto a casa. A primera hora de la mañana le pediría a la señora Von Maydorn ir con ella a la oficina de correos de Kolberg para llamar a la villa de las telas. Aunque la conversación fuese muy cara, la pagaría trabajando; en caso necesario, volvería a dar de comer a las vacas. Christian debía saber que no lo había olvidado, sino que pensaba a diario en él. Después de tomar la decisión, se tranquilizó un poco, metió las cartas debajo de la almohada de plumón, apagó la luz y se durmió. Muy de madrugada la despertó la enérgica voz de su bienhechora.

—¡Levanta, dormilona! ¡El gallo ha cantado! ¡Tráeme el vestido marrón y la ropa interior que abriga! ¡Y agua para lavarme!

Dormida, Liesl se sobresaltó en el sofá y encendió la lámpara. La propietaria de la finca estaba sentada en el borde de la cama y esperaba a que Liesl la ayudase a levantarse y llenara la palangana.

—Aún es temprano —dijo Elvira—. Pero quiero ir a Kolberg y dejarlo todo listo a tiempo.

¡Quería ir a Kolberg, qué feliz coincidencia!

—¿Puedo ir? —preguntó Liesl.

Elvira von Maydorn se frotó la cara y el cuello con la manopla húmeda y pidió una toalla.

—Por mí sí. Tráeme los zapatos robustos para la caballeriza.

Por supuesto, en primer lugar estaba prevista una visita a sus animales favoritos, después tomarían el desayuno y se vestirían para el viaje.

Aún estaba oscuro cuando bajaron al vestíbulo, solo del ala de la cocina salía una luz débil, los empleados ya habían empezado la jornada. Liesl vio un momento la silueta de una criada que miraba el vestíbulo y volvió a bajar enseguida a la cocina.

—Antes se acercaban y hacían una reverencia, me daban los buenos días y me preguntaban qué deseaba —contó Elvira von Maydorn y en su tono había algo de amargura—. Ahora huyen de mí. Gentuza desleal. Creen que pronto me pudriré en la tumba.

En la caballeriza había luz, puesto que también Leschik se levantaba pronto. Olía a paja caliente, a caballos y a semental. Liesl conocía ese aroma, que se diferenciaba mucho del olor a vaca y a cerdo. Los caballos estaban inquietos, sabían que pronto les darían un manjar, bufaron y volvieron las cabezas cuando la anciana y la joven entraron en la cuadra.

—Puedes enganchar a los caballos dentro de media hora, Leschik —dijo la señora Von Maydorn mientras se dirigía cojeando al compartimento de Gengis Kan, que sacudió la cabeza para saludar.

Liesl cogió el cubo en el que Leschik había mezclado trozos de manzana, zanahoria y algo de avena, y fue a tendérselo a la señora Von Maydorn cuando de repente los sobresaltó un fuerte estallido y el ruido de cristales haciéndose añicos.

—¡La ventana! —gritó Leschik.

En la cuadra cundió el caos. Gruesos proyectiles les cayeron en las orejas, otras ventanas se hicieron pedazos, los caballos relincharon asustados, se encabritaron y golpearon las paredes con los cascos. Entonces la puerta del compartimento de Gengis Kan se abrió de golpe. Debieron de alcanzar varias veces al semental, que se elevó, salió del compartimento y se puso a brincar por la estrecha caballeriza tirando herramientas y cubos. Liesl estaba con la espalda contra un montante de madera y vio el voluminoso y encabritado cuerpo del gran animal ante sí, los cascos delanteros daban violentos golpes, sus ojos en blanco por el miedo. Inmóvil e incapaz de moverse, creyó que a continuación el ímpetu de ese gran caballo la pisotearía y la sepultaría. Pero el semental no la tocó, posó los cascos delanteros justo delante de ella, dio un par de saltos más, luego Leschik abrió la puerta de la cuadra y el alterado animal salió galopando al patio.

—¡Señora Von Maydorn! —exclamó Liesl, angustiada—. Señora Von Maydorn, ¿está herida?

La puerta del compartimento alcanzó a la anciana y la tiró al suelo. Liesl corrió hacia ella y se arrodilló a su lado.

—¿Señora Von Maydorn, me oye?

—No estoy sorda —dijo con voz ronca—. ¿Dónde está el semental?

¡Gracias a Dios, estaba viva!

—Leschik está con él en el patio. ¿Puede levantarse? Espere, la ayudo.

Todavía relinchaban las yeguas en sus compartimentos y se encabritaban por el pánico, los mozos de labranza y las criadas corrían de un lado a otro para ver lo que había pasado.

—Alguien ha tirado piedras...

—Allí arriba las ventanas están todas rotas...

—¡Cuidado! ¡Todo está lleno de cristales!

Con un gemido, la hacendada se incorporó con la ayuda de Liesl y miró la cuadra.

—Saca a los caballos de los compartimentos —ordenó—. Primero las yeguas jóvenes. Una tras otra. Llévalas al patio.

Cuando los caballos se tranquilizaran, habría que examinarles las heridas porque la mayoría de los añicos cayeron en los compartimentos. Furioso, Leschik volvió cojeando a la caballeriza y ayudó a sacar los animales. A la mortecina luz matinal se veían con claridad los restos de los cristales.

—Han tirado piedras —gritó ronco de la ira—. Kolja los ha visto. Eran unos del pueblo. De Malzow. Los ha reconocido porque él es de allí. Los muy brutos trabajaban aquí, pero los echaron porque eran unos vagos.

Malzow. ¿No era de allí la mujer de su padre?

—¿Por qué no estaba echado el cerrojo del compartimento de Gengis Kan? —quiso saber la propietaria de la finca.

Leschik se encogió de hombros. Normalmente la puerta estaba siempre cerrada. No comprendía por qué se había abierto.

—Alguien ha tenido que desatornillarlo —constató—. Y no me he dado cuenta, señora. ¡Qué tonto soy!

Elvira von Maydorn no respondió. Con ayuda de Liesl se levantó, se tambaleó un poco y cogió el bastón, que le tendió uno de los mozos de labranza. Así volvió a estar de pie con firmeza. Liesl le sacudió el polvo del mantón y las briznas de paja de la falda.

—El empujoncito me ha sentado bien —dijo la anciana, furiosa—. Me ha encajado los huesos. Dentro de unas dos horas, cuando los caballos vuelvan a estar tranquilos, los enganchas, Leschik.

Después, bien erguida, cruzó a paso lento el patio hacia la

mansión y subió la escalera como si nunca hubiese resultado herida de gravedad. Solo cuando estuvieron en su cuarto, Elvira von Maydorn se dejó caer en el sofá, gimiendo y profiriendo furiosas maldiciones.

—¡Esa maldita bruja quería matarnos a las dos! Basta de vacilar. ¡Se van a enterar de quién soy yo!

35

Tilly estaba desconcertada. Cómo podía ser tan tonta. Habían jugado con ella; por desgracia, tenía la culpa de haber tardado tanto tiempo en abrir los ojos. Era una buena médica, que se entregaba a sus pacientes y normalmente establecía los diagnósticos correctos, pero en la vida real era una cordera, una muchacha ingenua a la que cualquiera podía tomar el pelo.

Sucedió durante un reconocimiento en la sala de consulta. La señora Meyerbrink, una paciente mayor de Georgenstrasse, se había quemado en el antebrazo al encender la estufa y había que curarla. Tilly cubrió la zona con pomada, le puso una gasa y quiso llamar a Doris Kortner porque la tela para vendajes escaseaba. Pero Doris estaba asistiendo al doctor en una pequeña operación: se debía sacar una espina de cactus que había causado una inflamación.

—No importa —le dijo Tilly a su paciente—. Nos las arreglaremos así. Mantenga el brazo quieto, por favor…

—Claro —suspiró la señora tendiéndole el brazo—. Su hermana le es de gran ayuda al doctor.

Tilly fue lo bastante tonta para interpretar mal esa afirmación.

—Se refiere a su mujer, ¿verdad? Sí, habría sido una excelente enfermera si hubiese seguido ese camino.

Entonces fue la paciente quien puso cara de incomprensión.

—¿Su mujer? No, hablo de la señora Kortner, su hermana.

De repente, Tilly tuvo la sensación de que el suelo se movía. ¿Su hermana? ¿Doris Kortner no era su esposa, sino su hermana? Tenía que ser un malentendido.

—¿Acaso no lo sabía, doctora?

Tilly se recompuso. Cierto o no, tenía que decir algo. A poder ser, lo más breve posible.

—Por supuesto, señora Meyerbrink. Sujete esto, por favor… Así está bien. Y tenga cuidado con el brazo, no coja peso ni toquetee el vendaje… Puede bajarse la manga. Vuelva pasado mañana, cambiaremos el vendaje y comprobaremos que todo esté en orden.

Su verborrea impidió que la paciente siguiese con el tema. Tilly le deseó una pronta recuperación y le abrió la puerta.

—Muchas gracias, doctora. Adiós, doctora… ¿Puedo coger el hervidor o no?

—Como mucho, medio lleno —aconsejó Tilly sonriendo y la despidió.

En lugar de hacer pasar a otro paciente, se sentó en la camilla e intentó ordenar sus pensamientos.

«Puede ser solo un error —pensó angustiada—. No se parecen en nada.» Él era delgado y rubio, ella morena y más bien robusta. Él era entusiasta, comprensivo y un poco ingenuo, y ella, realista, fría y reservada. ¿Cómo podían ser hermanos?

¿Se había referido alguna vez a Doris como a su esposa? ¿No se dirigía siempre a ella solo con el nombre? ¿Y Doris Kortner? Tilly hizo memoria, estaba segura de que en una ocasión había dicho ser su mujer, pero no recordaba cuándo. ¿Debía preguntarle al doctor? Si no era cierto, haría el ridículo. Además, él tendría que haber notado en algún momento que ella estaba confundida. Entonces hacía tiempo que debería habérselo aclarado. No, era mejor callar.

No obstante, cuando fue a la sala de espera para llamar a otro paciente se encontró con el doctor Kortner en el pasillo.

—Mucho trabajo, ¿no? —le preguntó sonriendo al pasar—. Un paciente le acaba de hacer grandes elogios, ha curado la urticaria de su mujer.

Era de risa porque normalmente la erupción desaparecía sola, Tilly solo le había recetado a la mujer una pomada contra la quemazón. Entonces lo hizo. Lo puso a prueba.

—Ah, doctor Kortner. Dígale, por favor, a su hermana que falta tela para vendajes en mi sala de consulta.

Él se detuvo en seco, luego se volvió hacia ella. En ese momento Tilly comprendió que la señora Meyerbrink decía la verdad. El doctor Jonathan Kortner parecía un pecador sorprendido in fraganti.

—¿A quién se lo debo decir? —preguntó, procurando poner cara de sorprendido.

—A Doris. ¡Su hermana, doctor Kortner!

Él esperó hasta que Tilly volvió al pasillo, seguida de una paciente. Allí se detuvo, la cogió del brazo y la llevó aparte.

—Por favor, señora Von Klippstein. Se lo puedo aclarar todo —susurró con tristeza.

—Más tarde, doctor Kortner. Me espera una paciente —replicó ella con parquedad.

Hasta por la tarde apenas pensó en ese grotesco asunto porque examinó a un paciente tras otro. Marzo era un mes fresco y húmedo, muchas personas sufrían resfriados febriles, amigdalitis, dolor de oídos o infecciones de vías urinarias o del aparato gastrointestinal. Cuando se fue el último paciente, se sentó exhausta y perpleja en su sala de consulta y no supo qué hacer. La reacción del doctor en el pasillo la había desconcertado por completo. ¿Por qué? ¿Qué había detrás de aquello?

Alguien llamó a su puerta, Tilly se levantó sobresaltada del asiento.

—Sí, ¿diga?

Era Doris Kortner. Su rostro mostraba culpabilidad y, a la vez, cierto enfado.

—Venga, por favor, a nuestro despacho, señora Von Klippstein. Jonathan y yo queremos aclararle algo.

Tilly sintió de repente que debía huir. Se había enamorado de ese hombre: ¿por qué la metía en semejante lío? ¿Quizá ella le había demostrado demasiada complacencia y él quiso protegerse de ese modo? ¡Qué pensamiento tan terrible! No, en ese momento no era capaz de escuchar largas explicaciones.

—Lo lamento. Me esperan en casa. ¿Me respondería, por favor, a una sola pregunta, señora Kortner?

La hermana del doctor se sorprendió, seguramente estaba convencida de que Tilly la acompañaría de buena gana.

—¿Qué quiere saber? —respondió frunciendo el ceño.

—¿Quién de los dos se ha inventado este juego? ¿Usted o su hermano?

Doris Kortner sacudió la cabeza y explicó que se trataba de un malentendido. Nadie había jugado con ella.

—Ha malinterpretado algo y nos hemos dado un poco de tiempo para aclararlo. Eso es todo.

—¿Su hermano también lo ve así?

—¡Venga y pregúnteselo!

Ya estaba harta. Tilly se sintió tan humillada y ofendida que se levantó en silencio y se puso el abrigo. Salió del consultorio sin despedirse, le habría gustado tirarles su renuncia sobre el escritorio para no tener que regresar nunca más a ese sitio. En Frauentorstrasse estuvo callada, les explicó a Kitty y a su madre que estaba agotada y se fue a la cama.

Desvelada, yacía sobre las almohadas y cavilaba sobre lo que debía hacer. ¿Quizá todo fuese culpa suya? ¿Nada más que un ridículo malentendido? ¿Era injusta con ellos? ¿Fue estúpida su reacción de la tarde? Se decidió a pedir una entrevista al día siguiente: no tenía sentido esconder la cabeza como el avestruz, debía enfrentarse a la situación. Daba igual que fuese muy violento y humillante.

Por la mañana la despertó Kitty, que entró en su dormitorio y se sentó en el borde de la cama.

—Tilly, te has dormido, cariño. No importa, trabajas demasiado. Tu querida madre ha hecho tortitas para desayunar, pero se han quemado un poco y les hemos echado azúcar en polvo, así no se nota. Ah, sí: tu horrible marido quería hablar contigo por teléfono, y además ha llamado dos veces el médico jefe del hospital.

Tilly se despertó de golpe y se sentó en la cama.

—¿Qué has dicho? ¿El doctor Peuser ha llamado? ¿Acaso Paul está peor?

—¡Claro que no! —exclamó Kitty, que ya estaba en el pasillo—. Paul está bien. El atractivo doctor Peuser, de sienes grises, quería otra cosa de ti. Por lo visto, le has hecho perder la cabeza y quiere convencerte para una cita amorosa en el quirófano.

—¡Ay, Kitty! —se quejó Tilly mientras buscaba los zapatos debajo de la cama—. ¿No puedes dejar a un lado tus estúpidas bromas?

—¡Madre mía! Dentro de poco serás libre y llegará el momento de que por fin acumules experiencia en ese terreno. ¿O quieres quedarte soltera? ¡Sería una verdadera lástima, querida!

Tilly suspiró. Kitty era como era, no tenía sentido discutir con ella. Incluso si esas insinuaciones justo ahora le dolían mucho.

Para enmendar otro error, llamó a su marido, en Múnich. Por una vez tuvo suerte, Ernst estaba en casa y descolgó el auricular.

—Siento muchísimo que se me haya pasado el día de la vista —dijo—. Hubo una urgencia, a Paul le dio un colapso.

—Lo sé —replicó con parquedad—. He puesto por escrito mi consentimiento para el divorcio y mis condiciones, te las enviarán en breve. Es de suponer que el tribunal fije una segunda vista.

—Por desgracia, así será.

—Espero de veras que ese día estés presente.

—Sin falta.

—Entonces está todo dicho. Que tengas buen día.

—También te…

Ya había colgado. Qué molesto era todo ese asunto. Últimamente todo le salía mal, tenía la sensación de luchar siempre contra nuevas catástrofes que se precipitaban sobre ella. Como tenía la mañana libre, primero bajó al salón, donde la esperaban para desayunar.

Como siempre, su madre la recibió con un reproche:

—Vuelves a tener un aspecto horrible, Tilly. Es porque comes de manera irregular. Hace un cuarto de hora que te esperamos.

Pese a todo, el desayuno con Kitty, Robert y Gertrude fue un bálsamo para su dolorida alma porque la conversación la distrajo de sus preocupaciones. Hablaron de Paul, pensaron en la fábrica y en la villa de las telas. Robert contó que el reembolso del crédito se había aplazado otras cuatro semanas, más no había logrado.

—Podrías haber disparado a esos usureros del banco —respondió Kitty, enfadada—. Así el pobre Paul no tendría que devolver el dinero.

—¿Te gustaría verme en la cárcel, querida? —respondió Robert, divertido—. Hasta el momento pensaba que nuestro matrimonio era feliz.

—Me has comprendido muy bien, Robert Scherer —dijo Kitty, compungida—. Hace mucho que medito cómo podría deshacerme de ti porque estoy locamente enamorada del abogado Grünling y sueño todas las noches con él.

—¿Sabes qué, cariño? —replicó Robert, sonriendo—. Me alegro por ti de todo corazón.

—¡Canalla! —exclamó Kitty, y le tiró con fuerza de la oreja, lo que él toleró sin resistencia.

—¿Cuándo vais a crecer de una vez? —suspiró Gertrude.

Tilly disfrutó del ambiente distendido y deseó que no acabase, pero tras el desayuno la vida cotidiana volvió a abatirse sobre ella. De vuelta en su cuarto, pensó en la conversación pendiente. ¿Cuál era en realidad el problema? El doctor Kortner era un hombre encantador, había flirteado un poco con ella porque la necesitaba en su consultorio. Poco más. Solo cuando se dio cuenta de que ella se había enamorado, emprendió la retirada. Entonces el malentendido con su esposa le vino muy bien y no quiso aclararlo por precaución. Suspirando, reconoció que era muy inexperta en cuestiones amorosas y que cualquiera notaba cuáles eran sus sentimientos. Quizá Kitty no estuviese equivocada: una mujer moderna debía tener experiencias con los hombres. Por desgracia, la habían educado según las normas del siglo anterior, es decir, que una muchacha tenía que llegar virgen al altar. Lo que hizo en su momento. Y eso era lo más penoso de esa historia, ya que el matrimonio con Ernst en nada había variado su estado y seguía siendo virgen.

Decidió ir primero a la clínica para preguntar por el estado de Paul y entrevistarse con el doctor Peuser, que quizá todavía necesitase información. Solo entonces emprendería el difícil camino al consultorio del doctor Kortner. ¡Ay, si ya lo hubiese superado! Pero ese día tomó un rumbo inesperado y maravilloso. En la puerta de la clínica, la joven monja de servicio la saludó con una afectuosa sonrisa.

—Señora Von Klippstein. El doctor Peuser la espera. Baje el pasillo, a la izquierda, tercer despacho. Su nombre está en la puerta.

«Ojalá no hayan dado otro mal diagnóstico», pensó angustiada. ¿Tendría Paul que pelear de por vida con una insuficiencia coronaria? Era muy posible, pero confiaba en que volviese a salvarse. Con miedo, llamó a la puerta y una enfermera la recibió.

—Un momento, por favor, señora Von Klippstein. Un paciente acaba de llamar al doctor Peuser. Puede esperarlo aquí.

—¿Se trata del paciente Paul Melzer, al que ingresaron anteanoche?

—Lo lamento, no se me permite dar información al respecto.

Por supuesto que no se le permitía, por qué hacía preguntas tan tontas. Inquieta, se sentó un momento en la sala decorada con muebles oscuros, miró una y otra vez el reloj porque quería estar en el consultorio para la hora de la comida. Por fin llegó el doctor.

—Buenos días, señora Von Klippstein —dijo alegre, y le tendió la mano—. Disculpe por haberla hecho esperar. Ya sabe...

—Por supuesto.

Tilly estaba aliviada. No podía tratarse de una mala noticia, de lo contrario no se habría dirigido a ella tan sereno y despreocupado. Se sentó al escritorio y la miró con impaciencia.

—¿Ha traído los documentos? —preguntó—. Entonces podemos tramitar enseguida el asunto.

Perpleja, lo miró fijamente.

—¿Los... documentos?

Él torció el gesto y suspiró.

—Temía que no le diesen bien mi recado. La señorita al teléfono me pareció un poco desorientada. Si bien encantadora, tengo que admitirlo. Su cuñada, ¿verdad?

—Si se refiere a la señora Scherer, sí, es mi cuñada. Vino a la clínica anteanoche.

—Exacto —dijo sonriendo—. La recuerdo. Pero le comento, señora Von Klippstein. Resulta que tenemos una vacante y me gustaría proponerla para el puesto. Sé que actualmente trabaja en un consultorio, pero quizá tenga ganas de cambiar de empleo. En todo caso, me alegraría mucho.

Una oferta de trabajo. ¡De forma inesperada y sin que ella se hubiese esforzado por conseguirla! ¿Aún había milagros en el mundo? ¿O la esperaba otra decepción?

—Por supuesto que me encantaría trabajar en esta clínica —empezó vacilante—. Por desgracia, en la clínica de Schwabing hubo algunas, bueno, complicaciones y de ahí que mis notas no sean muy favorables.

El médico jefe estaba inclinado sobre el escritorio, había apoyado los brazos y la contemplaba con una extraña sonrisa.

—Estoy al tanto, señora Von Klippstein. Ayer recabé información, el profesor Sonius es compañero de estudios. Bueno, no quiero revelar más detalles de nuestra conversación telefónica: le dio mucha pena el asunto y la recomendó como destacada médico. ¿Qué le parece?

A Tilly se le cortó el aliento. El médico jefe de Schwabing la había utilizado como un peón, aunque en realidad estaba enterado de lo que ocurrió en la clínica. Y ahora la recomendaba a su colega. Tenía cargo de conciencia, por así decir. ¿Qué mundo era ese?

—Perdón —dijo, y tuvo que tragar saliva—. Estoy bastante sorprendida.

El doctor Peuser le dedicó una sonrisa realmente paternal y le tendió la mano.

—Diga que sí, señora Von Klippstein. Necesitamos a médicos como usted. Envíeme sus documentos y yo cursaré la petición. ¡Creo que usted es un buen fichaje!

Tilly le estrechó la mano y se dirigió a la salida un poco vacilante pero animada. Solo cuando estuvo fuera se dio cuenta de que se le había olvidado preguntar por Paul. «Todo estará en orden —se tranquilizó—. De lo contrario, seguro que el doctor Peuser me lo habría dicho.»

El sol calentaba la ciudad, por todas partes aparecía el primer verde, de los arriates brotaban las rosas del azafrán y los tulipanes. Quedaba poco para la Pascua.

¿Era posible que se hubiesen vuelto las tornas? Tilly ya no tenía miedo de la conversación pendiente. Era muy sencillo: presentaría su dimisión porque había recibido una buena oferta de trabajo. Una solución honesta que le permitía zanjar esa maldita historia con la cabeza alta.

Solo le quedaría una espina clavada en el corazón, pero el muy estúpido no contaba. Siempre que le había hecho caso, no le había traído más que pesar.

36

—Excelente, Leopold —dijo el profesor—. En este semestre te has abierto camino del vigésimo al tercer puesto. ¡Sigue así!

Leo le cogió el boletín de notas anual al profesor, le dio las gracias e hizo una reverencia como era costumbre en la escuela. Seguido por la envidiosa mirada de sus compañeros, volvió a sentarse y metió con indiferencia las notas en la cartera. ¡Tercero! Menuda decepción. La culpa era de la maldita asignatura de Matemáticas, que le había costado el puesto de primero de la clase. Había empollado como un loco, pero esa porquería no le entraba en la cabeza.

Su amigo Walter solo quedó el quinto porque flojeó en Latín y Griego, pero no parecía importarle, estaba sentado en su sitio y tenía la mirada perdida. Leo evitó encontrarse con él porque no quería oír sus entusiasmados comentarios sobre el nuevo profesor de violín en el conservatorio. Walter había progresado mucho, el otro día lo mencionaron incluso en el periódico y se había lucido en el recital de estudiantes con el *presto* de la *Sonata para violín número uno* de Bach. En cambio, para Leo todo lo que tenía que ver con el conservatorio era agua pasada. Quizá la música fuese su vocación, pero su misión en la vida era la fábrica de su padre.

El último día de colegio antes de las vacaciones de Pascua,

los padres o sus empleados recogían a muchos alumnos. La tía Kitty esperaba a Leo en su desvencijado coche. Como hacía sol, había plegado la capota y Leo vio que su tía mantenía una animada conversación con la señora Ginsberg y, por supuesto, Walter estaba ahí.

—Sí, estoy muy contenta de que por fin se haya conseguido —le oyó decir a la tía Kitty—. Robert se ha volcado y ha mandado un montón de cartas.

—Le estoy muy agradecida a su marido —aclaró la señora Ginsberg.

Walter no decía nada, no parecía tan contento como su madre.

—¡Ay, Leo! —exclamó la tía Kitty, haciendo señas con agitación a su sobrino—. Aún no lo sabes. Walter y su mamá cruzarán el charco para ir a Estados Unidos.

Leo sintió un pinchazo en el corazón. ¡A Estados Unidos!

—¿Para siempre? —preguntó mirando a su amigo con escepticismo.

Walter asintió, melancólico.

—Así lo quiere mamá —dijo—. Porque tiene miedo de que aquí atenten aún más contra la gente como nosotros. Y porque de todos modos ya no encuentra trabajo.

El atelier de su madre estaba provisionalmente cerrado y la señora Ginsberg había solicitado un empleo de profesora de piano en el conservatorio, pero la rechazaron.

—Es una verdadera lástima por vuestra amistad, Leo. —La señora Ginsberg lo miró con tristeza—. Pero os escribiréis cartas. Y, ¿quién sabe?, quizá nos visites algún día en el Nuevo Mundo.

—¿Cuándo…? —Leo tuvo que carraspear para poder hablar—. ¿Cuándo os vais?

—Justo después de Pascua, Leo. Hasta entonces aún podéis veros un par de veces y tocar juntos, ¿verdad, Walter?

—Sí, mamá —respondió su hijo con voz ahogada—. Si Leo tiene ganas de tocar el piano…

—Las tengo. —Leo hizo un esfuerzo. No podía dejar que Walter se fuese así—. Hoy no porque vamos a visitar a papá al hospital. ¿Puedo ir mañana a vuestra casa?

—Es mejor que Walter vaya a la villa de las telas —propuso la señora Ginsberg—. En nuestra casa ya está todo recogido en cajas y maletas, y he vendido el piano. Empezaremos de cero en Iowa. Trabajaré en una tienda y Walter asistirá a la Charles City.

—Qué bien —afirmó Leo, aunque nada de todo eso le parecía bien—. Entonces, hasta mañana a las diez en la villa de las telas, Walter.

Se subió al coche de su tía y le alegró no tener que hablar porque, como de costumbre, Kitty charlaba sin parar:

—Bueno, ¿estás contento con las notas, Leo? Henny ha vagueado bastante este curso, ha aprobado por los pelos. Aunque podría haber sacado notas mucho mejores, a Henny no le interesa el colegio… Ay, la pobre señora Ginsberg, lo tendrá complicado en Iowa. Robert esperaba alojarla en Nueva York o Boston, pero todo se frustró. Estados Unidos ya no es lo que era, la crisis económica ha sacudido horriblemente a los yanquis, todo está paralizado y las calles están llenas de personas en paro. Iowa es tierra de granjas, Robert ha dicho que allí las cosas aún van bien, en cambio no hay ni rastro de cultura. Por lo pronto, el pobre Walter no recibirá clases decentes… Ay, sí, Henny me ha dado una carta para ti, tómala… ¡Yuju, Dodo! Allí enfrente, aquí no puedo parar con el coche… Un poco más… Ay, maldita sea, este trasto ya empieza a protestar otra vez.

Dodo la esperaba junto a la torre Perlach. Estaba rodeada de amigas a las que les contaba algo emocionante, seguro que volvía a tratarse de esa aviadora que había aterrizado en África o en otra selva. ¿Cómo se llamaba? Nelly Einhorn o algo así…

—¿No has quitado el freno de mano, tía Kitty? —preguntó su sobrina al subirse—. Huele horrible a quemado.

—¡Madre mía, otra vez! Todo es culpa de la agitación por Paul, me pone muy nerviosa que aún tenga que estar en esa desagradable clínica. Y mientras tanto la fábrica anda manga por hombro. Pero no podéis contárselo a vuestro padre en ningún caso, ¿de acuerdo?

Hacía tiempo que Leo y su hermana lo sabían. Apenas veían a su madre por la villa de las telas; si no estaba en el hospital con su marido, estaba en la fábrica.

—No consiguen poner en marcha las hiladoras de anillos —le había contado Dodo, agitada, a su hermano—. Le he dicho a mamá que sé cómo funciona. Pero no me deja que toque las costosas máquinas…

Leo puso la carta de Henny junto a las notas y a la vez tuvo que sonreír ante los aspavientos impertinentes de su hermana. «Sé cómo funciona» era su muletilla favorita. Ya fuesen coches, aviones o máquinas de vapor, la listilla de Dodo siempre lo sabía todo a ciencia cierta.

Después de la comida, Leo se sentó en su cuarto y clavó los ojos en el piano. Hacía meses que ni siquiera levantaba la tapa, las partituras estaban en pilas bien ordenadas sobre el instrumento y los pedales, cubiertos de polvo porque Else solo lo quitaba por encima. Se levantó y dio una vuelta por la habitación, se acercó dos veces al piano, a la tercera pasó los dedos con mucho cuidado por la tapa y se estremeció como si hubiese tocado una placa caliente. «Nunca más», se había jurado. ¿Debía romper una promesa que se había hecho?

«Durante unos días —pensó—. Porque no puedo dejar que Walter se vaya así. Sin música. Y luego nunca volveré a tocar. Jamás en la vida.»

Corrió el taburete y se sentó. Respiró hondo y levantó la

tapa. El cubrepiano de fieltro rojo oscuro estaba arrugado porque no lo colocó con cuidado en su sitio. Cuando todavía iba a clase en el conservatorio. Evitó seguir pensando. En el nombre de ella. En su cara. De ningún modo en su blusa y lo otro, con lo que había soñado tan a menudo…

Cuando puso las manos sobre las teclas, los dedos se movieron solos. Beethoven. *Claro de luna.* Primer movimiento. Paisaje montañoso pelado, luz mortecina, escasa, lejana, infinitamente solitaria. La atmósfera lo cautivó y se apoderó de él. Nunca había sentido ese tranquilo movimiento con tanta intensidad, más bien le gustaba el segundo porque era violento y vertiginoso: tormenta con rayos y truenos, arpegios frenéticos, la agitada y desatada naturaleza. Aunque el primero era mucho más grandioso. Magia con un par de tonos, una profunda tenebrosidad ascendente, un mundo dormido y melancólico…

—¡Leopoldito! Qué bien que vuelvas a tocar el piano —sonó una voz en la escalera—. Pero tenemos que irnos, tu padre os espera.

La tía Kitty. ¿Quién si no podía romper una atmósfera tan grandiosa con una sola palabra? «Leopoldito.» Cómo odiaba que lo llamase así.

—Enseguida voy.

No se llevó el maldito boletín de notas a la clínica; al fin y al cabo, no debía exaltar a su padre. Dodo hizo lo mismo, aunque se había convertido en la mejor de su clase. Tampoco quería hacer sombra a su hermano.

Por suerte, su padre se encontraba mejor. Ya no estaba en la cama sino en una silla junto a la ventana, y leía el periódico. Además, ya no llevaba el extraño camisón del hospital, sino su propio pijama y la bata que siempre se ponía cuando iba al cuarto de baño.

—Bueno, vosotros dos —los saludó—. ¿Contentos con las notas? En fin, hoy como excepción no os pregunto. ¿Queréis chocolate? La tía Lisa me ha traído. Si no decís nada, podéis comeros un trozo.

Su padre estaba extraordinariamente agradable y generoso, les regaló la tableta de chocolate con leche y ellos pudieron acompañarlo por el pasillo en su breve paseo. Dijo cosas extrañas: que hasta entonces no había comprendido lo valiosa que era la vida y que las fuerzas no debían manejarse de forma despreocupada y pródiga.

—Tenéis que apoyar a vuestra madre. Tú, Dodo, le echarás una mano con las obligaciones domésticas y tú, Leo, podrías ayudar en la fábrica. ¿Queréis?

—¡Sí, papá! —aseguraron al unísono.

Después de despedirse de ellos, volvió a tumbarse en la cama para que le pusiesen una inyección y luego le llevaron una infusión de menta.

—Papá es muy anticuado —criticó Dodo, que iba con su hermano en el tranvía y se aferró a un agarre de metal porque el vehículo se tambaleaba—. ¿Por qué debo ayudar a mamá en las obligaciones domésticas y tú puedes ocuparte de la fábrica?

—Porque tú eres chica —replicó Leo.

Era cierto que no tenía claro cómo respaldar a su madre en la fábrica, pero estaba preparado para todo. Con tal de que no tuviese nada que ver con los números o las matemáticas.

En la puerta de la fábrica saludaron al viejo Gruber.

—Ha traído a su hermana, ¿no?

—Sí, hoy venimos los dos.

—Pues su madre está en la nave. Pero es mejor dejarla tranquila, todos están muy ocupados.

Cruzaron el patio, que tenía un aspecto desolador. Leo había estado allí con su padre por última vez hacía un par de semanas, desde entonces muchos trabajadores habían desaparecido, tuvieron que despedirlos. En la tejeduría las máquinas aún funcionaban, por el estrés reinaba un silencio sepulcral. Ante el edificio de administración había un trabajador apoyado en la escoba: cuando vio al hijo del director, empezó a barrer la entrada con empeño. En la hilandería, varios hombres estaban ocupados con las dos hiladoras de anillos: dos atornillaban, los demás miraban y hablaban todos a la vez. Su madre estaba en medio, había extendido los viejos planos en una mesa y puesto unos ladrillos en los bordes para que el papel no se enrollase.

—Las máquinas siguen sin funcionar —le susurró Dodo a su hermano—. ¡Qué tontos son todos!

Leo no le respondió. A veces su hermana podía ser muy desagradable. Luego Dodo fue hasta su madre y le dijo algo, pero esta hizo un movimiento de rechazo y se volvió hacia uno de los hombres. Era Mittermaier: su padre se lo había presentado una vez, cuando la fábrica aún recibía muchos pedidos y Mittermaier era el experto en hiladoras. Poco después hubo bronca.

—¡Quite los dedos! —exclamó uno de los trabajadores—. Si no se los va a pillar.

—Sé lo que hago —lo abroncó Dodo—. La pieza está montada del revés. Por eso las máquinas no funcionan.

Se oyeron carcajadas. Su madre se le acercó y la cogió del brazo.

—Por favor, Dodo. No nos molestes y vuelve con Leo a la villa de las telas.

—¡No, mamá! Sé que tengo razón. Escúchame de una vez. Es el riel del huso. Está mal puesto y por eso los hilos se rompen.

Los hombres dejaron de reír, estaban más bien indignados; Mittermaier apartó a Dodo sacudiendo la cabeza, desatornilló una parte del manuar y puso los tornillos en un cuenco.

—¿No has oído lo que he dicho, Dodo? —preguntó su madre con voz extraordinariamente aguda—. Sal inmediatamente de la nave. Esta noche hablaremos.

Su estúpida hermana se lo había buscado. ¿Por qué siempre tenía que inmiscuirse? Leo se dirigió a la salida de la nave para esperarla y deseó de todo corazón que Dodo entrase en razón.

—¡Por fin! —suspiró cuando ella apareció con cara triste.

—¡Vamos rápido! —exclamó Dodo.

¿Por qué de repente tenía tanta prisa? Fue tras ella, le hizo una seña a Gruber y recibió un despistado cabeceo como respuesta. El hombre leía el periódico y alzó un momento la vista hacia ellos, de todos modos la puerta estaba abierta. Dodo se apresuró, iba un poco inclinada hacia delante, con los brazos cruzados. ¿Lloraba?

—¿Qué te pasa? —preguntó su hermano—. ¿Estás ofendida porque no te han escuchado? ¡Madre mía, Dodo! Son todos especialistas que han trabajado durante años con las máquinas. ¡No puedes decirles que sabes más que ellos!

Su hermana no respondió, sino que echó a correr. Hasta que no estuvieron en la avenida de la villa de las telas, Leo no cayó en la cuenta.

—¿Qué llevas debajo del abrigo? ¿No serán…?

Dodo se detuvo y lo miró aguzando sus ojos grises. Esa mirada era amenazante y completamente decidida. Casi daba miedo.

—No irás a chivarte, ¿verdad?

Leo no podía creer que se hubiese llevado los planos. Si su madre se enteraba, le caería un buen castigo.

—No me chivaré, Dodo —dijo—. ¡Pero estarás por lo menos tres semanas sin salir de casa si se descubre, todas las vacaciones de Pascua!

Ella se echó el pelo corto hacia atrás con desprecio.

—¡Me da igual!

En la cena volvió a faltar su madre, lo que la abuela encajó con un suspiro.

—No entiendo el comportamiento de Marie. Bueno, tiene que ocuparse de la fábrica, pero Paul siempre llegaba puntual a la mesa para cenar.

La tía Lisa salvó la situación proponiéndole a la abuela que al día siguiente la acompañase a la clínica para que pudiera convencerse de la mejoría de Paul.

—Si no hay más remedio… —arguyó—. Odio los hospitales. ¿No decías que pronto le darán el alta?

Para cenar había ensalada de patatas con huevo y sándwiches de jamón. Dodo husmeó en el plato sin ganas y Leo le dio su huevo. Estaba impaciente porque había escondido los planos en su habitación y quería estudiarlos antes de que su madre regresase. Por desgracia, la abuela quería ver los boletines de notas y tuvieron que ir corriendo a su cuarto para cogerlos.

—¡Qué fastidio! —se quejó Dodo—. Nunca se entera de nada importante, pero se ha acordado de que hoy nos daban las notas.

Alicia Melzer los esperaba en el salón rojo y se había llevado el monedero. Por unas buenas notas daba cinco marcos, ya era algo. Sobre todo entonces, cuando el dinero en la villa era más escaso que nunca.

—Muy bien, Leo —lo elogió después de ponerse las gafas y estudiar sus notas—. El tercer puesto. En verano era otra cosa, ¿no?

Su querida abuela seguía teniendo una memoria fabulosa. También alabó a Dodo, que se moría de impaciencia, y al final cada uno recibió una moneda plateada de cinco marcos. Bien es cierto que a Leo le pareció un poco injusto porque él era tercero y en cambio Dodo era la primera de su clase, pero no dijo nada: la abuela era anticuada, no se podía cambiar.

—Seguid así, queridos míos —concluyó sonriendo—. Hoy me habéis dado una gran alegría. Buenas noches.

Aún era demasiado pronto para irse a dormir. Leo se sentó en la cama y pensó si ponerse al piano. Al día siguiente Walter iría a su casa, entonces volverían a tocar viejas piezas y no estaba seguro de lograrlo sin ensayar antes. Se lo debía a su amigo. No podía ser que se atascase cuando se despidieran con música, que era su pasión compartida. Resuelto, se levantó para buscar las partituras y pisó un trozo de papel que estaba sobre la alfombra. Ay, era la carta que la tía Kitty le había dado. De Henny. ¿Qué podría ser? Bueno, saldría de dudas.

—¡Dorothea!

Se detuvo, puesto que notó el enfado en la voz de su madre. ¡Vaya! Iba a haber bronca. Y una buena.

—He cogido los planos porque quería volver a comprobarlo todo —dijo Dodo, arrepentida, con voz de pito—. Sé exactamente a qué se debe el fallo, mamá. Por favor, te lo enseño mañana por la mañana o ahora mismo si quieres.

Leo oyó un crujido de papel y supuso que su madre había cogido los planos. Podía imaginarse muy bien su cara. No cambiaba la expresión, pero se sabía que estaba muy enfadada.

—No quiero verte en los próximos días, Dodo. Te prohíbo salir de casa hasta que acaben las vacaciones.

Su madre no gritó, lo dijo en voz baja y tranquila. Luego salió del cuarto de Dodo, cerró la puerta tras de sí y se oyó cómo bajaba la escalera y entraba en el despacho de su marido. Hubo un momento de silencio. La calma después de la tempestad. Leo volvió a guardar la carta, respiró hondo y se decidió a ir al cuarto de su hermana. Aunque ella era culpable de toda la bronca, le daba pena.

—Es mala. —Dodo lloraba—. ¡Mala! ¡Mala! ¡Mala!

Él no respondió. No tenía sentido si estaba tan furiosa, pero no le pareció bien que hablase así de su madre. Sin decir nada, le tendió un pañuelo y ella se sonó con fuerza.

—¿Me acompañas, Leo?

Volvía a tener esa mirada decidida, seguro que tramaba otra locura.

—¿Adónde?

—A la fábrica.

—¿Ahora? ¿Por la noche? ¡Estás loca, Dodo!

—¡Entonces iré sola!

Leo buscó pretextos. Lo que ella tenía previsto era más que disparatado. Era una locura. Pero él era su hermano. No la dejaría sola. Pasase lo que pasase.

—No tenemos la llave.

—Está en el pasillo.

—¿De verdad sabes lo que haces, Dodo?

—¡Sí!

Se pusieron los jerséis y bajaron descalzos a la primera planta. Leo hacía guardia en el tramo de escalera que daba al vestíbulo mientras Dodo cogía del gancho el manojo de llaves de su padre. Nadie se dio cuenta. Su madre estaba en el despacho y los empleados en la cocina, charlando. Ese día había especial alboroto, como si alguien celebrase su cumpleaños. En cualquier caso, tenían tiempo para ponerse los zapatos y abrir la puerta. Fuera hacía frío, Leo tiritó y deseó estar sentado al piano en su cuarto. Pasó un rato hasta que los ojos se le acostumbraron a la débil luz de la luna y aparecieron las siluetas del parque y la avenida.

—La avenida no —susurró Dodo—. Cruzaremos los prados, a la sombra de los árboles.

Lo que faltaba, se mojarían los pies. No importaba, ya daba igual: de perdidos al río. Por suerte, en Haagstrasse aún estaban encendidas las farolas, de modo que llegaron a la fábrica sin problema. En la portería no había luz: Gruber, que siempre estaba despierto, dormía el sueño de los justos. Dodo encontró enseguida la llave correcta en el grueso manojo de su padre; sonó un crujido cuando la giró en la cerradura; por suerte, no despertó a Gruber. La hilandería estaba oscura como boca de lobo, tuvieron que pulsar el interruptor principal, las lámparas se encendieron y fue evidente que se vería la luz desde la villa de las telas.

—¿Puedo ayudarte? —murmuró Leo.

—Enseguida.

Dodo rodeó una de las hiladoras de anillos, rebuscó en las herramientas y trepó a la escalerilla. Leo oyó con el corazón en un puño cómo aflojaba los tornillos y quitaba piezas de metal. Si rompía definitivamente la máquina, todo habría terminado. Temeroso, contempló los innumerables carretes de hilos, grandes y pequeños, que estaban puestos por orden y giraban a una velocidad variable cuando la máquina funcionaba. Algunos hilos se habían roto y colgaban.

—Ahora ayúdame a anudar y enrollar los chismes. Con cuidado. No hay que volver a ponerlos en el sentido que no es.

Qué complicado. No envidiaba a las mujeres que antes hacían ese trabajo durante todo el día. Probablemente por la noche no viesen otra cosa que carretes de hilo girando y bailando, por no hablar de las llagas en sus dedos.

—Bien —dijo su hermana—. Ahora vamos a probar. Sube esa palanca de atrás. Poco a poco.

Leo accionó la palanca y notó cómo la máquina cobraba vida con la corriente. Empezó a zumbar, traquetear, chirriar, el ruido aumentó y se volvió molesto, los carretes de hilo giraron como bailarinas que daban una pirueta infinita.

—¡Hay algo que chirría! —gritó Dodo. Él también lo oía, pero pensó que el ruido formaba parte del concierto de la hiladora de anillos, que escuchaba fascinado—. ¡Allí! —exclamó Dodo, y rodeó las bobinas de la derecha.

—¡No! —gritó él—. Ahí no. Aquí. Más a la izquierda.

—¡Ahí no puede chirriar nada!

—¡Lo oigo!

Cuando se trataba de escuchar, Leo era el especialista.

Dodo se detuvo y miró fijamente la máquina, que zumbaba y silbaba.

—¡Baja la palanca! —exclamó—. Tienes razón, Leo. Ahí hay algo.

La máquina silbó, jadeó como una persona que da el último suspiro, pareció desinflarse, enmudecer, se cayeron dos carretes que no estaban bien montados.

Dodo husmeó entre los carretes con el destornillador y maldijo. Increíble, su hermana lo hacía casi tan bien como la tía Kitty.

—Se ha caído por ahí una tuerca. Necesito un destornillador, uno estrecho y largo.

Leo revolvió en la caja de herramientas, pero ninguno de los tres destornilladores satisfizo a Dodo.

—Demasiado corto. Dame ese trozo de alambre que tienes ahí delante —pidió, y empezó a escarbar con el alambre entre los carretes, se quejó una y otra vez, echó pestes, siguió hurgando, rascó, resbaló, maldijo…

—¡Maldita sea!

Sonó un ruido metálico, luego uno más fuerte dos veces, y sintieron una corriente de aire que recorrió la nave y venía de la puerta de entrada.

—¡Lo sabía! —oyeron exclamar a su madre en tono desesperado—. ¿Qué os habéis creído?

¡Pillados! Todo había terminado. Su madre y Humbert se presentaron en la fábrica, tras ellos llegó cojeando el viejo Gruber y dijo no entender por dónde habían entrado los niños.

—Han tenido que volar, señora Melzer. Lo juro… ¡Volar!

Dodo tenía el alambre en la mano. Miró fijamente a su madre, luego a Leo.

—¡No digas nada, mamá! —exclamó—. ¡Leo, sube la palanca!

Leo tenía las manos tan húmedas de los nervios que la

palanca se le resbaló al primer intento, luego la subió. La máquina cobró vida. Primero jadeó un poco, luego zumbó, traqueteó, silbó. Los carretes pequeños se estiraron, empezaron a girar. Los grandes siguieron con más lentitud. La hiladora de anillos empezó a cantar. A cien, mil voces sonaba su música arrastrada, como un tarareo, un zumbido; las bailarinas daban piruetas infinitas, giraban alrededor de su propio eje y se envolvían en sus vestidos blancos de hilo fino de algodón. Bailaban y cantaban una composición infinita y repetida eternamente, y no querían parar.

—¡Ves, mamá! —gritó Dodo por encima de la sinfonía de la hiladora de anillos—. Estaba al revés desde que la desmontasteis. No quisiste creer que sabía cómo funciona… Sí que sé…

No siguió porque su madre la abrazó y la estrechó. Lo que le susurró al oído no se entendió, pero ambas lloraron. También el viejo Gruber se secó las lágrimas de los cañones de la barba, Humbert se apoyó en un poste y puso los ojos como platos, como si asistiese a un milagro. Leo sintió una intensa presión en la garganta, algo subía de forma incontenible en su interior, lo sacudió con fuerza y prorrumpió en sollozos. La máquina vivía. Todo iría bien.

37

¡Lo que le faltaba! Ojalá no hubiese dejado entrar al tipo en casa, pero esperaba poder convencerlo de nuevo. Él fue de un lado a otro de su salón, inspeccionó cada mueble, sacó los bonitos jarrones y garrafas del armario, y pegó su horrible sello de embargo.

—¿No puede al menos pegarlo para que no se note? —lo reprendió ella—. No en medio del armario, donde se ve enseguida.

—Déjeme en paz, señora Bliefert. ¡Este es un acto oficial y tengo instrucciones!

Ella puso los brazos en jarras y se colocó delante de la cómoda porque dentro estaba la cubertería de plata, pero esa persona repugnante y bigotuda la apartó y abrió el cajón con decisión.

—Necesito los cubiertos —se resistió—. Es una necesidad diaria. ¿Debemos comer con los dedos?

Despiadado, cogió uno de los tenedores de plata con sus ávidas zarpas, examinó el cuño y lo contó todo. Cucharas, cucharillas, cuchillos, tenedores, dos cucharones, seis tenedores de postre, una pala para tartas de cuerno con mango de plata. Pegó el sello de embargo al cubertero después de anotar en su lista lo que había dentro.

—Pague sus deudas, entonces podrá volver a comer con

cucharas de plata —dijo él—. Entretanto, utilice las de estaño.

Con qué malicia la miraba por encima del bigote. «Ya verás —pensó ella—. Cuando Liesl haya emparentado con la nobleza, te tiraré el dinero a la cara, tendrás que arrodillarte y pedirme disculpas.» Ojalá fuese pronto. Excepto una carta, Auguste no había recibido más noticias de Pomerania, de modo que empezó a preocuparse; con tanta felicidad, Liesl podría haber olvidado a su madre y a sus hermanos.

—¿Qué hay arriba? ¿Los dormitorios?

—¿Usted qué cree? ¿Una sala de baile?

—No se ponga grosera, señora Bliefert. Solo cumplo con mi deber.

—Arriba no hay nada que embargar. Necesitamos las camas y los roperos son viejos, nadie los quiere.

Sin embargo, subió las escaleras y miró todos los armarios, se arrodilló y revisó si Auguste había escondido algo debajo de la cama.

—¿Creía que tengo ahí una saca de dinero? —se exaltó ella.

—Eso no, en cambio ropa de cama bonita...

—Eso no le incumbe —refunfuñó ella, y le dio la espalda.

Si se creía que quería saldar sus deudas de otra manera, se equivocaba. No hacía falta que algunas pagasen las facturas de hacía años porque mantenían buenas relaciones con el representante de las severas autoridades. Pero ella no era de esas. Y mucho menos con un hombre tan feo y delgado. En ese caso, podía imaginarse algo mejor. De hecho, podía. Y no del todo sin motivo.

—Pues ha sido todo por hoy —constató el agente judicial—. Tres semanas de plazo. Si entonces no ha pagado, vendrán a recoger las cosas. ¡Adiós, señora Bliefert!

Al menos se iba antes de que los muchachos volviesen de la escuela. Por supuesto, él no se quitó los zapatos, por todas partes se veían las sucias huellas. Furiosa, Auguste dio un portazo y cogió el cubo y el trapo para limpiar el rastro de esa desagradable visita. Luego intentó despegar con mucho cuidado al menos el sello de embargo del armario del salón, pero la saliva del funcionario ya estaba seca, no pudo quitarlo. ¡Qué tonta! Cuando Maxl volviese después a casa, se lo reprocharía. Maxl estaba muy cambiado. Se había vuelto insolente, reñía a su madre, decía que era culpa suya que quizá tuviesen que subastarse pronto la tierra y la casa.

—Todo porque compras unos chismes que nadie puede utilizar pero que cuestan mucho dinero —le había soltado el otro día.

Habría sido mejor pagar la hipoteca a plazos en lugar de comprar jarras de cristal y cucharas de plata. Y su hijo decía que no necesitaba jabón de rosas, podía lavarse sin él. Como entretanto volvía a haber mucho que hacer en el vivero, Maxl había renunciado a su trabajo en la ciudad. Tenía que ocuparse de los tiernos plantones en las almajaras y los invernaderos, ya vendían pensamientos en el mercado, hierbas frescas, rabanitos y canónigos; si el tiempo se mantenía, pronto estarían maduros los primeros cogollos de lechuga. En realidad, su situación económica no era tan mala de momento, habría podido pagar sin problema una señal al agente judicial si no hubiese gastado hasta el último céntimo que había ganado en el mercado el día anterior. Pero pagó las deudas al lechero porque si no ya lo le habría vendido nada, le dio algo al carnicero y enseguida se endeudó más porque se llevó un trozo de carne de vacuno y medio salchichón. Lo hizo para volver a poner sobre la mesa una comida decente para sus tres muchachos. ¿Acaso iba Maxl a insultarla por ello?

Se parecía poco a su padre, ni siquiera por fuera. Dio un buen estirón durante el invierno, le sacaba una cabeza a su madre y ya no era un palillo, sino que se había vuelto robusto. No era de extrañar que creyese que era el hombre de la casa y que podía mandar a su madre y a sus hermanos. Pero daba en hueso. Ella aún llevaba la voz cantante y seguiría siendo así durante mucho tiempo.

Fue a la cocina para mirar el puchero en el que guisaba el trozo de carne. La carne estaba un poco correosa, pero se podía masticar, y al día siguiente habría caldo con cebada perlada y cebollino fresco. ¿Por qué Maxl se ponía así? Al fin y al cabo, entraba dinero en casa. No era mucho, pero si ahorraba, podría liquidar una parte de las deudas y no tendrían que vender sus cosas. Era importante hacer desaparecer el vergonzoso sello de embargo, quizá saldría con un poco de agua caliente.

Cuando cogió un trapo húmedo para ir al salón, oyó que se abría la puerta. Maxl estaba en el pasillo y se ponía las zapatillas.

—Llegas pronto —dijo con poco entusiasmo, y dejó el trapo en el fregadero.

Su hijo se lavó largo y tendido las manos sucias y se sentó a la mesa de la cocina.

—Ponme ya la comida porque luego iré al campo para plantar las patatas. No quiero interrumpir el trabajo.

A ella no le gustó que hablase con tanto despotismo, prefería hablar como había oído a la gente bien en la villa de las telas.

—Grigori viene después —objetó ella—. Y Christian también quería ayudar. Tenéis toda la tarde para recoger las patatas.

Maxl se obstinó y exigió de inmediato su comida.

—Además, no he visto a Christian desde ayer por la mañana —afirmó tendiéndole el plato hondo—. Y Grigori no vendrá más.

A Auguste casi se le cae el cazo.

—¿A qué te refieres con que no vendrá más?

—Le he dicho que ya no hacía falta que viniese —respondió Maxl, impasible—. Porque no me gusta que te ponga ojitos.

¡Era el colmo! Auguste dejó el cazo en la olla y, furiosa, puso los brazos en jarras.

—Si Grigori quiere ponerme ojitos no es asunto tuyo, ¡aunque lo hiciera cien veces! —exclamó irritada—. Pero ¿quién te crees que eres? Un mocoso. ¡Recién salido del cascarón y ya quieres darle órdenes a tu madre! Ve enseguida a su casa y discúlpate.

Su hijo escuchó el arrebato con toda tranquilidad. En eso se parecía mucho a su padre. Pero en lugar de guardar silencio y bajar las orejas, como siempre hacía Gustav, empezó a hablar.

—Mira, mamá —dijo moviéndose un poco en la silla—. Si quieres buscar a otro que encaje con nosotros y sea decente, hasta me alegraría. Pero Grigori es un sinvergüenza. Anteayer os vi bajo la ventana de la cocina…

—¿Bajo la ventana de la cocina? —preguntó asustada.

—Exacto. Estabais bajo la ventana de la cocina, tú y Grigori.

Era cierto. Habló con él allí un rato. Y no solo eso. Auguste notó que se ponía roja porque se avergonzaba ante su hijo. Maxl se dio cuenta y miró por la ventana porque a él también le resultaba violento. Al fin y al cabo, era su madre.

—No pasó nada —afirmó ella.

—No estoy ciego, mamá. Tenía la mano debajo de tu abrigo.

—¡No es cierto!

Así fue. La mano de Grigori incluso llegó un poco más lejos, es decir, bajo la blusa y la camisa hasta la piel, donde sus dedos causaron toda clase de estragos, por los que Auguste tuvo palpitaciones. Además, con su aterciopelada voz rusa le hizo tales confesiones que la embriagó por completo.

—Y aunque lo sea —se defendió enfadada—. Grigori es decente y trabajador, quiere labrarse un futuro en Alemania.

—Desde luego. —Maxl se rio—. Y para eso necesita a una tonta que se case con él. También iba detrás de Hanna, pero por lo visto no ha conseguido su objetivo. Por eso el muy canalla se ha insinuado a Riecke.

Auguste se negó a creer algo así de Grigori. Por supuesto, sabía que estuvo enamorado de Hanna, pero era agua pasada.

—¿Cómo que Riecke?

Maxl hizo una mueca, parecía muy enfadado.

—La hija mayor de Lisbeth Gebauer, de la fábrica de telas. Riecke trabaja como criada en casa del abogado Grünling. Le contó toda clase de mentiras, luego se propasó. Entonces le dije que yo no estaba conforme con eso y creo que lo entendió.

«Riecke Gebauer», pensó Auguste. Una rubia delgada con pecas. ¿No se la había encontrado en la lechería recientemente? Compró para su señor y, entonces se acordó, le dio recuerdos para Maxl. Eso era nuevo. Maxl tenía novia. ¡Si la cosa seguía, su hijo la convertiría en abuela! Algo así podía suceder rápido, la propia Auguste lo sabía mejor que nadie.

—Ese bribón de pelo plateado incluso ha querido ligarse a la señora Grünling —continuó Maxl—. Pero ella es demasiado lista para dejarse engañar por ese.

¿Grigori había cortejado a Serafina Grünling? Cuando Auguste fue doncella en la villa de las telas, ella ya era una bruja y desde entonces eso no había cambiado. Al contrario.

—Seguro que te lo has inventado, Maxl —dijo insegura—. No me creo que Grigori sea así.

—¿Alguna vez te he mentido, mamá?

Tuvo que admitir que precisamente Maxl siempre había sido sincero. Hansl mentía de vez en cuando; Maxl, nunca. Como mucho, guardaba silencio. Lo había heredado de su difunto padre. Gustav no era un charlatán.

—Está bien, come —cedió ella, le sirvió y le puso el plato delante de las narices.

Mientras su hijo se comía el puchero, ella miraba por la ventana, no quería creer que Grigori no fuese a volver nunca. Si él le debía tanto como decía, si incluso estaba tan enamorado de ella y tenía intenciones serias, ¿cómo iba a consentir que le impidiesen visitarla? Buscó con la mirada, pero en los invernaderos no vio a nadie. Y ya hacía tiempo que tendría que estar allí...

—¿Buscas a Grigori, mamá? —preguntó Maxl apartando el plato vacío.

—No, a Christian —respondió enfadada.

—Tampoco vendrá —oyó ella—. Si ayer lo entendí bien, se va a Pomerania. Por Liesl.

¡Un susto tras otro!

—¿Por Liesl? Pero ¿se ha vuelto loco de remate?

¿Qué impresión causaría entre los parientes nobles que el jardinero Christian apareciera cansado y andrajoso en la finca y asegurase estar enamorado de Liesl? Podía frustrar todas sus esperanzas de un matrimonio noble.

—Escucha, Maxl —dijo mientras se echaba encima el abrigo—. Tengo que ir rápido a la villa de las telas. Cuando tus hermanos vuelvan de la escuela, diles que la comida está en el fuego.

A toda prisa se puso los zapatos y corrió por el atajo que daba al parque de la villa de las telas. Ojalá no se hubiese ido aún. Gracias a Dios, Christian no era de los rápidos, se lo pensaba todo dos veces antes de hacer algo. Quizá tuviera suerte y todavía pudiese disuadirlo de cometer ese disparate.

Jadeante y sin aliento por la carrera, llamó a la puerta que daba a la cocina de la villa de las telas. ¿Por qué tardaban tanto en abrir? Impaciente, golpeó la puerta hasta que por fin oyó pasos.

—Sí, es Auguste —respondió Gertie y le sonrió—. Hoy llegas tarde. ¿Dónde está tu cesta de verduras? La cocinera necesita cebollino y canónigos.

—Luego os lo trae Fritz —respondió Auguste, que había olvidado la cesta por los nervios.

—Pues entra. Hay una gran noticia.

Ese día ya había tenido bastantes novedades, pero entró, colgó el abrigo y fue a la cocina. Fanny Brunnenmayer estaba sentada en una silla y Hanna le untaba las hinchadas piernas con una pomada; Else dormía su siesta sentada. A Christian no lo vio.

—Estás sin aliento —constató la cocinera, sorprendida—. Siéntate, hoy te daré incluso un café en grano de verdad. Gertie nos lo ha regalado.

Auguste apenas se lo creía cuando Gertie le llenó la taza de un aromático café bien cargado.

—Jesús, Gertie, ¿te ha tocado la lotería?

La doncella de la señora se rio para sus adentros y llenó dos tazas más, una para Else y otra para Hanna. Fanny Brunnenmayer rehusó, el café cargado no le sentaba bien al corazón.

—Tengo un puesto de secretaria particular en Múnich —aclaró Gertie, radiante de felicidad—. Hoy es mi último día en la villa.

¡Gertie! Por fin lo había conseguido. Auguste tenía un poco de envidia porque pensaba que en su día habría podido aprender un oficio como ella. Se le complicó por el embarazo.

—Entonces te deseo mucha suerte —aseguró alzando la taza en dirección a Gertie—. Y muchas gracias por el rico café.

—¿Has recibido correo de Liesl? —preguntó Fanny Brunnenmayer, e hizo una mueca porque Hanna le volvió a poner las medias de algodón en las doloridas piernas.

—¿De Liesl? Desde luego. Le va bien —mintió Auguste—. Pero tengo que hablar con Christian. ¿Está fuera?

—Christian... —dijo Fanny Brunnenmayer sonriendo—. Esta mañana se ha ido a Pomerania. Le he comprado el billete de tren porque no tenía dinero. Quiere ir a buscar a Liesl. Y me parece bien.

Auguste soltó la taza de café porque se atragantó. Era una conspiración. La cocinera le puso el billete a Christian delante de las narices. Entonces no era de extrañar que hubiese tomado una decisión.

—Pero ¿qué te has creído? —la reprendió—. Liesl no es para Christian, ya tiene otros pretendientes. Porque su padre la está introduciendo en la alta sociedad.

Fanny Brunnenmayer no se alteró. Se volvió y le hizo un gesto de agradecimiento a Hanna.

—No te equivoques, Auguste. Resulta que Liesl ha llamado a la villa. Eso fue anteayer. Y como la señora Elisabeth no estaba y nadie descolgó el auricular, pues se puso Humbert.

¡Su hija había llamado por teléfono! Era la mejor demostración de que ya pertenecía a la nobleza. Al fin y al cabo, en la villa de las telas una empleada no llamaba con tanta facilidad.

—¡Quién lo hubiese dicho! —comentó con orgullo—. Así que mi hija telefoneó. Seguro que quería dar recuerdos de parte de su padre…

Las miradas que la cocinera intercambió con Gertie y Hanna no fueron muy respetuosas, más bien divertidas.

—No —dijo la cocinera—. Mandó decir a Christian que no lo había olvidado, sino que pensaba en él a diario. Y parece que hubo un accidente en la caballeriza en el que la señora Elvira von Maydorn estuvo a punto de perecer.

Esa era la baronesa madre, la cuñada de Alicia Melzer. Bueno, qué más daba. Si se partía el cuello, el padre de Liesl sería el propietario de la finca. Lo único que no le gustaba en absoluto a Auguste era lo de Christian. ¿Cómo podía Liesl ser tan tonta y arruinarse así la vida?

—¿Y qué contó de su padre?

—Nada —respondió Fanny Brunnenmayer con parquedad.

Abatida, Auguste guardó silencio y tomó un buen trago de café. Le dieron palpitaciones, y no era de extrañar: ya no estaba acostumbrada al café cargado. Por lo visto, Christian ya estaba en camino, había llegado demasiado tarde. Además, Liesl parecía haber sido lo bastante insensata como para hacerle declaraciones de amor al muchacho. Y luego ese desastre: a él le entró miedo por Liesl y se fue de pronto a Pomerania.

—Entonces podemos celebrar la boda en mayo —intervino Else, que salió del duermevela justo a tiempo para oír las noticias—. Liesl y Christian son unos novios guapos y jóvenes. Te felicito por tener un yerno tan amable.

Auguste miró fijamente a Else como si tuviese delante un fantasma. ¿Se burlaba de ella o lo decía porque chocheaba cada vez más? De todos modos, nunca fue muy lista.

Estaba harta de malas noticias. Le habían caído una tras otra; le estropeaban todos los sueños, todas las esperanzas de salir algún día de la miseria y poder llevar una vida digna y agradable. «Ya veréis —pensó—. También tengo algo que anunciar que por lo menos no le gustará a una de vosotras.»

—Debo volver a casa, los muchachos regresan del colegio —dijo mientras se levantaba—. ¿Hanna? ¿Puedes venir conmigo hasta la puerta lateral? Antes, con las prisas, perdí la llave. Tienes mejor vista que yo.

—Madre mía, Auguste —se sorprendió Hanna, compasiva—. Por supuesto que te acompaño, encuentro casi todo lo que se ha perdido.

Hanna se echó encima el abrigo y le pidió a la cocinera que se quedase tranquilamente sentada porque volvería rápido para fregar. Auguste tuvo enseguida cargo de conciencia. Habría preferido darle una mala noticia a la cocinera o a Else antes que a Hanna, que era una muchacha tan amable y bondadosa. Por otro lado, le hacía un favor a Hanna, sería honrado abrirle los ojos.

—¿Cuándo fue la última vez que viste la llave? —quiso saber Hanna cuando se acercaron a la puerta lateral.

—Escucha —dijo Auguste y se detuvo—. No he perdido

la llave, quería estar un momento a solas contigo porque tengo algo que decirte.

Hanna la miró como caída de la luna. Nunca se le habría ocurrido que Auguste la hubiese engañado con tanta facilidad.

—¿No has perdido la llave?

—No. Tengo que contarte algo de Grigori. Porque es un estafador descarado y ronda a todas las mujeres que puede.

Le habló de Riecke Gebauer, a la que Grigori había querido seducir, de la señora Grünling y, además, confesó que el apuesto ruso también le había echado el ojo a ella.

—Que está enamorado de mí y que soy la estrella de sus sueños, esas cosas me ha dicho. Desde luego me he reído de él, como comprenderás. Pero como sé que te corteja, quería contártelo. Para que sepas la verdad, Hanna, y no te hagas falsas ilusiones.

Hanna la escuchó en silencio y con los ojos abiertos y afligidos. Cuando Auguste guardó silencio y la interrogó con la mirada, ella bajó la vista al suelo, movió de un lado a otro los guijarros del camino con el pie y después suspiró.

—Es muy honrado por tu parte, Auguste, que me adviertas —dijo en voz baja—. Humbert me ha contado las mismas cosas de Grigori, pero no quise creerlo. Ahora sé que decía la verdad.

Durante un momento estuvo en silencio y Auguste sintió verdadera compasión. Entendía bien a la pobre Hanna: era triste y humillante que engañasen así a una.

Hanna se abrochó uno de los botones del abrigo.

—De todos modos es agua pasada, Auguste. No necesité mucho tiempo para darme cuenta de lo que quiero. En realidad, siempre he sabido que Humbert es mi mejor amigo y que no quiero perderlo nunca. Sin embargo, me dolió muchísimo decírselo a Grigori. Porque fue mi primer gran amor.

Entonces se puso a llorar y a Auguste también le cayeron

las lágrimas. Menudo maleante. Sin embargo, tuvieron que llorar por él, aunque no se lo merecía. Quizá no tanto por él, Grigori, el ruso de voz aterciopelada y bonitos ojos negros. Lloraban por lo que les permitió soñar. Por el maravilloso, extático y gran amor que había revivido en su fantasía y que ahora reventaba como un globo pinchado.

—Ha vuelto a trabajar en la fábrica —comenzó a decir Hanna y se sorbió los mocos—. Porque ahora funcionan las máquinas en la hilandería. Ay, le deseo lo mejor. Que encuentre una buena mujer y sea feliz.

Auguste abrazó a Hanna, aún lloraron juntas un rato, luego sus caminos se separaron. Hanna volvió a la villa de las telas para fregar y Auguste se fue a toda prisa porque quería quitar el maldito sello de embargo.

«Que encuentre una buena mujer —pensó burlonamente—. Le deseo que sea una bruja. Una bruja que le pague con la misma moneda. Así el muy canalla recibirá lo que se merece.»

38

—El matrimonio es la fiel unión entre un hombre y una mujer, que se dispensan entrega mutua. Un matrimonio se contrae ante Dios y cuenta con la bendición del Creador.

El juez se sentó en un lugar elevado y se dirigió, mientras daba ese discurso, sobre todo a Tilly. Ernst von Klippstein, que estaba sentado a su lado, asentía una y otra vez con cara seria a las declaraciones del magistrado. Tilly se sentía muy mal en la sala oscura y entarimada, que olía a expedientes y cera. Toda la culpa recaía sobre ella, ya que fue quien había destruido esa santa unión.

El juez se puso un momento las gafas, hojeó el expediente que tenía delante y carraspeó.

—Han venido hoy para intentar por última vez sacar adelante este matrimonio que contrajeron hace seis años. Por ello le pido, Tilly von Klippstein, que piense seriamente si no existen entre usted y su marido afinidades que los unan. A lo largo de un matrimonio en ocasiones hay malentendidos que se pueden zanjar mediante una conversación aclaratoria con amabilidad y sentido común.

La mano de Tilly buscó a tientas el pequeño colgante que ese día se había puesto por algún motivo. «Qué lástima —pensó tocando el corazón rojo con el índice—. La paciente que me lo regaló vivió en feliz matrimonio antes de que la guerra le arrebatase a su marido. Yo, en cambio…»

—Ya hemos hablado, señoría —dijo—. Y estamos de acuerdo en que queremos divorciarnos.

El juez atravesó de nuevo con la mirada a la mujer que estaba sentada ante él para que recapacitara, pero como Tilly no mostraba ninguna reacción se dirigió a su marido.

—Entonces le pido, Ernst von Klippstein, que piense si puede perdonar a su esposa gracias a la caridad cristiana para, en lo sucesivo, seguir en santa unión con ella.

No parecía ni mucho menos querer renunciar. Los pensamientos de Tilly divagaron. Al día siguiente era Viernes Santo, en el consultorio habían establecido para la Pascua un servicio de urgencias y ella había elegido voluntariamente encargarse de las tardes, aunque ya había presentado la renuncia. En el correo encontró el contrato de trabajo del hospital central antes de lo esperado y lo firmó. Su vida había tomado así un nuevo y emocionante rumbo, que por las noches le daba palpitaciones. Tenía por delante un nuevo futuro. Libre, independiente a nivel económico y divorciada.

—¡Has nacido de pie, mi querida Tilly! —exclamó Kitty y la abrazó—. ¡Ay, me alegro tanto por ti!

Pero ella estaba muy lejos de sentirse realmente feliz. Todo lo contrario, tenía cargo de conciencia. El día antes, al mediodía, había ido al consultorio para mantener la conversación pendiente y a la vez presentar su dimisión. No quiso entrar en largas explicaciones, sino acabar con el asunto de buenas formas. Por supuesto, todo fue muy distinto. Apenas abrió la puerta y echó un vistazo a la sala de espera, Jonathan Kortner fue a su encuentro.

—Señora Von Klippstein —dijo, y le cogió la mano—. Le debo una explicación. Es un asunto tan tonto y penoso que no sé cómo plantearlo…

Parecía muy desvalido y la miraba con una culpabilidad tan infantil que ella se esforzó por defenderse contra la embestida de sus sentimientos. No cabía duda, era atractivo, sobre todo en esa situación, su sonrisa le llegaba al corazón, su mirada quería abrazarla con cariño, pero Tilly se resistió. No cometería ese error una segunda vez.

—Lo siento —afirmó ella retirándole la mano—. No me debe nada, doctor Kortner. La culpa de este malentendido es solo mía.

A continuación, huyó a su pequeña sala de consulta, cerró a toda prisa la puerta tras de sí y se apoyó contra la pared respirando con fuerza. ¿Estaba el doctor yendo a la sala de espera para llamar al próximo paciente? Aguzó el oído sin oír nada. De pronto llamaron tímidamente a la puerta.

—Señora Von Klippstein, solo un momento…

«¿Qué debo hacer?», se preguntó, puesto que por lo visto él aún no había dado la conversación por concluida.

Una voz ronca y masculina en la sala de espera la libró de su dilema:

—Perdón, doctor. Mi hija se ha desmayado. ¿Podría ayudarla, por favor?

—Ya voy —dijo el doctor Kortner, y se alejó.

«Dios mío, qué cobarde soy», pensó avergonzada. Respiró hondo y fue a la sala de espera, donde el doctor Kortner atendía a la joven. Lo ayudó a llevarla hasta la sala de curas y llamó al próximo paciente. Hasta aproximadamente las dos, cuando la sala de espera se quedó vacía, no se atrevió a ir a la sala de consulta para zanjar el desagradable asunto de una vez.

Como siempre, le llegó el olor a infusión de menta. Jonathan Kortner estaba sentado a su escritorio, tenía los brazos apoyados y la recibió con una mirada extrañamente resignada. Doris cambió la funda del diván y no se volvió hacia Tilly hasta que acabó su trabajo.

—Aquí está. Creo que debemos hablar claro. El asunto fue de la siguiente manera…

—Espera, Doris —la frenó su hermano—. Por favor, señora Von Klippstein, siéntese primero.

484

—No, gracias. —Tilly sacudió la cabeza—. Prefiero estar de pie.

Doris Kortner lanzó una mirada reprensiva a su hermano y continuó con parquedad, a su manera:

—Por supuesto, nos dimos cuenta de su confusión. Convencí a Jonathan de que resultaba muy práctico dar la impresión de que estaba casado, al fin y al cabo, eso creen casi todos los pacientes, hasta que tarde o temprano se aclarase por sí mismo. Como ha sucedido, ¿no es cierto? Ahora usted está al tanto y todo está en su debido orden.

Contenta, sonrió a Tilly y luego miró a su hermano, que tenía la cara entre las manos. Tilly no comprendió lo que pasaba en la mente de esa mujer, pero algo tuvo claro: su hermana mayor dominaba por completo a su apreciado doctor Kortner. La conclusión fue desilusionante, pero le facilitó no seguir tomándolo por un hombre deseable, sino por un pusilánime, cuyos pantalones llevaba su hermana.

—Tiene razón —dijo ella con amabilidad—. Está todo en su debido orden. El 15 de abril dejaré el consultorio, dado que me han ofrecido un puesto en el hospital central y lo he aceptado. Por supuesto, hasta esa fecha estaré disponible con mi entrega habitual.

Ya había preparado la carta de renuncia y la dejó sobre el escritorio. Él levantó la cabeza, pero no la miró, sino que clavó los ojos en el papel que tenía delante.

—Mañana por la mañana no puedo venir porque tengo una cita oficial —añadió antes de abandonar la sala—. Por la tarde puedo encargarme de las visitas a domicilio si les parece bien.

Como no obtuvo respuesta, se marchó y cerró la puerta tras de sí sin hacer ruido. Luego paseó por el centro y se permitió un trozo de tarta y una tacita de moka en un café de Maximilianstrasse. Era la primera vez que hacía algo así. Sentarse sola en un café le parecía escandaloso, su madre se habría horrorizado. Era como si esperase a que le hablasen. En cambio, Kitty se habría reído de ella y habría dicho: «¡No tiene nada de malo!». De hecho, nadie parecía extrañarse de que hubiese una mujer joven sentada sola en la confitería. Solo dos señoras mayores, que comían tarta de manzana, la contemplaron con curiosidad, pero hizo caso omiso.

Al día siguiente estaba sentada en la sala del tribunal, que se encontraba en el ayuntamiento. Una mosca zumbaba por los paneles de madera, chocó varias veces contra las paredes y se precipitó hacia el expediente que estaba delante del juez. Este hizo un movimiento instintivo para aplastar a la entrometida, pero no acertó y la mosca siguió zumbando en dirección a la ventana.

—Recapitulemos —prosiguió el juez mirando el reloj de pared, que estaba a un lado—. Hemos intentado por última vez que el matrimonio Von Klippstein se reconcilie y siga unido; por desgracia, hemos fracasado. En este sentido, el tribunal dará a conocer en breve una fecha para el divorcio. Los gastos del procedimiento se remitirán a ambos.

Por fin. Tilly se levantó del duro asiento y se dio prisa en abandonar la oscura sala del tribunal, donde el juez ya pasaba al siguiente caso. En el pasillo esperó a Ernst, que por sus dolencias de la guerra no se pudo levantar tan rápido y abandonó la sala unos minutos más tarde.

—Ya tienes lo que querías —aseguró él—. ¿Estás contenta?

Su tono no era tanto de reproche como de sarcasmo, en realidad Tilly estaba preparada para reproches más duros.

—Es mejor así, Ernst. No solo por mí, sino también por ti.

—¿Ah, sí? —preguntó con ironía—. Entonces, ¿debo darte las gracias por brindarme una vida mejor?

En silencio, Ernst caminó a su lado por los sinuosos pasillos y bajó las anchas escaleras hasta la salida. Una vez fuera,

Tilly se encontró con un día de comienzos de la primavera, el sol iluminaba la extensa plaza del ayuntamiento, los puestos del mercado estaban montados en torno a la fuente de Augusto, las primeras flores brillaban entre las verduras. Quien tenía dinero compraba, ya que la Pascua era inminente. Quien tenía unos céntimos o ninguno pasaba por los puestos para al menos mirar los solicitados alimentos y quizá hacerse con algo gratis.

—Tengo el coche allí —dijo Ernst señalando con el dedo Steingasse—. Bueno, adiós. Nos veremos para el divorcio, probablemente por última vez.

Le tendió la mano. Aún tenía cierta amargura en la mirada; en cambio, la rabia y el odio habían desaparecido, empezaba a recobrar la serenidad. Aliviada y un poco triste, Tilly miró cómo caminaba entre los puestos del mercado hacia el otro lado de la plaza. Al fin y al cabo, también hubo buenos tiempos, sobre todo al principio de su matrimonio, cuando se necesitaban y se tenían cariño. De eso quería acordarse cuando pensara en Ernst von Klippstein.

De repente se quedó perpleja. Ernst se detuvo delante de un puesto de flores y se puso a hablar con una joven que llevaba un abrigo de loden verde y un sombrero regional. Tenía una maleta a su lado, que cogió para seguir a Ernst von Klippstein. ¿De qué conocía a esa chica? Pronto lo sabría. Cuando la desconocida volvió la cabeza, Tilly vio que era Gertie, la doncella de Lisa. ¿Acaso Ernst se la había quitado a la villa de las telas? En todo caso, la muchacha andaba a pasos cortos y rápidos muy cerca de él, hablaba sin parar y parecía estar muy contenta.

«Qué extraño», pensó Tilly, divertida. Si eso significaba que Ernst se la llevaba a Múnich, la exigente Lisa se enfadaría mucho.

Miró el reloj en la torre de la iglesia de San Pedro de Perlach y constató que aún tenía algo de tiempo antes de visitar a sus pacientes. Quizá debía comprar un par de manzanas de invierno o ciruelas pasas. Ay, no, mejor una macetita con pensamientos para Kitty, que pintaba maravillosas imágenes florales.

—Señora Von Klippstein, disculpe que me dirija a usted así —dijo una voz conocida detrás de ella que la sobresaltó.

¿Qué narices hacía ahí el doctor Kortner?

—¿No habrá abandonado a sus pacientes? —preguntó ella con un poco de mordacidad, y se enfadó de inmediato porque no logró mantenerse natural.

—Tengo que hablar con usted, señora Von Klippstein —afirmó avergonzado, dando vueltas al sombrero en las manos—. No puedo dejarlo así. Le pido…

Tilly sintió palpitaciones, temió que quisiese convencerla para que declinara la oferta de trabajo en la clínica y siguiera trabajando en su consultorio, a instancias de su hermana. O por lo que fuese.

—Ahora no puede ser —lo rehuyó—. Tengo que empezar dentro de poco las visitas a domicilio.

—Hasta entonces aún hay tiempo —objetó él—. ¿Puedo invitarla a una taza de café y un trozo de tarta?

No servía de nada: era demasiado encantador y ella no se atrevía a darle calabazas.

—Bueno, está bien… ¿Por qué sabía dónde encontrarme?

—No era difícil de adivinar. Su cita oficial de esta mañana tenía que estar relacionada con el divorcio. Entonces pensé que estaría cerca del ayuntamiento. Conozco un café muy agradable en Maximilianstrasse. Si le parece bien…

Renunció a preguntar si la idea había sido suya o de su hermana.

—Por qué no.

Caminaron uno junto al otro en silencio y evitaron a los transeúntes en sentido contrario; de vez en cuando Kortner la miraba de reojo, como si temiese que pudiera huir. Pero

Tilly tuvo que reconocer que su compañía no le resultaba desagradable, al contrario.

Qué coincidencia: era el mismo café en el que había estado el día anterior. Ahora estaba lleno de gente, ya que también se podía pedir una sopa para almorzar. Precisamente aún estaba libre una única mesa en la parte trasera del comedor, aquella a la que se había sentado el día antes.

—¿Le parece bien esa mesa? ¿O mejor lo intentamos en otro lugar?

—Quedémonos aquí.

La ayudó a quitarse el abrigo, le colocó la silla y se sentó enfrente. Por los nervios volcó el soporte de la carta.

—Perdón.

—No pasa nada —dijo ella, sonriendo.

La camarera era rolliza y maternal. El doctor Kortner pidió dos cafés y tarta de manzana. El pastel de cereza y la nata montada se habían acabado.

—No importa —lo tranquilizó Tilly—. No hemos venido a comer tarta sino a hablar, ¿no?

—Tiene razón.

El alboroto y el griterío del ambiente parecían molestarlo, puesto que se mostró apocado, se frotaba las manos y tenía la mirada perdida.

—Primero me gustaría felicitarla por su nuevo puesto —comenzó Kortner—. Se ha ganado una posición acorde a sus capacidades. De todos modos, su trabajo en mi consultorio se pensó más como una solución transitoria. Buscaré a otro colega, aunque confieso que me resulta difícil sustituirla. Por diversos motivos…

Se cortó y desvió la mirada. Tilly esperaba en silencio la continuación.

—No es sencillo decir ciertas cosas en este entorno, señora Von Klippstein —admitió—. Posiblemente suene inverosímil y se ría de mí. Sin embargo, quiero intentarlo.

Tilly tuvo que esperar porque justo en ese instante llegó la camarera, sirvió y enseguida presentó la cuenta.

De alguna forma, Kortner le dio pena. El ímpetu y el entusiasmo, el carácter radiante: todo lo que al principio le fascinó de él se había esfumado. Parecía deprimido y desamparado, pero aún le gustaba. Tenía debilidad por los hombres desvalidos; al fin y al cabo, conoció así a Ernst, cuando en su día estaba necesitado en el hospital militar de la villa de las telas. Un motivo, en todo caso, para ser muy prudente. Dio un sorbo al flojo café y probó la tarta, en la que escaseaban tanto el azúcar como la manzana.

Tras unos minutos, Kortner lo volvió a intentar:

—Ya he dicho que será difícil encontrar a alguien que la reemplace, señora Von Klippstein. No solo porque es una médico excelente y muy comprometida, sino también porque me ha gustado mucho trabajar con usted. Desde el principio despertó en mí una profunda simpatía, una suerte de consonancia espiritual. Las conversaciones sobre nuestros pacientes me demostraban una y otra vez que nos parecemos en el trabajo. Suena muy patético, ¿no es cierto?

En efecto, Tilly sonrió por la expresión «consonancia espiritual», pero se avergonzó por ello.

—No, no —dijo Tilly—. Tiene toda la razón, pienso lo mismo. Las conversaciones con usted siempre me resultaron muy útiles.

Él asintió y hurgó en su trozo de tarta.

—Le quería aclarar algo y ahora no sé por dónde empezar. Se trata de Doris, mi hermana. Le debo mucho.

«Madre mía —pensó Tilly—. Ahora viene la conmovedora historia de la hermana mayor, que siempre ha desempeñado el papel de madre para él. ¿De verdad quieres oírlo?»

Fue distinto a lo que supuso. La Gran Guerra estalló cuando Jonathan era un estudiante de Medicina y vio mucha desgracia durante esos cuatro años que sirvió como sanitario.

Cuando por fin terminó la guerra, retomó sus estudios, pero se enamoró perdidamente. El matrimonio fue desgraciado, una catástrofe, se divorciaron y él se quedó sin recursos y con el ánimo muy tocado. Al mismo tiempo murieron sus padres, a los que la inflación se lo había quitado todo.

—No sé lo que habría sido de mí sin Doris —admitió en voz baja—. Estuve a punto de abandonar. Pero ella intercedió por mí, trabajó para financiar mis estudios, me tomó la lección, me dio ánimos cuando yo creía que no aprobaría el examen. —Hizo una pausa antes de llegar a lo más importante—. Mi hermana quería evitar sobre todo que yo acabase en un matrimonio desgraciado por segunda vez. Ella opinaba que me guiaba demasiado por los sentimientos, en vez de utilizar la razón. Ese fue el motivo, ¿comprende? Ella tenía miedo de que yo pudiese actuar de manera irreflexiva y por eso este malentendido vino muy a propósito. Al haber cierto distanciamiento, ella tuvo la oportunidad de hacerse una idea de las personas que estaban a mi alrededor. Bueno, de usted.

—Entiendo —aseguró Tilly, pensativa y conmovida por el relato de su vida. Tenía una pregunta en la punta de la lengua y al final la hizo—: ¿Por qué su hermana me observó y me puso a prueba a mí? ¿Qué motivo tenía?

La miró con sus grandes y tristes ojos.

—¿No lo he dicho? Me enamoré locamente de usted, señora Von Klippstein. Nada más verla. En nuestro primer encuentro en la villa de las telas. Pareció que me atravesaba un rayo...

Tilly se quedó sin respiración. ¿Era un truco? No, seguro que no, y menos aún una mentira insidiosa como ella siempre temía. No, tal y como la miraba, como buscaba las palabras adecuadas, no podía estar fingiendo. Lo decía de verdad. Tilly sintió cómo surgía una tímida sensación de felicidad en su interior. Un hombre se había enamorado de ella. ¿Cuándo le pasó por última vez? Santo cielo, hacía tanto tiempo de eso que no consiguió hablar.

—No puedo esperar que corresponda a mis sentimientos —dijo él en voz baja—. Además, no era el motivo de esta confesión. Solo quería aclarar por qué mi hermana se comportó de ese modo. Por desgracia, le seguí el juego un rato; fue torpe por mi parte. Pero en aquel momento creía que no debía hacerme ilusiones, sino que debía tratarla como una compañera ejemplar y capaz.

Esa confesión hizo polvo a Tilly y la dejó perpleja. ¿Tenía que corresponderle y hacer lo mismo? ¿Ahí, en ese ruidoso café? No, eso sería inapropiado. Desde luego, estaba enamorada. Incluso ahora que sabía más de él o precisamente por ello. Al mismo tiempo, se había vuelto prudente. Él era un simpático cascarrabias, un maravilloso médico y un hombre encantador. Podía creer que de pronto se hubiese enamorado de ella, pero ¿qué sucedería si tras unos años le ocurría lo mismo con otra mujer? Y luego estaba esa dependencia de su hermana, que no le gustaba en absoluto. Por otra parte, no deseaba que él creyese que no le importaba. Entonces quizá lo perdiese y no quería eso de ningún modo. No, no lo soportaría.

—Ha sido muy sincero conmigo, doctor Kortner —dijo titubeante y midiendo cada palabra—. Por eso quiero contarle también la verdad. Desde el principio sentí simpatía por usted…

Resignado, sonrió. «Simpatía» era demasiado poco para él, le leyó la desilusión en la cara.

—Mucha simpatía. Quiero decir, más que simpatía… Por favor, no me malinterprete. Estoy en una situación complicada, dentro de poco me divorciaré tras seis años de matrimonio y por ese motivo soy muy prudente.

Jonathan Kortner revivió por completo. La miró radiante, quiso cogerle la mano y no se atrevió delante de tantas personas.

—Lo entiendo perfectamente, en ese caso no me he equivocado con mis sentimientos… ¿Sabe lo feliz que me hace?

Tilly lo sabía porque en ese momento ella sentía la misma felicidad. Ahora había que encontrar un camino armonioso.

—Aunque nuestros caminos profesionales se separen, creo que deberíamos mantener el contacto. En algún momento habrá una oportunidad para… un encuentro amistoso. ¿Le parece que podríamos quedar así?

Él esperaba más, le vio la desilusión en la mirada.

—Dependo completamente de usted, querida Tilly —dijo con voz suave—, soy su obediente servidor.

Cuando la ayudó a ponerse el abrigo, él le cogió la mano y la agarró. Tilly no osó resistirse, aguardó con el corazón en un puño lo que iba a hacer. Se llevó su mano poco a poco a los labios y la besó. Fue como una descarga eléctrica, un raudal ardiente que la recorrió con ese inocente roce y la estremeció hasta la médula. Tilly comprendió que estaba perdida. No había medias tintas en el amor. Todo o nada. Para bien o para mal. Vida o muerte.

¡Kitty! ¡Dios mío, tenía que hablar sin falta con ella!

39

—Tienes que echarte, Paul —dijo Marie con aire de reproche—. El médico ha dicho que debes descansar en cuanto lleguemos a casa.

Paul estaba a su lado en el asiento trasero del coche, llevaba el traje que ella le había acercado al hospital, rehusó el abrigo. Hacía sol y por todas partes se veían arriates con flores coloridas, la primavera progresaba a pasos agigantados; por qué debía Paul abrigarse como en pleno invierno, sobre todo si iba en una limusina cerrada.

—Cariño —replicó sonriendo—, primero vamos a la fábrica. Quiero ver cómo funcionan las máquinas.

—¡Por favor, Paul! Lo puedes hacer esta tarde. No debes poner a prueba el corazón de ningún modo.

Él la rodeó con el brazo y la estrechó.

—El doctor ha dicho que las palpitaciones agradables están permitidas —le susurró al oído—. Lo probaremos esta noche, ¿no es cierto, amor mío?

Marie se puso roja porque era posible que Humbert hubiese entendido el murmullo.

—Eres y sigues siendo un insensato —lo reprendió sacudiendo la cabeza—. Para las próximas semanas está previsto reposo absoluto, querido. Y me atendré estrictamente a ello.

La miró con picardía, como a ella le gustaba.

—Cuidado, cariño. También ha dicho que no debo ni enfadarme ni alterarme… ¡Humbert, de frente y luego dobla a la izquierda! Ya ves.

Marie suspiró. Si no cuidaba bien de él, volvería a volcarse en el trabajo y el siguiente colapso no tardaría mucho en llegar. El médico aconsejó unas vacaciones de convalecencia en el mar Báltico, un pequeño hotel, buena comida, paseos diarios a orillas del mar y la cariñosa atención de su esposa. Un bonito sueño. Pero en ese momento había que tomar decisiones importantes y el destino de la familia estaba en juego, por lo que irse de vacaciones era impensable.

A la puerta de la fábrica estaba el viejo Gruber, que saludó con el sombrero y parecía radiante de felicidad.

—¡Señor director, vuelve a estar con nosotros! Estoy tan contento que a mi edad podría trepar a los árboles. —Abrió la puerta con tanta rapidez que estuvo a punto de tropezar.

—Mi querido Gruber —afirmó Paul, emocionado—. Ya sabe, ¡mala hierba nunca muere!

—Y su aplicada hija —continuó Gruber—. ¡Hay que ver! Diez hombres no pusieron en marcha las máquinas y viene la señorita en medio de la noche y consigue que funcionen. Es muy inteligente, señor director. Lo ha heredado de su abuelo, Jacob Burkard. Cuando se trataba de máquinas, era un genio.

Por supuesto, Marie le había contado la excursión nocturna de la gemela y primero su marido opinó que Leo fue el que llevó a cabo esa proeza.

—No, Paul —lo contradijo—. Fue Dodo. Robó los planos de mi padre, que yo ya había sacado, y los estudió minuciosamente. Acto seguido, incitó a Leo a que la acompañase y entraron a hurtadillas en la hilandería. Fue Dodo quien encontró el fallo en las hiladoras de anillos y las puso en marcha. Así que le debemos en exclusiva a nuestra hija tan dotada para la tecnología que podamos entregar el pedido en el plazo previsto. Aunque reconozco que la reprendí e incluso la amenacé con prohibirle salir de casa.

Ay, Marie se reprochaba no haber confiado en su hija. Y eso que sabía cuáles eran las capacidades de Dodo. Desde el principio se hizo patente su talento para la tecnología y las ciencias naturales. Por desgracia, esa exagerada pasión por la aviación la había inducido a considerar a su hija como una soñadora sin límites. Por eso ahora tenía motivos para preocuparse. Si Dodo seguía con su idea de tomar clases de aviación dentro de unos años, difícilmente podía oponerse. Aunque Marie tenía mucho miedo por su hija, puesto que la aviación era una pasión peligrosa que muchos habían pagado con la vida.

Por lo pronto, su obra maestra era la reparación de las hiladoras de anillos y era lo que su padre quería ver en primer lugar. Varias trabajadoras estaban ocupadas quitando los carretes llenos y encajando nuevas partes interiores o anudando los hilos rotos a toda prisa. Las cajas con el hilo listo se llevaban a la tintorería. Mittermaier estaba sentado en una silla y vigilaba el trabajo; comía a sus anchas pan con mantequilla y bebía una botella de cerveza. A su lado, Dodo había tomado asiento en una caja de madera, en el regazo tenía una lata de galletas porque Fanny Brunnenmayer había insistido en preparar a la «chica lista» sus galletas favoritas.

—¡Papá! —gritó Dodo cuando vio entrar a sus padres en la nave. La lata se cayó, pero ella se lanzó a los brazos de su padre y trató de persuadirlo, excitada—. ¿Ves cómo funcionan, papá? Era muy fácil. Enseguida pensé que tenía que deberse a que lo habían desmontado y limpiado todo. Y entonces tomé prestados los planos y...

—Lo sé, pequeña —dijo Paul con ternura—. Lo sé todo. Mamá me lo ha contado. Es increíble. Te hemos subestimado, mi inteligente hijita.

Marie vio con una sonrisa de felicidad cómo Dodo se empapaba de las palabras de su padre. No cerró la boca ni un instante, arrastró a su padre tras de sí, rodeó las máquinas con él y le explicó con detalle cómo funcionaban.

—Las fibras de lana llegan a las bobinas grandes y ahí se enroscan antes de llegar a las pequeñas. Las grandes van más lento y las pequeñas más rápido, y, si no hay interacción, los hilos se rompen cada dos por tres…

Paul, que por supuesto conocía el funcionamiento de la máquina, escuchó con paciencia, intercambió divertidas y elogiosas miradas con Josef Mittermaier y preguntó cuántos carretes había en la tintorería. Resultó que ya llevaban más o menos un quinto del encargo. Un poco ajustado, pero, si todo transcurría sin dificultades, podían entregar el pedido en el plazo previsto.

Marie esperaba que Paul se diese por satisfecho y fuesen a la villa de las telas para que él pudiese echarse un rato. De eso nada. Primero era necesaria una ronda de inspección en la tintorería, donde cuatro trabajadores estaban ocupados, luego fue el turno de la sala de embalaje para comprobar si contaban con suficiente material. Por último, insistió en subir las escaleras del edificio de administración para saludar al contable Stollhammer, que se alegró como un niño. Y, como no podía ser de otro modo, subió otro tramo de escalones para vigilar cómo estaban las cosas en la oficina y dar los buenos días a la secretaria, aunque solo tenía permitido subir las escaleras a paso lento y con pausas.

Ese día, Sábado Santo, se encontraban allí las dos secretarias. Habían ido expresamente porque les llegó la noticia de que le habían dado el alta al señor director. Ottilie Lüders y Henriette Hoffmann prepararon zumo de frutas y galletas caseras para celebrar como era debido el gran acontecimiento. Teniendo en cuenta el débil corazón de su jefe, no se sirvió café.

—¡Qué alegría, señor director! Estamos muy contentas de que vuelva a estar con nosotros… Nos permitimos ofrecerle un vasito de zumo recién exprimido y pastas de miel, que le encantan a su hija.

En el despacho de Paul, Sebastian estaba sentado al escritorio y ordenaba el correo. Se levantó deprisa para ceder el asiento.

—Querido Paul, he hecho lo que estaba en mi mano para mantener activa la empresa —aclaró solícito—. Han entrado dos pedidos, cosas pequeñas. Hemos abonado los salarios, pero nada de aumentos, la situación es demasiado grave para eso. Después de todo, la gente está contenta de trabajar con nosotros, debemos encargarnos de que siga así. Se dice que el consorcio de la Nordwolle se tambalea, pero a diario hay nuevos rumores, si hay que creérselo todo…

Guardó silencio porque Marie le lanzaba miradas de advertencia a espaldas de Paul. Los rumores sobre la Nordwolle, Cardería e Hilandería de Estambre de Alemania del Norte, no eran nuevos, pero ese día no tenía que importunar a su cuñado con eso.

—¿Dos pedidos? —preguntó Paul, alegre—. Pues mejor que nada. Te lo agradezco de corazón, Sebastian. Y estaría muy contento si también pudieses ayudarme las próximas semanas.

Era una oferta de reconciliación, que Sebastian aceptó con entusiasmo. Se estrecharon la mano, Paul dejó a un lado sus reservas y parecía que de momento Sebastian había dejado en segundo plano la incondicional lucha contra el capitalismo y a favor del bienestar de los obreros. Sin fábrica no había trabajo. Incluso un comunista convencido tenía que respetar esas simples circunstancias.

—Paul, ya es hora —insistió Marie—. Vámonos. Mamá y Lisa nos están esperando.

Lo dijo con sosiego porque había comprendido que su

498

marido no quería que lo tratasen como a un enfermo. Era más inteligente proceder con diplomacia.

—Como siempre, tienes razón, cariño.

Cuando doblaron por la avenida, la rotonda delante de la villa de las telas brillaba con todos los colores: los tulipanes y los narcisos estaban en flor, entre ellos había pensamientos color amarillo y lila, y en el medio, jacintos blancos y rosas.

—Qué bonito —le aseguró Paul a Marie en voz baja—. ¿Sabes que solo ahora disfruto de estas cosas? Antes pasaba por delante sin verlas.

Hanna estaba en las escaleras para abrirles la puerta principal, sonreía con complicidad y se apartó para que se viese el vestíbulo. Los empleados habían envuelto a toda prisa el pasamanos de la escalera señorial con una guirnalda de ramas de abeto, decorada con flores de papel blancas y rojas. En lo alto de la escalera estaban sentados Johann, Hanno y Kurti para ver el acontecimiento, aunque Hanno se interesaba más por las coloridas flores de papel que por las personas que entraban en el vestíbulo.

—Querido señor —dijo Humbert, un poco avergonzado—. Queríamos darle una pequeña bienvenida para que supiese lo mucho que lo hemos echado de menos. Haremos todo lo posible para que se recupere…

El resto no se entendió porque Kurti bajó para abrazar a su padre y Paul cogió en brazos al pequeño, para espanto de Marie. Los médicos le habían prohibido expresamente hacer esfuerzos.

—Agradezco de todo corazón este maravilloso e inesperado recibimiento —respondió Paul, y dejó a Kurti en el suelo—. Sienta bien volver a estar en casa.

Sin embargo, Marie se preocupó mucho, ya que Paul estaba pálido y tembloroso, los excesos de la mañana habían sido demasiado para él. Aún lo dejó saludar a Alicia y a Lisa, después insistió en que Paul necesitaba reposo y lo acompañó al dormitorio.

—Solo una horita, Marie —dijo él, y se dejó caer vestido en la cama—. Despiértame para la comida, ¿vale?

Se durmió enseguida y Marie salió en silencio del cuarto. Llamó a la puerta de Leo, que tenía a Walter de invitado para tocar juntos por la mañana. Estaban sentados sobre un montón de partituras y miraron a Marie como dos conspiradores.

—No os molestéis —les dijo sonriendo—. Quería pediros que no hagáis ruido, papá se ha acostado.

—Por supuesto, mamá, ya nos lo habíamos imaginado. ¿Cuándo podemos volver a tocar?

—Cuando se levante, Leo. ¿Qué partituras son esas?

—Eh, las hemos copiado. De unas de la biblioteca que no se pueden sacar prestadas.

—Entonces estáis ocupados —dijo Marie, entusiasmada.

Paul dormía profundamente cuando sonó el gong y Marie decidió no despertarlo.

—¿Qué le decimos a mamá? —preguntó Lisa cuando Marie se lo comunicó—. Se preocupará. Hasta ahora cree que Paul estaba en la clínica para un simple reconocimiento y está rebosante de salud.

—Diremos que el médico le ha prescrito dormir —decidió Marie.

—¡No le gustará!

Sin embargo, ese día Alicia volvía a tener migrañas; apareció un momento para tomar un poco de sopa, luego se quedó sentada a la mesa con cara achacosa sin hacer preguntas y antes del postre se retiró a su dormitorio.

—Un telegrama, señora —dijo Humbert, y se lo tendió a Alicia cuando salió del comedor.

—Ahora no, Humbert. Déjelo en la cómoda, por favor —murmuró—. Lo leeré luego.

Paul no se despertó hasta por la tarde. Marie se tumbó a su lado para estar cerca de él y tuvo que escuchar sus reproches.

—¿Por qué no me has despertado?

—Necesitabas dormir.

Dio un profundo y fuerte suspiro y se incorporó en la cama.

—Eso no me ayuda, Marie. Es esta situación de incertidumbre lo que me pesa en el pecho como una roca. No se puede seguir así. Dejo que nuestros fieles empleados me den la bienvenida mientras pienso en poner a la venta la villa de las telas. No es honrado.

—Entonces se tiene que decidir de una vez el futuro de la casa y de nuestra familia —aseguró resuelta—. Mañana los reuniremos a todos y volveremos a discutirlo.

—No —replicó buscándole a tientas la mano—. Debe ser hoy. Lo quiero así, Marie.

A ella no le gustó la idea. Le propuso consultarlo con la almohada: Paul tenía que reunir fuerzas, de buenas a primeras no podía pedirle demasiado a su corazón. Pero él estaba completamente decidido y no se dejó persuadir.

—Hablaremos con Lisa y Sebastian —afirmó él—. Kitty y Robert se verán menos afectados, para ellos no cambiará mucho la situación en caso de que la casa se ponga a la venta. Por desgracia, debemos decirle a mamá la cruda verdad.

—Tiene migrañas, Paul.

Él suspiró y se levantó de la cama para cambiarse.

—Entonces, solo Lisa y Sebastian. Manda a Hanna para que los cite en el comedor.

Media hora más tarde estaban sentados en el comedor. Sebastian se mostró muy diligente y prometedor, dijo que trabajaría sin descanso durante la Pascua para poder entregar el hilo fino a tiempo. Marie estaba menos esperanzada, sabía que el gran pedido no podía salvar la fábrica más que durante unos meses, y los dos nuevos eran pequeños encargos que prometían más esfuerzo que beneficio. Una vez que se firmara la unión aduanera con Austria, se estimularía el comercio y habría motivo para la esperanza. Desgraciadamente, las negociaciones se demoraban, el acuerdo aún no estaba atado y bien atado.

El crédito que pesaba sobre la villa de las telas y que el banco reclamaba era la mayor amenaza. Había que actuar antes de que el instituto de crédito embargase el edificio, después sería demasiado tarde.

—Como ahora están a la venta muchas casas y terrenos —aclaró Paul—, los precios han bajado muchísimo. En su día nuestro padre invirtió en la construcción de la villa de las telas más de un millón de marcos de oro; en cambio, el valor mercantil actual no supera los cien mil marcos, y cae cada día.

—¡No podemos malvender la villa bajo ningún concepto! —exclamó Lisa, horrorizada—. Nuestro padre se revolvería en la tumba si lo hiciésemos. En caso de apuro, vendamos el parque —propuso—. Así al menos tendremos un hogar.

Marie objetó que esos ingresos apenas alcanzaban para reembolsar el crédito, de modo que no quedarían ahorros. La fábrica no aportaba nada, no podrían pagar a los empleados y posiblemente tendrían que volver a endeudarse.

—Además, solo sigue habiendo un interesado dispuesto a adquirir el parque sin la villa —añadió Paul.

—Déjame adivinar —dijo Lisa—. No será…

—¡Grünling, el trabajador y honesto abogado!

—¡Al diablo con él! Prefiero emigrar antes que presenciar cómo Serafina manda construir un palacio en nuestros terrenos junto a la villa de las telas.

El debate daba vueltas, pero Marie tenía claro que al final solo habría una decisión razonable. Tendrían que sacrificar la villa y un pequeño trozo del parque para salvar el resto del terreno y mantenerse a flote económicamente. Si la situación cambiaba en algún momento, más adelante podrían construir otro edificio en el terreno que les quedara.

—Y si vendemos todos los muebles y demás objetos de valor —se lamentó Lisa, que se resistía a esa idea—, ¿qué sucede?

—No bastará porque...

Humbert interrumpió a Paul al abrirle la puerta a Alicia.

—¿Por qué no se me dice que la familia toma el café de la tarde? —protestó—. ¿Acaso ya no formo parte de ella? ¿Y dónde están los niños?

Fijó sus indignados ojos en Paul, pero antes de que pudiese responder, Marie lo hizo por él:

—Por favor, siéntate con nosotros, querida mamá. Tenemos que hablar de algo muy serio. ¿Estás mejor de las migrañas?

—Las migrañas están perfectas. ¿No hay café?

—Más tarde, mamá —intervino Paul—. Creo que luego necesitaremos todos una tacita.

—La necesito de inmediato —insistió su madre, de mal humor—. Humbert, café, té y pastas, por favor. Y ahora me gustaría saber lo que está pasando. No estoy tan chocha como para no haber notado vuestro continuo secretismo.

Lisa y Marie intercambiaron unas miradas confusas. Sebastian quiso decir algo, pero guardó silencio porque Paul tomó la palabra:

—Querida mamá, me resulta infinitamente difícil describirte sin rodeos nuestra precaria situación. Pero tal y como están las cosas en este momento, tengo que hacerlo...

Alicia se comportó de manera ejemplar. Llena de admiración, Marie observaba cómo la anciana seguía las aclaraciones de Paul sin interrumpirlo. El hecho de que de vez en cuando cerrase los ojos un momento y le temblasen un poco las manos, que había puesto una encima de otra, demostraba que entendía el sentido y captaba la gravedad de la situación.

—Por desgracia, habrá algunas molestias, mamá, pero podrás llevarte todos los muebles que son importantes para ti. En Karolinenstrasse viviremos de cerca lo que sucede en la ciudad, podrás ir al teatro, ver lo que hay en el mercado o pasear con los niños por el centro.

La anciana se alteró con esas palabras. Golpeó la mesa con la palma de la mano y miró colérica a su hijo.

—¡Basta! Por favor, Paul, no olvides que tengo derecho de habitación vitalicio en esta casa. Lo estipuló mi querido Johann en su testamento. A petición mía. ¿A qué suma asciende el crédito que esos buitres reclaman de golpe?

—A algo más de ochenta mil marcos —reconoció Paul.

—¡Eso es ridículo! En su momento la villa costó diez veces más —se alteró Alicia—. ¡Te prohíbo expresamente malvender esta casa, el legado de tu padre!

Marie vio que Paul se recostaba extenuado en la silla. Tendrían que explicarle a su madre que desde entonces el valor de la casa había bajado muchísimo, lo que le provocaría otra conmoción. Por desgracia, no se podía evitar. Marie le puso con cuidado la mano en el brazo a Paul para darle a entender que seguiría hablando ella. En ese momento Alicia volvió a tomar la palabra.

—Si solo se trata de zanjar ese ridículo crédito, sacrificaré mis brillantes —dijo con la cabeza bien alta y la mirada centelleante.

Paul esbozó una sonrisa forzada.

—Es muy generoso por tu parte, mamá. Sin embargo, ni siquiera la venta de tus joyas alcanzará semejante suma.

—No sabes de lo que hablas —lo informó Alicia—. No me refiero a las joyas que llevo de vez en cuando, sino a los brillantes que tu padre me regaló por la boda. Desde entonces no me los he vuelto a poner porque son demasiado valiosos. Johann consideraba ese collar como una inversión, son piedras puras, de las cuales las mayores tienen de tres a cinco quilates.

—Nunca nos has hablado de ese collar, mamá —se asombró Lisa—. ¿Tenías conocimiento de esas joyas, Paul?

Por supuesto que su hermano sabía que Alicia conservó sus joyas nupciales tras la muerte de su marido, pero nunca llegó a ver las piedras preciosas.

—Tu padre siempre guardó los brillantes en una caja de seguridad. A diferencia de él, no confié en los bancos y las cogí tras su muerte. Pensaba dejar en herencia el collar a una de mis hijas, aunque Kitty nunca se lo pondría y a Lisa no le va.

Lisa la miró ojiplática.

—¿A qué te refieres con que no me va? —susurró.

—Dado que eres demasiado rolliza, parecería que alguien te estuviese estrangulando —aclaró su madre sin piedad—. Por eso pongo el collar a vuestra disposición para conservar esta casa que alberga a nuestra familia.

Se hizo el silencio. Paul miró inseguro a Marie. La oferta era generosa. Pero antes de considerarla, en primer lugar un profesional tenía que tasar el collar. Era posible que su madre fuese demasiado optimista respecto a su valor.

—¿Dónde guardas esa valiosa joya? —preguntó Paul.

Alicia miró a su alrededor, como si detrás del aparador o la vitrina se hubiese podido esconder algún espía.

—En un nicho de la pared junto a mi cama —susurró—. Si quieres, mañana llevaré el collar al joyero y preguntaré cuánto vale.

Paul negó con un gesto.

—De ningún modo irás sin acompañamiento, mamá. Creo que Marie y yo te…

La conversación se interrumpió porque Humbert llamó y entreabrió la puerta.

—Disculpe, señor. Abajo hay dos personas que piden permiso para hablar con usted.

—Más tarde, Humbert —rehusó Paul, un poco enfadado—. Nos gustaría que no nos interrumpiesen.

—No será mucho tiempo, señor —aseguró Fanny Brunnenmayer, que esperaba en el pasillo—. Y creo que es algo importante. Para todos nosotros.

Perplejos, los miembros de la familia se miraron. Normalmente la cocinera solo salía de la cocina una vez a la semana para comentar el menú con Lisa. Y Else, que estaba a su lado y sonreía avergonzada, nunca se había atrevido a entrar en el comedor de los señores por interés propio.

Marie tenía una vaga idea de lo que iba a pasar, puesto que conocía a Fanny Brunnenmayer, era un alma leal y una persona de acción.

—Entren, por favor —pidió ella—. Y tomen asiento.

Ni Fanny Brunnenmayer ni Else quisieron. No entraba en consideración para ninguna de las dos sentarse con los señores en su elegante sala.

—Es lo siguiente —empezó Fanny Brunnenmayer, que se había quitado el delantal blanco y excepcionalmente llevaba un ceremonioso vestido azul oscuro de flores—. Else y yo nunca hemos gastado mucho dinero. Teníamos todo lo que necesitábamos aquí. Entonces hemos ahorrado. Else tiene quince mil marcos y yo veinte mil. Les queremos prestar ese dinero para que no se tenga que vender la villa de las telas.

Profundamente conmovido, Paul rehusó.

—No puedo aceptarlo, son los ahorros de toda una vida. Y ni siquiera sé si podré devolvérselo.

Alicia no dijo ni una palabra, pero Marie sabía que también estaba emocionada. Pero a la vez la anciana consideraba del todo inadecuado aceptar semejante suma de la servidumbre. En cambio, a Sebastian le habría gustado levantarse para estrechar la mano de ambas mujeres. Lisa miró a su hermano frunciendo el ceño.

—¿Y por qué no, Paul? Nos ayudaría a todos, ¿no? ¿Tiene el dinero en una cuenta bancaria, señora Brunnenmayer? Ahora mismo ahí no está a buen recaudo.

—¡En qué está pensando, señora! —exclamó Fanny Brunnenmayer, y rio—. No confío en los bancos. El dinero está arriba, en un buen escondite de mi cuarto. Y Else lo guarda igual.

Era una imagen conmovedora. Marie tuvo que sonreír de satisfacción, Paul estaba sobrecogido y no sabía qué decir.

—Por favor, acepte el dinero, señor —intervino también Else con timidez—. Cuando estaba tan enferma, usted me llevó en brazos a la clínica y me salvó la vida. Nunca lo he olvidado. La villa de las telas es mi hogar. Hace más de cuarenta años que vivo aquí y aquí quiero dar algún día el último suspiro. Y Fanny así lo quiere también.

—Lo principal es que no sea pronto —aseguró la cocinera—. Aún quiero disfrutar de un par de años bonitos y no tener que servir a gente desconocida.

—Entonces quizá tengamos que volver a deliberar —afirmó Paul, que había recobrado el habla—. Sin embargo, les pido que vuelvan a pensar si de verdad…

—No hay nada que pensar —concluyó la cocinera con parquedad—. Hemos dicho lo que había que decir. Y ahora tengo que volver a la cocina, si no se me apaga el fuego.

La puerta se cerró y la familia volvió a estar a solas. En primer lugar reinó el silencio, luego Alicia observó que no era responsable tomar dinero prestado de los empleados. Lisa objetó, Sebastian elogió la bondad y la abnegación de las empleadas y no olvidó añadir que esas personas modestas eran quienes, al contrario de los muchos explotadores capitalistas, tenían el corazón bien puesto.

Marie notó que Paul hacía cálculos mentales y pensaba en formalidades jurídicas, valoraba opciones y las desechaba. Se abrían caminos inesperados para salir de la crisis: habría que comprobar si llevaban a alguna parte.

—Propongo aplazar la decisión —intervino Sebastian—. Dadas las circunstancias, sería precipitado vender la villa de las telas. ¿No es así?

—A todas luces —subrayó Alicia con firmeza, y Lisa le dio la razón asintiendo.

—¿Qué opinas tú, cariño? —preguntó Paul.

—Estoy muy emocionada —respondió Marie—. Habíamos olvidado lo maravillosa que es esta comunidad que convive en la villa de las telas. Quizá el dicho sea cierto: «Cuanto mayor es el apuro, más cercana es la ayuda».

—Ya veremos —dijo Paul, que no estaba del todo convencido—. Y ahora necesito un café. Humbert, ¿nos ha olvidado?

El lacayo cogió la bandeja preparada y repartió las tazas. Marie intentó impedir que Paul bebiese café en grano, pero el paciente era rebelde.

—Solo una tacita, no pido más, Marie.

Alicia bebió con placer el primer sorbo y miró por casualidad hacia la cómoda.

—¿Qué hay ahí? Ah, sí, ya me acuerdo. Me lo enviaron hoy al mediodía. Dámelo, Marie, por favor… Es de Elvira. Dios mío, ojalá no sea otra mala noticia. —Sostuvo el telegrama a cierta distancia de los ojos porque así veía mejor—. Elvira viene de visita. Escribe: «Llego el miércoles con Liesl y dos potros».

—Te has equivocado, mamá —dijo Lisa—. Seguro que pone «con dos mozos». Para su equipaje o lo que sea.

Alicia le tendió el telegrama a su hija por encima de la mesa y cogió un trocito de tarta.

—Léelo tú misma si crees que veo mal.

Lisa estudió el texto con el ceño fruncido, luego puso el papel junto a su plato de postre.

—En efecto, pone «dos potros». La tía Elvira tiene que haberse vuelto loca.

40

La pena que sentía en el corazón permanecería para siempre. No había nadie a quien pudiese hablarle de ese dolor, solo le pertenecía a ella. Para el resto de su vida. Liesl estaba sentada en el coche, que se bamboleaba, y entre lágrimas tenía los ojos clavados en el naciente paisaje primaveral: en los extensos y verdosos prados en los que florecían islas de dientes de león amarillos, en las abruptas siluetas de los oscuros bosques en el horizonte, en el tentador centelleo del curso de un arroyo fluyendo a la luz del sol.

—¿No te alegras de volver a casa? —preguntó Leschik volviéndose hacia ella—. Al fin y al cabo, allí tienes a tu madre y a tus hermanos.

—Sí, sí —respondió Liesl deprisa—. Sí que me alegro.

No sonó muy convincente y el mozo de cuadra se volvió perplejo hacia delante para arrear a la yegua entrada en años. Él había decidido quedarse en la finca Maydorn, pero separarse de su respetada señora le causaba un profundo pesar. Junto a Liesl se amontonaban cajas, maletas y fardos, así como su bolso de viaje, que esta vez estaba bien lleno de ropa y vestidos, medias de seda y zapatos. En un estuche de cuero llevaba envuelto en algodón blanco el bonito anillo que la señora Von Maydorn le había regalado. El abrigo de piel de Fanny Brunnenmayer, que le había hecho un servicio de vital importancia en los primeros y difíciles meses, estaba enrollado en una maleta. Ahora no necesitaba la caliente prenda. Los vientos primaverales acariciaban la tierra, las liebres correteaban por los prados, las garzas gris pálido estaban inmóviles como palos en las aguas y por el despejado cielo las aves rapaces trazaban sus círculos.

Elvira von Maydorn cabalgaba delante del coche, había mandado a pastar unos días al semental con las yeguas para que se desfogara y se tranquilizase, de modo que ella pudiera montarlo hasta Kolberg. Es cierto que la espalda le dolía, pero había mejorado considerablemente. Al fin y al cabo, quien llevaba casi cincuenta años subida a una silla de montar no flaqueaba en los últimos metros.

—La campesina ha querido quitarme del medio —dijo enojada—. Pero el Señor lo ha dispuesto de otra manera y me ha vuelto a componer la espalda. ¡El cielo es justo!

Dos jóvenes yeguas con sus potros de un año acompañaban al coche. La propietaria de la finca había escogido a esos animales con cuidado y su mayor pena era que de momento tuviese que abandonar al resto en Maydorn. Mientras la mujer de Von Hagemann anduviese por la finca o en las proximidades, temía que volviese a haber un atentado que causara grandes daños a sus caballos o incluso costarles la vida.

—Ella seguro que lo intenta, pero probablemente él se lo impida —supuso la anciana—. Por fin se enfadará con ella, quizá sea una lección para Von Hagemann.

Elvira von Maydorn habló con su abogado y le encargó que se ocupase de su herencia. Mientras Liesl telefoneaba a Augsburgo en la oficina de correos de Kolberg para comunicarle a Christian que no lo había olvidado, Elvira mantuvo una larga conversación con el jurista, quien la informó sobre sus derechos.

—Mi herencia será para Klaus von Hagemann —le explicó a Liesl en el camino de vuelta—. Es un hecho: así lo estipulé, estúpida de mí, en el divorcio de Lisa. Pero qué y cuánto dejo es asunto mío. La finca es propiedad de los Von Maydorn desde hace más de doscientos años, aunque mi querido Rudolf fue el último heredero varón. Alicia no quiso la propiedad y Lisa, la siguiente heredera, se la cedió a Von Hagemann en su divorcio. ¿Alguien me preguntó si me parecía bien? Nadie. Lisa me quitó la finca a toda prisa y se la dio a su exmarido. Y él se juntó con una sinvergüenza que incluso quiere matarme. Pero ya verán. ¡Haré que esa gentuza llore y rechine los dientes!

Aunque Liesl conocía los ataques de ira de su madre, no era nada en comparación con la desenfrenada rabia que le sobrevino a la propietaria de la finca desde el atentado a la caballeriza, puesto que fue intencionado; también lo demostraba el hecho de que alguien corrió el cerrojo del compartimento del semental Gengis Kan. La noche anterior, todos los compartimentos estaban controlados y en orden. Leschik, que quería a los Trakehner como a sus propios hijos, lo había comprobado. Nunca se descubriría quién entró a hurtadillas en la caballeriza antes del amanecer; probablemente la misma persona que acto seguido tiró los gruesos guijarros a las ventanas de la cuadra.

—Imagínate, muchacha, si durante el tumulto se hubiese caído del gancho una de las lámparas de petróleo —añadió Elvira von Maydorn—. Entonces la cuadra con todo lo que hay dentro habría ardido y nos habríamos quemado junto con los caballos. Incluso habría podido propagarse el fuego por los demás establos y la casa del servicio. ¡Tuvimos mucha suerte en la desgracia!

Cuando aquella tarde regresaron de Kolberg, Elvira von Maydorn había tomado la determinación de vender la propiedad. Klaus von Hagemann seguía teniendo derecho al dinero que ella recibiese, pero la anciana había encontrado una solución.

—Lo gastaré, muchacha. En Augsburgo, en casa de mi cuñada Alicia, que es la única de mi generación que me queda. Para mis caballos alquilaré un buen pastizal y una cuadra. También me daré algún capricho. Despilfarraré y derrocharé el dinero hasta que no quede nada. Ni un céntimo heredará de mí.

Enseguida encontró a un agente inmobiliario que apareció en la finca al día siguiente con un descapotable para examinarlo todo con detenimiento y tomar notas. Por supuesto, el solícito hombre con abrigo oscuro y sombrero llamó la atención de Klaus von Hagemann, que le pidió cuentas al desconocido y de esa forma tuvo noticia de los planes de la propietaria de la finca. Debió de atravesarlo de parte a parte, ya que Liesl vio desde la ventana, escondida tras la cortina, cómo su padre se detuvo y le clavó los ojos al agente inmobiliario como si de una aparición se tratara mientras él seguía hablando. Vociferó algo que Liesl no comprendió, levantó el látigo y se abalanzó sobre el agente, ante lo que el estupefacto hombre se retiró a toda prisa. Se subió al coche maldiciendo, ahuyentó del asiento a dos gallinas que se habían instalado allí y se fue traqueteando.

—¡No te servirá de nada, Klaus von Hagemann! —exclamó por encima del patio Elvira von Maydorn, que estaba en otra ventana—. Puede espantar a uno, en su lugar vendrán otros tres —gritó colérica—. ¡Ya veremos quién lleva aquí la voz cantante!

Poco después oyeron las pesadas botas su padre subiendo la escalera. Llamó brevemente, luego entró en el cuarto; tenía la chaqueta grasienta y en las botas llevaba pegado el estiércol de cerdo que se les había caído a las mozas de cuadra al carretearlo.

—¿Qué es esto? —ladró él—. ¿Qué se le ha perdido a ese hazmerreír de agente inmobiliario en Maydorn?

Angustiada, Liesl se escondió detrás del sillón, pero la propietaria de la finca se levantó de su sitio y le salió al paso sin miedo.

—No sabía que lo hubiese llamado a mi cuarto —afirmó con voz autoritaria.

El administrador resopló enfadado, las cicatrices de su rostro se marcaron en líneas gruesas y rojas, y lo desfiguraron más de lo normal.

—Por favor, dejemos las formalidades —dijo él, esforzándose por parecer más tranquilo—. Se me adjudicó esta finca como herencia, está firmado y certificado ante notario. ¡No la puede vender!

La anciana tuvo que levantar un poco la cabeza para mirar a su interlocutor a la cara y le sonrió con malicia.

—Una herencia no es una herencia hasta que el testador muere. Y como, pese a todo, sigo con vida, no hay herencia para usted. La finca me pertenece y haré con ella lo que quiera.

Irritado, la miró fijamente, la barbilla le empezó a temblar.

—El tribunal no lo aprobará, señora Von Maydorn. Hay un contrato notarial.

—Ayer hablé con el abogado, es legítimo. Aunque no le guste: la finca cambiará de propietario y, con suerte, usted conservará el puesto de administrador. Yo no lo recomendaré.

—¡Es una locura! —espetó furibundo—. ¿Por qué se imagina que alguien iba a atentar contra su vida? Ridículo. Fue un lamentable accidente. ¡Un loco tiró piedras y usted nos carga el muerto a mí y a mi familia!

—No quiero saber nada más —dijo la anciana con firmeza—. ¡Salga de mi cuarto, señor Von Hagemann!

Él quiso seguir poniendo reparos, pero al dar con los ojos desorbitados y asustados de su hija guardó silencio.

—Piénselo con calma, señora Von Maydorn —replicó con voz trémula—. Tira piedras contra su propio tejado.

Se volvió y salió, solo quedó un poco de estiércol en el suelo.

—Ahora la campesina se llevará su parte —se alegró Elvira von Maydorn, y se sentó con el periódico en su butaca.

En efecto, por la noche se desencadenó en la planta baja una fuerte disputa. Esta vez dominó la voz masculina, la femenina chilló de vez en cuando, y más tarde la oyeron lamentarse. Liesl se tapó los oídos, no quería ni imaginarse lo que sucedía allí abajo. En cambio, su bienhechora sonreía y parecía disfrutar con ese concierto de voces.

Al día siguiente volvió a aparecer el agente inmobiliario en el patio, esta vez había llevado consigo a dos hombres robustos que lo acompañaron durante su visita. Negoció con la dueña de la finca, miró el plano de la propiedad y los edificios, y se fue traqueteando con su coche. Prometió que pondría anuncios en todos los periódicos importantes de Berlín, Múnich y Hamburgo. Ya era oficial.

Pasaron los días, la mansión estaba muy silenciosa, salvo por los tres niños que volvían a hacer ruido. No obstante, siempre los tranquilizaban rápido. Klaus von Hagemann estaba ocupado en los campos y los establos, rastrillaba y sembraba, los terneros y los lechones nacían, en la caballeriza parieron dos yeguas. El administrador se mostraba especialmente severo, utilizaba el látigo sin previo aviso; los mozos y las criadas bajaban la cabeza y cuchicheaban a escondidas entre ellos. Corría la voz de que iban a vender la propiedad y quizá nombrasen a otro administrador. Últimamente, cuando Liesl bajaba a la cocina, las criadas eran amables, hablaban con ella y le preguntaban si era cierto que el administrador y su mujer tenían que irse. Liesl se encogía de hombros y decía que no sabía nada. Pero cuando salía, oía a las mujeres susurrar entre ellas que sería una bendición si la esposa del administrador desaparecía de allí.

Reinaba una tensión desagradable. Por las noches Liesl oía pasos en el pasillo y el crujido de los escalones. Era como si alguien subiese descalzo. También la señora Von Maydorn estaba preocupada, cerraba con llave la puerta del cuarto y bloqueaba el picaporte con el respaldo de una silla.

—Por precaución —le aseguró a Liesl—. No debes tener miedo, muchacha. Tengo el sable de mi difunto hermano junto a la cama. Lo llevaba por ser oficial. La hoja está perfecta y afilada.

Liesl, que seguía durmiendo en el sofá del salón, no se sintió de ningún modo tranquila con esa garantía. Se echó encima el abrigo de piel de Fanny Brunnenmayer y confió en que si entraba alguien no la viese.

Sin embargo, la muerte encontró la manera de entrar en la mansión incluso con las puertas cerradas; en forma de sombra negra subió en silencio la escalera e hizo su trabajo. Cuando por la mañana Liesl fue a llevar a su abuela Riccarda von Hagemann un vaso de leche caliente con miel, encontró a la anciana muerta en su cama.

—Ha dejado de sufrir —dijo Elvira von Maydorn cuando llegó al cuarto de la difunta para despedirse—. Riccarda no era mala. Me llevé bien con ella mientras aún estaba lúcida. Dios la tenga en su gloria y le conceda la vida eterna.

Liesl no sabía si su padre lloró la muerte de su madre. Por la tarde, dos mozos de labranza bajaron a la difunta envuelta en una sábana y la pusieron en el ataúd de madera que había llevado un carruaje. El entierro sería después de la Pascua, pero Liesl no podría asistir: para esa fecha, así lo había decidido Elvira von Maydorn, ya habrían abandonado la finca.

El mismo día por la tarde vieron subir al coche a la mujer del administrador, que durante años se había considerado la hacendada, con sus hijos y dos criadas. Cargaron cajas y maletas, y «la campesina», como incluso entonces la seguía llamando despectivamente la señora Von Maydorn, llevaba un amplio abrigo de paño oscuro y en el pelo se había atado un pañuelo. No miró ni a la derecha ni a la izquierda mientras uno de los mozos sacaba el carruaje del patio. Las criadas y los mozos estaban delante de los establos y las dependencias y la seguían boquiabiertos con la mirada. Liesl y la señora Von Maydorn observaron la escena desde la ventana de la mansión, pero la anciana no dijo ni una sola palabra al respecto.

Por la noche, Klaus von Hagemann llamó a la puerta y la conversación que mantuvieron él y la señora Von Maydorn se quedó grabada en la memoria de su hija.

—Un momento, señora Von Maydorn, se lo ruego —afirmó con tono amable—. Creo tener derecho a exponer este asunto desde mi punto de vista.

La propietaria de la finca lo dejó entrar. Con satisfacción comprobó que en esa ocasión se había puesto un traje y no llevaba las botas, sino calzado normal. Sobre todo habló con un tono serio y añadió un «se lo ruego». A pesar de todo, no le ofreció sentarse, tuvo que quedarse de pie mientras ella estaba en su butaca y lo miraba de arriba abajo.

—Mi pésame por la muerte de su madre —dijo—. Por Riccarda lo escucho.

Liesl estaba sentada en el sofá y sabía que su presencia incomodaba a su padre, pero como la señora Von Maydorn no le mandó salir no se movió del sitio.

Klaus von Hagemann empezó elogiando su trabajo y fiel servicio en la finca.

—Cuando asumí este puesto hace más de diez años, el rendimiento agrario y silvicultor era escaso, la indiferencia y la mala gestión se habían extendido, la servidumbre vivía a todo tren, los establos estaban llenos de suciedad y las herramientas no se cuidaban. Para ser claro: excepto la cría de caballos, todo estaba descuidado. Yo fui quien volvió a ponerlo en funcionamiento.

Elvira von Maydorn lo escuchó con paciencia y, cuando él terminó, asintió con parsimonia.

—Es un poco exagerado, pero cierto. Ha resultado ser un excelente administrador, Von Hagemann. Por desgracia, se ha juntado con la mujer equivocada.

Klaus von Hagemann intentó defender a su esposa sin mucho entusiasmo, pero al final reconoció que la señora Von Maydorn tenía razón.

—La he mandado a su casa del pueblo —continuó—. Ya no volverá a molestar. Me he separado de ella y tiene terminantemente prohibido pisar la finca.

Impaciente, miró a la propietaria de la finca. Pero ese sacrificio no impresionó a Elvira von Maydorn. Al contrario.

—Entonces, ¿ha reconocido su esposa haber dispuesto el atentado? —preguntó recelosa.

Klaus von Hagemann guardó silencio; era un silencio muy elocuente.

—Yo no sabía nada al respecto, señora Von Maydorn —dijo por fin en voz baja—. Lo juro.

El salón estuvo un momento en silencio. Von Hagemann esperaba una respuesta y Liesl le vio la súplica en la mirada, la petición encarecida de no quitarle todas las esperanzas. Casi no podía creer que fuera el mismo hombre que la había despedido y echado con tanta frialdad. Ver así de humillado a su padre casi le dolió más que sufrir su indiferencia. Liesl deseó haberse escapado a la habitación contigua desde el principio de la entrevista para no tener que escuchar nada de todo aquello. Pero aún quedaba lo peor.

—Que usted no estuviese detrás —intervino la señora Von Maydorn—, me lo creo. En cambio, el paripé de la separación de la campesina se lo puede ahorrar. Sé de sobra cómo terminará.

—Lo digo muy en serio. ¿Por qué no me cree?

—Porque no podrá deshacerse de esa persona en la vida

—dijo Elvira von Maydorn con calma—. En cuanto yo me vaya con Liesl y los caballos, ella volverá. Incluso a pesar de usted.

—¿Es que se marcha? —preguntó asustado.

—En efecto. El agente inmobiliario se ocupa de la venta, no tengo que presenciar la entrega al comprador. Nos marchamos mañana.

Entonces la desesperación se apoderó de Klaus von Hagemann. Sacudió la cabeza y se retorció las manos, luego sus ojos dieron con los de su hija, que lo seguía todo con horror.

—¡Liesl! —exclamó suplicante—. Di algo al respecto. Eres mi hija y yo soy tu padre. ¡Intercede por mí!

Era un dilema para ella, porque le habría gustado ayudar. Pero era imposible, contra la voluntad de su bienhechora no podía hacer nada.

—Deje a la muchacha en paz —medió por fin la propietaria de la finca, enfadada—. Nunca se ha ocupado de ella, es una vergüenza mendigarle. Y ahora estoy cansada y quiero ir a la cama. Mañana será un día duro. ¡Buenas noches, señor Von Hagemann!

Salió en silencio, sin volver a mirar a Liesl, y cerró la puerta con un golpe. Ese era el final. El final de la búsqueda de su padre y el principio de una pena para toda la vida.

Cuando al día siguiente vio a lo lejos el enorme faro de Kolberg, se secó las lágrimas y decidió no volver a pensar en su padre. Era más importante mirar hacia delante, seguro que le acechaban otros problemas. Su madre no estaría contenta de que regresase, ya que esperaba otra cosa. Además, no sabía si recuperaría su puesto en la villa de las telas. En caso de que entretanto hubieran contratado a otra, por lo pronto viviría en casa de su madre y ayudaría en el vivero. ¿Y Christian?

¿Creería que no lo había olvidado? Quizá hacía tiempo que se había quitado de la cabeza a la desleal Liesl y ya no quisiese saber nada de ella.

La llegada de la pequeña caravana a la estación ahuyentó todas las preocupaciones futuras porque había que subir el equipaje y los caballos a los vagones. Las cajas y las maletas se cargaron rápido gracias a la ayuda de dos mozos de equipajes que acudieron corriendo a la espera de una buena propina. Los caballos fueron otra historia. Leschik y la señora Von Maydorn necesitaron una paciencia de santo hasta que las dos yeguas subieron con sus potros por la rampa de madera al vagón de mercancías aislado.

Incluso cuando los dos potrillos estuvieron dentro y Leschik los sujetó, sus madres desconfiaban de entrar en el interior del vagón oscuro.

—¿Lo van a hacer para hoy? —preguntó el jefe de estación con impaciencia—. El tren sale dentro de media hora.

—Ya ve que nos esforzamos —lo sermoneó Elvira von Maydorn—. No son caballos militares, sino animales reproductores. Hasta ahora nunca han visto un vagón.

—Entonces esperemos que aprendan pronto —refunfuñó el hombre—. Y si el semental complica las cosas durante el viaje, el jefe de tren lo echará.

La señora Von Maydorn miró escandalizada al hombre uniformado y se irguió.

—Le saltaré al cuello a quien intente echar del vagón a mi semental.

—Le doy media hora, ni un segundo más —aclaró el impasible jefe de estación, y se fue con paso firme porque tenía que ocuparse del tren de pasajeros con destino a Köstlin.

Debían meter al obstinado Gengis Kan en un segundo vagón para que no causase revuelo con las yeguas. Sin embargo, no quería entrar en su lujoso compartimento; ningún reclamo, ningún manjar, ninguna persuasión consiguieron que se acercase. Permanecía delante del vagón en el que estaban las yeguas con sus potros, sacudió colérico las crines y exigió la devolución de sus damas.

—No hay más remedio, tenemos que desenganchar a Cora y meterla en el vagón —propuso Leschik—. La yegua es buena, entrará, y Gengis Kan irá detrás. A continuación, sacaré a Cora y usted cerrará rápido la puerta.

—Por Dios —suspiró la señora Von Maydorn—. Date prisa, el pesado de la gorra roja está mirando el reloj.

Liesl corrió tras Leschik porque en el vagón aún había dos cubos con comida para los caballos y fue a llevárselos. Pero tras los primeros pasos se paró en seco.

—Perdón —le dijo alguien a Leschik—. Me han dicho que va a la finca Maydorn.

—Así es —respondió el cochero mientras manejaba a la yegua—. Pero dentro de un rato. ¿Quiere venir?

—Sí, quiero ir a Maydorn. He tenido mucha suerte de que me lleve.

En efecto, era un día afortunado para Christian. Se sobresaltó mucho cuando oyó que Liesl gritaba sorprendida.

—¡Christian! ¡Christian! ¡No, no me lo creo! ¿Eres tú de verdad?

De lo atónito que estaba no pudo decir ni una sola palabra y se quedó tieso como un palo mientras Liesl corría hacia él y se le echaba al cuello.

—Sí, Liesl… —tartamudeó sin creerse que la estuviese abrazando—. Liesl, aquí estás.

—¿Y tú, Christian? ¿Cómo has llegado hasta aquí? Creía que estabas en Augsburgo y que ya no querías saber nada de mí.

Christian por fin comprendió que había alcanzado su objetivo. Mucho antes de lo que pensaba. Y ese reencuentro fue más bonito que aquel con el que había soñado.

—Quiero llevarte a casa —dijo avergonzado—. Porque

estoy harto de esperar. Y porque no quiero que te cases con un conde o un príncipe y seas infeliz con él.

Liesl tuvo que reírse por las tonterías que decía. ¡Condes y príncipes! ¿Cómo se le ocurría?

—¡Llamé a la villa de las telas y le dije a Humbert que debía comunicarte que no te había olvidado, Christian!

Él sacudió la cabeza porque no tenía conocimiento de ninguna llamada. Pero como Liesl estaba cada vez más cerca de él y no se apartaba, la besó con delicadeza en la mejilla.

—¿Liesl? —se oyó la enérgica voz de la propietaria de la finca—. Dónde te metes, muchacha. El semental está dentro y el tren sale enseguida. ¿Dónde están los cubos de pienso?

Sobresaltados, los dos se separaron. Liesl cogió un cubo, Christian el otro, y fueron hasta el andén de carga, donde la señora Von Maydorn esperaba con impaciencia y el jefe de estación agitaba la señal con la misma intranquilidad.

—¡Caramba! —se asombró la anciana—. ¿Te has echado un amigo?

—Es Christian Torberg de Augsburgo, señora Von Maydorn. Por favor, ¿puede volver a casa con nosotras?

Su bienhechora examinó al nuevo pasajero, y le pareció apuesto y musculoso.

—¿Sabe tratar a los caballos?

—Claro que sabe —afirmó Liesl con audacia.

—Entonces sube, Christian.

El viaje fue largo y agotador para las personas y los animales. En cada estación había que atender los caballos, procurarles agua fresca, limpiar el estiércol y esparcir más paja. Cuando el tren reanudaba la marcha, Liesl se sentaba junto a la señora Von Maydorn en el compartimento, conversaba con ella, le tendía el bolso con la comida, el periódico o jugaba con ella a las cartas. Christian estaba la mayoría de las veces en el pasillo y miraba el paisaje por la ventanilla. Cuando la anciana echaba una siestecita, Liesl salía a hurtadillas para llevarle algo de comer y hablar un poco con él. Tenían mucho que contarse e intercambiaban cariñosas confesiones, y cuando no veían ni al revisor ni a ningún pasajero, Christian abrazaba a su chica y le demostraba la enorme añoranza que tenía de ella.

41

Leo odiaba las despedidas. Nunca habría llorado y sollozado ante otras personas como hacían las mujeres. Prefería poner cara seria y cruzar las manos detrás de la espalda.

—Les deseo toda la suerte del mundo —le dijo su madre a la señora Ginsberg, y la abrazó. Se les saltaron las lágrimas y se estrecharon un rato—. Nos volveremos a ver, estoy segura de que en algún momento nos volveremos a ver. No olvide escribirme en cuanto hayan llegado a Estados Unidos.

Estaban en las escaleras de la primera planta de la villa de las telas; en el vestíbulo, Humbert ya esperaba a los Ginsberg para llevarlos a la estación. Primero iban a Hamburgo, luego a Bremerhaven, de donde zarparía dentro de dos días su buque de vapor. Luego a Nueva York. Al país de las posibilidades ilimitadas.

Walter había metido el violín en el estuche, apretó el arco a un lado con cuidado, guardó también las hojas de música y cerró de golpe la tapa. Leo estaba al lado de su amigo y tragó saliva varias veces, pero la bola en la garganta no quería desaparecer. Tocaron hasta el final en varias ocasiones la sonata para violín que Leo había escrito para Walter. Ahora había llegado el momento de despedirse. Para mucho tiempo. Quizá para siempre.

—Entonces… me voy ya —dijo Walter con voz ronca—.

Que te vaya bien, Leo. Y escríbeme, ¿vale? Y no me olvides.

Leo sacudió la cabeza con decisión. ¿Cómo iba a olvidar a su único amigo?

—Debes escribir tú primero, Walter, porque no tengo tu dirección...

—Claro, prometido.

Ambas madres bajaron juntas al vestíbulo, donde estaba Hanna para ayudar a ponerse el abrigo y la chaqueta a la señora Ginsberg y a su hijo. Walter y Leo seguían mirándose y no se movían.

—Bueno —murmuró Walter—. Adiós...

—Adiós —susurró Leo.

Se abrazaron, lo que en otras circunstancias les daba más bien vergüenza. Sonrieron un poco, luego se separaron y Walter bajó las escaleras con el estuche del violín como si lo estuviesen persiguiendo.

En la puerta de entrada, la señora Ginsberg se giró y se despidió con la mano, luego se subió con Walter al coche y Humbert encendió el motor. Atravesaron la avenida y salieron a la ciudad por Haagstrasse: hacia a la estación, donde empezaría la nueva vida de Walter, de la que Leo ya no formaría parte.

—Bueno, Leo —dijo su madre, y le pasó el brazo por los hombros—. Estás triste, ¿verdad? Piensa que es mejor para ellos.

—Sí, mamá.

No estaba seguro de si tenía razón. Pero los adultos habían decidido y tenía que aceptarlo. Se zafó del confortante brazo de su madre y afirmó que quería salir un rato al parque y mirar los caballos.

—No te quedes mucho tiempo, Leo. Después habrá una merienda con todas las cosas ricas que ha traído la tía Elvira de Pomerania. Vienen las tías Tilly y Kitty y el tío Robert.

«Madre mía», pensó. Entonces seguro que estaría Henny,

a la que precisamente ahora, cuando debía pensar en Walter, no quería en absoluto tener cerca.

—Volveré a tiempo, mamá.

Por supuesto, tuvo mala suerte. Cuando bajaba los escalones de la entrada, el coche de la tía Kitty entró traqueteando hacia el patio, envolvió la florida glorieta en una oscura y apestosa nube y se detuvo delante de la villa.

—¿No habrás olvidado otra vez el freno de mano, cariño? —bromeó el tío Robert.

—¿Por qué lo dices? —preguntó la tía Kitty con cara inocente—. Más bien creo que el coche tiene que ir al taller. Los frenos están muy flojos. Casi me quedo sin neumáticos cuando quiero parar el coche…

Leo quiso largarse rápido por la derecha y luego por los prados, pero Henny ya se había fijado en él. A fin de cuentas, su prima siempre se enteraba de todo.

—¿Adónde vas, Leo? Enseguida habrá café y tarta. La abuela Gertrude ha hecho un pastel de cereza.

Se volvió un segundo y dijo:

—Iré más tarde.

—¿Has leído mi carta? —le gritó ella.

¿Carta? ¿Qué carta? Ah, sí, debía de seguir en la cartera. Probablemente fuese una invitación para su cumpleaños. Típico de Henny. No era hasta mayo y ya montaba todo un paripé.

Se fue a toda prisa sin responder y esperó de todo corazón que no corriese tras él. En la casita del jardín volvió la cabeza: había tenido suerte, Henny entró con los demás en la villa de las telas. Podía charlar con Dodo, que pronto saldría de la fábrica con su padre. Iba a diario y andaba por allí, les decía a los trabajadores lo que tenían que hacer y se daba importancia. Leo quería mucho a su hermana, pero le dolía que de repente su padre estimase tanto a Dodo y a él apenas lo tuviese en cuenta.

Detrás de la casita del jardín se encontraba el pastizal de los caballos, que hacía dos días habían delimitado a toda prisa con palos y cintas porque la tía Elvira había llegado a la casa con sus Trakehner. Parecía un circo. Llamó a la villa de las telas desde la estación diciendo que necesitaba a dos personas para que la ayudasen con los caballos y que además había que transportar un montón de equipaje. La tía Lisa y la abuela estuvieron a punto de perder los nervios por el susto; en cambio, su madre se hizo cargo del asunto y lo organizó todo. Envió a dos personas de la fábrica, y Humbert y la tía Kitty fueron a la estación con los coches para llevar el equipaje a la villa de las telas mientras trasladaban los caballos por la ciudad y los prados hasta el parque. Elvira llevó enseguida a Christian y, por supuesto, también a Liesl. Eso fue lo que más alegró a Leo, porque ella le caía bien.

Allí estaba Liesl con la gente que levantaba una cerca más segura, repartiendo bocadillos de jamón y mosto de manzana. El pastizal se debía dividir en tres zonas, más tarde Elvira von Maydorn quería mandar construir una cuadra. Leo se detuvo a una distancia prudente y miró los caballos. Eran bonitos, sobre todo el semental, que era más grande que las yeguas y bastante bravo. Cuando galopaba, el césped se agitaba a su alrededor por la fuerza que tenía. A veces las yeguas corrían tras él y sus respectivos potros daban increíbles saltos de alegría: probablemente se alegrasen todos de no estar ya encerrados en un vagón. Liesl reparó en él, cogió la cesta con la merienda y se le acercó.

—Buenos días, Leo —lo saludó y se corrigió enseguida—. Ay, no, debo decir señor o señor Melzer.

—Qué tontería. No te preocupes, Liesl. Soy Leo. Como siempre.

Ella sonrió y dijo que era la costumbre. Como en adelante volvía a ser ayudante de cocina en la villa, no había que tutear a los señores.

—Bueno, al menos cuando estemos a solas llámame Leo, ¿vale?

—Si lo quieres a toda costa, lo haré, Leo.

Él enrojeció porque Liesl le sonreía con picardía y un poco de arrogancia. Solo estuvo fuera un par de meses, pero en ese tiempo había cambiado. Se había vuelto más femenina, adulta y guapa. Y tenía otra expresión en los ojos. Leo sintió que ella sabía cosas que a él le resultaban inaccesibles, que por las noches dominaban sus sueños y le sugerían insistentes y dulces melodías.

—¿Y qué tal en casa? —preguntó Leo, por decir algo.

—Bien. Desde que me fui, Maxl se ocupa de todo, también del dinero. Hansl está terminando la secundaria y Fritz pasa a segundo de primaria. Es bastante vago en el colegio y prefiere cavar en el jardín.

Ella se rio y Leo se le unió. Christian hizo señas a lo lejos, ayudaba a construir la cerca.

—Bueno, tengo que ir a la cocina —suspiró ella—. Si no Fanny Brunnenmayer se preguntará dónde estoy tanto tiempo.

Leo siguió con la mirada cómo se iba a toda prisa con la cesta y pensó durante un momento si debía volver con ella a la villa de las telas, pero lo dejó estar y prefirió seguir contemplando un poco más los caballos. Estaban juntos y pacían; de vez en cuando el semental levantaba la cabeza y miraba con desconfianza a los que enterraban los postes. No parecían darle miedo, puesto que seguía arrancando briznas.

Con sonidos y melodías en la mente, Leo regresó a la villa de las telas, subió las escaleras de la entrada y abrió la puerta. Arriba, en el comedor, habían empezado a merendar, los parloteos de la tía Kitty llegaban hasta el vestíbulo, también se oía a la tía Lisa y, sobre todo, a Henny y a Dodo. No le apetecía mucho ese ruidoso encuentro familiar, prefería largarse a su cuarto para anotar un par de nuevas melodías, pero entonces su madre se entristecería y, además, su padre había llegado de la fábrica. Se quitó los zapatos suspirando y buscó las zapatillas. Cuando por fin las encontró, se abrió de pronto la puerta de la cocina tras él.

—Leo —dijo Fanny Brunnenmayer—. ¿Por qué no estás arriba, muchacho? ¿Sigues triste porque Walter se ha ido? He hecho tus galletas favoritas. Para ti y tu hermana.

¡La buena de Fanny Brunnenmayer! Eran las deliciosas galletas que él y Dodo sacaban de la cocina a escondidas porque la institutriz, la muy asquerosa, no les permitía comer dulces.

—Muchas gracias, señora Brunnenmayer —afirmó, y cogió la lata que ella le tendía—. Seguro que está usted contenta de que Liesl esté aquí de nuevo, ¿verdad?

—Tienes toda la razón, muchacho —respondió mirándolo radiante—. Agradezco al Señor todas las noches y todas las mañanas que la chica haya vuelto sana y salva. Desde el principio no quise que se marchara, pero tuvo que ser, al menos así se ha vuelto más sensata. La cosa se pone seria entre ella y Christian, hay una petición de mano en la casa.

Leo cogió otra galleta y pensó si alguna vez había visto a la cocinera tan locuaz. Ya no era una jovencita, quizá se volviese más habladora con la edad. Por lo visto, Liesl se iba a comprometer con Christian. Le dolió un poco a Leo. Christian era un tipo amable, pero le parecía que en realidad Liesl era demasiado buena para un jardinero.

Subió a su cuarto para cambiarse rápido, recorrió el escritorio y las hojas de música que estaban encima con una mirada melancólica y pensó que Walter ya estaría en el tren con su madre, seguro que tan triste como él. Dentro de dos días se subirían al buque. Bajó suspirando al comedor.

—¡Leo! —dijo su madre—. Ya iba a subir porque temía que te hubieses encerrado en el cuarto.

Dodo y Henny ya no estaban, se habían ido; menos mal.

Por otro lado, su padre, el tío Robert y el tío Sebastian se habían retirado al despacho. La tía Lisa tenía a Leo para ella sola, le acercó la bandeja con salchichas ahumadas y jamón, pan recién hecho, pepinillos en vinagre y trozos de calabaza agridulce, que odiaba especialmente.

—Este jamón es una maravilla, Leo —se entusiasmó—. Qué lástima que a partir de ahora tengamos que renunciar a él porque la tía Elvira ha tomado la loca decisión de vender la bonita finca Maydorn.

Leo cogió un poco de jamón con pan y lo comió sin ganas. Elvira estaba sentada junto a Gertrude, la abuela de Henny, y Alicia, y contaba toda clase de cosas confusas sobre una campesina que era una bruja y había intentado matarla a ella y a Liesl. Primero Leo se asustó, sobre todo por Liesl, pero su abuela parecía no creerlo del todo y Gertrude incluso se rio. Así que la tía abuela Elvira se lo había inventado. No la había visto más que una o dos veces, cuando era pequeño. Era canosa y algo más alta que su abuela, pero sobre todo tenía una manera muy distinta de moverse y hablar. Era mucho más enérgica y ruidosa que Alicia y empleaba palabras que su abuela nunca habría usado. Ni siquiera Gertrude, la madre de Tilly, diría algo así, aunque por lo demás no tenía pelos en la lengua.

—Esa mujer lo volvió loco en la cama, de manera que estaba totalmente encoñado con ella.

—Por favor, Elvira. ¡Hay un menor en la sala!

—¡Y qué! —La baronesa de Pomerania miró a Leo—. Ya tiene la voz grave, así que le viene bien que lo adviertan a tiempo de ese tipo de mujeres.

Leo no tenía muy claro de lo que hablaba, pero le resultó violento que lo mirase así y hablara de su cambio de voz. En efecto, desde hacía un tiempo era más áspera y a veces hablaba una octava más grave. En su clase hacía meses que algunos de sus compañeros refunfuñaban con voz de bajo y en el patio bramaban y gritaban. Dos habían recibido por ello una amonestación.

—¿Y ya ha dado señales de vida el agente inmobiliario? —quiso saber la tía Lisa.

—Hasta ahora no, seguro que algo me dirá en los próximos días —respondió Elvira mientras Alicia soltaba un suspiro de tristeza y bebía lo que quedaba de café en la taza.

—Cuando pienso que cualquier desconocido puede comprar sin más mi querida finca —se quejó.

La tía Elvira se rio y afirmó que la nueva propietaria de la finca tendría que arreglarse con la campesina mientras Klaus von Hagemann fuese administrador. Esa mujer era un hueso duro de roer y podía hacerle la vida imposible a cualquiera.

—Entonces sería mejor que el nuevo propietario despidiese a Von Hagemann —propuso la madre de Leo—. Sería una lástima. Creo que es un buen administrador.

—En efecto, es cierto, mi querida Marie —corroboró Elvira con pesar.

La tía Lisa puso morros y cerró los ojos.

—Quizá le interese a alguien que conozco, tía Elvira —dijo riéndose para sus adentros.

—¿De veras? Si paga un buen precio, podemos hablarlo.

—En todo caso, sería una propietaria que estaría a la altura de tu campesina.

Entonces Alicia se inmiscuyó. Escandalizada, sacudió la cabeza y preguntó:

—¡Santo cielo! ¿No te referirás al señor Grünling? No, soy incapaz de imaginármelo. ¿Por qué iba a comprar una finca?

—Bueno —afirmó la tía Lisa encogiéndose de hombros—. La familia de Serafina tuvo tierras en el este que perdieron durante la inflación después de la guerra. Seguro que a ella le gustaría convertirse en hacendada.

—No sé, Lisa, qué idea tan extraña.

Leo tragó el último trozo y se preguntó por qué tenía que estar ahí sentado escuchando cosas tan aburridas. De todos modos, nadie se preocupaba de él, igualmente podía estar en su cuarto. Entonces su madre le puso otro trozo de salchicha ahumada en el plato y le dijo al oído que su padre había preguntado por él.

—Está en el despacho. Acábate el plato y luego ve allí, por favor.

—Sí, mamá.

Con indiferencia, cortó en trocitos la rojiza salchicha que olía a peletería y la atravesó con el tenedor. Al mismo tiempo oyó la voz de la tía Kitty, que ese día hablaba extraordinariamente bajo. Estaba sentada al otro extremo de la mesa con la tía Tilly y parecían comentar cosas que la abuela no debía oír bajo ningún concepto. De mala gana Leo tuvo que aguzar el oído.

—Entonces, ¿tienes una cita? —preguntó la tía Kitty—. Madre mía, mi querida Tilly. Cuánto me alegro. Ya pareces otra, cariño. Te has vuelto una mujer hermosa y seductora. No es de extrañar que él haya picado el anzuelo.

A Leo no le pareció que la tía Tilly tuviese un aspecto muy distinto al de antes. Quizá se había recogido el pelo de forma un poco más favorecedora y el pequeño colgante con la piedra roja que llevaba al cuello quedaba muy bien con el vestido rojo.

—Te lo ruego, Kitty. No tan alto. Sí, me reuniré con él. Queremos ir a orillas del Rin y pasear un poco. Más no.

—Bueno, querida Tilly, en todo caso deberías llevar contigo un condón. Ahora no me mires tan horrorizada, al fin y al cabo eres médico y deberías estar al corriente de esas cosas. ¿O quieres quedarte embarazada a la primera?

A Leo se le cayó la salchicha del tenedor y tuvo que pinchar tres veces para volver a atravesarla. ¡Un condón! Sus compañeros habían hablado de eso, también le habían dado otros nombres, pero cuando él hizo una pregunta ingenua casi se murieron de la risa y se fueron corriendo. Porque no pertenecía al grupo. Debía de ser algo prohibido y tremendamente inmoral. Quizá le preguntase a Maxl en confianza, él sabía de esas cosas.

—¿Cómo se te ocurre que podría acostarme con él? —se alteró la tía Tilly—. Es un paseo sin importancia, Kitty. Te dejas llevar por tu fantasía.

—Conozco a los hombres. —La tía Kitty se rio—. Hasta tres veces te ha invitado a un hotel y estarás en la gloria.

—¡De ningún modo!

—¿Quieres ser una solterona toda la vida, Tilly? No seas tonta. La vida nos tiene preparados muchos momentos valiosos, insustituibles y estupendos, y tú te resistes. Cuando seas mayor y canosa, llorarás por cada oportunidad perdida.

—Seguro que no, Kitty. —Tilly se tocó el colgante—. No quiero más que a un único hombre. Al que amo. Y con él quiero ser feliz. Eso pienso.

—Bueno, ojalá lo encuentres pronto —suspiró la tía Kitty con cara escéptica—. Yo necesité varios intentos… ¡Ah, Leopoldito! Deberías subir un momento con Henny, creo que quiere preguntarte algo.

Leo carraspeó avergonzado porque seguía muy confuso por lo que acababa de oír. Así que había mujeres que amaban a un hombre tras otro. Y no querían casarse, sino probar a los hombres, por así decir, hasta que encontraban a uno que les gustase. Sonaba intimidatorio. Él siempre se imaginaba el amor como algo distinto. Como con sus padres. Enamorarse y ser felices para siempre.

—¿Henny? Sí, lo sé —le dijo a la tía Kitty—. Ya me lo ha dicho. Gracias por darme el recado.

—Sí que tienes la voz grave, Leopoldito —silbó la tía Kitty y se rio—. ¡Madre mía, te has vuelto un joven atractivo y tu vieja tía casi no se ha enterado!

Leo deseó que se lo tragase la tierra. La tía Kitty era casi peor que Henny, podía poner a cualquiera en un tremendo aprieto con su palabrería. ¡Cómo se burlaba de él! Ni hablar de «vieja tía». Era vanidosa y seguía siendo muy hermosa y seductora.

—Bueno, voy al despacho —se despidió—. A papá le gustaría hablar conmigo.

Hizo una pequeña reverencia y corrió al pasillo. La aguda risa de la tía Kitty lo siguió hasta el otro extremo. Al entrar en el despacho le vino el humo de puro, que le gustaba, porque era un olor viril y de adulto. Su padre no fumaba, sino que bebía coñac con mesura y posó el vaso cuando vio a Leo.

—Entonces tu padre invirtió una pequeña fortuna en brillantes... —comentó el tío Robert, que no había notado la presencia de Leo—. Por desgracia, no obtendrás todo su valor si los vendes ahora, pero no será moco de pavo. Si lo sumas todo, podría llegar...

—Aquí estás, Leo —lo saludó su padre y le señaló el sillón vacío—. Ven, siéntate con nosotros.

Entonces hablaron de la marcha de los Ginsberg y Leo se enteró de que, por lo pronto, Walter no recibiría clases de violín porque la señora Ginsberg no iba a ganar suficiente dinero.

—Qué lástima —aseguró Leo—. Walter ha hecho grandes progresos, quiere ser solista algún día.

El tío Sebastian fumó el puro y asintió con cara comprensiva; el tío Robert aclaró que había cosas más importantes que una carrera de violinista.

—Lo que está pasando en nuestro país me da grandes motivos de preocupación —confesó—. Como se puede leer en sus carteles, el NSDAP hace responsables a los judíos de la derrota en la guerra, del desempleo y, por supuesto, de la crisis económica mundial. Quien quiera salvar a Alemania, eso se lee, debe combatir a los judíos. Y esos provocadores mentirosos tienen cada vez más partidarios.

—De hecho, leí el otro día que el marxismo también es un invento judío y que como tal tiene que combatirse —intervino el tío Sebastian, indignado—. Es terrible lo mucho que se puede entontecer a las personas.

—Quien no tiene trabajo y no sabe cómo alimentar a su familia está dispuesto a creer a cualquier charlatán que le prometa un futuro mejor —señaló su padre.

El tío Robert se inclinó hacia delante para tirar la ceniza del puro en el cenicero de piedra verde.

—Alguien dijo —intervino luego y sostuvo el puro con el pulgar y el índice— que ese Hitler dijo en Leipzig que dentro de dos o tres elecciones tendrían la mayoría y organizarían el Estado alemán como quisiesen.

—¡Dios no lo quiera! —exclamó su padre, completamente horrorizado.

Un humo azulado y aromático rodeaba la zona de asientos y a Leo le tentaba coger uno de esos puros, pero la caja de madera con la tapa de marquetería de marfil y ébano le estaba terminantemente prohibida. De todos modos, era interesante estar sentado entre los hombres, aunque las conversaciones sobre política e inflación sonasen más bien amenazantes. Nadie en la villa de las telas estaba satisfecho con la República en la que vivían; ni siquiera el tío Sebastian. Él quería que los comunistas obtuviesen la mayoría en el Parlamento porque creía que les iría mejor a los trabajadores. Su padre y su madre apoyaban más bien al SPD, al menos la mayoría de las veces. Nadie quería al NSDAP. El otro día, Maxl Bliefert había dicho que, mientras el viejo Hindenburg estuviese vivo, Hitler no tenía posibilidades.

El tío Robert dio un sorbo al vaso de coñac y sonrió a Leo.

—¿Puedo probar un traguito, papá? —preguntó.

Su padre frunció el ceño y pareció reflexionar, el tío Robert dijo que realmente no había nada que objetar.

—¿No tienes ya quince años? —le preguntó a Leo sonriendo, y luego se volvió hacia su padre y añadió—: Y ya es casi tan alto como tú, Paul. Aún le faltan un par de centímetros, entonces te habrá alcanzado.

Su padre sonrió, parecía gustarle.

—Entonces sube y tráeme tus notas, Leo —decidió—. Aún no he tenido tiempo de mirarlas. Y si me agradan, quizá haya un minúsculo trago entre hombres.

Leo fue volando. Al menos ya era algo. Aunque su padre se enfadase por las malditas notas, se alegraría del tercer puesto. En su cuarto buscó las notas. ¿No las había puesto sobre el escritorio? ¿Quizá estuviesen entre las partituras? No, eso no. Entonces tuvo que meterlas en la cartera. ¿Adónde fueron a parar? ¿Había ordenado Else su cuarto y lo había revuelto todo? Encontró la cartera debajo del armario y sacó las notas. Ah, sí: vio la carta de Henny, muy arrugada porque estaba bajo el libro de Geografía. Abrió el sobre para leerla rápido y se quedó perplejo, puesto que el papel tenía una letra desconocida. ¿Qué se había inventado Henny esta vez? Seguro que era una broma.

Estimado y querido joven artista:

He leído sus composiciones con satisfacción. Demuestra una riqueza imaginativa insólita, independencia y olfato para las atmósferas. Si es cierto lo que pone en su carta adjunta y no tiene más que catorce años, estos primeros intentos dan lugar a grandes esperanzas.

Si se tercia, me gustaría conocerlo algún día para darle algún que otro consejo para su desarrollo musical.

Saludos muy cordiales,

RICHARD STRAUSS

¡Por supuesto! Lo que se imaginaba. Menuda broma molesta y rastrera. Entornó los ojos y volvió a examinar la firma.

Se había esforzado mucho. Había apretado el portaplumas, con decisión y fuerza. Con un solo trazo. «RichardStrauss.» Bueno, ella era buena dibujando, así que no tuvo que resultarle especialmente difícil. En realidad, Leo quería bajar con sus notas al despacho, pero como estaba tan furioso fue al cuarto de Dodo y golpeó la puerta.

—¿Qué pasa? —oyó la voz de Dodo.

—La ha leído —respondió Henny—. Ahora explota la bomba.

Estaban sentadas en la cama de Dodo mirando un álbum de fotos. Cuando Leo entró fuera de sí con la carta en la mano, su hermana apartó el álbum y le sonrió.

—¿Y bien? —preguntó orgullosa—. ¿Qué dices ahora?

La miró fijamente y no pudo creer que Dodo formase parte de esa canallada.

—Una broma muy lograda —afirmó con desprecio y les tiró la carta a los pies—. Muy divertido. ¿Sabéis qué? ¡No quiero veros ni en pintura!

Se volvió y quiso salir del cuarto, no sin cerrar la puerta con fuerza tras de sí. Pero no llegó a hacerlo porque Dodo saltó de la cama y lo retuvo.

—Pero ¿qué dices, Leo? —exclamó alterada—. No es una broma, es real. No te escapes. Saqué tus composiciones de la papelera y Henny se las envió a Richard Strauss, el director de orquesta. ¡De verdad! ¡No es broma!

Como Dodo se exaltó tanto, se detuvo y la escuchó. Henny era una mentirosa, lo sabía, pero su hermana siempre había estado de su parte.

—¿Mis composiciones? ¿De la papelera?

—Sí. Else la puso al pie de la escalera para vaciarla.

¡Siempre igual con Else! Lo revolvía todo.

—¡Tonterías! —dijo enfadado—. Lo que compuse está en la maleta de cuero debajo de mi cama. En la papelera estaban los primeros borradores que tiré porque no eran buenos.

Su prima, que seguía sentada en la cama de Dodo y hasta entonces no había dicho nada, se agitó.

—¿Qué? —exclamó, horrorizada, alargando la vocal y levantándose de golpe—. ¿No eran tus composiciones definitivas? Y estuvimos semanas para copiarlo todo tal cual.

Miró sucesivamente a Dodo y a Henny. ¿Podía ser que hubiese parte de verdad en toda esa historia?

—En mi vida he enviado algo a Richard Strauss —tartamudeó desconcertado—. Jamás me habría atrevido. A un hombre tan famoso.

—Lo hice yo —dijo Henny como si fuese lo más sencillo del mundo—. Lo copié y se lo envié. Bueno, Anton y Emil lo copiaron. Y él respondió. ¿Ves, Leo? Así funciona. Quien quiere ser famoso debe tener contactos, conocer a gente importante que lo ayude. Si no, no se consigue.

Dodo recogió la carta de la alfombra, la alisó con la mano y se la tendió a su hermano.

—Palabra de honor, todo esto es verdad, Leo. Aquí pone que das «lugar a grandes esperanzas»; bueno, ¿te parece poco?

Leo cogió el escrito y lo volvió a leer, empezó desde el principio y de pronto las letras se volvieron finas y transparentes. Seguía sin creerlo del todo, pero ahí estaba escrito. ¡Quería conocerlo! ¡Cielo santo! Richard Strauss, el gran compositor y director de orquesta, deseaba verlo a él, el alumno Leo Melzer. Se mareó, pudo sentarse justo a tiempo en la cama, luego se le nubló la vista durante un instante.

«Soy músico —pensó—. Walter tenía razón. Soy músico. ¡Ay, ojalá Walter estuviese ahora aquí! Ojalá pudiera enseñarle la carta.»

Henny y Dodo se sentaron junto a él, su hermana le echó los brazos al cuello y lo besó en la mejilla. Henny hizo lo mismo.

—También tienes que besarme, Leo —exigió—. He hecho todo esto por ti. Y fue muy laborioso, créeme.

Henny le ofreció la mejilla y como él estaba tan contento fue a darle un beso. Pero la muy astuta giró rápido la cabeza, de modo que por error dio con su boca.

—De momento ha estado muy bien —constató ella, radiante, mientras él se pasaba horrorizado el dorso de la mano por los labios—. Más tarde, cuando seas un compositor famoso, me casaré contigo y seré tu representante.

—Y entonces yo me encargaré de la fábrica —aclaró Dodo—. Pero no antes de que haya ido a Estados Unidos y a Siberia en avión. Volando en solitario, por supuesto.

Henny sacó el labio inferior porque no estaba de acuerdo.

—Yo quiero encargarme de la fábrica, Dodo. Además, me gusta.

Leo leyó la carta por enésima vez e intentó pasar por alto el parloteo de las chicas, que hablaban a su izquierda y a su derecha.

—Entonces tú harás los tratos y yo seré responsable de la tecnología —propuso Dodo.

—Por mí bien —cedió Henny—. Por supuesto, también quiero tener hijos. ¿Qué opinas, Leo? Dos nos bastan, ¿no? Una niña y un niño.

—Estáis locas.

Leo se levantó y por fin fue a enseñarle las notas a su padre. De momento guardaría la carta para sí. Era algo demasiado nuevo, demasiado grande, demasiado irreal. Era músico. Leo Melzer era músico. Ay, siempre lo supo. Y ahora podía demostrarlo.

«Para viajar lejos no hay mejor nave que un libro.»

EMILY DICKINSON

Gracias por tu lectura de este libro.

En **penguinlibros.club** encontrarás las mejores
recomendaciones de lectura.

Únete a nuestra comunidad y viaja con nosotros.

penguinlibros.club

Penguin
Random House
Grupo Editorial

penguinlibros